清代诗文研究丛书

丛书主编　杜桂萍

国家出版基金项目

法式善文学创作研究

李淑岩　著

中国社会科学出版社

图书在版编目(CIP)数据

法式善文学创作研究 / 李淑岩著 . —北京：中国社会科学出版社，2023.11
（清代诗文研究丛书）
ISBN 978-7-5227-2908-4

Ⅰ.①法… Ⅱ.①李… Ⅲ.①法式善(1752-1813)—文学创作—研究 Ⅳ.①I206.2

中国国家版本馆 CIP 数据核字（2023）第 242204 号

出 版 人	赵剑英
责任编辑	张　潜
责任校对	王丽媛
责任印制	王　超

出　　版	中国社会科学出版社
社　　址	北京鼓楼西大街甲 158 号
邮　　编	100720
网　　址	http://www.csspw.cn
发 行 部	010-84083685
门 市 部	010-84029450
经　　销	新华书店及其他书店
印　　刷	北京明恒达印务有限公司
装　　订	廊坊市广阳区广增装订厂
版　　次	2023 年 11 月第 1 版
印　　次	2023 年 11 月第 1 次印刷
开　　本	710×1000　1/16
印　　张	29.5
插　　页	2
字　　数	420 千字
定　　价	148.00 元

凡购买中国社会科学出版社图书，如有质量问题请与本社营销中心联系调换
电话：010-84083683
版权所有　侵权必究

现状与反思：
清代诗文研究的学术进境
（代总序）

杜桂萍

1999年，清代诗文研究还是"一个期待关注的学术领域"①，和明代诗文一样，亟待走出"冷落寂寞"的困境；至2011年，"明清诗文研究由冷趋热的发展过程非常明显"②，清代诗文研究涉及之内容更为宽广、理解之视域更为开放、涉及之方法也更为多元。如今，明清诗文研究已然成为古代文学研究的一个新的学术生长点，而清代诗文与明代诗文研究在方法、内容乃至旨趣诸方面均有所不同，独有自己的境界、格局和热闹、繁荣之处，取得的成绩也自不待言。无论是用科研项目、研究论著或从业人数等来评估，都足以验证这个结论，而所谓的作家、作品、地域性、家族性乃至总集、别集的研究等，皆有深浅不一的留痕之著，一些可誉为翘楚之作的学术成果则为研究者们不断提及。这其中，爬梳文献的工作尤其轰轰烈烈，新著频出，引人关注。吴承学教授说："经过七十年的发展，近年来的明清诗文研究可谓跨越学科、众体兼备，几乎是全方位、无死角地覆盖了明清诗文的各个方面。"③ 对于清代诗文的研究而言，大体

---

① 吴承学、曹虹、蒋寅：《一个期待关注的学术领域——明清诗文研究三人谈》，《文学遗产》1999年第4期。

② 周明初：《走出冷落的明清诗文研究——近十年来明清诗文研究述评》，《文学遗产》2011年第6期。

③ 吴承学：《明清诗文研究七十年》，《文学遗产》2019年第5期。

也是如此。回首百廿年之学术演进,反观二十年来之研究状态,促使清代诗文学术进境进一步打开,应是当下反思的策略性指向,即不仅是如何理解研究现状的问题,也关涉研究主体知识、素养和理念优化和建构的问题。袁世硕先生曾就人文学者的知识构成如是表述:"文科各专业的知识结构基本上是由三种性质的因素组成的:一是理论性的,二是专业知识性的,三是工具手段性的。缺乏任何一种因素都是不行的,但是,在整个的知识结构中,理论因素是带有方向性、最有活力的因素。因此,我认为从事文学、历史等社会科学研究的人应当重视学习哲学,提高理论素养,形成科学的思维方法。"① 以此来反思清代诗文的研究,是一个颇为理想的展开起点与思考路径。

一

清代文化中的实证学风,带给一代诗文以独特的性征,促成其史料生成之初就具有前代文学文献难以比拟的完善性、丰富性和总结性,这给当下的清代诗文整理和研究带来难得的机遇,促使其率先彰显出重要的文学史、学术史价值。史料繁多,地上、地下文物时常被发现,公、私收藏之什不断得到公布,让研究者常常产生无所措手足之感,何况还有大量的民间、海外收藏有待于进一步确认与挖掘。这带来了机遇和热情,也不免遭遇困惑与焦虑。顾此而失彼,甚至于不经意间就可能陷入材料的裹挟中,甚而忽略了本来处于进行中的历史梳理,抑或文本阐释工作。史料的堆砌和复制现象曾经饱受诟病,目前依然构成一种"顽疾",误读和错判也时常可见,甚至有过度阐释、强制解说等现象。清代诗文研究的展开过程中,不明所以的问题可以找到很多原因,来自文献的"焦虑"是其中一个重点。这当然不是清代诗文研究的初衷,却往往构成了学术过程的直接结果。张伯伟教授说:"我们的确在材料的挖掘、整理方

---

① 袁世硕:《治学经验谈——问题意识、唯物史观和走向理论》,《中国研究生》2018年第2期。

面取得了很好的成绩，而且还应该继续，但如果在学术理念上，把文献的网罗、考据认作学术研究的最高追求，回避、放弃学术理念的更新和研究方法的探索，那么，我们的一些看似辉煌的研究业绩，就很可能仅仅是'没有灵魂的卓越'。"① 是的，清代诗文研究应该追求"灵魂的卓越"。

文献类型的丰富多元，或云史料形态的多样化，其实是清代诗文研究的独家偏得，如今竟然成就了一种独特性困境，也是我们始料不及。或者来自对于史料存在认知之不足，或者忽略了史料新特征的探求，或者风云变幻的宏观时代遮蔽了有关史料知识谱系的思考。的确，我们要面对如同以往的一般性史料，如别集、总集、笔记等，又有不同于以往的图像、碑刻乃至口述史料等；尤其是，这一切至清代已经呈现了更为复杂的文献样态，需细致甄别、厘定，而家谱、方志、日记等史料因为无比繁复甚而有时跻身于文献结构中心的重要位置。如研究清代行旅诗专题，各类方志中的搜获即可构成一类独立的景观，这与彼时文人喜欢出游、偏爱游览名胜古迹的行迹特征与创作习惯显然关系密切。在面对大量的地域性文人时，有时地方文献如乡镇志、乡镇诗文集都可能发挥决定性作用；而对类型丰富的年谱史料的特别关注，往往形成对人物关系的更具体、细致的解读，促成一些重要作家的别致理解。笔者对乾嘉时期苏州诗人徐爔生平及创作的研究即深得此益。就徐爔与著名诗人袁枚的关系而言，一贯不喜欢听戏读曲的袁枚几次为其戏曲作品《写心杂剧》题词，固然与徐爔之于当世名人的有意攀附有关，但袁枚基于生存、交际诉求进入戏曲文本阅读的经验，几乎改变了他的戏曲观念，一度产生了创作的冲动。② 题跋、札记、日记等史料的大量保存，为文人心灵世界的探究提供了便利，张剑教授立足于近代丰富的日记史料遗存所进行的思考，揭示了日常生活场景中普通文人的

---

① 张伯伟：《现代学术史中的"教外别传"——陈寅恪"以文证史"法新探》，《文学评论》2017年第3期。
② 杜桂萍：《戏曲家徐爔生平及创作新考》，《苏州大学学报》（哲学社会科学版）2007年第3期。

生活与创作情况，并于这些不易面世的文字缝隙处发现了生命史、心态史的丰富信息，为理解个体与时代的真实关系提供了新的维度和视角。① 显然，在面对具体的研究对象与问题时，史料的一般性认知与民间遗存特征有时甚至需要一种轩轾乃至颠覆传统认知的错位式理解。只有学术理念的不断优化，才可能冷静面对、正确处理这些来自史料的各种复杂性，并借助科学的分析方法和理性、淡定的心态，在条分缕析中寻找脉络、发现意义。知其然又能知其所以然，其中之困难重重，实在不亚于行进在"山阴道上"；不能说没有"山重水复"之后的"柳暗花明"，但无功而返、无能为力乃至困顿不堪等，也是必须面对之现实。

　　清代诗文研究过程中的困惑、拘囿或者也是其魅惑所在，一种难以索解的吸引力法则似乎释放着一种能量，引领并吸纳我们：及时占有那些似乎触手可及之存在的获得感与快感，成为一个富有时代性的学术症候。近二十年来，清代诗文研究的队伍扩充很快，从事其他研究的学者转入其中，为这一领域的突破性进展做出了重要贡献，著名学者如蒋寅、罗时进教授等由"唐"入"清"，带来了清代诗文研究崛起所稀缺的理念与经验；如今青年学者参与耕耘的热情更令人叹为观止："明清诗文的研究者主要集中在三十岁至五十岁之间，很多博士硕士研究生加入到元明清诗文研究的行列中，新生代学人已经成为元明清诗文研究的生力军，越来越多地涉足明清诗文的研究。"② 而相关研究成果更是以几何倍数在增长，涉及的话题已呈现出穷尽这一领域各个角落的态势。这一切，首先得益于清代诗文及其相关领域深厚的史料宝藏。各类史料的及时参与和独特观照，为清代诗文研究提供了多元、开阔的视野，为真正打开文本空间、发现价值和意义提供了更多可能："每一条史料的发掘背后几乎都有一个故事，这也是一部历史，充满血和泪，联结着人的活的

---

① 详见张剑《华裘之蚤——晚清高官的日常烦恼》一书相关论析，中华书局2020年版。
② 石雷：《明清诗文研究的观念、方法和格局漫谈》，《文学遗产》2011年第3期。

生命。"① 每当这个时刻，发现历史及其隐于漫漶尘埃中的那些惊心动魄，尤其那可能揭示"你"作为一种本质性存在的真正意义时，文学的价值也随之生成、呈现，成功的喜悦和收获的满足感一定无以复加。蒋寅教授说："明清两代丰富的文献材料为真正进入文学史过程的研究提供了可能。"② 21世纪以来清代诗文研究的多维展开已然证明了这一判断。只有对"过程"有了足够的理解，才可能发现"内在层面的重大变革或寓于平静的文学时代，而喧嚣的时代虽花样百出，底层或全无波澜"③ 的真正内涵，而以此来理解清代诗文构成的那个似近实远的文学现实，实在是最恰切不过。譬如乾嘉时期的诗文，创作人群和作品数量何其巨大，文本形态又何其繁复，以"轰轰烈烈"形容这个诗文"盛世"并非不当；然深入其过程、揆诸其肌理，就会洞见这"轰轰烈烈"的底部、另一面，那些可被视为"波澜"的因子实在难以捕捉，其潜隐着、蛰伏着，甚至可以"隐秘"称之："彼时一般文人的笔下，似乎不易体察到来自个体心灵深处的压迫感、窒息感，审美的'乏力'让'我'的声音很难化为有力的'呻吟'穿透文本，刺破云霭厚重的时代天空。即便袁枚、赵翼、蒋士铨、张问陶等讲求性灵创作的诗人，现实赋予他们的创作动力和审美激情都只能或转入道德激情，或转入世俗闲情。"④ 如是，过程视角下的面面观，可能让我们深入到历史的褶皱处，撷出样态迥异的不同存在，借助历史与逻辑相统一的基本方法，廓清其表里关系，解释文学现象的生成机理，进而揭示文学史发展的多样性、复杂性。

作为特殊史料构成的文学文本也应得到特别关注。由于对清代诗文创作成绩的低估，认为清代诗文作品不如前代（唐宋），进而忽

---

① 钱理群：《重视史料的"独立准备"》，《中国现代文学研究丛刊》2004年第3期。
② 蒋寅：《进入"过程"的文学史研究》，《王渔洋与康熙诗坛》，"导论"，中国社会科学出版社2001年版，第2页。
③ 蒋寅：《进入"过程"的文学史研究》，《王渔洋与康熙诗坛》，"导论"，中国社会科学出版社2001年版，第3页。
④ 杜桂萍：《重写与回溯：清代文学创作中的"明代"想象》，《中国社会科学报》2022年9月5日第4版。

略文本细读的现象依旧十分普遍。文学作品在本时期具有更加丰沛的史料意义,已毋庸讳言,大量副文本的存在尤其可以强化这样的认知。实际上,将诗文作品置放于史料编织的"共时性结构"中给予观照,可以为知人论世的研究传统提供很多生动的个案。如陆林教授借助金圣叹的一首诗歌及其他史料的互文,细致考证出其生命结束之前的一次朋友聚会,不仅诗歌创作的时间、地点和参加聚会者的姓名等十分精确,还明晰推断出聚会的前因后果、来龙去脉,尤其是细掘出"哭庙案"发生后即金圣叹生命后期的心态、思想、交往方式等,还原了一次具有特殊意义的人生"欢会",金圣叹的人格风采亦栩栩如生。[①] 很多时候,文学文本被视为与外部世界、与读者接受关系密切的开放式而不是封闭性结构,这是值得赞同之处,但到底如何发现与理解其审美性内容,也是研究清代诗文必须直面的关键性问题。蒋寅教授《生活在别处——清诗的写作困境及其应对策略》从全新的视角理解清代文人的创作努力,极富启发意义,值得特别关注。[②] 从美学、哲学、文化学或心理学等理论维度进入文本,对清代诗文进行意义阐发,是对作为一种古代文化"不可再生的资源"的价值发现,也是一种基于当代文化的审美建构过程。事实上,清代文人从没有放弃文学创作的审美追求,对审美性的有意忽略恰恰是当下清代诗文研究趋于历史化的原因之一。而对文学审美性选择性忽略的研究现状,也从一个侧面说明基础研究仍然处于缺位的状态。只有具有方法论意义的理论介入,才可能将史料与文本建构为一个完整的意义世界,形成对其隐含的各种审美普遍性的揭示、论证和判断。

的确,我们从未如今天一样如此全面、深切地走进清代诗文的世界,考察其历史境遇,借助政治、地域、家族、作家等维度的研究促其"重返历史现场",或使其禀有"重返历史现场"的资质和

[①] 陆林:《生命中的最后一次欢会——金圣叹晚期事迹探微》,《南京师大学报》(社会科学版) 2000 年第 6 期。

[②] 蒋寅:《生活在别处——清诗的写作困境及其应对策略》,《文学评论》2020 年第 5 期。

能力；我们由此发现了清代诗文带来的纷繁的、具体的和独特的文学现象，索解之，阐释之，并以同情之理解的眼光看待置身其中的大大小小的"人"，小心地行使着如何选择、怎样创作、为什么评价等权力。当然，我们也不应放弃探索深厚的文化传统的塑造之力以及清人对有关文学艺术经验的建构与解构；人文研究所应禀赋的主体价值判断，不应因缺乏澄明的理论话语而逐渐"晦暗"。微妙地蛰伏于清代诗文及其相关史料中的那个灵魂性的存在，将因话语方式的丰富、凸显而成就其当代学术研究的意义。丰富的学术话题，将日益彰显清代诗文研究独有的深度与厚度，以及超越其他时代文学的总结性、综合性的优势，而多视角、跨学科的逐渐深入与多元切入，将伴随着继续"走进"的过程而让清代诗文呈现为一种更加丰盈的学术现实。

二

葛兆光教授说："我们做历史叙述时，过去存在的遗迹、文献、传说、故事等等，始终制约着我们不要胡说八道。"[①] 其实，将"历史叙述"引进文学研究的话语结构中，即借助史料阐释已然发生的文学现象时，也需要有一种力量"制约着我们不要胡说八道"，那应该是思想的力量。我们应该追求有思想的学术。古人云"文章且须放荡"[②]，既是内容的，也是理念的，而从理念的维度出发，最重要者毫无疑问是方法论的变革。在史料梳理、考订的基础上回应文学现象的发生以及原因，辨章学术，考镜源流，揭示其中各种学术观点和思想的产生、演变及渊源关系，又能逻辑地提取问题、评价其生成的原因，借助准确的话语阐释发明其在文学史构成中的地位和价值，这是清代诗文研究面临的更重要的任务。我们并不急于提出

---

① 葛兆光：《思想史研究课堂讲录：视野、角度与方法》，生活·读书·新知三联书店2005年版，第94页。

② （梁）萧纲：《诫当阳公大心书》，（清）严可均辑《全梁文》卷十一，商务印书馆1999年版，第113页。

有关人类命运的思考，但人文学科的思想引领确实需要这样一个终极指向；而在当下，只有基于方法论变革的理论性思考，才能推动清代诗文研究学术境界的拓展和学术品格的提升。将理论、批评与史料"相互包容"并纳入对文学现象的整体评价，是当代学术史视野下一项涵盖面甚广的系统性工程。

近年，当代文学学科一直在促进学科历史化上进行讨论，古代文学则因为过于历史化而需认真面对新的问题。史料在学科体系中的基础地位，已然成为一种传统，然如何实现史料、批评、理论的三位一体，进而推动古代文学研究理论品格的提升，是人文学科研究应该担负的历史责任。清代诗文研究的水平提升和进境拓展尤其需要这一维度的关切。常见史料与稀见史料的辨别和运用、各类型史料的边界与关系、因主客观因素而形成的认知歧义等比比皆在的问题，皆需要理论性话语的广泛介入。在某种意义上，研究主体理论素养的提升是史料建设工作的根基。清代诗文别集的整理之所以提出"深度整理"的原则，也是基于这样一种理念所进行的学术选择。仅仅视别集整理工作为通常的版本校勘、一般性的句读处理，忽略对其所应具备之学理性内涵的发掘，会形成对别集整理工作的简单化理解。可以说，这种不够科学的态度是别集整理质量低下、粗制滥造之作频出的重要原因。钱理群教授说："文献学是具有发动学术的意义的，不应该将其视为前学术阶段的工作。"① 即是对文献研究深邃的理论内涵的强调。将史料及其处理方式视为文献学的重要方法，是专业性、学术性的表达，也是具有鲜明理论意义的方法论原则。在史料所提供的纵横坐标中为一个人、一件事或一种现象寻找历史定位，在史实还原中完成对真相的探索是必要的，然将其置放于一个完整的意义链中，展示或发现其价值和影响，才能促成真正有思想的学术。随意取舍史料，不仅容易被史料遮蔽了眼睛，难以捕捉到一些重要的细节和关键性的线索，也无法发现与阐释那

---

① 王风：《现代文本的文献学问题——有关〈废名集〉整理的文与言》，《中国现代文学研究丛刊》2004 年第 3 期。

些具有重要价值的论题,无法将文学问题、事实、现象置于与之共生的背景、语境进行长时段考察,而揭示其人文意涵、文学史价值,更可能是一句大而无当的空话。注入了价值判断的史料才能进入文学史过程,而具备了理论思考的研究方法才能为诸多价值判断提供观念、方式和视野。

当然,我们也应该避免将一些理论性话语变成某些理论所统摄的"材料",将史料的文献学研究真正转变为有意味、有生命意识和人文担当的理论研究,这是古代文史研究中尤其需要关切的方法论问题。清代诗文研究中,普遍存在似"唐"类"宋"类的批评性话语,以"唐""宋"论说诗文创作之特色与成就已然体现为一种习见思维。如钱锺书先生之所论,甚为学者瞩目:"夫人禀性,各有偏至。发为声诗,高明者近唐,沉潜者近宋,有不期而然者,故自宋以来,历元、明、清,才人辈出,而所作不能出唐宋之范围,皆可分唐宋之畛域。"[①] 诗分唐宋,尊唐或佞宋,助力于唐宋诗文的发现及其经典化,也打造了清代诗文演进中最有标志性的批评话语。唐宋诗文成就之高,以之为标的本无可厚非,然清代诗文的存在感、价值呈现度究竟如何呢?揆诸相关研究成果,或不免有所失望。唐宋,作为考察清代诗文时一种颇具理想性的话语方式,其旨趣不仅在乎其自身的理论内涵、价值揭示,更应助力于清代诗文系统化理论形态的发现与完成,而这样的自觉尚未形成,显然是相关理论话语缺乏阐释力量的反映。"酷似""相似"等词语弥漫于清代诗文评点和批评中,作为一种意义建构方式,其内蕴的文学思想和批评观念有时竟如此模糊、含混,固然有传统文论行文偏于感性的影响,也昭示出有关清代诗文创作的批评姿态,即其与唐宋之高峰地位永远不可能相提并论。我们并不纠结孰高孰低的评价,清代诗文的独特性和价值定位却是不能不回答的学术问题。作为清代诗文批评的方法论,"唐""宋"应该成为富含内质的话语方式,以之进行相关理论思考时,应关注清人相关概念使用的个性色彩,或修辞色彩,

---

[①] 钱锺书:《谈艺录》,生活·读书·新知三联书店2001年版,第3页。

创作或理论审视的历史语境,甚至私人化的意义指向,不能强人就我,或过度阐释。整合碎片化的话语成就一个整体性的理论体系内容,对古代文论中的理论性话语给予现代性扬弃,是清代诗文研究理论性提升不可或缺的路径。

进入 21 世纪的清代诗文研究,早已摆脱简单套用一般社会历史研究诸方法的时代,有意识地探索多学科方法的交叉并用,日益理性地针对史料和时代性话题选用最具科学性的研究方法,已成为观念性共识,并因学科之间的贯通彰显了方法的张力与活力。在具体话题的选取和展开中,来自西方的历史主义、接受美学、结构主义、原型批评等方法,成为与中国传统的知人论世等观照原则融通互助的方法,西方话语的生成语境与中国经验之间的独特关系得到了充分的尊重与关注;以往经常出现的悖逆、违和之现象已得到明显的改善,而对中国传统文论话语的重视也给予文学研究以足够的理论自信。借助于中西经验和多学科方法论的审视,清代诗文丰富的学术内涵正得到有效发现和阐释。但是,如何保持文学研究的独立性和学术旨归,尚需要进一步的深入探讨。如交叉研究方法,已逐渐成为一个广泛使用的方法,在面对复杂的文学现象时,集中、专门、精准地发挥其特点,调动其功能,往往能取得事半功倍的效果。新文科倡导所带来的方法论思考,于人文学科的融合与创新质素的强调亦提供了重要的思维方式和阐释路径。在守正创新的前提下,借助不拘一格的研究方法的使用,进一步发现清代文人的日常生活、心态特征和精神面貌,发现其创作的别样形式以及凝结其中的丰富意义,所生成的发现之乐和成就感,正是清代诗文研究多样性和价值的体现。沐浴在一个文化多元的时代,让我们有机会辗转腾挪于各种不同性质的方法之间,并以方法的形式完成对研究对象的反思、调整、建构和应用,在这一过程中与古人对话,建构一种新的生命过程,这是清代诗文研究带给当代学人的特殊福利。我们看到,近十年许多具有精彩论点或垂范性意义的论著先后问世,青年学者携带着学术个性迥异的成果纷纷登台亮相,清代诗文研究所富有的开拓性进展昭示了一个值得期盼的学术未来。

文学毕竟是人学，是一种基于想象的关于人类存在的思考。发现并理解人作为主体性存在的价值，呈现其曼妙的内心世界景观，借此理解现实世界和精神世界的构成方式，其实是文学研究必须坚持的起点、理应守护的终点，清代诗文研究也必须最后回到文学研究所确立的这一基本规定性。我们不仅应关注"他"是谁，发现其文学活动生成与展开的心理动因，且应回答"他"为文学史贡献了什么，进而理解政治、经济乃至文化如何借助作家及其创作表达出来、折射出来。我们已经优化了以往仅仅关注重要作家的审视习惯，不仅对钱谦益、王士禛等文坛领袖类文人进行着重点研究，也开始关注那些"不太重要"的文人，恰恰是这一类人构成了清代诗文创作的主体，成就了那些繁复而生动的文学现象，让今天的我们还有机会探寻到文学史朦胧晦暗的底部，进而发现一些弥足珍贵的现象。笔者多年前曾关注的苏州人袁骏就是这样一位下层文士，其积五十年之久征集表彰其母节烈的《霜哺篇》，梳理研究后才发现包含着作为"名士牙行"的谋生动力，借助这一征集过程所涉及的文人及彼此的交往、创作情况，能够透视出类似普通文人其实对文学生态的影响非同凡响①，而这是以往关注不够的。作为袁骏乡党的金圣叹本是一介文士，但关于其生平心态和精神世界的挖掘几乎为零。陆林教授的专著《金圣叹史实研究》改变了这一现状。针对这位后世"名人"生平语焉不详的状况，他集中二十多年进行"史实研究"，最终还原了这位当时"一介寒儒"的生平、交游及文学活动。相关研究厘清了金圣叹及相关史实，以往有关其评点理论等的众说纷纭恐怕也需要"重说"；更重要的是还揭秘了一大批名不见经传的普通文人的生活景观："金氏所交大多是遁世隐者、普通士人，对他的交游研究，势必要钩稽出明末清初一大批中下层文士的生平事迹，涉及当时江南地区身处边缘阶层的普通文人的活动和情感，涉及许多向来缺乏研究的、却是构成文学史和文化史丰满血肉和真实肌理的

---

① 杜桂萍：《袁骏〈霜哺篇〉与清初文学生态》，《文学评论》2010年第5期。

人和事的细节。"① 这形成了金圣叹研究的"复调",构造了一个丰满且具有精神史意义的文学世界。所以,越过一般性的史料认知,借助文本阐释等方法,达成实证研究与理论解析的有机结合,进而形成对"人"的审视和意义世界的探讨,才可能建构自足性的文学研究。意义的缺失会使本来可以充满生机的清代诗文研究生命力锐减,其研究的停滞不前自然难以避免。

阮元说:"学术盛衰,当于百年前后论升降焉。"② 清代文学的结束距离我们已百年有余,足可以论"升降"了,而作为距离我们最近的"古代",存在着说不尽、道不完缠绕的诸多问题,亦属正常。彼时的当代评价、20世纪以来的批评乃至如今我们的不同看法,也在纠缠、汇聚、凝结中参与着清代诗文研究的现实叙事;我们不断"后撤",力求对学术史做出有效的"历史"回望,而"历史"则在不断近逼中吸纳了日渐繁杂的内容,让看似日趋狭窄的"过程性"挤压着、浓缩着、建构着更为丰富的内容,这对当代学人而言,实在是一种艰难的考验和富有魅力的吸引。史实的细密、坚实考索,离不开学术史评价的纵横考量,不仅文学史需进入"过程",文学史研究也应进入"过程",只有当"过程"本身也构成为当代文学理论审视的对象,有关学术创获才更具维度、更见深度。文学史运动中的复杂性是难以想象的,学术史评价更是难而又难,研究者个人的气质、趣味和人格等皆不免渗入其中,对于清代诗文研究亦是如此。好在对一个时段的文学研究进行反思和盘点,也是时代的现实需求和精神走向的表达,作为个中之人,我们有足够的清醒意识与担当之责。吴承学教授在总结七十年来明清诗文研究的成就与不足时,针对研究盛况下应当面对的各种问题,强调填补"空白"和获得"知识"已不是目前的首要问题,如何"站在学术

---

① 陆林:《论明清文学史实研究的学术理念——以金圣叹史实研究为中心的反思与践行》,《社会科学战线》2015年第11期。
② (清)阮元:《十驾斋养新录序》,钱大昕《十驾斋养新录》,杨勇军整理,上海书店出版社2011年版,第1页。

史的高度，以追求学术深度与思想底蕴为指归"① 才是亟需思考的重点。的确如此。琐碎与无谓的研究随处可见，浮泛和平庸隐然存在着引发学术下行的可能性，我们必须克服日渐侵入的诸多焦虑，在过程中补充、拓展、修正、改写清代文学研究的现状。"学术史的高度"某种意义上也是一个时代的高度，清代诗文研究真正成为一代之学，是生长于斯的当代学者们回应时代赋能的最好文化实践。

三

转眼，21 世纪又有 20 年之久了。无论是否从朝代角度总结中国古代文学研究的成绩，清代诗文研究作为一个重要内容和学术热点已然绕不过去。研究成果之数量自不待言，涉及之领域亦非常宽广，重要的文学现象多有人耕耘，而不见于经传的作家、作品也借助于新史料的发现、新视野的拓展而得到关注，相关的独特性禀赋甚至带来一些不同凡响的新的生长点。包容性、专门化和细致化等特征多受肯定，而牵涉问题的深度和切入角度之独特等也提供了启人新思的不同维度。一句话，清代诗文的优长与不足、艺术创获之多寡与特色及其文学史价值等都在廓清中、生长中、定位中。面对纷繁的内容和大大小小的问题，我们往往惴惴不安，而撷取若干问题以申浅论，当是清代诗文研究中需要不断请益的有效方式之一。

譬如清代是一个善于总结的文学时代，这是当代学人颇为一致的观点。然彼时的文人会意识到他们是在总结吗？面对丰厚的文学遗产，清人的压力和焦虑一定超出我们今天的想象。或者，所谓的"总结"不过跟历代相沿的"复古"一样，是一种创新诉求的另辟蹊径。如是，力求在累积的经典和传统的制约中创新，应该构成了有清一代文人的累积性压力。职是之故，他们的创作不仅在努力突破前人提供的题材范围、表现方式和主题传达等，还有很多文人注重日常与非日常的关联、创作活动与非创作活动的结合；不仅仅关

---

① 吴承学：《明清诗文研究七十年》，《文学遗产》2019 年第 5 期。

注并从事整理、注释和评介等工作,还努力注入其中一种"科学"的意识,并将之转化为一种学术。在清代诗文乃至戏曲小说的研究中,我们已经发现了那些足以与现代学术接轨的思想、观念乃至话语,其为时代文化使然,也是一代文学开始的底色。

清代文坛总体来看一片"宽和"之气,并没有呈现出如明人那般强烈的门户之见乃至争持;二元对立的思维并不是他们思考问题的特点,恰恰相反,融合式的思考是有清一代文人的主导性思维。比如"分唐界宋"的问题,有时是一个伪命题,相关论述多有不足或欠缺;就清代诗文的总体性来评价,唐宋兼宗最为普遍,"唐""宋"本身又有诸多层面的分类。"融通"其实是多数清人的观念,"转益多师"才是他们最为真实的态度。在这方面,明代无疑提供了一种范式性存在,明人充满戾气的论辩尤其为有清一代文人自觉摒弃。入清之初,汉族文人已在伤悼故国的同时开启了多元反思中的复古新论与文化践行。尽管在规避明人的错误时,清人仍不免重复类似的错误,比如摹拟之风、应酬之气等①,不过"向内转"的努力也是他们践行的创作自觉。如关于诗文创作之"情""志"的讨论,如关于趣、真、自然等观念的重新阐释,等等。只是日渐窄化的思维模式并未给诗文创作带来明显的突破与创获,反而让我们看到了文学如何受制于特定历史时期的政治、文化的诸多尴尬,以及文学的精神力量和审美动能日渐衰退的过程。而清人所有基于整体性回顾而进行的诸种探究,为彼时诗文创作、理论乃至观念上呈现出的总结性特征提供了充分的证据。

譬如清代诗文创作"繁荣"的评价,一度构成了今人认知上的诸多困扰。清代诗文数量、作者群体等方面的优势,造成了其冠于历代之首的现实。人们常常以乾隆皇帝的诗歌作品与有唐一代诗歌相比较,讨论其以一人之力促成的数量之惑。而有清一代诗文创作经典作家、作品产量所占数量比之稀少,又凸显了其总体创作成绩

---

① 参见廖可斌《关于明代文学与清代文学的关系——以诗学为中心的考察》一文相关论述,《文学评论》2016年第5期。

的不够理想。清代诗文作品研究曾饱受冷落的现实，让这种轩轾变得简单明了，易于言说。量与质的评说，对于文学创作而言是一个仅靠单一、外在诸因素难以判断的问题吗？显然不是。实际上，存世量巨大的清代诗歌作品，很多时候来自普通文人对庸常现实生活的超越，因之而带来内容的日常化乃至艺术的平庸化，审美上的狭隘和琐碎比比皆然，不过其中蕴积的细腻情感、变革力量和剥离过往的努力等，也体现了对以往文学经验和传统的挣脱；没有这样的过程，"传统"怎么可能在行至晚清时突然走向"现代"？

近十年如火如荼的研究，让我们对清代诗文有了更进一步的体认，与之并生的是难以释解的定位困惑。我们往往愿意通过与前代诗文的比较进行价值评判。唐诗宋词一直与清诗研究如影随形，汉魏文、两宋文乃至明文，往往是进行清代文章审视时不可或缺的话语方式。我们常常不由自主地回首那些制造出经典的时代，用以观照当下，寻找坐标或范式。李白以诗歌表达生命的汪洋恣肆，诗歌构成了他的生命意识，杜甫、李商隐、李贺等皆然；但清人似并非如此。在生命的某一个空间，或一个具体的区间，确实发现了诗构成其生命形式的现象，却往往是飘忽而短暂的。以"余事为诗人"在很多时候是一种心照不宣的"假话"或"套话"，这决定了清代诗文创作的工具性特征，而与生命渐行渐远的创作现象似乎很多，并构成了我们今天进行审视的障碍。也因此，相比于那些已经被确认的诗文创作高峰时期，如何理解有清一代诗文创作的所谓"繁荣"，或将继续困顿我们一段时间。

譬如来自不同社会层面的诗文创作主体，形成了群体评价上的"众声喧哗"。几乎所有可能涉及的领域，都有清代诗文作家的"留痕"，所传达之信息的丰富、广泛也超过了历代："上至庙堂赓和、酬赠送迎，下至柴米油盐、婚丧嫁娶，包括顾曲观剧、赏玩骨董等闲情雅趣，日常生活的方方面面全都成为诗歌书写的内容，甚至作诗活动本身也成为诗歌素材。"① 这其中，洋溢着日常的俗雅之趣，

---

① 蒋寅：《生活在别处——清诗的写作困境及其应对策略》，《文学评论》2020年第5期。

也深深镌刻出那些非日常的凝重与紧张,为我们了解和理解文人的生活世界与心灵景观提供了更多可能;在清代诗文作品中,更容易谛见以往难以捕捉的多面性和复杂形态。很多时候,我们撷取的一些文学现象来自所谓的精英创造,他们在实际的社会文化结构中位置突出,有条件也很容易留下特别深刻的历史印迹;但其在那个时代的影响究竟如何,是需要谨慎评价和斟酌话语方式的。袁枚的随园、翁方纲的苏斋,其中文学活动缤纷,颇为今人所瞩目,但其在当时这些主要属于少数文人的诗意活动,对那些长距离空间的芸芸众生究竟怎样影响的?影响到底如何评价呢?至于某些为人瞩目的思想观点,最初"常常是理想的、高调的、苛刻的,但是,真正在传播与实施过程中间,它就要变得妥协一些、实际一些"[①];当我们跨越时空将之与某些具有接受性质素的思想或话语相提并论时,大概应该考量的就不仅是接受者的常规情况,也还需要加入一个"传播与实施"关系的维度。因之,我们应特别关注"创造性思想"到"妥协性思想"的变化理路。

如是再回到清人是否以诗文为性命问题,又有另一种思考。李之仪"除却吟诗总是尘"[②]之说历来影响甚大,以之观照清人的情感世界和抒情方式,却少了很多诗情画意,多了喧嚣的世俗烟火气。文字不单单是生命的形式,更是生命存在的附加物,其生成往往与生存的平庸、逼仄相关。功名利禄与诗的关系从来不是有你无我的存在,而是你中有我、我中有你的现实。为了生存而进行繁复的诗歌活动,是阅读清代诗文时见到最多、感受最为深刻的印象。我们必须面对清代文学中更多的"非诗"存在,正视清诗中的缺少真情,或诗味之寡淡,并以理解之同情面对一切。诗文创作有时不是为了心灵之趣尚,也不是为了审美,反而是欲望的开始、目标和实现方式,由此而生成的复杂的诗歌活动、文学生态,其实是清代诗文带

---

① 葛兆光:《思想史研究课堂讲录:视野、角度与方法》,生活·读书·新知三联书店2005年版,第296页。

② (宋)李之仪:《和友人见寄三首》其三,北京大学古文献研究所编《全宋诗》卷九五四,北京大学出版社1995年版,第11174页。

来的一言难尽的复杂话题,其价值也在这里:这不仅仅是清代诗歌研究的本体问题,也能够牵涉出关于"人"的诸多思考。

譬如文献的生成方式及其形态特征等,带来了关于文献发生的重新审视与评价。以文字而追求不朽,曾经是文人追求形而上生命理想的主要方式,然在文献形态多元的清代,这一以名山事业为目的的实现方式具有了更多的机缘。大量诗文作品有机会留存,众多别集得以"完整"传世,地域总集总在不断被编辑中,这是清代成为诗文"盛世"的表征之一。"牙签数卷烦收拾,莫负生前一片功"①,很多文人通过汇集各个时段的诗文作品表达人生的独特状态,已然成为一种生命存在的方式。如是,在面对丰富的集部文献以及大量序跋、诗话、笔记等,实证研究往往轻而易举,面对汉唐、先秦文献的那种力不从心几乎可以被忽略。不过,清代诗文史料的类型繁复以及动态变化之性征,也容易造成其传播过程中知识的繁杂错讹,甚至促成"新"的知识生成,进而影响到后人的价值判断、学术评价等;而"新""旧"史料的传播过程、原因以及蛰伏其中的一些隐秘性因素,都可能生成新的问题,进而带来文学性评价的似是而非、变化不定。如何裁定?怎样评判?对于今天的我们实在是一个挑战性的选择,是一个难度系数极高的判断过程。根据学术话题对史料进行新的集合性处理,借助其不断生成的新意义链及时行使相关的学术判断,决定了我们对文献学意义的新理解,而避免主观化、主义化乃至强制阐释等,又涉及研究主体学养、修为乃至心态等的要求。如是,在有关文本、文献与文化的方法论结构中,理论具有特殊的建构意义,有时可能超过了勤奋、慧心、知识等一般意义上的文献功力要求。

譬如传统文学对周边文化群的影响和建构,已构成清代诗文研究不可或缺的重要内容。境外史料的不断发现提供了一个重要维度,中国汉语文学不同程度地参与了其他国家与地区文学的发展;但也

---

① (清)邓汉仪撰,陆林、王卓华辑:《慎墨堂诗话》卷十"余垒"条,中华书局2017年版,第409页。

应重视另外一个维度,在沐浴"他乡"文化风雨的过程后,史料的文献形态中多多少少会带有新的质素,即"回归"故国的史料绝对不仅仅是简单的"还原"问题。如何面对返回现场后的史料形态?如何评价其对本土文学建设的重新参与?这是需要格外重视的问题。如是,究竟有哪些异质文化元素曾经对清代诗文创作发生过影响,影响程度究竟如何,都会得到有效判断。19世纪末以来,中国逐渐进入世界结构体系,"他者"不仅参与到近代以来的文学建构,还以一种独特的眼光审视着清代乃至之前的社会、文化和文学;具备平等、类同的世界性视角,才能形成与海外文化的多向度对话,彰显一种国际观念、开阔视野,以及不断变革的方法论理念。立足于历史、现实人生和世界体系中回望清代文学,我们才可能超越传统疆域界限,以全球化视野,进行更全面、准确、深刻的清代诗文省察和评价。就如郭英德教授所言:"一个民族的文化要立足于世界文化之林,就应该在众声喧哗的世界文化中葆有自身独特的声音,在五彩缤纷的世界图景中突显自身迷人的姿态,在各具风姿的世界思想中彰显自身特出的精神。"①

也还有更多的"譬如"。清代诗文各阶段研究的不平衡,已经得到了有效改善,但各具特色的研究板块之间的关系尚需辨析、总结;诗文创作的地域问题,涉及对不同区间地理、人文尤其是"人"的观照,仅仅聚焦经济文化发达的江南并非最佳方略,在北方文明及其传统下的士心浮动、人情展演和文学呈现自有独特生动之处;就清代而言,多民族汉语创作的情况呈现出更为复杂的状态,蒙古族、满族作家对于传统诗文贡献的艺术经验,以斑驳风姿形成汉语雅文化的面貌和风情,值得进一步总结。当然还有清代诗文复古之说,作为寻求思想解放、文学创新的思想方式,有待清理的问题多不胜数,这与中国的文化传统有关,与政治权力之于文学的干预有关,也与作家思维方式中注重变易、趋近看远的习惯等有关。清人复古

---

① 郭英德:《探寻中国趣味:中国古代文学之历史文化思考》,商务印书馆2017年版,第3—4页。

的多向度探索来自一种基于创新的文化焦虑,应给予理解之同情。而学者们关注的唐宋诗之争,不仅是诗歌取向的问题,也不仅是诗歌本质、批评原则、审美特征诸多命题的反映,更不仅仅涉及文学思潮、文学流派等,还是交往原则、权力话语等的体现,标新立异、标旗树帜等的反映,所牵系的一代文学研究中或深或浅的问题,亦有待深入。所以,面对清代诗文研究中的繁复现象,"不断放下"与"重新拾起",都是我们严谨态度、思考过程的生动彰显,而在不远的将来实现丰富、鲜明和具有延展性的学术愿景,才是清代诗文研究进境不断打开、真正敞开之必然。

四

钱谦益说:"夫诗文之道,萌折于灵心,蚤启于世运,而茁长于学问。"[1] 衡量诗文创作的状况应如此,评估当下清代诗文研究之大势,也不能忽略世道人心之于学术主体的重要作用。一代又一代的学者在这样的历史语境中开启了文化实践的过程,让百廿年的清代诗文研究成长为一门"学问",如今已经很"富有"。基本文献如袁行云《清人诗集叙录》,李灵年、杨忠《清人别集总目》,柯愈春《清人诗文集总目提要》等工程浩大,其贡献不言而喻;而就阐释性著述的学术影响而言,著名学者刘世南先生、严迪昌先生等成绩斐然,其开辟荆荒的研究至今具有不可替代性,正发生着范式性的影响。朱则杰先生依然在有计划地推出《清诗考证》系列成果,进行甘为人梯的基础性文献研究工作,也实践着他有关《全清诗》编纂的执念;蒋寅先生立足于清代诗学史的建构,力求从理论上廓清清代诗歌演进中的重要性问题,也还在有条不紊的探索中。新一代学者的崛起正在成为一种"现象",清代诗文研究的学者群将无比庞大而贡献卓越。作为年富力强的后起之秀,他们的活力不仅体现在著

---

[1] (清)钱谦益:《题杜苍略自评诗文》,《牧斋有学集》卷四十九,钱曾笺注,钱仲联标校,上海古籍出版社1996年版,第1594页。

述之丰富、论点之纷纭诸方面，更重要的是让清代诗文研究呈现出喧嚣嘈杂的声音聚合，活力、新意和人文精神都将通过这个群体的研究工作得以更好的表达。

作为历史的一个部分，我们应时刻注意自身的局限性以及与历史呈现的关系，研究主体与"世运"的互文从来不仅仅是一个学术问题。一个尊重学术的时代不需要刻意追求主调，清代诗文研究也应在复调中灿烂生存，"喧嚣嘈杂"正可以为"主调"的澎湃而起进行准备、给予激发。而只有处于这样的文化进境中，我们才能切实释解清代诗文的独特性所在，真正捕捉到清代文人的心灵密码，促成一代文献及其文学研究意义的丰沛、丰满，并由此出发，形成有关清代诗文及其理论的重新诠释，进而重构中国古代诗文理论及其美学传统。郭英德教授说："在改革开放的时代语境中，学术研究仍然必须坚守'仁以为己任'的自觉、自重和自持，始终以'正而新'为鹄的，以'守而出'为内驱，'以文会友，以友辅仁'。"[1] 反观清代诗文的当代研究，这确实是一个至为重要的原则。谨以此言为结，并与海内外志同道合者共勉。

---

[1] 郭英德：《守正出新：四十年中国古代文学研究随想》，《文学遗产》2019年第1期。

目　　录

绪论　乾嘉时期民族文化深入融合之文化境遇 …………………（1）

第一章　法式善的生平经历与仕宦心态 ………………………（22）
第一节　法式善生平若干问题考论 ……………………………（22）
　　一　法式善族姓、世系问题考述 ………………………………（22）
　　二　法式善遭贬原因考论 ………………………………………（35）
第二节　法式善仕隐心态探究 …………………………………（42）
　　一　"科第人生荣，次第宫花搴"——积极入仕 ………………（43）
　　二　"愧乏济时术，隐忧何日伸"——归隐之因 ………………（49）
　　三　"田园容我老，竟欲侣樵渔"——隐逸之声 ………………（56）

第二章　法式善交游考论 ………………………………………（64）
第一节　法式善与前贤师长 ……………………………………（64）
　　一　知遇之恩：曹秀先、德保 …………………………………（65）
　　二　"朱公翁公皆吾师"之翁方纲 ………………………………（69）
　　三　"问字未过从"之袁枚 ………………………………………（80）
第二节　法式善与同辈友朋 ……………………………………（90）
　　一　"满洲三才子"之铁保 ………………………………………（91）
　　二　"诗龛四友"之洪亮吉 ……………………………………（103）
　　三　"画手一时称三朱"之朱鹤年 ……………………………（114）
　　四　"狂直与世忤"之王芑孙 …………………………………（118）
第三节　法式善与及门后进 …………………………………（124）

一　《三君咏》之"江左三君" ………………………………（124）
　　二　"自署诗龛弟子"之王墉 ……………………………（128）
　　三　"折节论交二十年"之吴嵩梁 ………………………（131）

第三章　法式善诗学活动考论 ……………………………（138）
第一节　征绘、征题《诗龛图》 ………………………（138）
　　一　"聚古人之诗于一室"的"诗龛" …………………（139）
　　二　"我写诗龛图，已遍江南北"：征绘《诗龛图》 ……（142）
　　三　"诗龛启处勤延纳，远近投诗如梵夹"：
　　　　征题《诗龛图》 ………………………………………（149）
第二节　法式善与"西涯雅集" …………………………（153）
　　一　详考"西涯"之所在 ………………………………（156）
　　二　以"西涯"为名的雅集活动 ………………………（158）
　　三　征绘、征题《西涯图》 ……………………………（161）
第三节　诗话编选与法式善诗坛地位之确立 ……………（163）
　　一　诗话的编选时间考 …………………………………（164）
　　二　《梧门诗话》"搜才路广、揖客途宽" ……………（169）
　　三　诗话的记录和传播功能 ……………………………（174）

第四章　法式善诗学观探究 ………………………………（182）
第一节　《梧门诗话》与法式善的诗学主张 ……………（182）
　　一　主张融通唐宋，偏于宗尚唐音 ……………………（183）
　　二　论诗倡导"性情" …………………………………（186）
　　三　师古重在创新 ………………………………………（187）
　　四　风格上崇尚"清峻淡远" …………………………（190）
第二节　论诗诗中的诗学观念 ……………………………（192）
　　一　以文献存诗写史 ……………………………………（192）
　　二　贯穿知人论世的评诗观念 …………………………（195）
　　三　诗坛创作弊端的集中揭示 …………………………（199）
第三节　法式善与袁枚、翁方纲诗学观之比较 …………（203）

一　针对"唐宋之争"的态度 …………………………………（205）
　　二　对待"学人之诗"的观点 …………………………………（210）
　　三　面对"性灵说"的表现 ……………………………………（215）

第五章　法式善诗歌创作研究 ……………………………………（219）
第一节　怀人组诗创作与乾嘉文学生态 …………………………（220）
　　一　怀人组诗创作名著当时 ……………………………………（220）
　　二　怀人组诗的文献价值 ………………………………………（223）
　　三　怀人组诗创作契机 …………………………………………（233）
第二节　题画诗创作与乾嘉文人生活趣尚 ………………………（241）
　　一　题画诗创作情感取向 ………………………………………（242）
　　二　题画诗的特点 ………………………………………………（250）
　　三　题画诗创作的时代诉求 ……………………………………（253）
第三节　《咏物诗》创作之"取材之博" …………………………（257）
　　一　《咏物诗》创作时间考 ……………………………………（258）
　　二　《咏物诗》创作特点 ………………………………………（263）
　　三　《咏物诗》创作弊端 ………………………………………（270）
第四节　法式善诗歌艺术特色 ……………………………………（271）
　　一　语言运用上质朴自然 ………………………………………（272）
　　二　众体兼备，尤以五言著称 …………………………………（277）
　　三　诗题、诗序与诗注的特点 …………………………………（283）
余　论 ………………………………………………………………（290）

第六章　法式善散文创作述论 ……………………………………（296）
第一节　散文创作概况与艺术渊源 ………………………………（297）
　　一　创作上近尚姚鼐、远师庐陵 ………………………………（297）
　　二　散文创作概观 ………………………………………………（302）
第二节　"知人论世"的序文 ……………………………………（305）
　　一　序文的撰写原则 ……………………………………………（305）
　　二　序文的思想内涵 ……………………………………………（310）

第三节 "不剿说、不雷同"的论体文 …………………（316）
　　一　立言崇尚独创 …………………………………………（316）
　　二　善剪裁、重修辞 ………………………………………（322）
第四节 各具特色的其他杂体文 …………………………（324）
　　一　以真情动人的行状 ……………………………………（324）
　　二　小中见大的记文 ………………………………………（328）
　　三　旁征博引的考辨文 ……………………………………（329）
　　四　有补国史的论史文 ……………………………………（332）

结　语 …………………………………………………………（335）

附录一　法式善诗文辑佚 ……………………………………（339）
附录二　传记像赞（附家人资料） …………………………（354）
附录三　评论辑要 ……………………………………………（369）
附录四　文集评点汇编 ………………………………………（376）
附录五　法式善著作各本序跋题识 …………………………（398）
附录六　阮元《梧门先生年谱》 ……………………………（418）

参考文献 ………………………………………………………（430）

后　记 …………………………………………………………（438）

附　法式善画像、书法及诗龛图 ……………………………（441）

绪论　乾嘉时期民族文化深入融合之文化境遇

正如丹纳在《艺术哲学》一书中提出的命题："艺术品的产生取决于时代精神和周围的风俗。"① 文学创作与时代气候密不可分，任何一个时期的文学都离不开孕育其成长、发展的社会环境，同时，一个时期的文学面孔又犹如一面镜子，折射出特定时代的社会风貌。因此，对于法式善的文学创作特征的探寻，则离不开对乾嘉时期民族融合这一文化境遇的考察，换言之，法式善文学创作的面貌与乾嘉时期民族文化深入融合的态势息息相关。因此，在探讨法式善创作心态与创作思想之先，有必要廓清其生活创作的外围空间，即深入"知其世"而后"论其人"。

恩格斯曾说过："比较野蛮的征服者，在绝大多数情况下，都不得不适应征服后存在的比较高的'经济情况'；他们为被征服者所同化，而且大部分甚至还不得不采用被征服者的语言。"② 出身游牧民族的八旗子弟，随其势力发展逐渐深入中原腹地，尤其是入关后，满族群体与汉族群体在数量上的绝对悬殊，满族群体的生活环境历史地进入了汉族文化的包围圈内，于是，满族人虽以征服者居高临下的姿态呈现，却也掩饰不住他们对汉族文化的渴慕与艳羡，甚而有些惶惑，于是，一种汉化的矛盾心理便如影随形地伴随着满族人。诚如郭成康在《也谈满族汉化》一文中所云："清兵入关、定鼎中

---

① ［法］丹纳：《艺术哲学》，彭笑远编译，北京出版社2007年版，第22页。
② ［德］恩格斯：《反杜林论》，人民出版社1970年版，第180页。

原以后，满族的主体也随之移居到具有悠久农耕文明的广大中原地区，尽管他们以八旗的组织形式聚族而居，形成相对封闭的小社会，但从总的态势来看，已处于如汪洋大海般的汉文化包围之中。这种情形不仅与昔日他们的发祥地白山黑水一带自然、地理、经济、人文环境不可同日而语，而且与此前在辽东地区以八旗来消融、同化当地及前来归附的汉人、蒙古人和朝鲜人的社会结构迥然不同。满族虽说是征服者，但他们已经脱离了自己的根，与被征服的汉人相比，在人数上处绝对的劣势，在文化上则往往陷于恐惧和钦羡、有心抵拒却又难于摆脱其诱惑的尴尬境地。"[1] 汉化问题，成为摆在清朝皇帝和八旗群体面前的必答选择题，也是他们入关后遇到的空前巨大而严峻的挑战。选择的过程是痛苦的，最终满族群体还是无法逆历史车轮而行，汉化在痛并快乐中为满族群体所拥抱。

需要指出的是，"满汉文化从冲突到融合的过程，是以汉文化为主体的双向的互动过程，而绝非单向的——满族单向地接受，或汉族单向地给予——满族逐渐汉化，直到被同化的简单过程"[2]。即汉化展现为两个维度的互动，一为满洲八旗渐染汉习，走向汉化；一为汉人渐习满俗，走向满洲化。这里旨在探讨八旗的汉化。

一 政治上：汉化在统治者的抵制声中逆流而上

有清一代，满族的最高统治者一直深陷于汉化与否的矛盾斗争之中，且不时以其统治者的绝对话语权发出拒绝全面汉化的声音，尽管这种声音很快就被淹没在汉化的历史浪潮中，但是清朝帝王还是尽其所能在挣扎着、努力着。满族入驻北京的第一位天子顺治帝，在其遗诏中就提到，旗人"且渐习汉俗，于纯朴旧制日日有

---

[1] 郭成康：《也谈满族汉化》，载刘凤云、刘文鹏主编《清朝的国家认同——"新清史"研究与争鸣》，中国人民大学出版社2010年版，第72—73页。

[2] 郭成康：《也谈满族汉化》，载刘凤云、刘文鹏主编《清朝的国家认同——"新清史"研究与争鸣》，中国人民大学出版社2010年版，第91页。

更张",①顺治帝在位时间短暂,且刚刚入关,尚且体察到汉化之风的潜滋暗长,那继其之后的历代帝王又将面对怎样的态势,又情何以堪?康熙帝可以说是清兵入关后第一个特别重视培养八旗子弟文化素养的满洲统治者②,到了晚年也徒增烦恼,如康熙五十六年(1717)圣祖玄烨上谕:"见今八旗,得见旧日风景者已无其人,而能记忆祖父遗训者亦少。"③雍正帝因八旗子弟"国语骑射"现象日衰亦无奈感慨道:"尔等家世武功,业在骑射。近多慕为文职,渐至武备废弛。"④

这种势态发展到清中期,越发不可收拾,且愈演愈烈。提倡"国语骑射"最为有力的乾隆帝⑤,其继位伊始,于乾隆元年(1736)便上谕曰:"八旗为国家根本,从前敦崇俭朴,习尚淳庞,风俗最为近古。迨承平日久,渐即侈靡,且生齿日繁,不务本计,但知坐耗财求,罔思节俭。如服官外省奉差收税,即不守本分,恣意花销,亏竭国帑,以致干犯法纪,身罹罪戾,又复贻累亲戚。波及朋侪,牵连困顿。而兵丁闲散人等,惟知鲜衣美食,荡费货财,相习成风,全不知悔。"⑥乾、嘉二帝认为八旗子弟一应恶习均系汉化所致,这一观点不免有些过激,但也有一个不可否认的事实,即入关前的八旗健儿,崛起于白山黑水之间,剽悍善战,生气勃勃,随着清军入主中原,八旗子弟逐渐萎靡堕落。于是,乾隆帝为防范八旗子弟"熏染汉习",又亲下谕旨垂诫:"近日满洲熏染汉习,每思以文墨见长,并有与汉人较论同年行辈者,殊属恶习。夫弃满洲之旧业,而攻习汉文,以求附于文人学士,不知其所学者并未造乎汉文堂奥,反为汉人窃笑也。……八旗满洲须以清语、骑射为务。"⑦

乾隆帝的努力得到了清史学家的肯定,认为其在一定程度上维

---

① 戴逸、李文海:《清通鉴》第3册,山西人民出版社2000年版,第1297页。
② 刘小萌:《清代八旗子弟》,辽宁民族出版社2008年版,第73页。
③ 《清实录·圣祖实录》卷二七五,中华书局1985年版。
④ 《清实录·世宗实录》卷十六,中华书局1985年版,第267页。
⑤ 刘小萌:《清代八旗子弟》,辽宁民族出版社2008年版,第80页。
⑥ 赵之恒等主编:《大清十朝圣训·清高宗圣训》,北京燕山出版社1998年版,第3440页。
⑦ 戴逸、李文海:《清通鉴》第10册,山西人民出版社2000年版,第3736页。

护了满洲的民族个性,即乾隆帝在位时,天下承平已久,八旗劲卒习于晏乐,满洲文士亦渐染汉风。如何抵制住汉习日益严重的浸淫,保持满洲本色,是乾隆帝萦怀于心的大事。重骑射,尚勇武,保持衣冠、语言、姓氏之类的说教固不可少,但时势毕竟变了,乾隆帝为此苦心孤诣地探索着一些如木兰秋狝,东巡谒祖等切实可行的措施和制度,并将其悬为"家法",令后世子孙恪守勿失。同时,对满族精英们流于粉饰虚夸、玩物丧志,以致蹈入汉人科甲朋党陋习的倾向进行大力整饬。乾隆帝主政的六十年,是满汉文化交融极为关键的时期,由于乾隆帝民族意识的清醒和整肃措施的得力,因而卓有成效地维护了满族的个性。[①] 然而八旗汉化之风并未因乾隆的抵制而宣告结束,反而日益深化。嘉庆十一年(1806)上谕曰:"近来八旗子弟,往往沾染汉人习气,于满语骑射,不肯专心练习,抛荒正业。甚至私去帽顶,在外游荡,潜处茶园戏馆,饮酒滋事。"[②] 道光二十三年(1843)上谕:"八旗根本骑射为先,清语尤其本业。至兼习汉文,亦取其文义,清通便予翻译。乃近年以来,各驻防弁兵子弟,往往骛于虚名,浮华相尚,遂至轻视弓马,怠荒武备。其于应冒之清语视为无足重轻,甚至不能晓解。"[③] 等等,都在反向昭告世人八旗汉化已是不可逆转的历史态势。恰如震钧在《天咫偶闻》中记载:"昔我太宗创业之初,谆谆以旧俗为重,及高宗复重申之。然自我生之初,所见旧俗,闻之庭训,已谓其去古渐远。及今而日习日忘,虽大端尚在,而八旗之习,去汉人无几矣。国语骑射,自郐无讥。服饰饮食,亦非故俗。所习于汉人者,多得其流弊而非其精华。所存旧俗,又多失其精华而存其流弊,此殆交失也。"[④] 其言虽有偏颇之处,却也揭示出汉化的客观性。

---

① 郭成康:《也谈满族汉化》,载刘凤云、刘文鹏主编《清朝的国家认同——"新清史"研究与争鸣》,中国人民大学出版社2010年版,第79页。
② 林铁钧:《清史编年》第七卷嘉庆朝,中国人民大学出版社2000年版,第439页。
③ 赵之恒等:《大清十朝圣训·清宣宗圣训》,北京燕山出版社1998年版,第6902页。
④ (清)震钧:《天咫偶闻》卷十,北京古籍出版社1982年版,第208页。

二 科举上：八旗子弟走向文科选场

我国的科举制度源远流长，始于隋，① 发展于唐，两宋得以完善，明清则走向僵化，于清末废除，② 前后历时 1300 余年。尤其在清朝，由于民族统治的特殊性，使得清代的科举制度适应八旗子弟科举的需要，又赋予了有清一代特有的时代元素。然而无论怎样调整，其结果便是大批八旗子弟纷纷从马背上下来，摘弓去箭，转而埋首案头，向文科举场寻求进身之阶。而这也正是八旗汉化的一个有力表征。

入关伊始，出于维护满族统治地位以及加强对广大汉族人民的统治需要，满族统治者开始倡导提高本民族的文化水准，注意八旗子弟的文化教育。先是宗室子弟，后是中下层的八旗子弟，均有了学习汉文、接受教育的机会。然而清朝统治者心里又始终纠结一个矛盾：一方面，由于客观形势的需要，八旗子弟不能不迫切直追，向比较先进的汉文化学习；另一方面，又时时担心学习汉文化会引起满汉合流，使八旗子弟丧失固有的骑射技艺和关外时代的淳朴风习。③ 所以，教育的深层目的变成了教化，并为我所用的良苦用心。

而令满洲统治者始料未及的是，八旗教育的兴起，却使得八旗子弟热衷功名之辈大增。如震钧《天咫偶闻》所载八旗官学的情形：

> 教习之勤惰有赏罚，学生之优劣有进退。岁颁巨款以为俸薪、束脩、奖赏、膏火、纸墨、书籍、饮食之费，于是官学遂为人才林薮。八旗子弟无虑皆入学矣。至近数科，每一榜出，官学人才居半。然费如许心力所造就者，举业耳。于学之实，固无当也。④

---

① 据（唐）杜佑《通典》卷十四《选举》二载：炀帝始建进士科，中华书局 1984 年版，第 81 页。
② 朱寿朋等：《光绪朝东华录》卷五，中华书局 1958 年版，第 5392 页。
③ 刘小萌：《清代八旗子弟》，辽宁民族出版社 2008 年版，第 72 页。
④ （清）震钧：《天咫偶闻》卷四，北京古籍出版社 1982 年版，第 82 页。

朝廷花费巨资打造出来的却是些执着科举的功名利禄之人，这应是统治者最初没想到的，更不要说对汉学教育的抵制。

事实上，清朝统治者在八旗子弟科举的问题上也是几经周折。缘于清朝统治者"八旗以骑射为本，右武左文"（《清史稿·选举志三》）观念的根深蒂固，所以清初的科举考试，尚不允许八旗子弟参试，"世祖御极，诏开科举，八旗人士不与"。直至顺治八年（1651），出于政治统治的需要，又因吏部上疏"八旗子弟多英才，可备循良之选，宜尊成例开课，于乡、会试拔其优者除官"，于是，清廷第一次举行了八旗乡试、会试，八旗乡试、会试自顺治八年（1651）开始实行。

据《清史稿》卷一百八《选举志三》，当时清廷规定考试的规则是："八旗乡试，仅试清文或蒙古文一篇，会试倍之。汉军试《书》艺两篇，《经》艺一篇，不通经者，增《书》艺一篇"，满洲、蒙古士子通晓汉字者，翻译汉文一篇，"不能汉文者试清文一篇"，考试内容较汉人简单。为了保证八旗的录取人数，采取"满汉分榜"的方法，即乡试、会试、殿试，均"满洲、蒙古为一榜，汉军、汉人为一榜"，即单独录取。又"乡试中额，定满洲、汉军各五十人，蒙古二十人"，"会试初制，满洲、汉军各二十五人，蒙古十人"等。所以，在顺治年间的进士题名榜中，出现了满榜、汉榜之分，且成就了清朝历史上仅有的两次满榜，即分别于顺治九年（1652）取中满洲、蒙古进士邹忠倚、麻勒吉等50名，又顺治十二年（1655）取中史大成、图尔宸各50名。

此后，八旗考试，时举时停。① 直至康熙二十六年（1687），再次恢复八旗乡试、会试，并将八旗满、蒙、汉士子与汉人同场考试，终结了八旗子弟单独乡试、会试的历史，将其完全纳入了国家正规的科举考试范畴。同时规定八旗子弟乡试、会试，需"先试马步箭，骑射合格，乃应制举。庶文事不妨武备，遂为永制"。② 但这些政策

---

① 赵尔巽：《清史稿·选举志三》，中华书局1976年版，第3160页。
② 赵尔巽：《清史稿·选举志三》，中华书局1976年版，第3160页。

仅限中下层子弟，直到嘉庆朝建立宗室子弟的科举制度，八旗文科举制度才最终完整地确立下来。

最终，经过清初几代帝王数十年的探索与不断完善，满洲科举制度到雍正朝已完全成熟，成为清代科举考试制度一个重要的组成部分，同时，最重要的，满洲科举制度的确立，对提高旗人的文化修养具有一定的积极意义。①且为一大批中下层八旗子弟提供了进身之阶。出现了大量的满族科举世家，如满洲的铁保、玉保兄弟，大学士英和一门父祖三代人，共有四人得中进士，等等。据李润强《清代进士群体与学术文化》统计，终清之世，自顺治二年（1645）首开乡试，至光绪三十一年（1905）废除科举，清代科举共历九朝260年，举行科试112科，114榜（其中包括两个满榜），共录取满汉进士26848人，平均每科录取239.7人，比例竟至30∶1，②而举人的录取比例竟至60∶1，③科举考试录取难度显而易见。然而在这个群体中，八旗进士也以1400人的队伍跻身其间，足以显见八旗子弟汉文水平之日渐提高，汉化的程度之深，而八旗子弟纷纷参加科举，且陆续中举，着实成为八旗汉化的一个表征。同时，"科举考试在一定程度上鼓励了文学才能的培养，而一旦这些士人进入文学的交际圈，也许他们就影响了当时文学发展的面貌"④。

三 文化上：满洲八旗"争趋文事"

关于八旗子弟"习汉书，入汉俗，渐忘我满洲旧制"（《清世祖实录》卷84）的历史现实，清朝历代统治者都深有感触，且为拯救满洲风俗而付出了行动与努力，如前文所述。清史学家在探讨有关满族汉化的因素，最具代表性的观点认为：满洲八旗子弟学习汉族

---

① 李润强：《清代进士群体与学术文化》，中国社会科学出版社2007年版，第35页。
② 商衍鎏：《清代科举考试述录》，生活·读书·新知三联书店1958年版，第153页。
③ 白文刚：《应变与困境：清末新政时期的意识形态控制》，中国传媒大学出版社2008年版，第111页。
④ 林岩：《北宋科举考试与文学》，上海古籍出版社2006年版，第1页。

文化的习俗，决定性因素在于文化、人数、地域、时间四个问题。①一则，清代八旗子弟属于文化相对落后的民族，以武功定天下，在文化方面逐渐被先进的汉族文化所吸引，在这个文化融合过程中，汉文化占据着绝对的优势；二则，历史的经验证明，民族之间习俗之影响，除文化水平高低的因素外，数量优势的民族，常常使数量少的民族倒向自己的一边，或者说，少数民族更容易融合于多数民族之中；三则，八旗满洲子弟"渐习汉俗"的另一个决定性因素即是久居汉地；四则，时间能改变一切，八旗子弟久居汉文化的腹地，长此下去的结果，便是"日久尤易染成汉人习气"。然而，不管是"明知不可为而为之"抵制汉化，还是尽其可能地剖析促成汉化的内外因子并予以制止，一个不争的事实是：汉化的主流成就——满洲八旗"争趋文事"，使满洲八旗的文化素养有了显著提高，丰富了有清一代的文学艺术创作。具体表现为以下方面。

其一，诗书画艺，儒雅风流。从文化认同的视角考察，"诗词书画是清代八旗子弟学习、吸收汉族文化，学以致用和提高自身文化修养的具体表现"。②经过清初帝王顺治、康熙、雍正的努力，到了乾隆、嘉庆年间，八旗子弟的汉文水平已显著提高。单从八旗科举进士的录取数量而言，乾、嘉两朝的八旗进士已达357人，几乎与顺、康、雍三朝录取370人的数量相当，可见八旗子弟汉文水平提高之迅速。

在书画艺术的创作风尚上，法式善《八旗诗话》载，满洲八旗的书画风尚，从清朝立国之初即在宗室贵胄间呈现出来，如《八旗诗话》第一则载，太宗第六子，镇国懿厚公高塞，"好读书，善弹琴，工画，精曲理"；③康熙朝大学士鄂尔泰，"书法如老松怪石"；④

---

① 滕绍箴：《清代八旗子弟》，中国华侨出版公司1989年版，第54页。
② 滕绍箴：《清代八旗子弟》，中国华侨出版公司1989年版，第130页。
③ （清）法式善：《八旗诗话》，载张寅彭、强迪艺《梧门诗话合校》，凤凰出版社2005年版，第466页。
④ （清）法式善：《八旗诗话》，载张寅彭、强迪艺《梧门诗话合校》，凤凰出版社2005年版，第482页。

为有清一代文学创作的重要组成部分,这也是民族文化深入融合的必然结果之一。

其二,文学家族,蔚然成风。家族是中国古代社会的重要组织,也是传播和传承古代文明的重要途径。20世纪以来,家族研究不断有新的成果出现①,目前学界对此仍保持着浓厚的学术热情。而这种关注的兴奋点多集中在汉族文人身上,取得了一定成绩。然而相较汉族文学家族享受到的学术关怀,清代少数民族文学家族的研究则较为冷清,乏人问津。事实上,清朝自入关以来,统治者实行了一系列偃武兴文、尊重雅化的文化策略,一大批八旗子弟适应时代的潮流,与时俱进地加入科举考试的队伍中来,涌现出一批八旗科举世家,如乾隆时期满洲正白旗人索绰络氏英和(1771—1840),字树琴,号煦斋,乾隆五十八年(1793)进士;其父德保,乾隆二年(1737)进士;其子奎照、奎耀,分别为乾隆十九年(1754)、乾隆十六年(1751)进士,其孙锡祉,道光十五年(1835)进士,四世皆以词林起家,有"满洲科第一人家"之誉,曾自镌一印章"祖孙父子兄弟叔侄四代翰林之家",虽不免自诩之嫌,但四世五人跻身翰林,也称得起是八旗世族之冠。②而法式善家族,也有着清代蒙古八旗科举世家的赞誉,③这在下节有具体阐述。事实上,八旗子弟纷纷参加科举,且陆续中举,也是少数民族汉化深入的一个表现。而"科举考试在一定程度上鼓励了文学才能的培养,而一旦这些士人进入文学的交际圈,也许他们就影响了当时文学发展的面貌"④。所以,少数民族科举世家的出现,也一定程度上催生出少数民族文学世家。即"清代少数民族科宦家族的大量出现,促进了整个朝代文学家族的繁荣,并有利于汉族文学家族"⑤。

---

① 参见常建华《二十世纪的中国宗族研究》,《历史研究》1999年第5期。
② 参见英和《恩福堂笔记诗钞年谱》,北京古籍出版社1991年版。
③ 参见张杰《清代八旗满蒙科举世家述论》,《满族研究》2002年第1期。
④ 林岩:《北宋科举考试与文学》,上海古籍出版社2006年版,第1页。
⑤ 米彦青:《清代中期蒙古族家族文学与文学家族》,《内蒙古大学学报》(哲学社会科学版)2011年第2期。

就家族文学创作而言，法式善《八旗诗话》中记载了一些少数民族文学家族的创作情况，如对朱亮的记载："朱亮字韬明，满洲人。有《冷月山堂诗》。性喜作诗，家人妇子，经其熏染，皆能作韵语。"① 所谓的"家人妇子，皆能作韵语"，意在阐明朱亮举家的文学创作氛围，更有女眷的文学唱和。此后，法式善分别于第122则记朱亮长子嵩山，有《馀廉堂集》；第123则记朱亮次子峒山，有《柏翠山房诗》；第239则记朱亮妻室——宗室女养易斋女史，有《养易斋诗集》；第240则记朱亮子嵩山室——宗室女兰轩女史，有《柏翠山房诗稿》。朱亮家族的文学创作情况可见一斑。另如满洲鄂尔泰，其子鄂容安、鄂忻，其父及本人均有诗文集存世；前文提到的英和，其父德保有《乐贤堂诗文钞》存世，本人有《恩福堂诗钞》《卜魁集》等文学著作；范文程与范承谟、范承斌父子亦以科举起家，有文集存世。

而法式善家族的文学创作也颇为可观。法式善的母亲端静闲人有《带绿草堂遗诗》存世，"端静闲人者，先太夫人晚年自署也。太夫人通经史，工韵语"②。其父广顺，字熙若，号秀峰。乾隆二十五年（1760）举人，初任笔帖式，后补为御园织染局司库。法式善《八旗诗话》载：

> 移家玉泉山下，每驾一小舟，从老隶二，棕鞋桐帽，往来湖山烟雨中，见者以为张子同、陆鲁望一辈人。故其诗淡远幽秀，似韦柳。集中语通禅悟。一夕，宿万寿山五百罗汉堂之旁舍，夜起燃炬书壁，成偈语五百章，超妙不可思议。③

可见广顺雅好韵语，惜其未有诗集存世。铁保《熙朝雅颂集》收

---

① （清）法式善：《八旗诗话》，载张寅彭、强迪艺《梧门诗话合校》，凤凰出版社2005年版，第491页。
② （清）法式善：《带绿草堂遗诗序》，国图藏稿本。
③ （清）法式善：《八旗诗话》，载张寅彭、强迪艺《梧门诗话合校》，凤凰出版社2005年版，第514页。

录其《夜步》《即颂》《赠僧》《晚坐》《秋晚玉泉山即事》诗共五题六首。而法式善的嗣孙来秀，字子俊，道光三十年（1850）进士，亦是诗人，今有《扫叶亭咏史诗》四卷、《来子俊望江南词》存世。

在这些少数民族家族内部，女性亦是家族文学创作中的重要群体，如前文提到的朱亮家族及法式善家族。仅法式善《八旗诗话》中就收录了一批女性诗人，其中如第242则：

> 兆佳氏，满洲人。有《西园诗》。氏幼喜读书，娴女训，兼工吟咏。长适纳兰氏，未几而寡。家贫，课子如严师。诗多愁苦之音，每当落花残月、凄风苦雨时，拈毫吮墨，短歌长吟，其清掺苦节，令读者想见焉。①

当时少数民族女性能诗文者还有如希光、于洁、高景芳、吕坤德等，这一女性群体的诗文创作，也从一定层面上折射出当时民族文化融合的程度之深。

其三，编撰文集，争趋文事。清王朝为"稽古右文，崇儒兴学"，十分注重古代典籍的搜集、编纂、注释工作，在顺治、康熙、雍正各朝都陆续有类书、丛书出版。② 此举，在实现了对汉民族文学遗产整理的同时，也激发了少数民族文人对本民族文学创作的热情，其中成就最大的当数八旗诗文集的编撰。

有清一代，最早对八旗文学创作进行整理的作家是卓奇图与伊福纳，③ 法式善《八旗诗话》第128则有关卓奇图及其《白山诗存》的记载：

> 卓奇图字悟庵，满洲人。官笔帖式。刻苦志学，中年专力声韵，格律谨严，词旨隽永，同辈推为擅长。峻德、保禄、胡

---

① （清）法式善：《八旗诗话》，载张寅彭、强迪艺《梧门诗话合校》，凤凰出版社2005年版，第529页。
② 张菊玲：《清代满族作家文学概论》，中央民族学院出版社1990年版，第139页。
③ 张菊玲：《清代满族作家文学概论》，中央民族学院出版社1990年版，第139页。

星阿相偕为橡曹，更迭属和，一时称盛。辑《白山诗存》，搜罗繁富，颇具苦心。惜卷帙浩博，剞劂及半而殁，今所传者十六家而已。官户部，出入骑一骞，以笔墨自随，有所作辄付布袋中。身后散失殆尽。德芝麓画扇上有一绝云："野水平沙落日遥，半山红树影萧条。酒楼人倚孤尊坐，看我骑驴过板桥。"遥情高韵，皆其佚作也。

关于伊福纳①（"纳"或作"讷"）及其《白山诗抄》的记载，见于乾隆年间《钦定八旗通志》卷一二〇《艺文志》集部《白山诗抄》八卷云：

> 伊福讷撰。伊福讷字兼五，号抑堂，所著有《农曹集》《蜕山诗稿》。是编盖选撷诸家之诗，总为一集，分金、石、丝、竹、匏、土、革、木八卷。首卷为慎郡王允禧、宗室国鼐、宗室岳端、宗室博尔都。次卷为宗室文昭、宗室塞尔赫、宗室伊都礼、宗室永年、觉罗满保、觉罗成桂。三卷为费扬古、性德、文明、索泰、西库、吴麟。四卷为僖同格、明鼐、关奇方、蒙额图、傅伸、伊麟、赛音布、关舒、观宝、拉歆。五卷为柏格、高述明、高斌、王敏、峻德、法海、夸岱、长海、石芳、何溥、官保、何贯曾、车柏、常安。六卷为保录、西泰、西成、卓音图、佟应、常裕、诺岷、诺穆泰、赵玉、永宁、胡星阿、塞尔登、额尔登萼、罗泰、塞兰泰。七卷为方泰、德龄、关宁、明泰、萨哈岱、舒瞻、素录、梦麟、那霖、傅泽布、福增格、英廉。八卷为苏章阿、兆勋、陆世琦、那穆齐礼、绳武。凡所搜罗，共七十二家，可谓勤矣。然伊福讷所作《农曹》《蜕山》二集，亦自列焉，既乖选家体例，而名编巨集率多遗漏，讨寻

---

① 关于卓奇图、伊福纳二人所编订的早期八旗诗歌总集在流传过程中一已失传，一仅以抄本行世，且诗集的名称也有多种之说，清代典籍中记载不一。本书主要依据朱则杰、李美芳《卓奇图〈白山诗存〉与伊福纳〈白山诗抄〉——两种早期的八旗诗歌总集及其编者考辨》一文考证的结论，即卓奇图的《白山诗存》。《浙江大学学报》（人文社会科学版）2010 年第 5 期。

未广,实为此书深惜之。①

以上详细介绍了《白山诗抄》具体的选诗情况。法式善《八旗诗话》第 108 则,也对伊福纳有过介绍:

> 伊福讷字兼五,一字抑堂,满洲人。雍正庚戌进士,官御史。少秉家学,且得师友之助。诗有渊源,下笔幽邃,虽得力于宋人,而辞意琢炼。闻其耄年丧明,藉吟啸遣岁月。集中佳篇,多不用韵,盖失于翻检也。常辑《白山诗钞》一册,选择甚精。

对二人的编撰工作,朱则杰先生曾给予高度评价:"清乾隆年间卓奇图所辑的《白山诗存》和伊福纳所辑的《白山诗抄》是最早两种以整个八旗作家作为收录对象的诗歌总集,在清代八旗诗歌总集编纂的发展史上具有承先启后的地位。"② 其后铁保编辑《熙朝雅颂集》,应不排除受到卓、伊二人的影响与启发。乾隆六十年(1795),铁保因担任《八旗通志》馆总裁官,职务之便,得以遍览八旗诗文集,遂于嘉庆六年(1801)萃选其精华汇成《白山诗介》,且自序之:

> 本朝以武功定天下,鹰扬虎视,云蒸霞蔚,类皆乘运,会为功名。其后名臣辈出,鸿谟巨制,焜耀史册,又以文章为政事,不沾沾于章句之末,疑于风雅之道,或多阙如,及观诸先辈所为诗,雄伟瑰绮,汪洋浩瀚,则又长白、混同磅礴郁积之余气所结成者也。
> 余尝谓:"余尝谓读古诗不如读今诗,读今诗不如读乡先生诗。里井与余同,风俗与余同,饮食起居与余同,气息易通,瓣香可接,其引人入胜较汉魏六朝为尤捷。"此物此志也。余性嗜诗,尝编辑八旗满洲、蒙古、汉军诸遗集,上溯崇德二百年

---

① (清)法式善:《八旗诗话》,载张寅彭、强迪艺《梧门诗话合校》,凤凰出版社 2005 年版,第 494 页
② 朱则杰、李美芳:《卓奇图〈白山诗存〉与伊福纳〈白山诗抄〉——两种早期八旗诗歌总集及其编者考辨》,《浙江大学学报》(人文社会科学版)2010 年第 5 期。

间，得作者百八十余人，古今体诗五十余卷，欲效《山左诗钞》《金华诗萃》诸刻，为大东诸家诗选。卷帙繁富，卒业为难，兹撮其精粹脍炙人口者，为分体一编，以供同好。质之翁覃溪、纪晓岚、彭云楣、陆耳山诸先生，咸谓有裨风雅，亟宜付梓。遂颜其集曰：《白山诗介》，以所收不广，不足概全集，约之又约也。

读是集者，怀前辈典型，战伐之余，不废歌咏；从政之暇，抒写性情，不必沾沾于章句，而自有卓荦不可磨灭之气流露天壤，可以兴，可以观，争自策砺以勉，副我国家作人右文之盛。余于此有厚望焉。

又于《白山诗介》凡例第 6 条：

诗贵真，名随其性之所近，不可一律相绳。李杜文章，光焰万丈，而元轻白俗岛瘦郊寒，亦不妨各树一帜。故宋元人之诗，不必学唐，而未始不如唐；明人之诗，有心学唐，而气骨转逊于宋元，真不真之分也。是集之选，就当时之际遇，写本地之风光，真景实情，自然入妙，不但体裁不拘一格，即偶有粗率之句，亦不妨存之，以见瑕瑜不掩之意。

综合序言及例言，铁保不仅明确了《白山诗介》编辑的经过、缘由，及选诗的标准，而且传达自己对本民族诗歌的热爱。进而在此基础上，一部专门辑录八旗诗歌的选集《熙朝雅颂集》得以成书。《清史稿·铁保传》亦载此事："（铁保）留心文献，为《八旗通志》总裁，多得开国以来满洲、蒙古、汉军遗集，先成《白山诗介》五十卷，复增辑改编，得一百三十四卷，进御，仁宗制序，赐名《熙朝雅颂集》。"[1]

铁保于嘉庆六年（1801）恭请编校八旗诗集，告竣于嘉庆九年

---

[1] 赵尔巽等：《清史稿·铁保传》，中华书局 1976 年版，第 11282 页。

（1804），得嘉庆帝亲赐"熙朝雅颂集"之名，并于嘉庆十年（1805）刊刻。该集分首集二十六卷、正集一百零六卷、余集二卷，收录自清初直至嘉庆初年满洲、汉军、蒙古共534位八旗诗人的6000余首诗作，编辑次序为先天潢，次诸王，再次觉罗，最后其他各家，且每位诗人前均附有小传。

《熙朝雅颂集》是清代历史上收录八旗人诗作最多的一部诗歌选集，可称得上是八旗文学史上的空前之作。此集经由法式善、纪昀、汪廷珍等人共同努力得以完成，铁保恭呈睿览，嘉庆帝赐名为《熙朝雅颂集》，并赐御制序言一篇，兹录如下：

> 皇清荷天，恩承祖祐，开基辽沈，定鼎燕京，以弧矢威天下。八旗劲旅，旧臣世仆，同心一德，肇造亿万年丕基。都城分驻，列成云屯，黄、白、红、蓝，有镶、有正。参赞河鼓之象，允协韬钤之机，皇哉，唐哉！世德作求，金汤永固。卜年应迈，姬周长巩，河山带砺矣！夫开创之时，武功赫奕；守成之世，文教振兴。虽吟咏词章，非本朝之所尚；而发好心志，亦盛世之应存。此《熙朝雅颂集》之所由作也。斯集为巡抚铁保所编，自八旗诸王、百僚、庶尹以及武士、闺媛，凡有关风俗、人心、节义、彰瘅诸篇，得一百三十四卷，荟萃成书，请各具奏。朕几余评览，遍拾英华，绅绎旬余，未能释手。敬仰列圣作人培养之厚，穆然想见忠爱之忱，英灵之气。或从征效命，抒勇壮之词；或宰邑治民，发纯诚之素。炳炳麟麟，珠联璧合，洵大观化成之钜制右文，盛代之新声，是以命集名为"熙朝雅颂"。视周家小雅，殆有过之。八旗涵濡，祖恩考泽，百有余年。名臣硕彦，代不乏人。经文纬武之鸿才，致君泽民之伟士，不可以数计。夫言为心声，流露于篇章，散见于字句者，悉不可不存！非存其诗，存其人也。非爱其诗律深沉、对偶亲切；爱其品端心正、勇敢之忱，洋溢于楮墨间也。是崇文而未忘习武。若逐末舍本，流为纤靡曼声，非予命名为"雅颂"之本意。知干城御侮之意者，可与言诗。徒耽于词翰侈言，吟

咏太平，不知开创之艰难，则予之命集，得不偿失。为耽逸厌劳之作俑，观斯集者，应谅予之苦心矣。我八旗臣仆，岂可不深思熟虑，以乃祖乃父之心为心，以乃祖乃父之言为法。各勉公忠体国之忱，毋负命名"雅颂"期望之深意，朕之至愿也。

嘉庆九年岁次甲子五月十九日御笔

又嘉庆九年（1804）五月十九日内阁奉上谕：

我国家景运昌明，文治隆茂。八旗臣仆，涵濡圣化，辈出英才。自定鼎以来，后先疏附奔走之伦，其足任于城腹心者，指不胜屈。而于骑射本务之外，留意讴吟、驰声铅椠者，亦复麟炳相望。前此，铁保在京供职，曾有采辑八旗诗章之请，经朕允行，兹据奏进诗一百三十四卷，请赐书名。朕几余披览，嘉其搜罗富有，选择得宜，格律咸趋于正，而忠义勇敢之气往往借以发抒。存其诗，实重其人，益仰见列圣培养恩深，蒸髦蔚起正未有艾，爰统命名：《熙朝雅颂集》。并制序，冠于简端，以垂教奕祀，非徒赏其淹雅博丽之词也。着将原书发交铁保，付之剞劂，用昭同风盛轨焉。钦此。

由上文可见，嘉庆帝对八旗诗作选集的重视，对八旗臣民能文武兼善颇感欣慰，嘉庆帝所谓"八旗涵濡，祖恩考泽，百有余年。名臣硕彦，代不乏人。经文纬武之鸿才，致君泽民之伟士，不可以数计。夫言为心声，流露于篇章，散见于字句者，悉不可不存！非存其诗，存其人也。非爱其诗律深沉、对偶亲切，爱其品端心正、勇敢之忱，洋溢于楮墨间也。是崇文而未忘习武"，是其对编纂选集给予的高度评价。

客观而言，一方面，编纂《熙朝雅颂集》，在保存并弘扬八旗子弟的文学创作方面，不但得到了嘉庆帝的褒奖，也备受时人王芑孙、吴锡麒、阮元等的赞誉。另一方面，《熙朝雅颂集》得以成书，既是对八旗文人群体诗文创作成就的一个总结，也间接反映出当时少数民族诗文创作的水平与热情。

伴随《熙朝雅颂集》的问世，法式善的《八旗诗话》也应运而生。这是法式善在辅助铁保编纂《熙朝雅颂集》时的额外收获。张寅彭先生于《梧门诗话合校》编校例言中指出："法式善尚有《八旗诗话》一种，亦为未刊稿本。此系法氏编纂《熙朝雅颂集》时所作，颇涉满族诗人轶事，虽录入人数不及《雅颂集》，然较《雅颂集》各家小传为详。"①《八旗诗话》也成为八旗诗学史上的首部诗话作品。概言法式善的《八旗诗话》，评诗条目凡249则，不分卷，论及清初至乾隆年间八旗文人252位。按性别论，评论女性作家10位，男性作家242位。依记述诗集而言，共提供诗文集215部，女性存诗集者7人，其余皆为男性作者。从民族分类，蒙古八旗8人，②汉军八旗85人，其余为满洲八旗。就收录诗人身份看，上至天潢宗室，中有朝臣显宦，下至地方官员，诸生、布衣之士，乃至闺阁中人。《八旗诗话》所记述的作家远非八旗文人的全貌，仅是其中的一少部分，然作者"以诗存史"的著作精神，丰富的作家生平小传、文集资料，大量的满洲八旗科举履历等，都使其在八旗诗人研究中有着弥足珍贵的学术地位。同时就整个清代八旗诗学研究而言，法式善的《八旗诗话》应是清代诗歌史上第一部也是唯一一部专门论述八旗文人诗歌创作的诗学批评著作。其编选特点是"或纪其人，或纪其事，皆与诗相发明，间出数语评骘"③，为今人了解清代八旗文人的文学创作、交游唱和、科举仕宦、文化互融等内容提供了有益的文学史料价值。值得一提的是，迄今为止，学界尚未对《八旗诗话》的文学史料价值以及所呈现的法式善的诗学观做深入研究。④

---

① 张寅彭、强迪艺：《梧门诗话合校》例言五，凤凰出版社2005年版，第26页。
② 其一，《八旗诗话》第175则记博明为满洲人。今据白·特木尔巴根《古代蒙古作家汉文著作考》考订博明当为蒙古八旗，此系《八旗诗话》误录。白·特木尔巴根《古代蒙古作家汉文著作考》，内蒙古教育出版社2002年版。其二，据恩华《八旗艺文编目》、盛昱《八旗文经》等考订，清代蒙古八旗汉文作家数量上确实不如满洲八旗、汉军八旗，故而收录人数也有限。
③ （清）法式善：《〈梧门诗话〉例言》，《存素堂文集》卷三，扬州绩溪程邦瑞刻，1807。
④ 关于此，拙文《论〈八旗诗话〉与法式善的诗学观》中曾进行初步探讨，以期起到抛砖引玉之功。《学术交流》2012年第5期。

可见，在民族文化深入融合的过程中，少数民族深受汉文化影响，在日常生活情趣上向往汉族文士的诗书画艺，儒雅风流，在家族文学创作、编选民族诗文选集及诗话著作方面成就显著，所有这些都是民族文化深入融合在文学活动中的集中体现。

余 论

需要指出的是，在这一民族文化融合的过程中，尽管涌现出一大批受到汉化影响的少数民族诗人，如铁保、敦诚、敦敏、英和、梦麟、博明，等等，但就诗人个体而言，受到多种因素的制约，汉化深入程度是不相同的。其中，法式善以其汉化程度之深成为民族文化融合期的杰出诗人。推究原因，与其生活环境及其文学创作宗尚不无关系。

一方面，从法式善的生活环境及民族血缘来看。首先，自其始祖入关以来，传至法式善已然八世，近百余年来其家族一直居住在京师，长期生活在以汉族为主体的生活圈中，耳濡目染汉文化是一种必然。其次，按阮元《梧门先生年谱》载：法式善的曾祖母赵氏，祖母张氏，生母赵氏，嗣母韩氏。从这个层面看，法式善当是汉族与蒙古族的混血，且距离纯粹意义上的蒙古族血缘已经越来越远了。此外，法式善从出生就与韩太淑人相依为命，深受母亲的言传身教，而韩太淑人出身于汉族书香门第之家，汉语文学功底深厚，"五岁喜读宋五子书，十三通经史"。同时法式善相继娶了李氏、刘氏两房妾。这些都会影响到法式善的汉化程度。

另一方面，从法式善具体的文学创作来看。一则就诗文创作宗尚而言，法式善自言："我文师庐陵，我诗祖柴桑"[①]，即散文创作上追慕欧阳修，诗歌创作上仰慕陶渊明。欧阳修与陶渊明都是古代汉族文人中的优秀代表，因此备受后世历代汉族文士的景仰。法式善在诗文创作上崇尚的前贤皆是汉族文人。二则就诗歌创作意象选

---

① （清）法式善：《送陈石士编修旋里》，《存素堂诗初集录存》卷十五，湖北德安王墉刻，1807。

择而言，法式善诗作在意象上尤为倾向于"竹""松""菊""梅""野鹤""秋蝉"等意象，这虽与其局促的生活环境有关，然不排除其因对汉族诗人的崇拜而刻意模仿所致。此外，法式善因崇尚陶渊明，有意识地学习陶诗的朴素自然诗风，所以其诗歌亦呈现出平淡自然的风格特点。

然而，肯定法式善汉化深入特点之同时，也不应因此就完全抹杀其蒙古民族身份的现实。法式善诗歌语言所表现出的质朴、自然的特点，与其民族性格中崇尚自然、朴实的特性应不无关系，换言之，法式善在文学创作与生活情趣上仰慕陶渊明，进而学习、效仿陶渊明，在某种意义上与其内心深处积淀的民族性格与陶渊明的生活趣尚及诗歌所崇尚的自然风格形成了一种心灵的契合，产生了一种心理的共鸣。同时，法式善也曾参与民族文集的编纂及进行相关的少数民族诗文创作，如前文所述，其曾奉旨参与编纂《熙朝雅颂集》，且因此创作了《八旗诗话》，以及《奉校八旗人诗集，意有所属，辄为题咏，不专论诗也，得诗五十首》等。① 只是这些创作都与其仕宦经历密切相关，至少尚未发现其以明确的、自觉的民族意识进行诗歌创作。因此，法式善作为一个民族文化深入融合时期杰出的诗人，就其生活经历与创作实践而言，几乎与汉族文士无异。所以本书在接下来考述其家族世系、仕宦经历、生平交游，探讨其诗学活动、诗文创作、诗学观等方面没有刻意强调其民族身份，立足从其生平活动与创作实践出发，探讨一位有着民族背景，但是汉化深入的个体在乾嘉时期的文学活动与创作实践。

---

① （清）法式善：《存素堂诗初集录存》卷十四，湖北德安王墉刻，1807。

第一章 法式善的生平经历与仕宦心态

孟子所谓"知人论世",即若要深刻洞悉作品的时代主题,诠释文学的风格特色,揭示文学创作的意蕴思想,应先"知其人",因为个体的身份、民族、经历际遇等都会烙印着时代印记。而欲探讨作家个体的人生经历,不应回避且必须追溯其家族世系、考察其家学环境,揭示其家世渊源。所以从家族世系及其家学渊源走进法式善,进而走进其文学创作,当为开启法式善研究的不二路径。

第一节 法式善生平若干问题考论

法式善,原名运昌,字开文,别号时帆、梧门、陶庐、小西崖居士。世居北京。生于乾隆十八年(1753),卒于嘉庆十八年(1813)。法式善成长的家庭环境,直接影响到了其热衷科举的心态;由科举步入仕途,先后仕于乾、嘉两朝,官场境遇却不尽相同;入仕后一直从事文学侍从之职,然"屡起屡蹶,官不越四品",[①] 在宦海风波冲击之下,其仕宦心态也游走于进与退之间,在仕与隐中矛盾纠结。

一 法式善族姓、世系问题考述

泛览相关文献,试图走进法式善的家族,感受其曾濡染的家学

---

① (清)刘锡五:《存素堂诗二集序》,(清)法式善:《存素堂诗二集》,湖北德安王墉刻,1812。

教育时，有关法式善的姓氏、世系①等问题的差异记载也随之浮出水面，有必要对其进行考述且予以澄清。

一是关于法式善姓氏的三种说法，即"蒙乌吉氏""伍尧氏""孟姓"。据今存文献记载，持"蒙乌吉氏"观点的有阮元《梧门先生年谱》称"先生蒙乌吉氏，蒙古正黄旗人"②；王昶《湖海诗传》有关于法式善"本名运昌，奉旨改今名。蒙乌吉氏"③的小传；黄安涛《时帆先生小传》谓"先生原名运昌，字开文，一字时帆，又号梧门。蒙古乌尔吉氏"④；钱林《文献征存录》记"法式善，字开文，又字梧门，号时帆，为蒙古尔济氏。隶内务府正黄旗"⑤；清人笔记《冷庐杂识》亦称法式善"蒙古乌尔吉氏"⑥。另外，正史亦持同样说法，《清史稿》卷四百八十五载"法式善，字开文，蒙古乌尔济氏，隶内务府正黄旗"。所以法式善之"乌尔吉氏"姓氏说普见于时人及后人有关法式善的年谱、传记、野史逸闻之中，且正史亦有同样的记载，其说影响之深之广可见一斑。

另有持"伍尧氏"的说法。主要是法式善同时代的文人赵怀玉与王芑孙，二人都是与法式善过从甚密的友人。赵怀玉于《御园织染局司库伍尧君家传》中称"君姓伍尧氏，讳广顺，字熙若，号秀峰，蒙古正黄旗人。世居察哈尔"⑦，又王芑孙《内务府司库广公墓志铭》记"公讳广顺，字熙若，号秀峰，蒙古正黄旗人。其氏曰'伍尧'"⑧。其中所谓"广公"，即法式善的生父广顺。当其过世后，法

---

① 关于法式善的姓氏问题，在上海大学刘青山博士学位论文《法式善研究》第一章第一节中有所提及，然仅是"法式善八世祖以军功从龙入关"一笔带过，且史料仅限于法式善的《重修族谱序》一文。为此，本书搜集相关资料，认为关于法式善家族世系的记载上有差异，故而亦有澄清之必要。因此，本书认为有必要将法式善曾被用过的姓氏做一归纳考索，进一步完善此研究内容。
② 参见（清）法式善《存素堂诗续集录存》卷首，杭州阮元刻，1816。
③ （清）王昶：《湖海诗传》卷三十六，清嘉庆八年（1803）三泖渔庄刻本。
④ （清）黄安涛：《真有益斋文编》卷八，道光刻本。
⑤ （清）钱林：《文献征存录》卷五，咸丰八年（1858）本。
⑥ （清）陆以湉：《冷庐杂识》卷六，中华书局1984年版，第309页。
⑦ （清）赵怀玉：《亦有生斋集·文》卷十三，嘉庆二十一年（1816）刻本。
⑧ （清）王芑孙：《渊雅堂全集·惕甫未定稿》卷十二，嘉庆刻本。

式善"手事状,乞为别传"①于赵怀玉,又"以公事行求为志墓之文"②于王芑孙,所以,此二文,乃法式善将家父之生平载记及家族事迹提供给友人,请其为家父作传墓之文,据此推断,赵、王二人所据史料的可靠性是最高的,因此,法式善"伍尧氏"之说虽影响不甚大,然却最具说服力。同时,赵怀玉今存诗作中,经常出现"伍尧祭酒法式善",如《西涯诗为伍尧祭酒法式善作》③《伍尧祭酒法式善移居三首》④《次韵酬伍尧庶子法式善见寄》⑤《挽同年伍尧庶子法式善》⑥等诗篇,都是赵怀玉与法式善当时唱和之作,可见"伍尧"确系得到法式善认可的族姓。

此外,清代文献中关于法式善亦有持"孟姓"之说。一为翁方纲嘉庆二十二年(1817)为法式善序其《陶庐杂录》时所云:"梧门姓孟氏,内府包衣,蒙古世家,原名运昌。"⑦又晚清叶衍兰等《清代学者象传合集》云:"法式善姓孟氏,字开文,一字梧门,号时帆,蒙古正黄旗人。"⑧关于此姓氏,民国时杨钟羲曾力辩,谓法式善"高祖名孟成,内务府郎中。内务府俗例取一字为姓,故又称孟氏。苏斋序《陶庐杂录》,谓姓孟氏,非也"⑨。

因为上述文献语焉不详,遂导致今通行的较为权威的清代诗文集类工具书中关于法式善姓氏记载上的出入:或对法式善的姓氏避而不谈,如袁行云先生《清人诗集叙录》载:"法式善本名运昌,字开文,一字梧门,号陶庐,蒙古正黄旗人。"⑩或持乌尔吉氏,如李灵年等《清人别集总目》载"(法式善)原名运昌,字开文,号

---

① (清)赵怀玉:《御园织染局司库伍尧君家传》,《亦有生斋集·文》卷十三,嘉庆二十一年(1816)刻本。
② (清)王芑孙:《内务府司库广公墓志铭》,《渊雅堂全集·惕甫未定稿》卷十二,嘉庆刻本。
③ (清)赵怀玉:《亦有生斋集·诗》卷十六,嘉庆二十一年(1816)刻本。
④ (清)赵怀玉:《亦有生斋集·诗》卷十七,嘉庆二十一年(1816)刻本。
⑤ (清)赵怀玉:《亦有生斋集·诗》卷二十五,嘉庆二十一年(1816)刻本。
⑥ (清)赵怀玉:《亦有生斋集·诗》卷二十九,嘉庆二十一年(1816)刻本。
⑦ (清)翁方纲:《复初斋文集》卷三,清李彦章校刻本。
⑧ 叶衍兰等:《清代学者象传合集》,上海古籍出版社1989年版,第246页。
⑨ 杨钟羲:《雪桥诗话》初集卷九,民国丛书本。
⑩ 袁行云:《清人诗集叙录》卷四十五,文化艺术出版社1994年版,第1566页。

梧门，乌尔济氏，蒙古正黄旗人"①；或称其为奉召氏伍尧，如柯愈春先生《清人诗文集总目提要》载法式善"原名运昌，诏改法式善，字开文，一字梧门，号时帆，又号陶庐，自署小西崖居士，氏乌蒙吉，又氏孟，奉诏氏伍尧，蒙古正黄旗人"②。工具书如此，也影响到清诗研究专家严迪昌先生关于法式善的记述，"（法式善）原名运昌，字开文，号时帆，又号梧门、陶庐。蒙古正黄旗人"③，未记述其族氏，因此有必要予以探究，以正视听。

客观而言，以上三种说法，除去"孟姓"早已有学者指出其不可信外，④ 其余"蒙乌吉氏"与"伍尧氏"二说的影响一直还在。如何能够明确法式善的姓氏归属问题，可以从法式善50岁时所作的《重修族谱序》中找到答案：

> 吾家先世虽繁衍，然莫详其世系。我曾祖修《族谱》时，惟记有元以来，历三十五世之语，而未载世居何地，相沿为蒙乌尔吉氏。法式善官学士时，高宗纯皇帝召对，询及家世，谕云："蒙乌尔吉者，统姓耳。天聪时，有察哈尔蒙古来归，隶满洲都统内府正黄旗包衣，为伍尧氏，汝其裔乎。"盖蒙乌尔吉，远宗统姓，而伍尧则本支专姓也。今族中惟知蒙乌尔吉，而不知伍尧，赖圣谕煌煌，一正其讹。某敬识之不敢忘，即以传告族众，俾共闻焉。

序言中法式善明确了"蒙乌尔吉氏"与"伍尧氏"之间的关系，即"蒙乌尔吉氏"乃远宗统姓，非法式善家族本支姓氏，而"伍尧氏"则是自天聪时来归、隶内务府正黄旗包衣身份的那支蒙古人的专姓，即"伍尧"乃法式善家族的姓氏。又法式善的嗣孙来秀，

---

① 李灵年等：《清人别集总目》，安徽教育出版社2000年版，第1511页。
② 柯愈春：《清人诗文集总目提要》卷三十三，北京古籍出版社2001年版，第899页。
③ 严迪昌：《清诗史》下，浙江古籍出版社2002年版，第868页。
④ 参见白·特木尔巴根《古代蒙古作家汉文创作考》，内蒙古教育出版社2002年版。

中道光三十年庚戌（1850）进士，今检阅当年来秀中进士时的朱卷题名为"伍尧氏来秀"①，可知法式善后世子孙都以"伍尧氏"为本支姓氏。又据《八旗满洲氏族通谱》记载有"伍尧氏"，且明确"伍尧系，隶满洲旗，分之蒙古一姓，此一姓世居察哈尔地方"。②此说与《重修族谱序》相互印证，进一步证实确有"伍尧氏"一姓。以上，出自法式善本人提供的资料当是最具说服力的文献支撑，或是经由法式善亲眼看到的文字资料，如其好友赵怀玉、王芑孙所谓"伍尧氏"之说。另因"蒙乌尔吉氏"为统姓，所以一时间后人多以此概称法式善家族的姓氏，应该也不错，只是相较于"伍尧氏"有失严密确切。

因此，今存法式善族姓的三种说法之中，除去"孟姓"不成立外，其余"伍尧"姓最为准确，而"蒙乌尔吉氏"乃统姓，即包括"伍尧"姓氏一支，虽非专指，范围较广，但也不错。

二是关于法式善家族世系的演进，今存文献记载略有出入，笔者试图尽量占有文献，梳理出法式善家族世系演进的略表。

阮元《梧门先生年谱》称法式善"始祖讳福乐者，以军功从入关，隶内府正黄旗。六传而至先生"③，大致世系为：福乐→六格→平安→父亲和顺（本生父广顺）→法式善，仅能描述出五世次序；而赵怀玉《御园织染局司库伍尧君家传》叙法式善族系为"文皇帝时，有代通者从入关，隶内务府。曾祖梦成，官内管领。祖六格，官郎中。考平安，官员外郎。君为从祖父监生长安后，长安父，监生，乌达器管领之子也"④。世系为：代通→某→梦成→六格（乌达器）→平安（长安）→和顺（广顺）→法式善，描述出至少七世；而王芑孙《内务府司库广公墓志铭》云："其先有代通者，以文皇帝时自察哈尔来归，后从入关，隶内务府，官参领。三传而至梦成，官内管领。梦成四子，长郎中六格，次某，次监生乌达器，次某。

---

① 顾廷龙：《清代朱卷集成》第16册，台北成文出版社1992年版，第67页。
② 《八旗满洲氏族通谱》卷十七，文渊阁四库全书本。
③ （清）阮元：《梧门先生年谱》，《存素堂诗续集录存》，杭州阮元刻，1816。
④ （清）赵怀玉：《亦有生斋集·文》卷十三，嘉庆二十一年（1816）刻本。

六格有子五人，长员外郎平安，乌达器有子一人，监生长安。长安无子，而员外有五子，长曰和顺，次即公，公平安之子，而出后长安者也。公生四子，长法式善。"① 世系为：代通→某→某→梦成→六格→平安（长安）→和顺（广顺）→法式善，八代而至法式善。以上赵、王二人撰文的资料均来源于法式善，所以有关其家族世系的资料应该是足资考证的。又法式善于《重修族谱序》中称"伏念自始祖从龙入关，至法式善八世矣""爰自始祖讫儿子桂馨，凡九世"。② 又据法式善的嗣孙来秀③于道光三十年（1850）的进士朱卷记载伍尧氏来秀的家世称：五世祖六格，高祖平安，曾祖和顺，祖法式善，父桂馨。因此，综合以上，法式善家族自始祖从龙入关以来，直至其孙来秀共十世，其中自始祖之下，梦成祖之前两世名讳不详外，大体代序较为清晰，即代通→某→某→梦成→六格→平安→和顺→法式善→桂馨→来秀。可见，《梧门先生年谱》自始祖至法式善凡六世之说有失准确。

以上世系中，除了始祖有"福乐"与"代通"之分歧外，几无疑问。因此，综合阮元《梧门先生年谱》、赵怀玉《御园织染局司库伍尧君家传》、王芑孙《内务府司库广公墓志铭》、法式善的《重修族谱序》、来秀的道光三十年（1850）进士朱卷相关文献资料，力求缕述法式善的家世脉络，为便于观览，列简表如下，见图1-1。

综上可知，法式善的家族由始祖自清初入关以来，传至法式善共八世，家族枝叶不甚繁盛。相较于那些有着悠久家族史的士人来说，法式善的家族历史并不辉煌，所以法式善不可能躺在祖辈的功

---

① （清）王芑孙：《渊雅堂全集·惕甫未定稿》卷十二，嘉庆刻本。
② （清）法式善：《存素堂文集》卷二，扬州绩溪程邦瑞刻，1807。
③ 来秀（1819—1911），字实甫，号子俊，一号鉴吾、行一。蒙古正黄旗人。道光三十年（1850）进士。据《清代朱卷集成》来秀的朱卷载：来秀生于嘉庆二十四年（1819），其父亲为桂馨，母亲为索绰络氏；又来秀本生父世泰，本生母伍尧氏。另据翁方纲嘉庆二十二年（1817）为法式善《陶庐杂录》作序中云："梧门子桂馨亦能文，早成进士，官中书舍人，深望其以学世其家，而今又已逝去"，因此，可知桂馨在嘉庆二十二年（1817）冬十二月二十二日前已经故去。而来秀朱卷中称其生于嘉庆二十四年（1819）。所以得出结论，来秀并非桂馨亲生；同时再依据来秀的朱卷，可知来秀系过继法式善的长女、桂馨的大姐（富察氏所出）之子，即富察氏过继了桂馨长姐的儿子，取名来秀。

劳簿上成就自己的前程，只能凭借自己的勤奋努力，投身科举，跻身于乾嘉文坛，谋得一席之地。而这也是法式善家族几代人的追求与希望。（见图1-1）

法式善家世谱系表

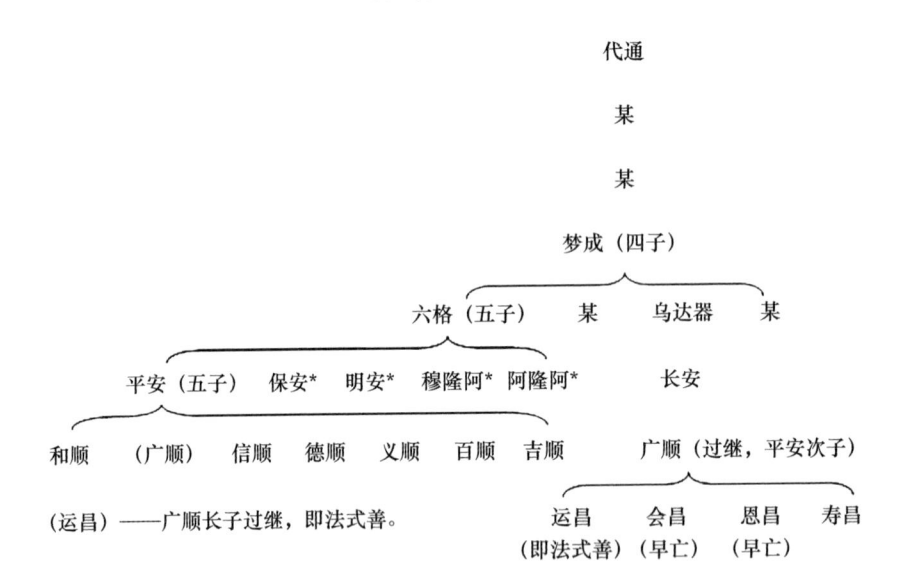

代通

某

某

梦成（四子）

六格（五子）　某　乌达器　某

平安（五子）　保安*　明安*　穆隆阿*　阿隆阿*　长安

和顺（广顺）　信顺　德顺　义顺　百顺　吉顺　广顺（过继，平安次子）

（运昌）——广顺长子过继，即法式善。　　运昌　会昌　恩昌　寿昌
　　　　　　　　　　　　　　　　　　　（即法式善）（早亡）（早亡）

法式善家庭成员表

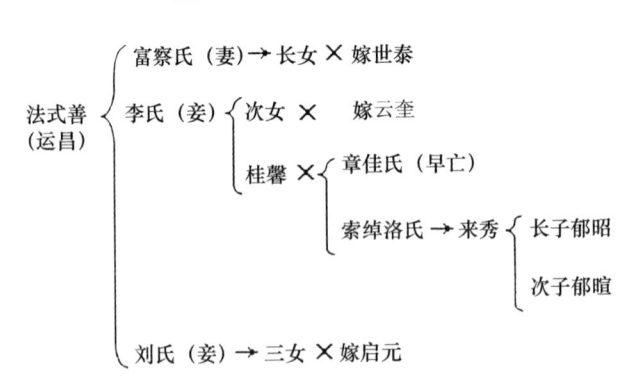

法式善（运昌）
- 富察氏（妻）→ 长女 × 嫁世泰
- 李氏（妾）
  - 次女 × 嫁云奎
  - 桂馨 ×
    - 章佳氏（早亡）
    - 索绰洛氏 → 来秀
      - 长子郁昭
      - 次子郁暄
- 刘氏（妾）→ 三女 × 嫁启元

图1-1　法式善家世谱系表及家庭成员表

第一章 法式善的生平经历与仕宦心态

当代学者孙之梅先生曾言:"一个人的性情习惯、思维方式、道德准则以至于生活小节,都与潜移默化、耳濡目染的早期教育有关。"① 法式善的成长经历深深地烙印着家族的影响。法式善之所以走上科举之路,与其家族由尚武转为尚文的精神及其家庭教育是分不开的。伍尧氏家族自始祖从龙入关后,主要以武力发家,进身亦多为军职,且职位均不高。直至高祖梦成始习翰墨,自此,伍尧氏家族不再借军功进身仕途,转而向科举谋取功名。法式善《重修族谱序》:

> 伏念自始祖从龙入关,至法式善八世矣。世无显官,其进身又多由军职。迨余高祖官内务府郎中,始习翰墨,亟亟以修《家谱》为急务。而余曾祖管领公、祖员外公皆喜读书,勤于职事。余父始以乡科起家。余祖尝诫法式善曰:"汝聪明,当读圣贤书,勿以他途进,异日成就,《家谱》当续为之。"余祖弃余三十年矣,余父母弃余亦廿余年矣。余今年五十,儿子仅十龄,族姓又复寥落,不亟为茸补,其何以慰先人而示后昆乎。②

序文表明伍尧氏家族对于科举的重视,以至于寄希望法式善能饱读圣贤书,凭借科举博取功名,以此荣耀家族,延续《家谱》。而事实上,法式善终不负家族众望,实现了家族几辈人的夙愿,于乾隆四十五年(1780)得中进士,祖辈亦得获殊荣,阮元《梧门先生年谱》:

> 曾祖讳六格,官内管领,诰授中宪大夫;曾祖母赵氏诰封恭人。祖讳平安,贡生,内务府员外郎,诰授中宪大夫;祖母张氏,诰封恭人。父讳和顺,圆明园银库库掌,母韩氏。本生父讳广顺,乾隆庚辰科顺天乡试中式,本生母赵氏。三代皆以

---

① 孙之梅:《钱谦益与明末清初文学》,山东大学出版社2010年版,第12页。
② (清)法式善:《存素堂文集》卷二,扬州绩溪程邦瑞刻,1807。

先生诰赠通议大夫、翰林院侍读学士、国子监祭酒、加五级。妣皆赠淑人。①

法式善以自己的努力终于圆了家族几代人的科举入仕之梦，舍武从文而光耀门楣。

在促成法式善荣登科举的过程中，也离不开家族的熏陶与母亲的谆谆教诲。在法式善之前，族祖就曾为族人延请塾师，希望族人能以科举仕进。京师人陆镇堂就曾两度在法式善家做塾师，也就是法式善启蒙师长。法式善曾于《陆先生七十寿序》一文中予以揭示：

> 乾隆十八年正月，法式善生于西华门养蜂坊。吾师镇堂陆先生方馆余家，授两叔祖及诸叔父业。先生年才逾弱冠耳，先大父尊之若老宿，且命司库府君以文字相切劘。府君少先生二岁，因兄事焉。先大父罢官，迁居海淀，道远，先生辞去。岁庚辰，先生与司库府君同举京兆试。又二年，先大父以法式善入家塾，复延先生督课诵，叔祖及诸叔父仍从学。②

序中，法式善既交代了陆镇堂与其家族几代人的师友之谊，又借此传达了法式善族祖对待族人学业的重视，对族中子弟参加科举，进而借科举进身的殷切希望。

然好景不长，法式善9岁时，父亲过世，家道中落，不得不辞退塾师，由母亲韩氏亲自课读。可以说法式善得以荣登科第离不开其自身的努力，还与家庭的熏陶与教育有关，其母韩氏的培养教育就是助力法式善科举扬名的重要因素。法式善在《先妣韩太淑人行状》中追述了韩氏的门第教养：

> 太淑人氏韩，父讳锦，字静存，号野云。其先沈阳人。四

---

① （清）阮元：《梧门先生年谱》，《存素堂诗续集录存》卷首，杭州阮元刻，1816。
② （清）法式善：《存素堂文集》卷三，扬州绩溪程邦瑞刻，1807。

世祖某在国初以武功著,隶内府正黄旗汉军。静存公究心闽洛之学,少为东轩高文定公所赏,妻以女。太淑人,高出也。生有凤慧,五岁喜读宋五子书,十三通经史,喜览古今忠臣烈女事。年十九,归先大夫。事舅姑备得欢心,又能练习家政。时方萃族居,太夫人经理半年,内外秩然。①

又嘉庆十一年(1806)在《过带绿草堂旧居有感》中,回忆往昔母亲抚养、教育自己的艰辛经历:

忆我五岁时,读书居草堂。草堂仅三楹,花竹高出墙。后有五亩园,夹道皆垂杨。我幼苦尪弱,晨夕需药汤。我母善鞠我,鞠我我病良。楚骚与陶诗,上口每易忘。老母涕泗横,书卷摊我旁。一灯夜荧荧,落叶钟声长。至今老梧桐,犹剩秋阴凉。转眼五十年,儿今毛鬓苍。徘徊那忍去,几度窥斜阳。故巢燕自飞,残墨污空廊。②

法式善得以遂意科举,荣登仕宦,"以母而兼父师"的母亲功不可没。所以在法式善看来,如若其"德业不进",将深感愧对母亲的教诲。

自法式善家族崇尚举业始,经几代人的锐意努力,相继有举人、进士登第,成就了家族有清一代蒙古族科举世家的荣誉。③ 据法式善的嗣孙来秀的朱卷所列,法式善的家族中,从始祖以武从龙入关到高祖梦成转而习文,直至来秀的十代人中,相继出现了4位举人,3位进士。即第六代的保安,雍正七年(1729)举人;第七代的广顺,乾隆二十五年(1760)举人;第八代的伊常阿,道光十五年(1835)举人;第九代的桂芬,道光二十三年(1843)举人。又第八代法式

---

① (清)法式善:《存素堂文集》卷四,扬州绩溪程邦瑞刻,1807。
② (清)法式善:《存素堂诗初集录存》卷二十三,湖北德安王墉刻,1807。
③ 参考张杰《清代八旗满蒙科举世家述论》,《满族研究》2002年第1期。

善，乾隆四十五年（1780）进士；第九代桂馨，嘉庆十六年（1811）进士；第十代来秀，道光三十年（1850）进士。①

同时，法式善家族不单享有清朝蒙古族科举世家的美誉，亦有文学世家之声誉。② 如法式善父亲秀峰诗作今存《夜步》《即目》《赠僧》《晚坐》各一首，《秋景玉泉山即事》二首，共六首，收录于《熙朝雅颂集》中。如其《秋景玉泉山即事》二首云：

> 山气着人凉，虫声入夜苦。月明灯渐昏，松花落如雨。
> 惊起鹭鸶飞，且踏秋烟往。不见打鱼人，但闻荷叶响。

诗中描述了诗人因为任职于玉泉山，遂摄录下秋日玉泉山中的风景，在诗人的笔下，玉泉山中的夜晚万籁俱寂，秋虫的嘶鸣声声入耳，秋月皎洁高悬，秋雨稀疏落下打落一地松花；而玉泉山的秋水之滨，在雨雾迷离如烟如云的水面上鹭鸶突然被惊起而纷飞跃动，水雾迷蒙不见渔翁的身影，但闻荷花荡中不时传出荷叶枝叶摩挲的响声。短短40字，诗人就将秋日玉泉山中的视觉景观：秋月、秋水、灯影、松花、荷叶、鹭鸶尽数摄影笔端，更有听觉享受：秋虫的鸣叫、渔人的桨声声声入耳，置身其中，读者仿佛置身于"明月山中照""秋声入耳中"的"桨声灯影里的玉泉山水"中，秋雨过后，不觉"一层秋雨一层凉"。全诗质朴自然，不事雕琢，营造出一片清新舒朗的自然情境。见此诗，如见其人"生平泊于荣利"③，且法式善《本生府君逸事状》中谓"公自司织染局，遂移家玉泉山下。官闲事简，地当山水之胜，尝驾一小舟，从二老隶徜徉湖曲。遇寺观幽僻处辄憩息"④，法式善友人王芑孙的墓志铭中亦载："公

---

① 本段论述据顾廷龙《清代朱卷集成》第16册"伍尧氏来秀"的朱卷，台北成文出版社1992年版。

② 米彦青：《清代中期蒙古族家族文学与文学家族》，《内蒙古大学学报》（哲学社会科学版）2011年第2期。

③ （清）赵怀玉：《御园织染局司库伍尧君家传》，《亦有生斋集·文》卷十三，嘉庆二十一年（1816）刻。

④ （清）法式善：《本生府君逸事状》，《存素堂文集》卷四，扬州绩溪程邦瑞刻，1807。

第一章　法式善的生平经历与仕宦心态

讳广顺，字熙若，号秀峰，蒙古正黄旗人。……晚司织染局，其地在玉泉山，有烟霞、泉石、竹树之观，昼则散步陂陀，夜则篝灯诵《易》，声琅琅然，自谓于《易》有得。"① 可见一斑。

其母韩氏端静闲人亦知书能文，"端静闲人者，先太夫人晚年自署也"。② 平生诗作虽多然存者少，"太夫人通经史，工韵语，顾有所作，秘不示人，投稿古罂中，值朔望辄引火焚化，……逮太夫人逝，竟弗获留只字"③。逮母亲过世后，法式善凭夙昔习诵记忆，整理汇编一集为《带绿草堂遗诗》，"兹仅就善夙所诵习者，镂版以存，俾我世世子孙焚香盥读"。④《带绿草堂遗诗》，该集收录七言《雁字三十首次韵》，七绝《咏盆中松树》一首；另据法式善《带绿草堂遗诗序》载录，尚存近体五言诗句十一句，如："'家贫秋觉早，树缺月宜多''焚香忘拜佛，看画胜游山''读书合深夜，吃药及中年''灯昏书味永，雪冷粥香迟''病树无蝉响，空塘有鹭飞''雪繁鸦栖树，风高犬吠门''枣红高树日，竹绿破篱霜''芰荷香抱屋，杨柳绿随溪''池风吹草湿，春月入帘虚''桃花红抱郭，松叶绿围山''秋在蒹葭外，诗成风雨时'。"⑤ 同时，该诗集有时人翁方纲与王昶的序，法式善的跋文与序文各一则。

如翁方纲《带绿草堂遗诗序》云："时帆祭酒手状其母韩太淑人节行，复就所记忆太淑人遗诗三十余章，锓诸木曰《带绿草堂遗诗》。带绿草堂者，太淑人教子处。时帆所绘《雪窗课读图》卷，即其地也。时帆由庶常跻学士，掌成均，自中秘之书、馆垣之课、艺林之训，故罔弗该记而所最口熟不忘者，尤在此三十余章，是则雨声灯影所不能传，而教孝作忠之职志也。吾尝谓周成均法以乐语教国子兴、道、讽、诵、言、语，必有真切。情文入深处，非仅陈事喻物而已。而内则记鸡鸣盥漱及学乐诵诗之节，必本于降德众兆

---

① （清）王芑孙：《内务府司库广公墓志铭》，《渊雅堂全集·惕甫未定稿》卷十二，嘉庆刻本。
② （清）法式善：《带绿草堂遗诗跋》，嘉庆二年（1797）刻本。
③ （清）法式善：《带绿草堂遗诗跋》，嘉庆二年（1797）刻本。
④ （清）法式善：《带绿草堂遗诗跋》，嘉庆二年（1797）刻本。
⑤ （清）法式善：《带绿草堂遗诗序》，嘉庆二年（1797）刻本。

之教。则今日时帆为诸生研经讲艺，可谓知所本矣。诵斯集者，幸勿以寻常闺阁文藻例之乎。"① 又王昶嘉庆三年（1798）重阳日作有《带绿草堂遗诗序》，曰："刘子政撰《列女传》，'母仪'而下分为六类，以'辩通'终之。盖'辩通者'，以文辞言也。阃德不同，兼美者鲜，子政是以分录焉。今观韩太夫人则异是，太夫人少聪颖，能通经史；长而孝于舅姑，和于宗族，又教时帆祭酒读书、取科第，以成大名，今官国子祭酒，为学士大人所宗，是于'母仪''贤明''仁智''贞顺''节义'五者备矣；加之以文辞，于子政所称，洵乎兼美也。太夫人退然、谦然，辄毁其稿，雅不欲以诗自见。祭酒仅录其所记忆，而诗句之工，有名家所不能逮者，由其剩句思其全什，因其全什思其生平所作，当与礼宗女士并著于艺林。且祭酒方掌成均，成均天下学校之首，国学之士传之，则天下之士从而传之，太夫人之阃德愈远愈彰，他时有刘子政，取而首冠于《列女》也，必矣。"②

以上序言，一者揭示了该诗集命名之由来，即"带绿草堂者，太淑人教子处"，此系端静闲人往昔课读法式善的居处之名，也是法式善倩人所绘《雪窗课读图》之所在；再者颂扬端静闲人之为人，当兼具"母仪""贤明""仁智""贞顺""节义""辩通"六者备矣，假使编入《列女传》，必当"首冠于《列女》也"；其三者，指出端静闲人博通经史，课子教子之勤谨，"少聪颖，能通经史；长而孝于舅姑，和于宗族，又教时帆祭酒读书、取科第，以成大名，今官国子祭酒"。综上所述，法式善的成长的家学素养略见一斑。

濡染其中，法式善的一生亦著述宏富，有诗作三千余首，文二百余篇，又《梧门诗话》十六卷，《八旗诗话》一卷，等等；其子桂馨文学素养亦极高，曾与法式善吟诗唱和，惜英年早逝，未有诗文留存。桂馨的妻子、来秀的母亲亦出身于书香门第之家，其父亲英和中乾隆五十八年（1793）进士，母亲亦擅诗书。所以来秀在这

---

① （清）翁方纲：《复出斋外集》文卷一，清李彦章校刻本。
② （清）法式善：《诗龛声闻集》卷五，国图稿本。

样一位母亲的教导下,自然濡染家族的文学熏陶,诗文创作也颇丰,今存《扫叶亭咏史诗》《江南词》等,是文学史上蒙古族文人创作咏史诗最多的一位诗人,其影响不言而喻。

有清一代,八旗进士本身就远远少于汉族进士,而在八旗进士构成中,蒙古八旗又少于满洲八旗和汉军八旗,在蒙古八旗进士群体中,伍尧氏家族就占有三位,实属难能可贵。

二 法式善遭贬原因考论

如前所述,法式善生于乾隆十八年(1753),卒于嘉庆十八年(1813),于乾隆四十五年(1780)恩科得中进士,自此步入了时人的政治文化视野,开启了其仕宦之旅,其宦途亦经历了乾、嘉两朝。然,纵观法式善的宦海生涯,供职乾、嘉两朝的境遇却不尽相同。在乾、嘉两朝不同的处境,也影响到法式善的创作心态。有鉴于此,本书重点梳理了其在乾隆朝与嘉庆朝的境遇,发现乾隆帝在位时期,即乾隆十八年(1753)至嘉庆四年(1799),法式善的仕途如沐春风,稳步提升;而在嘉庆帝亲政以后,即嘉庆四年(1799)至嘉庆十八年(1813),法式善的宦途却遭遇到在乾隆朝未曾遇到的打击,如履薄冰,屡起屡踬,个中原因究竟如何,有待揭示。

法式善于乾隆朝的经历主要为读书、中举,政治仕途亦如沐春风。乾嘉盛世,如同众多寒门士子一样,寄希望于科举以改变自己的命运,进而荣宗耀祖。法式善也不例外,自幼遵祖父训诫,苦志读书,"汝聪明,当读圣贤书,勿以他途进"(《重修族谱序》),终不负祖望,于乾隆四十五年(1780)中进士,榜名运昌,[1] 自此,叩开了自己的仕宦之门。梳理法式善在乾隆朝的经历,主要有以下三件事。

其一是改名之誉。法式善自乾隆四十五年(1780)恩科进士及第,得以步入仕途,一直担任文学侍从之职,先后任检讨、充日讲起居注官、国子监司业、翰林院侍讲学士等职。值得一提的是,乾

---

[1] 朱保炯、谢沛霖:《明清进士题名碑录索引》,上海古籍出版社1980年版,第2745页。

隆五十年（1785），法式善时官司业。二月间，法式善因临雍礼成，"恭和御制诗"被赏，进而"有改名法式善之命"。① "法式善者"，即满洲语"奋勉上进也"，② 这对法式善来说无疑是至高的恩赐，光耀家族。此后，他一直使用此名，今存关涉法式善的正史传记或笔记传说都沿用"法式善"之名，可谓影响深远。此番奉旨改名，一定程度上促进了法式善与当时文人雅士的交游，法式善能够提高在众学侣中的声望，赢得乾嘉文坛盟主的地位，与此不无关系。

其二为乾隆帝关于法式善家族谱系的问询。法式善家族的世系，先世不详，"吾家先世虽繁衍，然莫详其世系"③。直至其曾祖修族谱时，只记有元以来历三十五世，并未记载世居何地，族人相沿为蒙乌尔吉氏。所以当乾隆皇帝垂询法式善家族谱系之事，且一正其讹，对法式善来说是无比荣耀之事，《重修族谱序》载：

> 法式善官学士时，高宗纯皇帝召对，询及家世，谕云："蒙乌尔吉者，统姓耳。天聪时，有察哈尔蒙古来归，隶满洲都统内府正黄旗包衣，为伍尧式，汝其裔乎。"盖蒙乌尔吉，远宗统姓，而伍尧则本支专姓也。今族中惟知蒙乌尔吉，而不知伍尧，赖圣谕煌煌，一正其讹。某敬识之，不敢忘，即以传告族众，俾共闻焉。④

此番垂询令法式善倍感圣谕煌煌，深受恩宠，庄重地敬告族人"亲聆高宗皇帝圣谕"，不敢忘怀，并以此"垂示我世世子孙"。法式善为此事而重修族谱，一正族属之讹，且传告族众，要铭记乾隆帝之圣谕，珍重若此。这对寒门出身的法式善而言，确是值得骄傲的。

其三是乾隆帝在世期间，法式善仕途达到了顶峰。法式善从乾隆五十九年（1794）五月至嘉庆四年（1799）连续四年任职国子监

---

① （清）阮元：《梧门学士年谱》，《存素堂诗续集录存》，杭州阮元刻，1816。
② （清）阮元：《梧门学士年谱》，《存素堂诗续集录存》，杭州阮元刻，1816。
③ （清）法式善：《重修族谱序》，《存素堂文集》卷二，扬州绩溪程邦瑞刻，1807。
④ （清）法式善：《重修族谱序》，《存素堂文集》卷二，扬州绩溪程邦瑞刻，1807。

祭酒一职，这既是法式善一生出任的最高官职，也是时间最长的一个任职。此外，因得乾隆帝的殊遇，法式善曾于乾隆朝有三次扈跸之役，据《梧门先生年谱》，分别为乾隆四十八年（1783）扈跸西陵，乾隆五十五年（1790）扈跸避暑山庄，且得"《恭贺御制诗》三十首"，又乾隆五十九年（1794）扈跸天津，"《恭贺御制诗》二十首，有缎纱之赏"。

总结乾隆朝的宦途经历，法式善虽非青云直上，也算得上顺风顺水。然而随着嘉庆四年（1799）正月初三乾隆帝病逝，嘉庆帝亲政，法式善的仕途却遭遇到前所未有的打击。

嘉庆朝，主要指嘉庆四年（1799）嘉庆帝亲政后，法式善的仕途遭遇到了重创。概言此时期的经历，法式善曾两次遭遇贬谪。

先是嘉庆四年（1799），法式善的宦途遭到了自入官场以来第一次最为严重的打击，也是法式善一生中唯一的一次上书言事之举，却招致祸端，给法式善的心灵以重创。阮元《梧门先生年谱》载法式善曾上书言六事，国子监十二事。如其所言"六事"为：

> 本月初五日，钦奉纶音，许九卿科道条陈得失，直言无隐……奴才窃惟皇上亲政维新之日，正天下翘观至治之时。数日间叠奉谕旨，举直错枉，饬纪整纲……谨竭刍荛之见，有合舆情，切乎时务者六事：
>
> 一、诏旨宜恪遵也。国家设官分职，各有专司，既奉圣谕，即当敬谨遵办。近来竟有阳奉阴违，延宕至二三年者。如嘉庆元年恩诏内，荫生、孝廉、方正诸条，迄今并未筹及。请皇上申明定限，一切诏旨，务使切实举行，以昭慎重。
>
> 一、军务宜有专摄也。川楚教匪，皆属内地，非边患可比。不仅以擒捕一、二人蒇事也。乃年来动支帑藏至数千万两，迄未有成。大率领兵诸臣擒一贼党，则以为渠魁；破一贼党，则以为大捷。所云指日荡平，实皆虚词掩饰，居奇邀赏。玩寇老师，莫此为甚。……应请敕遣亲王、重臣威望素著者一员，钦授为大将军，驰驻楚、蜀适中要害地方，畀以符信，节制诸军……

督抚办理军务不善者，亦即纠察治罪。如此，大小文武、大小员弁，咸知警奋，必能战守皆宜，剿抚并用，自无以蔓延矣。

一、督抚处分宜严也。督抚有表率通省之责，一有过失，小则降革，大则治罪，庶群僚咸知畏惮。若止罚养廉，逐获幸，邀宽免，在朝廷实开以自新之路，而贪墨者愈肆其诛求，即廉洁者亦不免于挪贷州县，逢迎上司，藉词征取，势不能不累及闾阎。请皇上赦其小过，其有不称督抚之任者，或降调、或予罢斥，罚交养廉之例，可以永行停止。

一、旗人无业者，宜量加调剂也。我国家承平日久，生齿日繁。即如八旗人数，已十倍于从前。旗人又不能如外省贫民可以离乡谋食。国家亿万万年，人数益众，而钱粮经费自有定额，岂能递增？即可议增，亦非政体。伏思口外西北一带，地广田肥，八旗闲散户丁，实无养赡，情愿耕种者，许报官自往耕种；不愿者，听其便。

一、忠谠宜简拔也。旧日言事之臣，如原任内阁学士尹壮图、原任御史郑徵等，居心忠亮，誉论称之。请皇上加恩召赴阙廷，许其直摅所见。奖一、二人，而天下知劝，恢张治体，激发士心，不无裨益。

一、博学鸿词科宜举行也。查康熙己未、乾隆丙辰曾设博学鸿词科，以翰林官补用。其中人材最盛，文章之外，以政事品节著者不少。请敕下部臣，查照旧例，令内外臣工各举所知，以二年为限，务须学纯品正者，始准征赴阙廷考试。即拔十得五，亦可励经世之学而收用人之效也。……[1]

此事缘起为嘉庆四年（1799）正月初三日，乾隆皇帝驾崩，久受父皇压制的嘉庆帝一夕亲政，处死和珅，诏令天下，遍求直言，意欲兴利除弊，朝野上下为之振奋。受此感召，法式善立即响应，于正月十三日上书言以上"六事"，揭露了清廷在吏治、军事、经

---

[1] 见于中国第一历史档案馆藏朱批奏折。

济、科举等方面的宿弊,件件都切中利害。法式善寄希望于嘉庆帝能励精图治,革除宿弊。不料这些符合嘉庆帝诏书要求的"有裨实政"的上疏,却遭遇了嘉庆帝留中不发。最为致命的是当丰绅济伦①以法式善"人明白结识,办事妥协"荐举时,却触怒了嘉庆帝,罗列了法式善多项罪名,如《大清仁宗睿(嘉庆)皇帝实录》卷五十六《嘉庆四年己未十二月甲申朔》载:

>谕内阁:本年春间,国子监祭酒法式善条奏事件,折首即有"亲政维新"之语。试思朕以皇考之心为心,以皇考之政为政,率循旧章,恒恐不及,有何维新之处?至折内称"剿办教匪,请饬遣亲王、重臣威望素著者一员,授为大将军,节制诸军"等语。其意不过见朕亲政之初,暂用仪亲王永璇、成亲王永瑆管理部务,而成亲王永瑆又在军机处行走,即谓亲王可用。此非趋向风气乎?国初可使王公领兵,太平之时,自不宜用。若亲王统兵,有功无以复加,有罪将何以处?议法,伤天潢一脉之深恩;议亲,废朝廷之法。所奏已属揣摩迎合,全不顾国家政体。
>
>又据称"口外西北一带,地广田肥,八旗闲散户丁情愿耕种者,许报官自往耕种"等语。若如所奏,岂非令京城一空,尤为荒谬之极。至请申明定限,举行荫生、孝廉、方正、博学鸿词各条,其事俱近沽名……
>
>朕原不以人废言也。至从前法式善在祭酒任内,声名狼藉,其最著者,开馆取供事一事,赃私累累。此人朕素不识,然早闻其劣迹矣。今春,本欲明发此旨,恐人误会,不敢陈言,原欲留伊俟京察时,再行宣露罢斥。
>
>近令诸臣密保深知之人。于十一月十八日,丰绅济伦密保法式善,谓"人明白结实,办事妥协",实孟浪可笑。丰绅济伦

---

① 丰绅济伦,乾隆帝第四女和硕和嘉公主之子。其父为福隆安。乾隆四十九年(1784)承袭一等忠勇公。

与法式善并非同衙门办事之人，如何得知其妥协？必系法式善见朕用丰绅济伦管理之处颇多，妄生别念，仍如钻营和珅、福长安故智，夤缘干求。彼时即欲将丰绅济伦、法式善交军机大臣共问其故，又虑无人复敢保荐，权将法式善之名，一并写出，姑试廷臣有人论奏否，今已等待一旬有余，无人论伊劣迹。

在法式善之悖谬条奏，诸臣容或不知。其国子监之声名，诸臣不知，其谁欺乎？……即朕特经简用之人，如有不孚众望者，诸臣尚应据实执奏，何况法式善只系廷臣保奏之人，既有劣迹，岂得缄默不语？……法式善着即解任，派大学士、军机大臣会同讯问，并将丰绅济伦何以率行保举之处，一并询问明白……丰绅济伦并未深知法式善平日声名才具，径以在伊家教读从未向伊借贷一节，即以其为人体面，遽登荐牍，实属孟浪。本应交部严议，姑念其甫经办理部务，年轻未曾历练，且询明尚无请托私弊，丰绅济伦着从宽交部议处。又谕法式善所论旗人出外屯田一节，是其大眚；至于命亲王领兵一节，不过迎合揣度；而国子监一事，已属既往，姑不深究。若照议革职，转恐沮言路，殊有关系，加恩赏给编修，在实录馆效力行走。

细究嘉庆帝的此番谕旨，主要给法式善罗列了三条罪名：一是法式善建议派遣亲王领兵剿办教匪，但嘉庆帝认为"太平之时，自不宜用。若亲王统兵，有功无以复加，有罪将何以处？议法，伤天潢一脉之深恩；议亲，废朝廷之法"。推究其实，令嘉庆帝最为担心的是"亲王统兵，有功无以复加"，害怕亲王的势力扩大，这既是嘉庆帝的私心，也是历代帝王深所警惕的。二是法式善奏请八旗闲散户丁出外屯田，嘉庆帝认为"若如所奏，岂非令京城一空，尤为荒谬之极"。事实上自清初顺治始，到嘉庆朝已历 150 余年，京城八旗子弟繁衍生息，独享特权，在京城坐吃皇粮，无所事事，游手好闲，其弊端日显。法式善为解决京师八旗的生计问题而建议外出屯田，怎么会"令京城一空"呢？反倒是为延国祚之长远之计。所以，嘉庆帝虽则认为法式善的上疏荒谬至极，然最终不得不面对现实，于嘉庆十七年（1812）下御旨：

> 夏四月甲辰，诏曰："八旗生齿日繁，亟宜广筹生计。朕闻吉林土膏沃衍，地广人稀。柳条边外，参场移远，其间空旷之地，不下千有余里，多属腴壤，流民时有前往耕植。应援乾隆年间拉林成案，将闲散旗丁送往吉林，拨给地亩，或耕或佃，以资养赡。农暇仍可练习骑射，以备当差，教养两得其益。该将军等尽心筹画，区分栖止，详度以闻。"①

尽管这道御旨下得有些迟，毕竟法式善还是在有生之年见到了，足以慰藉法式善因此而蒙受的不白之冤。三是指责法式善"在祭酒任内，声名狼藉，其最著者，开馆取供事一事，赃私累累"。关于"开馆取供事"一事，据阮元《梧门先生年谱》记："乾隆六十年（1795），官国子监祭酒。时开则例馆，先生照六部现行事例，又有欲照旧例用肄业生为誊录者，同官不和，物议乃起。"可知此事缘起是法式善想照旧例用肄业生为誊录者，而同僚意见不一，遂有流言四起，称法式善"赃私累累"，"早闻其劣迹矣"，传到嘉庆帝的耳边。嘉庆帝初据流言而给法式善定罪"赃私累累"，而终结此案时嘉庆帝又云："国子监一事，已属既往，姑不深究。"嘉庆帝在定罪时信誓旦旦，结案时又草草了事，其中既有亲政之初理事尺度拿捏不当的原因，也有打压前朝老臣之嫌。

此事一年之后终有结果："姑念其甫经办理部务，年轻未曾历练，且询明尚无请托私弊，丰绅济伦着从宽交部议处。又谕法式善所论旗人出外屯田一节，是其大咎；至于命亲王领兵一节，不过迎合揣度；而国子监一事，已属既往，姑不深究。若照议革职，转恐沮言路，殊有关系，加恩赏给编修，在实录馆效力行走。"法式善虽几经周折，好在有惊无险，但嘉庆帝出于政治原因的借题发挥，使其成了政治牺牲品的这一官场现实，无疑给他的满腔政治热情以致

---

① 赵尔巽等：《清史稿·仁宗本纪》，中华书局1977年版，第601页。

命一击，直接影响到他的仕宦心态及文学创作。

嘉庆十二年（1807）法式善55岁时，又以纂修《国朝宫史》篇页讹脱，蒙皇上指出，严议，实降一级，特授庶子。概言法式善嘉庆四年（1799）以后的仕宦经历，屡起屡踬，仕途蹭蹬。

或受此番经历的影响，法式善将更多的精力转向了修书编史，于此时期多次参与或主持编撰了大量官修典籍。如，嘉庆五年（1800），开始纂修《国朝宫史》；嘉庆七年（1802），奉校南熏殿历代帝后像、茶叶库诸名臣像，考定舆图、房萝图，荟萃各籍资料，编入《国朝宫史》。又，嘉庆六年（1801）四月，巡抚铁保奏请法式善编撰八旗诗人集，获准；嘉庆九年（1804），法式善完成撰事，进呈皇上阅览，嘉庆帝赐名为《熙朝雅颂集》。又，嘉庆九年（1804），朱珪、英和奏请重纂《皇朝词林典故》，推法式善为总纂；又嘉庆十二年（1807），法式善奏请纂修《皇朝文颖》；嘉庆十三年（1808），又奏请总纂《全唐文》。

综上，考索法式善的仕途经历，乾隆朝是其开启仕宦之旅的初期阶段，也是其仕宦生涯最辉煌的时期；而嘉庆朝却屡受挫折，然其也因此参与或主持编撰了大量文化典籍，从另一个方面成就了其在文化上的功绩。

第二节　法式善仕隐心态探究

詹福瑞先生曾云："欲了解一代文学，需要先明了一代文人之心态，在同一时代或同一时期，作家所处的社会文化环境大体相同，可是却最终形成了风格迥异的作品。这其中有诸多因素，最深层次也是最重要的是作家心灵或心态的差别。"[①] 所以，欲解读个体作家的文学创作，必先穿越时光隧道，与作家完成一次心灵的对话，真正地洞悉作家特定的心路历程与情感轨迹，才能深层次地把握作家作品的精神内涵。因此，本节试图揭示隐藏在法式善诗文深处的心

---

① 韩进廉：《无奈的追寻——清代文人心理透视》，河北大学出版社2001年版，前言。

灵世界，捕捉其盛世闲人、文学侍从纠结矛盾的仕宦心态。

一 "科第人生荣，次第宫花搴"——积极入仕

自隋代科举制度建立以来，古代的读书人渐奉科举为进身的阶梯，尤其是对于出身寒门的士子，科举无疑有着巨大的魔力，他们企盼着一朝登第，"朝为田舍郎，暮登天子堂"，一则可以改变自己的命运，并实现荣宗耀祖的目的；再则有机会达成其"达则兼济天下"的夙愿。就像《儒林外史》中的马二先生所云："举业二字，是从古及今人人必要做的"①，"人生世上，除了这事，就没有第二件可以出头"②。尽管马二先生是以科举的虔诚信徒而出现在作品中，但是他的言论，毋庸置疑也反映了科举在世人心目中的地位，道出了古代读书人对科举持执着态度的诱因。因此，"学而优则仕"，积极科举，投身仕宦，即是入仕心理的直观呈现。

其一，热衷功名、投身科举是中国古代士子文人积极入仕的最直接表现。"进士古人重，姓名题雁塔"③，昔日孟郊"春风得意马蹄疾，一日看尽长安花"(《登科后》)，科场得意的喜悦之情对法式善有着同样的吸引力。生当乾嘉盛世，法式善怀揣着积极入世的心态，虽家境贫寒，却苦力读书，一心为博取功名而矢志不渝，视功名为人生荣辱所系，"科第人生荣，次第宫花搴"④。法式善的努力终有回报，夙愿得偿，乾隆四十五年（1780）恩科得中进士，从此改变了自己的命运，也给家族带来了荣耀。伍尧氏家族自始祖以来，传至法式善已然八世，⑤ 虽祖辈寄希望于族人能科举中举，可族人屡次与科举擦肩而过，无缘登第。直到法式善此番高中，是其家族有族谱记载的八代人中第一位进士，足以光宗耀祖，出尽风头。其后

---

① 吴敬梓：《儒林外史》，人民文学出版社1958年版，第147页。
② 吴敬梓：《儒林外史》，人民文学出版社1958年版，第170页。
③ （清）法式善：《嘉庆庚午顺天乡试齿录，辛未会试齿录刊成，题后，勖儿子敬谨弆藏》，《存素堂诗二集》卷七，湖北德安王埔刻，1812。
④ （清）法式善：《购庚午、辛未乡会各房同门卷藏之，恐儿子不克守也，题诗为勖》，《存素堂诗二集》卷七，湖北德安王埔刻，1812。
⑤ （清）法式善：《重修族谱序》，《存素堂文集》卷二，扬州绩溪程邦瑞刻，1807。

儿子桂馨出生，法式善似乎又看到了延续家族荣耀的希望。

法式善年届不惑之年，方得子桂馨，从儿子初生时起，法式善便对其寄予厚望，这种期待在对桂馨日后的课读、教育中时有反映。先是因梦为子取名①，寄希望于儿子日后能蟾宫折桂，光耀门楣。中年得子，法式善异乎寻常的兴奋与喜悦感染着常相过从的朋旧，友人们纷纷吟诗作画以为祝贺。如"罗两峰聘、张船山问陶皆有《桂林图》。翁覃溪先生及诸名士贺以诗者，百余人"②。好友王芑孙特意作《桂馨名说》云：

> 时帆先生年四十矣，一旦举子，喜甚。先是，梦若有人授以桂树之华者，因遂命其子曰"桂馨"。自科举兴，世常以"桂"为富贵福祥之应，而予独推先生所以命子之意，有不止乎是者。盖桂，贞木也。见于《尔雅》《离骚》，不一族，而其本皆寿。其性也辛，有似乎君子之介然者；其香也远，有似乎君子之永誉然者。其于天也，不辞冬；其于地也，不辞炎，有似乎君子秉阳刚之德，而不干时然者。夫木之能贯四时，惟松柏与桂为然。然而举后凋者，言松柏不言桂。桂其有松柏之心，而不名其功者乎。乃其小用之则以为酒浆、膏烛、药物之属，无弗宜；大用之则为舟楫焉，以浮于江湖，为梁栋焉，以构乎明堂清庙，无弗任。然则，不名其功能有其功者也，岂所谓国桢者耶？以先生之为人，不宜得凡子。使夫桂馨者长而服念先生之教，由是国人称愿曰："幸哉！"君子之子，其于富贵福祥也孰御焉？于是为之说，书以遗之。③

王芑孙借对"桂"的解读，进而对桂馨寄予了厚望，即科举扬名，以应富贵福祥之兆。这既是王芑孙等友朋对桂馨的祝福，也代

---

① （清）法式善：《存素堂诗二集》卷五，湖北德安王墉刻，1812。
② （清）阮元：《法梧门先生年谱》，载《北京图书馆藏珍本年谱丛刊》第119册，北京图书馆出版社1999年版，第435页。
③ （清）王芑孙：《桂馨名说》，《渊雅堂全集·惕甫未定稿》卷十八，嘉庆刻本。

第一章 法式善的生平经历与仕宦心态　45

为传达了法式善的心声,"此子若成人,将无乃父比。立身孝弟先,识字忧患始。即弗作奇人,当免为俗士"①。

法式善曾将当时友人道贺的情形记录下来,如《八月一日举子志感》序言:

> 乾隆癸丑八月辛酉朔日辰加未,桂馨生。越三日,作汤饼,邀诸君饮于诗龛,诸君亦乐余之有子也。越九日,复相与张乐治具,觞予于陶然亭。是日,学士、大夫会者三十余人,皆天下贤杰知名士。以予之无似而又得子也晚,如桂馨者,未知其能成立否,而辱诸君相与之厚,则诚有不可忘者。其间如惕甫孝廉、船山太史又皆伉俪能文,以所作书画合卷装以赠予。因并录予诗于后,使桂馨异日知海内贤豪长者,相期于襁褓中者若是,则思所以自勉宜何如。②

此后,法式善更是对桂馨教导有加,不但亲自授之以读书、作文之法,③ 每当有所进步,法式善即倍感欣慰,"儿子好手笔,读书具内心。前年应举文,已自求精深"(《生日书怀》)。先是为儿子聘请周宗航为蒙师④,后又于嘉庆八年(1803)经好友朱野云的介绍,为桂馨延请彭石夫为课读之师,⑤ 可谓倾尽心力。最终,法式善投注在桂馨身上的心血与努力均得到了回报,这一切都以桂馨的进士登第而圆满落幕。

这种"科举中第、光宗耀祖"的心理在儿子桂馨嘉庆十六年(1811)进士及第时再次得到满足,法式善颇为自豪地称颂家族的科

---

① (清)法式善:《八月一日举子志感》,《存素堂诗初集录存》卷四,湖北德安王埔刻,1807。
② (清)法式善:《存素堂诗初集录存》卷四,湖北德安王埔刻,1807。
③ (清)法式善:《读汪积山〈寒灯絮语〉示儿子桂馨》,《存素堂诗初集录存》卷二十,湖北德安王埔刻,1807。
④ (清)法式善:《续怀人诗十六首》,《存素堂诗续集》,湖北德安王埔刻本,1812。
⑤ (清)法式善:《黄谷原〈小西涯杂忆画册〉为彭石夫题》,《存素堂诗初集录存》卷二十四,湖北德安王埔刻,1807。

举成就道："先公（指生父和顺）庚辰举人，余庚子进士，儿子庚午举人"，其得意之情溢于言表。且在诗文中屡屡提及此事："寒家甲乙科，至此凡三发"，①"我家凡三世，庚年均发科"②。特别是嘉庆十五年（1810）乡试，八旗士人中应举者凡四十一名，而次年会试，唯桂馨一人获中进士；③且本科取士，桂馨年纪最小，"癸丑至庚午，汝年方十八。二百三十人，徼幸遇识拔。序齿乃最幼，主司双目刮"④。消息传来，法式善不禁"感激涕零"。此事足令法式善及其族人引以为傲，在当时也颇受人艳羡，尤其是在当时蒙古八旗进士一直很少的情况下，⑤法式善及其家族的科举成就着实令人称羡不已。为此，法式善恐桂馨因18岁进士及第，年幼不懂得珍惜，便于"嘉庆庚午顺天乡试齿录、辛未会试齿录"刊成后亲自题诗其上，勉励儿子要小心谨慎收藏，以为纪念；之后又亲自征购"嘉庆庚午、辛未，乡、会各房同门卷"加以收藏，因担心儿子不能妥善护佑，遂题诗为勖。

此外，法式善还将其对科举的热忱，投入到为读书人编订科举考试参考资料的工作之中。其曾两次任职翰林院侍读学士，课业之暇，先后编订《成均课士录》《成均课士录续编》《同馆赋律汇钞》等资料，为士子文人叩开科举之门提供捷径。时人陈用光评价道："当其为成均祭酒时，孜孜与诸生讲解孔孟之道，至今人皆思之。其所定课文，传布海内，莫不奉以为程式也。"⑥阮元《梧门先生年谱》亦载有此事："时前后两次《成均课士录》，风行海内，几至家

---

① （清）法式善：《嘉庆庚午顺天乡试齿录，辛未会试齿录刊成，题后，勖儿子敬谨弆藏》，《存素堂诗二集》卷七，湖北德安王埰刻，1812。

② （清）法式善：《购庚午、辛未乡会各房同门卷藏之，恐儿子不克守也，题诗为勖》，《存素堂诗二集》卷七，湖北德安王埰刻，1812。

③ （清）法式善：《岁暮有怀那东甫尚书亲家，感旧抒情语无伦次》，《存素堂诗二集》卷八，湖北德安王埰刻，1812。

④ （清）法式善：《嘉庆庚午顺天乡试齿录辛未会试齿录刊成题后，勖儿子敬谨弆藏》，《存素堂诗二集》卷七，湖北德安王埰刻，1812。

⑤ 参见张力均《清代八旗蒙古汉化初探》，《内蒙古大学学报》（人文社会科学版）2006年第5期。

⑥ （清）陈用光：《存素堂制艺序》，《太乙舟文集》卷六，道光二十三年（1843）孝友堂刻。

有其书。十余年来，习其诗文者，无不掇科第而去；至是《同馆诗赋》，学侣亦皆奉为圭臬。"可见法式善于当时士林中的声望。黄安涛亦称："所录制举文为士林法则，揣摩者效其程度，辄得科第，咸以为百年来所罕观。"①可以想见法式善对科举之热情。正是这份执着科举的心态，使得他对那些有才情而科场失意的落第士子屡加鼓励，期待他们不要放弃。时人郭麐曾回忆说："梧门先生法式善，风流宏奖，一时有龙门之目。己卯岁，余应京兆试，先生为大司成，未试前，余避嫌未及晋谒先生，已知其姓名。监中试毕，呼驺访余于金司寇邸第，所以勖励期待之者甚厚。下第出都，犹拳拳执手，望其再踏省门。书联见送。"②法式善拳拳科举之情可见一斑。

其二，法式善积极的入仕心态还表现在关心百姓的疾苦，关注时政民生。作为一直从事文学侍从之职的文官而言，法式善宦迹绝少离开京师，也从未有机会接触到底层百姓，更别说周济民生了，然而法式善还是于诗文中表达了其心系百姓民生，关注时政的态度。

法式善对时政的关注，一方面表现在以冷静、客观的笔触批判时政，揭示出"民安"的关键在于清廉吏治。如其在《秋夕寄怀孙渊如星衍观察》中云，"俗敝赖整饬，吏骄贵镇抚"③，指出当时官场内部存在的骄官俗吏等问题。即上层官吏沉湎于纸醉金迷——"此时富贵家，酒酣正歌舞"④，无心朝政得失，对底层百姓困苦的生活遭际——"山中愁何事，服田无黄牛"（《白檀山》）、"谁知养蚕人，苦逾叱牛客。一般桑叶云，夜夜春风陌"（《桑田》），充耳不闻。如法式善《阮芸台元中丞寄缎二端经籍纂诂一部》诗云：

> 君今任封疆，何暇弄楮墨。吾闻古书生，厥功在社稷。操尺遂秉节，两浙仰名德。人人皆饱暖，谁甘为盗贼？补偏即救

---

① （清）黄安涛：《时帆先生小传》，《真有益斋文编》卷八，道光刻本。
② （清）郭麐：《灵芬馆诗话·续诗话》卷五，嘉庆刻本。
③ （清）法式善：《存素堂诗初集录存》卷六，湖北德安王墉刻，1807。
④ （清）法式善：《秋暮净业湖待月》，《存素堂诗初集录存》卷三，湖北德安王墉刻，1807。

弊，大臣此其职。春风无所私，被物有余力。结习或未忘，江山亦生色。①

法式善指出，所谓"盗贼"实是百姓为生计所迫不得已而为之，如果"人人皆饱暖"，谁愿铤而走险去做"盗贼"呢？所以统治者必须革除时弊，为官一任，必须廉洁自律，造福一方。法式善在《杜梅溪大令寄示近诗》中进一步指出：

> 官亦百姓耳，适然居此职。一粟与一丝，全出百姓力。袖手无以报，即已伤吾德。何况朘削之，驱而为盗贼。②

今天的"官"，起初也是普通百姓，只不过"民也今为官"，所以今之为"官"者，一定要为民办事，不可忘本。同样地，法式善在《赠梁石川德谦州牧》中又强调"念君为民时，屡受县官攘。民也今为官，毋忘昔悒怏"，且按法式善的思想，牧民之术不是施以暴力，应该教而化之，"牧民无他术，不外教与养"，进而"因势而利导，奚烦法令强。犷悍虽弗免，化之以忠谠"。③

以上，法式善明确地表达了其"官亦百姓耳"，即官民一体的思想，所以为官者必须为民办事，方为不忘本。

另一方面，法式善通过不遗余力地褒奖清官，鼓励官吏们为民造福，借清官之手以达成自己的心愿。其在《柬方葆崖盐使》中有这样的诗句：

> 有才不择官，随事见经理。盐官民生系，衣食胥赖此。所难使者廉，君清已如水。④

---

① （清）法式善：《存素堂诗初集录存》卷十一，湖北德安王埔刻，1807。
② （清）法式善：《存素堂诗初集录存》卷十五，湖北德安王埔刻，1807。
③ （清）法式善：《赠梁石川德谦州牧》卷二十四，湖北德安王埔刻，1807。
④ （清）法式善：《存素堂诗初集录存》卷五，湖北德安王埔刻，1807。

食盐，直接关系到百姓的日常生活，而负责于此的盐官，是贪是廉则关乎着万民的生计，法式善清醒地认识到盐官的为官思想事关国计民生，因此，他对方葆崖身为盐运使，而能清廉自律，"君清已如水"给予高度颂扬。在《送桂未谷馥出宰滇南》中云"民安即我安，陶然百忧释"，《答河南抚军清平阶》中云"穷黎皆饱暖，余合长闲放"，指出唯有百姓生计无忧，居官才能无虑，国家方能无患。同时，法式善曾于嘉庆帝亲政之际上书所言"六事"①，涉及当时政治、经济、科举、军事等方面的内容，件件都切中时弊，虽不为朝廷所用，甚至以此招致祸端，却足见法式善对时政的关注。

纵观法式善仕宦生涯，终老一生均为文学侍从，身居清要，从未有机会出宰一方，亲临基层参与吏治，直接为民办事。然而其能心存"畿南秋雨大，冻饿念吾民"（《樊学斋中作》）、"江南水患大，何术营河渠"（《病中唐陶山刺史过访》）这样一份"官贫乃益知民贫"（《杜梅溪大令》）的心态，以"己之饱暖而悯人之饥寒"之胸怀，已经远胜过那些或追欢逐乐，或埋首书卷不问世事的士大夫了，相比之下，法式善的这份用世之心确实难能可贵。

二 "愧乏济时术，隐忧何日伸"——归隐之因

法式善自科举入仕以来，强烈的事功心态一直是其执着于仕途的坚强堡垒。然而，再坚强的堡垒也经不起来自各方面的打击与消磨，曾经坚不可摧的心理防线终因无数次的打磨而失去防守之力。这种或直接、或间接的冲击都对法式善积极入仕心理构成了挑战，使得其心理防线失守，堡垒动摇，代之以强烈入仕心理的是其向往林泉，呼唤归隐，寻求心灵的放逐。邓绍基先生曾言："古代文人总是处于种种矛盾的夹缝之中，一辈子在仕与隐、君与亲、忠与孝、名节与生命、生前与身后等问题上痛苦地熬煎，这种痛苦和矛盾的文化性格，来自于中国传统文化心理，也与复杂的社会环境有关。"② 法式

---

① 《大清仁宗睿（嘉庆）皇帝实录》，台湾华文书局1969年版，第695页。
② 邓绍基：《元代文人心态》序，载么书仪《元代文人心态》，文化艺术出版社1993年版。

善也不例外，其在仕与隐间徘徊，进与退间挣扎，究其原因，与复杂的周遭环境不无关系。具体而言：

其一，自身仕宦经历对法式善心态的影响。仕途的屡起屡踬，挫伤了法式善的政治热情。尤其是嘉庆四年（1799）的上书言事，险些遭受牢狱之灾，残酷的现实，使法式善对功名富贵产生怀疑，内心开始向往渔樵山野的生活。如《闲居》：

愧乏济时术，隐忧何日伸。摊书为遮眼，爱画拟藏身。秋竹短于草，野花高过人。渔翁淡名利，江上坐垂纶。①

诗中，法式善表现出虽怀经国济民之志却力不从心，隐忧无处得伸，于是只能寄情于娱心书画排遣心中的无奈，艳羡渔翁的淡泊名利，优游卒岁，实际上正是其逃避现实的一种心理表现。

晚年的法式善疾病缠身，甚至因病不得已而辞官，② 所以越发触动诗人敏感的神经，回首自己一生的经历，"我昔官司业，行年未三十。今更越十年，一事鲜成立"③，自觉一事无成，五十八岁生日之际，借对儿子的劝勉抒发自己之苍凉心境："汝父病废书，拥榻如僵蚕。鸿奋与犊强，努力当从今。不然视汝父，老至徒悲吟。"（《生日书怀》）不但如此，法式善还常常在与同辈学侣的不同遭际对比中抒发其功名如幻、归去乡野的心理。如《答河南抚军清平阶》云：

念我读书侣，十人九卿相。蓬庐感风雨，当仁殊不让。春风次第嘘，一一青云上。所学果何事，足慰苍生望。穷黎皆饱暖，余合长闲放。疆吏有诗老，各出佳篇贶。荒园莳松菊，秋

---

① （清）法式善：《存素堂诗初集录存》卷六，湖北德安王墉刻，1807。
② （清）阮元：《梧门先生年谱》载：五十八岁。以庶子家居养痾，半载未痊，吏部照例奏请开缺，奉旨允行。
③ （清）法式善：《太学示诸生四首》之三，《存素堂诗初集录存》卷五，湖北德安王墉刻，1807。

雨连宵酿。①

又《生日书怀》：

少年同学侣，多在青云上。治国平天下，旦暮诸公望。小人宜劳力，而我病无状。花柳具有情，当春不相让。人谁甘废弃，忍饿示高旷。蓬蒿蔚满径，久矣松菊忘。买药长安市，恐费履几两。何如碧岩侧，卧看桃花放。②

想来昔日同年学友多为卿相，平步青云，自己却贫病交加："白发嗟盈头，衰病日侵寻。"（《生日书怀》）曾经也满怀经时济世之志，到如今，怕只有"凭谁问，廉颇老矣，尚能饭否"的感喟了！法式善这种心理在诗文中时有流露，他清醒地看到当时官场的现实——"官清世相轻"（《答河南抚军清平阶》），不仅发出"富贵不可求，公卿有何羡"（《十七日生日感怀》）、"功名与仕宦，皆足伤人躯"（《病中唐陶山刺史过访》）的嗟叹，笔墨之间浸透出对追求功名富贵的怀疑与否定，甚而直接传达出自己直欲归隐渔樵的心理，"不如买薄田，从彼耕夫耕"（《答河南抚军清平阶》）、"田园容我老，竟欲侣樵渔"（《病中偶题》）。外在现实的残酷、自身的贫病交加，无疑成为诗人淡泊名利、归田乡里心绪生成的诱因之一。

其二，乾嘉时期较为普遍的退职归隐的士风，对法式善"友鱼虾而侣麋鹿"情结的触动。当时士人普遍的避世心理与行为，对法式善也产生了影响。据相关统计，乾嘉之际，相继退职归隐的士人达 69 位之多，如：全祖望、袁枚、王鸣盛、方汝谦、梁同书、张昌、李翊、赵翼、金榜、苏去疾、汪宪、罗典、赵瑗、李登瀛、章学诚、钱大昕、黄惠、蒋士铨、彭光斗、段玉裁、余廷灿、严长明、黄丕烈、崔述、卢文弨、姚鼐、黄璋、吴锡麒、孟超然、董潮、陈

---

① （清）法式善：《存素堂诗二集》卷一，湖北德安王埠刻，1812。
② （清）法式善：《存素堂诗二集》卷三，湖北德安王埠刻，1812。

士雅、赵敬襄、朱抡英、石韫玉、王泽、刘嗣绾、周锡溥、杨芳灿、尤兴诗、张问陶、王利亨、方保升、王孚镛、鲁兰枝、范来宗、周昂、侯学诗、杨于高、吕璜、陈寿祺、许宗彦、马有章、庄述祖、孙源湘、段琦、李周南、茹蕊、沈叔埏、朱文治、来宗敏、欧阳厚均、张兴镛、徐璈、徐一麟、李兆洛、董桂敷、艾濂、吴庚枚、卓僴。① 这其中既有法式善奉为前贤师长的袁枚、赵翼、钱大昕、王鸣盛、姚鼐等人，也有其朋辈友人如张问陶、杨芳灿、吴锡麒、孙源湘、石韫玉等，他们卸去曾苦志追求的顶戴花翎而甘心终老林泉，走向"隐"的原因尽管各不相同：或因忠义进言而蒙冤，或因事革职、不堪宦海沉浮，抑或是久任地方，升迁无望，等等，但都不同程度上挫伤了士子文人的积极入仕心理，于是一部分人选择了回归、避世，走向心灵深处的桃源，谋求心灵的慰藉。即如张晶先生所言："政治恶浊时，士大夫们退避到自然的港湾，像陶潜那样，挂冠归隐。'开荒南野际，守拙归田园'。人生失意时，士大夫们在自然中找到自己的慰藉，像李白那样，'五岳寻仙不辞远，一生好入名山游'。政争失败、贬官外放时，士大夫们在自然中抖落内心的惊悸，像柳宗元那样，'机心久已忘，何事惊麋鹿'？自然，是中国古代士大夫心灵的守护神。"② 出于政治原因的"隐"古已有之，在中国古代士人中具有一种普遍范式，而乾嘉时期士人的退职归隐也就易于理解了。所不同的是，古代士大夫退避政治后，往往归隐于林泉山野，自然山水，于自然世界中营构自己的精神家园。而乾嘉时期的士子文人，他们因处于特定的时代，"他们的归隐，指向不在'山林'，而在家庭"③；目的不在"求仕"，而在"立言"，著书立说，教诲后学。如法式善的忘年交袁枚，数任地方官，"纾国更纾民""终为百姓福"，④ 终因升迁无果而退居随园，广交善结，培育弟子，

---

① 王妍：《乾嘉时期辞官现象探析》，《云南社会科学》2012 年第 1 期。
② 张晶：《心灵的歌吟：宋代词人的情感世界》，河北大学出版社 2001 年版，第 112—113 页。
③ 刘靖渊：《论乾嘉之际诗人的诗心与诗歌》，《西北师大学报》（社会科学版）2002 年第 1 期。
④ （清）袁枚：《苦灾行》，载王英志主编《袁枚全集·小仓山房诗集》卷三，江苏古籍出版社 1993 年版，第 41 页。

著书立说，海内仰望，成一时文坛盟主。法式善的好友张问陶，仕于莱州，政声颇著，终因"忤上官意，遂乞病。游吴、越，未几，卒于苏州"（《清史稿·张问陶传》），等等。

以上种种，尽管这些人告别仕宦的经历不同，归隐之后的情境各异，然他们同样的始"仕"而终"隐"的心路历程，自然会对法式善的入仕心理有所触动。

其三，法式善一生视"朋友、文字为性命"[①]，然而大半生的岁月中，友朋凋零，或因政治缘由，或自然的生老病死，都拨动着诗人敏感而又多情的神经，使其时常感叹年华暗换、光阴虚掷、功名如幻、不如归去，于田园山水中寻求心灵的些许慰藉。

法式善的好友金学莲、吴嵩梁、郭麐屡试京兆，均与科名擦肩而过，法式善对此颇多感慨："余于近日诗人才丰而遇啬者，得三人焉：一为吴江郭苹伽麐，一为江西吴兰雪嵩梁，其一则金子手山。三人者，魁梧磊落，各能自出其悲愉欣戚以施诸文章。"[②] 然而"郭、吴试京兆不利，偃蹇南去，至今穷乏如故也"，金学莲再应京兆试，"秋闱报罢，愤弗能自克"。面对友人的才高运蹇，法式善最终发出"士之遇与不遇，天也"[③]的无奈感喟，对其曾坚守的"学而优则仕"的科举仕途产生了怀疑，将人生际遇归于不可知的天命。

除却一些高才而被拒之于科举大门之外的友朋，即便那些进入仕途的友人，也并非一帆风顺，朝游云霄，暮宿江湖的宦海升沉也同样上演在他们身上。如与法式善一见如故且同病相怜的好友洪亮吉的遭际，对法式善的仕宦心理不无影响。

法式善与洪亮吉相识于乾隆四十五年（1780）[④]，因二人有着相

[①] （清）法式善：《诗龛声闻集序》，《存素堂文集》卷一，扬州绩溪程邦瑞刻，1807。
[②] （清）法式善：《金青侪环中庐诗序》，《存素堂文集》卷一，扬州绩溪程邦瑞刻，1807。
[③] （清）法式善：《金青侪环中庐诗序》，《存素堂文集》卷一，扬州绩溪程邦瑞刻，1807。
[④] （清）法式善：《洪稚存编修黔中寄书至，并示入黔诗》，《存素堂诗初集录存》卷四，湖北德安王埔刻，1807。

似的早岁经历，自幼丧父，年少孤贫，均由母亲教育抚养而成，[①] 所以于众友朋间，法式善与洪亮吉过从甚密，法式善谓洪亮吉"君知我最深"[②]，二人或于京师同游唱酬，或于南北音书往还，切磋诗艺，情谊笃厚。可是二人的友情却因洪亮吉的一次上书言事而受到冲击，以致有生之年彼此无缘再见。事情缘起于嘉庆帝亲政之初，意欲遍征治国之术，洪亮吉有感于此，遂曲折上书，结果却招致遣放新疆。按《洪北江先生年谱》载：

> 时川陕余匪未靖，湖北、安徽尚率兵防堵。时发谕旨筹饷调兵。先生目击时事，晨夕过虑，每闻川陕官吏偶言军营情状，感叹焦劳，或至中宵不寐，自以曾蒙恩遇，不当知而不言，又以翰林无言事之责，不应违例自动章奏，因反复极陈时政数千言，于二十四日上书……始以原稿示长子饴孙，告以当弃官待罪。……二十五日，即经成亲王等将原书先后进呈。奉旨，传至军机处指问。旋有旨：落职，交军机大臣会同刑部严审，定拟具奏。[③]

此番上书，洪亮吉本着为人臣子，自当为天子分忧，知无不言，直陈"君德民隐，休戚相关之实"[④]，指摘时弊，却落得自己"落职"庭审，以"王大臣等拟以大不敬律斩立决。奉旨免死，发往伊犁，交将军保宁严行管束"而宣告结束。侥幸生还的洪亮吉被命即刻出京，流放新疆。法式善为送洪亮吉出京，"追送卢沟桥，从此音书捐"[⑤]，昔日挚友，今番生离，再无缘得见，竟成了死别。

---

① （清）洪亮吉《法祭酒雪窗课读图》有"感君与我孤露同，六岁七岁称孤童。君以七岁孤，余甫六岁。贫家无师读不得，卒业皆在纱帷中"，《卷施阁诗》卷十七，《洪亮吉集》，中华书局2001年版，第852页。
② （清）洪亮吉：《法式善祭酒存素诗序》，《更生斋文甲集》卷三，《洪亮吉集》，中华书局2001年版，第1013页。
③ （清）洪亮吉：《洪北江先生年谱》，载《洪亮吉集》，中华书局2001年版，第2345页。
④ （清）洪亮吉：《洪北江先生年谱》，载《洪亮吉集》，中华书局2001年版，第2347页。
⑤ （清）法式善：《寄怀洪稚存编修》，《存素堂诗初集录存》卷二十一，湖北德安王埔刻，1807。

尽管后来嘉庆帝出于政治需要，使得洪亮吉流放生涯不足百日，即遇赦归来，回归故里，但自此洪亮吉再无心问政，纵情山水，遍览山岳，著书立说，直至终岁。洪亮吉去世后法式善为其作《洪稚存先生行状》，于诗文中凭吊这位昔日知己友人。

又如法式善一生的友朋，早岁曾一起读书谈艺的满洲铁保，虽屡有政声，然因事被谪，流放新疆。当61岁的铁保从乌鲁木齐遇赦归来，花甲之年的法式善异常激动，欣然赋诗："万里归来客，相逢各自惊。无言频握手，未见已吞声。"[①] 念往昔"回忆围炉共磨墨"[②] 的欢愉情景，到如今"朋辈尽凋零"[③] 的惨淡人生，法式善不禁发出"两人都是可怜虫"[④] 的凄苦心声。此外，好友何道生（1766—1806）、谢振定（1753—1809）等的先己而去，都不同程度地摧折着法式善的进取心绪。

法式善平生交游广泛，且笃于情谊，所以每当友人与科举擦肩而过、失之交臂，抑或好友的偃蹇遭际、不幸早逝等，都刺激着法式善的心绪，动摇着其积极仕进的心理，而使其每每流露出"隐"的心曲。

同时，法式善生父广顺的性格对法式善似不无影响。除了时代士风及周遭友人的经历对法式善入仕心态的影响外，法式善亲生父亲广顺的性格及处世心态，对法式善淡泊官场、向往林泉的心态应亦有所影响。广顺[⑤]是法式善家族中最早博得功名之人。法式善曾于《本生府君逸事状》中记述道：

公辛巳会试报罢，朝廷方开豫工例。有戚友富于赀者，劝

[①]（清）法式善：《闻铁冶亭将自西域抵京豫作是诗》，《存素堂诗二集》卷八，湖北德安王埔刻，1812。

[②]（清）法式善：《病中杂忆》，《存素堂诗二集》卷五，湖北德安王埔刻，1812。

[③]（清）法式善：《闻铁冶亭将自西域抵京豫作是诗》，《存素堂诗二集》卷八，湖北德安王埔刻，1812。

[④]（清）法式善：《病中杂忆》，《存素堂诗二集》卷五，湖北德安王埔刻，1812。

[⑤] 按（清）阮元《梧门先生年谱》载，法式善生父广顺（1734—1794），姓伍尧，讳广顺，字熙若，号秀峰，蒙古正黄旗人，乾隆二十五年（1760）举人。

捐县令。公曰："富贵，命也。吾宁以拙退，不以巧进；宁以义穷，不以利通。况县令有临民之责，可尝试乎？"公尝蓄二婢几十年，丰治奁具，择良人嫁之，皆处女也。天性不饮，优人、狎客，生平未尝交一语。……公自司织染局，遂移家玉泉山下。官闲事简，地当山水之胜，尝驾一小舟，从二老隶徜徉湖曲。遇寺观幽僻处辄憩息，买蔬果食之，乘兴招田夫牧竖问耕牧事。薄暮，踏月影归，就瓦灯下点阅司马公《通鉴》，往往彻夜不寐。①

又法式善的好友赵怀玉为其作传《御园织染局司库伍尧君家传》云：

生平泊于荣利，方举人，需次，可得部寺司务及笔帖式，资深亦可荐擢䐉仕，皆以贫告。豫工例开，戚友饶于财者，许为入赀作县令。君以富贵有命，且民社至重，不宜轻试，坚谢之。庚子以后，遂罢礼部试。织染局近玉泉山，水木明瑟，可以游憩，暇辄放舟湖滨，或泊舟选幽处坐卧，与村氓言耕牧事，日夕忘倦。披襟戴笠，人亦忘其为居官也。②

以上，广顺的仕宦态度略窥一斑，他将功名富贵归命于天，淡泊荣利，喜田园耕事般的闲适生活，"与村氓言耕事，披襟戴笠"，置身村氓野老之中，俨然一山野村夫。如此的性情怀抱，对法式善日后时常向往乡野生活情趣似乎不无影响。

三 "田园容我老，竟欲侣樵渔"——隐逸之声

仕与隐的矛盾，是一直困扰中国古代士子文人的命题，面对于

---

① （清）法式善：《本生府君逸事状》，《存素堂文集》卷四，扬州绩溪程邦瑞刻，1807。
② （清）赵怀玉：《御园织染局司库伍尧君家传》，《亦有生斋集·文》卷十三，嘉庆二十一年（1816）刻。

斯，有些人确实选择了挂冠而去，"开荒南野际，守拙归园田"（陶渊明《归园田居》），真正走入山野草泽，于田园山水间寻求心灵的慰藉；然而还有一些人，他们虽感喟功名如幻，不如归去，"小舟从此逝，江海寄余生"（苏轼《临江仙·夜归临皋》），然而却终究未离开仕途半步，"归隐"就像人们疲惫时发的牢骚一样，只是一种宣泄仕途险恶的特殊口号，并非真正意义上的归隐。诚如李泽厚先生评价苏东坡的"归隐"时所云："苏一生并未退隐，也从未真正'归田'，但他通过诗文所表达出来的那种人生空漠之感，却比前人任何口头上或事实上的'退隐''归田''遁世'要更深刻更沉重。"① 尽管李泽厚旨在解读东坡的归隐是一种远超政治之上的、对整个社会的退避，但不管怎样，东坡事实上的"仕"与口头上的"隐"的矛盾行为却成为后世文人效法的范式。以此观之，法式善"仕"与"隐"间的矛盾选择就颇有几分东坡范式，即法式善虽然于诗文中每每呼唤归隐，也有若干促成其走向归隐的理由，然而事实上，他一生并未真正主动离开官场，远离仕途，所以他的所谓"归隐"，仍是停留在口头上的，活跃在笔墨之间的，并未外化为行动，其终极目的在于寻求一种心灵的慰藉。这也是法式善"归隐"的特别之处，所以其表现也非轰轰烈烈地辞官归隐，而是借诗文传达出其对躬耕于山野田园的向往，对渔樵生活的渴望。具体表现为：

一方面，法式善于书斋生活设置、诗文宗尚中直接传达出对陶渊明的心仪神往，艳羡仰慕之情毫无保留地尽情挥洒。陈寅恪先生曾云："治史者，即于名字别号一端，亦可窥见社会风习与时代地域人事之关系，不可以其琐屑而忽视之也。"② 以此观照法式善居处的书斋名号，略可窥见其诗学宗尚及其生活情态。

法式善早年命名自己的书斋为"诗龛"，按阮元《梧门先生年谱》载："乾隆三十八年癸巳，二十一岁，以'诗龛'署于僧斋"；

---

① 李泽厚：《美学三书·美的历程》，安徽文艺出版社1999年版，第159页。
② 陈寅恪：《柳如是别传》，生活·读书·新知三联书店2001年版，第101页。

此后进士及第，法式善的"诗龛"也从僧寺中乔迁至新居，即净业湖畔，后载门北之松树街北。①之后，于嘉庆四年（1799）重阳日，法式善又于"诗龛"旁筑小屋一间，题名"陶庐"②，传达其对陶渊明的仰慕之情，是年诗作《寄题江南友人〈采菊图〉》载有此事："近于诗龛旁，小筑屋一间。榜之曰'陶庐'，幽人容往还。""陶庐"落成，法式善兴奋之情洋溢于笔墨间，虽不能至，然心向往之。又于诗龛内醒目地陈列着十二位前贤诗人画像与《诗龛向往图》，并分作《诗龛十二像》③予以歌咏，以示其诗学宗尚。"诗龛十二像"绘制了以陶渊明为首的十二位前贤画像，并在题诗陶渊明画像云："弹琴不弹琴，饮酒非饮酒。篱下几丛菊，门外五株柳。诗在天地间，适然为我有"④，写尽了陶渊明陶情山水、怡然自得的生活与闲适恬淡、质朴自然的诗风。而罗聘所作的《诗龛向往图》⑤，方寸之间，将陶渊明执卷沉吟之状跃然画卷之上。自此，"陶庐"便成了法式善日常邀约朋旧唱酬之所，"陶庐正好邀陶公，参差新竹双梧桐"⑥，也是其与师友切磋诗艺之地，"惨淡苏斋句，往复陶庐诵"⑦。"苏斋"，是翁方纲书斋名字，该名字缘起于翁方纲对苏东坡的仰慕，因此名之。

除却书斋以"陶庐"名之，并置陶渊明画像于诗龛之内，以寄

---

① 按法式善于嘉庆四年（1799）年作诗《自净业湖移居钟鼓楼四首，其一》云："卜居净业湖，方今十二年"，以此上推12年，法式善当在进士及第乾隆四十五年（1780）后的乾隆五十二年（1787）即入居净业湖畔的新居；又法式善嘉庆三年（1798）《章石楼大令招同人小饮》诗道"我家松树北"。因此，有以上所言。

② 据法式善于嘉庆四年（1799）赋诗有《重阳日，余榜所居曰"陶庐"，李青琅托恩多太守惠菊及酒至，余未之报也。诗来作此以答，兼呈陈念斋上理同年，时念斋客青琅斋中，亦有诗见示》："今年节候迟，重阳菊未放。适我'陶庐'成，凭轩益惆怅"，参见《存素堂诗初集录存》卷八，湖北德安王塿刻，1807。

③ （清）法式善：《诗龛十二像》，《存素堂诗初集录存》卷八，湖北德安王塿刻，1807。

④ （清）法式善：《诗龛十二像·陶彭泽》，《存素堂诗初集录存》卷八，湖北德安王塿刻，1807。

⑤ （清）法式善：《诗龛十二像》，《存素堂诗初集录存》卷八，湖北德安王塿刻，1807。

⑥ （清）法式善：《和陶季寿出德胜门看荷花歌》，《存素堂诗初集录存》卷二十二，湖北德安王塿刻，1807。

⑦ （清）法式善：《答覃溪先生》，《存素堂诗初集录存》卷二十四，湖北德安王塿刻，1807。

托自己对陶渊明的仰慕外，法式善还时常于诗文创作中直言自己对陶渊明的倾慕之情。法式善对陶渊明的景仰自幼年便已开始，六七岁即随母亲诵读陶诗，"余方六七龄，母氏授陶诗"①，入仕以后，经历了宦海沉浮的诗人越发对陶渊明心驰神往，于陶渊明的人生遭际、仕宦态度及其恬淡自然的诗作中找到了心灵的慰藉。于是，越发喜爱陶诗，进而模仿陶诗、和陶诗，诗作上宗尚陶诗。

法式善因喜爱陶诗而致模拟之，"我时拟柴桑"②，然而却无法达到陶诗之韵味，模拟不成："我喜柴桑诗，摹拟总无当。自写已性情，出语却闲旷。"③事实上，一味地字模句拟，并不能领会陶诗之精髓。法式善于是又效仿苏东坡贬谪儋州时遍和渊明之诗，"子瞻不羁才，追和渊明篇"④，欲作和陶诗，"欲和陶公诗，愧乏坡仙笔"⑤，又自谦自己于诗才远逊东坡，终未成行。确实，遍览今天所存法式善诗集，未曾得见法式善拟陶、和陶诗之一首，抑或是有所作，然散佚无存也未可知。欲拟陶、和陶的同时，法式善还以陶诗为审美标准，评价时人诗作，其题画诗："载轩自是柴桑客，白发坐老松间石"⑥，以陶渊明田园生活的闲适自然来喻周载轩的性情处境；又其怀念先芝圃方伯道："当日柴桑老，悠然篱下逢"⑦，以陶渊明"采菊东篱下，悠然见南山"般的生活来比喻先芝圃前辈恬淡自然的田

---

① （清）法式善：《题朱野云拟陶诗屋》，《存素堂诗初集录存》卷十三，湖北德安王埔刻，1807。
② （清）法式善：《题舒白香梦兰〈和陶诗〉后，即送其归靖安》，《存素堂诗初集录存》卷九，湖北德安王埔刻，1807。
③ （清）法式善：《重阳日，余榜所居曰"陶庐"，李青琅托恩多太守惠菊及酒至，余未之报也。诗来作此以答，兼呈陈念斋上理同年，时念斋客青琅斋中，亦有诗见示》，《存素堂诗初集录存》卷八，湖北德安王埔刻，1807。
④ （清）法式善：《题舒白香梦兰〈和陶诗〉后，即送其归靖安》，《存素堂诗初集录存》卷九，湖北德安王埔刻，1807。
⑤ （清）法式善：《且园十二咏·陶庐》，《存素堂诗初集录存》卷九，湖北德安王埔刻，1807。
⑥ （清）法式善：《周载轩给谏出〈弹琴画卷〉索诗》，《存素堂诗初集录存》卷二十二，湖北德安王埔刻，1807。
⑦ （清）法式善：《怀先芝圃方伯》，《存素堂诗初集录存》卷二十一，湖北德安王埔刻，1807。

园生活情趣，也间接地传达了自己对此种生活的向往与诉求。此外，法式善也深悟陶诗恬淡自然的审美风貌，评价陶诗乃"澹绝柴桑诗"①，无比自豪地指出自己诗歌创作渊源于陶诗，"我文师庐陵，我诗祖柴桑"②，祈求陶诗所营造的那份静谧自然中的闲适之美，这是他倾注毕生精力，努力达到的一种诗歌审美境界；追慕陶渊明"问君何能尔，心远地自偏"的淡泊心境，则成为法式善面对世事变迁、世态炎凉时聊以自慰的一剂良药，使其于自然中抖落世俗的羁绊，获得了心灵平静的精神家园。

另一方面，法式善流露出的厌倦仕途、呼唤归隐的心声还表现在诗作中对乡野田园生活的精心营构。如前所述，法式善虽不时表露自己淡泊功名的心态，然终未离开官场。所以法式善便常常在诗篇中描述令其向往的田园生活。如其《秋日田园杂咏同汪云壑作》：

> 既不如农劳，又不及农拙。羡彼沾体足，胜我争口舌。何时入南山，荷锄锄春雪。种瓜脆可餐，掘泉清可啜。安门不用窗，到处皆明月。

诗人笔下，田园、青草、清泉、明月等所营构的静谧清幽之境中，农家的春种秋收，亲自躬耕，手把锄犁，餐瓜饮泉，令人心生羡慕。小诗的境界如同陶渊明笔下的田园牧歌"种豆南山下，草盛豆苗稀。晨兴理荒秽，戴月荷锄归。道狭草木长，夕露沾我衣。衣沾不足惜，但使愿无违"（《归园田居·其三》）。在法式善看来，田园生活，足以涤荡人的心灵，净化人的身心，远胜于官场纷纷扰扰的口舌之争。

法式善疲于世俗的应酬，厌倦了"长安日征逐"（《吴穀人前辈

---

① （清）法式善：《集吴穀人有正味斋消暑，题吴元瑜〈陶潜夏居图〉》，《存素堂诗初集录存》卷十二，湖北德安王墉刻，1807。

② （清）法式善：《送陈石士编修旋里》，《存素堂诗初集录存》卷十五，湖北德安王墉刻，1807。

第一章　法式善的生平经历与仕宦心态　　61

勘定拙诗并许为序》）般官场的追名逐利，向往农家田园生活之乐，便于诗篇中尽情挥洒其"我愿学耕夫，荷锄循陇原"①的心愿，直言"人爱画中山，我爱山中画"②、"我亦喜蓑笠，素心今已违"③的田园隐逸情怀。其《吴穀人前辈勘定拙诗并许为序》中有诗句：

　　我有百亩田，远在北山北。性弗辨黍豆，地乃委荆棘。老仆买一牛，行将学稼穑。水风散晚凉，林月吐秋色。土灶燃松柴，酒浆翻顷刻。薄醉卧岩石，寒泉掬可得。④

又《汪刺史本直修元遗山墓，俾其后人耕读墓侧，诗以纪事》中的诗句：

　　薄田三十亩，茅屋八九间。荷锄徂南陌，红日暄东山。野草苗芃芃，好鸟鸣关关。时有吟啸声，乐此农力闲。更当候明月，伴客松堂还。⑤

前一首，一生未曾离开官场的法式善，一直从事文学侍从之职，也从未真正从事过农耕，却在构想着置田、筑屋、买牛、燃柴炊饭，亲自稼穑，于秋月晚风中，漫步在秋色萦怀的林泉山野之间。那份喜悦感染着读者，甚至以为法式善真的有过躬耕的经历。以此越发折射出诗人因厌倦仕途而向往田园牧歌般的农家生活。后一首，与前一首有异曲同工之妙，诗人追想如果元好问（元遗山）泉下有知，

---

　　①（清）法式善：《二月十一日，胡蕙籞大令邀陪翁覃溪先生暨诸同人极乐寺早饭抵畏吾村勘怀麓堂废址》，《存素堂诗初集录存》卷十一，湖北德安王埔刻，1807。
　　②（清）法式善：《秋日田园杂咏同汪云壑作》，《存素堂诗初集录存》卷三，湖北德安王埔刻，1807。
　　③（清）法式善：《题画》，《存素堂诗初集录存》卷四，湖北德安王埔刻，1807。
　　④（清）法式善：《吴穀人前辈勘定拙诗并许为序》，《存素堂诗初集录存》卷十，湖北德安王埔刻，1807。
　　⑤（清）法式善：《汪刺史本直修元遗山墓，俾其后人耕读墓侧，诗以纪事》，《存素堂诗初集录存》卷五，湖北德安王埔刻，1807。

得知后世子孙有田可耕、有屋可居,荷锄田野,有鸟鸣相伴,有如陶渊明"山气日夕佳,飞鸟相与还"(《饮酒·其二》)的诗境中生活,应该也欣慰知足了。诗人借元好问的隐逸情怀来寄托自己的田园情结,直言"田家有真乐"(《题画》)的感悟。

法式善在以"我本田间人"①的身份极力于诗文中营构那份田园牧歌式的生活画面的同时,还每以"渔樵"形象自喻,直接传达自己直欲放逐山林草泽、江海渔樵,了此一生的归隐心态。据笔者统计,法式善今存全部诗作中,"渔樵"一词曾出现过20余次,可见法式善对渔樵生活的向往。事实上,随着宦海生涯日久,法式善越发清醒地看到官场的险恶,"官清世相轻"②的炎凉世态,进而愈加感慨不如归去,去过一种"渔翁淡名利,江上坐垂纶"③的生活。这种心理因年岁逐增而越发强烈,因年老多病而越发深切。如其晚岁病中所作的两首诗,其一《病中偶题》:

药性不能辨,时翻《本草》书。三熏功始就,九折愿终虚。事误开山后,心空炼石初。(谓手战病)田园容我老,竟欲侣樵渔。④

其二《午窗偶题》:

病日侵寻老日臻,怀他乳燕往来频。芦帘纸帐相将过,短竹长梧自在新。山水一生真抱歉,诗书万卷不忧贫。何时徒倚梅花下,愿侣渔翁把钓纶。⑤

前一首作于嘉庆十四年(1809),法式善时年57岁,后一首作

---

① (清)法式善:《存素堂》,《存素堂诗初集录存》卷九,湖北德安王塨刻,1807。
② (清)法式善:《答河南抚军清平阶》,《存素堂诗二集》卷一,湖北德安王塨刻,1812。
③ (清)法式善:《闲居》,《存素堂诗初集录存》卷六,湖北德安王塨刻,1807。
④ (清)法式善:《病中偶题》,《存素堂诗二集》卷二,湖北德安王塨刻,1812。
⑤ (清)法式善:《午窗偶题》,《存素堂诗二集》卷七,湖北德安王塨刻,1812。

于嘉庆十七年（1812），当时法式善已经60岁。此时期的诗人，经历大半生的宦海风波，因病去职，回首曾经的起落沉浮，虽没有杜甫"万里悲秋常作客"的颠沛流离之苦，却有其"百年多病独登台"的心灵悸动。人到晚年，作者恍然有悟：功名如幻，不可强求，唯有借读书以自遣郁衷，寄情田园山水以求心灵的慰藉，"愿侣渔翁把钓纶"。因此，渔樵山野般的生活，是诗人一生的梦，是诗人一直向往的人生归宿；也是诗人一生的痛，因为这个"梦"始终未曾成行，"梦不成欢惨将别"的痛楚，一直无法从心头挥去。

综上所述，乾嘉时期，民族文化交融空前活跃，而在这一过程中，汉化显然是一种主流趋势。这其中，法式善积极投身于汉语文学创作、编纂汉语诗文集、参与或主持各种文学活动，以其特有的创作实践，为乾嘉诗坛增添了一道别样的风景，并成为这一民族文化深入融合期的杰出诗人。因此，本章着重考察民族文化深入融合时期文学活动的表现，探寻这种时代环境对法式善文学创作及活动的影响；同时考察其家族世系及家学渊源，考述其于乾隆、嘉庆两朝从春风得意到两遭贬谪的人生经历，寻求其独特为人为文之态度和风格形成的因素；进而揭示其不断在仕隐之间矛盾徘徊的内心世界，以及这种心态对其文学创作的影响。尽量客观、翔实地还原其生活环境和心路历程，为后文的研究提供现实依据。

第二章　法式善交游考论

蒋寅先生曾在《进入"过程"的文学史研究》一文中指出:"自从艾斯卡皮的文学社会学研究方法和接受美学的读者理论行世以来,人们看待文学的眼光已不仅仅局限于作家和作品,'文学'被视为一个包括写作、传播、接受并产生影响的过程,这一过程中不只涉及作品的写作、传播与批评,还包含文学观念的演变、作家的活动与交往、社会的文学教养和时尚。"[①] 因此,文学研究亦不能仅是作家和作品研究,还应考虑作家的社会活动与交往、当时的文学与文化背景等因素,如此才能正确评价作家的成就及其在文学史上的地位与影响。有鉴于此,本章着重分析法式善在当时文坛的交游活动,考察法式善与乾嘉学界、文坛重要人物的往来以及对当时文学思潮的态度与反应,这对廓清法式善在当时文坛的地位是必要的。

第一节　法式善与前贤师长

法式善生于乾隆初年,他真正意义上步入时人的文学与政治交际视野当在他28岁得中进士时。当他于乾隆四十五年(1780)初登文坛时,当时文坛的南北领袖——年长法式善38岁的随园老人袁枚,已然47岁的京畿文坛巨子翁方纲,都给予其提携与鼓励。同时,法式善能够于众多才俊中得以脱颖而出一夕进士及第,

---

① 蒋寅:《王渔洋与康熙诗坛》,中国社会科学出版社2001年版,第1页。

开启其仕宦之旅，还离不开乾隆庚子恩科会试考官曹秀先与德保的知遇之恩。

一　知遇之恩：曹秀先、德保

曹秀先（1708—1784），字恒听，又字芝田、冰持，号地山，江西新建县人。乾隆元年（1736）进士，选庶吉士，授翰林院编修。充《世宗实录》馆编修官等职，后擢国子监祭酒、内阁学士等职。乾隆三十六年（1771）晋礼部尚书。受命为上书房总师傅行走，充《四库全书》馆总裁。乾隆亲赐"紫禁城骑马"的特殊待遇。谥文恪。著有《赐书堂稿》《依光集》等。

乾隆四十五年（1780），曹秀先以礼部尚书充会试主考官，法式善于是科中第九十五名。[①] 此次会试，法式善以诗作赢得主考官曹秀先的赏识，[②] 曹秀先对法式善有着知遇之恩。换言之，法式善能于此科得中，实归功于曹秀先的慧眼识才。对此，法式善于诗文集中每每谈及，如《梧门诗话》卷一载：

> 新建曹文恪公，余庚子座主也。闱中得余卷，已判中而旋失之，遍觅弗获。或劝以他卷易之，公勃然曰："渠诗吾以烂熟胸中，非此卷不可。"搜索竟日，忽于帐棚上坠下，公大喜，于是获隽。每于广座对客指余曰："此吾门生中诗人也。"辱赏若此。[③]

作为后学，得到前贤师长的赏识已然幸甚，更兼提携备至，这实属法式善人生之大幸。于是，当法式善有幸得见恩师的诗作，激

[①]（清）阮元：《梧门先生年谱》，北京图书馆藏珍本年谱丛刊第119册，北京图书馆出版社1999年版，第428页。

[②] 按（清）法式善《曹文恪公诗草跋》载：忆庚子榜后，善赴午门谢恩，公亟告曰："填草榜时，汝朱墨卷忽不见，几欲易之。余以诗中有'花气养和风'句，爱弗忍置，坚持不可。至二更始从帐棚上寻得，喜出望外。余固汝知己也"。《存素堂文集》卷三《曹文恪公诗草跋》，扬州绩溪程邦瑞刻，1807。

[③]（清）法式善：《梧门诗话》卷一，载张寅彭、强迪艺《梧门诗话合校》，凤凰出版社2005年版，第35页。

动不已，亲抄副本，慨然命笔作文以记之，书《曹文恪公诗草跋》云：

> 右古今体诗一百二十有九首，吾师曹文恪公庚寅年典试江南往还所作也。公以书名于世，其诗文浩博，藏诸箧笥盖甚伙。公既殁，越己酉夏，家不戒于火，手稿百余卷皆焚毁。此卷为海丰吴氏购自书肆，转赠云浦太常者。《诗草》屡经点定，故涂乙勾抹过半。而心气和平，立言忠厚，不得仅以诗人之诗目之。
>
> 忆庚子榜后，善赴午门谢恩，公亟告曰："填草榜时，汝朱墨卷忽不见，几欲易之。余以诗中有'花气养和风'句，爱弗忍置，坚持不可。至二更始从帐棚上寻得，喜出望外。余固汝知己也。"其后每于朝会，卿尹杂坐，时指善告曰："此余门生中诗人也。"其以诗受知于公者如此。今读遗墨，不觉涕泗之交颐矣。爰抄副什袭以藏，敬跋数语于卷尾，以志弗谖云。①

跋文中，法式善仍念念不忘曹秀先昔日对自己的厚爱。曹秀先更以"余固汝知己也"自任，每每奖掖，提携。可以说，曹秀先成就了法式善一生的科举事业，并直接开启了法式善身后的仕宦之门。换言之，乾嘉诗坛能有法式善崭露头角的机会，进而于诗坛赢得一席之地，都离不开主考官曹秀先的殊遇之恩。

索绰络·德保（1752—?），字润亭，一字仲容，号定圃，别号庞村，内务府满洲正白旗人。乾隆二年（1737）进士，改庶吉士，散馆授检讨，累官礼部尚书。谥号文庄。"本朝五典春官者，熊孝感、王韩城，满洲则文庄一人。生平以诗为性命，所著韵语十余集，和雅浩博，卓为正声，子侍郎英和厘为三卷。"② 德保家族又有着

---

① （清）法式善：《存素堂文集》卷三，扬州绩溪程邦瑞刻，1807。
② （清）法式善：《八旗诗话》，载张寅彭、强迪艺《梧门诗话合校》，凤凰出版社2005年版，第506页。

"四代皆以词林起家，为八旗世族之冠"① 的美誉。因此，法式善能与之相交对自己日后的文学创作裨益良多。

乾隆四十五年（1780）恩科会试，礼部尚书满洲德保与礼部尚书新建曹秀先同时充主考官。法式善于"庚子年登第，出德文庄公门"②。按科举惯例，凡此科的考生，均称自己为该科主考官的门生，称该科考官为受知师。法式善与德保的交往即是从此开始的，且师生之谊惠及子孙。法式善"自礼闱受知，嗣后时时过从，奖借独至"，研求诗艺，问字求学。德保对法式善诗艺的指授，使得法式善受益匪浅，法式善于《恩福堂诗集序》中述及此事：

> 余幼喜讲声律，泛览百家，苦无归宿。庚子年登第，出德文庄公门。公固深于诗者也，因得闻由博返约之论。退而取《杜少陵集》及王新城《五七言古诗选》，究其旨趣，皆与文庄公合，由是稍稍会悟。公有所作，每命和之。……呈文庄公一一品定，恍前日事耳。③

法式善所言自幼爱好诗歌，然常苦于"泛览百家，苦无归宿"，至遇德保方"得闻由博返约之论"，虽是自谦之辞，然与德保时时过从，诗文唱和，德保对其诗作的影响也是情理之中之事。

又法式善《德文庄公墨迹跋》云：

> 此吾师文庄公遗墨，而煦斋侍郎所缀辑成卷者，汇数十年所书，笔法前后不无稍异，要皆吾师手迹，故足实也。忆善自

---

① 按（清）恩华《清代艺文编目》载，在清代八旗社会生活中，一个家族内出现多位著作人的现象是比较多的，其一，清中期的正白旗满洲索卓罗氏（又作石氏）家族，就连续出现了富宁和永宁（第一代）、观保和德保（第二代）、英和（第三代）、奎照（第四代）等著作人，曾被誉为"四代皆以词林起家，为八旗世族之冠"。恩华：《八旗艺文编目》，关纪新点校，辽宁民族出版社2006年版，前言第7页。

② （清）法式善：《恩福堂诗集序》，《存素堂文续集》卷一，国家图书馆藏稿本。

③ （清）法式善：《存素堂文续集》卷一，国家图书馆藏稿本。

庚子礼闱受知，嗣后时时过从，奖借独至。①

法式善每以出自德保门下而自矜，足见其对这位恩师的敬仰之情。且前后为德保遗墨作跋、为德保之子英和诗集作序。值得一提的是，法式善与德保的师生之谊，不单限于问业求学方面，法式善也因此得识德保之子英和，②由相识而相知，相与唱和，收获了"三人金石交，相交三十年"③的珍贵友谊。据法式善《德文庄公墨迹跋》可知，法式善与英和当识于乾隆四十五年（1780），法式善登第后时时往德保府上问学，德保与其子煦斋（英和）曰："若性甚慧，特倔强，而于汝则甚倾心。幸相与砥砺之，课程规画，一惟汝所设施。吾老矣，不欲闻也。"此后法式善与德保之子英和交往日渐频繁，对此，法式善曾回忆道：

> 时院长英公方龆龀，识奇字，解韵语，分题命笔，余亦莫之能先。而院长固喜就余论说，以发明文庄公之秘奥。忽忽三十年，余老且病，愧不能阐扬师教。而院长以文章受特达知，政事之暇，肆力风雅，忠爱之思，清刻之致，不假强为轩扬乎纸上。一官一集，厘为若干卷，斯真能衍文庄公之诗教者矣。回忆丰台废园看芍药花，憩农家煮茗联吟，西山榛莽中寻退翁亭旧址，饮泉水，就石壁题诗。④

二人尝相邀约雅游，法式善应煦斋《上元前二日雪后，煦斋招同谢乡泉、陈每田士雅、萧云巢、李莲石崟饮丛香书屋》⑤之约，英

---

① （清）法式善：《存素堂文集》卷三，扬州绩溪程邦瑞刻，1812。
② 英和（1771—1840），姓索绰络氏，字树琴，号煦斋，幼名石桐，别号粤溪生，晚年自称叟。满洲正白旗人；父名德保，乾隆五十八年（1793）进士。工诗赋，善书画。著有《恩福堂诗钞》等。《恩福堂笔记诗钞年谱》，北京古籍出版社1991年版。
③ （清）法式善：《菊溪制府重拜山东泉使之命，自西苑枉过叙旧，闻煦斋侍郎再直机庭喜赋，即送菊溪并柬煦斋》，《存素堂诗二集》卷一，湖北德安王埔刻，1812。
④ （清）法式善：《恩福堂诗集序》，《存素堂文续集》卷一，国家图馆藏稿本。
⑤ （清）法式善：《存素堂诗初集录存》卷二，湖北德安王埔刻，1807。

和亦赴法式善宴游之请《法时帆学士招同芗泉编修、云巢师游长河看荷，步至极乐寺。席间探阄分体，拈得五律，即用时帆学士丰台看芍药》①；或彼此到府上过访，相与切磋，英和曾到诗龛夜话，归来口占"谈罢归来夜色迷"②诗句，过从之深厚可窥一斑。

二人因多年知交之谊，又惠及子孙。嘉庆十六年（1811），法式善为儿子桂馨择定姻缘，正是当日座师文庄公德保之长孙女、煦斋公子英和之长女。阮元《梧门先生年谱》载："（法式善于嘉庆十六年）四月，为子桂馨续亲德文庄公长孙女、煦斋侍郎长女索绰络氏。"③ 英和《恩福堂年谱》亦载此事："十六年辛未（公元一八一一年），七月，女字学士法公式善子本科进士内阁中书桂馨。"④ 以此，法式善与德保由昔日的师生之谊，进而获识英和之友谊，又结儿女姻亲，成秦晋之好，实是文坛的一段佳话。

二 "朱公翁公皆吾师"之翁方纲

翁方纲（1733—1818），字正三，号覃溪，直隶大兴（今属北京）人。乾隆十七年（1752）进士，官至内阁学士。年方弱冠即已成名，所著《石洲诗话》风行海内，成为乾嘉诗坛名满南北的诗界巨子，继沈德潜退老吴中后，遂为京苑诗坛领袖。精通满文，尤长于金石考据之学，又是书法家、诗人。有《复初斋全集》《石洲诗话》等行于世。

（一）法式善与翁方纲的"师生之谊"

法式善作为文坛后辈，如何得识翁方纲，称翁方纲为老师，又何以延续近30年的师生之谊？细致检视翁、法等人的诗文集，从中找寻维系二人关系的线索，个中渊源不难明辨。

---

① （清）英和：《恩福堂诗钞》卷一，载《恩福堂笔记诗钞年谱》，北京古籍出版社1991年版，第103页。
② （清）英和：《过时帆学士夜话，归途口占》，《恩福堂诗钞》卷一，载《恩福堂笔记诗钞年谱》，北京古籍出版社1991年版，第107页。
③ （清）阮元：《梧门先生年谱》，《存素堂诗续集录存》卷首，杭州阮元刻，1816。
④ （清）英和：《恩福堂年谱》，载《恩福堂笔记诗钞年谱》，北京古籍出版社1991年版，第372页。

首先，从法式善诗文集中，可以找到一个纽带式的人物——陆镇堂。如法式善在《陆先生七十寿序》中曾讲述道：陆镇堂曾在自己家中做过老师，后陆镇堂与广顺同科中举，又与法式善同年中进士。陆镇堂与法式善的师生之情、同年之谊，使得二人一生感情笃厚。

又嘉庆十一年（1806），法式善作《哭陆镇堂师》云："善也方九龄，抱书得亲炙。散学独留余，哦句桐荫夕。依违二十载，小子幸通籍"[①]；阮元《梧门先生年谱》也载："（法式善）九岁，又从大兴陆廷枢读书。"这些都足证法式善与陆镇堂相交之深、感情之厚。

其次，从陆镇堂、翁方纲方面的资料中，可查陆、翁之关系，进而求得法、翁渊源。

先看来自陆镇堂的资料，陆镇堂《复初斋诗集序》云：

> 吾友覃溪盖纯乎以学为诗者欤。……而覃溪独以数十年前寒窗共研削之老友，惟予知之最深也。邮书请予弁数言以规之，即此亦足见其不邀虚誉尔。乾隆五十八年岁在癸丑，夏六月朔，同里友兄陆廷枢序。[②]

再看来自翁方纲的资料，翁方纲《送陆镇堂知绛县序》云：

> 予与镇堂幼同学，壮同游。其居家孝友，……予少镇堂一岁，于经涉世事、精义析理，不及镇堂十之二三。[③]

据沈津《翁方纲年谱》记载："乾隆十五年（1750）18岁。关王庙街东口居时，外祖家尚有书室二间、书二架、法帖一架，先生

[①] （清）法式善：《存素堂诗初集录存》卷二十四，湖北德安王墉刻，1807。
[②] （清）翁方纲：《复初斋诗集》卷首，清刻本。
[③] （清）翁方纲：《复初斋文集》卷一二，清李彦章校刻本。

与大母舅（讳尔谌，顺天庠生）同读书其中。陆廷枢、林凤起、林泰交及表弟杨廷柱、廷桦俱时时过从。"① 从中可以看出，翁方纲与陆镇堂（廷枢）的关系是少年同学，相知多年，为同里之交，一世之友。

最后，根据时间最晚的一则资料，可从家学方向求得法式善与翁方纲之渊源。即翁方纲去世前一年（1817）为法式善遗文《陶庐杂录》撰写的序文，如：

> 《陶庐杂录》六卷，法式善梧门撰。梧门姓孟氏，内府包衣，蒙古世家。原名运昌，以与关帝号音相近，诏改法式善。法者，国语奋勉也。其承恩期许如此。
>
> 自其幼时，颖异嗜学。尊人秀峰孝廉②受业于予，故梧门得称门人。刻意为诗，又博稽掌故。其于诗也，多蓄古今人集，阅览强记，而专为陶、韦体。故以"诗龛"题其书室，又以"陶庐"自号。其于典义卷轴，每有所见，必著于录。手不工书，而记录之富十倍于人。即此卷，可见其大凡矣。
>
> 与予论诗年最久，英特之思，超悟之味，有过于谢蕴山、冯鱼山，而功力之深造，尚在谢、冯二子下。故数年间，阮芸台在浙，以其《存素斋诗集》送付灵隐书藏，而予未敢置一语。今笠帆中丞以所梓是编属为一言，则其中有系乎考证、有资于典故者，视其诗，更为足传也。
>
> 梧门子桂馨亦能文。早成进士，官中书舍人，深望其以学世其家，而今又已逝去。抚卷怀人，耿耿奚释，况吾文之谫陋，又安足以序之。③

---

① 沈津：《翁方纲年谱》，中国台湾"中央研究院"中国文哲研究所2002年版，第12页。
② 广顺（1734—1794），姓伍尧，讳广顺，字熙若，号秀峰，蒙古正黄旗人。今按王芑孙：《内务府司库广公墓志铭》载：司库卒于乾隆五十九年八月二十三日，享年六十一，推得其生年当在雍正十二年（1734）。《惕甫未定稿》卷十二，嘉庆刻本。
③ （清）翁方纲：《陶庐杂录序》，《复初斋文集》卷三，清李彦章校刻本。

因此，综合以上信息，可以明确以下事实，一是法式善与翁方纲的师生之谊，缘于"尊人秀峰孝廉，受业于予"，即法式善的生父广顺（秀峰）曾问学于翁方纲，故而法式善于翁方纲得称门人；二是陆镇堂与法式善家四代人的交情，翁方纲与法式善家三代人的交情；三是法式善与翁方纲能维系多年的亦师亦友的关系，还得益于二人都和陆镇堂关系密切，且翁、法二人亦曾多次以陆镇堂为题咏对象。

（二）翁方纲、法式善之交往

翁方纲与法式善，相与交游唱和、宴饮雅集频繁，且相处甚洽。今据法式善与翁方纲的诗文集，翁方纲与法式善年谱中可略见当时二人交往之概况。如表 2－1 所示。

表 2－1　　　　　　　　　法式善与翁方纲的交往互动

时间	交游内容	诗文唱和
乾隆四十七年（1782）	翁方纲为法式善作题画诗	翁方纲作《董文恪仿檀园小景，为法时帆检讨题二首》（《复初斋诗集》卷二十五）
	为法式善诗集题诗	翁方纲作《题石帆诗卷后二首》（《复初斋诗集》卷二十五）其一诗末自注：此首兼寄怀石帆尊甫秀峰老友也。
乾隆四十八年（1783）	翁方纲为法式善《溪桥诗思图》题诗	翁方纲作《时帆检讨溪桥诗思图四首》（《复初斋诗集》卷二十六）
乾隆五十年（1785）	九月，法式善升左庶子，翁方纲贺以诗	翁方纲作《时帆授庶子赋赠二首》（《复初斋诗集》卷三十一）
乾隆五十二年（1787）	翁方纲以前明旧事索法式善唱和	法式善作《兕觥归赵歌，和翁覃溪方纲先生有序》（《存素堂诗初集录存》卷一）
乾隆五十五年（1790）	法式善和翁方纲诗	法式善作《宝晋斋砚山歌，和覃溪先生》（《存素堂诗初集录存》卷二）

第二章　法式善交游考论

续表

时间	交游内容	诗文唱和
乾隆五十六年（1791）	翁方纲为法式善作题画诗	翁方纲作《时帆学士〈山寺学诗图〉》（《复初斋诗集》卷四十一）
	法式善为翁方纲书法题诗	法式善作《题翁覃溪先生摹王渔洋、徐东痴墨迹后》（《存素堂诗初集录存》卷三）
	翁方纲为法式善诗龛题诗	翁方纲作《题梧门诗龛》（《复初斋诗集》卷四十二）
乾隆五十七年（1792）	翁方纲葺小石帆亭，因与法式善号"时帆"音相同，故彼此赋诗	翁方纲作《梧门学士和予诗，以石帆是其别号也，今拓使院石上字奉寄》（《复初斋诗集》卷四十四）；法式善作《翁覃溪先生葺小石帆亭于学使署内，因贱号适符，拓石题诗见寄次韵》（《存素堂诗初集录存》卷四）
	法式善和翁方纲于山东学政寄诗	法式善作《和翁覃溪先生见怀之作，时督学山左》（《存素堂诗初集录存》卷四）
	翁方纲作诗寄怀法式善	翁方纲作《寄怀梧门、筠圃》[①]（《复初斋外集·诗卷》第二十二）
乾隆五十八年（1793）	法式善同翁方纲、铁保等同游、观砚	法式善作《冶亭侍郎招同翁覃溪先生平宽夫恕宫詹、余秋室集中允吴穀人编修文芝岩洗马集石经堂，观欧阳公所藏南唐官砚》（《存素堂诗初集录存》卷四）
	八月，翁方纲贺法式善生子	翁方纲作《贺梧门生子，即书于两峰所作〈桂枝帧子〉》（《复初斋诗集》卷四十五）
乾隆五十九年（1794）	翁方纲题诗"诗龛图"	翁方纲《题秋史为梧门作诗龛图》[②]（《复初斋诗集》卷四十五）
	翁方纲为瑛梦禅《诗龛图》题诗	翁方纲《又题梦禅子为梧门作〈诗龛图〉》[③]（《复初斋诗集》卷四十六）

[①] 翁方纲这首诗的写作时间，按翁方纲诗集的时间很难界定，所以此项依据沈津《翁方纲年谱》，中国台湾"中央研究院"中国文哲研究所2002年版，第312页。另关于翁方纲与法式善诗文互动年代无法定夺者，均依据沈津《翁方纲年谱》，特此说明。
[②] 据沈津《翁方纲年谱》，中国台湾"中央研究院"中国文哲研究所2002年版，第331页。
[③] 据沈津《翁方纲年谱》，中国台湾"中央研究院"中国文哲研究所2002年版，第332页。

续表

时间	交游内容	诗文唱和
乾隆六十年（1795）	翁方纲为罗聘《梧门图》题诗	翁方纲作《〈梧门图〉，两峰为时帆作》①（《复初斋诗集》卷四十八）
	翁方纲为法式善作题画诗	翁方纲《时帆司成〈槐雨图〉，次自题二首韵》②（《复初斋外集诗卷》第二十三）
嘉庆元年（1796）	翁方纲为法式善作题画诗	翁方纲前后作《梧门司成〈雪窗课读图〉》、《梧门图》二首（《复初斋诗集》卷四十九）
	翁方纲邀法式善和诗于残石琢为研并摹像	翁方纲作《颐园学使以孟亭残石琢为砚，摹像于背，以赠梧门，属题二首》（《复初斋诗集》卷四十九）
	翁方纲为法式善辑录《庚子三鼎甲手迹册》题文	翁方纲作《题时帆司成所装〈庚子三鼎甲手迹册〉》（《复初斋外集文卷》第四）
嘉庆二年（1797）	法式善编辑其母诗集，请翁方纲作序	翁方纲作《带绿草堂遗诗序》（《复初斋外集文卷》第一）
	十二月，法式善作《西涯考》，王春波作《西崖图》，翁方纲作《西涯图记》	法式善作《西涯考》（《存素堂文集》卷一）并《西涯诗》（《存素堂诗初集录存》卷六）；翁方纲作《西涯图记》（《复初斋文集》卷六）
嘉庆三年（1798）	四月，曹定轩邀同人游二闸	翁方纲作《曹定轩招同蓼堂、时帆、莲府泛舟二闸二首》（《复初斋诗集》卷五十一）；法式善作《四月九日，曹定轩侍御邀陪翁覃溪先生及王莲府宗诚编修泛舟二闸》（《存素堂诗初集录存》卷六）
	六月，法式善招同人集西涯旧址	翁方纲作《六月九日，梧门招同人集西涯旧址作李文正生日四首》（《复初斋诗集》卷五十二）；法式善作《六月九日，梧门招同人集西涯旧址》（《存素堂诗初集录存》卷七）
	翁方纲为法式善"梧竹图"题诗	翁方纲作《王石谷〈梧竹〉，为梧门题二首》（《复初斋诗集》卷五十一）
	翁方纲为罗聘给法式善作画题诗	翁方纲作《两峰为梧门写〈瀛洲亭图〉二首》（《复初斋诗集》卷五十一）

---

① 据沈津《翁方纲年谱》，中国台湾"中央研究院"中国文哲研究所2002年版，第339页。
② 据沈津《翁方纲年谱》，中国台湾"中央研究院"中国文哲研究所2002年版，第340页。

第二章　法式善交游考论

续表

时间	交游内容	诗文唱和
嘉庆三年（1798）	翁方纲为法式善题《诗龛图》	翁方纲作《诗龛图》（《复初斋诗集》卷五十一）
	翁方纲续法式善西涯诗画册	翁方纲《续西涯十咏题两峰为梧门画册》（《复初斋诗集》卷五十二），又《续西涯十二咏题两峰为梧门画册（其九、十一集刻十首）》共两首，一为咏"慧果树"、一为"清水桥"，较十咏多出此二首（《复初斋外集诗卷》第二十三）；法式善作《既题前诗，复读覃溪先生作，辄衍其意》（《存素堂诗初集录存》卷七）
	于畏吾村访李东阳墓，法式善作记，翁方纲和韵	翁方纲作《于畏吾村访得李茶陵墓，与梧门蕙簏勒石记之，和二君韵题于碑阴》（《复初斋诗集》卷五十二）、《李西涯论》（《复初斋外集文卷》第二）
	翁与法同于庆亭别业看菊	翁方纲作《梧门、手山集庆亭小圃看菊，同用"东篱"字二首》（《复初斋诗集》卷五十二）；法式善作《庆亭别业看菊，同翁覃溪先生》（《存素堂诗初集录存》卷七）
	翁方纲为法式善《竹石图》题诗	翁方纲《诗龛〈竹石图〉》（《复初斋诗集》卷五十二）
	法式善题寄翁方纲诗	法式善作《上翁覃溪先生，用山谷上东坡诗韵》（《存素堂诗初集录存》卷七）
	法式善和翁方纲《西涯图》题诗	法式善作《谢苏潭启昆方伯由浙中为覃溪先生作西涯图，附以诗，先生和之，余亦继作》（《存素堂诗初集录存》卷七）
	十二月，翁方纲为法式善《清秘述闻》《槐厅载笔》二书作序	翁方纲《科名故实二书序》[①]（《复初斋文集》卷四）
	翁方纲为法式善题前贤画像	翁方纲作《为梧门题严子陵像》《为梧门题陶靖节像》（《复初斋外集诗卷》第二十三）
	翁方纲为法式善"石田小像画"	翁方纲作《梧门得石田小像摹本，即王理之为祥公作者用予旧题韵》（《复初斋外集诗卷》第二十三）
	翁方纲为法式善《西涯图》题诗	翁方纲作《题梧门所作〈西涯图〉三首》（《复初斋外集诗卷》第二十三）

---

① （清）法式善：《清秘述闻三种》，中华书局1982年版，序言。

续表

时间	交游内容	诗文唱和
嘉庆四年（1799）	翁方纲和诸君法式善诗龛小集	翁方纲作《和梧门六月九日与诸君诗龛小集之作》（《复初斋诗集》卷五十三）
	十一月，翁方纲为法式善藏《清顺治初同年齿录》二册作跋	翁方纲为法式善《清顺治初同年齿录》（二册）[①] 作跋（《清顺治十八年缙绅录》）
	翁方纲为法式善作题画诗	翁方纲作《诗龛移竹图》（《复初斋诗集》卷五十三）
嘉庆五年（1800）	二月，翁方纲为法式善收集试卷题诗	翁方纲题法式善所收《蒋衡临李茶陵游慈恩寺诗卷》[②]
	翁方纲的同学、法式善的老师陆镇堂从山西回京，二人同作	翁方纲作《闻镇堂将还都门，同梧门赋》（《复初斋诗集》卷五十四），又《镇堂生日，邀梧门同作》（《复初斋诗集》卷五十五）；法式善作《喜镇堂师抵京有期，同覃溪先生作》（《存素堂诗初集录存》卷九）
	翁方纲与法式善同赴宛平县观北海碑	翁方纲作《梧门、梅溪同集宛平县廨，观新刻北海碑，即赠梅溪南归》（《复初斋诗集》卷五十四）
	翁方纲与法式善同聚宛平县署胡逊古墨斋	法式善作《重茸古墨斋落成，胡蕙麓大令邀同人小集》（《存素堂诗初集录存》卷九）
	法式善请翁方纲作题画诗	翁方纲作《钱南园画马，为梧门题》（《复初斋诗集》卷五十四《嵩缘草二》）；法式善作《克勒马歌，次覃溪先生韵》（《存素堂诗初集录存》卷九）
	法式善请翁方纲作题画诗	翁方纲作《顾阿瑛小像，梧门慕以属题，因仿逢兼善金粟影隶书于轴》（《复初斋诗集》卷五十五）
	法式善为翁方纲临摹文徵明书法作跋	法式善《翁覃溪先生临文待诏书跋》（《存素堂文集》卷三）。（据：文中有今覃溪师六十八岁矣，推当作于是年）
	应胡蕙麓相邀游极乐寺，法式善去，翁方纲未至	法式善作《夜间雪甚大，晨起，胡蕙麓大令邀游极乐寺，候覃溪先生及吴榖人、赵味辛、张船山，皆不至。禅榻话旧，抵暮始归》（《存素堂诗初集录存》卷十）

[①] 据沈津《翁方纲年谱》，中国台湾"中央研究院"中国文哲研究所2002年版，第371页。
[②] 据沈津《翁方纲年谱》，中国台湾"中央研究院"中国文哲研究所2002年版，第375页。

续表

时间	交游内容	诗文唱和
嘉庆五年（1800）	十二月，法式善赴苏斋拜坡公生日	法式善《题黄文节公石刻像后》（《存素堂诗初集录存》卷十三），又翁方纲《十二月十九日，苏斋拜坡公生日，适黄秋盦以所藏苏、米诸贤像册寄来，属为摹山谷像于内精灵会合，奇哉，赋诗记之，兼寄秋盦》（《复初斋诗集》卷五十五），（又《翁方纲年谱》载："十二月十九日，法式善、赵怀玉、吴锡麒、张问陶、孙铨、柳莲、方楷、周邵莲、高玉垿等均集苏斋，拜苏轼生日。适是日，黄易以所藏苏轼、米芾诸贤像册寄来，属为摹黄庭坚像于内。高玉垿为摹之，先生有诗赋之，并寄黄易。"①）
嘉庆六年（1801）	二月，应胡逖之邀，翁方纲、法式善同赴畏吾村勘校怀麓堂遗址	法式善作《二月十一日，胡蕙麓大令邀陪翁覃溪先生，暨诸同人极乐寺早饭，抵畏吾村勘怀麓堂废址》（《存素堂诗初集录存》卷十一）
	翁方纲、法式善同于西郊僧舍看花	翁方纲作《西郊僧舍看花之作，呈味辛、穀人、定轩、梧门》（《复初斋诗集》卷五十五）
嘉庆八年（1803）	法式善作诗怀念翁方纲，时翁方纲以年老，于裕陵守护	法式善《怀远诗六十四首之一：翁覃溪学士》（《存素堂诗初集录存》卷十六）
嘉庆九年（1804）	六月，胡蕙麓大令招翁方纲、法式善同聚宛平县，翁方纲先拜文庙	翁方纲《乾隆甲子夏六月，方纲受知于仁和赵都谏，补顺天府学生，今六十年矣。兹六月朔，敬拜宫墙，有述二首》（《复初斋诗集》卷五十七《有邻研斋稿》下）（其第二首注释云：是日饭蕙麓古墨斋，并邀请梧门祭酒同赋诗）；法式善《六月一日，胡蕙麓招陪翁覃溪先生宛平署中早饭，先生出拜文庙诗属和，次韵》（《存素堂诗初集录存》卷二十）
	翁方纲邀法式善同赏东坡诗文书法，并嘱法式善和诗	法式善作《石墨斋诗和覃溪先生》（《存素堂诗初集录存》卷二十）
	翁方纲邀法式善同赏米芾真迹	翁方纲《书米海岳"兰亭跋"真迹后八首》（《复初斋诗集》卷五十八）（注：诗句中有"同观及梧门"句）
	陆镇堂病，翁方纲与法式善赋诗问候	翁方纲《问镇堂病，同梧门用长字》（《复初斋诗集》卷五十八）

---

① 据沈津《翁方纲年谱》，中国台湾"中央研究院"中国文哲研究所2002年版，第381页。

续表

时间	交游内容	诗文唱和
嘉庆九年（1804）	翁方纲致书友人，约梧门赴今年苏斋拜东坡生日，以及今年为坡公补过生日事	翁方纲："三年不拜坡公生日，今月十九，必践此言矣。……即所欲邀知好友，如吾梧门，亦恐十九清晨不暇。……若能梧门吾友能匀出是晨之暇，约墨卿一来。"① 又《题去年十二月十九日，诸君集何氏昆仲方雪斋作坡公生日图》（《复初斋诗集》卷五十七）
嘉庆十年（1805）	翁方纲请法式善为其《敬业堂集·中山尼诗》考辨作和诗	法式善《书敬业堂集中山尼诗后，应覃溪先生命》（《存素堂诗初集录存》卷二十二）
嘉庆十一年（1806）	法式善和翁方纲题咏朱鹤年自江南来，见翁方纲与法式善，言及焦山出游事，前后唱和四首	法式善作《书覃溪先生题〈法源八咏〉石刻诗后》（《存素堂诗初集录存》卷二十三）法式善作《朱野云自江南来，言今春游焦山与墨卿凭眺。谓不得与覃溪先生及余偕为憾。覃溪先生赋诗，余亦同作。索野云画金焦图，兼怀墨卿》（《存素堂诗初集录存》卷二十四），又《答覃溪先生》（《存素堂诗初集录存》卷二十四）；翁方纲作《野云自江南来，为予言今春在焦山与墨卿凭眺，谓不得与覃溪、梧门借也。赋此索梧门和》（《复初斋诗集》卷六十）、又《见梧门和作赋此，申前篇意》（《复初斋诗集》卷六十）
	翁方纲为法式善作题画诗	翁方纲作《又题梧门摹轴两首》（《复出斋诗集》卷六十）
	翁方纲嘱法式善为其抄订王士禛著作赋诗	翁方纲作《野云为作小石帆亭图，而五七言诗钞重订本适侵板成，赋此邀梧门同作》（《复初斋诗集》卷六十）
	法式善在翁方纲苏斋拜渔洋生日	法式善作《八月廿八日，拜渔洋先生生日于苏斋，即题〈秋林读书图〉后》（《存素堂诗初集录存》卷二十四）
嘉庆十二年（1807）	法式善为其好友彭石夫求诗于翁方纲	翁方纲作《梧门为其友彭石夫求诗两首》《复初斋诗集》卷六十一）
	翁方纲索法式善和其题画诗	翁方纲作《成斋竹舫图》（《复初斋诗集》卷六十一）
	翁方纲嘱托朱野云为其及法式善绘图	翁方纲作《送朱野云选扬州》（《复初斋诗集》卷六十一）
	翁方纲为法式善画卷作序	翁方纲作《玉延秋馆诗画卷序》（《复初斋外集·文卷》第一）

---

① 据沈津《翁方纲年谱》，中国台湾"中央研究院"中国文哲研究所2002年版，第407页。

第二章　法式善交游考论

续表

时间	交游内容	诗文唱和
嘉庆十三年（1808）	法式善回忆与翁方纲同聚玉栋"读易楼"事	法式善作《筠圃藏书甚富，身后散轶殆尽，偶观覃溪先生摹阮翁遗墨，感触读易楼旧事，怆然赋此》（《存素堂诗二集》卷一）
	法式善题诗苏斋"兰亭书"后	法式善作《再题苏斋缩本兰亭后，兼寄朱野云扬州》（《存素堂诗二集》卷一）
	九月，欲为王士禛作生日	法式善作《九月六日，秦小岘侍郎招陪翁覃溪先生暨吴兰雪、刘芙初、陶季寿补作新城王文简公生日，五更骤雨，恐不果行》（《存素堂诗二集》卷一）
	十二月，赴苏斋拜坡公生日	法式善作《五鼓，起赴苏斋作坡公生日，适杭湖风水洞拓得苏题姓字四楷迹，同赋》（《存素堂诗二集》卷一）
嘉庆十四年（1809）	翁方纲赋诗嘱法式善和	翁方纲作《野云自江南来，欲为我画金山坡公留带事，先以此诗索梧门、兰雪和》（《复初斋诗集》卷六十二）
嘉庆十五年（1810）	法式善怀人诗念及翁方纲	法式善作《题交游尺牍后现在之人》之《翁覃溪先生》（《存素堂诗二集》卷四）
	翁方纲与法式善同为阮元像题诗	法式善作《题雷塘庵主小像次翁覃溪韵》（《存素堂诗二集》卷五）
	法式善因得知阮元将自己的诗集刻于翁方纲诗集后，感慨而作	法式善作《灵隐书藏歌》（《存素堂诗二集》卷五）（诗云：朱公翁公皆吾师，当仁不让吾谁欺。……阮公爱古不薄今。）
嘉庆十七年（1812）	法式善为翁方纲刻《金刚经》题诗	法式善作《书覃溪先生石刻〈金刚经〉后，皮藏诗寺以识岁月，且翼其勿失也》（《存素堂诗二集》卷七）
	法式善为翁方纲作题画诗	法式善作《二老话旧图应翁覃溪先生命》（《存素堂诗二集》卷八）
嘉庆十八年（1813）	翁方纲为法式善作挽诗	翁方纲作《挽孟时帆》（《复初斋诗集》卷六十五）
嘉庆二十二年（1817）	十二月，为法式善《陶庐杂录》作序	翁方纲作《陶庐杂录序》（《复初斋文集》卷三）[①]

---

① 此据沈津《翁方纲年谱》，中国台湾"中央研究院"中国文哲研究所2002年版，第486页。

续表

时间	交游内容	诗文唱和
暂无年代可考者	翁方纲为法式善收藏的书、画题识	翁方纲作《跋〈梅磵诗话〉二首》(《复初斋文集》卷十八);翁方纲作《书梧门藏古像册后》(《复初斋文集》卷三十三)

据上表所示,翁、法二人相识于法式善入仕之前,之后诗文唱和三十年之久,直至法式善死后,翁方纲还在为其遗作作序,可见二人情谊深厚。

综上所述,翁方纲作为乾嘉时期著名的文学大家与法式善这位文坛后辈交游唱和多年,有记载的相关交往诗作百余首、文十余篇,内容遍及览胜纪游、同人雅集、题画、序跋、藏书题咏等方面。同时,翁方纲与法式善又是当时京师文人雅集的主要发起人,且彼此又互为各自雅集的积极参加者,但因二人各自的性情趣尚不同,雅集的主题内容也各异,如翁方纲发起的聚会地点多为"苏斋",聚会的时间也多固定在每年的十二月十九日,即苏东坡的生日,因此聚会的主题也非常明确,也就是给苏东坡做寿,并借此传达出自己的诗学趣向;而法式善发起的文学沙龙地点一是室内的"诗龛",一是室外的"西涯";聚会的时间除每年李东阳的生日六月九日是固定的之外,其余都是法式善临时召集的,没有固定的时间限制,所以雅集活动更加灵活多样,在乾嘉诗坛有其特定的影响。

三 "问字未过从"之袁枚

法式善于乾嘉诗坛素以"性嗜友朋"[①]著称,海内之士,莫不知有诗龛者。法式善曾将多年友朋唱和诗文选辑为《朋旧及见录》,今据国家图书馆古籍善本室影印法式善《朋旧及见录》统计,法式善在乾嘉文坛近三十年间,交游海内文人士子近八百人之多,且于《朋旧及见录例言》中云:"十年听雨者,谓之朋旧;千里论文者,

---

① (清)法式善:《王箕山吾斋诗钞序》,《存素堂文续集》卷二,国家图书馆藏稿本。

亦谓之朋旧，如简斋①、山舟②、辛楣③、礼堂④、梦楼⑤、瓯北⑥、姬传⑦诸前辈。"以此得知当时文坛如袁枚、梁同书、钱大昕、王鸣盛、王文治、赵翼、姚鼐等都曾与法式善千里论文，有过文字之交，其间，尤以与袁枚的交往最具代表性，诗文唱和亦最多。故本部分重点考述法式善与袁枚近十年的诗文互动。

袁枚（1716—1798），字子才，号简斋，又自号仓山居士、随园老人。浙江钱塘人。袁枚天资聪颖，7岁学诗作文，12岁中秀才。此后学业日进，24岁中乾隆四年（1739）顺天会试进士，选翰林院庶吉士，后因散馆时不习清书而发为江南做知县。年仅四十任满辞官，世居江宁，自此乾嘉文坛得一诗界领袖。袁枚论诗倡导性灵之说，风靡诗坛，是性灵派的宗主，南、北诗人咸称其为"诗坛泰斗"。生平著述宏富，《小仓山房集》八十一卷、《小仓山房尺牍》八卷、《随园诗话》十六卷，等等。

梳理现存法式善、袁枚的诗文集及相关文献，试将法式善与袁枚的交游分为两个时期，一为袁枚在世时二人的诗文互动时期，即乾隆五十四年（1789）至嘉庆二年（1797）；一为袁枚过世后法式善对袁枚的追忆时期。南袁北法的交游，受地域空间所限，未曾同游雅集，却凭鸿雁千里传书，成文坛一段佳话。今从袁、法二人的诗文集、手札及题跋中略窥其交往概况，如表2-2所示。

---

① 袁枚（1716—1798），字子才，号简斋，又自号仓山居士、随园老人。浙江钱塘人。清代文学家。
② 梁同书（1723—1815），字元颖，号山舟，晚号不翁，石翁，九十岁以后号新吾长翁。钱塘（今浙江杭州）人。清代书法家。
③ 钱大昕（1728—1804），字晓徵，号辛楣，一号竹汀。江苏嘉定（今上海嘉定）人。清代史学家、汉学家。
④ 王鸣盛（1722—1797），字凤喈，一字礼堂，别字西庄，晚号西沚。江苏嘉定（今上海嘉定）人。清代史学家、经学家、考据学家。
⑤ 王文治（1730—1802），字禹卿，号梦楼。江苏丹徒（今江苏镇江）人。清代书法家、文学家。
⑥ 赵翼（1727—1814），字耘松，号瓯北，又号裘尊，晚号三半老人。江苏阳湖（今常州）人。清代文学家、史学家。
⑦ 姚鼐（1732—1815），字姬传，一字梦谷，世称惜抱先生、姚惜抱。安徽桐城人。清代著名散文家。

表 2-2　　　　　　　　　　　法式善与袁枚的交往互动

时间	互动话题	法式善	袁枚
乾隆五十四年（1789）	法式善致书袁枚，乞赐诗集	法式善赋诗二首：《程立峰明慷大令贻袁子才太史诗集》（《存素堂诗初集录存》卷二）；《题〈小仓山房诗集〉》（《存素堂诗初集录存》卷二）	袁枚《随园诗话》卷十一，第15则：满洲诗人法时帆学士与书云："自惠《小仓山房集》，一时都中同人借阅无虚日；现在已抄副本。洛阳纸贵，索诗稿者叠集，几不可当。可否再惠一部，何如？"外题拙集后……
乾隆五十五年（1790）	袁枚因法式善题其诗集而答书，法式善答以诗	法式善赋诗：《答袁子才前辈》（《存素堂诗初集录存》卷二）	《梧门诗话》卷四，第19则：余题袁子才诗集，有"万事看如水，一情生作春"之句。子才见之，寄书云："此二语真大儒见道之言。昔人称白太傅与物无竞，于人有情，即此之谓。仆亦曾刻'寡欲多情'四字印章，聊以自勉。三人者，可谓心心相印，不谋而合矣。"
乾隆五十六年（1791）	袁枚作《生挽诗》，嘱法式善相和	法式善《梧门诗话》卷四，第20则：辛亥夏，子才又寄书……余既作五绝句报之。又法式善《忆感旧怀人诗七首》之《袁子才前辈》（《存素堂诗初集录存》卷三）	法式善《梧门诗话》卷九，第19则：乾隆辛亥，袁子才……复作《除夕告存》诗七绝句。又袁枚《小仓山房尺牍》卷八，第194则《答法学士》：北雁南飞，德音频到。挽诗五首，天机清妙，足冠群言
乾隆五十八年（1793）	法式善寄诗集乞袁枚为其勘定、作序	法式善《存素堂诗初集录存自序》：癸丑岁，检箧中已得三千余首。程兰翘同年、王惕甫孝廉为甄综之，汇钞两巨册，以寄袁简斋前辈。简斋颇有裁汰	袁枚：蒙以诗二册寄余校勘作序，枚老矣，其能以将尽之年序先生未尽之诗乎！……乾隆癸丑四月既望，钱塘袁枚拜撰，时年七十有六。（法式善《存素堂诗初集录存》卷首序，嘉庆十二年（1807）王埰刻本）
乾隆六十年（1795）	袁枚八十寿辰，遍于海内征索和诗	法式善赋诗两首（载袁枚《随园八十寿言》卷三《诗》）	袁枚《随园八十寿言》卷三《诗》，《前题》有序：简斋前辈以乾隆乙卯三月二日八十寿，征海内能者以诗文献。……

续表

时间	互动话题	法式善	袁枚
嘉庆二年（1797）	袁枚答法式善书，作诗邀法式善唱和		袁枚《奉时帆先生书》[①]——（国家图书馆藏《诗龛声闻集续编》卷十）
嘉庆八年（1803） 嘉庆十三年（1808） 嘉庆十五年（1810）	法式善追忆袁枚	其一，嘉庆八年（1803）法式善《叹逝诗二十首》之《袁子才太史》（第一）（《存素堂诗初集录存》卷十七）； 其二，嘉庆十三年（1808）法式善《检阅筼绳斋〈诗龛图〉卷，慨然赋诗，兼忆题图诸知好》："三翁（袁简斋、王西庄、钱辛楣三前辈）在湖海，夭矫人中龙。愧我居长安，问字未讼从。袁翁致我书，前后三十封。……"（《存素堂诗二集》卷一）； 其三，嘉庆十五年（1810）法式善《题朋旧尺牍后（以往之人）》之《袁子才太史》（《存素堂诗二集》卷三）	
创作时间不详	袁枚给法式善的回信		袁枚《答法时帆学士》（《小仓山房尺牍》卷七）；（注：以此推知法式善当有书信在先，限于作者孤陋，未曾得见法式善此番书信）
	袁枚给法式善题诗	《题时帆先生〈诗龛图〉》《题时帆先生〈梧门图〉》	

以上所录仅是袁枚与法式善有诗文记载的交往，亦足可见二人虽相识较晚，交往时间有限，然二人交往之密切略见一斑。

综合上表，袁枚与法式善交往具体表现为三件事。

先是二人因诗文定交。当法式善于乾隆四十五年（1780）登第、文坛崭露头角之时，袁枚已经65岁，是享誉南北的诗坛领袖。法式善作为后学晚辈，对袁枚仰慕已久，唯望能亲临随园，聆听赐教。无奈地限南北，得拜袁枚则是可望而不可即之事。遂曾诚惶诚恐致书袁枚，乞赐诗集。袁枚作为文坛前辈，对后学自是奖掖有加，便于乾隆五十四年（1789）托程立峰县令转赠《小仓山诗册》。[②] 法式善如获至宝，一气呵成，痛快畅读后欣然赋诗《题〈小

[①] 此信札未收于王英志主编的《袁枚全集》，江苏古籍出版社1993年版。今见于国图藏《诗龛声闻集续编》卷十，当是《袁枚全集》的佚文。

[②] （清）法式善：《程立峰明悸大令贻袁子才太史诗集》，《存素堂诗初集录存》卷二，湖北德安王埠刻，1807。

仓山诗集〉》：

> 万事看如水，一情生作春。公卿多后辈，湖海此幽人。笔阵横今古，词锋怖鬼神。粗才莫轻诋，斯世有谁伦。①

法式善对袁枚诗作给予高度评价：诗笔足可横亘古今，诗才诚非常人可匹敌。此番评价，深得袁枚赏识，尤其"万事看如水，一情生作春"句，更被袁枚视为知音。如《梧门诗话》卷四第19则②云：

> 余题袁子才诗集，有"万事看如水，一情生作春"之句。子才见之，寄书云："此二语真大儒见道之言。昔人称白太傅与物无竞，于人有情，即此之谓。仆亦曾刻'寡欲多情'四字印章，聊以自勉。三人者，可谓心心相印，不谋而合矣。"

袁、法二人因诗集而定交，虽未曾谋面，却彼此心有戚戚焉，以知己视之。袁枚对此亦颇为感慨道："（与法式善）素不识面，皆因诗句流传，牵连而至；岂非文字之缘，比骨肉妻孥，尤为真切耶？"③ 自此二人交往频繁，虽地北天南，却音书不断。袁枚更是对这位后学给予了殷切希望。

其二，袁枚对法式善诗作给予高度评价，且对其寄予厚望。如《〈随园诗话〉补遗》卷六第46则：

> 法时帆学士造诗龛，题云："情有不容已，语有不自知。天籁与人籁，感召而成诗。"又曰："见佛佛在心，说诗诗在口。何如两相忘，不置可与否？"余读之，以为深得诗家上乘之旨。旋读其《净业湖待月》云："缓步出柴门，天光隔桥瀹。溪云

---

① （清）法式善：《存素堂诗初集录存》卷二，湖北德安王埔刻，1807。
② （清）法式善：《梧门诗话》卷四，载张寅彭、强迪艺《梧门诗话合校》，凤凰出版社2005年版，第125—126页。
③ （清）袁枚：《随园诗话》卷十，王英志批注，凤凰出版社2009年版，第207页。

没酒楼，林露滴茶笼。秋水忽无烟，红蓼一枝动。"又："抠衣踏藓花，满头压星斗。溪行忽有阻，偃蹇来醉叟。攘臂欲扶持，枕湖一僵柳。"此真天籁也。又，《读稚存诗奉柬》云："盗贼掠人财，尚且有刑辟。何况为通儒，觍颜攘载籍。两大景常新，四时境屡易。胶柱与刻舟，一生勤无益。"此笑人知人籁而不知天籁者。先生于诗教，功真大矣。《咏荷》云："出水香自存，临风影弗乱。"可以想其身份。又曰："野云荒店谁沽酒，疏雨小楼人卖花。"可以想其胸襟。①

袁枚通过以上诗篇，对法式善诗作给予了高度评价，亦略窥其诗才。进而对法式善诗文成就寄予了殷切希望。如《答法学士》：

> 常谓作文之道同于作诗。然而亦有小异者，何也？作文曰"作"，作诗曰"吟"。吟之云者，必含金吐玉，使其音清扬而远闻也。今之诗流，号称有才者，往往从苏黄入手，戛阶而升，以致文而不采，有声而无音，坠入槎枒粗硬一途。与四始六义之风远矣。学士独能从源溯流，奉汉、魏、三唐、王、孟、韦、柳为圭臬，如行路者所由既正，如择交者取友既端，自然藻思芊绵，天机清妙，渊乎其不可量。将来一朝作手，非学士其谁任之！惟是聆音识曲，从古为难，此庄惠濠梁，钟期流水之所以艳称千古也。今学士缥缨魏阙，如日在东，枚寂处空山，颓云将散，不能两人合并，一谈口内所欲言，一证胸中所蕴蓄。学衰路远，如桓子野闻歌，空唤奈何而已。思之黯然。所望者江左风骚，凋敝久矣，或天使文昌星降，为之提挈而振作之，俾衰颓老子，亦得扶杖而观文化，岂非艺苑之光辉，暮年之乐事乎。孔子曰："及其老也，戒之在得。"枚年垂八十，万念皆空，所不能戒者，惟此一得

---

① （清）袁枚：《随园诗话》，王英志批注，凤凰出版社2009年版，第402页。

而已。学士多情，必同此惓惓焉。①

信中，袁枚以"将来一朝作手，非学士其谁任之"寄希望于法式善，虽有过誉之处，然足见法式善深得袁枚赏识。对于法式善，能得到文坛巨擘厚爱若此，自是莫大鼓舞，也助其稳固在京师诗坛的地位，尤其是当袁枚过世后，法式善不负厚望，的确成为一时诗坛盟主。

此外，袁、法二人还借音书往还，或征索和诗，或为诗文问序。其间较有代表性的先是袁枚曾于乾隆五十六年（1791）作《生挽诗》索海内诗人唱和，法式善曾和其《生挽诗》。如法式善《梧门诗话》卷四第 20 则云：

> 辛亥夏，子才又寄书云："记三十年前，曾遇江西相士胡文炳，说仆六十三而得子，七十六而考终。尔时颇不信其言，日后生子之期不爽，则今岁龙蛇之厄似亦难逃。故作自挽诗五章，和者如云，以孙补山宫保、赵云松观察二人为最超。今同拙作抄呈，乞阁下亦赐一章，他日携至九原，可与渊明快读也。"余即作五绝句报之。宫保诗如："文书眯目验吾衰，腹痛凭谁奠酒杯。嘱备一奁磨镜具，他年高会望公来。"是从对面写法。观察诗："君果飘然去返真，让侬无佛易称尊。只愁老境谁同调，独立苍茫也断魂。""生平花月最相关，此去应将结习删。若见麻姑休背养，恐防又谪到人间。"是透一层写法。②

又《梧门诗话》卷九第 19 则：

> 乾隆辛亥，袁子才因相士言，自作《生挽》诗，海内知交

---

① （清）袁枚：《小仓山房尺牍》卷八，世界书局 1936 年版，第 351—352 页。
② （清）法式善：《梧门诗话》卷四，载张寅彭、强迪艺《梧门诗话合校》，凤凰出版社 2005 年版，第 126 页。

多为属和。迨相士之言不验,先生复作《除夕告存》诗七绝句。其一云:"天上匆匆守岁忙,天公未必遣巫阳。屠苏酒熟先生笑,此是庐循续命汤。"其七言云:"过此流年又转头,关心枕上数更筹。诸公莫信袁丝达,未到鸡鸣我尚愁。"此题此诗,皆创获也。①

最终,袁枚得和诗数百,"近日袁子才刻《生挽》诗不下百余章"②,法式善亦有和诗《和简斋先生〈自挽〉诗》③云:"绯衣人报玉楼成,可有丹虬白鹿迎?正恐奇才招鬼妒,修女不肯要先生。色界固宜风烛喻,禅心原不絮泥沾。公年尚比如来小,坐破蒲团花再拈。"然在海内师友百余篇诗作中,袁枚犹为推赏法式善之挽诗,其在《答法学士》中云:

> 北雁南飞,德音颁到。挽诗五首,天机清妙,足冠群言。第留之之意多,而送之之意少。未免远客将归,翻增依恋。④

肯定法式善的"挽诗"在诸征索诗作中堪称压卷之作,"天机清妙,足冠群言",推许异常。

以上,二人多次书信往来,相互致意。之后法式善又请袁枚为其校订诗集,"癸丑岁,检箧中已得三千余首,程兰翘同年、王惕甫孝廉为甄综之,汇钞两大册,寄袁简斋前辈审定,简斋著墨卷首,颇有裁汰"。⑤袁枚欣然命笔,细心校订,"应去应存,都已加墨"为诗集作序云:

---

① (清)法式善:《梧门诗话》卷九,载张寅彭、强迪艺《梧门诗话合校》,凤凰出版社2005年版,第277页。
② (清)法式善:《梧门诗话》卷十一,载张寅彭、强迪艺《梧门诗话合校》,凤凰出版社2005年版,第337页。
③ 录自王英志点校《袁枚全集》第6册《续同人集》生挽类,江苏古籍出版社1993年版,第150页。
④ (清)袁枚:《小仓山房尺牍》卷八,世界书局1936年版,第385页。
⑤ (清)法式善:《存素堂诗集序》,《存素堂文集》卷一,扬州绩溪程邦瑞刻,1807。

> 时帆先生，天先与之诗骨而后生者也。故其耽诗若性命然，有诗龛焉与之坐卧，有诗友焉与之唱酬，有诗话焉抒其见闻识解。其笃嗜也，不以三公易一句；其深造也，能以万象入端倪。荀子曰："不独则不诚，不诚则不形。"先生之于诗如此，其独且诚也。宜其形诸笔端，自成馨逸，伋然渊其志，和其情，缤乎其犹模绣也。
>
> 蒙以诗二册寄余校勘、作序。枚老矣，其能以将尽之年序先生未尽之诗乎？然读先生此日之诗，可以知先生他年之诗，兼可以知先生之为人于诗之外。何也？言为心声，诗又言之至精者也。①

袁枚于序言中毫不掩饰对法式善的褒奖之词，"时帆先生，天先与之诗骨而后生者也"，尽管评价未免过高，但足显见袁枚对法式善诗作与为人的认可。

以上，袁、法二人虽从未谋面，却借鸿雁传书，相与唱和，维系十年之久的知交之谊，"三翁（袁简斋、王西庄、钱辛楣三前辈）在湖海，夭矫人中龙。愧我居长安，问字未过从。袁翁致我书，前后三十封"②，实属难能可贵，君子之交耳。而同时，借助二人诗文往还之谊，也揭示出袁枚在彼时京师文人圈中的影响与地位。如法式善回复袁枚的信札中指出："陶生到京，接读手谕。蒙惠赐《诗话》《续同人集》二部，披览一过，如入五都之市，奇珍异宝，使人心目眙骇，真大观矣。京中随园著作，家弦户诵。有志观摩者，无不奉为圭臬。凡一传记成，一诗成，其佳者，辄谓'此随园法也'，'此随园格也'。南来人士，相晤于文酒宴会间，必曰'吾随园受业弟子'，'吾随园私淑弟子'。缙绅先生遂为之刮目。"③ 又曰：

---

① 袁枚这篇序文今见录于（清）法式善《存素堂诗初集录存》卷首，湖北德安王墉刻，1807。且该文并未收录在王英志《袁枚全集》中，当为袁枚的佚文。
② （清）法式善：《检阅笪绳斋诗龛图卷，慨然赋诗，兼忆题图诸知好》，《存素堂诗二集》卷一，湖北德安王墉刻，1812。
③ （清）法式善：《答简斋先生书》书札，载朱士俊《小仓山房往还书札全集》卷二，国家图书馆藏光绪石印本。该本是个残本，仅存1—9卷。

"都中奉随园瓣香者，指不胜屈。刘舍人锡五①、何工部道生②为最。王孝廉芑孙得随园之熊骏，张庶常问陶③得随园之清迈，又皆其各至者也。"④

且直至袁枚于嘉庆二年（1797）去世后，法式善还时常以诗文追忆这位曾给他鼓励与提携的诗坛盟主。如嘉庆八年（1803），法式善作《叹逝诗·袁子才太史》（《存素堂诗初集录存》卷十七），嘉庆十五年（1810），《题朋旧尺牍后·已往之人》之《袁子才太史》（《存素堂诗二集》卷三）等。仍时时怀念这位前贤师长的奖掖与鼓励。

需要强调的是，袁枚与法式善曾相继以诗坛盟主的姿态立足于乾嘉文坛，法式善作为后学晚辈，曾得袁枚的提携，为其诗集作序，肯定其诗作才气；诗书往还，有助于提高法式善于众学侣中的地位。同时，二人能相知多年，还得益于在乾嘉诗学论争中，二人有着大体一致的诗学观，这将在第六章详加阐释，此不赘言。

此外，作为文坛前辈，钱大昕、赵翼等人也曾与法式善有过诗书往来。钱大昕曾为法式善作《题法时帆大司成〈诗龛图〉》⑤《题法时帆〈梧门图〉》⑥共四首，其《题法时帆大司成〈诗龛图〉》二首云：

> 丈室萧然绝点尘，浑疑金粟即前身。春风桃李新栽遍，谁是传衣得髓人。
>
> 白传匡庐曾入藏，褚公弥勒亦同龛。先生勘破诗三昧，挂

---

① 刘锡五（1758—1816），字受兹，号澄斋，山西介休人。乾隆四十六年（1781）进士。著有《随侯书屋诗集》。有《和简斋先生〈自挽〉诗》《和简斋先生〈除夕告存〉诗》。
② 何道生（1766—1806），字立之，号兰士，山西灵石人。著有《双藤书屋诗集》。有《和简斋先生〈除夕告存〉诗》。
③ 张问陶（1764—1814），字仲冶，号"船山"。祖籍四川遂宁。乾隆五十五年（1790）进士。著有《船山诗草》20卷等。有《寄祝随园先生八十寿》诗。
④ （清）法式善：《答简斋先生书》书札，载朱士俊《小仓山房往还书札全集》卷二，国家图书馆藏光绪石印本。该本是个残本，仅存1—9卷。
⑤ （清）钱大昕：《潜研堂集》诗续集卷八，嘉庆十一年（1806）。
⑥ （清）钱大昕：《潜研堂集》诗续集卷八，嘉庆十一年（1806）。

角羚羊妙独参。①

诗中，钱大昕评价法式善是诗界"传衣得髓人"，能参悟王士禛的"三昧"之说，评价极高。而法式善也一直以未能得见钱大昕等前贤为憾。如《钱辛楣前辈寄〈梅石心知〉卷，阅十年矣，久欲跋一诗而未能也。秋夜题此，以当怀人》诗云：

未登潜研堂，屡接辛楣书。石云气濛濛，梅崦风疏疏。南北托心知，问字情于于。雁飞久不来，听雨空踌躇。高山望峥嵘，仰止皆吾徒。转乞诗龛诗，一泊孤篷孤。（诗卷为蒋于野转乞者）秋灯彻夜明，竹酒临江沽。蒋生跋卷尾，细字如珍珠。延伫今十年，幽窈鹅池居。（图为鹅池生王州元补绘）中腴外老苍，此笔侪倪迂。相思不相见，题句空嗟吁。②

法式善虽时以"愧我居长安，问字未过从"为憾，但是却并未影响他与前贤师长的诗文切磋，不时得到袁枚、钱大昕等前辈的点拨与褒奖，这对诗坛后辈法式善来说，无疑是幸运的。

第二节　法式善与同辈友朋

"生平以友朋为性命"的法式善，其交游广泛，年龄不分长幼，身份不论贵贱，地域不限南北，在乾嘉文坛有着广泛的诗友群体。他们或与法式善有着相同的诗学观，或与法式善诗文创作题材互有影响；或成就了法式善有关八旗文学的创作，或是法式善宴饮雅集的积极响应者；等等。个体交往情况不一，但广泛的交游使得法式善拥有良好的社交空间，也有利于其在乾嘉诗坛立身扬名。

---

① （清）钱大昕：《潜研堂集》诗续集卷八，嘉庆十一年（1806）。
② （清）法式善：《存素堂诗二集》卷一，湖北德安王埔刻，1812。

一 "满洲三才子"之铁保

乾嘉时期，诗坛创作力量的构成，依社会身份而言，有台阁、中下层官吏、布衣寒士、闺秀、方外等几个群体；① 依地域而言，有常州诗人、山东诗人、大兴诗人、岭南诗人、江西诗人等；依流派而言，有翁方纲的肌理派、袁枚的性灵派、浙派诗人吴锡麒等；依民族身份而言，八旗诗人群体成为乾嘉之际文学创作力量构成的重要组成部分。八旗文人以其特殊的民族性格熔铸在汉语文学创作之中，成就了八旗文学于乾嘉文坛的特有风貌。其间成就最突出者，王豫《群雅集》有"满洲三才子"之誉的铁保、法式善、百龄。如法式善《春夕怀人三十二首》②之二十八云：

> 菊溪、梅庵伯仲，如何中杂劣诗。京口集刊群雅，饼金购自高丽。（王豫，字柳村，丹徒人。选《群雅集》成，高丽人以重价购之。卷中《梅庵》诗后云："制府与百菊溪制府、法时帆学士，天下称三才子。"）

三才子间，相较于百龄③，法式善与铁保的交往对其文学成就的影响更显著。故这里着重考述铁保与法式善的交游。

铁保（1752—1824），字冶亭，一字梅庵，旧谱为觉罗氏，后改为栋鄂氏，满洲正黄旗人。出身于世代武将家庭的铁保却独喜学文，"专攻举业以求一当"④，21 岁即中乾隆三十七年（1772）进士。自

---

① 刘靖渊：《论乾嘉之际诗歌创作力量的结构及其诗史意义》，《西北师大学报》（社会科学版）2006 年第 5 期。
② （清）法式善：《存素堂诗续集》，杭州阮元刻，1816。
③ 百龄（1748—1816），姓张，字菊溪，居辽东，后居承德府张三营，隶汉军正黄旗。乾隆三十七年（1772）进士，改庶吉士，散馆授编修。嘉庆五年（1800）由顺天府丞迁湖南按察使，累官湖广总督。未几坐事议遣戍，命效力实录馆。嘉庆十二年（1807）补福建汀漳龙道，再任湖南按察使，累官两江总督，协办大学士，封三等男卒谥文敏。著有《守意龛诗集》《橄榄轩尺牍》等。
④ （清）铁保：《梅庵自编年谱》，《惟清斋全集》，清道光二年（1822）石经堂刻本。

此进入官场，历经近五十年的宦海沉浮，既有官居一品时的烜赫一时，也曾有罢官保衔，发配新疆的仕途低谷，直至道光元年（1821）以三品赏衔告归。铁保优于文学，长于书法，词翰并美。文学上他主编了《白山诗介》和经嘉庆皇帝赐名的《熙朝雅颂集》，著有《惟清斋全集》。

（一）法式善与铁保相识、定交

法式善与铁保初识于法式善早岁西华门僧寺读书时期，据阮元《梧门先生年谱》，自乾隆三十六年（1771）至乾隆四十二年（1777），法式善读书西华门外南池子西华寺中。如法式善于《罗月轩诗集序》中自叙道：

> 乾隆三十四五年间，余读书僧寺，钱塘孝廉张凯偕其弟子诗至，相与评泊，赞叹弗休。询其年，方稚也，笔则凌厉，心奇其人。后交冶亭（铁保），乃识为闾峰作，遂得尽窥所著述。①

以上法式善与铁保兄弟的相识颇有趣味，先是法式善通过铁保之弟玉保的老师得见玉保的诗作，想见其人；之后法式善相识铁保，最终才结识玉保，可谓一段诗文之交的佳话。此情此景，令法式善终生难忘。嘉庆十五年（1810），法式善因久病家居养疴，病中百无聊赖，追忆流年朋旧百余人，成《病中杂忆》诗凡九十八首。诗中不觉又回忆起当年的情景。如《病中杂忆》中回忆道：

> 青衫稿笔出咸安，萧寺西华雪夜寒。难兄难弟尽仙客，老僧指作凤凰看。（时伊慢亭与余同住寺中，玉闾峰始受业于张云胜，往来斋粥。耐园观察为慢亭之兄，冶亭尚书为闾峰之兄，亦时时至寺说诗谈艺。）②

---

① （清）法式善：《存素堂文续集》卷一，国家图书馆藏稿本。
② （清）法式善：《存素堂诗二集》卷五，湖北德安王埘刻，1812。

通过诗后的小注,参考前文,可知法式善与铁保兄弟初识于乾隆三十五年(1770)前后西华寺中读书时。又法式善《补题冶亭、阆峰联床听雨图后》有诗句云:

> 忆我交二君,今已廿年矣。其间听雨日,历历可偻指。珂声散玉堂,人称三学士。趋跄金马门,同试银光纸。联骑官道边,斗韵僧房里。(余与二君同时为学士,同充日讲官,同被诏旨试殿上,同扈跸行幄。)苍茫望古今,歌哭誓生死。南山漭漭云,东海滔滔水。时势有不同,人心无彼此。苍生今待命,请从二君始。①

此诗作于嘉庆元年(1796),据"忆我交二君,今已廿年矣"推算,法式善与铁保兄弟二人定交当在二十年前,即乾隆四十一年(1776)。综上可知,法式善与铁保于乾隆三十六年(1771)即已相识,定交于乾隆四十年(1775)之际。

自此,法式善与铁保由相识而相知,相继成进士,二人历经宦途风雨,职位高低或有不同,供职地域时有间隔,然二人的友谊却日趋笃厚。

(二)诗文唱和、纂辑诗选

法式善与铁保自相识之日起,性情相投,促成其相知相惜,于是此后的岁月中二人相携游冶、诗文唱和,或鸿雁传书、诗艺切磋,更为难得的是二人共同成就了有清一代最为完备的八旗诗歌总集《熙朝雅颂集》的问世。

其一,法式善曾相继为铁保兄弟诗集作序,高度评价兄弟二人的诗作成就。如《梅庵诗钞序》云:

> 余与梅庵制府、阆峰侍郎交契盖三十年矣。余以庚子入翰林,制府亦以是年冬改詹事,余因是与制府称同年。明年辛丑,

---

① (清)法式善:《存素堂诗初集录存》卷六,湖北德安王墡刻,1807。

阆峰馆选，居且相近，时相过从。茗椀唱酬，殆无虚日。既而予三人者，一时同官学士，充讲官，出入与偕。或侍直内廷，或扈跸行幄，宫漏在耳，山月上衣，未尝不以赓和为职业也。后二公俱擢侍郎，余浮沉史局，文场酒晏，犹获执笔，与二公左右上下之。乃侍郎遽谢世，而制府远宦东南，天各一方，余能无独学孤陋之叹乎。……夫学问与事功，一而二，二而一者也。公总督三江，其所待治者，日不知凡几，何暇作诗？乃退居一室，挑灯手一编，类书生然。及登堂议论国家大事，抉利弊，辩情伪，娓娓千万言，骨中肯綮，人惊以为神。岂知夫诗者政之体，政者诗之用，不惟不相害，而实相济也。或者曰："公性情洒落，事过辄忘，一字一句间，每不介意，奚兹集之谨严如是？"吾谓忘者公之大，而不忘者公之深也。即一诗可以见公生平矣，而余之所以知公者，又岂仅在诗哉？①

序中，法式善在回忆与铁保兄弟多年友谊的同时，高度赞扬了铁保作诗与辅政一方皆有佳绩，所谓"夫诗者，政之体；政者，诗之用，不惟不相害，而实相济也"。在法式善看来，铁保的诗文创作与执政思想能够相得益彰，相辅相成，成就了铁保诗文与仕宦方面的双重收获。

法、铁二人相知多年，感情深厚。非但诗文往来，"余之所以知公者，又岂仅在诗哉！"故在铁保弟玉保英年早逝后，铁保将亡弟的诗集不辞万里，寄交法式善删订，足见其与法式善交情之深，以及对法式善诗艺的高度认可。如《萝月轩诗集序》云：

阆峰后余一年入词馆，谊益亲，往来酬唱益密。同官学士，同为讲官，切磋砥砺，善相劝，过相规，于于如也。阆峰受特达知，官少宰，入直南斋，职业清要，不复时时过从。然退直稍暇，折柬招呼，煮茗说诗，流连于萝月轩。灯昏，炉火且尽，

---

① （清）法式善：《存素堂文集》卷二，扬州绩溪程邦瑞刻，1807。

商榷句法，反复推勘，稿屡易。别后，遣仆驰书，楼钟三四转，叩余门，仍有所问难。临殁前二日，余往视病，执余手曰："余诗未成就，奈何，善为余匿其短。"盖好学深思，不自满假，世罕有及者。阆峰外宽而内严，临事锐而用心细，一言一动，不肯苟且。而诗尤属意，集甚富。冶亭自江南节署寄书谓余曰："子其汰之，使阆峰必传。"呜呼，阆峰之传，有余于诗之外者矣。区区文字末务，未能限阆峰也。而文字之足传已如是焉，后之人安得不重其人以重其文欤。①

此序深情款曲，法式善饱含感情地追忆了与阆峰多年的友谊，阆峰为人严谨、为诗谦逊好学都给法式善留下了深刻的记忆。咀嚼此序，亦有玉保遗嘱②之感，身后遗篇嘱托法式善删订。玉保生前与法式善研读诗文，切磋技艺，"与予交，或数月一接，或数日一接，弗见其有私喜怒。诗成，每先示余商榷，即时改窜，常数易其稿，其虚怀又如此"③，临终之际又将诗集托付法式善亲订，足见二人交情之深笃，彼此诗艺的心有灵犀。

其二，如果说患难才能得见真情，那么法式善与铁保的友情就是经受住风雨考验的真情。当铁保被贬乌鲁木齐，仕宦遭遇低谷、备尝人生失意之际，法式善仍以诗文怀念远在贬所的知交铁保。如《病中杂忆》九十八首的第一首即怀念远谪新疆的铁保：

  铁卿（冶亭别号）万里作元戎，法律真兼诗律工。回忆围炉共磨墨，两人都是可怜虫。④

---

① （清）法式善：《存素堂文续集》卷一，国家图书馆藏稿本。
② 按（清）恩华《八旗艺文编目》，玉保字德符，一字阆峰，铁保弟。乾隆四十六年（1781）进士，散馆授检讨。累官隶部左侍郎、南斋供奉，嘉庆三年（1798）卒。以此也可推知，法式善此文作于嘉庆三年（1798）后。恩华：《八旗艺文编目》，辽宁民族出版社 2006 年版，第 108 页。
③ （清）法式善：《八旗诗话》第 216 则，载张寅彭、强迪艺《梧门诗话合校》，凤凰出版社 2005 年版，第 523 页。
④ （清）法式善：《存素堂诗二集》卷五，湖北德安王埔刻，1812。

此诗作于嘉庆十五年（1810），法式善当时以病家居养疴，大半年未愈。而铁保于嘉庆十四年（1809）七月因失察山阳县谋毒冒赈案谪戍乌鲁木齐，尚在新疆。① 昔日好友，如今时空阻隔万里之遥，一为贬谪流落边疆，一为病魔所牵绊，引发法式善回忆"围炉共磨墨"的优游岁月，不禁感慨彼此境况"两人都是可怜虫"，寄托了对铁保的同情与自伤之感。故当得知铁保遇赦归来，法式善喜不自禁，相继赋诗三首，其一《闻铁冶亭将自西域抵京豫作是诗》云：

　　万里归来客，相逢各自惊。无言频握手，未见已吞声。不信酒怀壮（冶亭书来，近颇习饮），方疑诗稿轻。江南渺烟水，回首暮云生。

　　头上发全白，眼前山更青。儿童俊长大，同辈尽凋零。公老托松柏，吾衰亲术苓。石经堂上客，三五比晨星。②

此诗作于嘉庆十七年（1812），法式善当时退职家居，忽闻昔日至交铁保将归自西域，"初闻涕泪满衣裳"，喜极而泣，不觉欣然提笔。诗中想象年近花甲的好友多年不见，今夕久别相逢，"无言频握手，未见已吞声"，纵有万语千言，不知从何说起。两位花甲老人相视彼此，"可怜白发生"。无限感伤又无比深情的诗句从作者心底流出，彼此的情愫跃然纸上。此外，法式善还于是年作有《喜筼绳斋将偕冶亭至》（《存素堂诗二集》卷八）、《铁冶亭尚书于役回疆，客无从者，筼孝廉绳斋毅然随行，其于师友之义山水之情有异于人人者，因为赋诗兼谂尚书》（《存素堂诗二集》卷八）二诗，其意均在怀念铁保，期待其早日回京。

其三，法式善与铁保二人还于诗文上彼此切磋，著述上相互提携，共同完成了八旗诗歌选集——《熙朝雅颂集》的编撰工作。《熙朝雅颂集》系铁保在依据伊福讷《白山诗钞》卓奇图《白山诗

---

① 据（清）铁保《梅庵自年谱》，《惟清斋全集》，清道光二年（1822）石经堂刻本。
② （清）法式善：《存素堂诗二集》卷八，湖北德安王埔刻，1812。

存》基础上撰辑而成，该书首集二十六卷，正集一百零六卷，余集二卷，计一百三十四卷，所录范围有皇公贵胄、文员、武将、闺阁、布衣之作，收集年限自清初至嘉庆初年凡五百三十四位八旗诗人的诗作六千余首。书名"熙朝雅颂集"乃是嘉庆帝御赐。《熙朝雅颂集》是当时最为完备的八旗诗歌总集，也是迄今为止清代文学史上收列八旗诗人人数最多、诗作最广的一部八旗诗歌总集，是后人了解清代八旗诗歌和研究清代文学的重要文献。（《熙朝雅颂集》前言）

据阮元《梧门先生年谱》，嘉庆六年（1801），时任漕运总督的铁保给嘉庆帝上了一道奏折：

> 兹因汪廷珍现放安徽学政，与臣札商，将此项诗集交翰林院侍读法式善专司校阅，翰林院侍读学士汪滋畹缮写装潢。伏查法式善等诗学素优，在馆行走多年，办理书籍实为熟手，兹得其接手经理，必能妥善。①

又嘉庆九年（1804）五月，铁保于山东巡抚任又上疏嘉庆帝（《熙朝雅颂集》序言）：

> 山东巡抚臣铁保跪奏，为恭辑八旗诗成敬呈御览，仰侯钦定事。窃臣前充《八旗通志》馆总裁官，编辑艺文得满洲、蒙古、汉军诗钞百数十家，篇帙浩繁，未能悉登，简册当于通志内列其名目。其所为诗，拟别辑一书，以垂久远。因复广为搜罗，悉心雠校，未曾卒业，适奉恩旨督粮储，继又拜巡抚山东之命，外任五年，职守重大，不敢驰心艺苑，分役精神。当于嘉庆六年陛见，时奏交法式善、汪廷珍、陈希曾、汪滋畹、吴鼒等代臣编次，并送协办大学士、尚书朱珪、尚书纪昀，原任尚书彭元端先后校阅。兹据法式善等寄信到臣，业已缮成正本，敬谨装潢伏侯钦定。臣理合查，照向例恭具表文，望阙跪进。

---

① （清）法式善：《存素堂诗续集录存》卷首，杭州阮元刻，1816。

除将诗选全帙由法式善代臣敬呈御览外,臣谨专差恭折具奏,伏乞。皇上睿鉴谨奏。

嘉庆九年五月初二日奉①

以上铁保两次奏疏,明确交代了《熙朝雅颂集》的成书经过,以及最终完成此书校阅之人乃时任侍读学士的法式善。此项重托,既是铁保对法式善诗艺的高度认可,也是"举贤不避亲",铁保对自己的多年好友的高度信任与提携。诚如法式善所谓:"(铁保)制府顾厚视余,时时以诗稿邮寄商榷。凡所纂辑之书籍、进奏之文字,亦莫不由余勘校而成。"②法式善也实不负铁保重托,不但顺利完成此项巨制,自己还颇有所获。一是著成关于八旗人诗歌艺术批评的专著《八旗诗话》,该书是文学史上第一部,也是唯一一部专门论述八旗文人诗歌创作的诗话著作。一是嘉庆七年(1802),题咏《熙朝雅颂集》中收录八旗诗人五十人,成组诗五十首,如组诗序言云:"奉校八旗人诗集,意有所属,辄为题咏,不专论诗也,得诗五十首。"③可见,法式善确如铁保所言"诗学素优",深谙诗艺,故而董理《熙朝雅颂集》其事,自己能颇有所得。同时,法式善于诗作中亦每每提及《熙朝雅颂集》编选之事。如《〈熙朝雅颂集〉题后》云:

英灵不沦没,中必有凭借。经营阅岁时,主持实造化。我朝兴东海,臣庶习骑射。浃洽三百年,文教遂扬播。郁为忠义气,起衰更振懦。太古雄直音,不由万卷破。方今执戟士,乃爱奇书借。森森幽燕笔,肯受脂粉涴。昔年元裕之,采诗国史佐。宇文吴蔡辈,增人几涕唾。篇什伤寂寥,气运付摧挫。乔皇一代文,远矣唐宋驾。薄材荷巨任,十年忘坐卧。秃笔任轩昂,昏灯忍寒饿。扫尘狐迹憎,剔薜虎气怕。店费蜗污墙,寺

---

① (清)铁保:《熙朝雅颂集》卷首,辽宁大学出版社1992年版,第8—9页。
② (清)法式善:《梅庵诗钞序》,《存素堂文集》卷二,扬州绩溪程邦瑞刻,1807。
③ (清)法式善:《存素堂诗初集录存》卷十四,湖北德安王墉刻,1807。

荒萤烛夜。朋侪笑迂腐，僮仆肆嘲骂。肱折术始精，血呕志未惰。①

历述自己纂辑《熙朝雅颂集》时诚惶诚恐，夜以继日，呕心沥血，倾尽全力只为不负铁保之重托。当《熙朝雅颂集》完美落幕后，法式善又反思其间有挂漏之败笔，故又有补订、续编一集之愿望。如《征修〈熙朝雅颂集续编〉，再赋一诗》：

善也寡学问，余勇尚可贾。挂漏势难免，从容待续补。诗教在人心，历劫未朽腐。身死心不死，苍茫托毫楮。云霞出新鲜，天地与仰俯。闻知暨见知，各自喻甘苦。天章跽读罢，小臣泪如雨。长安百万家，谁弗念依怙。门限几踏破，缣素约略数。何须开选楼，丛脞列千部。伪体为别裁，拔十或得五。零笺败简中，的皪珠光吐。橐灰扫箧底，萤绿耿夜午。停杯略沉吟，掩卷起歌舞。肯让元裕之，巍然作鼻祖。②

法式善从史家的职责出发，表达尽管自己孤陋寡闻，但是以诗存史的精神与勇气是有的。别裁伪体，披十得五，挂漏难免，力在续补。虽然法式善续编雅颂篇的愿望未能实现，但是其精益求精、反思自身的史观精神已见一斑。《熙朝雅颂集》的编撰主观上受益于后学之人，而客观上直接有所收益的则是法式善，这则得益于好友铁保所惠。

（三）法、铁二人大体一致的诗学观

推究维系法式善与铁保一生友谊的因素自然很多，然二人几乎相同的诗学观念，则是维系二人多年友情的重要因素之一。乾嘉诗坛，法式善与铁保能延续30多年的友谊，未因彼此宦海浮沉而有所影响，实属难得。同样难得的是二人在长期的谈诗论艺、编撰文集过程中，

---

① （清）法式善：《存素堂诗初集录存》卷二十，湖北德安王塘刻，1807。
② （清）法式善：《存素堂诗初集录存》卷二十，湖北德安王塘刻，1807。

也不自觉地形成了较为一致的诗学思想。(因为法式善的诗学观将在第四章中集中探讨，此处主要以揭示铁保的诗学观为主。)

其一，崇尚真情。有真性情是铁保诗论的核心，这与法式善论诗首重"性情之真"是一致的。乾嘉之际的诗坛，派别林立，各自标榜。除去沈德潜的"格调说"、翁方纲的"肌理说"外，影响最大的当是袁枚的"性灵说"，然"铁保所谓'性情'，与袁枚所谓'性灵'，同中见异。铁保并不突出心有灵犀，不强调诗笔灵动，而特别注重'真'"，① 这也是法式善与袁枚的分歧所在。因此，就这个层面而言，法式善与铁保的诗学态度是相通的。如铁保在《梅庵自编年谱》嘉庆九年（1804）条中云：

> 余尝论诗贵气体深厚，气体不厚，虽极力雕琢于诗无当也。又谓诗贵说实话，古来诗人不下数百家，诗不下数千万首，一作虚语敷衍必落前人窠臼；欲不雷同，直道其实而已。盖天地变化不测，随时随境各出新意，所过之境界不同，则所陈之理趣各异。果能直书所见，则以造物之布置为吾诗之波澜。时不同，境不同，人亦不同，虽有千万古人，不能笼罩我矣。学者多服予言。②

又铁保《秀钟堂诗钞序》中云：

> 夫诗之为道，所以言性情也，性情随境遇为转移，乐者不可使哀，必强作慷慨激烈之语以为学古，失之愈远。故穷愁落拓、草野寒士之咏不可施之庙堂；高旷闲达、名山隐逸之作不可出之显宦。③

---

① 张菊玲：《清代满族作家文学概论》，中央民族学院出版社1990年版，第147页。
② （清）铁保：《梅庵自编年谱》卷一，《惟清斋全集》，清道光二年（1822）石经堂刻本。
③ （清）铁保：《梅庵文钞》卷三，《惟清斋全集》，清道光二年（1822）石经堂刻本。

以上铁保力倡作诗要有真情实感,"发于性情,见乎歌咏"①,唯有"直道真实",抒发自己的真实性情,才能写出成其为"自己的诗篇",从而自具特色,绝不雷同。同时,铁保也指出这种真情实感源于诗人自己的生活实际,因个体的生活环境是富于变化的,诗人的所感也应"情随事迁",即"性情随境遇为转移""所陈之理趣各异"。铁保的这种诗学态度与法式善的"余维诗以道性情,哀乐寄焉,诚伪殊焉。性情真,则语虽质而味有余,性情不真,则言虽文而理不足"②如出一辙。

其二,反对因袭模拟之风。铁保反对诗坛的模拟风气,强调"随时随地,语语纪实"。铁保在《续刻梅庵诗钞自序》中详细地阐述了自己的主张:

> 诗之为道,不妨假借,故美人香草诸什就本地风光写空中楼阁,离奇诡变,叠出不穷。迨后诗家日多,诗境益窄,一经假借便落窠臼,拾前人牙慧,忘自己性情,神奇化为臭腐,非具鲁男子真见者已。故于千百古大家林立之后,欲求一二语翻陈出新,则唯有因天地自然之运,随时随地语语纪实,以造化之奇变滋文章之波澜。语不雷同,愈真愈妙。我不袭古人之貌,古人亦不能囿我之灵。言诗于今日,舍此别无良法矣。③

铁保针对当时诗坛的模拟复古之风表明了自己的诗作态度,即反对亦步亦趋古人,并以比兴寄托的写作方法为例,指出这是自《诗经》《离骚》以来的诗作传统,并非放之四海而皆准的万能良方。如若不顾当下之境、心中之思,强效古人而滥用香草美人之假借,势必会落得拾前人牙慧的处境。他认为,摆脱这种"为赋新词强说愁"般尴尬处境的出路仅有一条,即自写真情,"随时随地,语

---

① (清)铁保:《恒益亭同年诗文集序》,《惟清斋全集·梅庵文钞》卷三,清道光二年(1822)石经堂刻本。
② (清)法式善:《兰雪堂诗集序》,《存素堂文集》卷二,扬州绩溪程邦瑞刻,1807。
③ (清)铁保:《梅庵文钞》卷三,《惟清斋全集》,清道光二年(1822)石经堂刻本。

语纪实"，以写真实性情达到不与古人雷同的创新观念。需要指出的是，铁保之所以坚持反对一味地模拟古人，是因为他认为诗人的经历境遇是不断变化的，而各阶段的情感也是不同的，所以诗人要想写出不雷同的诗篇，情感必须植根于不同时期、不同境遇的现实生活基础之上，"诗随境变，境迁则诗亦迁"①。而这也是铁保自身创作实践的经验之谈，他曾在中年时期将自己的诗作分为四境，即少年时"偶有所作，率写胸臆，不拘拘于绳墨，故其诗由性情流露者居多，此一境也。二十后通籍成进士，观政吏部。筮仕之始，志气发扬，不知天下有难处事，抑塞磊落，不减少时，此一境也。后擢詹事，镌级家居，初列校书之班，再迁农曹之秩，入世渐深，意气初敛。诗格亦为之稍变，此又一境也。戊申冬，余年三十有七，膺广庭相国之荐，廷试第一，不四十日由翰林学士擢礼侍与经筵兼都统，典试事，感荷殊荣，自惭非分，此又一境也。夫诗成于我，境成于天，少壮异其时，穷达异其遭，喜怒哀乐异其节，强而同之，不亦颠乎"②。同一诗人尚且如此，何况于古人？对此，法式善也反对模拟习气，也有类似的观点表露。如其反对"假高古""伪穷愁"，指出"东坡学陶公，但能得光景"③的原因在于东坡于渊明不能心领神会，又指出"因境而生情，因情以鸣籁"④的诗学观念，但并未像铁保一样提出"诗随境迁"之类的明确主张。

其三，铁保还反对字模句拟古人，并传达出了学古的精髓当在"遗貌取神"。他在《恒益亭同年诗文集序》中说道：

> 人必有古人之胸襟、才识，然后可以为古人之文、古人之

---

① （清）铁保：《梅庵诗钞自序》，《梅庵文钞》卷三，《惟清斋全集》，清道光二年（1822）石经堂刻本。

② （清）铁保：《梅庵诗钞自序》，《梅庵文钞》卷三，《惟清斋全集》，清道光二年（1822）石经堂刻本。

③ （清）法式善：《诗弊诗十六首和汪星石·假高古》，《存素堂诗二集》，湖北德安王塽刻，1812。

④ （清）法式善：《诗弊诗十六首和汪星石·伪穷愁》，《存素堂诗二集》，湖北德安王塽刻，1812。

诗。何者为汉，何者为唐，何者为八家，体裁虽殊，性情则一。得其道者，片语只字亦别具有不可磨灭之气，可以上下百年，纵横万里，非必裁锦为文，敲韵为诗，猥足排倒一世也。吾友益亭以卓荦之姿，处偃蹇之遇，虽饔飧未继，裘葛不更，而抑塞磊落、酣歌啸傲于卿士大夫间，境遇愈穷，气骨愈峻，可为真有古人之胸襟、才识矣。故其所为诗、古文辞，不必以章句盗袭古人，亦不必以法度绳尺古人，而其发于性情、见乎歌咏，自息息与古人相通。此其所以为益亭之文、益亭之诗，而非他人所能貌袭也。①

以上，铁保表明了自己对待学古问题的态度是："我不袭古人之貌，古人亦不能囿我之灵"，且"不必以章句盗袭古人，亦不必以法度绳尺古人"。他认为如果一味地字模句拟，则成为"求皮相于古人之唾余"，如果这种风气不矫正，清代诗文将"日趋日下，久且衰靡不振"。并指出，有真性情的诗歌是"非他人所能貌袭"的，也是经得起时间的打磨与推敲的。客观而言，法式善与铁保的这一观点对"格调说"与"肌理说"的复古、拟古风气给予了一定的冲击，对扭转当时的文风具有积极意义。然而铁保与法式善虽都反对一味地拟古，但是各自的侧重点不同：法式善着重突出学古的目的与出路在于求新、求变，而铁保则力在突出对拟古方式与拟古危害的揭示，进而指出避免此种弊端的根本在于书写有真性情的诗篇。铁、法二人在此问题上的态度没有优劣之分，只是揭示出一个问题的不同方面，并给出各自的解决办法。这也展现出在乾嘉诗坛论争纷纭的背景下，八旗文人积极的诗学思考。

二 "诗龛四友"之洪亮吉

洪亮吉（1746—1809），初名莲，曾改名礼吉，字君直，一字稚存，号北江，晚号更生，江苏阳湖人。乾隆五十五年（1790）殿试

---

① （清）铁保：《梅庵文钞》卷三，《惟清斋全集》，清道光二年（1822）石经堂刻本。

一甲第二名进士及第,以词章考据著称于世,是乾嘉文坛的巨子。且"生平著述极富。其刊行者《卷施阁诗文集》若干卷,《附鲒轩诗文》若干卷,《更生斋诗文》若干卷,《三国疆域志》二卷"①,等等。

法式善与洪亮吉定交于洪亮吉第三次赴京会试②之际,即乾隆五十五年(1790),按吕培等《洪北江先生年谱》载,洪亮吉于是年"四月九日,榜发,获隽",又"殿试,先生卷条对详明,读卷大臣进呈第一,钦定第一甲第二名。五月初一日,引见,授职翰林院编修",且"是岁,偕法学士式善、刘检讨锡五、伊刑部秉绶、何工部道生、王孝廉芑孙,唱酬最多"。而法式善《洪稚存先生行状》中亦记述道:"当君胪唱日,余方侍班,一见即与订交。"③ 另据阮元《梧门先生年谱》载"乾隆五十五年庚戌,年三十八岁,官翰林院侍读学士",所以"当君胪唱日,余方侍班",此言不虚,故推知二人初识当在此年。此后二人尝作诗唱和,交往频繁。具体表现为:

一是洪亮吉宦居京师时,二人长相过从,宴饮雅集,诗文唱和,彼此称赏。检视洪亮吉的诗文集,其于京师的多次雅集聚会都与法式善同游。如洪亮吉《游极乐寺看荷花序》云:"出西直门三里,而近有极乐寺焉。长河荫前,高阜倚后。其东有国花堂,西有勺亭,皆尘外之幽构也。梧门学士以偶日下直,遍招同人,饭于诗龛,接轸以往""同游者为许封君兆桂、张运判道渥、李刑部銮宣、何工部道生、吴明经方南,及梧门学士与余凡七人,运判既为之图,余因序其颠末云。时辛亥年七月初四日也"。④ 积水潭也是京师文人雅集聚会的首选场所之一,所以洪亮吉在京师之际亦尝流连其间,如游积水潭看荷花,"时同游者:……蒙古法式善开文,南城章学濂守

---

① (清)法式善:《洪稚存先生行状》,《存素堂文续集》卷二,国家图书馆藏稿本。
② 按吕培等《洪北江先生年谱》载,洪亮吉此前曾分别于乾隆四十九年(1784)甲辰、乾隆五十二年(1787)丁未两次赴京师参加礼部会试,均失之交臂。直至此番第三次入京会试,四月初九日,榜发,获隽。所以这是有记载的洪亮吉第三次进京。《洪亮吉集》,中华书局2001年版。
③ (清)法式善:《存素堂文续集》卷二,国家图书馆藏稿本。
④ (清)洪亮吉:《卷施阁文乙集》卷七,载《洪亮吉集》第一册,中华书局2001年版,第363页。

之……吴县石韫玉执如,遂宁张问陶船山,皆纪以诗,而属亮吉为之序云"①。而法式善作为京师文人雅集的主要发起人之一,每每邀约朋旧聚会诗龛,自然少不了洪亮吉的身影,如洪亮吉《寒林雅集图序》云:"自寓斋清化寺街至正阳门三里,正阳门至厚载门十里,厚载门至诗龛又三里。每诗龛主人之见招也,必戴启明而兴,聆鸡声而驾,饭仆于路,饮马于途,而后至焉。"②每逢法式善邀约,尽管路途遥远,不惜披星戴月、餐风饮露前往赴约。因此,洪亮吉经常往来或留宿诗龛,并与吴锡麒、赵怀玉、鲍之钟被称为"诗龛四友"③,略可窥见洪、法二人当日过从甚密。

二人不但经常同游,且相与切磋诗艺,相互称赏。如法式善称洪亮吉为"主人是诗佛"④,并对洪亮吉的诗作叹赏不已:"读君诗,识君情,路十里,隔一城,思君不见心怦怦。填满万古胸,竖起一枝笔。风雨有时来,鬼神为之傈。"⑤洪亮吉曾参与校勘法式善的诗集,并为其诗集作序,即《法式善祭酒存素诗序》云:

> 一代之兴,必有硕德伟望起于辇毂之下。官侍从,历陟通显,周知国家掌故,诗文外复能著书满家,以润饰鸿业,歌咏太平,如唐杜岐公佑、明李少师东阳者,庶几其人焉。少师虽家茶陵,然其先世则以戍籍居京师,与生辇毂下无异也。若予所见,则今之国子祭酒法时帆先生殆其人矣。
>
> 先生二十外即通籍,官翰林,回翔禁近者及三十年。作为

---

① (清)洪亮吉:《卷施阁文乙集》续编,载《洪亮吉集》第一册,中华书局2001年版,第406页。
② (清)洪亮吉:《卷施阁文乙集》卷八,载《洪亮吉集》第一册,中华书局2001年版,第366页。
③ 按此称呼见于(清)法式善诗《题朋旧尺牍后·已往之人》之《鲍雅堂郎中》:"记得联床夜雨时,寂寞诗龛图四友。(余尝约吴穀人、洪稚存、赵味辛及君留宿诗龛,倩荆溪潘大琨画《诗龛四友图》,笪立枢为补景。)"
④ (清)法式善:《八月八日同罗两峰赵味辛张船山何兰士集洪稚存编修卷施阁》,《存素堂诗初集录存》卷三,湖北德安王塾刻,1807。
⑤ (清)法式善:《洪稚存编修以附鲒轩少作见示题效其体》,《存素堂诗初集录存》卷四,湖北德安王塾刻,1807。

诗文，三馆士皆竞录之，以为楷式。先生又爱才如命，见善若不及。所居净业湖侧，距黄瓦墙仅数武，宾客过从外，即键户著书。所撰《清秘述闻》《槐厅载笔》数十卷，详悉本朝故事，该博审谛。人有疑，辄咨先生，先生必条分缕析答之，不以贵贱殊，不以识不识异也。先生性极平易，而所为诗，则清峭刻削，幽微宕往，无一语旁沿前人及描摩名家大家诸气习。校《怀麓堂集》，似又可别立一帜，不多让也。①

洪亮吉此篇序文，一则将法式善与中唐杜佑、明初李东阳相提并论，高度评价其公事之余，勤于著述，肯定其望重士林的影响；再评法式善的诗作，所为诗，"清峭刻削"，不因袭前人及诸家习气，"别立一帜"，其应制之作，足为读书人之楷式；又品评法式善的为人性情怀抱，平易近人，不以贵贱殊，不以识不识异。因此，洪亮吉对法式善的推崇可见一斑。同时，洪亮吉对法式善的古文也多有赏鉴，今存法式善《存素堂文集》四卷共一百五十六篇中，洪亮吉就曾评点过十九篇，涉及文体十一种，且不乏溢美之词，评价甚高。如评《何双溪先生六十寿序》一文曰："用笔总从古人来，故能超出尘埃之表"②，又评《具园记》文云："幅短而神味特长，酷似半山"③，等等。综上所述，可见二人相互称许若此。

二是身处异地，却仍音书往还，寄托彼此对友人的挂怀之情。所谓异地，主要是指洪亮吉奉旨赴贵州学政任、弟丧乞假归里、因上书言事而贬职伊犁以及遇赦归里期间与法式善的交往情况。这期间二人不能像以往那样宴饮雅集，时时聚首。但是空间的距离并未阻隔洪、法二人的情谊，彼此常借诗书抒怀，或告知友人近况，或述及对老友的思念之情。如洪亮吉督学贵州时所作的《岁暮怀人二十四首》之《法祭酒式善》诗云："翰林诗格冠词场，屡改头衔作

---

① （清）洪亮吉：《更生斋文甲集》卷第三，载《洪亮吉集》第三册，中华书局2001年版，第1013页。
② （清）法式善：《存素堂文集》卷三，扬州绩溪程邦瑞刻，1807。
③ （清）法式善：《存素堂文集》卷四，扬州绩溪程邦瑞刻，1807。

漫郎。左手书应成绝技，苦心诗已入中唐"①，法式善亦复诗《洪稚存编修黔中寄书至并示入黔诗》云：

寄我黔阳书，字字沁肺腑。新诗雄且杰，宁止纪方土。堂堂忠孝词，自写甘与苦。处贵甫忘贱，此情不愧古。前年凤阙下，说诗猛如虎。极乐寺探花，净业湖坐雨。往往乘酒酣，奇气胸臆吐。时搴大将旗，一振军门鼓。天风若送君，春波绿南浦。何以慰相思，袖中字朽腐。②

忆昔二人京师时一起畅游极乐寺、净业湖等地，把酒欢歌，吟诗嘱对，今已天各一方，往昔的时光不复倒流，何以慰藉彼此的这份牵挂，唯期借助诗笔聊以遣怀。同时，在法式善的眼里，洪亮吉此时的诗歌却因禀赋边地风情，赋予诗作以新颖的创建，"新诗雄且杰，宁止纪方土"。嘉庆三年（1798），洪亮吉因弟丧归里，法式善请其临行前序诗集时云："君知我最深，序非君不可。"嘉庆四年（1799），洪亮吉因上书言事被落职，发往伊犁。③法式善闻知此事，追送至卢沟桥，没想到此番分别，竟成了二人有生之年的最后一面，直至嘉庆十四年（1809），洪亮吉过世，二人也没有再次聚首。这期间的岁月，法式善每每借诗文以寄托对洪亮吉的思念之情。如法式善《寄怀洪稚存编修》诗云：

识面虽云迟，今已十六年。追送卢沟桥，（君赴伊犁，余追送至卢沟桥）从此音书捐。万里艰苦阅，一生忠信传。贤郎擅学问，父书读能全。坐我梧竹间，话旧情缠绵。述翁健腰脚，登陟俜飞仙。朝脱虎阜屐，夜扣莺脰舷。身隐青山多，睡饱红日圆。生徒所馈遗，足供买酒钱。相逢同志人，笑乐不减前。沾吻便千

---

① （清）洪亮吉：《卷施阁诗》卷十五，载《洪亮吉集》第二册，中华书局2001年版，第805页。
② （清）法式善：《存素堂诗初集录存》卷四，湖北德安王塾刻，1807。
③ 参见吕培等《洪北江先生年谱》，载《洪亮吉集》第五册，中华书局2001年版，第2345页。

钟,叉手仍百篇。君岁今六十,洗斝东篱边。黄花不愁贫,白发应放颠。我少君七龄,哀惫空自怜。却忆柳阴底,同看西涯莲。

此诗作于嘉庆九年(1804),据诗中提供的信息,是年洪稚存的儿子至京师,到诗龛拜访法式善。年过半百的法式善百感交集,回忆起当初卢沟桥一别,恍如隔世。闻说洪亮吉如今六旬老人身体康健,或教授生徒,或漫游云山,或饮酒千盅,或挥洒百篇,任性豪迈的性格丝毫未减,感慨良多。嘉庆十四年(1809),洪亮吉去世的消息传至京师,法式善悲从中来,为此作《挽洪稚存编修》:"名节蔚一身,忠孝斯两全。……初焉胶漆投,继且金石坚。江亭及月桥,往复酬诗篇"①,颂扬了洪亮吉忠孝两全的品行,也表达了自己因骤失挚友的哀悼之情,后其子"以余久故知先生深,乃寓年谱丐为行状"②,法式善遂作《洪稚存先生行状》。法式善在自己有生之年最后一次追忆洪亮吉的诗作为《题朋旧尺牍后·已往之人》之《洪稚存编修》云:

北江诗人西涯客,饮酒看花好标格。玉堂清话十年多,苍雪庵前踏冻莎。醉中得句每寄我,诡奇不甚求贴妥。万里归来下笔严,秋花未及春花娜。③

这首诗作于嘉庆十五年(1810),法式善是年检阅诗龛中往昔朋旧音书往还的书札,其中许多人已经殁去,睹物思人,不胜人琴之感,写成怀人组诗24首。法式善作这首诗之时,洪亮吉已然过世一年之久。诗中法式善仍然念念不忘往岁京师期间二人把酒歌欢,"看花骑必联,得句床每对"④的岁月,并追忆了洪亮吉诗作的风格特色

---

① (清)法式善:《存素堂诗二集》卷二,湖北德安王塾刻,1812。
② (清)法式善:《洪稚存先生行状》,《存素堂文续集》卷二,国家图书馆藏稿本。
③ (清)法式善:《存素堂诗二集》卷三,湖北德安王塾刻,1812。
④ (清)法式善:《洪稚存编修乞假回里赋赠》,《存素堂诗初集录存》卷六,湖北德安王塾刻,1807。

以及人生遭际，寄托了自己对友人的满腔思念之情。

推究洪、法二人的交往，就个性而言，彼此性格大不相同，法式善"性极平易"①，而洪亮吉则"性刚急"（《常州府志·人物传》），两个性情极为不同的人能维系彼此一生的友谊，应得益于他们似曾相似的家庭遭际、至性孝友的个性，以及大体一致的诗学理念。

法式善与洪亮吉二人自小孤贫，皆由母亲教导抚养而长大成人，关于法式善幼年的经历，前文已有揭示，至于洪亮吉的遭遇，据吕培《洪北江先生年谱》载："先生六岁，在家塾，受《论语》。七月二十日，午峰府君客镇洋县署，得疾归，未至家五十里，以廿四日申时卒于洛社舟次。越日，殡于城东天宁寺华房。……先生七岁，以午峰府君卒，贫无所依，随蒋太宜人及姊弟寄居外家，外王母龚太孺人之意也。时外家亦窘，蒋太宜人率诸女勤女工自给，并储修脯，俾先生就外家塾受经，率夜四鼓方就寝。"所以，当洪亮吉得知法式善的经历后，为法式善题《法祭酒雪窗课读图》诗：

> 堂中一寸书，门外三尺雪。孤儿读未完，慈母心若结。朝行课读书，暮行课读书。孤儿业甫成，慈母年先徂。衰亲无百龄，积雪不逾月。所以人子心，常思事亲日。感君与我孤露同，六岁七岁称孤童。（君以七岁孤，余甫六岁）贫家无师读不得，卒业皆在纱帷中。虽然我与君稍异，忧患余生复难记。

幼年丧父、家境贫寒、由母兼父师教养成人，然子欲养而亲不在，当二人得中进士时，慈母早已天上人间，相似命运，使得二人的感情自比别人不同；同时，二人对母亲的感念也超乎寻常之人，又都以孝闻。据阮元《梧门先生年谱》载："乾隆三十九年甲午，（法式善）二十二岁，韩太淑人病肺，晨夕不离，时时执先生手泣涕。三月初七日卒，先生痛不欲生，不亲文字，苫次山中"②，而洪

---

① 王钟翰：《清史列传·法式善传》，中华书局1987年版，第5949页。
② （清）阮元：《梧门先生年谱》，《存素堂诗续集录存》，杭州阮元刻，1816。

亮吉没有法式善幸运，母亲过世时未在身边，所以当听说母亲过世的消息，洪亮吉连日几至于死，"先生骤闻哀耗，五内昏迷，方度八字桥，忽失足堕水，两岸陡削，人不及救，随流至滕公桥。有汲者见发扬水上，揽之，得人，……则皆曰：'孝子，孝子！'悲叹而散。……久之方苏，抢呼痛哭，几不欲生，水浆不入口者五日。诸姊以大义责先生，始稍进米饮。七七内仅啜粝粥，席藁枕块，昼夜号哭，终丧不进肉食，不入内室，所服皆白衣冠，不御缁布，自以未及侍蒋太宜人含敛，哀感终身。嗣后每遇忌日，辄终日不食，客中途次不变，三十年如一日"①。

所以，两位孝子日后为怀念慈母深恩，每每绘图，乞人题咏，并矜母德。如法式善曾征绘《梧门图》《雪窗课读图》，请人题咏，其中如翁方纲《〈梧门图〉两峰为时帆作》（《复初斋诗集》卷四十六）、钱大昕《题法时帆〈梧门图〉二首》（《潜研堂集·诗续集》卷八）、石韫玉《〈梧门图〉为时帆祭酒作》（《独学庐稿·二稿》卷一）、王芑孙《题〈雪窗课读图〉为梧门作》（《渊雅堂全集·编年诗稿》卷十二）、吴锡麒《时帆祭酒法式善〈雪窗课读图〉》（《有正味斋集·诗集》卷十二），等等数篇之多。如袁枚所作《题时帆先生〈梧门图〉》："名臣从古母兼师，衣锦归来感不支。还向梧阴寻荻草，当年多少划残枝。学舍重教画千描，云山花树影周遭。未知丹凤初飞日，门外梧桐几尺高。"②颂扬了慈母的教养之德，也传达了物是人非的凄凉之情。

同样地，洪亮吉为表彰母亲贤德并寄托自己的念母之情，亦请人题咏《机声灯影图》，今见题咏者如翁方纲《洪稚存〈机声灯影图〉三首》（《复初斋诗集》卷二十八）、黄仲则《题洪稚存〈机声灯影图〉》（《两当轩全集》卷十五）、黄钺《题洪编修亮吉同年〈机声灯影图〉》（《壹斋集》卷十一）、张锦芳《题洪节母〈机声灯

---

① 吕培等《洪北江先生年谱》，载《洪亮吉集》第五册，中华书局2001年版，第2332—2333页。
② 此诗今不存于王英志主编的《袁枚全集》，当视为袁枚的佚诗。今见于国家图书馆善本阅览室（清）法式善《诗龛声闻集续编》其"卷五·诗"。

影图〉诗人洪稚存母》（刘彬华《岭南群雅》），等等。乾隆四十六年（1781），洪亮吉经由黄仲则介绍得识岭南冯敏昌①，遂有《赠冯编修敏昌即乞题〈机声灯影图〉卷子》，冯敏昌即《题洪孝廉稚存亮吉节母〈机声灯影图〉》诗云："吾友阳湖洪稚存，孝思之笃疑终身。贱贫由来气不摄，尊信似祗儒推醇。洪母之贤孟母邻，辞亲自昔儒门嫔。习礼娴书几匍匐，茹荼食蓼偏遭迍。投水绝食危亡频，载抚孤息聊逡巡。死不求生仍有义，生不虑死其如贫。……机声儿生更相续，亦可泣鬼兼忧神。"将洪母与孟母相提并论，颂扬了洪母之德，并称赏了洪亮吉为人子之至孝。其实冯敏昌本人在乾嘉时期也以孝义著称于世，《清史稿·冯敏昌传》载："性至孝友，闻父丧，一痛呕血，大雪，徒跣竟日"，故其对洪亮吉也是很敬重的。

此外，拥有较一致的诗学观，也是法式善与洪亮吉能够知己多年的一个重要因素。虽然洪亮吉以"鸡群立鹄，马群汗血"称名于乾嘉诗坛，对当时各大诗派均有不同程度的批判，但是在诗作主张上与法式善却有大体一致的诗学态度。（因关于法式善的诗学观念将在后文集中探讨，于此主要以洪亮吉的诗学观点揭示为主。）

一是法式善论诗首倡"性情"，且以"性情"之有无为评诗标准。洪亮吉对此亦有着相似的态度，如《北江诗话》卷五云：

> 乾隆中叶以后，士大夫之诗，世共推袁、王、蒋、赵矣。然其诗虽各有所长，亦各有流弊。好之者或谓突过前哲，而不满之者又皆退有后言。平心论之，四家之传，及传之久与否，亦均未可定。若不屑于传与不传，而决其必可不朽者，其为钱、施、钱、任乎！宗伯载之诗精深，太仆朝干之诗古茂，通副沣

---

① 据（清）冯敏昌《题洪孝廉稚存亮吉节母〈机声灯影图〉》诗中自注云："予得交稚存，以黄子仲则为介。"《小罗浮草堂诗集》卷十九，载《冯敏昌集》，陆善采等点校，广西民族出版社 2010 年版，第 144 页。

之诗高超，侍御大椿之诗凄丽，其故当又求之于性情、学识、品格之间，非可以一篇一句之工拙定论也。①

因此，洪亮吉通过对当时各派诗论冷静地思考，不囿于任何一家之说，也不偏执于任何一方之论，而是洞悉其弊端，最终提出诗主"性情"之论，强调性情是评诗的首要标准，即作诗应"另具手眼，自写性情"②，"性情"之论乃洪亮吉诗学思想的核心。洪亮吉又强调指出："诗文之可传者有五：一曰性，二曰情，三曰气，四曰趣，五曰格。"③ 将"性情"视为诗文创作的一等地位，论文中也推崇"性情毕露"之作。同时，洪亮吉也强调己之所谓"性情"，别于当时袁枚的"性灵"之说。即洪亮吉所谓的"性情"，源于儒家的人性论，表现为传统诗教的"发乎情，止乎礼义"的正统诗论观。且诗歌创作要有真情实感，而这种感情要合乎儒家的"思无邪"宗旨，而非无拘无束、无所顾忌的滥情。而这正与法式善的"性情"论如出一辙。此外，与法式善的"性情"诗论不同，洪亮吉还认为诗人"性情"的厚薄、人格之高低直接决定着诗作成就的优劣。事实上，在"性情"论的旗帜下，洪亮吉要求诗人性情真挚，学术要赡，品格端正，心思沉稳，气势当盛。即：

夫诗以人传乎，抑人以诗传乎？吾必曰：诗不足以传人也，惟人足以传诗耳。何则？今之伸纸握管者，不下千百人矣，何足传者不少慨见乎，此其故不在语言文字间也。品之不端，则无以立其干；气之不盛，则无以举其辞；性情之不挚，则无以发其奇；心思之不沉，则无以扶其奥；学术之不

---

① （清）洪亮吉：《北江诗话》卷五，载《洪亮吉集》第五册，中华书局2001年版，第2296页。
② （清）洪亮吉：《北江诗话》卷四，载《洪亮吉集》第五册，中华书局2001年版，第2293页。
③ （清）洪亮吉：《北江诗话》卷二，载《洪亮吉集》第五册，中华书局2001年版，第2257页。

赡，则无以极古今上下屈伸变化之方。五者具而始足以言诗，始足以言诗之传。①

可见，洪亮吉论诗是以性情为诗歌之本源，以学问为诗歌之根柢，以品格为诗歌之灵魂，这也是洪亮吉诗论的核心思想。

二是在师古与师心的态度问题上，法式善主张学古而不泥古，求新求变，这与洪亮吉的诗学理念不谋而合。即洪亮吉与法式善的师古观相类似，洪亮吉也强调诗歌师古要遗貌袭神，达到"不描摹古人而自合于古"②的境界。所以他推许杨宗发诗"无意学太白，而神致似之"③，对明七子之"李空同、李于鳞辈，一字一句，必规仿汉、魏、三唐"④，多有批判，且在其《道中无事偶作论诗截句二十首》之八云：

窘于篇幅师王孟，略具才情仿陆苏。
学古未成留伪体，半生益觉赏心孤。⑤

以此，洪亮吉批评那些于习古方面一味描摹形貌的情形，指出学古的同时要时刻注意创新，切莫"学古未成留伪体"。所以洪亮吉又指出：

宋初杨、刘、钱诸人学"西昆"，而究不及"西昆"；欧阳永叔自言学昌黎，而究不及昌黎；王荆公亦言学子美，而究不

---

① （清）洪亮吉：《庄达甫征君春觉轩诗序》，《更生斋文续集》卷一，载《洪亮吉集》第三册，中华书局2001年版，第1146页。
② （清）洪亮吉：《师大令二余堂诗集序》，《更生斋集文续集》卷二，载《洪亮吉集》第三册，中华书局2001年版，第1154页。
③ （清）洪亮吉：《北江诗话》卷四，载《洪亮吉集》第五册，中华书局2001年版，第2292页。
④ （清）洪亮吉：《北江诗话》卷二，载《洪亮吉集》第五册，中华书局2001年版，第2257页。
⑤ （清）洪亮吉：《更生斋诗集》卷二，载《洪亮吉集》第三册，中华书局2001年版，第1245页。

及子美；苏端明自言学刘梦得，而究亦不能过梦得。所谓棋输先着也。①

《北江诗话》卷二云：

> 杜工部之于庾开府，李供奉之于谢宣城，可云神似。至谢、庾各有独到处，李、杜亦不能兼也。②

可见，洪亮吉深知学古的关键不但在于"神似"，而且要力求创新；否则，即便做到"神似"，亦不会超越古人，因为"棋输先着"。综上所述，法式善与洪亮吉结缘于特定的家世经历、个性情怀以及相似的诗学理念，使得二人能延续数十年的友谊，聚则同游同咏，分则音书唱和，实属难得。

三 "画手一时称三朱"之朱鹤年

朱鹤年（1760—1834），字野云，号野堂、野云山人，江苏泰州人，流寓北京。善画山水，兼工人物、仕女、花卉、竹石。被马履泰（秋药）、张问陶（船山）所推重，时与朱昂之③、朱本④合称"三朱"。

聚集在法式善周围，流连于诗龛的文人雅士，除了一批诗人、学人，或身兼数长之士外，还有一大批专业画师，其与法式善关系亦十分密切，成为诗龛的常客，为法式善绘制了大量书画作品，也成就了法式善大量的题画诗。同时，法式善的题画诗，也描摹了乾嘉文坛画苑百家，为后人留下一份殷实的画家史料。于众多画人中，

---

① （清）洪亮吉：《北江诗话》卷二，《洪亮吉集》第五册，中华书局2001年版，第2260页。
② （清）洪亮吉：《北江诗话》卷二，《洪亮吉集》第五册，中华书局2001年版，第2260页。
③ 按《同治·苏州府志》卷一百一二《流寓》载，朱昂之，阳湖人，善山水，下笔遒劲，出入宋元，于思翁堂尤深造有得。壮年游京师，与江都朱本、泰州朱鹤年齐名，号"三朱"。
④ 按（清）钱泳《履园丛话》卷十一下《画中人》载，朱本，号素人，江都人，工山水，笔端颇横，不受拘束，北游京师，与阳湖朱昂之青笠、泰州朱鹤年野云齐名，号"三朱"。

泰州朱鹤年与法式善交往最为密切。具体而言：

其一，"诗龛""画龛"遥相呼应，均为京师文人雅集之所。"诗龛"是法式善书屋的名称，法式善《诗龛图记》所谓："余尤癖嗜诗，遂榜所居曰'诗龛'"①，是当时京师文士诗文聚会的主要场所之一。当朱鹤年入京师后，受"诗龛"之启发而给自己的居所命名为"画龛"，一时间也成为京城文人雅集之所。如清人王鋆《扬州画苑录》卷一载：

> 朱鹤年，字野云，泰州人。幼工书画，九岁为寺僧作山水小幅，州牧见之，曰："此子当以画传。"及壮，贫无以养亲，遂以钱八百缠腰，徒步北上，鬻画以为旅食。
>
> 入都后，画理益精，名噪一时。鹤年外和而内介，喜行善事，提拔寒素，曾救人于死。人皆乐与之游。朝鲜人喜鹤年画，且重其人品，有悬鹤年画而拜之者。鹤年侨寓都门，山水有大涤子风。椒畦孝廉称其意趣闲远，不染时习，喜结纳。时长自法时帆学士主盟骚坛，筑诗龛，奉陶靖节，绘图征诗。山人乃颜其居曰"画龛"，与都中贤士大夫文酒往还，声气殆与诗龛敌。其画益著京师。马秋药、张船山两先生尤引重之。吾邑孙子潇太史尝寄诗云："米怪倪迂万邱壑，周妻何肉半瞿昙。燕云回首难忘处，一个诗龛一画龛。"

可见，朱鹤年的"画龛"直与法式善的"诗龛"相媲美，一时传为美谈。法式善亦有"祭诗祭砚同，（余有《祭诗图》）诗龛画龛比。（余有诗龛，君亦有画龛）愿合两家图，杂置一龛里"②的诗句，将自己的"诗龛"与朱鹤年的"画龛"同列。法式善与朱鹤年

---

① （清）法式善：《存素堂文集》卷四，扬州绩溪程邦瑞刻，1807。
② （清）法式善：《祭砚篇为野云山人赋》，《存素堂诗初集录存》卷十五，湖北德安王塘刻，1807。

二人各自所尚不同：一"诗"、一"画"。然均以"龛"名之，自有心性契合之处，据陈鳣《画龛记》云：

> 鳣尝深服于梧门矣。为人宏奖风流，和平谦雅，读其诗，彬彬郁郁，斧藻群言，精深博大，每若有余乎诗之外者。野云胸次高旷，超然尘埃之外，既不苟且以求合于世，往往解衣盘薄，颠倒淋漓，特借画以抒抑塞磊落无聊不平之概，而画之工与否，固有所不屑计。然今之言诗必推梧门，言画必推野云，而自名其所处，亦不过曰诗曰画而已。则诗龛之诗为有声之画，而画龛之画乃无声之诗也。野云听然而笑曰："有是哉！"作《画龛记》，以质诸梧门云。①

以上，法式善与朱鹤年在京师文人中的声望可见一斑，二人身份、地位、个性或不尽同，然而于性情怀抱则有相似之处。这也是二人相交、相知的动因之一。

其二，法式善对朱鹤年绘画技艺倍加称赏，朱鹤年数次为法式善挥毫泼墨，尽情挥洒。详考法式善今存诗文集，凡涉及朱鹤年的诗篇多达四十余篇，其间或为品题朱鹤年之为人，或评价其绘画，都展现了朱鹤年在乾嘉画苑的特色风采。法式善不止一次推崇当时流寓京都的"三朱"画家，如"千才百艺罗京都，画手一时称三朱"②、"长安画士称三朱（野云、素人、自庵），黄生卖画来京都"③、"浙西有客学冬花（朱闲泉），邗上三朱梦春草（野云、素人、涤斋）"④，等等，不管"三朱"具体组合如何，其间都会有朱鹤年。而对朱鹤年的绘画作品，法式善也不吝惜溢美之词，给予高

---

① （清）陈鳣：《简庄诗文钞》卷五，续修四库全书本。
② （清）法式善：《三朱山人歌》，《存素堂诗初集录存》卷十五，湖北德安王墉刻，1807。
③ （清）法式善：《赠黄毂原均》，《存素堂诗初集录存》卷二十四，湖北德安王墉刻，1807。
④ （清）法式善：《合作诗龛画会卷子》，《存素堂诗初集录存》卷二十四，湖北德安王墉刻，1807。

度评价。或"野云笔能夺造化，肖极翻令观者讶"①，极言朱鹤年绘画技巧鬼使神差，笔补造化之功；或"我友朱野云，春明老画师。意得笔墨先，取神不取姿"②，品评朱鹤年作画意在笔先，遗貌取神的绘画理念；抑或"精神与之会，能事非腕指。写山不写山，写水不写水。炯炯方寸光，千里与万里"③，揭示了朱鹤年山水画的随意挥洒，不规矩于固有模式的绘画追求，等等。朱鹤年亦多次应法式善之邀，为其画人物、山水、园林图，或合作诗龛图画等，"野云嗜洁今倪迂，为我数写云林图"④，且因二人交情深厚，尽管朱鹤年本是进京卖画，聊以为生，但得遇法式善能不论贵贱，以友朋相待，又颇通画理，素性洒脱的朱鹤年常常为其作画，而分文无取，以至法式善在《乐游诗·朱野云山人》中感慨道："长安卖画三十年，不曾收得我一钱，诗龛画龛香火缘"⑤，情谊笃厚于此可窥一斑。

其三，法式善辑得朱鹤年罕有诗作，且称其诗作虽少，却有诗境。在今存有关朱鹤年的文献资料中，大都记述其绘画经历与绘画特点，及其为人个性。而法式善笔下呈现的朱鹤年还有不为人知的方面。如《梧门诗话》卷十四第6则：

朱野云诗不多作，画至得意处，辄题小诗，动有逸致。余最赏其五言绝句，云："絮云冒崇椒，山腰路如织。遥指空江人，片帆挂秋色。""茅屋几人家，渔矶水一涯。东风昨夜至，吹放隔篱花。""败叶积危桥，茅庵隐深谷。空山寂无人，斜阳下寒绿。"画境幽冷，诗中亦有意境。⑥

---

① （清）法式善：《耕渔子像歌》，《存素堂诗初集录存》卷十二，湖北德安王埔刻，1807。
② （清）法式善：《题朱野云拟陶诗屋》，《存素堂诗初集录存》卷十三，湖北德安王埔刻，1807。
③ （清）法式善：《朱野云画山水》，《存素堂诗初集录存》卷十九，湖北德安王埔刻，1807。
④ （清）法式善：《三朱山人歌》，《存素堂诗初集录存》卷十五，湖北德安王埔刻，1807。
⑤ （清）法式善：《存素堂诗初集录存》卷十七，湖北德安王埔刻，1807。
⑥ （清）法式善：《梧门诗话》卷十四，载张寅彭、强迪艺《梧门诗话合校》，凤凰出版社2005年版，第395页。

法式善保存了朱鹤年少有的诗作，弥足珍贵，非知交无以知之矣。今从舒位《瓶水斋诗集》卷十中辑得朱鹤年《题〈破被图〉》诗一首：

> 冷被多年铁打围，杜陵旧雨送将归。替他彩笔传春梦，一夜鸳鸯破壁飞。十年禅榻睡魔消，留得姜肱被一条。还似霓裳初出破，青天补石月修箫。（朱八野云好画古旧服物，见余破被横陈，早便留意。及读唐六稚川诗，欣然点笔，传神阿堵，不啻冷暖自知。乃并书歌图后，装池以赠稚川。它日归梦东山，当复一府传看黄琉璃也。壬戌夏四月，铁云识。）①

通过以上诗句，可见朱野云性情怀抱，潇洒自适，能于苦中作乐。

总之，朱鹤年与法式善相知多年，法式善独子桂馨的塾师彭石夫也是朱鹤年引荐的。② 二人素日交游，或聚于诗龛，或留宿拟陶诗屋，或相携游山泛水，相与切磋诗法画艺，既为朱鹤年的绘画提供了素材，也成就了法式善四十多篇与朱鹤年相关的诗歌作品，更有大量的题画诗。所以法式善笔下的朱鹤年"朱野云鹤年，泰州人，有侠气，旅食京华，卖画养亲，萧然屡空，宴如也。画师三王，尤近鹿台，兴酣泼墨，直欲突过骅骝。所居拟陶诗屋，名流雅人，昕夕过从，投赠篇章，辉映四壁"③，应该是较为准确的。

四 "狂直与世忤"之王芑孙

王芑孙（1755—1817），字念丰（丰一作沣），一字沤波，号惕甫，一号铁夫、云房，又号楞伽山人，长洲（今江苏苏州）人。乾

---

① （清）舒位：《瓶水斋诗集》卷十，曹光甫点校，上海古籍出版社2009年版，第389页。
② （清）法式善：《黄毂原小西涯杂忆画册为彭石夫题》，诗前小序云："石夫襆被过江，甫抵都，介其乡人朱野云谒余于西涯老屋，出文字相质，情谊甚洽。逾月，业骤进，因扫榻留宿。适儿子无课读师，遂馆焉。今三年矣。"《存素堂诗初集录存》卷二十四，湖北德安王墉刻，1807。
③ （清）法式善：《梧门诗话》卷十四，载张寅彭、强迪艺《梧门诗话合校》，凤凰出版社2005年版，第394页。

隆五十三年（1788）召试举人，候补国子监博士，官华亭教谕。著有《渊雅堂全集》五十六卷等。

在法式善的众友朋学侣中，王芑孙与之定交较早，法式善诗文创作与校勘都曾得益于王芑孙襄助，尤其是王芑孙对法式善散文的点评，对法式善散文的影响起到了推波助澜的作用。据统计，法式善今存《存素堂文集》四卷共收文一百五十六篇，经由王芑孙点评的就有四十九篇，占全部篇章的近三分之一。法式善《柬王惕甫孝廉，时寄居何兰士宅》云："王郎与何郎，皆我性命友"①，且王芑孙是法式善文学创作上的良师益友；彼此互有规谏，又得称诤友。

法式善与王芑孙当识于乾隆五十六年（1791），吴嵩梁《双藤书屋诗集序》②云："乾隆五十六年，余因梧门与君定交。是时，王述庵先生方以诗、古文提倡后学，而秦侍郎小岘、吴祭酒榖人、王通政葑亭、洪编修稚存、李编修介夫、王典簿念丰，咸在京师"③，其中，王念丰即王芑孙，可知王芑孙于乾隆五十六年（1791）客居京师。另法式善编年诗集中最早述及王芑孙的时间恰是乾隆五十六年（1791），另眭骏《王芑孙年谱》载，王芑孙于此年在京师，并与法式善定交。④ 自此，二人诗文唱和往还20余年。梳理二人文学互动之种种，较有代表性的当数以下三件事：

一是王芑孙曾相继为法式善校勘诗集、文集并作序，为其父亲作墓志铭，且为法式善代笔。法式善于乾隆五十六年（1791）得拜读王芑孙的诗集，极为称赏："亦是人间语，尘埃一点无。旷怀小天

---

① （清）法式善：《存素堂诗初集录存》卷四，湖北德安王埔刻，1807。
② （清）何道生：《双藤书屋诗集》卷首，道光元年（1821）刻本。何道生（1766—1806），字立之，号兰士，山西灵石人。
③ 王昶（1724—1806），字德甫，一字琴德，号兰泉，晚号述庵，江苏青浦人。秦瀛（1743—1821），字凌沧，一字小岘，号遂庵，江苏无锡人。王友亮（1742—1797），字景南，号葑亭，又号东田，安徽婺源（今属江西）人。李如筠，生于乾隆三十年（1765），卒年不详，字介夫，江西大庾人，乾隆丁未（1787）进士。
④ 眭骏：《王芑孙年谱》，华东师范大学出版社2010年版，第124页。

地，佳句满江湖。"① 遂有请王芑孙校阅自己诗作之请，如《王铁夫校勘拙集，跋以诗谢之，即效其体》云：

> 读书寡俦侣，出门无傍依。执手强言笑，心事诚多违。多违遂难合，岂其知我希。面谀取容悦，旋踵辄刺讥。刺讥犹浅而，颠倒是与非。矫然离群立，自揣能奋飞。奋飞视鸿鹄，远举辞朝饥。气肃天宇澄，霜重暄风微。
>
> 自悔仕宦早，读书未穷源。惟赖善取友，直谅与多闻。多闻世或有，直谅何可言。胸怀苟潇洒，世以狂民论。狂民抱古疾，至性诗书敦。己所历境界，而欲人人臻。人人讵臻此，视厥趋向存。极千变万化，非一户一门。②

诗中，法式善将王芑孙看作自己"直谅与多闻"的挚友，千金易得，诤友难寻，法式善既肯定了王芑孙的胸怀、学识，又祝愿好友能早日一飞冲天，气肃寰宇，同时也流露出自己虽学识有限，却有幸结交博学多才之友的兴奋之情。王芑孙也有感于法式善所言，慨然赋诗，《冬夜，为法时帆点定所作〈存素堂诗集〉奉柬两首》，其二云：

> 吾生但直谅，何敢居多闻。世人观其表，误谓通典坟。尺寸互短长，所恃君识真。自年十五六，登场好言文。蚁欲负泰山，不识鹏与鲲。为学务讨源，导江必于岷。生平厚自待，因之期诸人。人常不之纳，不悔不逡巡。后世谁相知，此语伤子云。君怀自渊谷，孰不以艺陈。国家于蒙古，恩养无比伦。笃生熊罴士，乔木仰世臣。欲为文苑传，落落星向晨。此诗吾所定，当代起梦麟。③

---

① （清）法式善：《读王铁夫芑孙孝廉楞伽山房近诗》，《存素堂诗初集录存》卷三，湖北德安王埔刻，1807。
② （清）法式善：《存素堂诗初集录存》卷三，湖北德安王埔刻，1807。
③ （清）王芑孙：《渊雅堂全集·编年诗稿》卷九，嘉庆刻本。

王芑孙于诗文上自恃才高，性格多耿直之气，出语不阿谀于人，所以时常惹人误会。今得法式善能识其才并其人，王芑孙甚是感激，钦佩法式善的虚怀若谷，并对当时蒙古族诗人创作给予肯定。此后，二人长相聚首，或游山览寺，或聚饮诗龛，切磋诗艺，互有进步。乾隆五十八年（1793），法式善又将自己平素作诗"凡得三千余首。吾友程兰翘、王惕甫皆为甄综之"①。嘉庆八年（1803）王芑孙将《渊雅堂编年诗》寄送法式善，法式善赋诗有"渣滓除已尽，字字出瘦硬。非缘读书精，安得行气盛"②之语，如此评语和王昶《湖海诗传》中评论王芑孙之语暗合，《湖海诗传》云："惕甫诗癯然以瘦，戛然以清，亦缜密以粟。"又"盖上溯杜、韩，而实出入于郊、岛间。十余年来，老成凋谢。惕甫在京师，与法时帆式善、何兰士道生、张船山问陶、杨蓉裳芳灿诸君，琴酒歌赋，故为南北时望所推"③。

乾隆五十九年（1794），法式善生父广顺去世，法式善为其父乞墓志铭，王芑孙欣然命笔，有《内务府司库广公墓志铭》之作：

> 芑孙辱与祭酒相游好，当公之生，未尝得拜公，及公殁，祭酒以公事行求为志墓之文。惟公之在内府也，官不高，无所著见，而祭酒文章、行义焯闻于世，其居家孝友以类，自非君子之子而能然乎。祭酒自堕地，出嗣育于其世母，然事公谨，生有致其养，殁有称其哀。今又礼葬，不以公卿铭公之墓，而属于芑孙，是有取于古之不诬其亲者，乃敢不辞而为之铭。④

该《墓志铭》中，王芑孙实际上表彰了法式善其人其文。事实上，王芑孙尽管以才高自矜，但他对法式善的勤奋与学识还是给予

---

① （清）法式善：《存素堂诗集序》，《存素堂诗》卷首，湖北德安王埠刻，1807年。
② （清）法式善：《王惕甫寄〈渊雅堂编年诗〉至》，《存素堂诗初集录存》卷十八，湖北德安王埠刻，1807年。
③ （清）王昶：《蒲褐山房诗话新编》，齐鲁书社1988年版，第160页。
④ （清）王芑孙：《渊雅堂全集·惕甫未定稿》卷十二，嘉庆刻本。

了积极肯定。嘉庆初年，45岁仍未曾中举的王芑孙应法式善之请，为其辑录的《槐厅载笔》三十六卷作序云："（法式善）祭酒不惜数年之劳，排比为书，将俾已往者列然。有所可镜，而后来者亦知所欣悚愧勉，以无负朝廷所以磨砻造就天下人材之至意，又岂徒述荣观、资话谭而已耶！"① 对法式善著述成就给予肯定。

法式善与王芑孙的交游，还有其与他人交往最不同之处，就是王芑孙曾为法式善代笔，相继作了《冯郎中寿序代法庶子》（《渊雅堂全集·惕甫未定稿》卷十五）、《赠中宪大夫晋赠武翼都尉郭君墓表，代法庶子作》（《渊雅堂全集·惕甫未定稿》卷十一）、《湖广蕲州卫守备赠武翼都尉郭君墓表，代法庶子作》（《渊雅堂全集·惕甫未定稿》卷十一）三篇文章。以此略窥一斑，不论出于法式善的请求，还是王芑孙自恃多才主动请缨，都可见王芑孙之多才，法式善与王芑孙交情之深厚。

二是王芑孙对法式善诗歌评价较为中肯，非囿于个人情感一味褒扬，实属难得；而法式善亦能欣然接受王芑孙的建议，越发难能可贵。法式善与王芑孙性格迥异，但是却未影响二人数十年的知交之谊。法式善坦言："长洲王芑孙，性拙文固醇。狂直与世忤，而我交独亲。"② 而王芑孙对法式善的诗文成就亦毫不掩饰溢美之词，高度肯定，如王芑孙《存素堂试帖序》云："（法式善）时帆用渔洋'三昧之说'言诗，主王、孟、韦、柳。又工为五字，一篇之中，必有胜句，一句之胜，敌价万言。"然素以诗才自命的王芑孙，批评起法式善作诗也是毫不客气："尝谓法时帆云：'君有诗识无诗才，汪端光有诗笔无诗胆，其兼之者故有人在。'"③ 此番评语时间无可考，后人无法得知法式善对此评语的态度。然法式善对王芑孙的点评却深以为是，珍重若此。如王芑孙《存素堂试帖》序载：

---

① （清）王芑孙：《槐厅载笔序》，《渊雅堂全集·惕甫未定稿》卷三，嘉庆刻本。
② （清）法式善：《金手山学莲出所著商定》，《存素堂诗初集录存》卷六，湖北德安王塾刻，1807。
③ （清）昭梿：《啸亭续录》卷四，载《清代史料笔记丛刊》，中华书局1980年版，第489页。

第二章 法式善交游考论　123

其所学与予异，而过辱好予，有作必就予审定。尝刻行其《咏物诗》一种，首以示予，予偶弗之善，遂止不行。后五六年，钦州冯鱼山敏昌见而大称之，问何以不行，时帆以予言告，予始获闻之，而悔前言之过。世亦有冲然耆学如是者乎。①

此段文字后被晚清学者陈康祺收录在其《郎潜纪闻初笔》卷十四"法式善之谦下"则下，陈康祺就此评论道："文人结习，享帚自珍，一集成书，如膺九锡，亟愿海内之我知。今祁氏竣工，沮于良友之一言，秘不复出，其谦下诚足多矣。独祭酒所著《槐厅载笔》《清秘述闻》诸书，颇丛疵谬，岂当时竟未是正于惕甫耶？抑掌故之学，可以听其出入，不若咏物诗之宜句斟字酌耶？"②

推究陈氏所言，古人成书诚然不易，法式善自不例外，仅因当日好友王芑孙的一句话，便阻止了诗作之刊刻流传，就此搁笔。足见法式善为人诚实笃信，为文谦逊谨慎。

三是法式善因为王芑孙性格过于狷狂，不时对其进行规谏。据姚鼐《惜抱轩手札》第四册见法式善与王芑孙手书题识一则，云：

才士难得，才士而负至性者尤难得。惕甫一代才，性复倔强傲岸，不与俗谐。所作诗文，力厚思深，善用狮子搏兔法。世乃以过火讥之。吾既重其才，又恐为嫉者所诟厉，云山千重，时时作书规之，未免词涉激昂。惕甫虽未必是其言，而情殊感切。观其附识语恳恳款款，亦可以知见有趣矣。吾故曰："惕甫至性人也。"两年来未读其诗文，卷中诸作，精深古淡，愈臻老境，足与惜抱翁匹敌。而余年逾六十，衰病日增，犹征逐石士太史于诗社文坛，岂不有愧也哉。壬申九月，法式善跋于踵息斋之南窗。③

---

① （清）王芑孙：《渊雅堂全集·惕甫未定稿》卷二，嘉庆刻本。
② （清）陈康祺：《郎潜纪闻初笔》卷十四，中华书局1984年版，第303页。
③ 转引自眭骏《王芑孙年谱》，华东师范大学出版社2010年版，第452页。

此文作于嘉庆十七年（1812），法式善已年登花甲，王芑孙早已过半百人生，忆昔与王芑孙相识、相交已二十余年，法式善时时发自肺肝的规谏，诚是诤友所为，王芑孙亦当感恩于此。

概而言之，法式善与王芑孙二人的互动交游，或同居京师，聚会游览，或身居异地，彼此借书信往还，其间交往影响到了法式善多方面的文学创作成就，既有寻常之交游唱和，书画题咏诸作，亦有诗集的审定、散文的点评。二人的感情诚如法式善自己所言："狂直与世忤，而我交独亲。"

第三节　法式善与及门后进

乾嘉诗坛，文人雅集风行，法式善的诗龛即是京师文人雅士聚会的文艺沙龙。诗龛主人法式善以宏奖风流著称，奖掖后学，爱才如命，不论贵贱。时有大兴舒位、嘉兴王昙、常熟孙源湘三人，才高而运蹇，法式善因以"三君"颂之。

一　《三君咏》之"江左三君"

张维屏《国朝诗人征略二编》载录《孙源湘》云：

> 乙卯举于乡，丙辰会试下第，壬戌复下第。归途与舒铁云位、王仲瞿昙两孝廉同行，三人才相若，心相契，而梧门学士法式善为诗赠铁云、仲瞿、子潇，题曰"三君咏"，于是三君诗名若鼎足焉。[1]

类似的记载还见于李元度《舒铁云先生事略》云："举乾隆五十三年乡试，屡试礼部，不第。……先生以奇博闳恣之才，横绝一世。法时帆祭酒尝以先生及王昙仲瞿、孙源湘子潇并称为三君，作

---

[1] （清）张维屏：《国朝诗人征略二编》卷五十五，载《续修四库全书》第1713册，上海古籍出版社2002年版，第297页。

《三君咏》。"① 因此，乾嘉诗坛"三君"之名源于法式善，三人因法式善之《三君咏》而声名鹊起，流布诗坛，引起世人的关注。

舒位（1765—1816），字立人，号铁云，小字犀禅。顺天大兴（今属北京市）人，生长于吴县（今江苏苏州）。乾隆五十三年（1788）举人，屡试进士不第，贫困潦倒，游食四方，以馆幕为生。博学，善书画，尤工诗、乐府，书各体皆工。作画师徐渭，诗与王昙、孙源湘齐名。所著有《瓶水斋诗集》《乾嘉诗坛点将录》等。又有《瓶笙馆修箫谱》，收入其所作杂剧四种。

王昙（1760—1817），又名良士，字仲瞿。秀水（今浙江嘉兴）人。当地有瓶山，因以瓶山自号。乾隆五十九年（1794）举人。会试不第。著有《烟霞万古楼文集》等。时人将他与常州诗人黄仲则诗合刻，题曰"乾隆二仲"。王昙与孙源湘、舒位并称"后三家"或"江左三君"。

孙源湘（1760—1829），字子潇，一字长真，晚号心青，自署姑射仙人侍者，江苏昭文人。嘉庆十年（1805）进士。翰林院庶吉士，充武英殿协修。得疾返里不出，先后主持玉山、毓文、紫琅、娄东、游文等书院讲席，门生多有成就。擅诗词，主张"性情为诗之主宰"。又工骈、散文，兼善书法，精画梅兰、水仙。诗文与同时期的王昙、舒位鼎足，并称"后三家"或"江左三君"。著有《天真阁集》。

法式善与三君之文学互动，主要在于法式善爱才、惜才，对后学的积极提携。如法式善曾序舒位的《瓶水斋诗集》曰："揽所投示诗卷，不及二百首，而众体咸备，纵横莫当，为击节者累日。诸体之中，七古尤胜。若《张公石》《断墙老树图》《破被篇》等作，前无古人，后无来者，非浸淫于三李二杜者不能。又如《团扇夫人曲》等篇，不啻郑公妩媚、广平铁石矣。窥豹一班，得麟独角，欣赏当何如也。"② 而三君作为诗坛后辈，对法式善也推崇备至。如法

---

① （清）李元度：《国朝先正事略》卷四十三，岳麓书社1991年版，第1145页。
② （清）舒位：《瓶水斋诗集》附录三，曹光甫点校，上海古籍出版社2009年版，第810—811页。

式善作《三君咏》云：

空谷有佳人，十年不一见。相逢托水云，别去成风霰。临行仰视天，遗我诗一卷。中有万古心，事穷道不变。登科易事耳，君胡久贫贱。眄彼幽兰花，无言开满院。（《舒铁云位》）①

豪杰为文章，已是不得意。奇气抑弗出，酬恩空堕泪。说剑示侠肠，谈玄托宾戏。有花须饱看，得山便酣睡。更愿道心持，勿使天才逸。人间未见书，时时为我寄。（《王仲瞿昙》）②

白云游任空，胡为吐君口。明月生自海，胡为出君手。想当落笔时，万物皆我有。五城十二楼，谁复辨某某。一笑拈花枝，妙谛得诸偶。未必天真阁，独师韦与柳。（《孙子潇》）③

诗中，法式善结合各自的性情及诗作特色，一一评说，或怜惜因科场困顿而成"空谷佳人""幽兰之花"的舒位，或对王昙豪杰不遇，奇气空余的叹惋，抑或称许孙源湘诗作源于性情，诗风空灵蕴藉。此诗作于嘉庆七年（1802），自其乾隆四十五年（1780）进士及第，入翰林已20余年，法式善以自己笔耕不辍的宏富诗作，爱才如命的性情，已然成为京师坛坫的盟主之一。孙源湘《王仲瞿〈烟霞万古楼集〉序》云："嘉庆辛酉、壬戌之际，名流宿学云集京师，法梧门祭酒主盟坛坫，论定君之诗与大兴舒铁云位，及余为三家，作《三君咏》传播其事。"④舒位、王昙、孙源湘三人得诗坛前辈法式善的提携与推崇，自然为三人博得了文坛的声誉，也影响或改变了三人在乾嘉后期诗坛的地位，"从自西涯提唱后，只将公当古然灯"⑤（王昙《别法梧门庶子诗龛》）。因此，当法式善《三君咏》一诗传诵开来，立刻得到了三人第一时间的诗歌应和，如孙源湘的

---

① （清）法式善：《存素堂诗初集录存》卷十四，湖北德安王墉刻，1807。
② （清）法式善：《存素堂诗初集录存》卷十四，湖北德安王墉刻，1807。
③ （清）法式善：《存素堂诗初集录存》卷十四，湖北德安王墉刻，1807。
④ （清）孙源湘：《天真阁集》卷四十一，嘉庆刻本。
⑤ （清）王昙：《烟霞万古楼诗选》卷二，咸丰元年（1851）刻本。

《法梧门先生寄仲瞿、铁云及原湘五言古各一题,曰〈三君咏〉,作长歌报之》云:

> 先生休休一个臣,腹中便便万才人,何独拳拳于此三穷民。此三民者无所职,上不能有三公辅世德,下不能有三农服田力。三管毛锥三斗墨,饥来著书吃不得。一民隐越山,负薪学朱翁;一民隐吴市,赁舂如梁鸿;一民把钓东海东,此水传自姜太公。三民有时偶相遇,哭无常兮笑无度,喜非喜兮怒非怒,世人不知先生知。……一人一诗各异辞,一诗一字皆吾师。三民自得此诗读,公然鼎立如三足。入林商山不足四,照水竹溪忽成六。说诗聊分齐鲁韩,犄角敢同吴魏蜀。若将晋三军,不知谁却縠。若作汉三君,我自居刘淑。前世或本范张陆,今日俨如伯仲叔。他生还作松梅竹,三民相别若相思,各取先生诗三复。①

答诗中,孙源湘为法式善对三人的眷顾感慨不已,想来一介平民,何德何能,得法式善推重若此,感激之情流转笔端。想来三人遭际,或隐居山林,或寓居市井,偶相聚首,说不清是悲是喜,世人无有解者,而法式善却知此三人者,不单其诗,而且其人,所谓千金易得,知己难寻,三人无限感慨,对法式善心存感激。即便性情狂放不羁的王昙也将法式善的诗龛比作"龙门",诗作《题法梧门祭酒诗龛》中有"厦以千间为老杜,地方一丈当龙门"②之句,孙源湘则将"诗龛"比作天下寒士的欢乐谷,《法梧门祭酒式善诗龛歌》有"一龛之中诗万首,弹指华严无不有。一龛之外厦万间,大庇寒士俱欢颜"③诗句,可见在当时科场落地、怀才不遇的士子眼里,法式善其人、其诗龛无疑成了聊以慰藉落魄文人的心灵家园。

---

① (清)孙源湘:《天真阁集》卷十五,嘉庆刻本。
② (清)王昙:《烟霞万古楼诗选》卷一,咸丰元年(1851)刻本。
③ (清)孙源湘:《天真阁集》卷十四,嘉庆刻本。

此外，三人对法式善的诗作也时有精道评述，舒位云："祭酒善言情，以诗为情室。祭酒善言诗，以情为诗驿。"① 孙源湘"五字长城尽受降，始知我佛神通大"（《法梧门祭酒式善诗龛歌》），又《法梧门先生见题拙集，依韵奉答》其一云：

> 人海万人诵，诗龛一卷诗。正声今日少，此老十年思。笔下无前辈，寰中几素知。相逢果相识，不恨见公迟。

以上，三君论及了法式善诗歌的宗尚、体裁特点、诗歌流传影响，充分肯定了法式善在当时诗坛的盟主地位。此后，法式善与三君经常诗书往还，互通心曲，唱和不断。而法式善对后学的提携，也成就了文坛的一段佳话。

二 "自署诗龛弟子"之王墉

法式善"诗龛"作为当时文人雅士聚会之所，一时有"龙门"之称，四方之士都对"诗龛"心驰神往，"天下无不知有诗龛者，盖蔚然一代词宗矣"②，问字求学者往往满堂满室，争为"诗龛"弟子。在法式善的众多及门弟子中，湖北王墉是诸弟子中最特别的一位。法式善诗文集多得益于王墉的一刻再刻，王墉对法式善诗作的保存与流传功不可没。

王墉的生卒年不可考，今从法式善诗文集及相关文献辑佚出关于王墉的零散记忆，亦可略窥其人。如法式善《春夕怀人诗三十二首》之一云：

> 春堂幼习戈矛，长乃留心经史。交尽天下贤豪，自署诗龛弟子。（王墉字春堂，江西武举，官德安守御，性风雅，余前后

----

① （清）舒位：《题梧门先生三君咏后并寄》，载《瓶水斋诗集》卷十一，曹光甫点校，上海古籍出版社2009年版，第427页。
② （清）鲍桂星：《存素堂诗二集序》，湖北德安王墉刻，1812。

第二章　法式善交游考论　　129

集皆其所刊。)①

又法式善《送王春堂屯牧德安》有"君虽戎马谙，职守仍书生"②之句。鲍桂星《存素堂诗二集序》云：

> 王君春堂，以江右才士起家，戎韬儒将之名流播三楚，尤敦践履之学，所作《见云诗草》，于君父师友间三致意焉。岂唯武人所难，抑贤士大夫有未能逮者。尝受业先生之门，笃信其师说。③

且王墉《存素堂诗初集录存跋》云："墉，武人也。不善读父书，效力枢曹。"④等等。

综合以上，大略可知王墉其人：王墉，字春堂，江西人。幼年习武，曾以武举入仕，后出守湖北德安，官德安守御，以儒将扬名。性喜交游，酷爱诗文，曾受业于法式善，遂以诗龛弟子自居。著有《见云诗草》。

作为法式善的及门弟子，王墉一是积极主动刊刻业师的诗集，即便法式善不允，仍竭力促成之。如彭寿山《存素堂诗初集录存跋》所云：

> 去年夏，春堂自楚北书来，娓娓千言，请任剞劂之役，师答书不许。程素斋邦瑞自扬州来，乞刻全集，赋诗辞之。一日，春堂自数千里外专健足来都门，秘致山书，索《存素堂诗》，其意诚且坚。……爰取向所钞吴学博、查孝廉选定诗二大册与之，曰："录存者，非全集也。"与之而不敢禀命于师者，知师不欲

---

① （清）法式善：《存素堂诗续集录存》卷九，杭州阮元刻，1816。
② （清）法式善：《存素堂诗初集录存》卷七，湖北德安王墉刻，1807。
③ （清）鲍桂星：《存素堂诗二集序》，法式善《存素堂诗二集》，湖北德安王墉刻，1812。
④ （清）王墉：《存素堂诗初集录存跋》，法式善《存素堂诗初集录存》，湖北德安王墉刻，1807。

以诗显也。①

或如彭寿山所言，法式善"不欲以诗显也"，所以不肯刊刻其集。奈何王墉之意甚切，法式善《病中杂忆》诗云："扬州镂刻胜安州，二客心情总莫酬。闻说主园（素斋园名）三月半，牡丹花底墨香稠。（程素斋刻余文于扬州，王春堂刻余诗于安州，余皆不知也，素斋校刻尤精。）"②又刘锡五所言："而王君笃于师友，于先生诗一刻再刻不已。"③王墉之于法式善，的确为"食德而弗忘报者耶"，竭尽师弟子之力。

王墉积极刊刻法式善诗集的同时，还向时人征索诗序。如李世治《存素堂诗二集序》云：

> 越庚午，来守安州，诗龛弟子王春堂适牧屯斯土，曾刻《存素初集》，读之击节曰："曩慕陶韦，未见存素；今读存素，如见陶、韦。"四载中，亲阅春堂治己治人，渊源诚有自也。兹又续刻工竣，问序于余。余在夔门巴西有感偶成，录存六章，春堂欣亦付剞劂。噫！存素诗益富，续刻敬益隆。熏陶之力，悦服之诚，两征之。余亦获分推爱。春堂之敦厚，实诗龛之育才也。④

刘锡五亦云："安州屯牧王君春堂刻其师法梧门先生《存素堂诗二集》成，鲍觉生宫尹既为之序矣，复征言于余，且曰：'吾师意也。'"⑤王墉为其师法式善诗集的刊刻可谓尽心竭力，出于至诚。

考察王墉对法式善如此推重的原委，除了师弟子之谊外，还得益于王墉尊人对法式善诗文亦相爱重，这也是促成王墉笃信其师的

---

① （清）法式善：《存素堂诗初集录存》卷末，湖北德安王墉刻，1807。
② （清）法式善：《存素堂诗二集》卷五，湖北德安王墉刻，1812。
③ （清）刘锡五：《存素堂诗二集序》，法式善《存素堂诗二集》，湖北德安王墉刻，1812。
④ （清）李世治：《存素堂诗二集序》，法式善《存素堂诗二集》，湖北德安王墉刻，1812。
⑤ （清）刘锡五：《存素堂诗二集序》，法式善《存素堂诗二集》，湖北德安王墉刻，1812。

一个原因。王墉曾云：

> 岁丁卯，恭梓《存素堂初集》成，家君览之，欣然曰："余喜有三，汉魏照云：'经师易得，人师难求。'今尔遇人师，一也；人师工著作，二也；尔尚知瓣香敬事，三也。"越庚午冬，汪公子均之过楚，柬述吾师近况，谓诗龛又可镌续集矣。辛未，詹止园明府奉差入都，托请文与诗并刻，先生未允。止园再申意，仅付诗六卷缄滕至。家君年八十有三，犹嗜书，见续稿喜滋甚，曰："余敬时帆先生为人，乐观其诗，并乐观其老境。"盍速续梓，俾余置筇坐诵，如见诗龛拈花笑乎！墉不敢缓，督梓蒇事，并纪家君所欣慕焉。①

因此，法式善诗集得以流传，实得益于弟子王墉的积极奔走，努力刊刻。法式善亦曾称颂王墉"王子美才略，读书识时务"②，（《王春堂墉效力枢曹，耽文墨，示〈秋林〉诸诗，且委贽焉，喜而赋赠》）或"黄鹤楼头敢赋诗，白鸥江上同眠起。六韬多是书生书，君才谁复嘲空疏"③，等等，法式善对王墉以戎马起家，却以文治一方，深以为是。

三 "折节论交二十年"之吴嵩梁

吴嵩梁（1766—1834），字子山，号兰雪，晚号澈翁，别号莲花博士、石溪老渔。江西东乡新田人。清代文学家、书画家。清代江西最杰出的诗人。有"诗佛"之誉。仕途坎坷，嘉庆五年（1800）举人，候补国子监博士。直至65岁，才得擢贵州黔西知州，后曾两任乡试同考官。著有《香苏山馆全集》五十七卷。

---

① （清）王墉：《存素堂诗二集序》，（清）法式善：《存素堂诗二集》，湖北德安王墉刻，1812。
② （清）法式善：《存素堂诗初集录存》卷四，湖北德安王墉刻，1807。
③ （清）法式善：《怀远诗六十四首·王春堂屯牧》，《存素堂诗初集录存》卷十六，湖北德安王墉刻，1807。

王昶《湖海诗传》卷四十二云：

> 西江自明以来，称诗者众，而无卓然杰出号大家者。予尝以语兰雪，兰雪深以为然。今自蒋苕生后二十余年，兰雪继之。予两至南昌，故才人多在门下，如云衣、照南、修之三吴，咸以诗名当世；而兰雪实为巨擘，诗如天风海涛，苍苍浪浪，足以推倒一世豪杰。①

王昶认为吴嵩梁实为乾嘉诗坛江西最负盛名的诗人，卓然大家，一世豪杰。桐城姚莹更是将吴嵩梁与天才诗人黄仲则并举，如其《香苏山馆诗集后序》云：

> 乾隆、嘉庆之间，海内以诗鸣者，咸称黄仲则，仲则奇情超迈，论者谓其才近太白似矣。同时差后才力足以并驱者，为吴兰雪。兰雪才雄气遒，思沈学博，能状难绘之景、写难显之情，他人极力为之，指僵颖秃，兰雪顾从容挥洒，其境屡变而不穷。比而论之，殆一时之二杰乎。仲则早死，其诗后刻，传乃稍广；兰雪则自弱冠至京师，王述庵、翁覃溪、法梧门诸公盛相推重，自是遍交海内名士，酬唱四十余年，未有或先之者。……至于传播外夷，朝鲜吏曹判书金鲁敬父子以梅花一龛供像，及称为诗佛。②

此序作于道光六年（1826），姚莹站在总结乾嘉诗坛的立足点，认为在纵横乾嘉诗坛的众学侣中，黄仲则居首，能与之相匹敌者，唯有吴嵩梁，所谓"一时之二杰"也。由时人王昶到后来姚莹的评价可知，吴嵩梁在清代中后期诗坛可谓声名远播。

法式善能和吴嵩梁相识、相知，说诗谈艺，对彼此的创作、心

---

① （清）王昶：《浦褐山房诗话新编》，齐鲁书社1988年版，第166页。
② （清）姚莹：《东溟文集》外集卷一，同治六年（1867）刻本。

态互有裨益。法式善与吴嵩梁的相识，是未见其人，先睹其诗，以诗为媒，成就了吴、法乾嘉诗坛20年的知交之谊。如法式善《吴兰雪嵩梁上舍过访不值，留〈秦淮春泛〉诸诗，属勘定》云：

> 我闻吴生名，梅花香妩媚。（初从罗两峰处见君梅花诗。）我见吴生面，莲花风引至。（近晤君于积水潭。）清才世有几，把臂良不易。吟啸积水潭，翛然鸥鹭致。过我松树街，天然叶满地。梅花与莲花，诗境君能备。①

此诗交代了法式善初从罗聘处得见吴嵩梁的梅花诗，因赏其诗，爱其才，想见其人。当法式善应吴嵩梁之请为其勘订既往诗篇时，法式善认为吴嵩梁作诗"诗境君能备"，极为称赏，评价甚高。

此后二人来往频繁，日趋密切，兰雪居京师期间，尝留宿诗龛，唱和无虚日；吴嵩梁远游江南，仍以"邮筒"相寄，诗书往来不断。所以，二十年来知交之谊，②当法式善一夕故去，吴嵩梁悲伤不已，作挽诗《哭法时帆学士》，追悼这位昔日的故交知己，其二云：

> 折节论交二十年，俊游从此隔人天。闲吟每爱邀张籍，永诀先愁别郑虔。白发更酬知己泪，青箱难换买山钱。荷花今日开无主，万古凄凉一酒船。③

诗中，吴嵩梁回忆与法式善数十年的诗文唱和，推诚置腹之交，今与知己天上人间，死生永诀，悲痛欲绝。

概言法式善与吴嵩梁的交游，在诗文方面的主要表现为：

一是诗作上，彼此勉励，互相推重。如吴嵩梁《石溪舫诗话》卷一云：

---

① （清）法式善：《存素堂诗初集录存》卷四，湖北德安王埴刻，1807。
② （清）法式善：《题交游尺牍后（现在之人）·吴兰雪博士》有"字尾署名诗弟子，二十年来托生死"诗句，《存素堂诗二集》卷四，湖北德安王埴刻，1812。
③ （清）吴嵩梁：《香苏山馆诗集·今体诗钞》卷八，清木樨轩刻本。

时帆先生三入翰林，一擢祭酒，再陟宫坊，皆官至四品即左迁，名盛数奇，似有成格，先生顾泊如也。与予折节订交二十年，每见益亲，诗亦屡变。初为五言近体最工，佳句亦多可采，篇幅未免稍隘。既与覃溪师往复切磋，于古大家、名家无所不效，各体无所不工，五古尤兼众善。短什妙于澄炼，如与仙人谈洞天密旨，参其精微而表里皆彻。如与高士作山水俊游，领其佳要而登临不烦。长篇善于发挥，如与耆宿述累朝掌故，举其纲目而文献无遗；如与朋旧叙历世交情，极其缠绵而往还不厌。集中论画诸篇，一字一句，俱有名理；怀人诸什，一时一事，各有襟期。予为删去咏物及应酬之什二千余首，所存尚七八百首，可谓富矣。[①]

吴嵩梁肯定了法式善诗歌体裁上各体皆工，尤善五言，且不乏佳句；长篇之作，叙事见长，善于用典。题材上，题画诸篇，深谙画理；怀人诗作，深婉多情，等等，从多方面肯定了法式善的诗歌创作成就。而同时，法式善对吴嵩梁的诗作也时有评点，且评论恰切。如法式善《吴兰雪〈香酥山馆诗集〉序》云：

君之诗，笃于性情，能神明于古人之法，以自尽其才。翁覃溪、王述庵两先生，所以推之者至矣。初，余见君少作，以哀艳称之。君既以数奇落魄，纵游吴越间，名益噪闺阁中，至有绣其诗以传者。世遂疑君善宫体诗。忌君者且诋为浮华累道，引余言以证。夫余所称为哀艳者，非《国风》《离骚》之遗耶？又有误传君死耗者，覃溪先生泫然告余曰："兰雪亡矣，吾将合黄仲则诗刻行之，此二君皆得诗髓者，惜其诗止此耳。"仲则已矣，其诗之传于世者已如此。兰雪之诗，格愈变而法愈严，余

---

① （清）吴嵩梁：《石溪舫诗话》卷一，载（清）杜松柏《清诗话访佚初编》第三册，台北新文丰出版公司1987年版，第36—37页。

又安能执一律以量其所至哉?①

在法式善看来,吴嵩梁的诗风多有变化,初时"幽艳",后变而为"雄直",风格多样。且法式善对吴嵩梁早期诗作风格"幽艳"和后期变而为"雄直"的态度是不同的,法式善直言"怪君喜作幽艳诗,近来汰尽粉与脂"②,可见其推崇的是吴嵩梁后期的"雄直"诗篇,且欣喜吴嵩梁诗篇的这一变化,如法式善《题兰雪诗后》云:

> 吴生诗特工,穷非诗之力。连日坐雨中,真气发胸臆。从前幽艳句,至此变雄直。③

阅历的变迁,生活的磨砺,促使吴嵩梁的诗歌由早岁的脂粉气,蜕变为洗尽铅华的性情语、雄直风,而这一变化被好友法式善及时地捕捉到,且因看到这一变化而兴奋不已。同时,亦可窥见法式善在诗作风格上尚"雄直",而非"幽艳"。

二是法式善与吴嵩梁能够相知多年,还在于二人于仕宦心态上淡泊自适,彼此影响。法式善28岁进入仕途,年龄上远远早于吴嵩梁,后一直从事文学侍从的清要之职,其仕宦经历在吴嵩梁和众多交游朋旧看来也非如鱼得水,吴嵩梁曾论及此道:"时帆先生三入翰林,一擢祭酒,再陟宫坊,皆官至四品即左迁"④,而法式善却处之泰然,所谓"士之遇不遇,天也;不诡于遇,而夷然于不遇者,人也。……则其视势位富厚也轻。发乎情,止乎礼义,诗之谓也。遇不遇,何容心乎"⑤,淡泊如此。

在法式善看来,吴嵩梁确是才高而运蹇之人,即"余于近日诗

---

① (清)法式善:《存素堂文集》卷二,扬州绩溪程邦瑞刻,1807。
② (清)法式善:《题交游尺牍后·吴兰雪博士》,《存素堂诗二集》卷四,湖北德安王埘刻,1812。
③ (清)法式善:《存素堂诗初集录存》卷二十二,湖北德安王埘刻,1807。
④ (清)吴嵩梁:《石溪舫诗话》卷一,载杜松柏《清诗话访佚初编》第三册,台北新文丰出版公司1987年版,第36页。
⑤ (清)法式善:《金青侪环中庐诗序》,《存素堂文集》卷一,湖北德安王埘刻,1807。

人才丰而遇啬者，得三人焉。一为吴江郭苹伽麐①，一为江西吴兰雪嵩梁，其一则金子手山②。三人者，魁梧磊落，各能自出其悲愉欣戚以施诸文章，郭以雄杰胜，吴以幽艳胜，手山缠绵悱恻，以情思密丽胜。余虽不能测其诣之所极，而皆以奇才目之。郭、吴试京兆不利，偃蹇南去，至今穷乏如故也"③，即便如此，吴嵩梁仍从容淡定，不以势利富贵而变其节，因此，法式善为吴嵩梁诗集作序时称：

> 兰雪荐更忧患，性益澹定，比数从余徜徉净业湖上，萧然竟日。其于天下事，若一无可为，无不可为，至于穷达弗能易其心，利害弗能变其节，盖有必为、必不为者在。④

以上，法式善与吴嵩梁于乾嘉文坛，交往互动二十余年，法式善诗文中涉及吴嵩梁的篇章多达九十余篇，吴嵩梁也有五十多篇诗文与法式善相关，除却诗文上的互相砥砺外，二人淡泊自适的仕宦心态也相互契合，使得彼此的友情日趋笃厚，互为知己，在风云激荡的乾嘉诗坛中尤为可贵。

乾嘉之际，经济繁荣背景下的文人生活异常活跃，大批文士舟车南北，交游广泛，往来频繁，突破时空的限制，演绎着生动的乾嘉文人生态画卷。其间京师馆阁文人法式善，就是这熙来攘往热闹的交游活动世态中的佼佼者。纵观法式善的一生，从其真正进入时人的交际视野到辞世仅30余年，然而却在这短暂的30年间广交乾嘉才俊，与800余位士人有过交往，已属难得。考察与其交往之人，就身份而言，或为文坛前辈、朋辈友人，抑或是后学门生；就交往的程度与方式而言，亲疏有异，见与未见有别；然就交往的内容而言，却大同而小异，主要集中在彼此宴饮雅集，诗文唱和，点校诗

---

① 郭麐（1767—1831），字祥伯，号苹伽，江苏吴江人。
② （清）金学莲，生卒年不详，字青侪，号手山，吴县人。有《三李堂诗集》。
③ （清）法式善：《金青侪环中庐诗序》，《存素堂文集》卷一，湖北德安王埔刻，1807。
④ （清）法式善：《吴兰雪香酥山馆诗集序》，《存素堂文集》卷二，扬州绩溪程邦瑞刻，1807。

文，切磋诗艺，"奇文共欣赏，疑义相与析"。所以，本章并未采取刘青山博士学位论文《法式善研究》文献整理式的撰写形式，而是将法式善交游按对象加以分类，选取与法式善交往中较具代表性的人物为个案，通过对交游对象个体的探讨，试图还原法式善的交游情态，揭示法式善交游的特点规律，把握交游对法式善为人、为诗、为文的影响。同时，也加深对当时文学生态的了解，从而得以更好地解读法式善的文学创作、文学观念及其时代意义。

第三章 法式善诗学活动考论

　　法式善能于乾嘉文坛获得与袁枚、翁方纲等名著一时的文坛前辈相提并论的地位，离不开其一生都在孜孜以求的文学创作。检视其一生的创作，仅就文学创作而言，诗作有《存素堂诗初集录存》24卷，《存素堂诗二集》8卷，《存素堂诗续集》1卷，《诗龛诗稿》2卷，存诗3000余首；文有《存素堂文集》4卷，《存素堂文续集》4卷（存3卷），共收录散文222篇。这些无疑是其享誉文坛的重要基石。然而，如法式善这般创作颇丰的作家并不鲜见，如何能于群星璀璨的创作群体中脱颖而出？他们或有名门望族的显赫门第为其搭建平台，或有自身政治地位为其营构社交圈，或有幕府生涯为其拓展社交空间，或有宦途南北成就其交游天下。凡此种种，都是乾嘉文学生态的不同表现，法式善却与之无缘。于是，立足创作，法式善另辟蹊径，一者以自己的书斋"诗龛"为名义，于海内征绘"诗龛图"、征索"诗龛图"题咏；二者以"西涯"为名，在京师发出雅集邀请；三者以诗话的编定，广采边省诗作、博录四方诗人。这些特定的文学活动，均为法式善于乾嘉诗坛地位的达成起到了积极的推动作用。

第一节 征绘、征题《诗龛图》

　　检阅乾嘉时期的文学生态，出于各自的文学与政治目的，文人间交游广泛，形式各异，内容多样，这对文人地位的确立起着推波助澜的作用。其中，以法式善绘、题《诗龛图》的征集活动最为独特。关于这一问题，刘青山《法式善研究》①一文主要从文献学的视角描述了"诗龛"与"诗龛图"，而本部分则是从分析法式善征绘、征题《诗龛图》的视角，考察这种文学活动与其在乾嘉文坛地位得以确立的关系。

一 "聚古人之诗于一室"的"诗龛"

法式善一生曾有多个书斋名号，如"梧门书屋""诗龛""陶庐""玉延秋馆"等。其中，在当时文坛影响最大的还是"诗龛"，时人习惯上将法式善称为"诗龛主人"或"诗龛老人"。后人提起法式善，往往必述及诗龛。如刘锡五《存素堂诗二集序》云："诗龛者，先生所居，聚古今人诗集毋虑数千家实其中，起居饮食，无适而非诗者。先生既以诗提倡后进，又好贤乐善，一艺之长，津津然不啻若自其口出。以故四方之士论诗于京师者，莫不以诗龛为会归，盖岿然一代文献之宗矣。"②又如《清史稿》载："（法式善）所居后载门北，明李东阳西涯旧址也。构诗龛及梧门书屋，法书名画盈栋几，得海内名流咏赠，即投诗龛中。主盟坛坫三十年，论者谓接迹西涯无愧色。"③诗龛到底有怎样的魅力，能引来如此多关注的目光，赢得如此高的评价？

按阮元《梧门先生年谱》载："乾隆三十八年癸巳，二十一岁。……，以'诗龛'署于僧斋。"法式善当时寓居在西华门外南池子僧寺读书，其所好者"诗"也，读书之所乃寺院，故而借取"龛"字，书斋遂有"诗龛"之说。法式善曾作《诗龛图记》，详述此事：

余尤癖嗜诗，遂榜所居曰"诗龛"。夫盈天地间皆诗也，发于心，触于境，鸟兽之吟号，花叶之荣落，云霞之变灭，金石之考击，无一非诗，包含而蓄纳之，则"龛"之义大矣哉。或

---

① 刘青山：《法式善研究》，博士学位论文，上海大学，2011年。
② （清）刘锡五：《存素堂诗二集序》，法式善《存素堂诗二集》，湖北德安王墉刻，1812。
③ 赵尔巽等：《清史稿·文苑二》，中华书局1977年版，第13402页。

曰:"'龛',浮图家说也,子将托禅悦而喻诗旨乎?"余曰:"禅,吾所未知,有是龛而后名之曰'龛',非吾之所谓龛也。有是诗而后名之曰诗,非吾之所谓诗也。吾之诗在在有之,诗适与吾合,而遂为吾有。吾之龛人人有之,吾取为吾用,而遂属之诗。"①

所以,命名书斋为"诗龛",并非寻常所谓与佛教有着什么密切关系云云。之后,法式善于乾隆四十五年(1780)得中进士,从此步入仕途,昔日寺中的书斋"诗龛"也随着诗人居处的变迁而换了新的环境,② 李元度《国朝先正事略》载:

> (法式善)所居在厚载门北,明西涯李文正公畏吾村旧址也。背城面市,一亩之宫,有诗龛及梧门书屋,藏书数万卷,间以法书名画。莳竹数百本,寒声疏影,翛然如在岩壑间。③

以上描述了法式善"诗龛"的大致格局布置,内有藏书、字画布满于室,外有翠竹森森;亦非高堂华屋,"诗龛茅屋耳,仅足蔽风雨"④,但因"诗龛"的主人及素日往来之人的不俗风貌,"谈笑有鸿儒,往来无白丁",使诗龛"俗而不陋"。

值得注目的是,法式善的诗龛中有大量的藏书和诗、画,尤其是朋旧的诗、画布满于室,如好友洪亮吉描述道:"且欲读之书,凿楹而已贮;久别之友,面墙而可亲。自注:壁中黏友朋酬赠作至数百首。"⑤

---

① (清)法式善:《存素堂文集》卷四,扬州绩溪程邦瑞刻,1807。
② 按法式善的"诗龛"因其居处变迁三次,所以所说"诗龛"当分别之,最初"诗龛"在寺中;中进士后,便居住在净业湖畔杨柳湾松树街北;后嘉庆四年(1799)秋八月,由松树街移居钟鼓楼街,自此未再迁居。
③ (清)李元度:《国朝先正事略》卷四十三《法时帆先生事略》,第539册,岳麓书社1991年版,第1142页。
④ (清)法式善:《雨中祝简田埜太史暨郎君仁泉崧三秀才以诗龛图诗见贻》,《存素堂诗初集录存》卷九,湖北德安王墉刻,1807。
⑤ (清)洪亮吉:《寒林雅集图序》,《卷施阁文乙集》卷八,载《洪亮吉集》,中华书局2001年版,第366页。

昭梿《啸亭杂录》亦记载："凡所投赠诗句，皆悬龛中以志盍簪之谊。"① 可见法式善对友朋的珍视，对朋旧诗作的珍爱。此外，诗龛中最为引人注目的当是悬挂于室内的《诗龛向往图》与《诗龛十二像》。

《诗龛向往图》是法式善的好友罗聘所作，友人王芑孙为图赞并序，即《法庶子〈诗龛向往图〉赞有序》：

时帆先生称诗于世，其言诗以唐之王、孟、韦、柳为宗，而上希陶靖节，既以"诗龛"名其室，作《诗龛图》，复写陶公及有唐四公像，而貌己执卷沉吟于其下，谓之《诗龛向往图》。

太史公曰："高山仰止，景行行止，虽不能至，心向往之。"先生之志远矣。乾隆壬子五月图成，属为之赞。②

《诗龛向往图》作于乾隆五十七年（1792），彰显了法式善对晋之陶渊明，唐之王维、孟浩然、韦应物、柳宗元的仰慕之情，"诗龛无佛无杂宾，落落晋唐三五人"③；画图中前贤虽与法式善时隔千载，然在诗人眼中"陶公执卷足酒态，数枝残菊存天真。王孟韦柳殊不死，逸趣泠然满一纸"④，先贤的精神永存，法式善于此境达成了与异代大诗人心灵的交汇，俨然是前贤诗者的异代知音。

《诗龛十二像》是由姚元之所绘⑤，此十二人以年代为序依次为陶渊明、李白、杜甫、韩愈、白居易、王维、孟浩然、韦应物、柳宗元、苏轼、黄庭坚、李东阳，法式善又于嘉庆四年（1799）为十二幅画像分别题诗为记。⑥ 这十二人是在《诗龛向往图》五人基础

---

① （清）昭梿：《啸亭杂录》卷九，中华书局1980年版，第276页。
② （清）王芑孙：《渊雅堂全集·惕甫未定稿》卷二十，嘉庆刻本。
③ 张问陶：《题法时帆式善前辈〈诗龛向往图〉两峰罗聘画》，载《船山诗草》卷十，中华书局1986年版。
④ 张问陶：《题法时帆式善前辈〈诗龛向往图〉两峰罗聘画》，载《船山诗草》卷十，中华书局1986年版。
⑤ （清）法式善：《姚伯昂元之孝廉为画靖节以下至西涯十二人像》，《存素堂诗初集录存》卷十二，湖北德安王墉刻，1807。
⑥ （清）法式善：《诗龛十二像》，《存素堂诗初集录存》卷八，湖北德安王墉刻，1807。

上增加而来的，所仰慕的前贤朝代亦由晋、唐，扩展到宋、明，人物亦增加了唐之李白、杜甫、韩愈、白居易，宋之苏东坡、黄庭坚，明之李东阳。

法式善通过诗龛的精心设计，暗示了自己诗歌创作的审美诉求与诗学宗尚。同时，法式善于一室之内荟萃历代先贤，也传达出其不限于唐宋门户之见的诗学理念，而这种诗学思想在乾嘉文坛分唐、别宋之争的背景下出现，无疑为其赢得了更为广泛的文人交往群体，有助于其在文人间影响力的形成，诗龛也因此成为京师文人雅集的文艺沙龙。

二 "我写诗龛图，已遍江南北"：征绘《诗龛图》

法式善初登仕途即进入了京师缙绅阶层的交际圈。这个群体的成员，多为往来于京师的四方才俊，亦不乏文学领袖、名臣显宦，加入这个群体，是一种身份与地位的象征。对于既无显赫的家族出身，亦没有入幕坐馆的幕府经历，与当时的主流文化群体几乎没有交集，与士人交往颇为有限的法式善来说，要想在这个群体内扬名，除却政治身份外，几乎无所凭借。然而笼罩在大家阴影下的法式善，没有像常人那样焦虑无为，他独辟蹊径，在人才荟萃的主流交际圈内，以自己的方式努力寻求崭露头角、赢得一席之地的机缘，以期得到时人的认可。法式善最终是幸运的，他在努力进行文学创作的同时，更凭借不懈地征绘《诗龛图》，为自己赢得了声望，形成其在文人中独特的影响，进而达成在乾嘉文坛确立自身地位的内在诉求。

需要指出的是，在乾嘉时期的诗文集中，很容易检阅到索取画图、题咏画图的诗题，如洪亮吉的《赠冯编修敏昌即乞题〈机声灯影图〉卷子》（《卷施阁诗》卷第二）、张问陶的《索椒畦画〈大通秋泛图〉》（《船山诗草》卷四）、舒位的《为人题〈豆棚闲话图〉》（《瓶水斋诗集》卷十）、翁方纲的《陶无垢上舍予同年简夫太守子也，向学有文，将归南城，以太守竹间分课田园消夏二图乞题》（《复初斋诗集》卷二十二）、王芑孙的《孙渊如同年属题〈仓颉造字图〉》（《渊雅堂全集》编年诗稿卷十二）、何道生的《为两峰题金寿门农小像》(《双藤书屋诗集》卷四)等,不一而足。这些征绘活动或是诗人的一时之举偶一为之,或是征绘题目多元,皆未能如法式善这般专注于以图绘"诗龛图"之名,即以"诗龛"为题,遍征海内能绘图者为其绘"诗龛图"。客观而言,法式善的这一征集活动,虽和清初声势浩大的袁骏征集《霜哺篇》的具体情况有异,[①]但是在提升其在乾嘉诗坛的知名度与影响力方面,无疑助益颇多。

一方面,征求的时间之久、数量之大,时所罕见。检视有清一代的乾嘉文坛,法式善征绘"诗龛图"可以说是由个人发起的、主题明确的、时间最久的文学活动。从法式善今存的诗文集资料可知,征绘"诗龛图"几乎伴随了法式善的大半生岁月,所得"诗龛图"数量之大,使其赢得乾嘉文坛无可替代的特殊地位。梳理法式善征索"诗龛图"的情况,得表3-1。

表3-1　　　　　　　法式善征绘《诗龛图》

年代	绘图者	法式善诗作	法式善诗集
乾隆五十年(1785)	江秋史	《题江秋史侍御〈诗龛图〉》	《存素堂诗初集录存》卷五
乾隆五十八年(1793)	张道渥	《张水屋〈诗龛消暑图〉》	《存素堂诗二集》卷七
乾隆五十九年(1794)	杨生	《杨生作〈诗龛图〉笔墨超隽恍置余江村烟水间题三绝句》	《存素堂诗初集录存》卷五
嘉庆元年(1796)	黄易	《黄小松〈诗龛图〉》	《存素堂诗二集》卷七
嘉庆二年(1797)	黄易	《黄小松易别驾自山左寄〈诗龛图〉至》	《存素堂诗初集录存》卷六
	盛甫山	《柬盛甫山惇大舍人溧阳乞作〈诗龛图〉》	《存素堂诗初集录存》卷六
	笪绳斋	《笪绳斋孝廉写〈诗龛图〉见贻》	《存素堂诗初集录存》卷六
	余秋室	《余秋室学士许作〈诗龛图〉诗以促之》	《存素堂诗初集录存》卷六

---

① 杜桂萍:《袁骏〈霜哺篇〉与清初文学生态》,《文学评论》2010年第5期。

续表

年代	绘图者	法式善诗作	法式善诗集
嘉庆四年(1799)	孙铨	《访孙少迂铨孝廉茶话许作〈诗龛图〉赋诗先之》	《存素堂诗初集录存》卷八
	马秋药	《秋药许为作〈诗龛图〉久未闻命敦索之以无从着笔为词赋柬》	《存素堂诗初集录存》卷八
嘉庆五年(1800)	王泽	《王子卿泽孝廉作〈诗龛图〉索诗为报》	《存素堂诗初集录存》卷十
嘉庆六年(1801)	朱壬	《朱闲泉壬自杭州寄〈诗龛图〉至己未除夕前一日作也》	《存素堂诗初集录存》卷十一
	奚铁生	《奚铁生自浙中寄〈诗龛图〉至》	《存素堂诗初集录存》卷十二
嘉庆七年(1802)	吴兰雪	《项道存绅孝廉介吴兰雪画〈诗龛图〉见贻》	《存素堂诗初集录存》卷十三
	朱昂之	《朱青立昂之许写〈诗龛图〉》	《存素堂诗初集录存》卷十五
嘉庆八年(1803)	敬庵	《索敬庵画〈诗龛图〉》	《存素堂诗初集录存》卷十八
嘉庆九年(1804)	陈曼生	《陈曼生〈诗龛图〉歌》	《存素堂诗初集录存》卷十九
	朱昂之	《朱青立〈诗龛图〉歌》	《存素堂诗初集录存》卷十九
	万廉山	《万廉山〈诗龛图〉》	《存素堂诗初集录存》卷十九
	邵玘	《邵云巢玘〈诗龛图〉》	《存素堂诗初集录存》卷十九
	高玉阶	《高卿渔玉阶〈诗龛图〉》	《存素堂诗初集录存》卷十九
	吴山尊	《吴山尊〈诗龛图〉》	《存素堂诗初集录存》卷十九
嘉庆十一年(1806)	严钰	《严香府〈诗龛图〉》	《存素堂诗初集录存》卷二十四
	黄均	《黄谷原〈诗龛图〉》	《存素堂诗初集录存》卷二十四
	吴八砖	《吴八砖〈诗龛图〉》	《存素堂诗初集录存》卷二十四
	徐浣梧	《访徐浣梧道人不值留纸乞画〈诗龛图〉》	《存素堂诗初集录存》卷二十四
	瑶华道人	《瑶华道人许作〈诗龛图〉，拟赋诗速之，适以咏菊新篇见贻次韵》	《存素堂诗初集录存》卷二十四
	张宜尊	《张少白宜尊欲为〈诗龛图〉审其义而后命笔诗以述意》	《存素堂诗初集录存》卷二十四
	汪浣云	《汪浣云水部为画〈诗龛图〉侑以诗赋谢》	《存素堂诗初集录存》卷二十四

续表

年代	绘图者	法式善诗作	法式善诗集
嘉庆十三年（1808）	万輖冈	《再题万輖冈诗龛第二图，仍用先芝圃题寄韵》	《存素堂诗二集》卷一
	瑛梦禅	《瑛梦禅〈诗龛图〉遗卷，仿倪云林、查二瞻笔意》	《存素堂诗二集》卷一
	黄均	《黄谷原〈诗龛图〉》	《存素堂诗二集》卷一
	严钰	《严香府〈诗龛图〉》	《存素堂诗二集》卷一
	吴八砖	《吴八砖〈诗龛图〉》	《存素堂诗二集》卷一
	张宝岩	《张宝岩〈诗龛图〉》	《存素堂诗二集》卷一
年代未定	余集	《法时帆求画〈诗龛图〉》	《忆漫庵剩稿》，清道光刻本

如表 3-1 所示，法式善征集"诗龛图"的行为从其入仕之初［乾隆四十五年（1780）］，一直持续到其退职［嘉庆十五年（1810）］前，历时 30 年之久。其征索画师不限地域，如《黄小松易别驾自山左寄〈诗龛图〉至》；与画师的关系亦不囿于是否谋面，如邵玘所作诗龛图即经由"吴竹桥（吴蔚光）同年所寄"；谋取的形式或"索"或"乞"，如《访徐浣梧道人不值留纸乞画〈诗龛图〉》，如此所得"诗龛图"的数量亦相当可观。且法式善曾多次将所得图卷装订成册[①]，最具有代表性的当是嘉庆四年（1799）的一次整理活动。是年，法式善将十年来画友的"诗龛图"进行整理装订，所得远近画友"诗龛图"竟至四十幅。《诗龛谕画诗》前小序对此亦有记载：

> 十年以来，为仆图诗龛者不下百家，画日以多，思日以辟。凡夫山水之奇，卉木之秀，溪桥堂榭之清幽，风雨晦明之变幻，皆为我有。借烟云为供养，所获盖已多矣。长夏畏暑，每一展阅，沉疴霍然。因选工装之，或三五家，或十数家汇为一卷，

[①] 据（清）法式善《存素堂诗二集》卷七《题江均之画记后》载，法式善曾多次整理编订画友所绘图卷，如前七家、后七家、前后五家、六家、前后十家、十二家、二十四家之多，其中"前后五家、六家、前后十家、十二家诗龛图"，仅见法式善诗文中提到，尚未得见，内容不详。

前后次序无所容心，唯视纸之高下、长短以为位置。装成，凡得四十家，人各系诗三韵。继自今存亡聚散所不能免，以人寄诗，以诗存人，情有余于画之外者，诗龛云乎哉！①

此事发生在嘉庆四年（1799），若按"十年以来"，当自乾隆五十四年（1789）至此；法式善所谓"图诗龛者不下百家"，自然"诗龛图"亦当百幅有余，此或为虚指，然亦可约略窥见法式善征索《诗龛图》之久，以及征索人数之众。同时，难能可贵之处在于，法式善细心珍视画友所作，编订之余，又题诗为记，扬其"以人寄诗，以诗存人"，即"以诗画存史"的精神。法式善所谓四十家，具体为：朱鹤年、顾鹤庆、笪立枢、朱本、吴熊、宋葆淳、瑛宝、罗聘、江德量、玉德、马履泰、孙铨、姚景濂、万承纪、张问陶、顾王霖、张道渥、王霖、吴烜、关槐、万上遴、曹锐、周洤、倪璨、王州元、蔡本俊、张赐宁、潘大琨、吴文徵、盛惇大、缪颂、高玉阶、黄恩长、余集、黄易、蒋和、王学浩、陈诗庭、王靖、邵圣艺。于是年，法式善又作有《续论画诗》（《存素堂诗初集录存》卷八），记录五位画友：钱维乔、陈溁、冯桂芬、袁沛、陈嵩。

此外，法式善还收集了多幅"诗龛合作图"②，这在乾嘉文坛也是一道亮丽的风景线。今见于法式善诗文集中的如《秋药、兰士、泇坡、野云合作〈诗龛图〉》（《存素堂诗二集》卷一）、《涤斋、素人、野云、穀原、香府合作〈诗龛图〉，摹奚铁生》（《存素堂诗二集》卷一）等，共六幅"诗龛合作图"。其中，合作画家最少的有2人，最多的一次合作人数共有画家14人，如藏于镇江博物馆的十四家合作"诗龛图"卷，此画作于嘉庆十一年（1806），合作画师为孟觐乙、严钰、朱壬、朱鹤年、朱本、朱文新、黄均、吴应年、姚元之、王润、王梅君、张道渥、盛惇大、汪梅鼎。睹画思

---

① （清）法式善：《存素堂诗初集录存》卷八，湖北德安王墉刻，1807。
② 关于法式善的"诗龛合作图"的论述，主要参见已故的镇江博物馆馆长陆九皋《二十四家诗龛图》，《文物》1980年第10期。

人，这些"诗龛图"皆因法式善一人而作，可以想见法式善当年确是煞费苦心地邀集各地画家为他图写"诗龛图"，而且图后多有友人题跋。可见法式善与众画师关系之密切，同时，这些合作画卷也成为当时画坛独特的创作风景，对今人研读乾嘉画坛有着重要的文献价值。

经过法式善数十年的征索，所得"诗龛图"数量足成规模，"我写诗龛图，已遍江南北"[1]。法式善以征绘"诗龛图"交友，"诗龛"亦因图而扬名，遂"交游满天下，天下无不知有诗龛者"[2]，这一切名位的取得应离不开法式善持续半生的征索画图的文学活动。

另外，征索画图的对象广泛，或尊或卑，不论出身，但有一艺之长者，便是其索取的对象。如表3-1所示，法式善所求画图者，有身份微贱者，如罗聘、朱鹤年等布衣之士，亦有贵宦公子如梦禅居士瑛宝，有朋辈友人如张问陶、马履泰等，亦有方外之士徐浣梧道人等，总之法式善征索"诗龛图"不限于身份地位，遍及朝野。这与法式善的个性不无关系，"生平以诗文为性命，士有一艺之长，无不被其容接"[3]，又"导掖新进，不遗余力"[4] 等等，其乐贤好士、奖掖后进的个性屡见于时人及后人的评述中。与此同时，法式善又多次表达其生平嗜爱画图的艺术趣尚："平生嗜图画，甚于慕富贵"[5]，且尝究画艺，"我弗能作画，而颇通画理"[6]。所以，法式善因爱才如命称名于时，"长安冠盖任纷纷，刻意怜才让此人。爱惜残编心不死，吹嘘寒士口如春"[7]；又因其颇通画理，画图一经其品题，身价

---

[1] （清）法式善：《索敬庵画诗龛图》，《存素堂诗初集录存》卷十八，湖北德安王塾刻，1807。

[2] （清）鲍桂星：《存素堂诗二集序》，湖北德安王塾刻，1812。

[3] 叶衍兰等：《清代学者象传合集》，上海古籍出版社1989年版，第246页。

[4] 袁行云：《清人诗集叙录》卷四十五，文化艺术出版社1994年版，第1567页。

[5] （清）法式善：《移居后乞同人作画》，《存素堂诗初集录存》卷八，湖北德安王塾刻，1807。

[6] （清）法式善：《访孙少迂铨孝廉茶话许作诗龛图赋诗先之》，《存素堂诗初集录存》卷八，湖北德安王塾刻，1807。

[7] （清）陈文述：《将出都门留别法梧门学士即题其四十九岁像》，《颐道堂集》诗外集卷三，嘉庆十二年（1807）刻本。

倍增,"朱门卖画顾秋柳(鹤庆),白屋吟诗娄夕阳(承沄)。经我品题身价重,旁人空羡束修羊"①,且诗后自注云:"顾子②工画,娄子工诗,皆困于长安。余为延举,二子得以成名。"所以四方之士仰慕其名,乐与之交,如"蒋仲和性僻,贵人求书画多不与之,每至诗龛,辄挥洒数十纸而后去"③。其与画家黄均的交往,堪称乾嘉文坛的一段佳话。

黄均(1775—1850),号穀原,香畴、墨华居士、墨华庵主,元和(今江苏苏州)人。"工画山水、花、竹,而于山水尤尽能事。接踵娄水,上攀宋元。居京师数载,巨卿名宿,无不倾赏"④,有《墨华庵吟稿》存世。按张培仁《静娱亭笔记》卷十一载:

> 黄穀原均,苏州元和人。家贫,性慧,工诗文,尤工于画,殆天授也。乾隆间,苏州织造某公爱其画,荐之入京,充内廷如意馆供奉。所进画极称上意,屡荷金绮之赐。每日膏大官盛馔,一日,复请假归,所携囊中金,旋即挥霍散尽。其妻忧之,叹曰:"有如此际遇,弃之归,诚可惜也!妾无望矣。"抑郁而死。穀原亦困甚,遂附粮艘,再游京师。

> 维时物换星移,无引之者,势不能再入内廷。有同乡蒋竹亭者,在如意馆效力,见其困甚,令其为代笔之友。镇日握管,日仅酒一壶,银五钱而已。有怜之者曰:"今日,诗人法梧门先生集名士于法源寺看花,君携画笔往,必有所遇。"穀原然其言,次日到寺,果晤诸名士。以所画呈阅,果邀鉴赏,一登龙门,声价十倍,由是润笔渐丰,衣履亦渐华美。⑤

黄均与法式善戏剧性的相识,颇耐人寻味,一是黄均落魄京师,

---

① (清)法式善:《病中杂忆》第65首,《存素堂诗二集》卷五,湖北德安王墉刻,1812。
② 顾鹤庆(1766—?),字子余,江苏丹徒(今镇江)人,工行草,著有《弢庵诗集》。
③ (清)法式善:《病中杂忆》第63首,《存素堂诗二集》卷五,湖北德安王墉刻,1812。
④ (清)冯桂芬:《同治苏州府志》艺术二,光绪九年(1883)刊本。
⑤ (清)张培仁:《黄穀原》,《静娱亭笔记》卷十一,清刻本。

生计维艰，苦于有才无时；一是法式善于京师常聚一时诗画名士宴饮雅集，且称盛一时，名震士林。因此，暂时不幸的黄均又是幸运的，经人指点，有机会于众名士前展露画艺，得遇伯乐，从此"一登龙门"，身价倍增。黄均的境遇变迁得益于法式善，如同顾鹤庆、娄承云等，均系于此，法式善"嘘枯吹生，尤好奖进"①，提携后进之名亦传唱士林。

客观而言，这种互动模式，达到了一种社交中的双赢效果，一方面，法式善因为画友群的扩大而逐渐扬名于时，并进一步确立自己于众学侣中的地位；另一方面，四方之士初来京师者，急需在京师立足，觅得立身扬名的时机，寻求进身之阶之际，法式善甘为人梯，为其搭建得与缙绅谋面的平台，于是很多人借此为自己在京城谋得了一席之地，有了可以跻身于主流文化阶层的机会。因此，法式善以不懈的努力，苦心经营，历时30年之久的"诗龛图"征索，助益了其在人才济济的乾嘉文坛谋得了与袁枚、翁方纲相比肩的文坛盟主的地位。

三 "诗龛启处勤延纳，远近投诗如梵夹"：征题《诗龛图》

在征绘《诗龛图》的同时，法式善开始于海内征索"诗龛图"题咏。如同征绘画图一般，法式善在征索"诗龛图"题咏时，依然秉持谦逊的态度，不但寻求各种时机向文坛前辈乞索题诗，也兼及朋辈友人，更有后辈才俊。尤其是前贤的题咏，更有助于提升法式善在乾嘉文坛的影响力。

为了更好地呈现法式善所征得的"诗龛图"题咏，本部分列简表如下，以期略见一斑（见表3-2）。

表3-2　　　　　　　　法式善征题《诗龛图》

题咏者	诗作	诗文集
袁枚（1716—1797）	《题时帆先生〈诗龛图〉》	法式善《诗龛声闻集续编·诗·第五》 按：该诗属于袁枚的佚诗

---

① （清）黄安涛：《时帆先生小传》，《真有益斋文编》卷八，道光刻本。

续表

题咏者	诗作	诗文集
赵翼（1727—1814）	《寄题法梧门祭酒〈诗龛图〉》	《瓯北集》卷三十九
钱大昕（1728—1804）	《题法时帆大司成〈诗龛图〉二首》	《潜研堂集·诗续集》卷八
纪昀（1724—1805）	《题法时帆祭酒〈诗龛图〉》	《纪文达公遗集·诗集》卷十二
王昶（1724—1806）	《题法庶子开文式善〈诗龛图〉》	《春融堂集》卷二十一
翁方纲（1733—1818）	《题秋史为梧门作〈诗龛图〉》	《复初斋诗集》卷四十五
	《又题梦禅子为梧门作〈诗龛图〉时帆适擢祭酒》	《复初斋诗集》卷四十六
赵怀玉（1747—1823）	《为伍尧祭酒法式善题黄司马易所写〈诗龛图〉》	《亦有生斋集·诗》卷十五
曾燠（1760—1831）	《寄题法梧门祭酒诗龛图》	《赏雨茅屋诗集》卷二
王芑孙（1755—1817）	《题法时帆员外〈诗龛图〉》	《渊雅堂全集·编年诗稿》卷十
沈初（1735—1799）	《题法时帆学士〈诗龛图〉》	《兰韵堂集·诗集》卷十一
赵文楷（1760—1808）	《题法时帆前辈〈诗龛图〉》	《石柏山房诗存》卷七
汪学金（1748—1804）	《为时帆题江秋史侍御所写〈诗龛图〉遗卷》	《静崖续稿》卷一
屠倬（1781—1828）	《校读梧门先生所辑朋旧及见录毕即题〈诗龛图〉后》	《是程堂集》卷十
陶澍（1779—1839）	《题法时帆前辈式善五家〈诗龛图〉》	《陶文毅公全集》卷五十五
舒位（1765—1816）	《庶子法梧门先生枉顾并索题〈诗龛图〉会脂车南下即此呈别》	《瓶水斋诗集》卷十
刘嗣绾（1762—1821）	《题法时帆先生〈诗龛图〉》	《尚䌹堂集·诗集》卷二十三
陈用光（1768—1835）	《题法梧门学士〈诗龛图〉》	《太乙舟诗集》卷二
刘锡五（1758—1816）	《题法时帆前辈〈诗龛图〉》	《借园吟稿》卷四

以上题咏之人，既有文坛前辈如袁枚、赵翼、翁方纲等人，亦有如赵怀玉、曾燠等朋辈友人，外如后学舒位、刘锡五、陈用光等，这些友人的题咏之作，对法式善均持赞美之词，也间接促成了法式善在乾嘉文坛地位的确立。其中，如袁枚《题时帆先生〈诗龛图〉》

有诗句云：

> 时帆先生诗中佛，偶学维摩营丈室。不供如来但供诗，纱笼锦字东西列。先生声望重鸡林，早动名流仰止心。得过骚坛吟绪论，胜朝南海见观音。诗龛启处勤延纳，远近投诗如梵夹。只恐难登选佛场，但求口授传衣法。当今太学蔚人文，难得经师却遇君。身拥皋比即莲座，树教桃李悟声闻。①

袁枚的题咏，主要肯定了法式善于京师以"诗龛"名其书斋，不为礼佛，而为寄托对诗歌的嗜好；又喜延纳四方才俊，广交善结，以至于远近以诗相投者众多，"诗龛启处勤延纳，远近投诗如梵夹"；尤其是袁枚对法式善"先生声望重鸡林，早动名流仰止心"的称颂，为法式善后来的扬名士林，主盟诗坛无疑起到了推波助澜的作用。又纪昀《题法时帆祭酒〈诗龛图〉》云："五经传博士，四术导诸生。讲席时逢暇，吟笺亦寄情。烟波澄一碧，心迹得双清。"②极称其博学多识，又心性淡泊。赵翼则将其与元朝文人贯云石、萨都剌、苏天爵等作比，认为"公才十倍此数人，已爆高名动寥廓"③，颂其文才远在元朝著名文人之上。得到前贤的肯定与称许，为法式善立足文坛倍增凭依，更是确立了其在后辈学侣中的声望。如张师诚的题诗《效太白体三首题请时帆老前辈大人诲正》，其一云："树帜骚坛迭唱酬，殷勤宏奖万篇收。汪洋但觉难为水，涓滴从来不择流。杜老平生多性癖，光芒千载定谁俦？"④即称颂法式善以"诗龛"为会归，宏奖风流，主盟诗坛。所以，法式善以征题

---

① （清）袁枚：《题时帆先生〈诗龛图〉》，（清）法式善：《诗龛声闻集续编·诗·第五》，国家图书馆善本图书。
② （清）纪昀：《题法时帆祭酒〈诗龛图〉》，《纪文达公遗集·诗集》卷十二《三十六亭诗》，嘉庆十七年（1812）刻本。
③ （清）赵翼：《寄题法梧门祭酒〈诗龛图〉君蒙古人》，《瓯北集》卷三十九，嘉庆十七年（1812）湛贻堂刻本。
④ （清）张师诚：《效太白体三首题请时帆老前辈大人诲正》，《〈诗龛图〉题咏》抄本，上海图书馆藏。

《诗龛图》为契机，逐渐扩大了诗龛的知名度，诚如韩是升所谓"久闻诗龛名，未踏诗龛径。今观《诗龛图》，乃识诗龛胜"，并进一步为法式善在文坛赢得了认同与影响力，这在一定程度上为其继袁枚之后诗坛盟主地位的确立搭建了有利的平台之一。

另如上海图书馆藏有《〈诗龛图〉题咏》抄本，扉页是孙星衍写的"诗龛图"三个篆体字，随后有曹锐的题识：

> 时帆先生属写《诗龛图》，诏余曰："诗龛者，余咏歌之地也。天地皆吾庐，何处就诗龛？若得逸情云上，足以极视听之娱，乃吾所愿。"久之无以应命。一日，读先生诗，有"爱我溪桥树万株"之句，欣然有会，遂成此图，不知有当先生之意否？乾隆壬子正月，友梅曹锐。

乾隆壬子，即乾隆五十七年（1792）。据此题识，原本应有曹锐所作的《诗龛图》。此卷题咏诗多作于乾隆五十七年（1792），是法式善早期收集的"《诗龛图》题咏诗"。

其收录的《诗龛图》题诗作者依次为：王芑孙与曹贞秀夫妇、韩是升、洪亮吉、刘锡五、王友亮、曹振镛、伊朝栋、蒋因培、汪如洋、余集、张问陶、蒋棠、赵怀玉、洪梧、韩崶、李如筠、张师诚、韩岩、佚名、徐嵩、郭麐、李传杰、涂以辀、谭光祥、陈崇本、谭光祜、汪瑞光、铁保、胡长龄、秦潮、汪廷珍、潘鹭、蒋莘以及法式善本人，每人一首，共三十五人，计三十五首。卷尾附吴锡麒之撰记。

此外，国家图书馆善本阅览室收藏有法式善编撰的《诗龛声闻集》，法式善在此书中收集了不少朋旧的题画诗，如其中《诗龛声闻集续编·诗·第五》收录题《诗龛图》的诗人有：袁枚、王鸣盛、钱大昕、徐如澍、蒋攸铦、马履泰、赵文楷、王文治、王埔、赵翼、曾燠、钱棨、初彭龄、吴树萱、张怀泗、柳迈祖、熊方受、顾宗泰、帅承瀛、谷际岐、刘锡五、谢振定、宋鸣琦、周兆基、王宁埠、吴烜、温汝适、朱文瀚、蒋祥墀、翁方纲、董诰、万承风、平远、韩是升、韩尉、韩岩、蒋棠、蒋莘、游光绎、陈文杰、阮元，共四十一位。

同时，法式善在专咏"诗龛图"的同时，也曾征咏过《梧门图》①《梅石心知图》②等，其范围虽不及《诗龛图》之广，亦足具影响力，共同促成法式善跻身文坛且主盟文坛的阶梯。

总之，清代文坛，为自己的诗、文、画作征索题咏及序跋文，是较为普遍的文人交往内容。尤其是初登文坛的后辈，问字求学于前贤师长，亟待得到文学前辈的认可，以提升自身于同辈学侣中的声望。法式善因利势变，以"诗龛图"为媒介，广征博索，最终达成了自己显声扬名的心理诉求。考察法式善征绘"诗龛图"、征索"诗龛图"题咏的对象，一是掌控着一定话语权的文坛前辈，他们往往出于"表达自我，积聚人气"的心理，即以博取奖掖后进的声誉且"颇助于增强被乞者自我认知的满足感与居高临下的优越感"，③往往对索乞者有求必应，乐此不疲；二是暂居仕途之外的身份低微者，这些非名人群体便借"诗龛图"以达成确证自我的留名心理，从而"品味一种准名人的自我弘扬"，④于是不甘寂寞的非名人群体，题咏行为便由被动转为主动。总之，凭借"诗龛图"所进行的文学活动，扩大了法式善在乾嘉文坛的知名度，并赢得了一定的影响力，成为其接力乾嘉诗坛盟主地位的重要阶梯。

第二节　法式善与"西涯雅集"

有关法式善在当时京师文学沙龙中的地位，严迪昌先生曾云：

乾隆时代，文学侍从和各类钦命特使以至督抚大臣等"文

---

① 据国图藏善本法式善《诗龛声闻集》载，题咏《梧门图》的诗人有：袁枚、王鸣盛、钱大昕、盛惇崇、戴衢亨、沈琨、茹棻、潘绍经、陈庆槐、韩调、王埔、董诰。
② 据国图藏善本法式善《诗龛声闻集》载，题咏《梅石心知图》的诗人有赵翼、王昶、王崇高、宋思仁、陆在元、郑晓、蒋业晋、潘弈隽、方城、蒋棠、谈炎衡、吴蔚光、方燮、蒋莘、蒋徵蔚、李保泰。
③ 杜桂萍：《袁骏〈霜哺篇〉与清初文学生态》，《文学评论》2010年第5期。
④ 杜桂萍：《袁骏〈霜哺篇〉与清初文学生态》，《文学评论》2010年第5期。

治"干才，不仅数量扩大，而且能量骤增。……乾嘉时期诗人别集中几乎都能发现这样一些"沙龙"式的活动处所：翁方纲的"小石帆亭""苏米斋"；王昶的"春融堂""兰泉书屋""蒲褐山房"；朱筠的"椒花吟舫"；阮元的"定香亭""揅经室""琅嬛仙馆"，而他在杭州创立的"诂经精舍"和在广州兴办的"学海堂"更称人才蓄养库；此外，毕沅的公署，曾燠的"邗上题襟馆"，同样是著名的雅集中心。不仅如此，八旗诗人中也开始涌现新一代的有凝聚力人物，如铁保、法式善等。他们和前期的岳端等朱邸诗群不同，已不只是在宾客幕僚中周旋，而且是深深地介入社会诗群，或者说是介入诗的社会，其中尤以法式善的"梧门书屋"和"诗龛"名声为大，交游遍及大江南北。[①]

不但指出法式善在京师文人雅集活动中的重要影响，而且点明其在京师以"诗龛"为名义，广交各方才士，提携寒俊，为其最终在乾嘉文坛的声名远播巧做宣传。事实上，法式善的确以书斋"诗龛"之名发出雅集邀请，这样的大型聚会共有7次，如表3-3所示。

表3-3　　　　　　　　法式善召集的"诗龛"聚会

次序	时间	主题	法式善诗文	与会文人诗文互动	参与人数及参与者
一次	乾隆五十六年（1791）	饮宴、观花	《七月四日邀同人饭于诗龛出西直门看荷花至极乐寺》（《存素堂诗初集录存》卷三）	何道生《法时帆招同许香岩封君兆桂洪稚存编修亮吉张水屋通判道渥李石农北部銮宣、吴季游明经方南游极乐寺看荷花，水屋作图纪之，分韵拈得游字》（《双藤书屋诗集》卷三）	6人：许兆桂、张道渥、李銮宣、何道生、吴方南、洪亮吉

---

① 严迪昌：《清诗史》，浙江古籍出版社2002年版，第657页。

第三章　法式善诗学活动考论　155

续表

次序	时间	主题	法式善诗文	与会文人诗文互动	参与人数及参与者
二次	乾隆五十六年（1791）	诗龛消寒	《长至前四日，招同人集诗龛消寒，罗两峰、曹友梅、张水屋各作一图率题》（《存素堂诗初集录存》卷三）	何道生《题寒林雅集图》（《双藤书屋诗集》卷四）王芑孙《诗龛会饮记》（《渊雅堂全集》之《惕甫未定稿》卷六）洪亮吉《寒林雅集图序》（《卷施阁文乙集》卷八）	13人：曹锐、张道渥、罗聘、王芑孙、王友亮、曹锡龄、刘锡五、李銮宣、伊秉绶、何道生、玉栋、吴方南、洪亮吉
三次	嘉庆五年（1800）	李东阳生日	《六月九日，李西涯诞辰，鲍雅堂、汪杏江、谢芗泉、赵味辛、张船山、周西麋宗杭集诗龛》（《存素堂诗初集录存》卷九）	赵怀玉《六月九日李西涯生日，同人集诗龛，分得秋字》（《亦有生斋集》诗卷十八）汪学金《六月初九为李西涯先生生日法时帆祭酒招同鲍雅堂郎中、谢芗泉侍御、赵味辛舍人、张船山检讨、周西麋明经集诗龛作礼分韵得意字》（《静厓诗稿》续稿卷一）	6人：鲍之钟、汪学金、谢振定、赵怀玉、张问陶、周宗杭
四次	嘉庆五年（1800）	诗龛消寒	《吴穀人、汪杏江、鲍雅堂、谢芗泉、赵味辛、张船山、姚春木集诗龛消寒，题〈新篁白石图〉分用唐宋金元人题图七古诗韵，余拈得元遗山题范宽〈秦川图〉》（《存素堂诗初集录存》卷十）	汪杏江（学金）《时帆属题诗龛〈新篁白石图〉，用韩昌黎桃园图韵》（《静厓诗稿》续稿卷二）赵怀玉《诗龛〈新篁白石图〉歌，用东坡书王定国所藏烟江叠嶂图韵》（《亦有生斋集》诗卷十八）	7人：吴锡麒、汪学金、鲍之钟、谢振定、赵怀玉、张船山、姚椿
五次	嘉庆六年（1801）	同人小聚	《春雪后，招同人小集诗龛，用韩旭亭和东坡韵》（《存素堂诗初集录存》卷十一）	—	—

续表

次序	时间	主题	法式善诗文	与会文人诗文互动	参与人数及参与者
六次	嘉庆十一年（1806）	游园后小饮诗龛	《陪刘金门侍郎、秦小岘京兆、陈伯恭太常、施琴泉学士、查小山郎中、吴兰雪博士、黄穀原山人积水潭看荷花，归憩海氏园，抵诗龛小饮》（《存素堂诗初集录存》卷二十四）	秦瀛（小岘）《由积水潭至诗龛小集，留赠时帆》（《小岘山人集》诗集卷十八）	7人：刘凤诰、秦瀛、陈太常、施琴泉、查小山、吴嵩梁、黄均
七次	嘉庆十五年（1810）	诗龛偶聚	《招均之、奂之小集，吴子野、辛春岩适至，即留长话，时病初愈》（《存素堂诗二集》卷四）		4人：汪均之、汪奂之、吴子野、辛春岩

以上聚会年代不定，不是每年都要举行，即便举行，具体时间也不固定，内容抑或消寒、消暑，或偶为之聚，主题亦不确定。因此，如果仅凭以上有限的"诗龛"聚会，就将法式善视为京师文人雅集绝对的东道主，实在有些牵强。因为当时聚集在京师的名著一时的文人如赵怀玉的"亦有生斋"、吴锡麒的"有正味斋"、洪亮吉的"卷施阁"等，都是当时文人聚会的主要场所，聚会的次数与人数亦不亚于法式善的"诗龛"集会，所以，法式善能于乾嘉文坛取得与袁枚、翁方纲相比肩的文艺沙龙盟主地位，除却以"诗龛"为名义的偶聚，还应得益于时间固定、主题明确的"西涯"之雅集。

一 详考"西涯"之所在

法式善召集的聚会实际上有两处，室内的为"诗龛"，室外的在"西涯"。所谓"西涯"，因位于明代大学士李东阳京师故居附近，所谓"西涯即今之积水潭,在李文正旧宅西,故名"①。时过境迁,当年的"西涯"到底位于何处,一时间众说纷纭,为此法式善特为撰文《西涯考》详考之:

> 至于西涯,则今之积水潭无疑。潭即水关,在诸河极西,林木丛郁,水石清幽,其先为法华庵,今建汇通祠,乾隆二十六年御题也。……余居距李公桥不数武,门外即杨柳湾,西涯则屡至其地,且尝集客赋诗、绘图纪事,然未考其始末。偶过苏斋,见《西涯图》,借留展玩,因详辨之,并补招诸君子赋诗焉。始知古人遗迹之近在目前者,向皆忽而过之也。②

文中,法式善仔细考辨诸家之说,最后得出所谓"西涯"即"积水潭",且与其所居邻近,是经常散步消遣或朋旧雅集之所在。正如前文所指出的,法式善入仕后的居处曾有过变迁:先是居于净业湖畔的杨柳湾松树街北,后于嘉庆四年(1799)秋八月,由松树街移居钟鼓楼街。而法式善考证李东阳故居的确切位置,即在钟鼓楼附近,如《西涯考》所谓:"余综诸说与地址印证,盖广福观(在今鼓楼斜街)之南,响闸(今之万宁桥澄清闸)之西,月桥(今之三座桥)之北,海潮寺之东,地名煤厂,文正故第当在是。"

翁方纲曾于嘉庆二年(1797)腊月作有《西涯图记》,对法式善的"诗龛"、李东阳的故居"西涯"所在地均有介绍:

> 今年秋,梧门司成为予言,所居距西涯不远,即今积水潭也。既而梧门撰《西涯考》。予因属江宁王春波为作图,大局以外城德胜门与内城北安门,定其章法,而西涯可识矣。西涯者,德胜门水关之内,法华寺之南,海子积水潭之西,今写丛竹于此。而所谓"三间矮屋一重楼",略得其概而已。其东则德胜

---

① (清)法式善:《西涯诗》,《存素堂诗初集录存》卷六,湖北德安王埔刻,1807。
② (清)法式善:《存素堂文集》卷一,扬州绩溪程邦瑞刻,1807。

桥，又东南则藜光桥，梧门云当是"李公桥"也。其北则稻田，其南则杨柳湾，其东则月桥，又北则银锭桥，又东则响闸桥，北安门外大桥也。又北为鼓楼，又北钟楼。月桥之西，则慈恩寺旧址，是为银锭桥之南湾，文正故居在焉。盖文正诞生于此，而积水潭之西涯，是其童子时所钓游，故以自号也。际稻田而北，屋宇隐隐，犹想像查初白、唐东江诸人唱咏处。而杨柳湾之旁，梧门"诗龛"在焉。……丁巳腊月朔记。①

从此文中，一是可推知法式善《西涯考》一文当作于翁方纲《西涯图记》之前，即嘉庆二年（1797）腊月朔日之前；二是可知"西涯"所在地与李东阳旧居、法式善现居为邻，所以法式善尝言其居与李东阳旧居邻近，"心悦李公诗，居近李公第"②（《诗龛》）；三是可知李东阳之号"西涯"的由来，乃因其幼时常于积水潭之西涯游玩，故取"西涯"为号。所以，所谓"西涯"之所在，即积水潭，既与法式善居处近邻，又在当日李东阳旧居附近。

二 以"西涯"为名的雅集活动

自法式善于嘉庆二年（1797）考证出"西涯"地址后，便于每年六月九日，李东阳生日之际召集文士雅集，以示纪念。为了更好地再现当日"西涯"聚会的盛况，试举例，列表3-4如下。

表3-4　　　　　　　　　法式善召集的"西涯"聚会

主题	时间	地点	法式善诗文	参与友人
与"西涯"有关的雅集活动	嘉庆二年（1797）	积水潭	《章石楼学濂、郭虚堂立诚两大令，邀同裘可亭行简比部，沈舫西昆水部、盛孟岩惇崇侍御、费西塘锡章农部积水潭看荷》（《存素堂诗初集录存》卷六）	章学濂、郭立诚、裘行简、沈昆、盛惇崇、费锡章

① （清）翁方纲：《复初斋文集》卷六，李彦章校刻本。
② （清）法式善：《存素堂诗初集录存》卷七，湖北德安王埅刻，1807。

续表

主题	时间	地点	法式善诗文	参与友人
与"西涯"有关的雅集活动	嘉庆三年（1798）	西涯旧址	《六月九日招同人集西涯旧址》（《存素堂诗初集录存》卷七）	翁方纲、铁保、梦禅居士、罗聘、庆亭
	嘉庆五年（1800）	诗龛	法式善有诗《六月九日，李西涯诞辰，鲍雅堂、汪杏江、谢芗泉、赵味辛、张船山、周西麋宗杭集诗龛》（《存素堂诗初集录存》卷九）	鲍之钟、汪学金、谢振定、赵怀玉、张问陶、周宗杭
	嘉庆七年（1802）	西涯墓址	《六月九日，同人拜西涯墓毕，饭于极乐寺，朱石君尚书后至》二首（《存素堂诗初集录存》卷十三）	朱珪
	嘉庆八年（1803）	李文正公墓址	《偕唐陶山、谢芗泉、杨蓉裳、吴山尊、何兰士、朱野云由极乐寺抵李文正公墓下作》（《存素堂诗初集录存》卷十六）	唐仲冕、谢振定、杨芳灿、吴蕣、何道生、朱鹤年
		西涯旧址	《西涯小集，饯陶山之任海州，兰士、野云即席作图，余为题后》（《存素堂诗初集录存》卷十六）	唐仲冕、何道生、朱鹤年
	嘉庆十一年（1806）	西涯旧址	《陪刘金门侍郎、秦小岘京兆、陈伯恭太常、施琴泉学士、查小山郎中、吴兰雪博士、黄榖原山人积水潭看荷花，归憩海氏园，抵诗龛小饮》（《存素堂诗初集录存》卷二十四）	刘凤诰、秦瀛、陈伯恭、施琴泉、查小山、吴嵩梁、黄均

"西涯"聚会，这种活动带来的直接影响是一时参与者甚众，成为法式善召集文人集会的固定主题，而反映在文学创作上就是一时间和诗众多，与法式善同时期的文人均有数量不等的关乎"西涯"的和诗。以嘉庆二年（1797）六月二十日法式善招同人于积水潭赏荷小聚为例，所得朋旧和诗有：赵怀玉《立秋后五日积水潭即事分得三字》，洪亮吉《二十日同人集积水潭看荷，分韵得光字》，戴璐《积水潭雅集分得电字赋二十韵，录请梧门先生》，宋鸣琦《丁巳立

秋后五日重游积水潭看荷，分赋得知字，录呈时帆先生》，金学莲《积水潭雅集分韵得又字三十韵，钞奉梧门祭酒先生》，马履泰《积水潭雅集分韵得里字，赋呈时帆前辈》，汪端光《时帆夫子邀同人游积水潭观荷，分韵得话字，学为全韵诗押卦韵六十八字》，甘立猷《丁巳立秋后五日，时帆先生招诸同人游积水潭，分赋得边字》，冯戬《同人宴集积水潭，即席分韵得波字，率成七古一首，录奉时帆祭酒》，戴殿泗《丁巳闰六月二十日，时帆夫子邀集积水潭观荷花有作》，戴殿泗《是日席上以马秋药比部所作七绝分韵得年字》，熊方受《嘉庆丁巳又六月廿日，时帆前辈邀石楼大令集积水潭，分得水字》，何道生《积水潭雅集分韵得住字，录请时帆先生》，笪立枢《积水潭雅集分得过字，录奉梧门祭酒》，戴尧垣《立秋后五日积水潭雅集分得画字，成二十四韵，录呈梧门夫子》，孔传薪《丁巳立秋后五日，积水潭雅集分得门字，成五言古诗一首，录呈梧门夫子》，沈琛《积水潭观荷分得来字，录奉时帆夫子》，石韫玉《积水潭观荷得身字》，谭光祜《章石楼京尹请时帆师招客积水潭观荷，冯百史手持王南亭百十三岁所书字扇，罗两峰于扇阴写南亭小像，各题以诗。时帆师以马秋药诗廿八字分韵，祐得翁字。是日，诸君子强余吹铁箫，酒酣各题余襟上，书画殆遍，真胜游也》，韩调《丁巳秋日，积水潭宴集，即席分韵得中字，录请大司成夫子》，曹锡龄《积水潭看荷花分得指字，录奉梧门先生》，伊秉绶《立秋后五日积水看荷花分韵得清字，拙句奉呈时帆先生》，吴景德《积水潭雅集分得潭字，录奉梧门祭酒》，章学濂《立秋后五日，与同人宴集积水潭分韵得始字，书呈时帆祭酒》，铁保《积水潭看荷花，近作咏呈时帆大宗匠作》等。[①]

　　以上法式善发起的与"西涯"有关的雅集，聚会地点并不固定，或西涯旧址、或西涯墓址，或是聚于"诗龛"，然而时间上却主要以"六月九日"，即李东阳的生辰之日为主，话题也都与李东

[①] 以上列举朋旧和诗，亦见存于《诗龛声闻集续编·诗·第五》，排列次序依据《诗龛声闻集》抄录顺序。

阳有关，借此也传达着法式善对李东阳的仰慕之情。而在"西涯"雅集诗酒唱和的同时，法式善又四方征索西涯图，并征求西涯题图诗。

三 征绘、征题《西涯图》

如同征绘、征题《诗龛图》一般，法式善曾请人绘写《西涯图》，并征索题咏。其征索的范围及影响虽不及"诗龛图"，但也是法式善精心构建的文学活动，对其文坛地位的达成也起到了一定作用。如法式善《梧门诗话》卷十三第35则云：

> 钱塘陈曼生鸿寿盘盘大才，具兼人之禀。精小学，善古文，尤精书画篆刻，落笔奏刀，得者珍为拱璧。与荔峰、云伯为族兄弟。诗清微孤峭，与云伯迥异，而名相埒。以拔贡得官县令，是又一杨蓉裳矣。尝为余题《移竹图》，云："种竹胜种花，花谢竹尚香。种竹胜种树，树短竹已长。江南好烟水，土润宜苍筤。自踏东华尘，秋梦迟南塘。残暑未全退，茶瓜开虚堂。展此秋一幅，未雨心先凉。似闻西涯西，古寺颓斜阳。茶陵栽竹地，至今盛篑筜。主人抱仙骨，诗笔如修篁。爱竹等爱诗，微波吟潇湘。移此碧鸾尾，玉立森成行。潇洒杜陵仆，不压畚锸忙。浇以玉泉水，枝枝摇青苍。新箨迸藓砌，细雨铺琴床。暮影上雪壁，晨气清风廊。映带万芙蓉，瘦骨立奇疆。不羡绿天绿，无复黄尘黄。有时诗心闲，幽韵敲琳琅。颇似辋川馆，清吟和裴王。佳儿与快婿，一一青凤皇。竿头励直节，云路骖翱翔。题诗刻苍玉，寸心志不忘。画手古石田，先生今东阳。"朴属微至，面面俱到，题者甚多，推此为最。①

又《梧门诗话》卷十四第8则载：

---

① （清）法式善：《梧门诗话》，载张寅彭、强迪艺《梧门诗话合校》，凤凰出版社2005年版，第384、385页。

余旧宅在松树街，鼓楼响闸，近在尺咫。以《西涯集》考之，知近文正故居。又于畏吾村访得文正墓，自谓前生有香火缘。夫文正在朝之日，穆御好游，奄竖窃柄，若非善于调护，国事将不可问，逶迤迟回，有不得已者。海宁陈仲鱼孝廉鳣为余题文正画像七古一章，中云："刘希贤、谢于乔，一归洛下一余姚。若使当日竟同去，后来遇事谁争朝。"持论可称平允。仲渔通经史小学，举嘉庆元年孝廉方正。[①]

以上，法式善记述陈鸿寿为题《移竹图》以及曾请陈鳣题文正画像。事实上，于当时朋旧中广泛征索题诗已然成为一种文学习惯，而法式善因此也得到了大量关于《西涯图》的题诗，如《诗龛声闻集续编·诗·第五》中收录的有：

平恕《西涯诗为梧门大司成赋》，陈崇本《时帆先生所居在李广桥西偏，既订西涯为今之积水潭，而李广桥实李公桥之讹，因绘〈西涯图〉，并摹文正像于卷首属题》，汪廷珍《题西涯图》，陈崇本《时帆先生属题〈西涯图〉，复次韵见贻奉答》，翁方纲《梧门所作〈西涯图〉三诗》，沈琨《题西涯卷子》，李尧栋《梧门先生命题西涯图即用怀麓堂集中重经西涯诗韵叠成四首》，刘大观《题时帆先生西涯诗卷》，蒋攸铦《时帆前辈既正李公桥为茶陵故宅，复绘西涯卷子，诗龛又多一佳话矣，率成三律》，冯培《奉和梧门先生大司成西涯诗》，戴殿泗《丁巳冬月，梧门夫子示西涯诗三章，适读〈穆堂初稿〉有〈李西涯论〉，大为文正阐发苦心，因仿其意，作长歌一首奉呈，义指当否祈是正之》，翁方纲《西涯诗同梧门祭酒作》，盛本《奉和祭酒夫子西涯诗》，郑似锦《奉和祭酒夫子西涯诗》，缪霖《奉和祭酒夫子西涯诗》，赵怀玉《西涯诗为梧门先生同年作》，何易《祭酒师示西涯诗敬赋》，熊方受《时帆前辈以〈西涯图〉命题》，冯宬《大司成梧门先生见示西涯诗，敬赋二律》，秦琦《西涯

[①] （清）法式善：《梧门诗话》，载张寅彭、强迪艺《梧门诗话合校》，凤凰出版社2005年版，第395、396页。

诗呈司成夫子》，秦瀛《西涯诗为时帆大司成作》，周春溶《和题西涯之作》，王绮书《西涯诗应司成夫子命》，查有圻《法时帆先生西涯诗》，史炳《时帆先生属和西涯诗，勉成二章应命》，刘大观《戊午仲夏二十九日，奉和时帆先生西涯诗》等。①

需要指出的是，法式善之所以如此倾心于"西涯"故地，执着于"西涯"雅集，还与其对李东阳的仰慕有着直接关系："前身我是李宾之，立马斜阳日赋诗。"②法式善因仰慕李东阳而进行了一系列纪念活动。这部分内容将在第六章李东阳论第三节集中阐释，此处不再展开。

综上所述，乾嘉诗坛，法式善以"西涯""诗龛"为名展开的一系列文学活动，既为法式善赢得了诗坛地位，也是对当时文坛的一种贡献；围绕"诗龛图""西涯图"而展开的征绘与题咏活动，一定程度上提高了法式善在当时诗坛的声望，同时也为大批文人画家提供了创作的素材和扬名的契机。

第三节 诗话编选与法式善诗坛地位之确立

除却绘、题"诗龛图"及组织"西涯雅集"等文学活动外，编选诗话也一定程度上提升了法式善在诗坛的知名度。如果说参与绘、题"诗龛图"的多是知名士人，参与"诗龛""西涯雅集"活动的多是聚集在京师的官宦之人，那么编选诗话，法式善则将关注视角更多地投注在普通官吏、寻常布衣、闺阁之人身上，于是参与其主持的文学活动的受众群体愈加扩大，相应地，法式善在当时的影响力与知名度也悄然上升。

---

① 法式善与朋旧雅集时往往作诗助兴，雅集之后，又有请人和诗的爱好。故以上列举朋旧们的和诗，或是雅集之时所作，或是雅集之后所作，写作时间稍有差异，其唱和内容相似。

② （清）法式善：《题白石翁移竹图后》，《存素堂诗初集录存》卷十一，湖北德安王埔刻，1807。

一　诗话的编选时间考

对法式善《梧门诗话》与《八旗诗话》编选时间问题的揭示，有助于我们全面梳理、解读法式善的著作，探讨其诗学观念，然今存相关其编选时间问题的文献却有疑点，主要集中在《八旗诗话》编选的开始时间上，本节试就此予以考证。

其一，《梧门诗话》前后共十六卷，评诗条目凡898则，其中就《梧门诗话》收录诗人年代而言，始自康熙五十六年（1717）以后，终至嘉庆朝，时间跨度上历时康熙、雍正、乾隆、嘉庆四个朝代90余年；从编选的时间来看，关于《梧门诗话》编选的起讫时限，检阅法式善及乾嘉时期的相关文献，迄今为止最早有关法式善作《梧门诗话》的记载是乾隆五十六年（1791），法式善有《作诗话属同人广为采录》[①]一诗，据此推断，法式善编选《梧门诗话》的开始时间最晚当限于此年。另有关《梧门诗话》编选截止时间，按《梧门诗话》卷五第22则收录有"长洲吴玉松云，庚戌进士，癸丑选庶常……玉松令嗣霭人信中，戊辰中殿试第一人"，所录吴信中（1772—1827），字阅甫，号霭人，即吴云之子。而吴信中却为嘉庆戊辰科状元[②]，即嘉庆十三年（1808）。以此可知《梧门诗话》于嘉庆十三年（1808）还在编选之中，《梧门诗话》完稿当在此后。又法式善嘉庆十八年（1813）《十七日生日感怀》诗其二云：

> 年谱我自作，序之尚无人。世载赠答言，积累如束薪。（朋旧赠答及题跋诗文多至八十余卷，名《声闻集》）。《朋旧及见录》，百卷留综甄。（《朋旧及见录》现定百卷，尚须增删）。读书备遗忘，掌记日铺陈。稿付辛敬甫，捆载西江滨。（《读书备遗录》四十卷，辛敬甫携往江西谋梓）。《诗话》十巨帙，屠侯剞劂新。全书尚未寄，时望南鸿臻。（《诗话》十本，屠琴坞携

[①]　（清）法式善：《存素堂诗初集录存》卷三，湖北德安王墉刻，1807。
[②]　朱保炯：《明清进士题名碑录索引》，上海古籍出版社1980年版，第2764页。

往仪征，言已校刻，尚未刷印）。①

可知，《梧门诗话》十本已经编订完成，由屠琴坞携往仪征校刻，待刷印刊行。因为法式善的生日是正月十七日，嘉庆十八年（1813）法式善61岁，年逾花甲的老翁于生日之际追忆过往，尤其是对自己平生创作情况做一总结，当在情理之中。据此推知，《梧门诗话》于嘉庆十八年（1813）法式善生日之前已经定稿。又嘉庆年间法式善的生前友人郭麐在《灵芬馆诗话·续》中称："梧门先生法式善风流宏奖，一时有龙门之目。……先生诗集闻已付梓，穷居辽隔，亦未得见。有《诗话》十余册，交屠太史琴坞为之校勘，亦未果。终当与琴坞共成此事，庶报知己于万一耳。"② 此段资料恰好与法式善诗文相印证。因此，可以约略得出法式善《梧门诗话》编订的时间范围：至迟始自乾隆五十六年（1791），定稿于嘉庆十八年（1813）生日之前，可见《梧门诗话》历时20多年，直至法式善去世前夕方告竣，可谓倾注其近半生心血的一部著作。

其二，《八旗诗话》一卷，评诗条目249则，论及清初至乾隆年间八旗文人252位。关于《八旗诗话》编选的开始时间，据国家图书馆藏稿本《八旗诗话》卷末所附法式善题识："戊戌六月集《八旗诗话》，编入《朋旧及见录》内。今已各处采增数百家，尚未集齐，俟有八旗女仕，一并采入。"若按此推断，法式善《八旗诗话》的编选时间当开始于乾隆四十三年，即1778年。③ 然而，经仔细爬梳法式善的年谱、诗文集内容及同时期相关文人的诗文集资料发现，《八旗诗话》的创作开始年代始自乾隆四十三年（1778）的说法存在诸多疑点，有可商之处。

---

① （清）法式善：《存素堂诗续集录存》卷九，杭州阮元刻，1816。
② （清）郭麐：《灵芬馆全集》，嘉庆二十三年（1818）增修本。
③ 当下较为权威的有关清诗话目录的著作有张寅彭先生的《新订清人诗学书目》和蒋寅先生的《清诗话考》，两部力作均认为该稿本题识的时间——所谓"戊戌六月"，当指乾隆四十三年（1778），进而认为（清）法式善《八旗诗话》的编选时间当开始于乾隆四十三年，即1778年。《新订清人诗学书目》，上海古籍出版社2003年版。《清诗话考》，中华书局2007年版。

一是从法式善的经历来看，乾隆四十三年（1778），26 岁的法式善尚在读书，其参加科举考试是在乾隆四十四年（1779）27 岁的乡试和乾隆四十五年（1780）28 岁的会试。按阮元《梧门先生年谱》载："乾隆四十三年戊戌，二十六岁，读书德仁圃宅；乾隆四十四年己亥，二十七岁……乡试中式九十五名"，又"乾隆四十五年庚子，二十八岁，与甲午举人、后官知府德英读书智化寺。会试中式九十五名"，在 26 岁至 28 岁期间，法式善的精力基本上都投入在埋首读书，为迎接乡试、会试而紧张地备考状态中，应该无暇去筹划或考虑编选《八旗诗话》；同时，法式善当时尚未中举，编选《八旗诗话》的想法即便有，但是其当时一没政治身份，二没广泛的交游群体，这些都使得编选之举没有条件付诸实施，至少在当时很难实现，所以"戊戌六月集《八旗诗话》"之说，不足信。

二是从法式善的著作内容来看，存在资料前后矛盾之说。据《八旗诗话》第 136 则王以中的小传后，有"余尝采其佳句入《诗话》中"[①]的文字；又第 175 则博明的小传后，录有"余采诗话，载其壬午典试粤东咏古四诗，略见一斑而已"[②] 一段文字。需要指出的是，这里所说的"诗话"，当是指他编选的《梧门诗话》；且就《八旗诗话》中提到的博明"咏古四诗"，在《梧门诗话》中果有收录，如卷九第 29 则载："晰斋观察博明亡后，诗多散佚，余访之而未得也。《清绮集》中载观察丙子主广东试，于定远驿壁间题《庐阳竹枝词》四首，情韵俱佳。《周瑜》云：'小乔初嫁正风流，绣袴纶巾冠列侯。一曲红牙三爵后，元戎帐上几回头。'《张辽》云：'将军飞骑过山溪，无数村儿尽不啼。桥上晓风桥下水，蜀山秋草接云齐。'《曹植》云：'八斗才名纪异材，终焉于此亦堪哀。洛川西望盈盈水，罗袜月明波上来。'《焦仲卿妻》云：'南来孔雀喜双翔，白马青庐积

[①] （清）法式善：《八旗诗话》，载张寅彭、强迪艺《梧门诗话合校》，凤凰出版社 2005 年版，第 502 页。

[②] （清）法式善：《八旗诗话》，载张寅彭、强迪艺《梧门诗话合校》，凤凰出版社 2005 年版，第 512 页。

恨长。千载人行梧柏路，五更啼断两鸳鸯。'"① 于是得出如下结论，一是《八旗诗话》中所提到的"诗话"，即是《梧门诗话》；二是《梧门诗话》的编订时间早于《八旗诗话》的编订时间，即《八旗诗话》的编选时间在《梧门诗话》之后。而据前文可知，法式善《梧门诗话》编选的年代最迟当始于乾隆五十六年（1791）。因此，法式善《八旗诗话》的编选时间至早当在乾隆五十六年，即1791年，《梧门诗话》编订开始以后。这与《八旗诗话》卷末题识"戊戌六月集《八旗诗话》"之说不符。

三是从《诗话》编选的取材方式而言，多与编者的广泛交游有关，蒋寅先生曾指出："诗话作为一种'资闲谈'的文体，内容多源于作者的闻见，除了部分书本知识和尚友古人的体会外，主要取材于交游所得的第一手资料。"② 法式善的交游经历，主要始于乾隆四十五年（1780）进士及第以后。法式善曾于《存素堂诗集序》中云："余十二岁时即喜为诗，秘不敢使塾师知。十六肄业宫学，所作渐多，然亦无稿。其存者，皆吾友常月阡所录，月阡死，其稿亦亡。乾隆四十五年入词馆，专作应制体。厥后提调书局，暨侍直讲筵，交游渐广，酬答遂多。癸丑岁，检箧中已得三千余首。程兰翘同年、王惕甫孝廉为甄综之，汇钞两巨册，以寄袁简斋前辈。"以上，可知法式善真正意义上的交友广泛当始于中进士之后，随着仕途经历的丰富，才有了"交游渐广，酬答遂多"之说。以此推断，就算法式善有作《梧门诗话》之念，也当在乾隆四十五年（1780）中进士后，才有广泛的交游群体，才具备编选《诗话》的条件之一——交游。所以，即便法式善最早编选《梧门诗话》的时间提前到乾隆四十五年（1780），《八旗诗话》也还在《梧门诗话》之后，即乾隆四十五年（1780年）之后。

四是从法式善有关八旗诗人的诗作年代来看，也与乾隆四十三

---

① （清）法式善：《梧门诗话》，载张寅彭、强迪艺《梧门诗话合校》，凤凰出版社2005年版，第282页。

② 蒋寅：《清诗话的写作方式及社会功能》，《文学评论》2007年第1期。

年（1778）之说有出入。据国家图书馆稿本《八旗诗话》前有小诗毫（即汪之选，法式善一号诗毫，汪氏慕而小之）识语，略云："详考法氏著述，《八旗诗话》未见著录，尤为秘笈。是书殆成于公奉纂《颂雅集》时也。更可宝什之。"又张寅彭先生于《梧门诗话合校》例言中曾指出："法式善尚有《八旗诗话》一种，亦为未刊稿本。此系法氏编纂《熙朝雅颂集》时所作，颇涉满族诗人轶事，虽录入人数不及《雅颂集》，然较《雅颂集》各家小传为详。"① 以上，均揭示出《八旗诗话》的编选与法式善曾参与编纂《熙朝雅颂集》有着密不可分的关系。而前文曾指出《熙朝雅颂集》的编纂，始自嘉庆六年（1801），告竣于嘉庆九年（1804），所以推知法式善在奉纂八旗诗歌总集之际，也完成了《八旗诗话》的编选工作。而这也是有理由相信的：一方面，法式善素爱作诗②，面对如此丰富的诗篇，自然会有所感悟，遂而评骘，当是情理之中；另一方面，法式善在奉校八旗诗人总集期间，因有所感悟，于嘉庆七年（1802）成组诗五十首③，又于嘉庆九年（1804）有两首关于《熙朝雅颂集》的诗篇（在前文已经说过）问世，可见法式善在奉纂八旗人诗歌总集的过程中，自己也受其启发，屡有作品收获。因此，亦可以进一步推断，法式善编选《八旗诗话》的开始时间最有可能在乾隆五十六年（1791）之后，即开始编选《熙朝雅颂集》的嘉庆六年（1801）之后，而在《熙朝雅颂集》告竣前后完稿，即结束于嘉庆九年（1804）前后。

由以上梳理可知，《八旗诗话》卷末题识不足信。最有可能的解释是"戊戌六月"本自应该是"壬戌六月"的误题，即推断《八旗诗话》的成书时代当在嘉庆壬戌，即1802年左右。尽管目前尚未有直接的证据表明《八旗诗话》始创的具体时代，然不管怎样，《八

---

① 张寅彭、强迪艺：《梧门诗话合校》例言五，凤凰出版社2005年版，第26页。
② （清）法式善：《存素堂诗序》曾云："余自十二岁即喜为诗"，《存素堂诗初集录存》卷首，湖北德安王埔刻，1807。
③ （清）法式善：《奉校八旗诗人诗集，意有所属，辄为题咏不专论诗也，得诗五十首》，《存素堂诗初集录存》卷十四，湖北德安王埔刻，1807。

旗诗话》卷末题识已经不能作为该诗话开始编选时间的依据。

检阅乾嘉时期的诗人著述，诗话之作层出不穷，蔚为大观，置身其间，法式善诗话之作究竟有何特色，能佐助其达成诗坛立身扬名的内在诉求？

二 《梧门诗话》"搜才路广、揖客途宽"①

说其广，主要是就其收录诗人的地域而言，兼指其收录诗人的身份、性别、民族；说其宽，主要指其收录诗人不限于门户之见，兼收众长。

其一，《梧门诗话》征选诗人、诗作，如同征绘、征题《诗龛图》与《西涯图》一般，不限地域，遍及南北，使得《梧门诗话》终以编选地域之广而闻名。这也是其编订的初衷，如《〈梧门诗话〉例言》所云：

> 即今作者递变，指归不一，而是编则第录康熙五十六年以后之人，其胜朝遗民、开国硕彦已见于昔贤著录者，概不重出，以免沓复之嫌。国朝前辈如王渔洋、朱竹垞，皆著有诗话，宏奖风流，网罗殊富，然于边省诗人采录较少，近日袁简斋太史著《随园诗话》，虽搜考极博，而地限南北，终亦未能赅备。余近年从北中故家大族寻求于残瓿破箧中者，率皆吉光片羽，故是编于边省人所录较宽，亦以见景运熙隆，人才之日盛有如此也。②

此文收录在嘉庆十二年（1807）扬州绩溪程邦瑞刻本中，因此《〈梧门诗话〉例言》之作至迟当在是年（1807）。当时《梧门诗话》还在编选过程中，法式善便明确了选录诗人、诗作的初衷与愿

---

① （清）陈文述：《汪月樵小诗龛续刻同人诗叙》，《颐道堂集》文钞卷一，嘉庆十二年（1807）刻道光增修本。

② （清）法式善：《存素堂文集》卷四，扬州绩溪程邦瑞刻，1812。

景。其以前贤王士禛《渔洋诗话》、朱彝尊《静志居诗话》及前辈袁枚《随园诗话》作比，指出王士禛、朱彝尊虽存广取博收之念，然以所录边省之作偏少为憾；《随园诗话》虽曰"搜考极博"，然限于地域南北，未免言过其实，因此法式善是编则"边省人所录较宽"，努力实现其"搜考极博"之标榜。客观而言，检视法式善《梧门诗话》历时20余年，收录了1200余位诗人，从其中籍贯可考者500多人考察，按各地域诗人多寡排序，依次为江苏188人、浙江111人、奉天62人（其中包括八旗诗人47人）、安徽49人、江西20人、福建19人、山东16人、山西13人、四川13人、直隶11人、河南10人、云南8人、陕西11人、湖北7人、广东7人、湖南5人、贵州4人、广西3人、甘肃1人。以上收录范围涉及18个省和1个将军辖区（奉天府），在行政区划上几乎遍及全国，足可与袁枚《随园诗话》所录"十三、十四省"之众相较量，可见法式善广取博收并非虚言。

  法式善的采诗经历与袁枚等人的诗话编选又有所不同，因其一生仕宦经历绝少离开京师，不可能像袁枚等人于游历南北之际访友录诗。如袁枚曾言："余每下余杭，必采诗归，以壮行色；性之所耽，老而愈笃。"[①] 游历端州时，亦不忘采诗："恰喜文星聚一时，彭、杨个个树旌旗。足酬太史东来意，不采珍珠只采诗。"[②] 也因其到访，地方人也主动献诗："余在杭州，杭人知作诗话，争以诗来，求摘句者，无虑百首"[③]，又"余游武夷，过浦城，遇钮明府之弟阆圃，有诗三册求阅"，等等。这样的采诗经历是法式善所没有的，所以其大量诗作选录（主要指京师以外的诗人）的唯一途径便是恳请朋旧代为采录，其难度可想而知。在这种情况下，法式善还是收录到了甘肃、广西、贵州等边省的诗人诗作，实属难得。同时选录诗人遍布多个省份，也从一个侧面反映出乾嘉时期"景运熙隆，人才

---

① （清）袁枚：《随园诗话》补遗卷四，王英志批注，凤凰出版社2009年版，第367页。
② （清）袁枚：《端州纪事诗》，《小仓山房诗集》卷三十，载王英志主编《袁枚全集》第一册，江苏古籍出版社1993年版，第689页。
③ （清）袁枚：《随园诗话》卷六，王英志批注，凤凰出版社2009年版，第103页。

之日盛"的局面。

同时，除编选地域范围之广外，《梧门诗话》在编选诗人的身份、性别、民族上，亦力求有所突破。就选录诗人的身份而言，法式善《〈梧门诗话〉例言》指出：

> 诗话虽属论诗，然与选诗有别。余于先辈名集虽甚心折，无所辩证，概从割爱。至于寒俊遗才，声誉不彰，孤芳自赏，零珠碎璧，偶布人间，若不亟为录存，则声沉响绝，几于飘风好音之过耳矣。故所录特伙。①

因此，《梧门诗话》所录诗人中，既有英廉、裘曰修、曹文植、翁方纲这样身居高位的台阁重臣，也有袁枚、洪亮吉等领袖诗坛的风云人物。然数量更多的却是出身贫寒、位居下僚、其名不彰的诗人，这些人中的绝大多数是县令一类的中下级地方官吏以及诸生、布衣、僧人，如卷二第24则："释野蚕一名梦绿，又称老野。貌寝，眇一目，江南颍州人，祝发河南相国寺。"卷二第26则："江南有胡丐者，乞食肆中，暇则吟啸，人亦不解其云何。死之日，题诗于壁。"卷五第6则："吴布衣云岚世基，元和人。"卷五第26则："朱雅山布衣钟，字子春，笮浦人。屏迹海上，不与俗接，三旬九食，未尝乞怜于人。"或僧人，或乞丐，或布衣，都是《梧门诗话》选诗的对象，诚如其所谓"寒俊遗才""所录甚夥"。

就选录诗人的性别而言，不单收录男性诗人，女性诗人的诗作也是《梧门诗话》的关注对象，这虽不是法式善的独创，当时如袁枚《随园诗话》、洪亮吉《北江诗话》中亦多选有女性诗人，然就选录数量而言，均不敌法式善的《梧门诗话》。检阅《梧门诗话》，法式善用了第十四、十五两卷的篇幅选录了一百余位女性诗人的诗作，其选录诗人诗作就数量而言远超越了袁枚《随园诗话》②。法式

---

① （清）法式善：《存素堂文集》卷三，扬州绩溪程邦瑞刻，1812。
② 陈少松：《评法式善〈梧门诗话〉》，《南京师大学报》（社会科学版）1999年第5期。

善认为"本朝闺秀之盛,前代不及"①,遂在《梧门诗话》中毫不掩饰对那些名媛才女的热情颂扬与肯定。如评王采薇《长离阁诗集》"幽香冷艳,合长吉、飞卿为一手,真闺阁奇才也"(卷十五第 6 则),评沈蕙孙《翡翠楼集》"识高才俊,一空凡艳"(卷十五第 18 则),评陈雪兰"闺中王孟,不虚也"(卷十六第 18 则),又称"山右闺秀推阳曲张氏一门最盛,学雅姊妹七人皆工吟咏"(卷十五第 14 则),等等,不一而足。这与当时一些学者对女性问题的保守态度是背道而驰的,如著名学者章学诚就曾批评袁枚教习女弟子:"近有无耻妄人,以风流自命,蛊惑士女""大江以南,名门大家闺阁,多为所诱。征刻诗稿,标榜声名,无复男女之嫌""此等闺娃,妇学不修,岂有真才可取?而为邪人播弄,浸成风俗,人心世道,大可忧也"(《丁巳札记》)。所以,法式善与袁枚遥相应和,如此大张旗鼓地收录女性诗人,表彰她们的才学与创作,肯定她们的诗学活动,"这无疑是他思想解放的重要表现,是继袁枚之后对封建卫道者的有力回击,从而为从精神上解放妇女、促进清代女性诗歌的创作与流播起到了积极的作用"②。

此外,就选录诗人的民族而言,法式善的《八旗诗话》,专门收录了自清初至乾隆时期的八旗诗人 252 位,其中蒙古八旗 8 人,③汉军八旗 85 人,其余为满洲八旗。这个数字,远远超越了当时各家诗话中所收录的少数民族诗人的总数,这也是法式善编选诗话的突破所在。

其二,《梧门诗话》在选录诗人诗作上能够广采博收,不限于门户之见,使其征选诗人诗作颇为广泛。这既是法式善的选诗标准,也是其诗学主张的一种表现。法式善曾于《〈梧门诗话〉例言》中

---

① (清)法式善:《梧门诗话》卷十六,载张寅彭、强迪艺《梧门诗话合校》,凤凰出版社 2005 年版,第 461 页。

② 陈少松:《评法式善〈梧门诗话〉》,《南京师大学报》(社会科学版)1999 年第 5 期。

③ 其一,《八旗诗话》第 175 则记博明为满洲人。今据白·特木尔巴根《古代蒙古作家汉文创作考》考定博明当为蒙古八旗,此系《八旗诗话》误录。白·特木尔巴根:《古代蒙古作家汉文创作考》,内蒙古教育出版社 2002 年版。其二,据恩华《八旗艺文编目》、盛昱《八旗文经》等考订,清代蒙古八旗汉文作家数量上确实不如满洲八旗、汉军八旗,故而收录人数也有限。

明确了其创作的动机源于作者遭逢盛世，有感于"国朝教泽涵濡，诗学之隆，超轶前古"的景运熙隆，特此彰显"百数十年来名人志士项背相望"人才日盛的盛况，遂而编录诗话，一方面使"词苑菁英、骚坛遗轶"能得以流传；另一方面使得流布世间的"零珠碎璧"不至于"声沉响绝"，这是法式善《梧门诗话》创作的初衷，也是其选编的依据。同时，法式善于《〈梧门诗话〉例言》中也表明了其评诗的原则是坚持"读书论古，要当别有会心，乃不为前人眼光罩定"的客观精神，即不为时论所囿，不盲从一家之言，要别有会心，均以诗相发明，《〈梧门诗话〉例言》又强调"是编于诸家不过品题风格，考证遗文而已"，故所选诗篇无关教化，亦无须谈论实事，旨在品题风格、考证遗文。《梧门诗话》收录的诗人诗作，其中不乏以王士禛为代表的神韵派、以吴伟业为代表的娄东派、以沈德潜为代表的格调派、以厉鹗为代表的浙西派、以袁枚为代表的性灵派和以翁方纲为代表的肌理派，还有许多不属于以上诗派的诗人。法式善对以上诗派均有收录，且采取"要无苛论，亦不阿好"的批评态度，绝不厚此薄彼。所以"是编或纪其人，或纪其事，皆与诗相发明，间出数语评骘，亦第就一时领悟所到，随笔书之，未必精当"，这是其贯穿始终的品评原则，值得肯定。

其三，诗话选诗的当代性。清代诗学繁荣，诗话创作宏富。蒋寅先生《清诗话考》考察清代诗话今存977[①]种之多。就其选诗年代而言：一为古今杂陈，一为选诗于当下。其中，诗话选诗上注重古今杂陈的居多。如乾嘉时期影响最大的袁枚的《随园诗话》，编选诗人古今杂陈，或唐、或宋均有涉猎，兼选当代诗人。翁方纲的《石洲诗话》、洪亮吉的《北江诗话》、舒位的《瓶水斋诗话》均是如此。与之相对的是选录当代的诗话，如王昶的《蒲褐山房诗话》上下两卷，"起于康熙末年，迄至嘉庆初年"[②]，共得作者409[③]人，

[①] 蒋寅：《〈清诗话考〉序》，载《清诗话考》，中华书局2007年版，第5页。
[②] 张寅彭：《新订清人诗学书目》，上海古籍出版社2003年版，第62页。
[③] （清）王昶：《蒲褐山房诗话新编》，齐鲁书社1988年版。

"庶几可窥乾隆一代诗人之大概"①。吴嵩梁的《石溪舫诗话》二卷，收录诗人多为与其"相交结者"②，共录诗人 101③ 位；许嗣云《芷江诗话》八卷，收录乾、嘉年间诗人 308④ 位之多。而法式善的《梧门诗话》收录了千余位诗人，籍贯可考者达 500 多人，就其收录数量而言，在同时期此类诗话中也是佼佼者。

法式善倾注近半生的时间来编选《梧门诗话》，求诸友朋助其采诗各地，最终使其诗话之作在征采地域之广，收录布衣诗人、女性诗人、八旗诗人的数目之多，以及征诗范围之宽、选诗的当代性方面都别具特色。事实上，法式善采诗的路途有多远，其声名流传就有多远；其采诗的群体范围有多广，其影响就有多广。正所谓"祭酒当年有盛名，一编诗话集群英。尽多湖海流传句，兼有承平雅颂声"⑤。

三 诗话的记录和传播功能⑥

蒋寅先生曾指出："在大众传媒阙如的前报刊时代，能够传播（即今所谓发表）单篇作品的载体只有两种——诗选和诗话（包括笔记）。"⑦ 因此，诗话的编选对被选者而言，可以实现因诗而存人的潜在诉求；与此同时，从编选者来说，这种文学活动直接的收益是扩大其影响力，间接长远的收益是借其达成一种不朽。这从法式善编选《梧门诗话》与该活动的影响中可见一斑。

一方面，愈加彰显了法式善在当时诗坛奖掖后进、爱才如命之名。诚如前文所述，编选诗话的最直接受益者当是被选录的诗人，

---

① 张寅彭：《新订清人诗学书目》，上海古籍出版社 2003 年版，第 62 页。
② （清）吴嵩梁：《石溪舫诗话》卷首，载杜松柏《清诗话访佚初编》第三册，中国台北新文丰出版公司 1987 年版。
③ 此据（清）吴嵩梁《石溪舫诗话》统计，共收诗人 101 人，（清）杜松柏：《清诗话访佚初编》第三册，中国台北新文丰出版公司 1987 年版。
④ 姚依娜：《〈芷江诗话〉与乾嘉诗坛》，硕士学位论文，上海大学，2007 年。
⑤ （清）陈文述：《以法祭酒式善〈梧门诗话〉稿本寄星斋纨绂庭兄弟京师》，《颐道堂集》诗选卷三十，嘉庆十二年（1807）刻道光增修本。
⑥ 蒋寅：《清诗话的写作方式及社会功能》，《文学评论》2007 年第 1 期。
⑦ 蒋寅：《清诗话的写作方式及社会功能》，《文学评论》2007 年第 1 期。

他们无须缴纳版面费,①只待诗话出版,自己的诗与名随文流传;而编选者则要进行选诗、评诗,最终还要面临自费或请人代为出版的问题。如《梧门诗话》的出版就面临了这样的问题。陈文述曾指出:"此稿凡十六卷,多乾隆、嘉庆两朝文献。鄙人曩在京师,曾与编纂之役。祭酒清宦,无力付梓,以属屠君琴坞携至江左,屠君旋以病废,因以属余,今余将归耕西溪,不及再为料理,因属朱君西生携交两君。春明坛坫,人海多贤,得付手民,亦艺林盛事也。"②从中可见《梧门诗话》刊刻之坎坷,从而益加凸显法式善其品之高、其为之善。又因法式善有意识地选编寒俊之士及边省诗人诗作,这些都在一定程度上彰显其奖掖后进之襟怀。郭麐所谓:"梧门先生法式善,风流宏奖,一时有龙门之目"③,王昶谓:"经师文士,一艺攸长,莫不被其容接"④,此言不虚。

另一方面,他人征引《梧门诗话》,也可提升法式善的知名度,也许法式善编选诗话之初主观上没有这种意识,但是自诗话编选以来,客观上却成为其立身扬名的另一种宣传手段。诗话、诗选如同前报刊时代的期刊和杂志,"为作品提供了一个发表和被阅读的公共平台,充当了作品的保存者与传播者"⑤,而以今天报刊时代的某些理念反思、审视这些曾经扮演过期刊角色的诗话著作,当下评价期刊的价值体系之一便是其被征引的频率,那么,诗话被后人征引、批评的频率也就相当于今天期刊评价体系中的影响因子,这既是衡量一部诗话、一篇文章价值的因素,也是对诗话编选者、文章作者评价认知的参照。事实上,法式善的《梧门诗话》在当时和后世都有着较高的征引频率。

首先,最多的征引方式就是《梧门诗话》的条目直接被选入时

---

① 参见蒋寅《清诗话的写作方式及社会功能》,《文学评论》2007 年第 1 期。
② (清)陈文述:《以法祭酒式善〈梧门诗话〉稿本寄星斋、绂庭兄弟京师》序,《颐道堂集》诗选卷三十,嘉庆十二年(1807)刻道光增修本。
③ (清)郭麐:《灵芬馆续诗话》卷五,嘉庆刻本。
④ (清)王昶:《蒲褐山房诗话新编》,齐鲁书社 1998 年版,第 139 页。
⑤ 蒋寅:《清诗话的写作方式及社会功能》,《文学评论》2007 年第 1 期。

人或后人编订的诗文选集中，如阮元的《两浙轩录》、张维屏的《国朝诗人征略》等。其中阮元的《两浙轩录》征引频次多达29人次，且该集中卢琦、汪筠、江浩然、张宾鹤4人的评述文字全出自法式善的《梧门诗话》。如卷三十江浩然的评述：

《梧门诗话》：江浩然，字万原，号孟亭，嘉兴人。少喜读竹垞诗，屡试不利，弃举子业，客诸幕府，记览日博。注《曝书亭集》，世颇称其该洽。诗如《咏春风》云："爱他寄得多番信，要路闭门不世情。"《题宋徽宗白鹰图》云："毛羽何须夸白雪，官家曾为着青衣。"抒词寄意，皆极深刻。①

又卷三十五张宾鹤，字仲谋，号云汀，钱塘人。有评述为：

《梧门诗话》：钱塘张仲谋，自号云汀居士，又号尧峰，萧疏旷达，不矜细行，酣饮狂吟，惟意所适。人或訾议之，不顾也。受知怡邸，尧峰没，讷斋主人刻其诗以传。如"花能入梦成香国，醉可名乡续酒经""青钱落杖容沽酒，红袖归家学跨驴"，不啻自为写照。古体诗亦奇倔，绝句尤有法，《江上》云："江上起愁心，愁风更愁水。安得唤莫愁，织手摇艇子。"《舟中》云："征篷此夕下清淮，归梦迢迢去鹢催。夜半月明惊梦破，橹声疑是雁飞来。"前二语绝不用意，归重一结，法出唐人。②

另有卷九的卢琦、卷十五的汪筠评述材料均得益于《梧门诗话》。其他25人分别为沈近思、吴斯洺、金志章、诸锦、严遂成、商盘、张映斗、曹庭栋、杭世骏、姚汝金、姚世钰、周大枢、齐召南、周天度、钱载、符曾、陈撰、吴鸿、梁梦善、王又曾、平圣台、

---

① （清）阮元：《两浙轩录》卷三十，嘉庆刻本。
② （清）阮元：《两浙轩录》卷三十，嘉庆刻本。

陆飞、邵晋涵、童钰、高文照。

其次，摘录《梧门诗话》中选录的诗人诗句，作为品评人物的依据。如时人戴璐的《吴兴诗话》卷九："陆广文正甫，端师子，入籍仪征，己卯举人。有句云'乱山衔落日，一鸟下寒空'见《梧门诗话》"[1]，又晚清徐世昌《晚晴簃诗汇》卷八十三评述王又曾时引述道："《梧门诗话》举其佳句云：'画桥脱板低新涨，酒斾悬风恋旧题。啼遍鹧鸪烟翠合，唱来欸乃月波昏。桥外饧箫寒食路，柳边蠡壳酒船窗。'皆为时传诵。"[2]

再次，对《梧门诗话》选录内容进行考辨。如晚清陈康祺《郎潜纪闻初笔》卷十二"汪杜林未官庶子"一则载：

> 法祭酒《梧门诗话》云："汪杜林先生未散馆即擢庶子。"康祺按：杜林名应铨，康熙戊戌科状元，江南常熟人。其同乡《陶贞一先生传略》称："应铨以官赞致仕。"《常昭合志》亦称："应铨以修撰直南书房，擢左春坊赞善，辛丑分校礼闱。"是应铨未官庶子也。《诗话》恐误。[3]

此外，还有征引《梧门诗话》中涉及的枢密史料的，如梁章钜《枢垣纪略》卷二十七曾转录上海曹剑亭侍御官御史时，曾纠大学士和珅家奴刘全诸不法事的内容，等等。

以上仅举数端，略窥《梧门诗话》在当时及后世被他人著述征引的情况。不论哪种形式的征引，都揭示出《梧门诗话》曾受到的关注，而关注《梧门诗话》的同时，也就关注了其作者法式善。

法式善编选《梧门诗话》，受益者不单是法式善本人，被编选者也因此获益良多，这也是编选诗话这种文学活动的一个共性。具体来说：

---

[1]（清）戴璐：《吴兴诗话》卷九，民国吴兴丛书本。
[2]（清）徐世昌：《晚晴簃诗汇》卷八十三，民国退耕堂刻本。
[3]（清）陈康祺：《郎潜纪闻初笔》卷十二，中华书局1984年版，第272页。

从诗话所选录的诗人来说，不外乎名人与非名人两类。对于名闻当时的文人，他们的名字与诗篇反复地出现在各家的诗话中，曝光率很高，这是常态，且这些有名望的人也不会拒绝自己的曝光率，这也是留名心理的表现。而对于非名人群体，借助诗话的传播，直接或间接达成其扬名于世的心理诉求。

得以留名于世的诗人，如欧阳修《六一诗话》记载：

> 闽人有谢伯初者，字景山，当天圣景祐之间，以诗知名。余谪夷陵时，景山方为许州法曹，以长韵见寄，颇多佳句，有云："长官衫色江波绿，学士文华蜀锦张。"余答云："参军春思乱如云，白发题诗愁送春。"盖景山诗有"多情未老已白发，野思到春如乱云"之句，故余以此戏之也。景山诗颇多，如"自种黄花添野景，旋移高竹听秋声"，"园林换叶梅初熟，池馆无人燕学飞"之类，皆无愧于唐贤。而仕宦不偶，终以困穷而卒。其诗今已不见于世，其家亦流落不知所在。其寄余诗，殆今三十五年矣，余犹能诵之。盖其人不幸既可哀，其诗沦弃亦可惜，因录于此。诗曰："江流无险似瞿塘，满峡猿声断旅肠。万里可堪人谪宦，经年应合鬓成霜。长官衫色江波绿，学士文华蜀锦张。异域化为儒雅俗，远民争识校雠郎。才如梦得多为累，情似安仁久悼亡。下国难留金马客，新诗传与竹枝娘。典辞悬待修青史，谏草当来集皂囊。莫为明时暂迁谪，便将缨足濯沧浪。"①

得益于欧阳修《六一诗话》的采录，世人才知道有谢伯初这样一位"仕宦不偶""终因困穷而卒"，在创作上又"无愧于唐诸贤"的文人。换言之，历朝历代如同谢伯初这样的有才华而不为人所知，不见于后世之诗人何止少数，他们没有被后人知晓是不幸的，然而，

---

① （宋）欧阳修：《六一诗话》，载蔡镇楚《中国诗话珍本丛书》第1册，北京图书馆出版社2004年版，第22—24页。

也有一部分人是幸运的,因为有欧阳修等人所著诗话的采录,使得他们中的一部分人因诗话而存诗,亦因诗话而留名。因此,诗话"存诗、存人的文献传播功能"① 对寻常诗人有着强烈的吸引力,同时,诗话也成为历代文人寄托自己显声扬名心理的重要文学载体之一。

也有借诗话扬名于时的,如蒋廷恩序钱泳《履园丛话》云:

> 余曩在京师与法时帆祭酒选《及见录》,尝录其诗,既又见钱塘袁简斋先生之《随园诗话》、乌程戴蓣塘太常之《吴兴诗话》、阮云台宫保之《定香亭笔记》、先友吴枚庵之《印须集》皆选其作,乃知梅溪之诗所传海内者,若是其广且博也。②

蒋廷恩明确自己在京师法式善那里曾见过钱泳的诗作,但是并未有特别的记忆。然而屡次在时人的《诗话》等著作中阅读到钱泳诗篇,遂激起其强烈的好奇心理,进而觉察到钱泳的诗作在海内流传之广,也就有了其开始走近钱泳,留意并结识钱泳,并序其《履园丛话》的行为。换言之,在前期刊时代,借助《诗话》的传播,使得一部分诗人有了可以扬名于时的可能,尤其是未成名的诗人,很想借助这个平台以满足其知名于世的心理。

于是,编选诗话的活动备受时人欢迎。如袁枚曾云:"自余作诗话,而四方以诗来求入者,如云而至。"③ 李树滋《石樵诗话》卷八载:"余作诗话,时以诗投者无虚日,余皆撷其秀而登之。友人王子佩言,谭生士衡欲以诗相投,惧如钟会之于嵇中散,逡巡未果。余甚愧其言,亟索其诗阅之,则佳句络绎,不可胜摘。"④ 晚清方廷楷《习静斋诗话》卷三载,常州毕幽兰女士流寓宣州,闻撰诗话,急出

---

① 白贵:《中国古代诗话的"存诗"、"存人"功能——诗话传诗功能研究之一》,《内蒙古社会科学》(汉文版)2002 年第 3 期。
② 钱泳:《履园丛话》,中华书局 1979 年版。
③ (清)袁枚:《随园诗话》补遗卷五,王英志批注,凤凰出版社 2009 年版,第 379 页。
④ (清)李树滋:《石樵诗话》卷八,道光五年(1825)李氏湖湘采珍山馆刊巾箱本。

诗草一册求选,①等等。均在一定程度上表明时人欲借助诗话以扬名,进而留名的强烈心理。

编选诗话,对于编选者而言,既可以满足扬名于世的心理诉求,又可以满足立言于时的现世追求;对于被编者而言,成名者可以巩固和扩大其在诗坛的影响力,未成名者可以借大家以扬名或博取伯乐赏识以达成自己立言的人生诉求。诚如民国四年(1915)吴功溥序邬启祚《耕云别墅诗话》中有关诗话功能的一段话:

> 诗话,小道也,然卿大夫勋业彪炳于史册者,其遗文逸事恒赖是以传;文人墨客名声表著于当世者,其精言妙论亦赖是以传;而田夫野老、才子佳人勋业不彪炳于史册、名声未表著于当世者,其遗文逸事、精言妙论尤赖是以传;即金石之琐闻、诗歌之要诀,亦无不赖是以传。故夫著者不小之而不著,读者亦不小之而不读,而诗话之传者乃益多。

此番论断,"典型地体现了清代以来人们对诗话功能的认识和诗话在清代的实际境遇"②。以此反观法式善的诗话,也具有传达文学观念的文学功能,记录遗文逸事及传播作者与作品的社会功能。除却诗话所具有的普遍功能外,法式善《梧门诗话》的个体价值在于其将存诗、留名的机会更多地给予了边省诗人、寒俊之士及女性诗人等未闻名的底层诗人,以达成他们显声扬名的内在追求。进一步而言,编选对象的平民化和范围的全地域,在成就了法式善编选诗话的亲民性与号召力的同时,也彰显了其有别于一般诗话的个性功能。

检视乾嘉时期的文学生态,文学活动与文学创作相辅相成,文人间交游广泛,雅集频繁,因交游唱和催生出大量的酬唱诗作。考察法式善毕生所从事的文学活动及其大量的交游唱和之作,正与这种互动态势相适应。具体而言:因其久居一地,遂有稳定的社交范

---

① (清)方廷楷:《习静斋诗话》,载贾文昭主编《皖人诗话八种》,黄山书社1995年版。
② 蒋寅:《清诗话的写作方式及社会功能》,《文学评论》2007年第1期。

围；又因居于京师，使其有更多的机会不断地结识四方才俊；再者，长期从事文学侍从的清要之职，使其有闲暇吟咏唱酬；又其个性喜好提携后进，使得问字求学者络绎不绝；擅长品题画图的个人兴趣，使其征绘、征题更加得心应手。以上种种，最终法式善以绘题"诗龛图"、组织"西涯雅集"、诗话编选为平台的一系列文学活动，建构了以其为中心的一种特有的文学生态圈，从而为其诗坛盟主地位的确立创造了有利的外部条件。

第四章 法式善诗学观探究

有清一代，流派纷呈，群芳竞秀，各领风骚。徐珂谓："乾、嘉之际，海内诗人相望，其标宗旨，树坛坫，争雄于一时者，有沈德潜、袁枚、翁方纲三家。"[①] 即以沈德潜为代表的格调说，论诗以儒家诗教为本，宗唐抑宋，备受时人追捧；以随园老人袁枚为代表的性灵一派，诗主性灵，不拘格套，成文坛一脉中流；京畿地缘优势下的翁方纲，以其声望地位力倡肌理一派，推崇宋诗，以考据学问入诗，成一时风尚。

各派之间又壁垒森严，各执一端，以己之长攻人之短，在喋喋不休的论争中日趋衰落，弊病日出。法式善的诗学思想就是在这样的诗学论争背景下应运而生的，而其诗学思想又主要是借助《梧门诗话》予以传达。以上三家，除沈德潜（1673—1769）外，袁枚、翁方纲的诗文活动时间都与法式善有交集，有互动。鉴于此，本节主要探讨其《梧门诗话》的诗学主张，并将其与袁枚、翁方纲的诗学态度试做比较。

第一节 《梧门诗话》与法式善的诗学主张

中国古代文学批评就文体而言涉及诗、词、曲、小说等，就批评形式而言有诗话、词话、曲话、剧话等话体，另有评点、选评、

---

① 徐珂：《清稗类钞·文学类》第八册，中华书局1986年版，第3900页。

笺注、序跋等，这些批评形式因异于西方的鸿篇阔论而自有中国特色。尤其是话体批评方式，应该是最具有中华民族特色的文学批评形式。以"诗话"而言，最早以"诗话"题名的一部诗学批评著作是北宋欧阳修的《六一诗话》，一经问世，备受追捧，自此开启了以随笔漫谈的批评方法论诗的风气，成为后来各家诗话的先声。① 梳理其发展阶段，崛起于宋，徘徊衰落于元，至明而复兴，清代则是诗话创作的全盛期。② "清代重要的诗歌理论家，除了钱谦益和纪昀以外，都以诗话作为发表诗学见解的主要形式。"③ 法式善所生活的乾嘉时期，正是诗话发展的鼎盛时期，当时与法式善诗文唱和的朋旧大多有"诗话"之作，如前文提到的袁枚《随园诗话》、翁方纲《石洲诗话》、赵翼《瓯北诗话》、王昶《蒲褐山房诗话》、洪亮吉《北江诗话》、吴嵩梁《石溪舫诗话》、舒位《瓶水斋诗话》等等，法式善也借助《梧门诗话》的编选，在达成聚集人气、扩大影响的诉求之同时，也宣扬了自我的诗学观念。借用学人对戏曲选本的批评话语："选本是一种重要的文学批评形式之一，其编选思想反映了选家的编选动机、文学观念、审美趣味等等，而且也受到选家所处的时代及社会的制约。因此选本不但具有文学批评的价值，同时也是一个时代文学风尚、社会面貌的侧影。一个选本的《序》《跋》及评点正是选本的编选思想的集中体现，当然也直接反映了选家的编选宗旨。"④ 反观诗话与诗选，无疑是诗学批评的重要载体形式，编选者的诗学观念于此自会一览无余。

一 主张融通唐宋，偏于宗尚唐音

法式善在乾嘉文坛不单以创作扬名于时，还因其有着独树一帜的诗学观念，这些也渗透在《梧门诗话》的评点中。诗学观念上主

---

① 王运熙、顾易生：《中国文学批评史新编》上，复旦大学出版社2001年版。
② 宏伟：《论〈梧门诗话〉的创作背景及其特点》，《内蒙古师范大学学报》（哲学社会科学版）2003年第3期。
③ 刘德重、张寅彭：《诗话概说》，中华书局1990年版，第3页。
④ 马铭明：《〈杂剧三集〉研究》，硕士学位论文，黑龙江大学，2008年。

张融通唐宋，偏于宗尚唐音。自清初以来，唐宋诗之争一直是诗坛论争的重要问题之一，唐音与宋调此消彼长，各家宗尚不一，影响着时人的诗歌创作趣尚。濡染世风，法式善力图融通唐宋，对师法唐宋诸家诗作均有收录，如《梧门诗话》中肯定徐鲁南《圭美堂诗》乃"醉心南宋者"（卷一第 23 则），评曹震亭作诗"颇得宋人三昧"（卷三第 51 则），谓余鹏抟诗"格律冷峭，似北宋名家"（卷五第 3 则），等等，对时人学宋给予肯定。然而，相较于此，法式善更钟情于那些师法唐音的作家，进而传达其偏尚唐音的诗学追求，这种倾向具体表现为：

一方面，借助《梧门诗话》中选录的大量宗唐诗人的诗作，间接表明其雅好唐音的审美诉求。如：仪征阮亨所著《珠湖草堂诗》"深得唐贤三昧"（卷九第 47 则），吴澹川诗作"工于发端，非胎息初盛唐不能也"（卷十三第 45 则），李丹壑作诗"雅有唐人风致"（卷一第 34 则），代州郎健安"诗近晚唐"（卷一第 43 则），金冬心作诗"直入唐人阃奥"（卷二第 38 则），"俱有唐人风格"（卷二第 49 则）的赵清章、杨嵊云，诗作"音节直逼唐人"（卷三第 34 则）的曹定轩，"近体亦骎骎唐音"（卷四第 48 则）的施小铁，"法出唐人"（卷八第 44 则）的钱塘张仲谋，"神似晚唐"（卷十第 61 则）的文明，"诗宗三唐"（卷十二第 44 则）的谭兰楣，以上选录，或诗律宗法唐贤，或诗风崇尚唐音，或对唐诗之初、盛、中、晚别而宗之，或兼而有之。凡此，法式善借助《梧门诗话》选诗、评诗的文学活动，既从不同视角揭示了当时诗坛普遍宗唐的创作风气，也直接或间接地反映了自己的诗学观念与审美趣味，对深入思考当时的文学风尚与时代精神亦大有助益。①

另一方面，法式善诗学宗唐的理念也与其日常生活、诗文创作及藏书相互发明。如法式善于日常生活中直接表达自己对唐代诗人的向往之情，在其书斋"诗龛"中绘前贤"诗龛十二像"，其中唐代足占八位：李供奉（李白）、杜拾遗（杜甫）、韩昌黎（韩愈）、

---

① 杜桂萍、马铭明：《〈杂剧三集〉编纂问题考论》，《古籍整理研究学刊》2009 年第 6 期。

白香山（白居易）、王右丞（王维）、孟山人（孟浩然）、韦苏州（韦应物）、柳柳州（柳宗元），①心仪神往之态非常明确；在诗歌创作上，法式善有意识地模仿唐人诗作，《咏物诗》一百二十首仿唐人李峤；②在对前代诗人诗集的评点上，法式善有《题唐名贤小集诗》六十首。③此外，从法式善的大量藏书书目中亦可窥见其宗尚唐诗的诗学趣尚，国家图书馆藏法式善《存素堂书目》四卷稿本中，卷三集部总集类藏有《唐诗》《选四朝诗》，别集类存白居易《白氏长庆集》、李商隐《李义山诗文集》、韦应物《韦苏州集》、王棨《麟角集》、权德舆《权文公文集》十卷、独孤及《毗邻集》、元结《漫叟拾遗》、陆龟蒙《笠泽丛书》、李之芳《李文公集》；卷四总集类藏有金元好问编《唐诗鼓吹》、明吴琯和方一元汇编《唐诗纪》，清王士禛《唐贤三昧集》《唐人万首绝句》《十种唐诗选》，赵孟龙编《唐诗解》，徐增编《说唐诗》，杜诏编《唐诗叩弹集》，吴瑞荣编《唐诗笺要》，赵瑗臣编《唐诗别裁集》。《诗龛藏书目录续编》稿本又有顾况《华阳集》、独孤及《毗邻集》及《唐四杰集》。而后人对法式善诗作的评点也指出其宗法唐人的诗歌趣尚，如徐世昌《晚晴簃诗汇·诗话》评法式善："时帆论诗主渔洋三昧之说，出入王、孟、韦、柳，工为五言。"④

此外，于《梧门诗话》中，法式善时有直接抒发自己对唐代诗人的心仪与仰慕之情。如："余最爱孟襄阳诗，每于寒夜挑灯读之，至四鼓不倦。拟作十余章，愧弗肖。"（卷四第23则）因酷爱孟浩然的诗作而咀嚼把玩，手不释卷，进而有仿拟之举。或是借助诗作的品评而表露心迹："张青溪诗，予最爱其《忆李婉兮陆素窗》二十字，颇近唐人。"（卷十五第17则）。且这种思想诉求在其《八旗诗话》中也有表达，如评述宗室慎静郡王允禧："画宗元

---

① （清）法式善：《诗龛十二像》，《存素堂诗初集录存》卷八，湖北德安王埔刻，1807。
② （清）法式善：《咏物诗》120首，《存素堂诗稿》，湖北德安王埔刻本，1812。
③ （清）法式善：《存素堂诗续集录存》卷四，杭州阮元刻，1816。
④ （清）徐世昌：《晚晴簃诗汇》卷一〇三，民国退耕堂刻本。

人，诗宗唐人。"① 品评汉军喻成龙诗作："诗刻意宗唐，不惟句法求肖，即谐声会意，亦无不似也。"② 又评论雍正癸丑进士介福诗曰："作诗以唐人为圭臬，常录开元、大历诗三百首，心摹力揣。"③ 凡此不胜枚举，不一而足。

综上而论，法式善诗学观念虽反对唐宋之争，主张融通唐宋，然最终更倾向于以唐诗为圭臬，崇尚唐音。

二 论诗倡导"性情"

法式善论诗倡导"性情"，指出作诗要"真挚有情味"，切忌无病呻吟。这在后文关于法式善与袁枚在"性灵说"态度的比较中将有集中论述，这里不展开论述，只是着重探讨法式善在《梧门诗话》的采诗、评诗中所彰显出的关于诗作首重"性情"的诗学理念。法式善认为："余维诗以道性情，哀乐寄焉，诚伪殊焉。性情真，则语虽质而味有余，性情不真，则言虽文而理不足。"④ 强调"真情"在诗歌创作中的主导作用，且指出"作诗好说体面话，真趣必减，然无病呻吟，可厌尤甚"（卷七第 41 则），并且以"性情"为标准品评《梧门诗话》中所选诗作。基于这种理念，法式善对诗人们的创作有自己的品评，如他认为郑虎文平素"握管辄就，传诵甚多"的代人拟作，却"非其至者"，真正值得称道的是如"疲驴席帽三年客，细雨斜风两鬓秋"等诗句所表现出的"自见性灵之作"（卷一第 40 则）；又称赏屠倬的诗"不拘古，不循今，以情为主，足以感人，非矜才使气家所能道其只字也"（卷十第 9 则）；品评刘廷玑的诗："尚浅近，而独抒性情，有老妪解颐之趣。如《腊月十五夜对月口号》云：'四时不放月轻还，月亦多情向我圆。独有今宵圆更好，

---

① （清）法式善：《八旗诗话》，载张寅彭、强迪艺《梧门诗话合校》，凤凰出版社 2005 年版，第 467 页。
② （清）法式善：《八旗诗话》，载张寅彭、强迪艺《梧门诗话合校》，凤凰出版社 2005 年版，第 477 页。
③ （清）法式善：《八旗诗话》，载张寅彭、强迪艺《梧门诗话合校》，凤凰出版社 2005 年版，第 496 页。
④ （清）法式善：《兰雪堂诗集序》，《存素堂文集》卷二，扬州绩溪程邦瑞刻，1807。

为怜一别到明年。'"（卷四第 43 则）言孟补亭"诗多质语，然有真趣"（卷八第 3 则），只要诗作抒发的是真情实感，即便出语浅切如话，质朴无华，也足以动人，反之"繁采寡情，味之必厌"（《文心雕龙·情采》）；同时肯定陆鹤亭诗"皆写性情之作"（卷六第 34 则），韦约轩《忆鮆鱼》等诗"皆真挚有情味"（卷一第 6 则），等等。需要指出的是，法式善《梧门诗话》中传达的这一诗学思想，在其《八旗诗话》中也有呼应，是一致的。如其评价满洲八旗赫奕诗歌谓"诗则自写性情，不以刻画为工，亦有萧疏淡远之致"[①]，肯定满洲人图塔布诗作"抒写性情，不蹈假借剿袭、粉饰雕镂之习"[②]，认为诗歌独抒性灵，才能于时人中脱颖而出，评析乾隆庚午举人那霖诗歌之所以"时或见绌"是源于诗人的"抒写性灵"，[③] 等等。

可见，法式善尤为重视真情实感在诗歌创作中的主导作用，反对那些因追求"新与丽，而转以蔽性情之真"的无病呻吟之作。可以说法式善所主张的"性情"之论，在袁枚去世后，以翁方纲为代表的学人之诗大行其道的乾嘉诗坛，无疑是有着积极作用的。

三 师古重在创新

法式善主张师古重在创新，强调以"遗貌取神"为师古精髓。法式善在诗歌的创作和学习借鉴上，主张学古而求变，反对亦步亦趋一味地模仿古人，力主独创。明清以来，诗人们在创作上一直都回避不了一个命题：学古与泥古的关系问题。事实上，作为后学很难摆脱大家的阴影，往往学古以入，步趋古人而出，以至明、清两代复古诗风一直持续蔓延，其间虽不乏有识之士左冲右突，试图在学古的同时有所突破创新，然终以遗憾收场，学习借鉴之余往往迷

[①] （清）法式善：《八旗诗话》，载张寅彭、强迪艺《梧门诗话合校》，凤凰出版社 2005 年版，第 479 页。

[②] （清）法式善：《八旗诗话》，载张寅彭、强迪艺《梧门诗话合校》，凤凰出版社 2005 年版，第 510 页。

[③] （清）法式善：《八旗诗话》，载张寅彭、强迪艺《梧门诗话合校》，凤凰出版社 2005 年版，第 510 页。

失了自我，成为古人的"复读机"，诗作则成为前贤诗歌的赝品。法式善生活的乾嘉时期，诗坛上别宗立派之争仍然持续升温，王士禛的神韵说、沈德潜的格调说并驾于前，袁枚的性灵说、翁方纲的肌理说齐驱于后，作为后学晚辈的法式善面对前贤师长，其学古的态度与方法该当如何？

首先，法式善能较为客观地品评前贤大家的诗论。如《梧门诗话》卷五：

> 近来尊渔洋者以为得唐贤三昧，贬之者或以唐临晋帖少之，二说皆非。平心之论，夫渔洋自有不可磨灭之作，其讲格调，取丰神而无实理，非其至者耳。后人式微，不克振其家声，可为悼叹。迩有渔洋从曾孙祖昌文学，字子文，以所作《秋水集》见质，真能延文简一脉者。《对月怀王中斋》云："雨过苍苔合，黄昏独掩扉。月明花影静，风定竹声微。悄释红螺盏，凉生白夹衣。抱琴弹古调，惆怅赏音违。"《为周宠锡题金佶画》云："家住铁山下，柴门临碧溪。持竿坐矶上，晓月秋如圭。别来道里远，每忆鸩鹊啼。今朝看图画，宛到石桥西。"①

法式善虽推崇国朝大家王士禛，曾在给王士禛的从曾孙王子文诗文作序时表达了对这位前贤大家的景慕之情："于我朝诗人中，则深嗜渔洋先生。今夏取先生论诗诸说，博考旁稽，喜其立言之正，可以上质古人，而又恨生晚不获从先生游，相与辨论得失，倾怀于一堂也。"② 但景慕是一回事，诗学批评又是另一回事。法式善在肯定王士禛诗作成就的同时，也指出其诗"取丰神而无实理"的不足；同时也揭示出时人对王士禛的两种批评态度"尊渔洋者以为得唐贤三昧，贬之者或以

---

① （清）法式善：《梧门诗话》卷五，载张寅彭、强迪艺《梧门诗话合校》，凤凰出版社 2005 年版，第 158 页。
② （清）法式善：《王子文秀才诗序》，《存素堂文集》卷一，扬州绩溪程邦瑞刻，1807。

唐临晋帖少之"，并明确两种评价均非客观之论，即"二说皆非"。对以往的文坛前辈如此，法式善对同时期的大家袁枚、翁方纲的诗学观点也绝不盲从，如言及"随园论诗，专主性灵。余谓性灵与性情相似，而不同远甚"①，指出其主张的"性情"与袁枚"性灵说"的不同；又言"学人之诗，通训诂、精考据，而性情或不传"②，指出翁方纲"学人之诗"的不足，借此发抒其诗学立场与态度。

其次，《梧门诗话》中极力称颂那些学古而不泥古，学古而寻求突破的诗人诗作。如称颂胡作梅"作诗戛戛生新，不肯蹈袭前人一语"（卷二第 21 则），薛起凤"诗皆独造，自辟门径，亦近时有数才也"（卷二第 23 则），郑方坤"诗境独开生面，不为'闽中十子'所囿"（卷四第 46 则），蔡浣霞诗境幽异——"缒幽凿险，无一语拾人牙慧也"（卷十三第 28 则），王友亮诗"多自出机杼之作""不得以唐宋之界限之"（卷九第 23 则），赞赏郑板桥诗"取径新奇，不屑寄人篱下"（卷十一第 26 则），等等。法式善青睐于学古后能不似古人的诗作，认为只有学而不似，诗人之"真"乃出。诚如其评价好友李崑塘诗作的一段话："世称其诗旷逸似太白，沉雄似少陵，固矣。然吾所以爱之者，非以似太白、少陵也，知崑塘不求似于太白、少陵，而崑塘之真出矣"，"似"是学习借鉴的过程，而要学有所得，追求的则是"不似"，而这点"似而不似""同而不同"就是法式善所努力追求的创新精神。

最后，法式善还指出学古的方法是"诗贵神似，不贵形似"，"遗貌取神"是为师古之精髓。法式善于诗作中曾反复强调师古的关键在于"遗貌取神"，所谓"境界虽不同，貌遗神自在"③，"一笔两笔尽其妙，但写精神不写貌"④，等等。这种理念渗透在《梧门诗

---

① （清）法式善：《梧门诗话》卷七，载张寅彭、强迪艺《梧门诗话合校》，凤凰出版社 2005 年版，第 209 页。
② （清）法式善：《容雅堂诗集序》，《存素堂文续集》卷二，国家图书馆藏稿本。
③ （清）法式善：《王铁夫孝廉写诗册见贻，用册中赠何兰士韵奉谢》，《存素堂诗初集录存》卷三，湖北德安王埔刻，1807。
④ （清）法式善：《陈曼生诗龛图歌》，《存素堂诗初集录存》卷十九，湖北德安王埔刻，1807。

话》的采诗和评诗上，尤为注意诗作重神似的特点。如品评桐城方正瑗诗作"五、七言律诗不袭前人皮毛，而能得其精髓"（卷十一第 34 则）、吴门闺秀蒋采蘩《拟宫中晓寒曲》诗"摹仿《金荃》，可云神似"（卷十六第 25 则）、杨季重"拟古诸作，颇有神似者"（卷三第 21 则）、恭泰诗"'茶炉烟定客谈久，巷柝声销钟到迟'与右丞'兴阑啼鸟缓，坐久落花多'之句同一意趣，却不抄袭一字，真善于脱胎者"（卷三第 59 则）、汉军八旗陈景元诗歌"沉挚近曲江，超乎近太白，而妙不袭其皮貌"（《八旗诗话》第 146 则）等。

值得说明的是，当时法式善与洪亮吉、铁保等都曾明确指出诗歌创作在学古的同时要注重创新，这是有其针对性和积极意义的。乾嘉诗坛，王士禛的神韵说和沈德潜的格调说仍然有其影响力，一些盲目的追随者对前贤的诗学观念不能批判地继承，对"王文简之学古人也，略得其神，而不能遗貌。沈文悫之学古人也，全师其貌，而先已遗神"[①]的弊端视而不见，而法式善等人能不囿于大家之说，并提出自己的"师古"态度与主张，在学古而泥古风气日盛的背景下，自有其积极的时代意义。

四 风格上崇尚"清峻淡远"

检视法式善在《梧门诗话》中所录诗作的风格，或慷慨沉郁，驰骤豪宕；或风趣活泼，流转圆美；或情思幽微，绵邈高妙；或以狭出奇，工巧清远。然相较以上风格，法式善更崇尚一种清峻淡远的诗歌风格。所谓"清峻淡远"的诗风，是指法式善主张诗作内容要清峻拔俗，有着丰富的审美内涵，而这种壮阔的内容要以朴素而含蓄的语言加以表达，如此诗作才会收到"淡远有致"的审美韵味。具体到《梧门诗话》的评点中，法式善对内涵厚重、沉雄清峻的诗作尤为倾心，如评梦堂相国五言诗"皆清新俊逸，直逼古人"（卷四第 28 则）、称刘大櫆诗作"清微古淡，可入《极元》《三昧集》中"（卷四第 41 则）、孙最堂"作诗多清烈之音"（卷四第 7 则）、

[①] （清）洪亮吉：《北江诗话》卷四，载《洪亮吉集》第五册，中华书局 2001 年版，第 2292 页。

戴农南诗"清坚峭拔,不为靡靡之音"(卷五第44则)、宗室赛尔赫诗多绵丽,"独爱其清拔之作"(卷七第2则)、汉阳戴思仕"诗格清峭拔俗"(卷七第30则)、好友杨蓉裳作诗"人但知其惊才绝艳,不知其清峭幽冷处,尤入王、孟之室"(卷十四第15则)、闺秀王碧云诗"清超绝俗"(卷十六第37则),等等。可见法式善对诗歌内容清新超俗之美的追求。与此同时,法式善又极力追求质朴与含蓄的诗作表达方式,崇尚言尽旨远的审美意境。法式善在《梧门诗话》中反复颂扬那些清新淡远的诗作,称广陵女史杨晓怜诗作"真朴可爱"且"清婉可诵"(卷十五第36则)、李啸村诗亦以"清婉可诵"(卷七第65则)著称于世、约园弟攸铦诗"著语清婉,得未曾有"(卷七第10则),又胡星阿诗"颇清绮可诵"(卷三第30则)、张石帆"诗甚清婉"(卷十一第42则),评价吴梅原作诗"尤淡远有致"(卷三第54则)、谢庵"所为诗空灵淡远,自然入古"(卷十三第24则)。以上种种,法式善对诗歌清淡之美的追求约略可见。因此,法式善追求"清微澄淡、沉雄清壮"的诗歌风格贯穿于《梧门诗话》采诗与评诗的过程中,且一定程度上也是其力图在诗作实践中努力追求的诗歌艺术风格。

此外,法式善还有些不成系统的诗学理念镶嵌在《梧门诗话》的评点中,如同散金碎玉一般,亦弥足珍贵。所谓"赋物诗不脱不离最难"(卷一第56则)、"咏古事诗,以浑融蕴蓄出之乃佳"(卷四第10则)、"七言绝句以神韵绵长为极则"(卷七第61则),称赞方子云诗"好句有不从思索来者,……眼前光景,写来自然入妙"(卷三第4则)、黄莘田"诗笔之妙,殊近自然"(卷四第36则)、"诗用比拟,语贵恰当"(卷八第41则)、"诗贵幽不贵冷,贵峭不贵涩"(卷二第41则)、"气骨语入诗中,最足动人"(卷二第43则)、"五言诗虚字最难下,一字恰当,则字字灵健,否则通首皆隔阂矣"(卷二第48则)、"作诗好说体面话,真趣必减,然无病呻吟可厌尤甚"(卷七第41则)、"写景诗,真则不伤肤阔,雅则不落纤巧"(卷八第13则)、"诗贵句奇而理平,意豪而事切"(卷五第45则),等等,或涉及诗作的语言风格,或关乎诗作的技巧方法,或是具体到某类诗作、某种体裁诗歌创作的关键,虽不足完备,却可窥见法式善于诗作上的用力之深,体悟之至,对解读法式善及其所选诗人诗作均有一定的参考价值。

第二节 论诗诗中的诗学观念

杜甫的《戏为六绝句》,以短小精悍的七绝体裁组诗来评述历代作家的诗作,在中国文学批评方法上提供了一种新的形式,且对后世文学创作与批评影响深远,仿拟之作代不乏人。较有代表性的如金代巨擘元好问的《论诗绝句》三十首,清代王士禛的《戏仿元遗山论诗绝句》三十五首,等等。这种以组诗的形式品评诗文创作已经涉及了多个文体领域,如前文提到过的论文、论曲、论小说、论词等组诗,且体裁也突破了七绝的形式,同时不乏律诗、古体等形式。所以,法式善的论诗诗既是渊源自有,也是清代诗坛以诗论艺、论文、论史等百花齐放局面的一个写照。具体来说,法式善论诗诗主要有三组,依据创作时间先后顺序,分别为嘉庆七年(1802)的组诗《奉校八旗人诗集意有所属,辄为题咏,不专论诗也,得诗五十首》五十首,又嘉庆十五年(1810)集中品题古人诗集十七首、《诗弊十六首和汪星石》十六首。本节论述主要是围绕这些诗作展开。

一 以文献存诗写史

这主要是指法式善作于嘉庆七年(1802)的组诗《奉校八旗人诗集意有所属,辄为题咏,不专论诗也,得诗五十首》,该组诗的创作源于其佐助铁保编撰《熙朝雅颂集》,然也成就了法式善《八旗诗话》的问世,并别有收获,成组诗五十首,论人兼论诗作。有清一代,有关八旗诗人及诗学思想研究资料有限的现状下自有其特定的文学、文献价值。

其一,所收录诗人有诗集传世的凡五十一人,诗集五十一部。具体列表4-1如下。

表4-1　　　　　　　法式善诗作中涉及诗人的诗集目录

序列	作者	诗集	序列	作者	诗集
1	高塞	《恭寿堂集》	27	尹继善	《尹文端公诗集》
2	允禧	《紫琼岩诗集》	28	英廉	《梦堂诗稿》
3	蕴端	《王池生稿》	29	鄂容安	《虚亭遗稿》
4	文昭	《紫幢轩诗集》	30	介福	《退思斋诗集》
5	博尔都	《白燕栖稿》	31	双庆	《亲雅斋诗集》
6	塞尔赫	《晓亭诗集》	32	卓奇图	《误庵诗钞》
7	书诚	《诗瓢》	33	鲍珍	《道腴堂诗集》
8	永𥌭	《嵩山集》	34	萨哈岱	《樗亭诗钞》
9	永忠	《延芬室诗集》	35	唐英	《陶人心语》
10	恒仁	《月山诗集》	36	李锴	《睫巢集》
11	敦敏①	《懋斋诗集》	37	陈景元	《居白室诗集》
12	敦诚	《四松堂诗集》	38	长海	《雷溪草堂诗集》
13	鄂貌图	《北海集》	39	明泰	《自我集》
14	范承谟	《忠贞集》	40	观保	《补亭遗稿》
15	纳兰性德	《通志堂诗钞》	41	德保	《乐贤堂诗集》
16	揆叙	《益戒堂集》	42	舒瞻	《兰藻堂诗集》
17	刘廷玑	《葛庄诗集》	43	顾邦英	《云川诗稿》
18	曹寅	《楝亭诗集》	44	梦麟	《犬谷山堂诗集》
19	佟世思	《与梅堂诗集》	45	图辂布	《枝巢诗草》
20	高其倬	《味和堂集》	46	朱孝纯	《海愚诗钞》
21	蔡珽	《守素堂诗集》	47	福增格	《酌雅斋诗集》
22	鄂尔泰	《西林遗稿》	48	甘运源	《啸崖诗存》
23	岳礼	《兰雪堂诗集》	49	汪松	《枕石斋集》
24	德龄	《倚松阁诗集》	50	贾虞龙	《谦益堂诗集》
25	施世纶	《南堂诗集》	51	玉保	《石经堂诗集》
26	赛音布	《溯源堂诗集》		—	—

---

① 按：敦诚、敦敏二人同在一首诗题《〈懋斋诗集〉、〈四松堂诗集〉宗室敦诚、敦敏》之下，所以，诗题50首，实则品评51人。

以上，法式善以五十首诗篇，品题八旗诗人五十一位，就民族而言，涵盖满洲、蒙古、汉军，依身份考察，上至天潢贵胄，中有朝臣显宦，下至贫民布衣。这些诗集诗作的品题，对了解并深入解读八旗诗人创作有着重要的文献价值与诗学研究参考价值。

其二，该组诗中记录的诗人资料有资于补充正史阙如，有其文学、文献价值。法式善于该组诗中评述的八旗文人及诗作，有些是正史中未及载录或记录较为简略的，这对研究八旗文人诗歌创作风貌以及解读八旗作家个性均不无裨益。就诗学品评方面而言，如红兰道人蕴端"《东风居士集》，强半学西昆"（《〈王池生稿〉红兰道人蕴端》）的诗作宗尚，晓亭侍郎塞尔赫的诗作不得见称于沈德潜，出语尚奇，如"归愚沈宗伯，不满晓亭诗。尽取恢奇语，选楼删削之"（《〈晓亭诗集〉晓亭侍郎塞尔赫》）；作诗兼学唐宋的樗仙将军书诚"独尔樗仙老，能参太白行。行空腾逸气，掩卷发寒铓。老去诗瓢里，兼收苏与黄"（《〈诗瓢〉樗仙将军书诚》）；若璞尚书蔡斑于本朝诗人中最推崇高其倬，即"一生最心折，只有味和堂"（《〈守素堂诗集〉若璞尚书蔡斑》）；工于五言的眉山征君李锴"五字平生力，千秋吾党推"（〈睫巢集〉眉山征君李锴）；"句僻无人爱，才雄独我叹"的云臣孝廉贾虞龙，"风骚不雕饰，骨格极峥嵘"的宗室敦诚、敦敏兄弟，"文章去枝叶，天地久虚空"的俊公监督唐英，等等，法式善均能从八旗诗人创作实际出发给予品评，这对后世研读八旗诗人诗风有着特定的文学价值。

就诗歌所揭示的有关人物的史料而言。或有关八旗诗人的名号出处，如镇国悫厚公高塞之名，曾被王士禛的《池北偶谈》所误载，所以法式善一正其讹，查《通考》名之为"高塞"，诗云："独诧渔洋老，称名讹误沿。"（《池北偶谈》载公名国禀，查《通考》公名高塞，今正之）而红兰道人蕴端，其号"东风居士"的来历，源于其《春郊晚眺》诗中有"东风无力不飞花"句，被问亭将军博尔都见之，称赏不以，传于都下，遂时人号之"东风居士"，即《〈王池生稿〉红兰道人蕴端》诗末尾小注云："主人《春郊晚眺》诗有'东风无力不飞花'句。问亭将军见而赏之，时称东风居士。"或是对诗人性情的披露，如问亭将军博尔都"将军爱宾客，交接尽名流"，喜好结交四方才俊的个性。"狂能见情性，老益爱林邱"的嵩山将军永蕙晚岁雅爱林泉的心态，宗室恒仁"年少识奇字，身闲似野翁"的闲适情怀，赞侯侍郎福增格，身为世家子弟，却爱闲去官，无意宦途，"松岩世家子，一味喜寒酸。倚剑空天地，谋篇损肺肝。平生惟好客，到老不知官"（《〈酌雅斋诗集〉赞侯侍郎福增格》），云臣孝廉贾虞龙的性情遭际"人原同鹤野，命只比蝉寒"等等。作者以知人论世的态度揭示了八旗诗人罕为人知的生活片段与个性情怀。

二 贯穿知人论世的评诗观念

"知人论世"，是法式善于诗文中每每提及并奉行的评诗理念。如法式善嘉庆十五年（1810）写的十七首诗作：《读陈思王集》《读阮嗣宗集》《读嵇叔夜集》《读陆士衡集》《读谢康乐集》《读鲍明远集》《读庾子山集》《读阴常侍集》《读谢宣城集》《读梁武帝集》《读梁简文帝集》《读沈休文集》《读江文通集》《读何水部集》《读刘长史集》《读陈后主集》《读徐孝穆集》，基本上本着知人论世的理念品评古人诗文创作。如《读阮嗣宗集》：

旷远不拘礼，无言终日闲。恸笑车迹穷，长啸苏门山。日没更月出，富贵俯仰间。饮水漱玉液，操笔东平赋。登高歌五言，郁郁松柏树。出门望佳人，慷慨期旦暮。①

阮籍（210—263），字嗣宗，三国时期魏诗人。《晋书·阮籍传》载其"志气宏放，傲然独得，任性不羁，而喜怒不形于色。或闭户视书，累月不出；或登临山水，经日忘归。博览群籍，尤好《庄》《老》。嗜酒能啸，善弹琴。当其得意，忽忘形骸。时人

---

① （清）法式善：《存素堂诗二集》卷四，湖北德安王埔刻，1812。

多谓之痴"①。法式善从阮籍不拘礼法的举止言行，狂放不羁的性情出发，进而品读其诗文创作，展示了其知人论世的诗文批判标准。又如《读嵇叔夜集》"弹琴日咏诗，寄托神仙流。尘埃不堪扰，富贵浮云浮"，吟咏嵇康"弹琴咏诗，自足于怀"（《晋书·嵇康传》）的日常生活情态以及"恬静寡欲，含垢匿瑕，宽简有大量"（《晋书·嵇康传》）的个性品格，知其人后而品评嵇康的诗文创作。

又如《读谢宣城集》云：

> 我读宣城诗，清丽有谁及。我读《南齐书》，未尝不掩泣。轻险被恶名，猜疑出素习。览其诸赋词，绰然高士心。隋王鼓吹曲，治世弦歌音。卓哉山水篇，讵类秋虫吟。②

谢朓（464—499），字玄晖，陈郡阳县（今河南省太康县）人。出身于豪门士族，与谢灵运同宗，故称"小谢"，又因曾任宣城太守，故有"谢宣城"之称。官至尚书吏部郎。东昏侯永元元年（499），始安王萧遥光谋夺帝位，谢朓不预其谋，反遭诬陷，下狱而死。诗中，法式善一方面肯定了谢朓在山水诗上的贡献，"卓哉山水篇"，又诗风之清丽无人匹敌，"清丽有谁及"。事实上，谢朓在古代诗歌发展史上"最突出的贡献，是对山水诗的发展和对新诗体的探索。在山水诗方面，他继承了谢灵运山水诗细致、清新的特点，但又不同于谢灵运那种对山水景物作客观描摹的手法，而是通过山水景物的描写来抒发情感意趣，达到了情景交融的地步。从而避免了大谢诗的晦涩、平板及情景割裂之弊，同时还摆脱了玄言的成分，形成一种清新流丽的风格"。③ 另一方面，为谢朓遭受的不白之冤而愤愤不平"我读《南齐书》，未尝不掩泣"，从而传达了对谢朓的敬仰与同情。因此，法式善此类诗篇的创作能将自己的爱憎情感融入诗作的品评

---

① （唐）房玄龄等：《晋书》第5册，中华书局1974年版，第1359页。
② （清）法式善：《存素堂诗二集》卷四，湖北德安王墉刻，1812。
③ 袁行霈：《中国文学史》第二卷，高等教育出版社1999年版，第125页。

中，不但避免了空洞乏味的说教，反而增强了诗歌的趣味性，耐人回味。

同时，法式善以史学家的观点品评古人，注意区分人品与诗品的不同。如《题唐名贤小集诗》序云："题诗六十首，人不皆贤也。贤者居多，贤斯名，名斯传矣。小集者何？别《四库》所已著录者，而其文不必尽工，人不必尽载诸史，取其数可为集焉。文至少严郢也。重咏之任华也。义各有取乎尔。校《唐文》之次年病中述。"① 此六十集为《魏征集》《颜籀集》《岑文本集》《虞世南集》《上官仪集》《褚遂良集》《宋之问集》《苏颋集》《张鷟集》《姚崇集》《宋璟集》《贾至集》《李峤集》《韩休集》《孙逖集》《张廷珪集》《刘知幾集》《敬括集》《郭子仪集》《李吉甫集》《崔融集》《崔祐甫集》《梁肃集》《常衮集》《崔损集》《任华集》《斋映集》《白敏中集》《冯宿集》《封敖集》《李程集》《于邵集》《杨炎集》《李绛集》《潘炎集》《李翰集》《韩翃集》《柳冕集》《令狐楚集》《裴度集》《杨于陵集》《高郢集》《杜佑集》《牛僧孺集》《符载集》《王涯集》《贾𫗧集》《舒元兴集》《陆宸集》《员半千集》《贺知章集》《任华集》《严郢集》《穆员集》《张仲素集》《蒋防集》《薛逢集》《王棨集》《叶法善集》《僧玄奘集》。

以上诸人，位尊名著者如魏征、上官仪、宋璟、姚崇、牛僧孺等，也有名不见经传者如李程、杨炎、崔损、穆员等。法式善此作源于修《全唐文》时的额外收获。其在此组诗的创作上，能以史家辩证的唯物史观考量古人的为人与作文，即将政治评价与诗文成就一分为二来解读。如组诗中的《宋之问集》诗云：

> 考功非佳士，贬死钦州宜。分直习艺馆，杨炯同职司。良金美玉譬，徐坚心赏之。约句而准篇，上驾庾沈词。潭亭宴两序，焉敌昆明诗。伤哉锦绣胸，徒借蜂蝶知。②

---

① （清）法式善：《存素堂诗二集》卷四，湖北德安王埔刻，1812。
② （清）法式善：《存素堂诗二集》卷四，湖北德安王埔刻，1812。

宋之问（656—712），一名少连，字延清。汾州（今山西汾阳）人。① 唐高宗上元二年（675）进士。据《新唐书·宋之问传》所载："武后召与杨炯分直习艺馆。累转尚方监丞、左奉宸内供奉。武后游洛南龙门，诏从臣赋诗，左史东方虬诗先成，后赐锦袍，之问俄顷献，后览之嗟赏，更夺袍以赐。于时张易之等烝昵宠甚，之问与阎朝隐、沈佺期、刘允济倾心媚附，易之所赋诸篇，尽之问、朝隐所为，至为易之奉溺器。及败，贬泷州，朝隐崖州，并参军事。之问逃归洛阳，匿张仲之家。会武三思复用事，仲之与王同皎谋杀三思安王室，之问得其实，令兄子昙与冉祖雍上急变，因丐赎罪，由是擢鸿胪主簿，天下丑其行。景龙中，迁考功员外郎，诌事太平公主，故见用。及安乐公主权盛，复往谐结，故太平深疾之。中宗将用为中书舍人，太平发其知贡举时赇饷狼藉，下迁汴州长史，未行，改越州长史。颇自力为政。穷历剡溪山，置酒赋诗，流布京师，人人传讽。"② 宋之问的政治生涯丑行昭著，人品低劣流布后世，是该组诗中所谓的"不贤者"。所以法式善诗中开头就以"考功非佳士"评定了其政治功过。而宋之问在唐初律诗的发展过程中的贡献，却深得法式善的认可，"约句而准篇，上驾虞沈词"，肯定宋之问的贡献当在沈约、庾信之上。即以宋之问与沈佺期而命名的"沈宋体"主要贡献在于使唐代律诗的体制得以定型。诚如《新唐书·宋之问传》所谓："魏建安后汔江左，诗律屡变，至沈约、庾信，以音韵相婉附，属对精密。及之问、佺期，又加靡丽，回忌声病，约句准篇，如锦绣成文。学者宗之，号为'沈宋'。"③ 如果说"回忌声病"还只是对沈约"四声八病"的继承，那么，"约句准篇"则得益于沈、宋的发展与创造，故清人钱良择《唐音审体》说："律诗始于初唐，至沈、宋其格始备。"

---

① 关于宋之问的籍贯，一说是汾州（今山西汾阳县），一说是虢州弘农（今河南省灵宝县）。本部分据《新唐书·宋之问传》之"汾州人"的说法，认为其为山西人。
② （唐）欧阳修等：《新唐书》第 18 册，中华书局 1975 年版，第 5750 页。
③ （唐）欧阳修等：《新唐书》第 18 册，中华书局 1975 年版，第 5751 页。

三 诗坛创作弊端的集中揭示

法式善在多年创作实践的基础上，结合乾嘉文坛的诗学习尚，揭示出当时诗坛创作中存在的种种弊端，并就此表明了自己的诗学态度。这集中体现在嘉庆十五年（1810）创作的组诗《诗弊诗十六首和汪星石》①中，该组诗法式善主要列举了有关"分门户、别唐宋、填故实、习俚俗、押险韵、集成句、点秾艳、立条教、徇声病、假高古、伪穷愁、务关系、多忌讳、袭句调、喜冗长、好垒韵"十六种诗弊现象，内容涉及诗论观念、诗作内容与写实技巧。其中较有代表性的如《诗弊诗十六首和汪星石·分门户》云：

> 柴桑契希夷，少陵心弗喜。东坡学柴桑，初不求形似。义山与山谷，皆宗少陵旨。二集今俱在，何尝某某拟。凤凰与麒麟，世皆祥瑞企。胡独尊麒麟，而竟凤凰訾。不见唐纲坠，朝堂有牛李。不见明诗衰，前后称七子。②

法式善借唐亡于牛、李党争，明诗衰于前后七子之分门别户的论述，阐明其反对诗歌创作上的别宗立派。又以素有祥瑞之称的凤凰和麒麟这两种灵禽神兽作喻，"凤凰与麒麟，世皆祥瑞企"，来说明不同流派的诗歌对整个诗坛的发展各有贡献，如若强分优劣、抑此扬彼，势必重蹈明诗衰败的覆辙。与此观点相一致，法式善在《别唐宋》一诗中对清代诗坛一直余热不减的尊唐崇宋之争也提出质疑，认为唐、宋不过是国号而已，"唐宋朝代耳，非同泾渭分"，不能成为诗歌泾渭分明的划分标准。

又《诗弊诗十六首和汪星石·填故实》云：

> 不切为陈言，词多意鲜警。载籍由我用，妙思始能骋。如

---

① （清）法式善：《存素堂诗二集》卷三，湖北德安王埔刻，1812。
② （清）法式善：《存素堂诗二集》卷三，湖北德安王埔刻，1812。

涂涂附然，美人赘瘤瘿。何如淡妆抹，泠泠见清耿。真气成文章，中有天地景。光焰万丈长，只许寸心领。费力不讨好，人奚弗内省。饱读几卷书，敢妄胸臆逞。①

于诗作中使事用典，是诗歌创作的传统艺术手段。恰当有度地使事用典，既是一种替代性、浓缩性的叙事方式，也是一种深情婉曲的抒情方式，对作者在有限的诗篇中抒发情感与叙述表达都极具艺术表现力。而在乾嘉诗坛考据学风日盛的背景下，诗歌创作的学问化倾向愈加明显，表现在作家的具体创作之中，是在诗歌中大量用典成为一时诗坛风尚。因此，法式善针对当时部分诗人诗歌创作过度用典的事实提出质疑，并指出诗歌用典是必要的，"载籍由我用，妙思始能骋"；关键是如何把握一个度，用典过多就会如同美人的瑕疵，"如涂涂附然，美人赘瘤瘿"，费力不讨好；最佳状态是浓淡相宜，"何如淡妆抹，泠泠见清耿"，恰到好处。

又如《诗弊诗十六首和汪星石·习俚俗》：

问酒何由漉，必谓始于稻。问酒何由醇，必谓善于造。稻乎造者谁，此中有要道。裨谌获谋野，子安作腹稿。当其刻画就，不知酝酿早。生平万卷破，酝酿五字好。街谈与巷议，触手纷华藻。稼穑生民恒，居然国之宝。②

就诗歌的语言而言，不外乎雅与俗。而俗语因其鲜活生动而深受诗人的热爱。然而就如何运用俚俗语汇，是直接入诗，还是经过锤炼后再化入诗作，是需要诗人自己做出选择的。因此，法式善还是借助稻谷酿酒的比喻，指出街谈巷议的俚俗语言只有经过"刻画" "酝酿"，方能成为醇香的美酒，令人回味无穷，表明自己更倾向于

---

① （清）法式善：《存素堂诗二集》卷三，湖北德安王埔刻，1812。
② （清）法式善：《存素堂诗二集》卷三，湖北德安王埔刻，1812。

锤炼后再化用。

又《诗弊诗十六首和汪星石·押险韵》：

> 伏羲画八卦，文王演周易。易知险非尚，况诗有标格。清庙明堂语，如何生跋踏。所以郊岛词，未必胜张籍。险语破鬼胆，非谓险韵择。八音顺八风，中有天地脉。典谟象和乐，诰铭兆兵革。愿聆治世声，渊渊振金石。①

法式善以晚唐"郊寒岛瘦"之孟郊、贾岛的善于押险韵与"张王乐府"之张籍的浅切自然作比，认为"所以郊岛词，未必胜张籍"，表明自己不喜用"险韵"，而偏好于"渊渊振金石"的治世之声。

又《诗弊诗十六首和汪星石·集成句》：

> 吾尝怪螟蛉，果蠃移西东。吾更嫌假山，真气无由充。位置虽有道，人巧非天工。世侈麒麟楦，非不精且工。抟泥塑鬼神，亦自生英风。运动殊冥顽，厌病为疲癃。粗服与乱头，目明而耳聪。我方用我法，请勿讥昧聋。②

诗中法式善以假山作喻，指出假山之造源于刻意安排，尽管"位置虽有道"，位置安排足以以假乱真，却缺失真情至性，故其"真气无由充""人巧非天工"的不足也显而易见。法式善借此批评了诗坛上袭用古人"成句"的不良风气，指出古人的诗句再好，如不合情理地移用在自己的诗篇中，亦如同假山一般成为诗文之弊。而那些出于至性而真情蕴藉的泥塑鬼神，虽粗服乱头，亦英风自生，真实可爱。

又《诗弊诗十六首和汪星石·假高古》云：

---

① （清）法式善：《存素堂诗二集》卷三，湖北德安王墉刻，1812。
② （清）法式善：《存素堂诗二集》卷三，湖北德安王墉刻，1812。

> 东坡学陶公，但能得光景。而公集具在，萧然山水永。柴桑理真实，不在空虚境。声味果希淡，心神当会领。齐人自有歌，何必学楚郢。麟角已可爱，何必思凤颈。毋宁渴望梅，讵肯饥画饼。苏州与柳州，何尝不孤冷。

法式善以东坡之学陶渊明仅得其虚幻之境为例，说明作诗无须刻意假托高古，所谓"齐人自有歌，何必学楚郢。麟角已可爱，何必思凤颈"是也，无须刻意为之。

又《诗弊诗十六首和汪星石·伪穷愁》：

> 诗穷而后工，此语诚狡狯。明良喜起歌，千古一嘉会。因境而生情，因情以鸣籁。顺逆时为之，于人两无赖。必谓周南诗，不当列曹邻。何以豳风篇，辞和气舒泰。渔歌起江上，樵唱出云外。山水音自清，遑须苦描绘。①

"诗穷而后工"是韩愈提出的命题，一直备受世人推崇，影响着古代诗歌的批评。然而法式善此诗就针对"诗穷而后工"的命题提出质疑，对这一古老命题有着不同的看法，即认为诗人在何种境况下均有写出好诗的可能，"因境而生情，因情以鸣籁"，如江上渔歌互答，林间樵夫唱和，关键在于因境而生的情是否足以感人，自鸣天籁。且进一步指出顺境、逆境是时代造成的，而与诗人个体的关系不大，即"顺逆时为之，于人两无赖"，关键在于诗人创作的情感是否足以动人。

综上所述，法式善不为时人及古人的诗学观点所囿，针对当时诗坛创作的风气，敢于指出诗作之弊，自有其不拘于成法的创新性。外如《点秾艳》《立条教》《徇声病》《务关系》《多忌讳》《袭句调》《喜冗长》《好垒韵》都是针对某种诗弊现象进行的评判，做到了有的放矢。

---

① （清）法式善：《存素堂诗二集》卷三，湖北德安王墉刻，1812。

以上，法式善居处全国的政治、文化中心，有条件接触到相对较全的历史的、当代的各族各类诗歌作品、诗歌理论，加之长期从事文学、史学编纂工作，为其论诗诗的创作提供了现实的可能性。于是，有关八旗诗人组诗的创作，传达了诗人以文献存诗写史的诗学思想；以咏史组诗为载体，贯穿其知人论世的评诗原则；借对诗坛创作弊端的集中揭示，阐发了自己的诗歌创作理念。

第三节　法式善与袁枚、翁方纲诗学观之比较

袁枚与翁方纲，同为乾嘉时期的诗坛盟主：袁枚"以诗文为海内所推六七十年"（王鸣盛语）[1]，为一代文学巨擘。其从三十多岁辞官定居江宁，构建随园且居此近五十年，也就是在这一时期，袁枚一跃而成为影响最大的文坛领袖之一，竟至于"四方士至江南，必造随园，投诗文几无虚日"[2]。袁枚在乾嘉诗坛的地位及影响毋庸置疑；翁方纲则以其涵盖诗学、经学、书法、金石等诸多领域的丰厚著述，成为乾嘉时期北方诗坛的盟主。法式善小袁枚37岁，小翁方纲20岁，直到乾隆四十五年（1780）28岁中进士方有机会步入时人的政治文化交往视野，当时袁枚以"性灵说"称盛于海内，翁方纲则以"肌理说"扬名于诗界。幸运的是，法式善作为后学与两位名著一时的诗坛领袖均有密切的交往，然细究其与二人各自的交往互动始末，却又有所不同：一是从交往的渊源来看，法式善与翁方纲同居京师，且翁方纲以父师的身份与法式善家三代人有交情，法式善与翁方纲之子翁树培亦有交往，翁方纲的同乡、同学陆廷枢又是法式善的授业师，二人有着深厚的交往背景，这种渊源要较法、袁之间深得多；二是就其与二人交往的时间而言，法式善与袁枚相识较晚，仅仅持续了10年左右的友谊，袁枚即辞世；而法式善与翁

---

[1] 王英志主编：《袁枚全集·随园八十寿言》，江苏古籍出版社1993年版，第2页。
[2] （清）姚鼐：《惜抱轩诗文集》卷十三，嘉庆三年（1798）刻增修本。

方纲则不同，二人的交往几乎伴随了法式善的一生；三是从交往的内容而言，法式善与袁枚之间仅是诗文唱和酬答，谈诗论艺，为法式善的诗集作序，交往内容集中在诗艺的探讨上；而法式善与翁方纲之间的交往内容则非常丰富，或互赠书画等礼物，或互相题咏画图，或为法式善的科名、故实类书籍题写序文，或彼此相邀游山泛水等，内容更为灵活多样；四是就交往的密切程度而言，法式善与翁方纲之间的交往显得更为密切，按前文统计，彼此之间的唱和诗竟至百首。

一个有意思的现象颇引人注目，即法式善与袁枚，空间上一北一南，交往的方式只能凭借书信往来，内容多为谈诗论艺，且彼此推崇；相比较而言，法式善与翁方纲虽然交往密切，内容丰富，翁方纲却没有给法式善的任何一部诗集作序或题跋，且对法式善的诗作也绝少评价，限于作者孤陋，仅有的一次评价还是在给法式善《陶庐杂录》作序时偶有提及，翁方纲《陶庐杂录序》所谓："（法式善）与予论诗年最久，英特之思，超悟之味，有过于谢蕴山、冯鱼山，而功力之深造，尚在谢、冯二子下。故数年间，阮芸台在浙以其《存素斋诗集》送付灵隐书藏，而予未敢置一语。今笠帆中丞以所梓是编属为一言，则其中有系乎考证、有资于典故者，视其诗，更为足传也。"① 于此，可知翁方纲对法式善的诗歌成就评价不高，甚至认为法式善的诗歌成就尚不如那些"有系乎考证、有资于典故"的科名、故实类的书籍，且言外之意，法式善的诗歌不足流传。推究法式善的诗歌创作实际，确实有其不足之处，但还是有其值得肯定之处。因此，考察法式善、袁枚、翁方纲三人的交往情况，结合乾嘉时期的诗学思想，笔者认为，尽管翁方纲对法式善诗歌评价不高的原因可能有很多，然而二人诗学观上的差异应该是一个较为重要的原因，同时，袁枚对法式善诗歌评价之高，也与二人诗学观念大体一致不无关系。考量乾嘉诗坛论争的焦点问题，主要集中在"唐宋之争"、诗歌创作学问化，以及对"性灵说"的评价问题上，

---

① （清）翁方纲：《陶庐杂录序》，《复初斋文集》卷三，清李彦章校刻本。

本节试就以上问题将法式善与袁枚、翁方纲二人在乾嘉诗坛的诗学态度试做比较，从而明确法式善的诗学理念。

一 针对"唐宋之争"的态度

清代文坛，"唐宋之争"的热度不减，各家纷纷著书立说以表明自己的诗学立场。古代诗歌在唐宋以后，便一直深陷在唐宋争宗的历史旋涡中难以自拔，且伴随元明，迨清仍余热不减，成为诗坛分宗别派、著文立论的首选话题。乾嘉时期，"尊唐崇宋"之争仍是诗人笔下不可回避的命题。对此，法式善与袁枚的态度趋于一致，都曾明确地表达了自己的观点：反对"区唐别宋"之说，即反对区唐别宋，认为唐、宋不过是国号而已，应该视唐、宋诗具体情况而定，所谓唐诗有所短，宋诗有其长，当客观论之，而评论的标准则是"性情"之有无。袁枚曾在《答施兰垞论诗书》中说：

> 夫诗，无所谓唐、宋也。唐、宋者，一代之国号耳，与诗无与也。诗者，各人之性情耳，与唐、宋无与也。若拘拘焉持唐、宋以相敌，是子之胸有已亡之国号，而无自得之性情，于诗之本旨已失矣。[①]

袁枚又于《答兰垞第二书》中进一步强调以上观点，即唐、宋只不过是国号，并非区分诗歌之高低贵贱的依据。即"何暇取唐、宋国号，而扰扰焉分界于胸中哉？吾子亦先澄其识而已矣，毋轻论诗！"[②] 又在《随园诗话》卷六中指出唐宋诗之争始于南宋，至清则愈演愈烈，进而表明衡量诗歌标准，不在"唐宋"，而在"性情"，且性情不因国号变化而变化。即：

[①] 王英志主编：《袁枚全集·小仓山房文集》，江苏古籍出版社1993年版，第286页。
[②] 王英志主编：《袁枚全集·小仓山房文集》，江苏古籍出版社1993年版，第288页。

诗分唐、宋，至今人犹恪守。不知诗者，人之性情；唐、宋者，帝王之国号。人之性情，岂因国号而转移哉?①

《随园诗话》卷七中也提道：

论诗区别唐、宋，判分中、晚，余雅不喜。尝举盛唐贺知章《咏柳》云："不知细叶谁裁出，二月春风似剪刀。"初唐张谓之《安乐公主山庄》诗："灵泉巧凿天孙锦，孝笋能抽帝女枝。"皆雕刻极矣，得不谓之中、晚乎？杜少陵之"影遭碧水潜勾引，风妒红花却倒吹"；"老妻画纸为棋局，稚子敲针作钓钩"；琐碎极矣，得不谓之唐诗乎？不特此也，施肩吾《古乐府》云："三更风作切梦刀，万转愁成绕肠线。"如此雕刻，恰在晚唐以前。耳食者不知出处，必以为宋、元最后之诗。②

袁枚借助对施兰垞论诗尊宋而斥唐、极言唐诗之弊思想的批判，表明学诗不应分界唐宋，更不应抑此扬彼。又以具体的诗作为例证，指出诗歌创作强分唐、宋，或强分唐诗之中、晚确不可行。在此，他明确了唐、宋各有短长，有识者当取其长而弃其短，其所依据即是"诗者，人之性情"。

法式善与袁枚此论大体一致，其著有《诗弊诗十六首和汪星石》，其在《别唐宋》一诗论道：

庄骚继《风》《雅》，时未唐宋闻。陶谢庾鲍句，亦自惊人群。唐以后无诗，汉以后无文。苏黄万简牍，岂尽宜弃焚。唐往而宋来，过眼如烟云。浑沦一气中，惟辨莸与薰。唐宋朝代耳，非同泾渭分。何苦生今世，事事征典坟。③

---

① （清）袁枚：《随园诗话》卷六，王英志批注，凤凰出版社2009年版，第109页。
② （清）袁枚：《随园诗话》卷六，王英志批注，凤凰出版社2009年版，第133页。
③ （清）法式善：《存素堂诗二集》卷三，湖北德安王墉刻，1812。

第四章 法式善诗学观探究

法式善从古代诗歌发展的视角立论，认为唐、宋绝非诗歌发展泾渭分明的分水岭，好诗并非均出自唐，如若持"唐以后无诗，汉以后无文"的论调，那宋代卓著一时的苏轼、黄庭坚等诗人，难道都要尽毁之？据此，法式善认为唐、宋不过是朝代的称号，既不能作为诗歌创作的分界线，亦不能作为诗歌成就高低优劣的标准。同时，法式善还在《梧门诗话》卷六中明确了反对"唐宋之争"的门户之见，指出论诗的标准当在于"性情"的有无：

> 徐蝶园相国《序陆鹤亭春及堂诗》曰："今之士大夫竞言诗，或唐或宋，各执所尚，抗不相下。余曰诗以道性情已耳。苟能出于性情，勿论唐可，宋亦可也。如其不出于性情，勿论宋非，唐亦非也。"旨哉斯言。鹤亭诗皆写性情之作。①

文中认为：士大夫终日"或唐或宋"之争难分上下，其个中缘由关键在于论诗标准的确立，即"诗以道性情"为准。以"性情"为评诗要旨，无论唐宋，有之则可，无之则非。法式善此论与袁枚之"诗者，各人之性情耳，与唐、宋无与也"（《答施兰垞论诗书》）如出一辙。

可见，袁枚与法式善在"唐宋之争"的态度上基本一致，都反对"尊唐抑宋"或者"崇宋贬唐"，二人对唐、宋诸多诗人诗作均有不同程度的批判与肯定，其核心又都统一于"诗以道性情"的观念之上。尽管袁、法在诗之"性情"的具体内涵上或有分歧，然二人的论断，确是在"唐宋之争"热议不休的氛围之下以反对者的姿态呈现于乾嘉诗坛的，给弥漫当时的尊唐宗宋之风以有力的回击。

而翁方纲对此却与法式善和袁枚的态度不同，他没有明确的言论阐明自己的立场，也并未像寻常尊唐者与崇宋者那样以批评同时代或与自己诗学趣尚相左者来彰显诗学立场，而是借助对前代宗唐

---

① （清）法式善：《梧门诗话》卷六，载张寅彭、强迪艺《梧门诗话合校》，凤凰出版社2005年版，第196—197页。

者的批判，婉曲地表达了自己崇宋的诗学理念。如其在《格调论上》中对明代前后七子复古尊唐的批判：

> 诗之坏于格调也，自明李、何辈误之也。李、何、王、李之徒泥于格调而伪体出焉，非格调之病也，泥格调者病之也。……是则格调云者，非一家所能概，非一时一代所能专也。古之为诗者，皆具格调，皆不讲格调，格调非可口讲而笔授也。①

所谓李、何、王、李，是明代前、后七子的代表人物，依次为前七子的李梦阳、何景明，后七子的王世贞、李攀龙。前、后七子是明代诗坛影响最大的诗人，倡言复古，主张"文必秦汉，诗必盛唐"（《明史·李梦阳传》），即提倡散文学先秦西汉，古诗学汉魏，近体诗学盛唐，认为"宋代文学一无可取，而特别强调学唐调于唐诗，学古诗文赋于唐代之前，而学骚于汉代之前"②，是唐诗的坚定拥护者。翁方纲肯定诗歌应具有"格调"之说，且认为格调随时、随地、随人而异，故不能泥执于一家一代诗歌的格调而机械模拟："是则格调云者，非一家所能概，非一时一代所能专也。"因此，翁方纲批评前、后七子的泥古不化，指出"独至明李、何辈乃泥执《文选》体以为汉魏六朝之格调焉，泥执盛唐诸家以为唐格调焉，于是不求其端，不讯其末，惟格调之是泥，于是上下古今只有一格调，而无递变递承之格调矣"，③借此间接批评了独尊唐诗者的诗学观点。

同时，对于王士禛"神韵说"之"不著一字，尽得风流"（王士禛《香祖笔记》）的审美追求，翁方纲是持不同意见的："他反对严羽不涉理路之说，对王士禛'理字不必深求其义'的说法深表不满，这不仅是着眼于善，也是着眼于诗歌含蕴的充实，以弥补专尚兴象超逸而导致空寂虚玄。"④他倡导"肌理说"的主要目的即在于

---

① （清）翁方纲：《格调论上》，《复初斋文集》卷八，清李彦章校刻本。
② 王运熙、顾易生：《中国文学批评史新编》下，复旦大学出版社 2001 年版，第 26 页。
③ （清）翁方纲：《格调论上》，《复初斋文集》卷八，清李彦章校刻本。
④ 王运熙、顾易生：《中国文学批评史新编》下，复旦大学出版社 2001 年版，第 282 页。

欲以肌理之"实"矫正王士禛"神韵说"的流于空疏，即"欲以肌理之说实之"。①为此，翁方纲在《石洲诗话》卷四中指出：

> 唐诗妙境在虚处，宋诗妙境在实处。初唐之高者，如陈射洪、张曲江，皆开启盛唐者也。中、晚之高者，如韦苏州、柳柳州、韩文公、白香山、杜樊川，皆接武盛唐、变化盛唐者也。是有唐之作者，总归盛唐。而盛唐诸公，全在境象超诣，所以司空表圣《二十四品》及严仪卿以禅喻诗之说，诚为后人读唐诗之准的。若夫宋诗，则迟更二三百年，天地之精英，风月之态度，山川之气象，物类之神致，俱已为唐贤占尽，即有能者，不过次第翻新，无中生有，而其精诣，则固别有在者。②

翁方纲直言唐诗的特点是"虚"，宋诗的特点是"实"，翁方纲心仪尚"实"的宋诗。他认为"研理日精，观书日富，因而论事日密"是为"宋贤精神"，这也是对宋诗"实"之"妙境"的描述。换言之，翁方纲认为肌理之实正好弥补神韵之虚，是为有的放矢。

此外，翁方纲还借助对尊宋派的肯定，迂回曲折地流露出自己崇宋的诗学态度。如《石洲诗话》卷四："渔洋先生则超明人而入唐者也，竹垞先生则由元人而入宋而入唐者也。然则二先生之路，今当奚从？曰：'吾敢议其甲乙耶？然而由竹垞之路为稳实耳。'"③翁方纲借对浙派诗人朱彝尊与王士禛的诗学渊源之比较，肯定了朱彝尊的由元而宋，进而上溯至唐的诗学门径。法式善《梧门诗话》提道："翁覃溪先生生平爱慕东坡，题屋楣曰'苏斋'。每腊月十九日，悬玉局像，焚香设祭，邀同人饮酒赋诗。论诗宗渔洋，而于渔洋疏处抉摘，不遗毫发。于近人中颇许樊榭、篴石两家。"④直接传

---

① （清）翁方纲：《神韵论上》，《复初斋文集》卷八，清李彦章校刻本。
② （清）翁方纲：《石洲诗话》卷四，清嘉庆二十年（1815）蒋攸铦刻本。
③ （清）翁方纲：《石洲诗话》卷四，清嘉庆二十年（1815）蒋攸铦刻本。
④ （清）法式善：《梧门诗话》卷一，载张寅彭、强迪艺《梧门诗话合校》，凤凰出版社2005年版，第54—55页。

达了翁方纲对苏轼的仰慕之情，并揭示出翁方纲对同时代宗宋者厉鹗、钱载的肯定。对此，翁方纲的弟子吴嵩梁亦有评论："坤一先生（指钱载）诗清真遒峭，深得宋人妙处，胜于优孟唐人者多矣。翁覃溪师论诗极严，独推作者，其研究音节尤善。"① 以上种种，不难见出翁方纲对崇宋者的推崇，而这恰恰间接明确了其对宋调的肯定。

以上，翁方纲在唐宋诗之争的问题上，是以迂回婉曲的形式表明了自己的崇宋思想。事实上，翁方纲是乾嘉之际宗宋阵营中的一员骁将，他是坚定的宋诗拥护者，只不过他不是以通行的直接批评方式，而是通过对前人的批评，婉转地表达了对同时代尊唐者的否定，以间接的方式参与了唐宋诗之争，传达了自己宗宋的立场。②

因此，在唐宋诗之争的观点上，法式善与袁枚是以反对者的姿态出现在乾嘉文坛的，即反对片面地尊唐或尊宋，诗歌的评价标准是"性情"的有无，无分唐、宋，实际上表现出一种融通唐宋的诗学观。与袁枚、法式善不同，翁方纲的诗学观念是建立在宗宋的诗学立场之上的。

二 对待"学人之诗"的观点

乾嘉时期，汉学考据之风盛行，一批考据家、经学家大举"学人之诗"的旗帜，与以袁枚为代表的性灵派对垒。其中如翁方纲"所为诗，自诸经注疏，以及史传之考订，金石文字之爬梳，皆贯彻洋溢其中。论者谓能以学为诗"③。钱钟书《谈艺录》曾说他："同、光以前，最好以学入诗者，惟翁覃溪。"翁方纲极力强调学问在诗歌中的作用，其"肌理说"之核心即是突出学问在诗歌创作中的主导作用，④ 如《石洲诗话》卷四提出：

---

① （清）吴嵩梁：《石溪舫诗话》卷一，载杜松柏《清诗话访佚初编》第三册，台北新文丰出版公司1987年版，第14—15页。
② 参见张丽华《清代乾嘉时期唐宋诗之争流变研究》，博士学位论文，苏州大学，2008年。
③ 赵尔巽等：《清史稿·翁方纲传》第44册，中华书局1977年版，第13395页。
④ 张少康：《中国文学理论批评史》下，北京大学出版社2005年版，第361页。

宋人之学，全在研理日精，观书日富，因而论事日密。如熙宁、元佑一切用人行政，往往有史传所不及载，而于诸公赠答议论之章，略见其概。至如茶马、盐法、河渠、市货，一一皆可推析。南渡而后，如武林之遗事，汴土之旧闻，故老名臣之言行、学术，师承之绪论、渊源，莫不借诗以资考据。①

翁方纲指出了宋诗以义理、学问、论事见长的特点，而这些都要求诗人要有广博而深厚的学问功底，诸如政治、经济、道德、学术等多方面的学识储备，只有具备了这些，才能使其诗作有资于考据。翁方纲借此表明其作诗首重学问的诗学态度。

事实上，关于诗歌创作与学问的关系命题，学界观点不一，而翁方纲则尤为强调学问在诗歌创作中的重要性，反映在其宗宋的诗学态度上。翁方纲于宋代诗人中虽推崇苏轼，却认为学人之诗的典范是黄庭坚，认为最能代表宋诗特征的当数黄庭坚：

诗则至宋而益加细密，盖刻抉入里，实非唐人所能囿也。而其总萃处，则黄文节为之提挈，非仅江西派以之为祖，实乃南渡以后，笔虚笔实，俱从此导引而出。善夫刘后村之言曰："国初诗人如潘阆、魏野，规规晚唐格调；杨、刘则又专为昆体，苏、梅二子稍变以平澹豪俊，而和之者尚寡；至六一、坡公，肖然为大家，学者宗焉。然二公亦各极其天才笔力之所至，非必锻炼勤苦而成也。豫章稍后出，会萃百家句律之长，究极历代体制之变，搜讨古书，穿穴异闻，作为古律，自成一家。虽只字半句不轻出，遂为本朝诗家宗祖。按此论不特深切豫章，抑且深切宋贤三昧。不然，而山谷自为江西派之祖，何得谓宋人皆祖之？且宋诗之大家无过东坡，而转桃苏祖黄者，正以苏之大处，不当以南、北宋风会论之，舍元祐诸贤外，宋人盖莫能望其肩背，其何从祖之乎？……盖继往开来，源远流长，所

---

① （清）翁方纲：《石洲诗话》卷四，清嘉庆二十年（1815）刻本。

自任者，非一时一地事矣。"①

在这里，翁方纲明确黄庭坚诗歌的成就在于"总萃"宋人细密之风，毫不讳言其对黄庭坚的推崇，认为黄庭坚"非仅江西派之为祖"，南渡以后诗风"俱从此导引而出"，进而比较、指摘宋初以来潘阆、魏野、杨亿、刘筠、苏舜钦、梅尧臣、欧阳修、苏东坡等人诗作的不足，指出直至黄庭坚进入诗界，"会萃百家句律之长，究极历代体制之变，搜讨古书，穿穴异闻，作为古律，自成一家。"虽只字半句不轻出，却真正意义上堪为宋诗的典范，黄庭坚终为宋诗之祖，代表着宋诗的最高成就。

应该指出，翁方纲的"以学入诗"，指出学问对诗歌创作存在着影响，这种诗学态度是有可取之处的，然而翁方纲为提升学问在诗歌创作中的地位，而片面夸大学问对诗歌创作起绝对主导作用，这是有失客观的。个体的学识修养对诗歌创作固然有影响，然并非绝对，诗歌的创作根源于现实生活与诗人的情感思想。因此，对待翁方纲坚守的"学人之诗"的诗学命题，袁枚与法式善均投反对票，即在对待"学人之诗"的态度问题上，袁枚与法式善的理念近乎相同。

针对当时诗坛愈演愈烈的"学人之诗"创作，法式善深表不满，他在《容雅堂诗集序》中说道：

> 有学人之诗，有才人之诗。学人之诗，通训诂、精考据，而性情或不传。才人之诗，神悟天解，清微超旷，不可羁绁。唐之太白、乐天，宋之放翁、诚斋，各得其所。近国朝渔洋尚书以神韵为主，悔余编修以透露为主，则又各得才人之一体者也。而近世或以其平近少之，岂知水性虚而文生，竹性虚而节生，是有天焉，不可学而至也。②

---

① （清）翁方纲：《石洲诗话》卷四，清嘉庆二十年（1815）刻本。
② （清）法式善：《存素堂文续集》卷二，扬州绩溪程邦瑞刻，1812。

法式善以"水""竹"之"性"为喻，突出强调诗乃本之于"性情"，自然天成，进而阐明"学人之诗"与"才人之诗"的区别："学人之诗"，诗人的精力完全耗费在无尽的训诂、考据之中，毫无性情而言，自然无法与无所羁绊、自然超逸的"才人之诗"相比，"才人"之"才"，乃"先天与之的天分""不可学而至也"。法式善又提出"诗之可学而致者，格也、律也；不可学而致者，才也"，[①] 极言"才人之诗"是"学人之诗"所望尘莫及的。相较于法式善温和的批评态度，袁枚的抨击则较为尖锐。袁枚一方面直接批评"学人之诗"借助诗文以卖弄文字，读之令人生厌。如《随园诗话》卷四中说："经学渊深，而诗多涩闷，所谓学人之诗，读之令人不欢"[②]，指出时人作诗"句句加注，是将诗当考据作矣""凡诗之传者，都是性灵，不关堆垛""何必借诗为卖弄"。[③] 学问不能代替灵性，天赋不可强求而至，如果"才之不足，征典求书"，无疑"误把抄书当作诗"（袁枚《仿元遗山论诗》），成为诗坛笑柄。另一方面，袁枚认为"才人之诗"乃先天与之，非后学而能至，即"诗不成于人，而成于其人之天。其人之天有诗，脱口能吟；其人之天无诗，虽吟而不如其无吟"。[④] 袁枚亦曾在序法式善诗集时高度评价："时帆先生，天先与之诗骨而后生者也。"肯定法式善于诗作上能自抒性情，天分极高。

可见，法式善与袁枚在对"学人之诗"的批评态度上也表现出近乎相同的理念，这对维系二人的友谊不无裨益。袁枚曾于《随园诗话·补遗》中对法式善有过一段评价：

　　法时帆学士造诗龛，题云："情有不容已，语有不自知。天

[①] （清）法式善：《张鹤侪布衣诗集序》，《存素堂文续集》卷二，扬州绩溪程邦瑞刻，1812。

[②] （清）袁枚：《随园诗话》卷四，王英志批注，凤凰出版社2009年版，第67页。

[③] （清）袁枚：《随园诗话》卷五，王英志批注，凤凰出版社2009年版，第83页。

[④] （清）袁枚：《何南园诗序》，载王英志主编《袁枚全集·小仓山房续文集》卷二十八，江苏古籍出版社1993年版，第494页。

籁与人籁，感召而成诗。"又曰："见佛佛在心，说诗诗在口。何如两相忘，不置可与否？"余读之，以为深得诗家上乘之旨。旋读其《净业湖待月》云："缓步出柴门，天光隔桥潋。溪云没酒楼，林露滴茶笼。秋水忽无烟，红蓼一枝动。"又："抠衣踏藓花，满头压星斗。溪行忽有阻，偃蹇来醉叟。攘臂欲扶持，枕湖一僵柳。"此真天籁也。又，《读稚存诗奉柬》云："盗贼掠人财，尚且有刑辟。何况为通儒，腼颜攘载籍。两大景常新，四时境屡易。胶柱与刻舟，一生勤无益。"此笑人知人籁而不知天籁者。先生于诗教，功真大矣。《咏荷》云："出水香自存，临风影弗乱。"可以想其身份。又曰："野云荒店谁沽酒，疏雨小楼人卖花。"可以想其胸襟。①

袁枚以"深得诗家上乘之旨""真天籁""于诗教，功真大矣"等赞语，表现出对法式善诗才、诗作的认可，及对其气度胸襟的高度欣赏。在援引有关洪亮吉的诗作《读稚存诗奉柬》进行点评时，袁枚表明自己在反对"学人之诗"的"炫耀学问、缺乏真性情、固执拘泥"等弊端上，与法式善的态度是相一致的。但是，袁枚为了竭力区别"学人之诗"与"才人之诗"的不同，极力宣扬"性灵说"，将诗歌创作定位在"天才的游戏"，说成了"天赋决定论"，过度强调了诗歌创作中天赋的重要性，这是有失客观的。不过，不能因此便认为袁枚与法式善不注重后天学识对诗文创作的影响。袁枚认为"凡多读书，为诗家要事，所以必须胸有万卷者"，且目的不是以书卷代替灵性，而是"欲其助我神气耳"，② 即"役使万书籍，不汩方寸灵"（《改诗》）。这才是袁枚所谓"才人之诗"与"学人之诗"的关系所在。相较于袁枚的这一观点，法式善虽未曾有过直接的言论，然观其一生的成就，在相关历史典籍的整理、辑佚、考订、编撰和著述方面，成就极大，著作极多，也是当时著名的"学

---

① （清）袁枚：《随园诗话》补遗卷六，王英志批注，凤凰出版社2009年版，第402页。
② （清）袁枚：《随园诗话》补遗卷一，王英志批注，凤凰出版社2009年版，第309页。

人"，以至有"群谓先生平生学问为文人领袖"①之誉，学问既广且深。于此，二人对待"学人之诗"的观点亦如出一辙。

三 面对"性灵说"的表现

袁枚倡导"性灵说"的诗学观，在乾嘉诗坛反响巨大，拥护者门庭若市，门生弟子遍布随园内外，反对者亦不乏其人，诟病不已。法式善以客观的思考审视袁枚的诗学思想。

法式善倡导的"性情观"与袁枚的"性灵说"在主导精神上有相通之处。法式善乾隆四十五年（1780）进入仕途之时，袁枚时已65岁，早已高擎"性灵"大旗，"上至朝廷公卿，下至市井负贩，皆知贵重之"（姚鼐《袁随园君墓志铭》），"以诗古文主东南坛坫"，②为一时盟主。袁枚标举"性灵说"是与当时诗坛流行的拟古之论以及以考据为诗等诗坛风气相对立的。尽管袁枚的"性灵说"内涵颇为丰富③，要远远大于"性情"，然其在情感这个特定的含义下，核心部分还是"性情"。对此，袁枚在诗文中曾反复强调，"提笔先须问性情"④，"性情以外本无诗"⑤，"须知有性情，便有格律；格律不在性情外"⑥，"诗者由情生者也"⑦，等等，频繁提及"性情"，也表明在袁枚看来，诗歌创作如若缺失了真情实感，也就算不得好诗了。

与之相似，法式善评论诗人诗作的首要标准也是"性情"。他曾言"诗者何？性情而已矣。欲知人之性情，必先观其诗"⑧、"余维诗以道性情，哀乐寄焉，诚伪殊焉"（《兰雪堂诗集序》），或言"有情乃有诗，此语吾深信"⑨、"发乎情，止乎礼义，诗之谓也"

---

① （清）姚元之：《竹叶亭杂记》，中华书局1982年版，第109页。
② （清）舒位：《瓶水斋诗集》下，曹光甫点校，上海古籍出版社2009年版，第829页。
③ 王英志：《清人诗论研究》，江苏古籍出版社1986年版，第200页。
④ 王英志主编：《袁枚全集·小仓山房诗集》，江苏古籍出版社1993年版，第62页。
⑤ 王英志主编：《袁枚全集·小仓山房诗集》，江苏古籍出版社1993年版，第567页。
⑥ （清）袁枚：《随园诗话》卷一，王英志批注，凤凰出版社2009年版，第3页。
⑦ 王英志主编：《袁枚全集·小仓山房文集》，江苏古籍出版社1993年版，第527页。
⑧ （清）法式善：《蔚嶷山房诗钞序》，《存素堂文集》卷一，扬州绩溪程邦瑞刻，1807。
⑨ （清）法式善：《题孙子潇〈原湘双红豆词〉后》，《存素堂诗初集录存》卷十三，湖北德安王埔刻，1807。

(《金青侪环中庐诗集序》)等,这些言论都从不同侧面反映了法式善论诗注重真情实感,唯情真,诗才有真情,才足动人。由此可见,袁枚之"性灵"与法式善的"性情"在情感的主导方面是相通的。不过,因此就将法式善纳入"性灵一派",又流于盲目,有失客观。

诚然,袁枚的"性灵说",在反对乾嘉诗坛因袭模仿、规唐模宋的陋习上确实功不可没,其倡导诗人个性的张扬,真情的表露,灵感的触发,无疑是当时文坛创作中摆脱陈规戒律,思想解放的一面大旗。但是,"性灵派"诗人过分孤立地仰仗一己之"灵性",创作态度有失严肃认真,致其末流更堕入"轻薄肤廓""浮华率易"的"恶趣"。有鉴于此,作为后学,法式善并未囿于袁枚的大家、盟主的诗坛地位,而是客观地分析了"性灵派"盛行之同时所滋生出的不和谐音符,针对其已然形成的弊病予以批判。如《梧门诗话》卷七第5则所言:

> 随园论诗,专主性灵。余谓性灵与性情相似,而不同远甚。门人鲍鸿起文达辩之尤力,尝云:"取性情者,发乎情,止乎礼义,而泽之以《风》、《骚》,汉、魏、唐、宋大家。俾情文相生,辞意兼至,以求其合。若易情为灵,凡天事稍优者,类皆枵腹可办,由是街谈俚语,无所不可。芜秽轻薄,流弊将不可胜言矣。"余深是之。①

法式善在文中借助门人的观点,婉曲地揭示了当时"性灵派"流行日久,不免泥沙俱下,以致街谈俚语之粗俗言辞、芜秽轻薄之低俗内容等弊病如影随形。不过法式善并非偏执一端,仅关注"性灵派"之流弊。对"性灵派"主流向上一脉,他也绝不吝惜褒奖之词。例如他推举陈基"诗善写性灵,而造语精到,无率意之病,是

---

① (清)法式善:《梧门诗话》卷七,载张寅彭、强迪艺《梧门诗话合校》,凤凰出版社2005年版,第209—210页。

善学随园者"①；又引吴澹川《酒后客来》诗，评其"每自诵此诗，纯乎自然，不由人力，近人所谓性灵诗，能及此否？"②可谓持论公允，不为时俗所限。

值得注意的是，翁方纲对袁枚的"性灵说"却不置一词，面对性灵派诗人的讨伐，翁方纲一直保持沉默，即便是对性灵派的倡导者袁枚的批评亦从不接招，一言不发。这种情形在袁枚生前、性灵派光彩照人时如此，随着袁枚谢世及性灵说自身局限、弊端的不断暴露，不时有批评之声发出之际，翁方纲对此仍然是三缄其口，保持此种态度直至终老一生。即"翁氏对同时代的宗唐者罕有轩轾，他个人及其所引领的诗派以学问为诗、以考据为诗的创作特征，却成为论者尤其是提倡无分唐宋但诗学趣味与唐为近的性灵派攻击的重要目标之一，而面对性灵派等的讨伐，翁氏一直保持沉默，对性灵说及其领袖袁枚不置一词，即便是在袁枚离世并广受非议之时"③。究其原因，个中说法不一，但是从乾嘉诗坛力量构成的因素考察，翁方纲以政治身份立足诗坛，而袁枚则是以下层才士的姿态扬名文坛；居于上位的翁方纲对下层文士的诗学观采取了不屑与之争辩的态度，无须回答即为一种无声的回击，这应该是缘由之一种吧。

总之，诸家之说角逐于乾嘉诗坛，在唐宋诗之争、性灵说、学人之诗的态度上，法式善与袁枚的诗学观点大体一致，而法式善与翁方纲的观点则时有不同，这种观念的揭示，对深入解读法式善的诗学思想，探索乾嘉诗坛诗学观念的多元化问题上都是有所裨益的。

乾嘉诗坛，诗界论争此起彼伏，正所谓"你方唱罢我登场"，身处其间，如何不在思想上迷失，不被裹挟着倒向一边，是很难做出的选择，法式善做到了。对传统诗学观深入地分析和理性地继承，对当时诗坛存在的各种弊端的清晰认识，在诗歌创作实践中得到的

---

① （清）法式善：《梧门诗话》卷十三，载张寅彭、强迪艺《梧门诗话合校》，凤凰出版社2005年版，第387页。
② （清）法式善：《梧门诗话》卷十三，载张寅彭、强迪艺《梧门诗话合校》，凤凰出版社2005年版，第389页。
③ 张丽华：《清代乾嘉时期唐宋诗之争流变研究》，博士学位论文，苏州大学，2008年。

切身体会，使他在以袁枚为代表的"性灵说"与以翁方纲为首的"肌理派"面前，客观而冷静地找到了自己的定位。他不苟同于任何一家之说，积极用创作和各种文学活动实践着自己的诗学观：除了在《梧门诗话》的评点中集中宣扬着自己的诗学理念外，他还在诗歌创作和为他人文集所作的序跋文中传达着自己的诗学诉求，这在乾嘉诗坛思想纷纭的态势下自有其价值。正因为有着自己的诗学理念并将其付诸实践，法式善在文学理论、文学创作与文学活动等几方面都具备了成为文坛盟主所需要的条件。当然他的有些理念还较为模糊，未形成系统，但是瑕不掩瑜，其成绩还是不言而喻的。

第五章 法式善诗歌创作研究

　　经历了江山易姓、沧海桑田的历史变革，清王朝终于迎来了乾嘉盛世，诗坛也呈现出盛世的特色。风格上追求雅正，创作上追求形式化，审美趣尚上追求闲适等。随着主盟诗坛数十年的王士禛谢世、"耆儒晚遇的沈德潜"[①]以97岁高寿病卒，曾牢笼诗界的"神韵说"与"格调说"也逐渐失去其往日的辉煌，弊病日出，渐渐淡出了诗学园地。此后，"挟官位以为重而高临诗坛"[②]的翁方纲与有清一代全力作诗的"专业"诗人袁枚[③]主导了乾嘉诗坛的诗学走向，一时间"肌理说""性灵说"成为诗坛的新风尚，标举着诗人的创作情趣。清代诗歌在前贤与后进的提倡与反拨中，在不断的冲突与融合、批判与继承中丰富着自身的理论与创作，呈现出勃勃生机。

　　乾嘉诗坛人才济济，名家辈出，法式善因其在诗歌创作上的特有成就，亦占有一席之地。法式善今存诗歌3000余首，就创作总量而言，不可谓不丰；就体裁而言，古、近体皆备，尤以五言著称；就风格而言，以清淡为主；就题材而言，内容丰富，如田园、山水、纪行、怀友、题画、咏怀、唱和诗等。然推究法式善的全部诗作，最能代表其诗歌创作成就的当为怀人诗、题画诗、咏物诗。即从价值层面而言，怀人诗，既传达着法式善的人生趣尚也成就了其于诗

---

① 严迪昌：《清诗史》，浙江古籍出版社2002年版，第668页。
② 严迪昌：《清诗史》，浙江古籍出版社2002年版，第709页。
③ 严迪昌：《清诗史》，浙江古籍出版社2002年版，第731页。

史的地位;题画诗,彰显着乾嘉诗坛士人的生活风尚;咏物诗,是其特定的馆阁文人局促的日常生活及孤寂心灵的写照。有鉴于此,本章试从分析法式善的诗歌创作入手,深入其文学生活,还原出一个真实的、在盛世文坛踽踽而行的台阁文人的创作实践。

第一节 怀人组诗创作与乾嘉文学生态

法式善一生宦迹甚少离开京城,然并没有影响其广交士林。他曾自我标榜:"于友朋文字外,一切了无所系。"① 时人王豫《群雅集》谓其"以诗文为云霞,以气义为性命",遂使四方之士往来京师者,均以拜谒诗龛为荣幸。而法式善又非常珍视友朋之谊,所以,在法式善的诗作中,占据了较大的诗篇抒发其对友人的怀念之情。其所怀之人,不限地域南北,不分身份尊卑,不问民族归属,曾与其千里论文如袁枚等,或共侍翰林如洪亮吉等,即"十年听雨者,亦谓之朋旧;千里论文者,亦谓之朋旧"②,均可作为法式善怀人诗作笔下的主人公。通观法式善今存的怀人诗作,就数量而言,是法式善诗作中比重最大的,同时,其怀人诗的特点也较为鲜明,多以组诗的形式出现。

一 怀人组诗创作名著当时

梳理法式善的诗集,将法式善的怀人组诗列表 5-1 如下。

表 5-1　　　　　　　　法式善的怀人组诗

次序	年代	诗题	数量	体裁	人物	卷数
第一组	乾隆五十六年(1791)	《寄怀山庄扈从诸游好》	4首	五律	4人	《存素堂诗初集录存》卷三
第二组	乾隆五十六年(1791)	《感旧怀人诗》	7首	五古	7人	《存素堂诗初集录存》卷三

---

① (清)法式善:《移居图跋》,《存素堂文集》卷三,扬州绩溪程邦瑞刻本,1807。
② (清)法式善:《朋旧及见录例言》,《存素堂文续集》卷一,国家图书馆馆藏稿本。

续表

次序	年代	诗题	数量	体裁	人物	卷数
第三组	嘉庆三年（1798）	《诗龛谕画诗》①	40首	五古	40人	《存素堂诗初集录存》卷八
第四组	嘉庆四年（1799）	《续论画诗》	5首	五古	5人	《存素堂诗初集录存》卷八
第五组	嘉庆八年（1803）	《怀远诗六十四首》	64首	七律	64人	《存素堂诗初集录存》卷十六
第六组	嘉庆八年（1803）	《乐游诗》	36首	七古	36人	《存素堂诗初集录存》卷十七
第七组	嘉庆八年（1803）	《叹逝诗》	20首	五律	20人	《存素堂诗初集录存》卷十七
第八组	嘉庆八年（1803）	《岁暮怀人杂咏》	20首	五律	20人	《存素堂诗初集录存》卷十八
第九组	嘉庆十五年（1810）	《题朋旧尺牍后·已往之人》	24首	七律	24人	《存素堂诗二集》卷三
第十组	嘉庆十五年（1810）	《题交游尺牍后·现在之人》	42首	七律	42人	《存素堂诗二集》卷四
第十一组	嘉庆十五年（1810）	《病中杂忆》	122首	七绝	123人	《存素堂诗二集》卷五
第十二组	嘉庆十八年（1813）	《春夕怀人三十二首》	32首	六言古体	48人	《存素堂诗续集》
第十三组	嘉庆十八年（1813）	《续怀人诗十六首》②	17首	六言古体	25人	《存素堂诗续集》

由表5-1统计可见，法式善怀人诗最大的特点是以组诗的形式呈现。考察法式善的怀人组诗，所怀友人或现在之人、或以往之人，或近在咫尺、或天各一方；友人的身份或布衣、或官吏，或画家、或诗人；体裁上或古体、或近体，丰富多样；创作时间不限，且几

---

① 需要指出的是，这组诗题虽是《诗龛谕画诗》，但是该诗的创作主旨在于"借画而写人"，即仍可视为怀人诗作。
② 该组诗诗题为十六首，实际共有诗作17首。

乎伴随了他创作生涯的一生。创作数量上少则三五首,动辄数十首,终成十三组、429 首诗作。如此大规模的怀人组诗,在以组诗创作风行一时的乾嘉诗坛,[①] 法式善的怀人组诗数量上堪当乾嘉诗坛之冠。试粗略比较而言,如表 5-2 所示。

表 5-2　　　　　　法式善同时期部分诗人怀人组诗创作

序号	诗人	诗作题目	诗作总量	诗集
1	袁枚 (1716—1798)	2 组:《怀人诗》(《诗集》卷三);《仿元遗山论诗》[②](《诗集》卷二十七)	77 首	见《袁枚全集》之《小仓山房诗集》,王英志点校,江苏古籍出版社 1993 年版
2	洪亮吉 (1746—1809)	2 组:《岁暮怀人二十四首》(《卷施阁集》诗卷第十五); 《续怀人诗十二首》(《卷施阁集》诗卷第十五)	36 首	《洪亮吉集》,刘德权点校,中华书局 2001 年版
3	张问陶 (1764—1814)	3 组:《除夕怀人八首》(《船山诗草》卷五); 《岁暮怀人作论诗绝句》(《补遗》卷一);《春日怀人》(《补遗》卷一)	28 首	《船山诗草》,嘉庆二十年(1815)刻本
4	王昶 (1725—1806)	2 组:《怀人绝句》(卷五); 《长夏怀人绝句》(卷二十四)	102 首	《春融堂集》,嘉庆十二年(1807)刻本
5	陈文述 (1771—1843)	6 组:《都门五君诗》(《诗选》卷四); 《海上怀人诗》(《诗选》卷八); 《滦河行馆秋夜怀都门友人》(《外集》卷三); 《寒夜怀人诗用滦河秋夜怀诗体》(《外集》卷三); 《雪夜怀人诗》(《外集》卷三); 《除夕怀人诗》(《外集》卷三)	111 首	《颐道堂集》,嘉庆十二年(1807)刻本

---

① 李鹏:《论乾嘉时期的咏史组诗热——兼论清诗中的组诗现象》,《山西师大学报》(社会科学版)2011 年第 5 期。

② 袁枚该组诗后有小序云:"遗山《论诗》古多今少,余古少今多,兼怀人故也。其所未见与虽见而胸中无所轩轾者俱付阙如",因此亦将其列入怀人诗之列。王英志主编《袁枚全集》第一册,江苏古籍出版社 1993 年版,第 594 页。

续表

序号	诗人	诗作题目	诗作总量	诗集
6	蒋士铨 （1725—1785）	5组：《怀人诗》十二首（卷十六）；《怀人诗》四十八首（卷二十五）；《后怀人诗》十八首（卷二十五）；《续怀人诗》十九首（卷二十五）；《后续怀人诗》十八首（卷二十六）	115首	《忠雅堂文集》，嘉庆刻木
7	谢启昆 （1737—1802）	1组：《怀人诗二十首》（卷八）	20首	《树经堂诗续集》，嘉庆刻本
8	铁保 （1752—1824）	1组：《怀旧十首》（《诗钞》卷四）	10首	《梅庵诗钞》，道光二年（1822）石经堂刻本
9	舒位 （1765—1816）	1组：《江上停云诗》（卷十七）	12首	《瓶水斋诗集》，曹光甫点校，上海古籍出版社1991年版
10	赵怀玉 （1747—1823）	1组：《岁暮怀人二十首》（《诗》卷二）	20首	《亦有生斋集》，嘉庆二十一年（1816）刻本

从表 5-2 中略可窥见怀人组诗在乾嘉诗作中的普遍性。然相较法式善的怀人组诗创作而言，无论在组诗的数量、所怀人物的数量，还是体裁的丰富性等方面，以上诗人均不及法式善。所以，法式善的怀人组诗以其数量之众、所怀人物之多冠于当时。

二 怀人组诗的文献价值

法式善的 429 首怀人组诗，所怀人物众多，涉及内容丰富，或借诗以品评朋旧诗作及个性，或于诗中描述友朋间的交往细节，抑或是借怀人诗篇展示当时文人的生活情态，这对阐释当时文人的生平、诗学及生活情趣均有着不同程度的文献参考价值。具体表现为：

其一，借怀人诗以品评朋旧诗作成就。纵观法式善一生，文人士子不论地域之南北，不限仕途之穷达，皆可为其友朋，范围可谓遍及朝野。笃于友谊，也成就了法式善诗作的情感取向，怀人诗亦难脱其囿。同时，法式善于少时即喜为诗，又尚品评，故有《梧门诗话》之编，以至于在怀人诗中亦常品评友人，与其诗话相补充。

如其忆怀忘年交、前贤师长袁枚的诗作《袁子才太史》：

> 一夕话扫千人军，一枝笔凌千丈云。前后寄余三十牍，中有两牍公手录。风流一似贺季真，奢靡肯比石季伦。议者蚍蜉撼大树，芟其驳杂留其淳。①

该诗为嘉庆十五年（1810）法式善所作《题朋旧尺牍后·已往之人》24 首组诗的第一首。法式善当时因病居家静养，得有闲暇检阅数年来与友朋间的书信往来，阅信有感，遂以已往及现存为别，一夕得怀人诗二组，即《题朋旧尺牍后·已往之人》24 首及《题交游尺牍后·现在之人》42 首。

袁枚与法式善属忘年之交。法式善久慕袁枚这位名噪一时的文坛盟主、诗界领袖，却因地域和宦途无缘得见，仅以鸿雁传音、隔空对话，深以终生未曾谋面为憾。年届花甲之年的法式善再次亲睹袁枚曾邮寄给自己的尺牍，睹物思人（当时袁枚已过世 14 年之久），遂成此诗。前两句品评袁枚昔日于文坛以其凌云健笔，赢得文坛盟主之地位。接着回忆袁枚与自己传书递简，难能可贵的"中有两牍公手录"，思人已逝去，睹墨迹犹存，不禁感慨良多。尚想袁枚一生，虽耄耋之年仍遍览湖山，与新朋旧友诗酒文会而殆无虚日，于生活饮食用度上又极为奢华，风流堪比唐朝四明狂客贺知章，精致直逼晋时奢华富贵的石崇。末句，感慨后人对袁枚的抵牾。袁枚逝世后，曾经追随其门下之人，竟也开始倒戈袁门，诟病袁枚。法式善对此深表不满，尽管袁枚平生诗作过于直抒性灵，有失于率意之弊，然"芟其驳杂留其淳"，除去那些芜秽轻薄之低俗之作外，其诗作仍不失为淳厚自然。

又如法式善怀念友人张问陶："太白仙去东坡死，大笔淋漓属吾子。"（《张船山检讨》）认为成长于峨眉山下，巴山蜀水之地的张问

---

① （清）法式善：《题朋旧尺牍后·已往之人》，《存素堂诗二集》卷三，湖北德安王墉刻，1812。

陶，其诗文创作秉承山川日月之精华，直追先贤，乃李白、苏轼百年后能与之相媲美的第一人。此语是对张问陶于当时诗坛地位的肯定，可谓评价甚高，然并非言重。袁枚曾将张问陶视为"八十衰翁生平第一知己"，谓其"西川张船山，盘盘大才子"，一直以奇才目之。张问陶的好友洪亮吉更是将其推荐给当时文坛泰斗袁枚，并"盛称蜀中翰林张船山问陶之才"[①]，"执事（按：指张问陶）之才，为长安第一"[②]。洪亮吉又评价张问陶的诗云："张检讨问陶诗，如骐骥就道，顾视不凡。"[③] 时人吴嵩梁于《石溪舫诗话》中亦认为张问陶"其人与诗皆有奇气"[④]。可见时人对张问陶的诗作、诗才是积极肯定的，因此法式善评价船山"饮酒歌诗有别才"，实属公允。

法式善于怀人组诗中，品评朋旧其人其诗，每每出语精辟，持论公允。如评价吴嵩梁的诗作"怪君喜作幽艳诗，近来汰尽粉与脂"（《吴兰雪博士》），略可窥见法式善对吴嵩梁幽艳诗作的不满，且揭示出吴嵩梁诗风前后期的变化；评价洪亮吉的诗作"诡奇不甚求贴妥"（《洪稚存编修》），和洪亮吉自己所谓"仆诗如激湍峻岭，殊少回旋"（《北江诗话》卷一），如出一辙；指出石韫玉"论诗偶及李怀麓，晚年留意黄山谷"（《石琢堂廉访》）的诗学倾向；评价汪端光"短（原文为'断'，依句意改）句清比王渔洋，长篇丽过田山姜。小词当代竟无匹，抗手只许杨蓉裳"（《汪剑潭司马》）各体文学的创作成就；细数姚鼐散文创作"先生散体追曾王，其他著述今欧阳"（《姚姬传郎中》）的文学渊源；谓翁方纲"先生精力不可及，细字写满芝麻粒"（《翁覃溪先生》）以书法著称于时；称赞桂馥的"冰斯绝技世罕见，六法而今君独擅。乐府一似杨铁崖，簪花骑象工诙谐"（《桂未谷大令》）的文学成就；品评曹俪笙诗作"下笔千言工且丽"的特点（《曹俪笙尚书》）；等等。

---

① （清）袁枚：《随园诗话》补遗卷五，凤凰出版社 2009 年版，第 382 页。
② 王英志：《袁枚评传》，南京大学出版社 2002 年版，第 238 页。
③ （清）洪亮吉：《北江诗话》卷一，《洪亮吉集》第五册，中华书局 2001 年版，第 2246 页。
④ （清）吴嵩梁：《石溪舫诗话》卷一，载杜松柏主编《清诗话访佚初编》第三册，台北新文丰出版公司 1987 年版，第 53 页。

以上种种，不一而足，借怀友诗作来品评友朋的诗文风尚，这是一般诗人此类题材中常选择的视角。但法式善此类诗作数量之大，所品评的人物之众，使他的怀人组诗犹如一部时人创作的谈艺录，为后学提供了可资借鉴的资料。

其二，法式善于怀人诗作中，往往捕捉友朋间交往的细节、个性的特点，而这些生活片段的揭示，恰恰成为研究朋辈友人或著作成书的重要资料补充，对补充正史阙如的文献提供了来源，有一定的史料价值。

有关著述成书的相关内容的揭示。如《熙朝雅颂集》的成书，前文曾指出《熙朝雅颂集》是有清一代最为完备的八旗诗歌总集，也是迄今为止清代文学史中收列八旗诗人数目最多、诗作最广的一部八旗诗歌选集，是后人了解清代八旗诗歌和研究清代文学的重要文献。与其成书相关之人主要是铁保、法式善、汪廷珍等。然成书过程中，具体效力之人，还有官方史书所忽视的细节，这些在法式善的怀人诗中得以揭示。如其《题朋旧尺牍后·已往之人》之《纪文达公》诗云：

  公书不及苏东坡，辩韵远胜毛西河。缙绅旧本余题跋，（顺治年间缙绅，公曾诿余题跋）熙朝雅颂公取夺。（《雅颂集》多公取夺）往来残札多飘零，春花佳句留荒亭。非说遗碑比落水，将看剩字同晨星。①

又《春夕怀人三十二首》之二十八首，诗云：

  金镛石鼓左右，灶蒙凫绎东西。半载熙朝雅颂，山月随人过溪。（蒋因培②，字伯生，今宰泰安。试成均诗，余每首擢之，

---

① （清）法式善：《存素堂诗二集》卷三，湖北德安王墉刻，1812。
② 蒋因培（1768—1838），字伯生，常熟人。诸生。年十七以国子监生应顺天乡试，为法式善激赏。嘉庆二年（1797）援投效例授阳谷县丞，历知滕县、汶上、泰安、齐河诸县。道光元年（1821）以狂谬被劾，遣戍新疆，遇赦释还。归里后杜门不出，寄情诗酒。单学傅称其诗"善攫题情，如海东青之击天鹅，上盘下搏无或失"（《海虞诗话》）。著有《乌目山房诗存》。

需次山左，上官以诗人目之。予纂《熙朝雅颂集》成，皆伯生一人经理。)①

这里，法式善指明《熙朝雅颂集》成书过程中，关于所编诗作的去取存留，多得力于纪昀的定夺；同时，在具体编纂过程中，皆因蒋因培倾力相助。这些，正史疏于记载，而法式善补充之，其文史价值可见一斑。

此外，值得一提的《熙朝雅颂集》的成书，曾经得到纪昀审定一事的揭示，似可成为该书成书时涉及法式善的一段冤案辩诬。舒坤曾于《批本随园诗话》批语中攻击法式善云：

法时帆系蒙古人，非满洲人。乾隆庚子进士。初名运昌，因用国书书之，与"云长"同，奉旨改今名。其人诗学甚佳，而人品却不佳。铁冶亭辑八旗人诗为《熙朝雅颂集》，使时帆董其事。其前半部，全是《白山诗选》，后半部则竟当做买卖做。凡我旗中人有势力者，其子孙为其祖父要求，或为改作，或为代作，皆得入选。竟有目不识丁，以及小儿女子，莫不滥厕其间。②

为此，严迪昌先生曾辩驳道："嘉庆九年（1804）由铁保主其事，法式善具体董理编成的《熙朝雅颂集》，共辑入满、蒙、汉军八旗的诗人五百八十五家，诗七千七百四十三首，合为一百三十四卷。……至于法式善协编《熙朝雅颂集》，据舒坤《批本随园诗话》说，他'竟当作买卖做。凡我旗中人有势力者，其子孙为其祖父要求，或为改作，或为代作，皆得入选'云云，即使是事实，则正好说明被'汉人习气'所异化的程度已大背列祖列宗的初衷。但那个基本数字大抵应可信，铁保的诗学造诣甚高，其时正加太子少保衔，

---

① （清）法式善：《存素堂诗续集》，杭州阮元刻，1816。
② （清）袁枚：《随园诗话》，顾学颉点校，人民文学出版社1982年版，第852页。

将擢两江总督，法式善当不至于越轨胡来。"① 严迪昌先生主要从《熙朝雅颂集》的主事之人铁保的方面分析了法式善不至于肆意妄为，为其辩驳。法式善此诗所揭示的内容，也再次证明该集所录诗篇，并非随便可以由法式善当买卖做，任意胡来，就算法式善有此用心，然纪昀绝非目不识诗的等闲之辈。因此，此诗亦可视同为法式善辩诬的一条佐证。

此外，关于宋代苏过的《斜川集》，在后世流传过程中作者归属产生了舛误问题，也因法式善得以一正其讹。如其《续怀人诗十六首》之七云：

斜川旧属苏过，如何苏迈云云。《永乐大典》舛误，还宜稽考前闻。(《宋史》载：《斜川集》苏过著。而《永乐大典》散篇千余处，皆标苏迈。寄书赵味辛辨订之，求刻入余续辑《斜川集》也。)②

法式善因参与《全唐文》纂修，亲赴馆阁《永乐大典》六千余卷，其间因发现《永乐大典》所载《斜川集》作者与《宋史》记载相左，甚是疑之："考《宋史》本传，宋元人铭、志、纪、传，苏过，字叔党，自号斜川居士，无一字属诸迈也。前年在文馆校《永乐大典》万卷，硃书大字标题几千处皆曰'苏迈《斜川集》'，不曰'苏过'，其曰'苏过'者仅两处耳。倘是误字，岂当日缮录之员如此讹舛，纂辑之臣如此草率，上进宸览，毫无鉴察，历数百年而未闻清议，真不可解矣。质诸同人，殊莫能辨。"③ 于是法式善求助好友赵怀玉，"博稽载集，精敷而详说之"。后赵怀玉在《校刻〈斜川集〉序》中对此事予以回应："苏氏《斜川集》，南宋以后流传已寡，康熙间有诏索之，未得。故《四朝诗》中只录一首以存其真。

---

① 严迪昌：《清诗史》，浙江古籍出版社2002年版，第844页。
② (清)法式善：《存素堂诗续集》，湖北德安王塽刻，1812。
③ (清)法式善：《复赵味辛书》，《存素堂文续集》卷四，国家图书馆馆藏稿本。

自余赝本大率因谢幼槃、刘改之二人名与叔党相类,窜其集以欺世,东南士大夫家置一编而不觉。近日蜀中有新刊《斜川集》,亦龙洲道人作也。乾隆辛丑冬,集大兴翁学士苏斋修东坡先生生日之祀,学士手编示余,曰:'此叔党《斜川集》,从《永乐大典》录出,可以证诸赝本之非。"①可见,法式善在诗作中揭示的相关细节,于后学辨正文献极有借鉴之功。

同时,法式善于怀人诗中首次披露了所谓"三凤"其人其事,这既是法式善奖掖后学的明证,也是乾嘉史传诗文中第一次揭示此事,其史料价值弥足珍贵。如嘉庆十五年(1810),法式善《病中杂忆》诗云:

> 成均校士识王郎(又新),刘(芙初)莫(宝斋)纷纷总擅场。明岁杏花春定放,吾家雏燕待翱翔。②

该诗后有小注云:"莫宝斋、刘芙初、王又新在成均,余目为'三凤'。宝斋、芙初久入翰林,又新今年与桂馨同举",可见法式善对三人的抬爱与推崇。昭梿《啸亭杂录》载:"莫葆斋晋,浙江仁和人。少入成均,法时帆先生最为赏识,每考必列前茅"③,当指此事。又陆以湉《冷庐杂识》有"阳湖刘芙初太史嗣绾,天才藻发,早岁入成均,与莫宝斋侍郎齐名"④的记述。可见,三人早岁扬名于文坛,均得益于法式善的始赞之功。具体而言:

莫宝斋,即莫晋(1761—1826),字锡三,一字裴舟,号宝斋,浙江会稽人。⑤乾隆六十年(1795)钦赐榜眼一甲二名,改庶吉士,授编修。历官仓场侍郎,左迁内阁学士,工书法。著有《来雨轩存

---

① (清)赵怀玉:《校刻〈斜川集〉序》,《亦有生斋集·文》卷二,嘉庆二十一年(1816)刻。
② (清)法式善:《存素堂诗二集》卷五,湖北德安王塽刻,1812。
③ (清)昭梿:《啸亭续录》卷四,中华书局1980年版,第511页。另其记载莫晋籍贯为浙江仁和,应为浙江绍兴的误写,而浙江绍兴即会稽。
④ (清)陆以湉:《冷庐杂识》卷七,中华书局1984年版,第388页。
⑤ (清)法式善:《清秘述闻》载莫晋籍贯为浙江会稽人,即今之绍兴。刘青山《法式善研究》博士学位论文中写成浙江仁和人,当是笔误。

稿》四卷。嘉庆六年（1801），法式善有诗《唐容斋广模自莫宝斋晋学使署至京述学使意存问感赋》二首，其一云：

> 凤凰鸣朝阳，世皆仰灵瑞。方其草泽栖，几以凡鸟觑。君昔敛光采，我早识奇异。至人贵无名，君子乃不器。（自注：余官祭酒，以"君子不器"为课题，学士举首。嗣学士登上第，以此题为先兆云云。）方今制举业，世推君独至。我谓著作才，词华特余事。①

刘芙初，即刘嗣绾（1762—1820），字简之，一字东之，又字醇甫，号芙初，别号璎宁子，江苏阳湖人。嘉庆十三年（1808），会试第一，廷试改翰林院庶吉士，散馆，授编修。归主无锡东林书院，著有《尚䌹堂集》。法式善曾为其诗集作序，即《尚䌹堂诗集序》：

> 余不获与醇甫坐石鼓下，分题课诗，得佳句辄欢笑叫呼者，十三四年矣。今年醇甫应礼部试来京，适余悼亡，醇甫唁余于诗龛，出《尚䌹堂诗集》四十卷乞勘定。乃尽窥其生平蕴蓄，并得近年栖泊羁旅艰苦情状，扼腕者久之。礼闱榜发，醇甫为举首，报罢者胥翕然推服无间言，私心慰藉。于时醇甫年四十七矣，目眊，书字不能工，抑置二甲，选入翰林，重宿望也。……②

王又新，生卒年不详。嘉庆十四年（1809），法式善为其作《又新堂记》：

> 山左王生，诚悫敬信，尚意气，重然诺。老屋三楹，葺而新之，曰："吾新厥业，敢弗新厥德乎？"颜其堂曰"又新"，乞余为记。既嘉其有合古圣贤立身、立家之道，推之刘巘之所

---

① （清）法式善：《存素堂诗初集录存》卷十一，湖北德安王埰刻，1807。
② （清）法式善：《存素堂文续集》卷一，国家图书馆藏稿本。

谓"趣新",陶潜之所谓"服新",皆此意也。若夫王符"背故向新"之论,则不可同年语矣。王生勉乎哉。①

关于王又新的资料,正史无传,今所闻见多来自法式善诗文集中,且亦仅知其与桂馨同年举人。凡此,蒙法式善奖掖后进之惠,"三凤"才得以扬名于时。

法式善还于怀人诗中展示了鲜为人知的时人生活片段,如追怀李懿曾"盲左腐迁贯串,生平四中副车。横扫千军望汝,选场万佛愁余",揭示其当时"入场辄病,行文舛误,殆宿孽云。其殁也,以赴试触奔马致祸"的怪奇经历;又澄明刘墉晚年书法墨迹多得梦禅代笔,如"宰相门庭老更贫,鱼殢换字岂无人。高丽客买石庵帖,翻说残年笔入神",以此点明"近琉璃厂读画楼所鬻刘诸城字,多梦禅代书"的事实,实有助于后学研究之去伪存真之辨。

综上所述,法式善于怀人诗中,或评鉴友朋诗文性情,或揭示罕人听闻的著述逸事、人情交往际遇,或借怀人诗所折射出的乾嘉时人生活情趣等鲜活生活碎片,足资掌故,助益于乾嘉文学深入研究的资料补充。诚如著名学者袁行云所云:"法式善晚年酬应稍减,而怀人诗、题交游尺牍、《病中杂忆》诗,动辄数十首,所存旧闻仍多。如自辑《永乐大典》佚文,校顾炎武《肇域志》《天下郡国利病书》,自谓纂《熙朝雅颂集》成,皆蒋因培经理,辑《清秘述闻》多资于陈芝房毓咸,称刘墉晚年字多瑛宝代书,李懿曾之殁,以赴试触奔马致祸,凡此俱有实据,要非耳食者可比。"②

其三,怀人诗篇中亦有当时京畿文人生活情趣的揭示,再现了当时文人的生活风尚。其《病中杂忆》诗第五十三首:

吴肺(谷人善制猪肺)赵鱼(味辛善制黄鱼)更汪鸭(杏

---

① (清)法式善:《存素堂文续集》卷二,国家图书馆藏稿本。
② 袁行云:《清人诗集叙录》第四十五卷,文化艺术出版社1994年版,第1568页。

江善制东鸭),一冬排日设宾筵。丹徒翅子论山法,(鲍雅堂制鱼翅法最精)剩与诗龛糁玉延。(雅堂言京城白菜和玉延切碎,杂鱼翅煮之,美不可言。)①

又《病中杂忆》第七十四首:

莫氏(青友)捶鸡比燕窝,松花团子擅谁何。(秦小岘、何缓斋家皆擅此)元杯宋碗周秦鼎,蔬笋香中古趣多。(缓斋器具多古制,且无重复。)②

在法式善的笔下,这些平日里舞文弄墨、吟诗作赋的士子文人,尚有不为人知的生活情趣,吴锡麒、赵怀玉、汪学金、鲍之钟的厨房绝艺,莫青友、秦瀛、何缓斋家的家宴特色,尤其是何缓斋家日常宴饮器具之考究,不单是"元杯宋碗",且"器具多古制,且无重复",可见主人精致的生活趣尚、颇有雅趣的生活情调。同时,法式善还津津乐道于赵向麓的"闻说葡萄初酿酒",谢振定的豪于啖饮、慷慨好客,"鹿尾鱼头万钱买,先生博得一朝餐",等等,精彩地刻录着友朋的个性趣尚。

需要指出的是,在中国,自古至今,宴饮娱乐,无论在宫廷、官场还是民间都很流行,它是一种重要的交际手段,为世人所看重,因此也颇为讲究。而京师,是承载着普天下士子文人梦想的天堂,聚集着无数的北漂一族。四方之士,不论贵贱,不论出身,亦官亦野,师友同乡、亲朋故旧云集京师,推杯换盏,最为寻常。诚如赵翼所言:"京师为士夫渊薮,朝士而外,凡外官谒选及士子就学者,于于鳞萃,故酬应之繁冗甲天下。"③ 所以,乾嘉以降,社会呈现的繁荣景象,反映在人们日常宴饮方面,便越发追求精益求精,崇尚

---

① (清)法式善:《存素堂诗二集》卷五,湖北德安王埔刻,1812。
② (清)法式善:《存素堂诗二集》卷五,湖北德安王埔刻,1812。
③ (清)徐珂:《清稗类钞》第十三册"宴饮类",中华书局2003年版,第6271页。

生活情趣，于舌尖上品味人生。官绅贵宦于宴席之际取精用弘，夸豪斗胜，尽显豪奢；寻常官吏，亦附庸风雅，"燕集无虚日，琼筵羽觞，兴会飙举"①，成一时之风气。濡染时风，法式善怀人诗笔下便捕捉到了这一时尚生活片段，这既是对朋旧日常生活趣尚的自然描绘，也是当时京师风尚追求之冰山一角。

钱仲联先生在《清诗纪事》中收录法式善的以上两诗，且于注释中云："杨钟羲《雪桥诗话余集》：'邵暗谷之夫人，善煮鲟鳇鱼头，张商言与赵云松半夜买鱼，排闼叫噪，暗谷夫妇已寝，夫人不得已，起治庖。鱼熟命酒，东方灿然矣。法梧门《病中杂忆》云云。此类皆可见承平时京师士大夫燕衎之乐。'"② 以此论之，乾嘉承平之际，京师缙绅阶层除却因消寒、避暑等名目的诗文雅集之外，亦留意宴饮环境、人群、肴馔、器皿等，所以法式善朋旧亦濡染时风，其诗文创作亦折射了乾嘉时代的生活剪影。

严迪昌先生在谈及有清一代的怀人组诗时曾云："那种成组连篇的怀人绝句，只是到了清代才出现大量定型的创作。从清初的王士禛起，数以百家、多逾万首的怀人诗，题材涉及抒情叙事、传人记史、论诗谈艺，诗味浓郁而足补史乘。以晚清刘履芬《古红梅阁集·旅窗怀旧诗》七十首为例，可说是咸丰、同治年间东南诗坛艺苑的最直接的珍贵史录，关涉到数百个文艺家的行年足迹。"③ 这番话道出了严先生对清代怀人组诗于中国古代诗歌史中举足轻重的贡献，以此反观乾嘉诗坛法式善的怀人组诗创作，其所作亦是对清代怀人组诗成就具体而微的很好诠释，其于诗史贡献于兹，亦以其论诗谈艺、传人记史、描风绘俗之际，堪补正史阙如之用。

三 怀人组诗创作契机

丹纳在《艺术哲学》中阐释艺术品的本质时指出："如果我们

---

① 徐珂：《清稗类钞》第十三册"宴饮类"，中华书局2003年版，第6283页。
② 钱仲联：《清诗纪事》10 乾隆朝卷，江苏古籍出版社1987年版，第6438页。
③ 严迪昌：《清诗史》，浙江古籍出版社2002年版，第11页。

想了解一件艺术品、一个艺术家、一群艺术家,我们就必须要认真考察他们所生活时代的精神和风俗状况。可以这么说,时代的精神和风俗状况是产生艺术品、艺术家的根本,它起到决定性的作用。"① 换言之,作家的创作个性、审美趣尚总是要受一定社会生活的制约与影响,作家作品不可避免地带有一定时代的特点。法式善怀人组诗的创作,除去乾嘉文坛的创作风尚对其影响,其个体因素亦起到不可忽视的作用。

其一,乾嘉文坛组诗创作风行,不单是咏史组诗热,② 其他如怀人、怀古、游仙、咏物、论文、论诗等,均有大量的组诗涌现。制表5-3,以略窥清人组诗创作之风貌。

表5-3　　　　　　　　清代各类组诗举略

序号	作者	类型	诗题	数量	体裁	诗集版本
1	袁枚	论诗诗	《续〈诗品〉三十二首》	32首	四古	《小仓山房诗集》卷二十③
2	纪昀	纪游诗	《乌鲁木齐杂诗》	160首	七绝	《纪文达公遗集》卷十四,乾嘉十七年刻本
3	刘墉	论书法	《学书偶成三十首用元遗山〈论诗绝句〉韵》	30首	七绝	《刘文清公遗集》卷十五,道光六年(1826)味经书屋刻本
4	凌廷堪	论曲	《论曲绝句三十二首》	32首	七绝	《校礼堂诗集》卷二,嘉庆二十年(1815)刻本
5	洪亮吉	咏史诗	《咏史诗》	12首	五绝	《洪亮吉集》,刘德权点校,中华书局2001年版
6	法式善	咏物诗	《咏物诗一百二十首》	120首	五律	《诗龛诗稿》湖北德安王墉刻本,1812
7	沈初	论词	《编旧词存稿,作论词绝句十八首》	18首	七绝	《兰韵堂诗集》卷一,乾隆刻本

---

① [法]丹纳:《艺术哲学》,北京出版社2007年版,第2页。
② 李鹏:《论乾嘉时期的咏史组诗热——兼论清诗中的组诗现象》,《山西师大学报》(社会科学版)2011年第5期。
③ 王英志主编:《袁枚全集》,江苏古籍出版社1993年版。

续表

序号	作者	类型	诗题	数量	体裁	诗集版本
8	舒位	论画	《与仲瞿论画十五首并示云门》	15首	七古	《瓶水斋诗集》卷十一，上海古籍出版社1991年版
9	宫去矜	论小说	《后杂题〈聊斋志异〉三十首》	30首	五古	《守坡居士续集》卷一，乾隆四十一年（1776）刻本
10	张问陶	论文	《论文八首》	8首	五律	《船山诗草》卷九，嘉庆二十年刻本
11	陈鳣	论印	《论印十二首同吴槎客作》	12首	七绝	《简庄诗文钞·河庄诗钞》，光绪刻本
12	英和	悼亡	《悼亡诗二十首》	20首	七绝	《恩福堂笔记诗钞年谱》，北京古籍出版社1991年版
13	程晋芳	怀古	《江南怀古》三十首	30首	七律	《勉行堂诗集》卷二十二，嘉庆刻本
14	何道生	秋闱	《秋闱分校纪事十首》	10首	七律	《双藤书屋诗集》卷五，道光元年（1821）刻本

据表5-3可知，当时的组诗创作或咏史、或纪游、或咏物，抑或借组诗以品评诗、文、词、曲、小说、书法、端印等，几乎涉及了各种题材。尽管组诗创作古亦有之，且代不乏人，然就个体作家创作的组诗规模之大、所涉猎的题材之丰富、采用的体式之广泛等，均堪称是乾嘉时期诗坛创作的一道独特风景。

其二，借组诗创作达成逞才的心理机制。乾嘉时期延续着自康熙后期出现的"海内承平日久"之政治格局，以民族团结、经济繁荣、社会安定、财力积聚、人口激增这一堪称"乾嘉盛世"的姿态展现在士人面前。受到盛世局面的熏染，"乾嘉学派"亦于此际达到了全盛，乾嘉朴学家将毕生精力，倾注于整理国故，在经学、史学、文学、音韵、天算、地理等学科的校勘、目录、辑佚、辨伪等方面，取得了举世瞩目的成就。[①] 同时，结缘于四库全书的编纂问世，文人

---

① 陈居渊：《清代朴学与中国文学》，百花洲文艺出版社2000年版，第123页。

们开始于历史沉积中附丽人生,① 于考据宏辨间满足逞才的心理。一时间历史遗留下来的诸多问题,不限门类,都在乾嘉学人的孜孜问求间得以破解。诚如梁启超所云:"则举凡自汉以来书册上之学问,皆加以一番磨琢,施以一种组织。其直接之效果:一,吾辈向觉难读难解之古书,自此可以读可以解。二,许多伪书及书中窜乱芜秽者,吾辈可以知所别择,不复虚縻精力。三,有久坠之绝学,或前人向不注意之学,自此皆卓然成一专门学科,使吾辈学问之内容,日益丰富。"② 此外,乾嘉文坛,学者能文,文士擅学,也是此时期文人的特点。呈现在诗歌领域,诗人们往往学识渊博,一时间学人之诗盛行。以翁方纲为首的一大批学者型诗人,于诗文中"卖弄学问",崇尚"学人诗",于诗歌创作上极力"逞才"。客观而言,就某个主题而言,如要写作一组诗作,需要凭借作者丰富的学识积淀,方能达成一题数咏的创作诉求,也符合了诗人主观上"逞才"的心理机制。

其三,除却以上时代风气的因素,就法式善自身而言,其组诗创作与其自身的个性趣尚与仕宦经历亦息息相关。法式善崇尚组诗创作。检视其全部诗作,如以两首为一组的话,法式善的组诗创作堪称一道风景(见表5-4)。

表5-4　　　　　　　　法式善组诗创作情况列表

次序	年代	诗题	数量	体裁	卷数
第一组	乾隆五十六年(1791)	《寄怀山庄扈从诸游好》	4首	五律	《存素堂诗初集录存》卷三
第二组	乾隆五十六年(1791)	《感旧怀人诗》	7首	五古	《存素堂诗初集录存》卷三
第三组	乾隆五十七年(1792)	《读书四首》	4首	五古	《存素堂诗初集录存》卷四

① 韩进廉:《无奈的追寻——清代文人的心理透视》,河北大学出版社2001年版,第146页。
② 梁启超:《清代学术概论》,中国书籍出版社2006年版,第77页。

第五章　法式善诗歌创作研究　237

续表

次序	年代	诗题	数量	体裁	卷数
第四组	乾隆六十年（1795）	《太学示诸生四首》	4首	五古	《存素堂诗初集录存》卷五
第五组	乾隆六十年（1795）	《题元明人画卷》	11首	七古	《存素堂诗初集录存》卷五
第六组	嘉庆三年（1798）	《和西涯杂咏十二首用原韵》	12首	五绝	《存素堂诗初集录存》卷七
第七组	嘉庆三年（1798）	《续西涯杂咏十二首》	12首	五绝	《存素堂诗初集录存》卷七
第八组	嘉庆四年（1799）	《诗龛十二像》	12首	五古	《存素堂诗初集录存》卷八
第九组	嘉庆四年（1799）	《诗龛谕画诗》①	40首	五古	《存素堂诗初集录存》卷八
第十组	嘉庆四年（1799）	《续论画诗》	5首	五古	《存素堂诗初集录存》卷八
第十一首	嘉庆五年（1800）	《且园十二咏》	12首	五绝	《存素堂诗初集录存》卷九
第十二组	嘉庆六年（1801）	《题画》	2首	七绝	《存素堂诗初集录存》卷十二
第十三组	嘉庆六年（1802）	《奉校八旗人诗集意有所属辄以题咏不专论诗也。得诗五十首》	50首	五律	《存素堂诗初集录存》卷十四
第十四组	嘉庆七年（1802）	《三君咏》	3首	五古	《存素堂诗初集录存》卷十四
第十五组	嘉庆八年（1803）	《怀远诗六十四首》	64首	七律	《存素堂诗初集录存》卷十六
第十六组	嘉庆八年（1803）	《乐游诗》	36首	七古	《存素堂诗初集录存》卷十七
第十七组	嘉庆八年（1803）	《叹逝诗》	20首	五律	《存素堂诗初集录存》卷十七

---

① 需要指出的是，这组诗题虽是《诗龛谕画诗》，但是诗前有序云"借画而写人"，遂将其视为怀人诗。

续表

次序	年代	诗题	数量	体裁	卷数
第十八组	嘉庆九年（1804）	《岁暮怀人杂咏二十首》	20首	五律	《存素堂诗初集录存》卷十八
第十九组	嘉庆九年（1804）	《思元道人园中十咏》	10首	五绝	《存素堂诗初集录存》卷二十
第二十组	嘉庆九年（1804）	《桥湾十景》	10首	五古	《存素堂诗初集录存》卷二十
第二十一组	嘉庆九年（1804）	《翰林院十咏》	10首	五古	《存素堂诗初集录存》卷二十一
第二十二组	嘉庆十年（1805）	《息隐园五咏》	5首	五古	《存素堂诗初集录存》卷二十二
第二十三组	嘉庆十一年（1806）	《题严香甫画册十二首》	12首	五绝	《存素堂诗初集录存》卷二十四
第二十四组	嘉庆十一年（1806）	《文五峰画上海顾氏园亭册》	15首	五古	《存素堂诗初集录存》卷二十四
第二十五组	嘉庆十三年（1808）	《为友人题画二首》	2首	五古	《存素堂诗二集》卷一
第二十六组	嘉庆十三年（1808）	《杨舟画册诗为吴子野赋》	5首	五绝	《存素堂诗二集》卷一
第二十七组	嘉庆十四年（1809）	《昌溪村八景为吴子野赋》	8首	五古	《存素堂诗二集》卷二
第二十八组	嘉庆十四年（1809）	《为大觉寺僧题画六首》	6首	五律	《存素堂诗二集》卷二
第二十九组	嘉庆十四年（1809）	《为灵鹫庵僧题画六首》	6首	五绝	《存素堂诗二集》卷二
第三十组	嘉庆十四年（1809）	《文正公书前人虫豸五言绝句廿四章，前已阅其二，且鱼螂虾，水族也，不可杂入虫豸。蝌蚪，蛙属，蚱蜢，螽斯属，不必复见，并删之，更为补益，得诗二十八首》	28首	五绝	《存素堂诗二集》卷二

续表

次序	年代	诗题	数量	体裁	卷数
第三十一组	嘉庆十五年（1810）	《七家诗龛图歌》	7首	七古	《存素堂诗二集》卷三
第三十二组	嘉庆十五年（1810）	《诗弊诗十六首和汪星石》	16首	五古	《存素堂诗二集》卷三
第三十三组	嘉庆十五年（1810）	《题朋旧尺牍后·已往之人》	24首	七律	《存素堂诗二集》卷三
第三十四组	嘉庆十五年（1810）	《题唐名贤小集诗》	60首	五古	《存素堂诗二集》卷四
第三十五组	嘉庆十五年（1810）	《题交游尺牍后·现在之人》	42首	七律	《存素堂诗二集》卷四
第三十六组	嘉庆十五年（1810）	《病中杂忆》	122首	七绝	《存素堂诗二集》卷五
第三十七组	嘉庆十六年（1811）	《两峰画竹二首》	2首	七绝	《存素堂诗二集》卷六
第三十八组	嘉庆十六年（1811）	《张宝岩鉴画江南风景十二册令兄舸斋炫各题诗寄余和之》	12首	七绝	《存素堂诗二集》卷六
第三十九组	嘉庆十六年（1811）	《答王春堂古诗三首》	3首	五古	《存素堂诗二集》卷六
第四十组	嘉庆十七年（1812）	《六十初度，诸君子合作扫叶亭图，各赠诗一首》	7首	七绝	《存素堂诗二集》卷七
第四十一组	嘉庆十七年（1812）	《董东山尚书仿古画册三首》	3首	五古	《存素堂诗二集》卷七
第四十二组	嘉庆十七年（1812）	《吴兰雪书来，答诗二首》	2首	七绝	《存素堂诗二集》卷八
第四十三组	嘉庆十八年（1813）	《春夕怀人三十二首》	32首	六言古体	《存素堂诗续集》
第四十四组	嘉庆十八年（1813）	《李石农观察乞题二横卷》	2首	五古	《存素堂诗续集》

续表

次序	年代	诗题	数量	体裁	卷数
第四十五组	嘉庆十八年（1813）	《续怀人诗十六首》（实为17首）	17首	六言古体	《存素堂诗续集》
第四十六组	年代不详	《咏物诗一百二十首》	120首	五律	《存素堂诗稿》
第四十七组	年代不详	《续咏物诗一百二十首》	实为121首	五律	《存素堂诗稿》

由法式善今存诗作可见，终其一生所作组诗多达47组，1027首，几占其诗歌总数的三分之一。不过，其组诗数量虽大，涉及的题材却较为有限，深入探求法式善怀人组诗创作之缘由，除却时代因素，与法式善自身的仕宦经历及其个性趣尚应不无关系。

一方面，法式善在编纂诗文集过程中，于广泛阅读博览的同时，屡有所得，他将自己的收获以组诗的形式记录下来，遂而成篇。如其组诗《奉校八旗人诗集，意有所属，辄为题咏不专论诗也，得诗五十首》的创作，即是如此。法式善的另一组诗——《题唐名贤小集诗》六十首，其创作契机也与法式善的编纂经历有关。这组诗作于嘉庆十五年（1810），嘉庆十三年（1808），法式善奏请总纂《全唐文》之职，蒙得恩准，此后法式善一直致力于《全唐文》的编纂一事。这也是法式善退职家居前最后一次所从事官修大型典籍的编撰事务。据阮元《梧门先生年谱》载："嘉庆十四年己巳，（法式善）五十七岁。官庶子……病愈，赴馆阅《永乐大典》六千余卷；七月，赴万善殿阅《释藏》一千五百余种，八千二百余卷；十一月，赴大高殿阅《道藏》一千三百余种，四千六百余卷，皆以补唐文所未采也。"可见法式善于编纂《全唐文》一事上态度严谨，精益求精。此项工作于嘉庆十五年（1810）因病去职而终止，对此法式善内心颇多遗憾，念念不忘，遂于是年创作了《题唐名贤小集诗》组诗，诗前有小序云："题诗六十首，人不皆贤也。贤者居多，贤斯名，名斯传矣。小集者何？别四库所已著录者，而其文不必尽工，人不必尽载诸史，取其数可为集焉，文至少严郢也。重咏之任华也，义各有取乎尔。校唐文之次年病中述。"所以，这组诗作也是法式善编纂《全唐文》的额外创获。

另一方面，法式善在创作组诗过程中，之所以格外青睐怀人诗，与其个人性情怀抱不无关系。法式善平生酷好交友，朋友遍及朝野，"四方之士论诗于京师者，莫不以诗龛为会归，盖岿然一代文献之宗矣"。[1] 他对友人的感情既深，牵挂也多，如其《岁暮怀人杂咏》序言所云："谓之杂咏者，补前所未及耳，或存、或亡、或远、或近，不复分别云。"从法式善怀人诗的诗题"山庄扈从诸游好""乐游""怀远""叹逝""现在之人""已往之人"，约略可见其怀友范围之广，牵涉之繁。

总之，怀人诗，这一古老而又经典的诗歌主题，在有清一代以组诗的形式呈现于诗坛，既是诗歌自身形式发展的需要，也是清人锐意求新、求变的必然产物。法式善的怀人组诗，以其创作数量之多，所怀人物之众，在乾嘉诗坛才人辈出、名士拥塞的文坛展现了一道亮丽的风景。

第二节 题画诗创作与乾嘉文人生活趣尚

关于诗与画的关系命题，历来不乏精彩的论断：或云："诗是无形画，画是有形诗"（宋郭熙《林景高致》），或曰："诗是能言画，画是无语诗"[2]（西蒙尼德斯），抑或"味摩诘之诗，诗中有画；观摩诘之画，画中有诗"（苏轼《书摩诘〈蓝田烟雨图〉》）等，不论哪种，均从不同层面诗意地阐明了中国古代诗画之间的内在联系。尽管中国古代传统的诗画关系发展经历了复杂而漫长的历史演变[3]，然"题画诗"这一诗歌形式却在此流程中应运而生，逐渐为文人、画家所接受，并成为中国古代诗歌题材领域不朽的建树。

中国古代题画诗于六朝时始见雏形，后兴于唐，盛于宋，至明

---

[1] （清）刘锡五：《存素堂诗二集序》，湖北德安王埔刻，1812年。
[2] 李永涛：《西方文论选》上卷，上海译文出版社1989年版，第183页。
[3] 张宏亮：《我国古代诗画关系的理论轨迹与历史演变》，《云南农业大学学报》2010年第1期。

清,达到创作的高峰。① 有清一代,文人画家和画家诗人辈出,称盛于文坛,构成清代文坛特有的艺术力量,而题画诗——这种"在画幅上题诗写字,借书法以点醒画中笔法,借诗句以衬出画中意境"②的传统诗歌形式,吸引着更多的诗人借以宣泄内心、寄托才情。濡染着时代的艺术气息,乾嘉时期的诗人笔下,均有数量不等的题画诗创作,置身于时代艺术思潮的洪流之中,法式善也欣然拥抱着这一诗歌题材,并融入了个体的人生遭际与性情气质。

一 题画诗创作情感取向

法式善平生兴趣,既爱诗,又爱画,自谓"我亦人间好事人,购书蓄画家长贫"③;并且颇通画理,"我生爱诗画,颇能窥其妙"④;每每为人品题画图,"一时画手争相识,我诗能为画出力"⑤,所以,他的题画诗作数量亦相当可观,据统计,其题画诗多达300余首,占其全部诗歌的十分之一强。其中,就画图题材而言,或人物、或山水、或花鸟不等;依画的时代而言,或题咏古画,或品题当代画卷;按画者的身份而论,或画家之画,或诗人之画;依题诗内容而言,或借画抒怀,或以画论人,或品评画艺等,不一而足。总之,法式善题画诗以其特有的艺术感悟,成就了其题画诗内容的丰富性。

其一,借画以论人,从画图中人、物生发开来,传达自我的人生感触。古代题画诗按内涵而言,有广义与狭义之分,狭义的题画诗指将诗直接题于画面之内,和绘画构成一个有机的整体,画配诗,补充、发掘、提升绘画作品思想艺术价值;广义上题画诗指对绘画有感而发的,但独立于画面而存在的诗歌。⑥ 就法式善的全部题画诗

---

① 蒋宁宁:《论中国传统绘画中题画诗的现代价值及其实现》,《艺术百家》2007年第7期。
② 宗白华:《艺境》,北京大学出版社1987年版,第113页。
③ (清)法式善:《题画》,《存素堂诗初集录存》卷十五,湖北德安王埁刻,1807。
④ (清)法式善:《莫韵亭侍郎赋驿柳诗甚佳余倩顾骏庵作驿柳图》,《存素堂诗初集录存》卷八,湖北德安王埁刻,1807。
⑤ (清)法式善:《题画》,《存素堂诗初集录存》卷十五,湖北德安王埁刻,1807。
⑥ 张宏亮:《我国古代诗画关系的理论轨迹与历史演变》,《云南农业大学学报》2010年第1期。

而言，两种均有，如直接题于画面之上的《除夕顾荧庵画祭酒图见贻即题帧上》①，此种形式，题诗要受画幅所限，且不可超过画面本身，往往限制题诗者的诗思驰骋；而独立于画面的题诗，则不限于画幅，可以尽情挥洒诗人的情思，其中较有代表性的是其曾题于李东阳像后的一首题画诗，即《题西涯②先生像后》云：

> 我尝校公集，因知公素志。近为作年谱，搜罗及佚事。大抵公性情，和平而冲邃。在官五十年，保全皆善类。逆瑾覆纲维，百计社稷庇。卓哉顾命臣，焉敢艰危避。奈何罗侍郎，门生倡清议。王（琼）陈（洪谟）踵讹谬，显与实录异（韩文逐瑾之谋，《武宗实录》暨《明史》载焦芳泄其语。《双溪杂记》《继世纪闻》，乃诬为公）。元真观碑文，安知非作伪。呜呼公致政，鱼菜不能备。清操有如此，乃云徇禄位。此像藏闵氏，上有癸亥字。公年五十七，谨身殿初莅。时和百司理，僚宰无猜忌。公早抱隐忧，郁郁不得意。苍生四海望，藐兹一身寄。刘谢继去国，幼主付谁侍。微公秉国钧，杨韩将奚置。我过畏吾村，墓田久荒弃。日暮牛羊来，无复狐狸睡（公曾祖葬地为白狐睡处，见《尧山堂外纪》）。草堂葺三楹，四围杨柳植。湫隘非旧观，幽洁抵山寺。燕许大手笔，拟作墓祠记（石君尚书许作碑记）。孰更勒公像，一碑耿寒翠。③

法式善对前贤李东阳的仰慕之情，时人尽知，大兴朱文正公朱珪尝喻之为"西涯后身"（彭寿山《存素堂诗初集录存跋》），法式善自己也毫不讳言"前身我是李宾之，立马斜阳日赋诗"（《题白石

---

① （清）法式善：《存素堂诗初集录存》卷十，湖北德安王埔刻，1807。
② 西涯先生，即明李东阳（1447—1516），字宾之，号西涯，谥文正，官至礼部尚书兼文渊阁大学士，著有《怀麓堂集》。"西涯"，本为李东阳北京故居附近一地名，是李东阳童年时常所游玩之处，东阳因以其为号。
③ （清）法式善：《题西涯先生像后》，《存素堂诗初集录存》卷十二，湖北德安王埔刻，1807。

翁移竹图后》)、"我于李宾之,旷代默相契"(《赠盛藕塘植麒上舍》)。法式善终其一生,尽其所能地传达其对李东阳的那份崇敬之情。以上这首题画诗,作于嘉庆六年(1801),李东阳此像乃藏于闵正斋处。细究该诗,犹如一篇用诗体写成的李东阳小传,评述了李东阳的平生事略:为人性情平和,为官公正廉洁,临危受任,委曲求全,"在官五十年,保全皆善类";及其去也,身后无嗣,墓田久废,徒留荒冢一堆。而法式善能做的,一是"校公集"之《怀麓堂集》,一为"作年谱",有《明李文正公年谱》七卷问世,一是考察李东阳所葬之地,倩人为作碑记。可见,法式善通过对李东阳画像的题诗,对李东阳其人进行了评价,并借此表明了自己对李东阳的敬仰之情。

法式善题李东阳画像的诗不止于此。嘉庆四年(1799),法式善曾亲题诗姚元之所绘的"诗龛十二像"之"西涯像"后,即《诗龛十二像·李西涯》云:

与君比邻居,结此旷代慕。朝廷顾命臣,深心维国步。孝宗灵有知,不责公阿附。①

此诗延续了法式善对李东阳一贯的推崇态度,肯定其不负朝廷之重托,忍受非议,为人高风亮节,又为国家的命运高瞻远瞩。且与刘健、谢迁之所为相较,李东阳所行所为着实令人敬佩,即"健、迁任其易,东阳任其难;健、迁所见者小,东阳所见者大;健、迁所处者安,东阳所处者危"(《李东阳论》)。②

推究法式善平生对李东阳因敬仰而所为者,除却《题西涯先生像后》所记述的校《怀麓堂集》、修订《明李文正公年谱》之外,法式善还作有《李东阳论》《西涯考》《西涯图跋》《西涯墓记书后》《明李文正公年谱跋》《明大学士李文正公畏吾村墓碑文》《修

---

① (清)法式善:《存素堂诗初集录存》卷八,湖北德安王埴刻,1807。
② (清)法式善:《李东阳论》,《存素堂文集》卷一,扬州绩溪程邦瑞刻,1807。

李文正公墓祠记》《赎李文正公墓田记》等文数篇，所作有关李东阳的诗作有《西涯诗》《六月九日招同人集西涯旧址》《题白石翁移竹图后》等数十首；另自西涯旧址考订之后，即自嘉庆二年（1797）开始，每年六月九日，法式善便于西涯故地召集时人为李东阳作寿，"年年六月初，赏花西涯西。酾酒寿李公，蒲笋杂黍鸡"，① 京师文苑，人尽皆知；法式善还于时人征索"西涯图"并"西涯图"题咏，一时绘图者、题诗者甚众。以上，交代了法式善题画诗内容的一个方面，即借题画以品评人物，表明自己的一种人生态度。

其二，借题画以品评画家之画艺，也是法式善题画诗内容的特点之一。传统题画诗一般有两种形式：一者是文人为画家的画题诗，二者是画家自画自诗，兼具画家和文人于一身，为自己的画题诗。② 法式善因其不擅画，据现有史料，亦未曾得见法式善曾有画作的记载，所以法式善的题画诗主要是前者，即为他人的画题诗。而此种状态，对题诗者有着更高的要求，尤其是于题诗中品评画者的画艺，需题诗者具备一定的艺术鉴赏力，所幸法式善深谙画理，故品题能得心应手。

就山水画而言，法式善评朱鹤年（野云）山水画云："精神与之会，能事非腕指。写山不写山，写水不写水。炯炯方寸光，千里与万里"（《朱野云画山水》），揭示了朱鹤年山水画的随意挥洒，不规矩于固有模式的绘画追求；而朱本（素人）的山水画则是意在笔先，笔之所至皆意之所使，"云气瀚石根，笔力透纸背。看似不经意，意先具笔内"（《朱素人画山水》）；张问陶（船山）则以诗人的气质图画山水，画亦从诗中而来，故其笔下的山水往往别有诗情气韵："颠张每作诗，思必超物外。画从诗中生，那复着尘埃。画山不画峰，画水不画濑。峰濑岂不好，落笔防其太。但取已胸臆，坐与

---

① （清）法式善：《六月九日李西涯诞辰，鲍雅堂、汪杏村、谢芗泉、赵味辛、张船山、周西麋宗杭集诗龛》，《存素堂诗初集录存》卷九，湖北德安王墉刻，1807。

② 阎丽杰：《论题画诗的体式特征》，《北方论丛》2007 年第 2 期。

万象会"(《张船山画山水》),孙肃元(雨卿)的山水诗,则得益于其以学问为根基,遍览百家,非天生与之,即"藻采从外生,精气由内运。聪明不自刷,笔墨焉能奋。孙子工六书,丹青性所近。忽然自得之,落笔远尘氛。人遂指天授,毫不关学问。岂知孙子胸,百家资酿酝"(《孙雨卿肃元画山水》)等,法式善总能精当地捕捉到诸画家的艺术特质,并深入探究其艺术渊源,实属难能可贵。

经法式善品题的人物、花鸟、动物画,也时见法式善敏锐的艺术思维。梦禅居士画人物的特点是写人不写形,重写人之精神,即"梦禅写人不写形,笔之所至风泠泠。胸中不着物与我,指下幻出山川灵"(《梦禅居士为蒋南樵予蒲侍郎画像遗笔》),法式善题画竹云:"道人落笔有秋气,秋雨潇潇写竹意"(《瑶华道人竹趣图歌》),又"道人画竹只画趣,观者那能知其故"《后竹趣图歌》,指出瑶华道人画竹的特点不在于追求形似,而崇尚神会,重竹趣。同样是画竹,法式善评价蒋最峰画竹云:"世之画竹人,但求与竹肖。蒋侯识竹性,取神不取貌"(《观蒋最峰学正画竹》),也肯定了画竹重在神会,而非追求形似。法式善在题钱沣(南园)画马云:"钱侯画马惟画骨,纸上精神犹奋跃。想当兴酣落墨时,凛凛风霜有寄托"(《和兰雪题钱南园御史画马》),又"御史画马不画肉,笔所落处神已足"(《书吴兰雪题钱南园画马歌后》),揭示了钱沣画马的技巧,不在于追求马之形似,骨肉俱全,而在于追求马之奋勇精神,所以,虽无形似,但是马之精神气韵跃然纸上,更见风韵。而这与法式善的诗歌创作"诗贵神似不贵形似"[1]的主张,"一笔两笔尽其妙,但写精神不写貌"[2]的艺术追求是相通的,可见法式善在诗、画艺术品评上的一致性。

法式善借题画诗品评的画家不乏少数,如"读书化畦町,作画脱窠臼"(《续论画诗·陈太守渼》)的陈渼,画能出于规矩之外,

---

[1] 张寅彭、强迪艺:《梧门诗话合校》,凤凰出版社2005年版,第120页。
[2] (清)法式善:《陈曼生诗龛图歌》,《存素堂诗初集录存》卷十九,湖北德安王墉刻,1807。

别具特色。"寿门老弟子，颇能作小诗。画偶托古人，往往神似之。生平所得力，全在梅花枝"（《罗山人聘》）的罗聘，师从金冬心（寿门），本为学诗；进而学画艺，仿拟古人之作，重在取其神，而非形似；纵观罗聘平生所画，成就在梅花，小诗交代明晰，点评中肯。"方薰既死冈第一，浙中近来无此笔。恐被丹黄损性灵，皴染不须借颜色"（《奚铁生画山水歌》），奚冈被法式善誉为浙中画师中，继方薰后第一人；他作的如"严画拙以古，黄画秀而腴"（《滁斋、素人、野云、穀原、香府合作诗龛图，摹奚铁生》）指出严相甫、黄均画之特点。"秋药（马履泰）爱画苍龙枝，但画精神不画皮。胸中填满阶州诗，嬉笑怒骂纯乎思"（《十六画人歌》）揭示出马履泰的画艺追求。他表达了对姚元之画艺的推崇："柴门辱过访，快读无声诗。惊为王辋川（王维），又疑李伯时（李公麟）"（《姚伯昂元之孝廉为画靖节以下至西涯十二人像》），等等。法式善对画家绘画艺术的评价，颇能做到知其人，而后论其画，往往能敏锐地洞察到其笔下画家独特品位，绝少雷同，亦可见法式善的品评绝非泛泛而为的附庸风雅，确如其所言"颇通画理"，所以品评之时得心应手，颇有见地。

其三，借题咏画图遣怀述志，也是法式善题画诗最常见的内容之一。为他人的画图题诗，属于文艺作品的再创造过程，不但需要观赏者有着敏锐的艺术感知，还需要题诗者受到画面感染的同时，对画面有深切的感悟，能够力透画面背后所潜在的神韵，从而激发起题诗者与画图者的审美共鸣，把握画面的精髓，才能写好题画诗，诗才能感人。法式善深谙此理，曾云："凡题画诗，必诗优于画，则画才能生色。若诗不工，画反为所污。"[①] 因此，法式善以诗人特有的艺术气质鉴赏画图，题写诗篇，毫不掩饰自己于时人题画的艺术效果"我诗能为画出力"。如《〈秋园小景〉沈壬海孝廉嘉春绘图，属题》云：

[①] （清）徐世昌：《晚晴簃诗汇·童钰》卷七十，民国退耕唐刻本。

余方六七龄，母氏课读书。梧高秋雨凉，谁恤孤儿孤。母念余孱弱，散学日未晡。晨候寺钟响，危坐听咿唔。始命习陶诗，后及岑王储。转眼五十年，发白心情疏。衰老何适从，好尚徒区区。君家出水窟，早晚侪樵渔。雨前稚笋劚，月下梅花锄。书声与琴声，飘出云中庐。幽禽叫不休，令我思江湖。①

法式善为沈嘉春题《秋园小景》，不觉推彼及己，触景生情，回想起少时自己读书的情景，母亲以母而兼父师，亲自课读、督学；秋雨添新凉，又劳母亲格外体恤，倍加护爱。如今子欲养而亲不在，忽忽五十年，借他人之画图，诉自家之情愫。又如《题友人攀桂图》云："我前十七年，八月日维朔。小病思午睡，梦手桂花擢。皤皤白发仙，招听钧天乐。我儿适诞生，桂馨命名确"，法式善"展图念畴昔"，忆昔儿子桂馨出生时的情景如在眼前，遂借题画以传达自己对儿子的殷切期望。法式善还有题画"松竹"诗"性情标格两相宜，一在山颠一水湄。不是此君太孤直，后凋同有岁寒时"（《题画·松竹》），借对松、竹之高洁、孤直，喻己之志，在法式善的眼中，"竹处众卉中，清姿殊淡泊。北风彻夜号，万树伤零落。惟我青琅玕，猗猗尚如昨。天寒心更坚，地窄情逾绰"（《自题移竹图》），诗人心目中的竹，兼有梅花的冲寒犯雪与兰花的翠色长存，所以其平生爱竹"人可一生不食肉，不可一日不见竹"（《修竹读书画扇》），不单心向往之"有竹便非俗"，且"短竹掩我门，长竹映我户"（《自题移竹图》）与竹比邻而居，借助居住环境来投射自己的性情。

其四，借诗歌单纯地描摹画面内容，也是法式善题画诗的特点之一。栩栩如生地描绘画的内容，特别是将画面的笔笔相生、物物相需、相互顾盼客观地表现出来，使人如临其画，以至于即使绘画失传，人们也可以根据题画诗而推知绘画的原貌，② 这应是题画诗除却艺术价值之外的文献价值所在吧！如《仇十洲湖亭消暑图歌》所

---

① （清）法式善：《存素堂诗二集》卷二，湖北德安王墉刻，1812。
② 阎丽杰：《论题画诗的体式特征》，《北方论丛》2007 年第 2 期。

描绘的画面:

> 画卷横不满一丈,六月薰风纸边漾。江南只有仇十洲,笔所未到神先王。湖亭四面皆荷花,荷花缺处渔人家。朝朝暮暮无住著,一船飘泊斜阳斜。十顷花光百壶酒,好句争出诗人手。狂吟惊散沙汀鸥,晚凉泻入石塘柳。①

诗人笔下,一幅不满一丈的横幅画卷上,江南六月,避暑于湖亭之上,四面荷花盈目,送来十里幽香;荷花深处,有钓叟渔家;夕阳西下,和着落日的余晖,湖光潋滟之间,一叶扁舟晚渡无人舟自横;中有骚人墨客陶醉于湖光山色之间,吟诗诵晚,不觉惊散沙鸥;晚风送来一抹清凉,塘边杨柳微微荡漾。读罢此诗,心境顿觉清凉,人仿佛置身其间,如临画境。想来仇英(十洲)此画能否幸运留存,后人能否有幸一睹风姿,还尚无解,然借助法式善的题画之作,精致、生动地描述了仇十洲画笔下所营造的这份清疏淡雅的清凉世界,却也是幸运的了。

类似内容还有如《唐寅溪山亭子卷》所描绘的世界:"一峰一层云,滴翠为幽淙。水流众籁静,雨过秋花红。孤亭峙林表,万绿生墙东。鹡鹳寂无语,聒耳惟杉松",诗中远处山峰滴翠,高耸入云,近处溪流潺潺,小亭独矗;间有鹡、鹳绕溪,静寂无声,唯有杉松聒耳,静中有动,都是作者努力借诗笔勾勒的画面形象,营造出了诗中有画的审美境界。

此外,法式善于题画诗中亦有揭示绘画技艺的,如"指画古不传,传于近代耳。且园高侍郎,凯亭傅居士。今能兼之者,厥维梦禅子。蒋侯江南来,萧然挈行李,一樽与一砚,醉辄写不已"(《蒋最峰指画》),交代了有清一代的擅长指画的画家有高且园、傅凯亭、梦禅居士瑛宝及蒋最峰;或借画叙说交谊的,如"忆我交二君,今已廿年矣。其间听雨日,历历可偻指。珂声散玉堂,人称三学士。

---

① (清)法式善:《存素堂诗初集录存》卷二十三,湖北德安王塽刻,1807。

趋跄金马门，同试银光纸。联骑官道边，斗韵僧房里（余与二君同时为学士，同充日讲官，同被诏旨试殿上，同扈跸行幄）"（《补题冶亭、阆峰联床听雨图后》），叙说与铁保、阆峰兄弟二十余年的深厚友谊；也有揭示画家遭际的，如陈嵩曾卖画京师"君涉江波来，卖画十年矣"（《续论画诗·陈山人嵩》）、顾鹤庆曾遭人索债"北风猎猎城头呼，门外索债声同粗"，却坚持不做画匠，"顾生工诗复工画，忍饿长安从不卖"（《除夕顾殁庵画祭酒图见贻即题帧上》）等，都从不同维度展示了法式善题画诗多彩的内容，而这些既得益于法式善以诗人的气质观画、赏画、题画，也是其深究画理使然；或是将诗作的主张移植入绘画艺术中来，将画与诗均视为表情达意的工具，一个是凭借无声的诗意，一个是凭借有声的画面，这也是风行清代绘画领域"诗画一律"论观念在法式善题画诗上的反映。

二 题画诗的特点

如前文所述，法式善因不擅画，所以其题画诗都是为他人画图题诗，且多是独立于画面之外之作。细读法式善 300 余首的题画诗，其在题材选择、意境创造等方面也自有特色。

其一，就题材而言，法式善的题画诗虽不乏古今人物、植物、动物等方面，然更倾向于题写山水、写意的画卷。粗略统计，法式善题画人物诗作所占比例最少，仅有《题西涯先生像后》《金粟道人像歌》《题黄文节公石刻像后》《东坡黄州小像》《明祭酒陈文定公画像歌》《题张三丰像》《为朱白泉观察朱而赓额题其僧服小照》《李恒堂锡恭侍讲以其祖父遗像绘册属题》等二十余篇，其余均为山水画、写意画题诗，如《张南华鹏翀画山水》《筲绳斋画山水》《蔡研田本俊画山水》《陈曼生诗龛图歌》《朱青立诗龛图歌》《孙雨卿肃元画山水》《朱闲泉画山水》《唐寅溪山亭子卷》《韵兰草堂图为周生笠赋》等。

其二，就画图的年代而言，法式善题写古画的诗作少，更侧重于为同时期的画图题诗。检视法式善今存的全部题古画诗作，仅有《题元明人画卷》《胡香海大令以仇十洲桓伊吹笛图乞诗》《题宋人赠行画卷用卷中胡舜臣诗韵》《唐伯虎寒林高士图》等二十余首。再除却几首以《题画》为名、无法辨识画图古今归属的诗作外，其余的便是为当时友人的画图题诗。且在这部分为友人题诗中，又以题写诗龛图的诗题材相对较集中，如《题合作诗龛图》《严香府诗龛图》《黄谷原诗龛图》《再题万辋冈诗龛第二图，仍用先芝圃题寄韵》《秋药、兰士、珈坡、野云合作诗龛图》《阅筐绳斋诗龛图卷，慨然赋诗，兼忆题图诸知好》等二十余首，这在同时期诗人的题画诗中也是较为独特的。

其三，就题画诗的具体内容而言，法式善的题画诗绝少反映社会现实，着意关注山川草泽，进而营构出恬淡清幽的意境，这主要集中在其题画山水、写意的诗篇中。如《题颜运生崇规听泉图》云：

> 心定息尘喧，天远淡秋碧。松风吹满山，泠泠响白石。独鸟空潭飞，古苔松壑积。有琴且勿弹，悄然坐深夕。①

清秋时节畅游山中，尽享无边秋色：远处天高云淡，近处松风拂面，潭水上低回的飞鸟，沟壑处缀满的青苔，置身其间，生怕琴声破坏这份久违的宁静。于此，诗人精心营构了一幅"山居听泉图"，并活用陶渊明"问君何能尔，心远地自偏"的诗句，传达出能否超脱尘世的喧嚣全在于诗人的内心静谧。

又如《为大觉寺僧题画六首》之二云：

> 水亭倚石根，斜阳在山顶。古栈悬断云，石桥没孤艇。松阴地上积，虚阁出清迥。扁舟摇到门，睡鹤犹未醒。②

这里，摄入诗人镜头的既有水亭、古栈、石桥、扁舟等人为景观，也有盘石、斜阳、松阴、睡鹤等自然景观，这一系列景观交织

---

① （清）法式善：《存素堂诗初集录存》卷六，湖北德安王埔刻，1807。
② （清）法式善：《存素堂诗二集》卷二，湖北德安王埔刻，1812。

在一起，为读者展现出了一个清幽淡远的山中画面。类似的诗境还有如"竹外是桃花，渔家复酒家。孤舟听风雨，晚市卖鱼虾"①（《题朱青立画》）、"野童当鹤守柴门，凉月一蝉噪高柳"②（《吴八砖诗龛图》）、"残霞隐断山，斜阳散深树。石桥花港通，三五渔家露。新雨苔初荒，杖藜不可步，东溪明月上，松间且小住"③（《为灵鹫庵僧题画》）等，法式善在这些题画诗中，多借用松柏与翠竹、石桥与孤舟、夕阳与凉月、鸣蝉与野鹤等意象，编织出一个个大同而小异的清幽静谧的山水意境。

其四，就题画诗的审美追求而言，法式善于题画诗中追求一种闲适隐逸情趣，寄托了作者归隐田园的心声。隐逸作为中国古代社会的一种生存状态，在历代文人笔下均有不同程度、不同形式的揭示，其中借助题画诗为载体传达隐逸情趣是诗人常用的形式之一。法式善也将归隐田园的情趣寄托在题画诗的创作上，使其题画诗蒙上了一层田园隐逸色调。如其《题吴柳门家山图》中的诗句：

> 我思住山中，日日饭烟翠。悠忽二十年，未能一官弃。虽栖尘市间，荒斋俨僧寺。每逢江南人，便问山居事。览君家山图，触我扁舟思。白云不上天，春水多于地。梅花正开时，客抱明月睡。松竹无尘客，鸡犬有高致。④

又《题运生石门藤坞图》诗有句云：

> 云散芙蓉岩，花掩石门路。迷濛不见人，翠湿何年树。斗觉樵径风，暗袭衣上露。心迹两倏然，长愿山中住。⑤

---

① （清）法式善：《存素堂诗初集录存》卷十六，湖北德安王埙刻，1807。
② （清）法式善：《存素堂诗初集录存》卷二十四，湖北德安王埙刻，1807。
③ （清）法式善：《存素堂诗二集》卷二，湖北德安王埙刻，1812。
④ （清）法式善：《存素堂诗初集录存》卷十二，湖北德安王埙刻，1807。
⑤ （清）法式善：《存素堂诗初集录存》卷六，湖北德安王埙刻，1807。

以上诗篇，作者借助为他人题写画图，传达了自己的隐逸情怀，"览君家山图，触我扁舟思""心迹两翛然，长愿山中住"。类似的诗作还有很多，如《题朱野云画》："一松鸣未已，吹作万松声。此水流何处，前山月正明。梅花开满谷，春雪积连城。心逐寒钟去，悠然远世情。"① 又《题画》："我亦喜蓑笠，素心今已违。青山何处好，茅屋看人归。松叶带云绿，稻花含雨肥。田家有真乐，慎勿去荆扉。"② 等等。诗人于题画诗中不时流露出向往田园隐逸生活的情愫。

三 题画诗创作的时代诉求

不同时代的社会生活情态会影响到士人的审美趣尚，进而会影响到文学作品的审美取向。是故《礼记·乐记》云："治世之音安以乐，其政和；乱世之音怨以怒，其政乖；亡国之音哀以思，其民困"，音乐如此，文学亦然，遂有所谓"文变染乎世情，兴废系乎时序"。③ 社会环境的变化，直接或间接地会影响士人的精神情态，或深或浅地烙印在文人的创作之中，所以，诗盛于唐，词兴于宋，曲演于元，绝非偶然，与其时代的精神气候与文人精神风貌亦息息相关。以此观照法式善题画诗的创作，亦受乾嘉文坛创作风气的影响。

其一，士大夫文酒风流、雅集繁盛。清初，经历了康熙、雍正两代君主的励精图治，终于迎来了"乾嘉盛世"。民族间团结和睦，政治上，政权稳定；经济上，国富民安；文化上，艺术繁荣。随之而来的，乾嘉时期的整个社会风气、人们的审美追求以及生活方式也在随之律动。经济生活上的安逸催生了人们对精神生活的渴望与更高追求，表现在京师的士人阶层中，则日趋崇尚风雅，士大夫文酒风流、宴饮雅集成一时之盛。

乾嘉时期，士大夫崇尚风雅的行为表现形式多样，其中之一便

---

① （清）法式善：《存素堂诗初集录存》卷十二，湖北德安王埔刻，1807。
② （清）法式善：《存素堂诗初集录存》卷四，湖北德安王埔刻，1807。
③ （南朝）刘勰：《文心雕龙》，王运熙、周锋译注，上海古籍出版社1998年版，第407页。

是经常性的宴饮雅集，相约三五友朋小聚，或师友、或同乡、或同门；雅集的名目繁多，或祝寿、举子、或消寒、消夏、或四时赏花、团拜娱乐不一；聚会的地点亦无定所、或室内，聚于书斋、官署，或室外，陶然亭、敬业湖、积水潭等。尽管形式各异，聚会的内容却大同小异，吟诗作画、饮酒娱乐，成一时风气。如前文所述，法式善曾在诗文中多次记述其诗龛雅集、西涯聚会等情景。同时，乾嘉文人笔下也常记述到此类雅集情景。

关于文人雅集的情景，时人英和《恩福堂笔记》中曾有过一段精彩的记述：

> 予昔与大兴朱文正公同值南斋，一日文正曰：北方气候苦寒，时蔬荐晚，当此春韶佳丽，南省已挑菜盈衢，家家作春盘之会矣。犹忆家竹君兄，于当年多方构觅，极尽新蔬之品，约士大夫宴集于家。坐上客满，或琴或书，或对楸枰，或联吟，或属对，勾心斗角，抽秘骋妍。酒酣耳热之时，同人有以"太极两仪生四象"命对者，满座正凝思间，忽报纪晓岚至，至则狂索饮馔，同人即以前句示之，佥曰："对就，始许入座；否则将下逐客之令矣。"晓岚应声曰："'春宵一刻值千金'，吾饥甚，无暇与诸君子争树文帜也。"坐客闻之无不绝倒。①

以上英和所谓朱文正，即大学士朱珪（1731—1807），其家"竹君兄"，即著名学者朱筠（1729—1781），此次聚会便是朱筠于自家的椒花吟舫与士大夫一次雅集的情形：佳肴美馔可饮食，诗书画卷可娱目，联吟属对可遣兴。此番聚会的层次因主人的身份地位，所以饮食较为奢华，事实上，大多文人聚会的常态是："酒不必多，饮可以醉；膳不必珍，食可以饱。其来会于斯者，有法书名画之娱，无

---

① （清）英和：《恩福堂笔记》卷下，载《恩福堂笔记诗钞年谱》，北京古籍出版社1991年版，第55页。

博弈管弦之扰"①，一派风雅气象。

其二，明清时期绘画艺术的高度繁荣，乾嘉时期画家队伍的力量增长，并且大批画家云集京师，成为乾嘉士人雅集群体重要的构成力量，画师自身也尝邀约文士小聚，成一时风气。如嘉庆十五年（1810）法式善于《病中杂忆》记述的一次画师聚会："朱野云约湖海诸画师二十余人，会于悯忠寺翰墨堂，余不能画，推为盟长。是日，每画师各赠以诗。"②关乎此，陈康祺《郎潜纪闻》卷十一亦有记述：

> 乾、嘉承平之际，风雅鼎盛，士大夫文酒之暇，多娴习画理。法时帆祭酒式善，尝作《十六画人歌》：曰朱鹤年野云，曰汤贻汾雨生，曰朱文新涤斋，曰杨湛思琴山，曰吴大冀云海，曰屠倬琴坞，曰马履泰秋药，曰顾莼南雅，曰盛惇大甫山，曰孟觐乙丽堂，曰姚元之伯昂，曰李秉铨芗甫、秉绶芸甫兄弟，曰陈镛绿晴，曰张问陶船山，曰陈均受笙。录之以见一时艺苑之盛。③

以上诸画师，朱鹤年、汤贻汾、屠倬、马履泰、张问陶、朱文新、陈均等，均是中国美术史上留有姓名之人。乾嘉士风文酒雅集之盛，诗人画家、画家诗人、或诗人、或画人都是雅集活动的参与主体，甚至他们的一举一动还可以引领着当时的文化潮流；同时，士大夫文酒之暇，娴习画理亦是交游群体间的一种时尚，备受时人推崇。以上文化界的主流文化习尚，直接促成了乾嘉文坛文人创作的题材取向之一——题画诗的风行，这应是乾嘉士人雅集盛行所带来的文学效应之一种。

随着京师画家群体的日益壮大，题画诗也成为一时诗人笔下的

---

① （清）王芑孙：《诗龛会饮记》，《渊雅堂全集·惕甫未定稿》卷六，嘉庆刻本。
② （清）法式善：《病中杂忆》，《存素堂诗二集》卷五，湖北德安王塘刻，1812。
③ （清）陈康祺：《郎潜纪闻》卷十一，中华书局1984年版，第230页。

"宠儿"，检阅乾嘉时期文人诗文集，题画诗篇俯拾即是，除却法式善笔下的三百余首诗作，同时期的诗人也都有数目不等的题画诗作。如张问陶《题沧湄海市图》(《船山诗草》卷五)、洪亮吉《徐大书受浴牛图》(《卷施阁集》诗卷二)、赵怀玉《为钱孝廉维乔题哲兄文敏公维城画卷》(《亦有生斋集》诗卷五)、王芑孙《题友人画凤仙五首》(《渊雅堂全集·编年诗稿》卷八)、吴锡麒《题管平原柳塘渔隐图》(《有正味斋集》诗集卷七)、袁枚《朱草衣寒灯课图》(《小仓山房诗集》卷九)、翁方纲《题蒋新仲调鹤图》(《复初斋外集》诗卷第六)、吴嵩梁《题潘榕皋农部归帆图》(《香苏山馆诗集》古体诗钞卷二)、曾燠《题明人宫娥乞巧图》(《赏雨茅屋诗集》卷二)、黄景仁《题洪稚存机声灯影图》《两当轩全集》卷十五)等，凡此种种，不胜枚举，乾嘉文人诗笔下几乎均有涉猎，且数目可观，成就亦可圈可点，当引起学界的关注与重视。

其三，除却当时士人生活时尚因素外，法式善的题画诗创作还与其爱才如命的个性以及与往来京师的画家交往互动密切亦不无关系。乾嘉盛世，四方才士云集京师，或画师，或诗人，或身兼此二者，抱着一线希望投身于名利场的角逐生活，期待于此觅得进身之阶。然从踏上京师土地那一刻起，接踵而来的一系列问题便困扰着他们的北漂生活：衣食、居住、生计、交际等现实问题，都对这个群体的生存构成了困扰。一方面，衣、食、住、行等生活问题带来的安身焦虑。与法式善交往的画师大多如此，如"卖字作活计，半生困寒饿"(《诗龛谕画诗·蒋学正和》)的蒋和，卖画长安的陈嵩"君涉江波来，卖画十年矣"(《续论画诗·陈山人嵩》)，忍饥挨饿于京师的顾殳庵"顾生工诗复工画，忍饿长安从不卖"(《除夕顾殳庵画祭酒图见贻即题帧上》)，"黄生卖画来京都"的黄均(《赠黄谷原均》)，与法式善交往最久的朱鹤年，也曾"长安卖画三十年"，仍苦于"山妻报说厨无粟"(《朱野云山人》)，以上种种，才士客居京师，苦于生计困窘，常常身心俱疲。事实上，"都市中的生存焦虑这一问题甚至超越了具体情境和时代变迁，具有一定的普遍性意义，堪称都市文学中恒久的主题"[1]。另一方面，出人头地等外在诉求带来的人际交往的焦虑。俗语云："在家靠父母，出门靠朋友。"话虽简单，却道出了人际交往的两个情境：在乡土生活状态中，维系人与人之间的关系纽带是血缘，然而一旦由乡土步入都市，血缘在维系人际关系中的影响却越来越渺小，代之以权力与金钱为媒介的人际交往范式，"带有功利主义的印记"[2]的社交关系占据着主导。所以，这些生计都艰难的画师在京师这个典型的名利场中的人际交往便倍感纠结，既没有地位，也没有金钱，如何才能得到时人的认可，如何于京师众才俊中争得一席之地？

由于缺失进身之阶，大多数流寓京师的文士是不幸的；而与法式善同时期居京师的京华寓客，这个群体中的一部分人又是幸运的，因为，法式善以其特有的个性情怀，拥抱着这些才俊，使得他们成为诗龛雅集的座上宾，或为其题画图，使他们身价倍增，即便仍卖画长安，但生计无愁；或奖掖提携，为他们进入仕途开启终南捷径；等等。因此，从画师而言，因与法式善的相识互动，他们将有可能、或早一天满足其扬名于时的心理诉求。而于法式善而言，直接效应是其创作了大量题画诗，丰富了其诗作的题材取向，而潜在的价值是法式善因此获得了奖掖后进的声誉，并为自己名扬士林做了无声的宣传，其得益之处远大于直接的题画诗篇。

第三节　《咏物诗》创作之"取材之博"

陆机《文赋》云："尊四时以叹逝，瞻万物而思纷；悲落叶于劲秋，喜柔条于芳春"，阐释了文学与自然之关系，"情以物兴"，诗人以其敏感多情时时能捕捉到外物的脉动，而后"辞以情发"，无论"春秋代序，阴阳惨舒，物色之动"，均因诗人的赏玩而别有韵

---

[1] 谢遂联：《唐代都市文化与诗人心态》，浙江大学出版社2010年版，第103页。
[2] [法]伊夫·格拉夫梅耶尔：《城市社会学》，徐伟民译，天津人民出版社2005年版，第8页。

味。而以诗人自居的法式善，亦有此情怀，曾言："人之处境，君子恒有余，众人恒不足；有余则心逸，不足则心劳。非境有以逸之、劳之也，人自逸焉、劳焉而已。余性不谐俗，而好与贤士大夫交；于书弗能尽读，而藏弃逾万卷；身未出国门外，而名山大川无日不往来于胸中。凡余之不足者，未尝不以有余处之也。余尤癖嗜诗，遂榜所居曰'诗龛'。夫盈天地间皆诗也，发于心，触于境，鸟兽之吟号，花叶之荣落，云霞之变灭，金石之考击，无一非诗。"① 所以，法式善的诗作，除去前面的怀人诗、题画诗外，其咏物诗亦别具特色。法式善作有300余首咏物诗，这在其全部诗作中亦占有相当大的比重。其中《咏物诗》二卷较为全面地体现出了其咏物诗的主要特点，本节试就这两卷《咏物诗》进行分析，并略窥其创作的特色。

一 《咏物诗》创作时间考

法式善久居京师，相对局促的生活空间，影响到其诗作的题材，除却与朋旧的游玩唱和、纪行山水，或与友人的别离之作外，法式善的生活空间里没有更多的审美刺激来激发其创作灵感。幸得法式善情思细密，身边的一切景物皆携而入诗，又因其终日手不释卷，往往与古人的诗书翰墨进行对话，捕捉其创作的灵机。关于《咏物诗》的创作契机，得益于法式善诗作崇尚唐音，对唐代李白、杜甫、王维、孟浩然、韦应物、白居易等均心存仰慕，于创作上往往心向往之。应该指出的是，法式善在诗学主张上反对宗唐别宋之分，但于创作实践上却有意模仿唐人诗作，呈现出以唐诗为圭臬的审美诉求，即创作主张不一定与创作实践步调完全一致，这也是存在于古今作家创作实践中的寻常之事。

法式善《咏物诗》一百二十首②，组诗前的小序云：

  余诗多写意，雅不欲妃红俪紫，然未免入于萧飒一派。适

---

① （清）法式善：《诗龛图记》，《存素堂文集》卷四，湖北德安王埔刻，1807。
② （清）法式善：《存素堂诗稿》，湖北德安王埔刻本，1812。

案头置唐贤李巨山咏物诸作，喜其壮丽，有拔天倚地之概。爰依题拟其体为之，祇以自矫所短，非敢与古人争长也。

又《续咏物诗》一百二十一首①序云：

余向拟咏物诗百廿首，就李巨山旧题为之。雪窗寂寞，复检得题如前数，皆巨山所未及咏者。灯昏砚冻，随意挥洒，拙者适形其为拙也。至云粗服乱头，愈形妩媚，则吾增愧恧多多矣。

序言明示了法式善此组咏物诗的创作契机。以上两组《咏物诗》，凡241首巨制的成诗缘由，盖源于作者生活寂寥，聊以赏玩古人文集为消遣，每每心有所得，便仿拟古人之作，随意挥洒，遂而成篇。

至于法式善《咏物诗》的创作时间，也值得考索。法式善今存的诗集、诗作，整体上均是以编年体的形式出现的，唯独这两卷《咏物诗》（又名《诗龛诗稿》）没有标明年代，这对深入、全面解读法式善的诗歌创作会有一定的影响，因此有必要爬梳相关资料，予以揭示。

检视法式善的著作以及乾嘉时期相关文献，今能见到的有关法式善《咏物诗》的资料如下：

其一，《怀远诗六十四首》，其中寄怀冯敏昌《冯鱼山敏昌比部》诗云：

少年五岳都游遍，老向鱼山磨铁砚。萧然有如僧退院，齐梁风格周秦腴。胸中别具造化炉，咏物当年偶游戏。夫子乃抱昌歜嗜，每说鄙人识奇字。（余有《咏物诗》二百四十首，君

---

① 据法式善《存素堂诗稿》载"《续咏物诗》一百二十首"然经作者仔细核对，当为"一百二十一首"。是以本部分依据实际诗作数目一百二十一首名之，湖北德安王埔刻本，1812。

奇赏之。)①

该诗出自法式善编年诗集《存素堂诗初集录存》卷十六：癸亥二月至六月。可知这首诗当作于嘉庆八年，即 1803 年的二月至六月间。以此推知，令冯敏昌"奇赏"的"《咏物诗》二百四十首"，当作于是年以前，即法式善两组《咏物诗》二百四十一首创作时间至迟当作于嘉庆八年（1803）之前。

其二，时人王芑孙《试帖诗课合存序》云：

乾隆癸丑之岁，予为咸安官教习，下礼部试，将自免以去，诸故人劝而留之。灵石二何君砚农、兰士相与割宅，居于烂面胡同。暇日过从，论文讲艺，甚乐也。其年冬，稍邀旁近诸君作诗课，学为八韵赋得之体。十日一会，会则各出其诗以相质，及明年四月而止。明年十月，复举是课，迨今年三月而止。其始不过三五比邻，家厨脱粟，咄嗟具饭，迭为宾主。其后客来益多，会益盛，而诗亦益胜。每课，予与兰士皆录其本存之，积日既久，得诗弥富。今年夏，兰士扈跸热河，予与砚农、介夫录稿付梓。诸君继之，公私拘缀，卒卒无余日，匠亦懒事，及今甫得九卷。而予以官学岁满，当出为华亭教官，不可复留矣。辄遂以其书印行，而各为之序。诸君子系官于朝，退而居业相观摩，其增进未可量，文酒游从之乐，亦未有已也。而予终当舍此而去，予则何以为情乎？微独予胥疏江湖之上，将欲携是编以自慰其索居。即以诸君子之得予而乐，亦必且失予而思。异日有抚卷而睠然惜其人、悲其遇者，其不在于是编也夫。……《存素堂试帖》一卷，凡五十首，蒙古法式善时帆撰。时帆长予二岁，而次于九山，故卷在第三。……其所学与予异，而过辱好予，有作必就予审定。尝刻行其《咏物诗》一种，首以示予，予偶

---

① （清）法式善：《怀远诗六十四首》，《存素堂诗初集录存》卷十六，湖北德安王墉刻，1807。

弗之善，遂止不行。后五六年，钦州冯鱼山敏昌见而大称之，问何以不行，时帆以予言告，予始获闻之，而悔前言之过。世亦有冲然者学如是者乎！时帆于八韵诗独不言王孟韦柳，应用之格，当时之体，皆同课中所寡有也。然以其居远，逢课或不时至，或至而不及为诗，是卷所存大半皆旧作及应试、应制之篇云。①

此篇序文中，王芑孙也提到法式善"尝刻行其《咏物诗》一种，首以示予"，且"后五六年，钦州冯鱼山敏昌见而大称之"，因此，可以推想如能知道王芑孙此篇序文的撰写时间，便可以进一步明确法式善《咏物诗》创作的下限时间；若能得知法式善与王芑孙在乾嘉诗坛相识定交的年份，便可以深入推进该组《咏物诗》创作的具体时间范围。

以此，再重新审视王芑孙的这篇序文所提供的相关信息：

（1）乾隆五十八年（1793），王芑孙作为咸安宫教习，因礼部考试报罢，将欲出都，在友朋的劝导下，留在京师。

（2）乾隆五十八年（1793）十月五日，王芑孙开始与同人结试帖诗课，继而十日一会，至乾隆五十九年（1794）四月中辍，乾隆五十九年（1794）十月又复课，至乾隆六十年（1795）三月止。

（3）王芑孙集所作得凡9家9卷，即吴锡麒、梁上国、法式善、王芑孙、雷维霈、何道冲、王苏、李如筼、何道生九人，且按年齿为序。

（4）王芑孙因咸安宫教习任满，当出为"华亭教官，不可复留矣"，故临行前定要将此书付梓刊行，即"辄遂以其书印行，而各为之序"，且"将欲携是编以自慰其索居"。

据此信息，可准确推知此篇序文当作于乾隆六十年（1795）三月以后与王芑孙离开京师、赴华亭教谕之前。如此，问题趋于明朗，即归结到王芑孙是哪年离开京师远赴华亭教谕之任？

---

① （清）王芑孙：《渊雅堂全集·惕甫未定稿》卷二，嘉庆刻本。

据王芑孙《编年诗稿》卷十二（乙卯）有《十月廿三日养心殿引见以教职用恭纪》《岁满去馆铁侍郎枉诗见赠依韵奉酬》等诗篇记载其去馆一事，又友人铁保"君才非百里，翻合广文穷"①、法式善"自有千秋业，原非百里才"②等诗篇中亦有载录，即"乾隆六十年十月廿三日，以馆职任期将满，引见于养心殿，以教职用。铁保、法式善闻之，皆为芑孙惜，因赋诗相慰"③，此时王芑孙尚在京师。按清制"咸安宫教习期满，进士用主事、知县，举人用知县、教职"（《清史稿·选举志一》）。

至于王芑孙离开京师的时间：吴锡麒《送王惕甫之华亭教谕序》云："于乙卯冬，选授江南华亭教谕。明年，礼闱报罢，将出都门。"④故乾隆乙卯（1795）冬授华亭教谕，"明年"即嘉庆元年（1796），将出都门；王芑孙知交好友石韫玉《送王惕甫之华亭教官序》云："嘉庆建元之岁，某自楚旋都。其五月，吾友王君惕甫将之华亭校官之任"⑤，即嘉庆元年（1796）五月，王芑孙离开京师，赴任华亭；相同记载反复在王芑孙昔日朋旧的诗文集中得以出现，又如法式善《存素堂诗初集录存》卷六（丙辰）《送王惕甫归里就官广文》、张问陶《丙辰夏日送王铁夫就华亭广文任》⑥，等等。且王芑孙在自己的《编年诗稿》卷十三（丙辰）《沤波舫归兴二十四首》诗前序文中云："因遂买舟，以五月二十七日携妇子登程。风帆顺利，六月二日至于津门"云云，于嘉庆元年（1796）冬，抵松江府华亭县教谕任。⑦

综上所述，王芑孙此番离开京师的时间当在嘉庆元年（1796）

---

① （清）铁保：《赠铁夫》，《惟清斋全集·梅庵诗钞》卷三，道光二年（1822）石经堂刻本。
② 按法式善全诗如"自有千秋业，原非百里才。乾坤余铁砚，风雨共金台。明月前身悟，梅花昨夜开。皋比吾上座，释褐看君来。每科状元率新进士释褐，例参祭酒，铁夫尚欲会试，因以戏之，实冀之也"。该诗未见于法式善的今存诗集内，今存于（清）王芑孙《渊雅堂全集·编年诗稿》卷十二《次韵酬法祭酒见赠》诗后，即"附原作'蒙古法式善时帆'"，特此说明。
③ 眭骏：《王芑孙年谱》，华东师范大学出版社2010年版，第199页。
④ （清）吴锡麒：《有正味斋诗文集·骈体文》卷十一，嘉庆十三年（1808）刻增修本。
⑤ （清）石韫玉：《独学庐二稿·文》卷中，清稿本。
⑥ 张问陶：《船山诗草·补遗》卷五，中华书局1986年版。
⑦ 眭骏：《王芑孙年谱》，华东师范大学出版社2010年版，第215页。

五月，因此，如前文推断可知，王芑孙《试帖诗课合存序》当作于乾隆六十年（1795）三月截稿与嘉庆元年（1796）五月二十七日王芑孙离京之间；法式善的《咏物诗》创作当发生在王芑孙此篇序文定稿之前，即创作年限至迟亦当作于嘉庆元年（1796）五月底之前。然王芑孙序文中还有一处时间线索不容忽视，即"（法式善）尝刻行其《咏物诗》一种，首以示予，予偶弗之善，遂止不行。后五六年，钦州冯鱼山敏昌见而大称之"，表明法式善《咏物诗》问世之后的五六年，冯敏昌曾见到了，最重要的是此事当发生在王芑孙此篇序文脱稿之前。因此，令人欣慰的资讯渐渐浮出水面，即法式善这组《咏物诗》的创作时间当在嘉庆元年（1796）之前的五六年，也就是乾隆五十六年（1791）前后，据前文"第二章第二节法式善与王芑孙交游研究"，可知法式善与王芑孙定交当在乾隆五十六年（1791），① 且二人因诗文定交，法式善曾于是年多次请王芑孙校勘诗集，所以王芑孙《存素堂试帖序》云："有作必就予审定"，此言不虚。据此推断，法式善这两组多达二百四十一首的《咏物诗》大致当作于乾隆五十六年（1791）左右；同时，又据冯士履《先君子太史公（冯敏昌）年谱》可知，"冯敏昌在乾隆五十七年（1792）至嘉庆元年（1796）间一直在京供职，而于嘉庆二年（1797）离京"②，又查冯敏昌《小罗浮草堂诗集》四十卷③、《小罗浮草堂文集》九卷④均未见关于法式善的诗文，如此，两组时间线索相互发明，最终的结论是：法式善《咏物诗》二百四十一首创作时间当为乾隆五十六年（1791）。

二 《咏物诗》创作特点

关于咏物诗范畴的界定，历来说法不一，所以本部分有必要对

---

① 眭骏：《王芑孙年谱》，华东师范大学出版社2010年版，第124页。
② 冯士履：《先君子太史公年谱》，载北京图书馆编《北京图书馆藏珍本年谱丛刊》第117册，北京图书馆出版社1999年版。
③ 《冯敏昌集》，陆善采等点校，广西民族出版社2010年版。
④ 《冯敏昌集》，陆善采等点校，广西民族出版社2010年版。

法式善的咏物诗做一个界定，即本节所考察的咏物诗，是指形式上一诗一题、一题一咏，体裁上均为五律，题材上涉及人工与自然，涵盖天象、地象、动物、植物、文物、音乐、武器、医药等内容，内容上托物言志、别有寄托的一类诗歌。若就咏物诗的所咏物类而言，康熙朝御制的《佩文斋咏物诗选》是当时最为庞大的咏物诗选集。其所列诗歌按照物类划分为480卷，举凡所咏之物，几乎囊括了天地间所有可感可识之物，有自然生成的，有人工巧制的，庞大如山川河岳，微末如蝼蚁蠹鱼，或有情，或无情，题材范围可谓洋洋大观。面对于斯，既是法式善的幸运，创作上有所借鉴；又是法式善的不幸，如何另辟蹊径寻求突破，是其面临的难题。最终，其以创作实践做出了回答。

其一，法式善咏物诗题材之"博"，不单远超前贤李峤，亦堪称乾嘉诗人之冠。法式善因有感于李峤咏物诗的壮丽且题材丰富而仿其作，依其旧题作诗一百二十首，又在此基础上续作一百二十一首，终成二百四十一首咏物诗，一诗一题，一题一咏，即二百四十一题，所咏二百四十一物，内容涉及文物、音乐、武器、嘉树等十多种物类，题材之广博，数量之壮观，且以组诗形式呈现，这在乾嘉诗坛应是别树一帜，首屈一指。具体内容粗略分类如表5-5所示。

表5-5　　　　　法式善《咏物诗》《续咏物诗》内容分类

	诗题	诗题
物类	《咏物诗》一百二十首	《续咏物诗》一百二十一首
天象	日月星风云烟露雾雨雪	雷电霜虹霞
地理	山石原野田道海江河洛	谷洞
花草	兰菊竹藤萱萍菱瓜茅荷	蓼蒿葛艾苔葱豆葵麦稻薪炭
树木	松桂槐柳桐桃李梨梅橘	椿榕槲檀桑榆枫椒枣杏柿蒐蕉蒲
飞禽	凤鹤乌鹊雁凫莺雀雉燕	鸡鸠鹭鸥鹄鹏鹰雕萤蝶蜂蝉蚊蝇
兽类	龙麟象马牛豹鹿羊兔	虎狐猿貉鼠驴驼狗猪蛇龟蚌蟹蚁蛙鰕蟬
居处	城门市井宅池楼桥舟车	村洞堂厨灶台篙帆

续表

	诗题	诗题
服玩器皿	床席帷帘屏被鉴扇烛盅	裘履衫毡枕杖袜箧笼盘钵瓯箸樽案
食物	酒	茶粥糁饧羹油
文物	经史诗赋书纸椠笔砚墨	箴铭画算卜陶印钗鼎筊
武器	剑刀箭弓弩旌旗戈鼓弹	铎戟枪鞍鞭针炉
音乐	琴瑟筝钟箫笛笙歌舞琵琶	磬
玉帛	珠玉金银钱锦罗绫素布	网丝棉绶冠带
动作		舂冶医

以上法式善所创制的大型咏物组诗，既有李峤咏过之旧题，又有自创新题，内容涵盖了宇宙天象的日月星辰，大自然的山川原野、江河湖海，人文建筑的城池舟桥、市井宅堂，文化生活中的经史诗赋、笔墨纸砚，兵器行中的刀、枪、弓、剑，乐器中的琴、瑟、笛、箫，另如花草、树木、果蔬、禽鸟、灵兽、鱼虾等，蔚为大观。尽管此前有《佩文斋咏物诗选》的480卷咏物诗，然而就个体创作数量之大、物类之丰富而言，法式善亦可有"山登绝顶我为峰"的自豪，超越前人；而于时人的咏物组诗之作，法式善也是冠于当时的。就此层面而言，其咏物诗在古代咏物诗史中当有一席之地。诚如施朝幹在《续咏物诗一百二十首跋》中感叹道："取材之博，修辞之雅，固不待言。……由前之说，是为高士；由后之说，是为英雄。咏物至此，李巨山辈何从问津耶！"个中评语虽有待商榷，然就取材之"博"这点，评价当为中肯。

其二，借物抒怀，别有寄托。咏物诗作为古代诗歌的一个传统题材，不同时代的诗人都曾借助这一载体进行吟咏，赋予咏物诗以特定的时代内涵，然而咏物诗体物与感物的两种写作范式，[1] 并未因时代的变迁而有所变化。具体到法式善的咏物诗创作上，也不乏体物之作，然更具特色的当数那些"感物"之作，即托物言志，别有

---

[1] 兰翠：《论唐代咏物诗与士人生活风尚》，《齐鲁学刊》2003年第1期。

寄托，借所咏之物抒发个性怀抱。正如莫砺峰先生在《杜甫诗歌演讲录》中的论述："寄托肯定是古代优秀咏物诗应该达到的要求，凡是优秀的咏物诗必然有所寄托，我们甚至可以说没有寄托的咏物诗必然不够好。"因此，法式善的咏物诗或寄托自己积极入仕的政治情怀，或隐喻自己挂冠归隐的心绪，或是寄言投身疆场、为国立功的志向，抑或是投射自己的个性品格等，均将自己的情绪寄托在咏物诗篇之中，此较李峤咏物诗一味地传达出怀才不遇、知己难求的单一内容而言，足见其拟古而不泥古，学古而求变的诗学精神。具体表现为：

或借咏物诗寄托自己的政治理想与怀抱。如《山》诗云：

灵岳撑天表，崇邱镇地维。月牙青裂骨，雷首翠浮皮。海暖晴鼍负，春和彩凤仪。五丁神斧在，二酉逸书贻。①

又如《原》诗云：

试向高平望，萧条膴膴原。龙鳞千亩迭，虎气万年存。火冷春苏草，泉清海浴暾。柳营余旧垒，粟里倒新樽。②

法式善自幼好学，28岁得中进士，得乾隆帝赐名"法式善"，以颂扬其勤奋、鼓励其有所作为。所以进入仕途后的法式善常有建功立业的政治理想与吞吐日月的政治怀抱。上述诗中，便寄托了作者这一思想。《山》诗中作者仰望"撑天表""镇地维"的高山，遥想五丁开山的壮举，希冀自己亦能有所作为，成就一番经天纬地的事业。而在《原》诗中，法式善传达了对军营生活的向往。一直身为文官的作者，无缘亲临前线，却对跃马持戈、立功沙场充满了幻想，倾注了自己不甘寂寞的战斗情怀。又如《鞍》诗云："老夫为

---

① （清）法式善：《存素堂诗稿》，湖北德安王塾刻本，1812。
② （清）法式善：《存素堂诗稿》，湖北德安王塾刻本，1812。

顾盼，百战阅风沙"，《枪》诗云："铁冷荒云外，沙明白水边。角声听第四，齐奋鼓渊渊"，俨然置身于四面边声、鼓角争闻的前线战场。然而，所有这些不过是作者的理想罢了，一生的文官生涯，其唯一能寄托的就是手中的诗笔，聊以"寄言班定远，作史果何操"（《笔》），抒发自己的理想。

或借物象传达自己的性情品格。如《竹》诗云：

> 共谷檀栾映，淇园苯蓴围。寒香筛月绿，清影散风微。黄犊新抽角，清鸾旧剪翚。虚心还苦节，耐得雪霜威。①

借助花草以传达自己的性情，寄托自己的个性品格，这是古典诗歌传统经久不衰的写作范式。莲花的高洁，菊花的隐逸，梅花之风骨，兰花的脱俗；而竹子，也是古代诗人聊以抒发个性的抒情载体。法式善尤其如此，其于居处"更有千竿竹"②，"闭门就竹居"③，翠竹环抱左右，且尝自言"人可一生不食肉，不可一日不见竹"④。"我亦疏放人，见竹辄心喜。闲阶无杂花，秋竿老屋倚"⑤，诗人将竹赋予了自己更多的个性情怀。在诗人的世界里，竹子就是知己，每每于纷扰的官场回到竹林环绕的一亩之地，清幽的月光下，微风过处，淡淡竹香缥缈而至，在夜色下微微荡漾，置身其间，诗人俨然洗却凡尘，净化了身心，"有竹便不俗"。因此，诗人笔下的"竹"，不是"嘴尖皮厚腹中空"，而是"虚心还苦节"；不是耐不住风霜的寻常卉木，而是宁死亦不变其节，"耐得雪霜威"，经得起风刀霜剑的摧折："竹处众卉中，清姿殊淡泊。北风彻夜号，万树伤零

---

① （清）法式善：《存素堂诗稿》，湖北德安王埔刻本，1812。
② （清）法式善：《马秋药李石农伊墨卿访余不值，见案头王生堂开文奇赏之喜赋邀三君同作》，《存素堂诗初集录存》卷六，湖北德安王埔刻，1807。
③ （清）法式善：《七月七日吴縠人前画招同桂未谷洪稚存赵味辛伊墨卿秉绶张船山何兰士集澄怀园清凉界时未谷将之永昌》，《存素堂诗初集录存》卷六，湖北德安王埔刻，1807。
④ （清）法式善：《修竹读书画扇》，《存素堂诗初集录存》卷六，湖北德安王埔刻，1807。
⑤ （清）法式善：《题冯玉圃培给谏种竹图》，《存素堂诗初集录存》卷六，湖北德安王埔刻，1807。

落。惟我青琅玕,猗猗尚如昨。天寒心更坚,地窄情逾绰。"① 故而诗人将竹赋予了宁静淡泊、虚心高洁的品质,而这些,也恰是诗人自我人格精神的婉曲写照。

或借咏物以寄托自己的心态、处境。如《宅》诗云:

> 五亩宁嫌隘,三椽恰爱闲。种应多绿竹,买合傍青山。蜗舍云溪外,莺巢雨树间。羡他陶处士,趁月荷锄还。②

法式善尽管满怀政治热情,亦期待能为自己的理想付诸全部的努力,然而在无奈的现实面前,理想最终沦为幻想。随着这种无奈情绪的逐渐攀升,诗人曾经的积极"入世"思想开始动摇,最终萌生出"归隐"的心绪。在《宅》诗中,法式善为自己精心营构了一个世外桃源:三间茅屋,五亩闲田,近处有翠竹掩映屋舍,远处有青山遥相依傍,"绿树村边合,青山郭外斜"(孟浩然《过故人庄》)。莺啼婉转,细雨氤氲,诗人披星戴月,荷锄而归,"晨星理荒秽,带月荷锄归"(陶渊明《归园田居》之三)。恍惚间,自己俨然置身于陶渊明笔下的田园生活,进行了一次心灵的时空穿越。又如《村》诗云:"渔稼随时好,山村少俗气",放逐心灵,归隐田园的心绪成为其此时心态的鲜活呈现。类似的诗题如《席》《兰》《菊》等,均传达着诗人逃避现实,向往田园隐逸生活的心理状态。

其三,组诗体裁上虽均是五言律诗,然写作模式上却突破了李峤咏物诗程式化的特点。法式善的咏物诗虽是因爱李峤之旧作而有意仿之,"依题拟其体为之",然能在洋洋洒洒241首的诗作中,尽力避免李峤咏物诗的程式化痕迹,实属难能可贵。李峤用五律形式创作的大型咏物组诗,在诗作之数量、题材之广泛、内容之丰富等方面均有开拓之功,尤其是在初唐五律定型阶段,李峤却以164首

---

① (清)法式善:《自题移竹图》,《存素堂诗初集录存》卷七,湖北德安王墉刻,1807。
② (清)法式善:《存素堂诗稿》,湖北德安王墉刻本,1812。

(其中《杂咏诗》组诗 120 首），成为初唐沈宋之前五律创作数量最多、影响最大、成就最高的诗人。李峤《咏物诗》120 首，亦标志着五言八句这种律诗达到成熟阶段。

承认李峤成绩的同时不等于完全肯定之，李峤的咏物诗在创作上有其程式化的特点。李峤的 120 首咏物组诗中经常出现相同或相似的句式，且大多出现在较为固定的位置上，具体而言：

（1）"若（包括如、倘、非）……"句式，凡 19 处经常出现在尾联的出句中，如《锦》诗云："若逢楚王贵，不作夜行人"，《鹊》诗云："倘游明镜里，朝夕动光辉"，《乌》诗云："灵台如可托，千里向长安"，《舞》诗云："非君一顾重，谁赏素腰轻"等。

（2）"谁……"句式，出现在尾联的出句或对句第一个上，凡 15 次之多，如《竹》："谁知湘水上，流泪独思君"，《素》诗云："非君下路去，谁赏故人机"等。

（3）"……隈"句式，多位于首联的对句上，如《笔》诗云："握管门庭侧，含毫山水隈"，《笙》诗云："悬匏曲沃上，孤筱坟阳隈"等共 9 处。

（4）"……旧……年/时/辰"式句，除个别处于颔联、颈联外，余多出现在首联，如《田》："贡禹怀书日，张衡作赋辰"，《李》诗云："潘岳闲居日，王戎戏陌辰"等共 8 处。

（5）"愿……"式句，如《戈》诗云："愿随龙影度，横阵彗云边"等多处于尾联。

（6）"……疑……似……"句式，如《雪》诗云："地疑明月夜，山似白云朝"等多位于颔联。

（7）"莫……"式句，如《筝》诗云："莫听西秦奏，筝筝有剩哀"等，多处于尾联。①

由上可见，李峤在百余首咏物诗的创作上多有句式重复的程式化特点，这既是其特点，也暴露了李峤创作上才力不足，特点也成了弊病。

---

① 苗富强：《李峤诗歌研究》，硕士学位论文，河北大学，2006 年。

杨载《诗法家数》中对于咏物诗的写作形式曾有过论述：一般八句式的咏物诗，其形式应是："第一联须合直说题目，明白物之出处方是。第二联合咏物之体。第三联合说物之用，或说意，或议论，或说人事，或用事，或将外物体证。第四联就题外生意，或就本意结之。"以此关照法式善咏物诗的写作形式，其全部是五言八句的体裁，基本上符合杨载所说的写作形式。[①] 如《雁》诗，第一联"欲别增离绪，无端溯旧游"，以谜底的方式点题；第二联"短芦湘浦梦，衰柳塞门秋"，用直言描述雁鸣短促、凄凉的特色；第三联"月冷迷沙岸，霜寒过戍楼"，语义一转，笔锋投射到月色苍凉、戍楼霜寒的边塞景色的描写中；第四联"人生比鸿爪，莫为稻粱谋"，由雁的南来北往经历转而联想到人的生命历程如同雪泥鸿爪，题外生意，感慨人生。类似的诗篇还有如《风》《旗》《村》等，写作形式上均有上述特点。

三 《咏物诗》创作弊端

法式善咏物诗自有其成绩，然因一时创作数量之大，难免也会瑕瑜互现，有其弊端。如频繁用典，有的一句诗中多次用典，如《史》中连续用获麟、班固、司马迁修书之故典。又经常化用古人的成句入诗，如《桥》诗尾联"吹箫明月夜，二十四桥俱"，直接化用唐人杜牧"二十四桥明月夜，玉人何处教吹箫"（《寄扬州韩绰判官》）的诗句而来，显得有些不够自然；此外，组诗中相同的语汇重复出现，也是其咏物诗的不足之处。经统计，241 首诗句中，由多到少，出现 20 次以上的语汇如："香"字出现 80 次，"花"字出现 73 次，"山"字出现 50 次，"影"字出现 47 次，"月"字出现 45 次，"烟"字出现 37 次，"寒"字出现 20 次，等等。尽管因创作量大，语汇上容易出现重复，然如此大规模的重复，且重复频率之高，自然会影响到组诗整体的审美艺术效果。

此外，关于这两组大型咏物诗的创作，曾得到时人不同的评价，

[①] 伍庚：《〈存素堂诗集〉中的咏物诗》，《民族文学研究》1994 年第 1 期。

如好友常州王芑孙曾"偶弗之善"①，而钦州冯敏昌则"君独奖借江湖传"②，褒贬不一。尽管王、冯二人或抑或扬所持论的标准不得而知，但至少揭示出法式善这组《咏物诗》有待商榷之处。所以，综合前人观点，客观审视法式善的咏物组诗，得出的结论就是：法式善的咏物诗因崇尚唐音，心仪李峤之旧作而欣然仿拟；然学李之同时而能有所突破，其咏物诗在数量之广博、内容的个性寄托、写作形式上避免程式化的模式等方面都取得了特定的成绩；也因其创作数量广博，二百四十一题，每题一咏，一时间创作如此大规模的诗篇，也导致其语汇重复现象频繁出现，过多化用前人典故、成句等微瑕亦时有出现。然瑕不掩瑜，总体的成绩还是值得肯定的。

第四节 法式善诗歌艺术特色

关于法式善的诗歌特色，时人从不同侧面给予过评价，吴锡麒称"观其酝酿群籍，黼黻性灵，清而能腴，刻而不露。咀英陶谢之圃，蹑履王孟之堂"③，从法式善诗作转益多师的渊源予以评论；洪亮吉称其"所为诗，则清峭刻削，幽微宕往，无一语旁沿前人及描摩名家大家诸气习"④，肯定了法式善于诗作上能不蹈袭古人，不囿于大家的独创精神；鲍桂星称："其诗最工五字，出入陶、韦，于渔洋所为三昧者，殆深造而自得之。此外诸体亦各擅胜场，不落窠臼。惟其好之笃，是以诣之至此，亦天下之公言也。"⑤ 对其诗歌体裁的成就给予肯定，等等。诚如诸家之言，法式善诗歌在语言、体裁等

---

① （清）王芑孙：《试帖诗课合存序·存素堂试帖》，《渊雅堂全集·惕甫未定稿》卷二，嘉庆刻本。
② （清）法式善：《题朋旧尺牍后（已往之人）》之《冯鱼山比部》，《存素堂诗二集》卷三，湖北德安王埔刻，1812。
③ （清）法式善：《存素堂诗初集录存》卷首，吴锡麒序，湖北德安王埔刻，1807。
④ （清）洪亮吉：《法式善祭酒存素诗序》，《更生斋甲集》卷三，载《洪亮吉集》第三册，中华书局2001年版，第1013页。
⑤ （清）鲍桂星：《存素堂诗二集序》，湖北德安王埔刻，1812。

方面自有特色，同时其诗题的制作、诗序及诗注的运用也别具一格。

一　语言运用上质朴自然

法式善的诗歌语言自然质朴，明白晓畅，读之毫无滞碍之感，这与其崇尚陶渊明的自然天成、平淡质朴的诗歌审美追求是分不开的。法式善仰慕陶渊明，表现在生活中曾于诗龛旁另筑书斋一间，名之曰"陶庐"，于创作上标榜"我文学庐陵，我诗学柴桑"，曾作拟陶诗，且每每以陶诗自然、而少雕琢的诗歌语言作为其诗作的审美宗尚。法式善《十七日生日感怀》诗云：

　　三女皆有家，一儿早出仕。我年非上寿，七十开衮矣。扶杖入萧寺，僧衲见我喜。松花烧数斗，茶灶红烟起。老彭何久生，颜回何速死。去来弹指顷，悠然委心俟。①

　　子婿及门生，请开灯夕宴。春光岂不佳，老人非所眷。年华届迟暮，落日西山眩。我家无长物，尚余书与砚。有书要能读，有砚要能穿。富贵不可求，公卿有何羡。②

此组诗作于嘉庆十八年（1813）春节过后，即法式善去世前的最后一个生日。当时诗人已年届花甲，又久病缠身，情不自禁回想自己一生的遭际及子女的仕宦、婚姻，这也是老年人晚年生活的常态。法式善有三个女儿，均已嫁为人妇，一子桂馨亦于嘉庆十六年（1811）得中进士，并于是年完婚。作为父亲，法式善于生日之际看到儿子学有所成，足资光耀门楣，女儿各有归宿，倍感知足。并告诫子婿及门生，岁月无情，年华弹指暗换，须苦志读书，不可贪羡功名富贵，这当是法式善晚年心态的真实写照。全诗语言自然流畅，毫无雕饰，如话家常，虽无精辟之语，却以饱蘸之真情实感蕴

---

①　（清）法式善：《十七日生日感怀》其一，《存素堂诗续集录存》卷九，杭州阮元刻，1816。

②　（清）法式善：《十七日生日感怀》其三，《存素堂诗续集录存》卷九，杭州阮元刻，1816。

含其中，使法式善慈父形象鲜明突出。

又如《待月净业湖》诗云：

荷花出水作人立，柳树夹岸如墙围。酒楼之下鹭鸶睡，酒楼之上蜻蜓飞。隔湖秋寺藏树底，老僧捕鱼时未归。新月有钱不能买，一痕穿破双板扉。①

诗中作者借助荷花、柳墙、鹭鸶、蜻蜓、酒楼、秋寺、老僧、新月等一系列意象的描述，漫画了月色朦胧下的净业湖景色，如同一幅清新淡雅的水墨图。虽说是描写湖光风景，但是全诗在景物描写上没有用华丽的辞藻，语言运用上质朴自然，全用白描，呈现出一幅清疏爽朗又静谧和谐的湖光月色，袁枚称此诗为"此真天籁也"②。

检视法式善今存的诗作，就诗歌艺术而言，"清而能腴，刻而不露"，清新朴素，又刻画无痕，这既是法式善诗歌的特色，也是其学习陶诗的创获。法式善对前辈诗人的学习中虽无门户之见，转益多师，陶渊明、王维、孟浩然、韦应物、柳宗元、李白、杜甫、白居易、苏轼、黄庭坚、李东阳等无不是法式善学习的对象，然对他影响最大的还是陶渊明。其对陶渊明的学习与接受也是多方面的，无论是人生态度，还是诗文创作都成为陶渊明的异代知音。除却在前文中提到的仕宦心态上表现出对陶渊明的接受外，陶渊明对法式善的影响还渗透在诗歌创作的艺术方面。

自陶渊明走进中国文人的生活以来，后世便不乏追随者，历代文学家以其各自的期待视野予以接受，③唐之白居易、宋之苏轼、元之倪瓒、明之高启、清之王士禛等，④近代如王国维、梁启超、鲁迅等人，⑤都是陶渊明接受史上的代表人物。尤其是国学大师王国维将

---

① （清）法式善：《存素堂诗初集录存》卷二十二，湖北德安王墉刻，1807。
② （清）袁枚：《随园诗话》补遗卷六，王英志批注，凤凰出版社2009年版，第402页。
③ 刘中文：《唐代陶渊明接受史》，中国社会科学出版社2006年版，第1页。
④ 王明辉：《陶渊明研究史论略》，博士学位论文，河北大学，2003年。
⑤ 任燕妮：《近现代陶渊明接受史研究》，硕士学位论文，内蒙古大学，2010年。

陶渊明放在中国文学发展史的长河中加以考察，认为："三代以下之诗人，无过于屈子、渊明、子美、子瞻者。此四子者苟无文学之天才，其人格亦自足千古。故无高尚伟大之人格，而有高尚伟大之文学者，殆未之有也。"（《文学小言》）可见陶渊明在中国文人中的影响不论古今，一直都有适宜其生长的思想文化及审美艺术的土壤。有清一代，文学领域对陶渊明的接受再度掀起高潮：如郑振铎先生曾收藏清刻《陶集》二十余种，仅是《陶渊明集》印行的就有三四十种，有关陶渊明的著作达百种以上。① 就陶渊明的年谱而言，就出现了四种有关陶渊明的年谱：顾易的《柳村谱陶》、丁晏的《陶靖节年谱》、陶澍的《靖节先生年谱考异》、杨希闵的《晋陶徵士年谱》。

清人在对陶渊明诗歌艺术的接受上，主要还是集中在陶诗真朴自然、言简意丰的审美艺术方面。如沈德潜的"陶诗合下自然，不可及处，在真在厚"（《说诗晬语》卷上），赵文哲的"陶公之诗，元气淋漓，天机潇洒，纯任自然"（《媕雅堂诗话》），朱庭珍谓陶诗"独绝千古"的奥秘在于"自然"二字（朱庭珍《筱园诗话》卷一），方东树的"陶公别是一种，自然清深"及"陶公则全是胸臆自流出，不学人而自成，无意为诗而已至"（《昭昧詹言》卷一），五涵芬的"陶渊明诗语淡而味腴"（《读书乐趣》卷八）等，均捕捉到了陶诗艺术的精髓在于"自然"。朱庭珍《筱园诗话》卷一中有关于"自然"的一段精彩论述：

> 陶诗独绝千古，在"自然"二字，十九首、苏、李五言亦然，元气浑沦，天然入妙，似非可以人力及者。后人慕之，往往有心欲求自然，欲矜神妙，误此一关，遂成流连光景之习，如禅家之顽空，不惟不能真空，反添空障，有何益哉！盖自然者，自然而然，本不期然而适然得之，非有心求其必然也。此中妙谛，实费功夫。盖根底深厚、性情真挚，理愈积而愈精，

---

① 钟优民：《陶学发展史》，吉林教育出版社2000年版。

气弥炼而弥粹。酝酿之熟，火色俱融；涵养之纯，痕迹迸化；天机洋溢，意趣活泼；诚中形外，有触即发；自在流出，毫不费力。故能兴象玲珑，气体超妙，高浑古淡，妙合自然，所谓"绚烂之极，归于平淡"是也。①

所以，对陶渊明而言，"自然"，不仅是其诗歌的审美艺术特征，也是其人生旨趣。如陶渊明所谓"常著文章自娱，颇示己志。忘怀得失，以此自终"（《五柳先生传》）。可见陶渊明的"自然"源于"根底深厚、性情真挚"，内心的感悟与外在自然浑融而一，所以描摹生活，纯是自然流露，一片神行，却足具感染力。

以此反观法式善诗歌，作为乾嘉时期陶诗接受史上的一位重要诗人，法式善诗歌艺术也呈现出自然、质朴的审美特色。对此，时人曾有品评，如刘锡五指出："先生之诗，冲古淡泊，出入于陶、谢、王、孟、韦、柳之间。虽所遇不一，而优柔平中，绝无几微激宕之音侵其毫端"②，李世治亦曾指出："曾刻《存素初集》，读之击节曰：曩慕陶韦，未见存素；今读存素，如见陶韦。"③法式善的友人杨芳灿也强调："先生深于文，犹深于诗。自风骚而下，如苏李赠答、《古诗十九首》，无一僻字奇句，而其味深长。后人竭力追摹，莫能仿佛其万一。惟渊明神志澄淡能与之合。有唐一代，王、韦诸公外，寥寥绝响。先生学陶而得其神髓，此中甘苦知之熟矣"④，杨芳灿认为陶渊明是学《古诗十九首》的众多追随者中能得其风神之人，"惟渊明神志澄淡能与之合"，而百年后，仰慕陶渊明者代不乏人，真正能学陶而得其精髓者，乃是法式善，即"先生学陶而得其神髓"，评价不可谓不高。

法式善崇尚自然的审美追求，反映在其编选《梧门诗话》时尤为称赏那些自然质朴，无事雕琢的诗篇。其称赞袁陶村"又作今年

---

① （清）朱庭珍：《筱园诗话》卷一，光绪刻本。
② （清）刘锡五：《存素堂诗二集序》，湖北德安王塽刻，1812。
③ （清）李世治：《存素堂诗二集序》，湖北德安王塽刻，1812。
④ （清）杨芳灿：《存素堂文集序》，扬州绩溪程邦瑞刻，1807。

别,今年行更难。怆然余两母,不复健三飧。莫以床东近,而忘堂北寒。倚门因尔望,陟岵可同看"(《送弟思再之叶榆》)。诗"直白如话,此诗之真者"(卷十一第 6 则),评价潘鱼门即兴诗句"秋深黄叶路,松老绿阴天"为"知诗贵自然"(卷十二第 45 则),颂扬上海闺秀朱秀甫诗"母死谁怜汝,相携更痛心。呱呱啼不住,犹是姊声音"(《至见甥绝句》)为"浑然天籁矣"(卷十六第 36 则),又谓何响泉诗"皆近自然"(卷十二第 51 则)等。

此外,法式善诗作所呈现出的自然质朴的语言风格,除却深得"陶诗精髓"外,与其自身的民族性格也不无关系。法式善虽是蒙古族,但是自随先祖入关,传至法式善已然八世,即从顺治帝直至乾隆帝,百余年的时间里,法式善一直生活在满族为主体的八旗群体中,长期的共同生活,濡染着满族习俗、文化,也不自觉地浸染了满族人质朴、尚真的民族性格,而这种民族性格渗透在诗作语言风格的选择上,则表现为崇尚洗去铅华朴素自然的诗歌语言。张佳生先生曾在《论八旗诗歌的主要风格及形成成因》中分析指出:"蒙古八旗和汉军八旗就其文化传统来说,与满洲八旗并不一样。但是蒙古八旗自古生活在北方的旷野大漠之中,其性格也是以粗犷豪放为主调,剽悍尚武是蒙古民族的显著特点,他们在接触汉族文化和采用诗歌形式进行写作的时候,其结果与满族的情况是一样的。汉军八旗中的主体是原生活在辽东地区的汉人,那里的荒山大岭和寒冷的气候同秀丽的江南相比有着遥远的距离,他们的性格气质与其说接近关内汉人,还不如说更接近生活在同一地区的满人。在这个基础上,八旗中的共同生活环境和思想文化的相互渗透,使他们在用诗歌表达情感的时候与满族在总体上趋于一致,同时也使他们的艺术风格极为接近。"[①] 民族性格中所崇尚的自然真实会不自觉地影响着法式善的语言风格。

最后,需要指出的是,法式善因为过度地追求自然,使得一些诗作失去了诗之为诗的韵味,如《梧门诗话》卷十记载:"甲午春,

[①] 张佳生:《清代满族诗词十论》,辽宁民族出版社 1993 年版,第 190 页。

余游潭柘岫云寺，宿丛竹中之南阁。次日，童子起报曰：'碗大的桃花在山嘴上红。'余曰：'是可为诗。'遂有'碗大桃花山嘴红'之句。又陈姓仆能诗，有句云：'太阳欲落水烟动，鸟背不如鱼背红。'"作诗通俗易懂、浅切自然、"老妪能解"自是一种诗艺追求，但是过犹不及，上述例子便是法式善诗艺追求上值得商榷之处。

二 众体兼备，尤以五言著称

从唐朝近体诗的成熟完善，直到清中叶，诗歌又走过了近千年的发展历程，无论古体诗还是近体诗，都是佳作似海，名篇云集，让其后的诗人每每发出好诗已被人作尽的感慨。在乾嘉诗坛大家辈出的背景下，法式善在诗作上也努力寻求创新，意欲有所创获。就体裁而言，法式善诗作可谓众体兼备，且各具特色，除五古、七古、五律、七律、五绝、七绝外，他还有部分六言诗，少量杂言诗。其中五言诗数量最多，成就也最大，时人王芑孙称"时帆用渔洋三昧之说言诗，主王、孟、韦、柳。又工为五字，一篇之中，必有胜句，一句之胜，敌价万言"[1]，鲍桂星亦谓："其诗最工五字。"[2]

以法式善五言诗为例，无论古体还是近体，无论题画、咏物还是怀人、咏古、纪行，都饶有情趣。其中古体《入孤山口》诗云：

> 石屋八九家，斜阳三两树。寥落不成村，溟濛入山路。羡尔采樵人，竟随飞鸟去。驴背望白云，悠悠向何处。万仞青插天，一线隙可度。山灵厌俗驾，面目肯轻露。低鬟媚晴昊，高髻拥寒雾。吾将学蚁行，前途曲折赴。[3]

诗中作者借助一系列景物描述了孤山入口的山间景色：斜阳残

---

[1] （清）王芑孙：《试帖诗课合存序》，《惕甫未定稿》卷二，嘉庆刻本。
[2] （清）鲍桂星：《存素堂诗二集序》，湖北德安王塸刻本，1812。
[3] （清）法式善：《存素堂诗初集录存》卷十七，湖北德安王塸刻本，1807。

照下，放眼望去，近处稀疏的树木，零落的人家，身手矫健的樵夫，驴背上悠然自得的行人；远处高耸万仞的青山直欲刺破青天，矮山如含羞的少女，低首取媚晴空，高山则如高挽着发髻的美女，被云雾簇拥着，置身其间，自己显得那样渺小如蚁，入山之路正崎岖难行。全诗想象丰富，譬喻新颖形象，语言清新素朴，景随句移，句句含情，营构出了一幅立体的孤山入口风景画，使读者仿佛如临其境。

又法式善曾于乾隆五十五年（1790）扈驾到避暑山庄，沿途路经古北口长城，以五古写成《古北口》诗云：

> 岩岩古重镇，今特门户耳。可笑秦皇愚，弃此作边鄙。万骨土中埋，一城天外起。山川亦晚达，遭逢殊自喜。关吏昼枕戈，客至每倒屣。北风吹鼓笳，西日照荆杞。将军天上来，马声秋色里。①

古北口长城，位于北京密云县古北口镇东南，地势险要，是连接山海关、居庸关之间的长城要塞，为辽东平原和内蒙古通往中原地区的咽喉，历来是兵家必争之地，为京都锁钥重地。法式善途经此地，不禁抚今追昔：先是追忆了古北口的渊源历史及重要的军事地位，昔日百姓的累累白骨，铸成了今天的边境要塞；进而回到现实，描述古北口的自然风貌及驻防这里的士兵生活，气候寒冷，山川春色迟来，时值深秋，北风肆虐，吹打着战鼓、胡笳，夕阳西下，战马在秋风中长啸嘶鸣；驻关的士兵既要忍受着恶劣的环境，耐着寂寞，精神又要高度警惕，戈矛片刻不得离身；闻说有客到访，欢喜异常，倒屣相迎。全诗用真挚深沉的情感描绘出一幅和平世态中的边塞画卷，虽无陆游"戍楼刁斗催月落，三十从军今白发"（《关山月》）的凄凉，也无高适"战士军前半死生，美人帐下犹歌舞"（《燕歌行》）的悲愤，然用真情实感写亲历亲闻，足以感人至深，

---

① （清）法式善：《存素堂诗初集录存》卷二，湖北德安王埔刻本，1807。

催人深思。

法式善五古还有如《都亢坡》《黄金台》《楼桑村》等咏古诗篇，或借"大风吹高歌，声撼蛟龙潭。至今呜咽水，夜半犹悲酣"（《易水》）用以描摹荆轲易水别行的慷慨悲壮，或借"王计已诡甚，国步诚艰哉。遂令数君子，甘心蒙尘埃"（《黄金台》）来陈说燕昭王筑台招贤纳士的始末。法式善借古体咏古事，每诗一韵到底，发挥古体诗绝少格律限制的灵活性，语言浑厚醇雅，委婉含蓄，使得咏史怀古别具风貌。

以上，法式善古体诗的特点是不受格律的束缚，可以自由地挥洒情致，或描摹景致，或咏史怀古，宣泄情绪，绝少羁绊。同时，法式善驾驭五言近体诗亦得心应手，收放自如，如五律《青石梁道中》诗云：

此是何年雨，犹飞百道泉。柴门淹虎迹，石壁洗蜗涎。野店秋无月，荒山树不烟。佛堂耿寒梦，拈出画中禅。①

此诗作于乾隆五十五年（1790），法式善因随从乾隆帝扈骅避暑山庄途中所得。诗中记录了其在秋雨涤荡的青石梁道中之所见，首联以问句切入，引起读者的审美观照，形象化地将秋雨比喻为飞泉；颔联与颈联则全以工整的对句形式描摹景物：柴门、石壁，虎迹、蜗涎，野店、荒山，月色、炊烟，以联想贯穿虚实，古道的孤寂清幽如在目前；尾联一反古人"自古逢秋悲寂寥"情调，而以欣赏的语气品味这一独特的驿路风景，诗人自己也仿佛徜徉其间，给整个画面平添了无限情趣，从而营构出思与境谐、情与景融的审美意境。

再如法式善的五言绝句。绝句体裁短小，要想写一地之景色、一时之情调，往往要求诗人体物察情精到细致，语言简练含蓄，方能收到意蕴深远的艺术效果。对此，法式善也有不俗的诗作，如咏书斋"陶庐"："秋菊瘦无影，一庐挂寒日。欲和陶公诗，愧乏坡仙

---

① （清）法式善：《存素堂诗初集录存》卷二，湖北德安王埔刻本，1807。

笔。"(《陶庐》)借用李清照的"人比黄花瘦",以一"瘦"字,摹写秋菊的神韵,恰切自然。又《和西涯杂咏十二首用原韵·响闸》:"春流静无声,烟绿一溪满。偶逐白鸥行,云掩石桥短。"短短四句诗,描摹了响闸春天的景色,作者在整幅静态的画面中用一"逐"字点睛,化静为动而境界全出。类似的诗篇如"空山太寂寥,一鸟啄寒绿。溪云未湿衣,石床春睡足"(《杨舟画册诗为吴子野赋·春禽择木》)等,可见作者体物察情的功力。

法式善因五言诗成就而为人称道,潘德舆谓其"梧门潇洒五言中"①,赵翼称其"五字长城在,精严逼盛唐"②,徐世昌《晚晴簃诗汇·诗话》又评价为:"时帆论诗主渔洋三昧之说,出入王、孟、韦、柳,工为五字。"③法式善擅长五言不单在众诗友中扬名,且流布于书肆市井之间,如法式善《梧门诗话》卷二中曾记载的一则趣话:

  琉璃厂东观阁书肆中,偶见架上五言诗一册,未著姓氏。询之,贾人对曰:"鄙人素好吟咏,闻先生工五言,录稿庋此,特求正耳。"《咏琴》云:"桐月一轮满,秋涛万壑深。"十字殊可爱。因忆李实君日华,《赠书贾》云:"行藏半是衔书鹤,生计甘为食字鱼。"斯盖过之。其人姓王,名德化,字珠峰,江西人。④

可见法式善工于五言在当时的影响。同时,他因自身擅长五言,故而对时人的五言诗多有关注。在其《梧门诗话》中收录的 1120 首完整的诗作中,五言 270 余首,另五言佳句近 700 联。进而直言对

---

① 潘德舆:《夏日尘定轩中取近人诗集纵观之戏为绝句》,《养一斋集》卷五,道光刻本。
② (清)赵翼:《法时帆学士素未识面远惠佳章推许过甚愧不敢当敬酬雅意》,《瓯北集》卷三十三,嘉庆十七年(1812)湛贻堂刻本。
③ (清)徐世昌:《晚晴簃诗汇》卷一〇三,民国退耕堂刻本。
④ (清)法式善:《梧门诗话》卷二第 15 则,载张寅彭、强迪艺《梧门诗话合校》,凤凰出版社 2005 年版,第 69 页。

五言诗的创作发表见解,如"五言诗虚字最难下,一字恰当,则字字灵健,否则通首皆隔阂矣。团冠霞昇之'水昏初月夜,山响欲风天',玩'初'字、'欲'字,皆其极研炼处也"①,等等。

此外,法式善的诗歌虽以清新淡雅著称于世,但也有一些豪迈奔放的诗篇,如《礼烈亲王骹箭歌》《克勒马歌次覃溪先生韵》《射雕行》《肃武亲王墓前古松歌》《范文正公石琴歌》《秦良玉锦袍歌》等。这些诗作借助自由灵活的古风歌行体,纵横捭阖,音韵流转,句式随感情的起伏和景物的变换而参差不齐,内容与体裁相得益彰。如其《射雕行》诗云:

> 世间唯有弄笔苦,我愿掉头去学武。雕弓骏马驰平沙,紫塞看遍秋围花。大风猎猎平原起,我马向空鸣不已。一雕忽在云中旋,马蹄未到人心先。尔雕尔雕性太挚,虎狼侧目鹰鹯忌,祸机已伏尔弗避。我终不忍伤此才,让尔矫翼天山来,追逐狐兔清群埃。血战归田两臂痛,腰间长箭全无用。敢矜百步穿杨中,高歌沉醉酒家楼。同辈少年皆封侯,我今不乐将何求。惟恨西南贼未灭,焉敢偷闲告驽劣,一片酬恩肝胆热,争挽昔年五石弓,豪杰果出兜鍪中。君不见将军射雕亦射虎,朝平秦还暮平楚。②

这是一首拟乐府歌行体。作者借射雕之举将读者带到了塞风猎猎、战马嘶鸣、虎狼侧目、鹰飞兔奔的惨烈的疆场之上,一场战斗下来,自恃有着百步穿杨的箭法,纵酒高歌"酒酣胸胆尚开张"(苏轼《江城子·密州出猎》)的诗人,却因"惟恨西南贼未灭",未敢半点偷闲,意欲凭借一身肝胆投身前线。真正的豪杰都是从战场上拼将出来的,结尾处有如苏轼的"会挽雕弓如满月,西北望,

---

① (清)法式善:《梧门诗话》卷二第48则,载张寅彭、强迪艺《梧门诗话合校》,凤凰出版社2005年版,第85页。

② (清)法式善:《存素堂诗初集录存》卷十二,湖北德安王埔刻,1807。

射天狼"(《江城子·密州出猎》),寄托了自己的拳拳报国之心。全诗写法上虚实相生,富于想象(射雕之事纯乎出于作者的主观臆想),叙事铺张,语言质朴直率,频繁换韵,节奏抑扬顿挫,遒劲有力,使得《射雕行》成为法式善"借古人体制写自己胸臆"的代表诗作。

此外,法式善还有两组六言诗:《春夕怀人三十二首》《续怀人诗十六首》(实为17首),共49首。这两组诗作于嘉庆十八年(1813),内容全是诗人晚年怀人之作,句式灵活,或二、二、二或三、一、二不等,富于变化,对仗工整,极富音韵美。如其中的诗篇:

白发一官颓放,斜阳万树萧疏。羡尔一瓶一钵,赠余破画残书。①

砚几穿矣何庸,裘已敝兮谁换?文笔上下铁夫,遭际未得其半。②

写经楼中残纸,梅花溪上寒香。淡墨西风斜照,秋山响榻空廊。③

翰林院中看花,积水潭前饮酒。写我续西涯诗,人说亚黄子久。④

综上所述,法式善诗歌体裁上的特点略见一斑,诚如吴嵩梁所言:"各体无所不工,五古尤兼众善。"⑤

---

① (清)法式善:《春夕怀人三十二首》之三十,《存素堂诗续集录存》卷九,杭州阮元刻,1816。
② (清)法式善:《续怀人诗十六首》之十五,《存素堂诗续集录存》卷九,杭州阮元刻,1816。
③ (清)法式善:《春夕怀人三十二首》之二六,《存素堂诗续集录存》卷九,杭州阮元刻,1816。
④ (清)法式善:《春夕怀人三十二首》之二一,《存素堂诗续集录存》卷九,杭州阮元刻,1816。
⑤ (清)吴嵩梁:《石溪舫诗话》,载杜松柏《清诗话访佚初编》第三册,台北新文丰出版公司1987年版,第36页。

三 诗题、诗序与诗注的特点

细读法式善的全部诗作,咀嚼玩味之余,一个关乎其诗作的特点也呼之欲出,即其诗歌诗题长,且好用诗序与诗注。具体而言,首先是诗题。综观法式善的全部诗作,今存诗超过两千题,除却运用以往的诗题进行写作外,更为突出的特点是喜好运用长题,这在法式善的诗篇中是一种常态。而这种写作习惯与中国古代诗歌诗题制作变化的总体趋势是相应的,如吴承学先生曾指出:"古代诗题初为短题,后遂衍为长题。……六朝开始出现长题的风气。"① 其后代不乏人,唐之杜甫、韩愈,宋之苏轼、黄庭坚等都有长题诗作。而诗歌发展到乾嘉之际,法式善诗笔下的长题较以往诗人相比,一是使用频率增加,二是诗题字数更多;且法式善的长题诗作主要集中于其与友朋的集会之作,这也是法式善诗歌创作的核心内容之一。法式善看似不经意地选择长题来记述其与友朋宴饮雅集的经历与感受,却几乎构成了一部鲜活的乾嘉时期京畿文人雅集图,有其纪实性的特点,同时也为研读乾嘉诗坛部分文人的交游经历提供了可资参考的文献资料。如《七月七日,吴榖人前辈招同桂未谷、洪稚存、赵味辛、伊墨卿秉绶、张船山、何兰士集澄怀园清凉界,时未谷将之永昌》② 用 52 字交代了聚会的时间、人物、地点,并揭示出桂馥即将赴任永昌这一历史事件;《陪刘金门侍郎、秦小岘京兆、陈伯恭太常、施琴泉学士、查小山郎中、吴兰雪博士、黄谷原山人积水潭看荷花,归憩海氏园,抵诗龛小饮》③ 60 字,《八月九日,胡蕙麓大令邀同谢芗泉侍御,出西直门,憩松泉寺,相西涯墓址,蕙麓独往西山视木石,谋为公创祠。余因偕芗泉至极乐寺,复过大慧寺,盘桓竟日》④ 70 字,《吴榖人、汪杏江、鲍雅堂、谢芗泉、赵味辛、张船山、姚春木集诗龛消寒,题〈新篁白石图〉,分用唐、宋、金、元

---

① 吴承学:《中国古代文体形态研究》,中山大学出版社 2000 年版,第 69 页。
② (清)法式善:《存素堂诗初集录存》卷六,湖北德安王埔刻,1807。
③ (清)法式善:《存素堂诗初集录存》卷二十四,湖北德安王埔刻,1807。
④ (清)法式善:《存素堂诗初集录存》卷十,湖北德安王埔刻,1807。

人题图七古诗韵,余拈得元遗题范宽〈秦川图〉》① 72 字,《余方编校官书,适李沧云槩京兆邀同韵亭侍郎、蓉裳员外、墨庄主事,野云、春波两画师集少摩山室,因余携所模南熏殿诸像至,野云、春波遂具纸争写,同人赋诗纪事》② 74 字,等等。在法式善今存的诗篇中,除却传统的诗题,动辄三四十字以上的诗题俯拾皆是,就以上例子可略窥其貌。

因此,无论就使用长题的比例之大,还是每题的字数之多,法式善通俗明白的诗题制作在乾嘉诗坛都是很突出的,同时此类诗题又大多与诗人的经历相关,围绕诗人的宴饮、雅集而作,所以又有着很强的文献纪实性。需要指出的是,关于古代诗题的发展演变,清初王士禛曾评价道:"予尝谓古人诗,且未论时代,但开卷看其题目,即可望而知之;今人诗且未论雅俗,但开卷看其题目,即可望而辨之。如魏晋人制诗,题是一样,宋、齐、梁、陈人是一样,初、盛唐人是一样,元和以后又是一样,北宋人是一样,苏黄又是一样;明人制题泛滥,渐失古意;近则年伯、年丈、公祖、父母,俚俗之谈尽窜入矣,诗之雅俗又何论乎?"③ 批评了随着时代演变,诗题也越来越俚俗化、随意化了。当代学者吴承学先生也曾讲:"中国古代诗歌经过从无题到有题,诗题由简单到复杂、由质朴到讲求艺术性的演变过程,总之,诗题制作有一定的时代风格。"④ 客观分析两家观点,王士禛认识到了古代诗题的变化趋势,即日趋通俗化,然并未指出这种变化的原因;而吴承学先生进一步揭示了诗题变化的原因与一定的时代风格有关,然限于篇幅吴先生并未具体展开促成每个时代诗题特点的成因。作者认为,诗题制作的长短、雅俗,除却受时代风格影响外,也与作家个体生活经历、创作风格有着千丝万缕的联系。法式善诗题以长著称、以通俗自然为特点,这与当时通俗文学流行,如小说等文体叙事方式与语言表达的影响有关;同时,

---

① (清)法式善:《存素堂诗初集录存》卷十,湖北德安王墉刻,1807。
② (清)法式善:《存素堂诗初集录存》卷十三,湖北德安王墉刻,1807。
③ 王士禛:《带经堂诗话》卷二十七,人民文学出版社1961年版,第761页。
④ 吴承学:《中国古代文体形态研究》,中山大学出版社2000年版,第65页。

第五章　法式善诗歌创作研究　285

就法式善个人而言，与其作诗强调真情实感、崇尚自然的语言风格亦有着直接关系。

再看诗序。本部分主要指的是自序自诗。古人习惯给自己的诗歌作序，或者是整部诗集作序，或者是不同时期的诗集分别作序，抑或是具体到每个诗题后附有小序。法式善也曾为自己的诗集《存素堂诗集》作序，主要自述了诗歌创作与编辑的经过和用意，然这不是本部分探讨的重点。本部分着重讨论的是法式善每篇诗作在诗题后所附的作者小序。吴承学先生对此也有过探讨，他指出："有些古诗在诗题之外，还有诗人自述写作缘起、主旨和阐释创作背景的小序，诗序是对于诗题的补充，是读者了解作品的重要依据。"① 从这一角度考察法式善诗集中的23篇诗序，其均出现在诗题较短的诗作中，"这些诗序既是诗题的补充和延伸，又是诗歌内容的拓展式说明"②，也明确了诗歌抒情的情感指向。

推究法式善的诗序之作，主要出现在题写书画、诗集的诗作中。如其《续题勺湖草堂图》，有诗序云："丁未冬，阮吾山侍郎以图命题。余赋五言二章，未及书诸卷也。兹令嗣方浦钟琦属补录卷后，距侍郎没又二年矣。感慨系之，更赋二诗"，两首诗其一云："冒雪寻诗过草庐，侍郎风味秀才如。清斋景况吾能说，三尺梅花万卷书"，其二云："闻笛山阳果断肠，诗情画意两苍茫。柴门鹤去无人守，秋水一陂空夕阳。"③ 试想如果将59字的诗序去掉，诗中的"侍郎"是谁，作者缘何"断肠"之痛等问题都会困扰读者，所以诗序的必要性也不言而喻。又其《题江秋史侍御诗龛图》有序云："忆乙巳岁，秋史为作《诗龛图》，且曰：此摹前人笔，一时落墨，颇有兴会。子耽幽务闲，不妨以身就画。余感其意，藏诸箧笥，今十年矣。秋史物化，展玩遗迹，不胜人琴之感，怃然赋诗"④；《扫叶亭图歌》有序云："终夜不寐者十日，诣古寺枯坐，遂得睡梦中所

---

① 吴承学：《中国古代文体形态研究》，中山大学出版社2000年版，第78页。
② 左鹏军：《康有为的诗题、诗序和诗注》，《广东社会科学》2009年第5期。
③ （清）法式善：《存素堂诗初集录存》卷二，湖北德安王埔刻，1807。
④ （清）法式善：《存素堂诗初集录存》卷五，湖北德安王埔刻，1807。

见如此,信笔成诗。适客来为余作六十生日,合作《扫叶亭图》。即题其上"①;《东轩图》有序:"乾隆丁未,安邑宋葆淳、顺德张锦芳既为翁覃溪学士合作《瑞州东轩图》,后吴县张埙监官仓,取苏诗题泗州南山监仓东轩故事,亦颜其斋曰'东轩'。覃溪学士于西江使院赋诗寄之,适阳城张敦仁治高安,亦和其诗,并写入此图中。学士抵京,持赠罗两峰山人。山人殁,此图流落市肆。今为张晌所得,因倩遂宁张问安、问陶题纪其事,余亦继作"②;《自题移竹图》有序:"白石翁为西涯作《移竹图》,并西涯自书移竹、种竹诸卷,今藏覃溪先生苏斋。余既摹《西涯图》,缪霁堂舍人为写照,吾婿、吾儿、僮仆附焉。梦禅居士见之以为肖,杂写竹石其间,题曰《移竹图》者,亦白石翁意也。诗以志始未尔,上媲西涯,则吾岂敢。"③又《题己未鸿博崇效寺看梅诗册》有序云:"册内题诗为己未鸿博平湖陆义山、徐胜力,任邱庞雪崖、东明袁杜少、长洲冯芳寅、山阳李公凯六人手迹,惟望江龙雪楼诗缺佚。余读书广慈庵千佛殿,败簏中检出装成,题小诗三章"④;《黄穀原小西涯杂忆画册为彭石夫题》有序云:"石夫蹼被过江,甫抵都,介其乡人朱野云谒余于西涯老屋,出文字相质,情谊甚洽。逾月,业骤进,因扫榻留宿。适儿子无课读师,遂馆焉。今三年矣。一日,出《小西涯杂忆诗》八章,乞余勘定,并属黄子穀原绘图装册。余乃尽和之,并述其缘起,俾好事者形诸咏歌云。"⑤ 等等。

法式善另有部分诗作涉及金石考证,其普遍附有诗序,如《钦颁太学大成殿周彝器歌》有序云:"癸卯秋,法式善官国子监司业,得窥范铜十器,秘府珍藏,先朝法物,稀世宝也。先是,大兴翁公方纲为司业,与今司业无锡邹公炳泰皆作歌诗以纪其盛,不揣固陋,

---

① (清)法式善:《存素堂诗二集》卷七,湖北德安王塽刻,1812。
② (清)法式善:《存素堂诗初集录存》卷十八,湖北德安王塽刻,1807。
③ (清)法式善:《存素堂诗初集录存》卷七,湖北德安王塽刻,1807。
④ (清)法式善:《存素堂诗初集录存》卷二,湖北德安王塽刻,1807。
⑤ (清)法式善:《存素堂诗初集录存》卷二十四,湖北德安王塽刻,1807。

第五章 法式善诗歌创作研究　287

窃附嗣音，并令画工仿原颁图册摹成副本，恪谨弆藏，为考古一助云。"① 又《觊觎归赵歌和翁覃溪方纲先生》有序云："明检讨赵用贤劾张居正夺情，廷杖放归，庶子许国镌觊觎赠行。后觎为曲阜颜氏所藏。覃溪先生视学西江，致书颜氏乞以觎归检讨五世孙某。先生作歌属和。"②《石墨斋诗和覃溪先生》有序云："先生藏东坡天际乌云帖，屡倩画手写意不肖，近得石屏如化工然，赋诗属和。"③ 法式善还有一篇以考据入诗之作，即《冶亭侍郎招同翁覃溪先生、平宽夫恕宫詹、余秋室集中允、吴穀人编修、文芝岩洗马集石经堂观欧阳公所藏南唐官砚》一诗，诗题共 51 字，而该诗题后附的注释文字远超过诗题字数，达到了 197 字，几乎是诗题的 4 倍。现汇录此注如下："砚背镌字云：此砚用之二十年矣。当南唐有国时，于歙州造研。务选工之善者，命以九品之服，有俸廪之给，号砚务官。岁为官造砚有数，其研四方而平浅者，官研也，其石尤精，制作亦不类今工之侈窳。此砚得自今王舍人原叔，原叔家不知为佳研也，儿子辈弃置之。余初得之亦不知为南唐物，近有江南人季老者见之，凄然曰：'此故国物也。' 因具道其所以然，遂始宝惜之，其贬夷陵也，折其一角。皇祐三年辛卯，龙图阁直学士欧阳修记。"④ 诗题与题注对读，诗题仅是交代诗作的缘起，即法式善与一众都下友人翁覃溪先生、平宽夫恕宫詹、余秋室集中允、吴谷人编修、文芝岩洗马应铁冶亭侍郎邀约雅集在其石经堂，共同品玩欧阳修所藏的一枚南唐时期的官砚。而有关该官砚的由来年代、制作由来、产地所在，以及辗转流传等情况则在题注中逐一载录清晰。因此，就篇幅与书写的内容而言，这篇诗题注更像一篇诗序，是对这枚名砚之珍贵、珍藏之幸、观赏之幸的另一种书写，并为作者诗篇中的叙事、议论以及抒情做了文体上的呼应。因此乾嘉考据学风对诗风影响的一个侧面，就是"歌咏金石的诗大量涌现，确是清人诗歌的一大特色，

---

① （清）法式善：《存素堂诗初集录存》卷一，湖北德安王埔刻，1807。
② （清）法式善：《存素堂诗初集录存》卷一，湖北德安王埔刻，1807。
③ （清）法式善：《存素堂诗初集录存》卷二十，湖北德安王埔刻，1807。
④ （清）法式善：《存素堂诗初集录存》卷四，湖北德安王埔刻，1807。

乾、嘉时尤多","在这种风气下，不仅精于考据、金石者写过这方面的诗，不精此道的亦间或染指"。① 再结合法式善的诗歌创作实际，其此类诗篇甚少，且有所作又多与翁方纲有关，而"翁方纲又是写作此类诗歌较多的诗人"②，所以，法式善虽不精于金石考证，但是受到当时考据风气以及翁方纲本人的切身影响，也偶有所作。

因此，诚如吴承学先生在《中国古代文体形态研究》中所云："中国古代的诗序有其独特的艺术功能，诗序可以弥补抒情短诗的某种缺陷，它扩大了诗歌的背景，增大其艺术涵量，增加了诗歌的历史感。优秀的诗序与诗歌宛如珠联璧合，不可或缺。而从艺术表现技巧来看，诗序详实的叙事，交代写作背景和意图，有益于诗人在诗中集中笔墨来抒情言志（中国古诗以抒情为主），使诗歌兼叙事与抒情于一身。"③ 法式善在诗序与诗作的关系处理上尽量兼顾二者的关系，使诗序的叙事成为诗作抒情的重要组成部分，实现了诗序与诗作相辅相成、双生共美的艺术效果。这也是法式善诗作的特点所在。

诗注，主要指自注，基于对诗题或诗中字句的解释和说明的文字。在诗作中加上作者的注释文字也是中国古代诗歌一种独特的表达方式，其出现的年代较晚，直到宋代才普遍出现④。"跟诗题、诗序与诗歌的关系一样，诗注也经历了从无到有、从短到长、从随意为之到有意交代的发展变化过程。这既是中国古典诗歌不断演进成熟的一种表现，又是其不断寻求突破的一种方式。"⑤ 就法式善的诗歌创作而言，与长诗题和诗序同样值得关注的是，在其诗作中有意识地运用了为数不少的自注文字，诗注字数的多少，根据具体诗歌语句表述的需要而定，有的极为简短，只有几个字，有的则很长，

---

① 马积高：《清代学术思想的变迁与文学》，湖南人民出版社2002年版，第118页。
② 马积高：《清代学术思想的变迁与文学》，湖南人民出版社2002年版，第118页。
③ 吴承学：《中国古代文体形态研究》，中山大学出版社2000年版，第82—83页。
④ 熊海英：《题、序、注、诗四位一体——论集会背景下宋诗形制的变化》，《江汉大学学报》（人文科学版）2008年第4期。
⑤ 左鹏军：《康有为的诗题、诗序和诗注》，《广东社会科学》2009年第5期。

可以多达数十字。

　　法式善的诗注多出现在怀人诗与题画诗中，其所注的内容也多与人物有关。题画诗如《前七家诗龛图册》诗题后有注云："顾子余、万廉山、张船山、吴南芗、高泖渔、朱闲泉、徐西涧。"① 《后七家诗龛图册》诗题后亦有注云："顾子余、瑛梦禅、朱素人、孙少迂、吴南芗、笪绳斋、高泖渔。"② 或七古长篇《张水屋诗龛消暑图》诗题后注云："作于乾隆癸丑年"；诗中"题诗人已死过半"句后作者注云："魏春松、何兰士、王莳亭、陶怡云、吴季游"；又在"生者纷纷各远散"诗句后注云："刘澄斋、李石农、胡黄海、卢碧溪、王惕甫"。又怀人诗中，法式善的诗注多关乎人物的生平事迹，最代表性的当数法式善晚年所作的七绝《病中杂忆》98首，以及六言古体《春夕怀人三十二首》《续怀人诗十六首》（实为17首）几乎篇篇有注，如法式善《病中杂忆》第十八首云："瓦盆梅树巧安排，更写梅花寄小斋（瑶华道人），天上侍书年最久，尚书亲为砚尘揩。"诗后自注云："道人侍书内廷年最久，时沈云椒、管松崖两尚书未第，为道人记室。"③ 又《续怀人诗十六首》第十三首云："考官字号难稽，谁是当年文献。采诸书壁旗亭，遂我搜罗始愿。"诗后自注云："陈芝房学正毓咸，记诵最广，予辑《清秘述闻》，多资其考订，字号爵里，皆记忆之。"④ 又该组诗第十四首云："滔滔汩汩万言，难免些子错误。平生豪气未除，十年春官日暮"，诗后自注："王良士仲瞿，博学多文，尝为白斋尚书校《四库全书》，屡试礼部，多以奇文见摈，惜哉"⑤，等等。

　　检视乾嘉时期的诗作，诗注已然成为一种极为普遍的现象，只是源于各自诗作题材的侧重点不同，所加注释的内容或有不同。而题画诗、怀人诗是法式善诗作中最为重要的两大题材，其中的诗注

---

① （清）法式善：《存素堂诗二集》卷七，湖北德安王墉刻本，1812。
② （清）法式善：《存素堂诗二集》卷七，湖北德安王墉刻本，1812。
③ （清）法式善：《存素堂诗二集》卷五，湖北德安王墉刻本，1812。
④ （清）法式善：《存素堂诗续集录存》卷九，杭州阮元刻，1816。
⑤ （清）法式善：《存素堂诗续集录存》卷九，杭州阮元刻，1816。

也多于其他题材。此外,值得一提的是,法式善的诗作绝少使事用典,所以也几乎没有因为用典而追加的诗注;同时,法式善更多地在怀人题材的绝句和古体中运用诗注,在长篇古体和歌行体中偶有诗注,而在五言、七言律诗中则几乎不采用诗注。这也是法式善诗注运用上的特点所在。

余 论

以上,除却怀人组诗、题画诗、咏物诗外,法式善还有如纪行唱和之作、抒怀之作以及探讨读书之作,也各具特色。首先,数量最多的纪行、唱和之作。就数量而言,此类题材无疑在法式善的诗作中所占比例最大。就内容而言,一方面,真实地记录了当时文人雅集的情形,如《六月九日,李西涯诞辰,鲍雅堂、汪杏江、谢芗泉、赵味辛、张船山、周西麋宗杭集诗龛》《立秋前二日,同鲍雅堂、吴榖人、汪杏江、赵味辛、张船山集谢芗泉知耻斋迎秋》《七月十四日,百祥庵老衲导余拜西涯墓》《九月三日,晓出阜成门,慈悲院早饭,卜葬之便游山》《腊月十九日,集汪杏江芥室拜苏公生日,即为消寒会用东坡八首韵》等,这些诗题直白如话,描述了法式善与友朋的聚会缘由、地点、聚会唱和赋诗的情形,实录了其与诸朋旧于京师的平素生活,也再现了乾嘉时期京师文人具体而生动的生活画面,为揭示法式善的生平经历以及乾嘉时期诸文人雅士的生平资料提供了可资借鉴的文献参考。

另一方面,法式善这类诗作也展现了当时京师的名胜古迹,以及扈跸天津、承德避暑山庄等地沿途的风光。如乾隆五十五年(1790),因扈跸承德避暑山庄,法式善遂将沿途风景挥洒在毫墨之间,创作了《牛栏山》《密云县》《黍谷山》《石岭子》《穆家峪》《芹菜岭》《白河涧沟》《新开岭》《南天门》《揽胜轩》《古北口》《两间房》《常山峪》《青石梁》《黄土坎》《喀喇河屯》《广仁岭》《白檀山》《红螺山》《九松山》《北石槽》《南石槽》《青石梁道中》共二十三首诗歌,体裁上皆为五古,展现了从北京到承德避暑山庄沿途的风景，有一定的纪实性。相较呈现京师以外风景的诗篇，法式善更多地将笔墨聚焦在对自己居住的西涯、京师内的著名景点以及京师近郊著名寺庙、庵堂的描绘上。如其反复吟咏自己所居处的西涯，前后成诗数十首，仅组诗就有《和〈西涯杂咏〉十二首用原韵》《续〈西涯杂咏〉十二首》，共二十余首；同时法式善的纪行诗也犹如一本京师旅游指南，充分展现了当时北京城的风景名胜，其笔下有陶然亭饮酒、德胜门外看荷花、止宿于桥湾别墅、黑龙潭观泉、极乐寺茶话、大觉寺观花、崇效寺看梅，其足迹几乎踏遍了当时京畿附近所有知名与不知名的庙宇、道观。据统计，其笔下描绘了灵鹫庵、东竺庵、青峰寺、法藏寺、上方寺、卧佛寺、万寿寺、清梵寺、善缘庵、青峰寺、岫云寺、白瀑寺、瑞光寺、海光寺、慈恩寺、慧果寺、大慧寺、万寿寺、慧聚寺、奉福寺、皇姑寺、三山庵、大悲寺、龙泉庵等67座寺院庵堂，这在同时期作家中是少有的。综观法式善此类题材的作品，数量浩繁，体裁多样，其内容有资于法式善及同时期朋旧生平传记问题的考索，以及世人了解京师的风景名胜，然就艺术特色而言却并不鲜明，不能代表法式善诗作的实际水平。

其次，咏怀之作。法式善这类作品的数量有限，却一定程度上展示了其内心世界，记录了其人生情感发展的历史轨迹。这类诗篇，一方面表现了诗人至性淡泊的仕宦心态。法式善一生仕宦经历虽非大起大落，但也不是一帆风顺，他常借助诗笔聊以遣怀述志，抒写其对功名利禄的淡泊之情。如其在诗中有对出离尘世的渴慕："人生但合辞尘嚣，水可钓兮山可樵"[①]，有对山野田园的向往："荷锄太行巅，濯缨汾水滨。我将谢浮世，静坐湖之湄。蓑笠行自随，垂钓苹花春。聊以自娱乐，何心托隐沦"[②]，也有对世俗官场应酬的厌倦："菊能医我俗，琴可消我忧。朱轮骋九衢，强颜事公侯。与其为

[①]（清）法式善：《仇十洲湖亭消暑图歌》，《存素堂诗初集录存》卷二十三，湖北德安王墉刻，1807。

[②]（清）法式善：《送韩鼎臣调上舍回里》，《存素堂诗初集录存》卷六，湖北德安王墉刻，1807。

欢笑，不如无应酬。三日闭门坐，佳趣悠然留"①，这些诗句均刻录了诗人的心灵轨迹，传达着诗人的心灵悸动。又《闭门》诗云：

> 但有梅花看，何妨长闭门。地偏车马少，春近雪霜温。老剩书藏簏，贫余酒在樽。说诗三两客，往往坐灯昏。②

另《钟声》诗云：

> 钟声息群籁，酒力入新诗。吟苦愁偏远，神清睡独迟。前身明月悟，心事水仙知。憔悴溪边柳，春来绿几枝。③

吟诗、读书、饮酒、会友、旅游，几乎构成了法式善仕宦之暇的全部生活内容，所以其诗笔下所展现出的情境也令人神清气爽，心境澄澈。需要指出的是，法式善的一生没有偃蹇科场的困顿，也无贬谪他乡的打击，更多的是呼朋唤友、文酒唱酬之乐，所以其笔下传达出来的厌倦官场、向往"渔樵"、抒发"贫愁"的声音，只是古代士大夫有感于时光流逝而滋生出的一种感时伤逝的咏叹，对于法式善而言，这种咏叹也是其自我心灵慰藉的表达方式之一。

另一方面，也揭示了法式善晚岁的生活情态、心路历程。如自嘉庆八年（1803）始，年过半百的诗人因身体多病，应酬减少，所以每每家居养疴，诗句中时时流露出光阴易逝，年华虚掷，功名如幻之感。31岁时法式善因扈骅西陵时从马背上摔下时伤及手臂，遂有手颤之疾，④几乎折磨了法式善半生，晚岁又添了失眠⑤、消化不良⑥等病症，以致久病缠身的老人时时感慨抒怀。或直言年华已逝，

---

① （清）法式善：《庆亭大令邀同人看菊、听琴，坐客皆有诗，余迟未作，复有鱼鹿之惠赋谢》，《存素堂诗初集录存》卷六，湖北德安王埔刻，1807。
② （清）法式善：《存素堂诗初集录存》卷十五，湖北德安王埔刻，1807。
③ （清）法式善：《存素堂诗初集录存》卷十五，湖北德安王埔刻，1807。
④ （清）阮元：《梧门先生年谱》，《存素堂诗续集录存》卷首，杭州阮元刻，1816。
⑤ 据（清）法式善《扫叶亭图歌》有序云："终夜不寐者十日"，《存素堂诗二集》卷七，湖北德安王埔刻，1812。
⑥ 据（清）法式善有诗《屡以积食成疾，晚饭后同西续之黄门，步至灵鹫庵，听黄门弹琴》，《存素堂诗二集》卷八，湖北德安王埔刻，1812。

无意仕宦:"默默感年华,何意干王侯"(《生日杂感》)、"壮志已蹉跎,衰年更若何"(《偶述》);或传达自己知足常乐之感:"一饱无余事,三更对远山"(《冬夜》)、"但期秋睡足,不愿笑声多"(《偶述》);或道出晚岁的生活情态:"辛苦安吾分,残书又几堆"(《灯下》),等等。最具代表性的当数嘉庆十七年(1812)法式善60岁生日所作的《六十生日自警》:

我读圣贤书,遑敢求速死。适因肢体废,难冀勿药喜。呻吟日将夕,坐受寒虫謦。良医来诊视,参桂焉足恃。永夜难一寐,清钟徒振耳。生平富贵念,淡淡春云比。惟有证无生,万缘皆不起。①

案上长明灯,胸中照冏冏。有我及无我,莫分荣辱境。自古豪杰流,成名只俄顷。草堂春星大,隐约山月影。有无虚实间,达人贵自省。我今年六十,夙夜时巡警。槁木与死灰,庶几爱恶屏。②

法式善早岁亦曾踌躇满志,欲有所为,然大半生的岁月过去,仕途失意之感取代了当初的功名热望。尤其是看到昔日同学均已青云直上:"少年同学侣,多在青云上"(《生日书怀》),而自己仍无所作为,又被病痛折磨"而我病无状",于是在生日之际,不禁感慨人生,想来富贵利禄,不过如浮云易幻,不应患得患失,应及时醒悟。这既是法式善此诗所传达的心曲,也是其晚岁心境的真实写照。

再次,探讨读书的诗作。法式善有《读书四首》③,每首均以形象的比喻入题,探讨了有关读书的具体方法,很有启发性。第一首探讨访书与求书:"读书如蓄货,一室靡不有。瑰奇产岩阿,幽怪发

---

① (清)法式善:《六十生日自警》其一,《存素堂诗二集》卷七,湖北德安王埠刻,1812。
② (清)法式善:《六十生日自警》其二,《存素堂诗二集》卷七,湖北德安王埠刻,1812。
③ (清)法式善:《存素堂诗初集录存》卷四,湖北德安王埠刻,1807。

渊薮。当其求莫致，岂惜跋涉走"，认为读书要像蓄积宝物一样，应尽可能地广采博取，多多益善，为了得到好书甚至不惜路途跋涉之苦。同时，有了好书也不要炫耀于人，亦不能闲置不用，是谓"炫异难持久"，"毋置覆酱瓿"。其余三首主要阐释了读书中可能会遇到的问题与解决方法。先是第二首指出读书像植树一样，要循序渐进，不要急于求成："读书如树木，不可求骤长。始焉勤灌溉，继之计修广。"日来月往，不知不觉地就会长大，拔苗助长，欲速反而不达。第四首强调读书如同带兵打仗一样，既要纪律严明，又要有正确的指导思想："读书如将兵，当先讲纪律。理获心乃安，时至险莫恤。将军扫群寇，势若风雨疾"，军纪严明，打起仗来才能势如破竹，扫灭敌寇；"师贞丈人吉"，兴正义之师才是立于不败之地的指导思想，因此指出读书亦应"树义"，否则"不如不开帙"。第三首主要谈及读书过程中遇到的困难，指出读书如行路一般，难免会遇到挫折："读书如行路，历险毋惶惑。安保万里程，中闲无欹仄。自古志士心，往往伤壅塞"，面对"壅塞"，唯一的方法就是选择坚强地面对，"高山惟仰止，半途勿休息"，坚持脚踏实地地走下去，"要从实地行，直造光明域"，"忽然古明月，照见天怀朗"，终会有"柳暗花明又一村"的收获。

　　法式善还有一些山水诗作，《白石桥》《万寿寺》《樱桃沟》《宝珠洞》等，既记录了诗人的游踪，也展现了京城附近的风物、人情，诗作多以描山范水为主，风格多清幽淡雅。

　　综上所述，本部分针对法式善的诗歌创作进行了集中论析。因其诗作数量丰厚，不可能面面俱到，所以选取最能代表其创作成就的诗歌题材进行深入探讨，如其怀人组诗创作数量足为乾嘉诗人之首，内容上又贯穿着以诗存史的精神；其题画诗的丰富内涵及其所彰显的乾嘉文人生活风尚；其咏物诗创作虽为仿拟之作，却能学而求变，形式上寻求突破，内容上注重寄托。每类诗歌均呈现出不同的风貌，展现了法式善驾驭不同题材的创作能力。同时，对法式善在诗歌艺术的表现上也进行深入考察，如语言方面崇尚质朴自然、熟练运用白描手法，体裁上众体兼备、尤长于五言，诗题制作以长题著称，擅长运用诗序与诗注的特点。当然，对于法式善的部分诗作少用典故的特点以及存在过于浅切、率意，含蕴不深等弊端，论述中也没有回避。法式善诗歌创作丰富，同时组织各种文学活动并提出自己的诗学理念，这些共同成为奠定他在诗坛盟主地位的有力基石。

第六章　法式善散文创作述论

　　清代散文,是中国古体散文发展过程中的最后历程。刘师培先生曾于《论近世文学之变迁》一文中,描述其发展变迁的轨迹:

　　　　顺、康之文,大抵以纵横文浅陋,制科诸公,博览唐、宋以下之书,故为文稍趋于实。及乾、嘉之际,通儒辈出,多不复措意于文,由是文章日趋于朴拙,不复发于性情,然文章之徵实,莫盛于此时。特文以徵实为最难,故枵腹之徒,多脱于桐城派,以便其空疏;其富于才藻者,则又日流于奇诡,此近世文体变迁之大略也。①

　　尽管文中有关清代文坛"不复措意于文""富于才藻者,则又日流于奇诡"的持论有待商榷,但就清代散文演进的脉络阐述还是精当的。而胡韫玉《中国文学史序》则侧重从世风对文学影响的视角考察了乾嘉时期的文风:

　　　　乾嘉之世,文网日密,而奇才异士,无以自见,争言汉学,析辩异同,以注疏为文章,以考据为实学,琐碎割裂,莫知大体。而方苞、姚鼐之后,尸程、朱之传,仿欧、曾之法,治古文辞,号曰宋学,明于呼应顿挫,谙于转折波澜,自谓因文见

---

① 刘师培:《论近世文学之变迁》,《国粹学报》1907年第26期,转引自张燕瑾、吕薇芬:《20世纪中国文学研究·清代文学研究》,北京出版社2001年版,第217页。

道，别树一帜，海内人士，翕然宗之，至谓天下文章，莫大乎桐城。此第二期也。①

以上几位学者，尽管解读清代散文的维度不同，但是关于乾嘉文坛桐城派盛行的观点却是一致的。而法式善活跃于文坛之际，正是桐城派盛行之时。濡染着乾嘉考据学之风，置身于桐城派的主流话语空间下，法式善的散文创作当以何面目呈现于时？这是本章探讨的重点。

第一节 散文创作概况与艺术渊源

乾嘉文坛，法式善不单以诗作扬名于众学侣间，其散文创作也得到了时人的肯定，或因"其文之未见于世者"②的原因，时人对法式善散文的关注远逊于诗歌。桐城派文人陈用光称法式善"博学能文"③，吴锡麒则从法式善散文的特点渊源角度进行评价："观其言简而明，信而通，有类乎庐陵之为之者"④，认为法式善散文深得庐陵欧阳修的文法特点。同时代学者赵怀玉亦认同吴氏的观点，认为法式善"诗近王、韦，文则为欧、曾之亚"⑤，直言法式善散文创作可比肩宋之欧阳修与曾巩，对其给予了高度评价。可见，在大多时人眼里，法式善的散文创作虽非大家，然亦自具特色。因此，本章将巡礼法式善的散文创作，并着重对其序文、论文特点做一分析。

一 创作上近尚姚鼐、远师庐陵

其一，对桐城派姚鼐的推崇。毫无疑问，"桐城派是清文史上规

---

① 胡韫玉：《中国文学史序》，《南社》1914年第8集，转引自张燕瑾、吕薇芬《20世纪中国文学研究·清代文学研究》，北京出版社2001年版，第219页。
② （清）吴锡麒：《存素堂文集序》，扬州绩溪程邦瑞刻，1807。
③ （清）陈用光：《法梧门文集序》，陈用光：《太乙舟文集》卷六，道光二十三年（1843）孝友堂本。
④ （清）法式善：《存素堂文集》卷首，附吴锡麒序，扬州绩溪程邦瑞刻，1807。
⑤ （清）法式善：《存素堂文集序》，扬州绩溪程邦瑞刻，1807。

模最大、绵延最长、流播最广、影响最为深远和成就至为卓著的流派"①。其盛行于嘉道之际,绵延至同光年间,影响清及近代文坛近二百年。虽有关该派的开宗立派创始人之说学界尚无确论,然身处乾嘉时期的姚鼐,以其自身的古文创作实践及古文理论的建构对桐城派的确立与影响力确是毋庸置疑的。②而法式善活跃于文坛之际,恰与姚鼐有着交集,他因仰慕姚鼐,曾与其书信往来,对姚鼐的古文成就推崇备至。

推究姚鼐的师承,曾受业于刘大櫆,系桐城人方苞的再传弟子。所以姚鼐的古文理论,在"继承了方苞的'义以为经,而法纬之',刘大櫆提出的义理、书卷、经济是行文之实而行文别有能事之说的基础上"③,提出"鼐尝谓天下学问之事,有义理、文章、考证三者之分,异趋而同为不可废"④,明确了"义理、考证、文章"三者作为构成"学问"的一部分,各自都有其存在的需要与价值,不可偏废。诚如王先谦在《古文辞类纂序》中所概括的:"惜抱自赏孤芳,以义理、考据、词章三者不可一阙,义理为干,而后文有所附,考据有所归。"而在具体行文中,姚鼐又强调在切合义理的原则下,应肯定"为文华美"(《许春池学博士五十寿序》)。对于考证,姚鼐主张取考证之长,避其所短,使文章既有充实可信的内容,又不失较高的审美性,所谓"以考证累其文则是弊耳,以考证助文之境,正有佳处"(《与陈硕士》)。所以,姚鼐在融考证入文和增强文章的艺术性两方面补充和发展了"义法"论,是一种较为全面的古文观。⑤法式善对此深以为是,于诗文中每每对姚鼐在桐城文派发展中的作用给予高度肯定。

法式善在《陈硕士见姚伯昂藏其师姬传先生手迹,属钱梅溪勾勒上石以原稿装卷自藏,乞余诗为券,因寄伯昂、梅溪》中称:

---

① 王达敏:《姚鼐与乾嘉学派》,学苑出版社2007年版,第1页。
② 王达敏:《姚鼐与乾嘉学派》,学苑出版社2007年版,第1页。
③ 王运熙、顾易生:《中国文学批评史新编》,复旦大学出版社2001年版,第226页。
④ (清)姚鼐:《复秦小岘书》,《惜抱轩诗文集》卷六,嘉庆三年(1798)刻增修本。
⑤ 参见王运熙、顾易生《中国文学批评史新编》,复旦大学出版社2001年版。

第六章　法式善散文创作述论

> 文治盛今日，韩欧称正宗。作者非一家，吾独推姚公。姚公未识面，尺素时时通。西江陈太史，曾坐公春风。下笔有师承，人力非天工。①

诗题中所说的陈硕士，即陈用光（1768—1835），字硕士，一字实思，新城（今江西省黎川县）人。嘉庆六年（1801）进士，授编修，官至礼部左侍郎，提督福建、浙江学政。曾师承姚鼐，居京师期间与法式善常交往唱和。有《太乙舟文集》十二卷、《太乙舟诗集》十二卷等传世。诗中，法式善借助为陈用光题诗，直言其深以未曾与姚鼐谋面为憾，所幸曾与姚鼐有书札往来。他对姚鼐在文坛的成就与地位倍加推崇，认为姚鼐乃自韩、欧百代而后的第一人："作者非一家，吾独推姚公。"又如《题交游尺牍后现在之人》之《姚姬传郎中》：

> 先生散体追曾王，其他著述今欧阳。十年邮致三五札，谬许拙文尚清拔。弟子西江陈用光，传君衣钵工文章。白玉堂前梦湖海，惜抱轩中留瓣香。②

法式善指出姚鼐古文继承曾巩、王安石之遗风，几如韩、欧在世，成就不言而喻。肯定陈用光乃传其衣钵之人："弟子新城陈用光，可能压倒望溪方。"③

事实上，姚鼐与法式善同处乾嘉文坛，法式善小姚鼐20岁，且法式善于乾隆四十五年（1780）才进入仕途，姚鼐"早在乾隆四十年（1775）即以借病辞官，此后再未入京"④，故二人无缘谋面当是事实。虽然法式善对姚鼐的古文成就一直津津乐道，称颂不已，但是并未在具体的古文创作中师法姚鼐。对此，时人的评点中也未有

---

① （清）法式善：《存素堂诗二集》卷二，湖北德安王塾刻，1812。
② （清）法式善：《存素堂诗二集》卷四，湖北德安王塾刻，1812。
③ （清）法式善：《病中杂忆》，《存素堂诗二集》卷五，湖北德安王塾刻，1812。
④ 孟醒仁：《桐城派三祖年谱》，安徽大学出版社2002年版。

提及。所以，法式善对姚鼐推崇的表现是停留在其对桐城派理论发扬光大的肯定上，并未在自己的古文创作实践中直接效法。

其二，法式善之于唐宋八大家中，直言对欧阳修古文的心驰神往，进而直接师法。法式善曾自言"我诗祖柴桑，我文师庐陵"。好友吴锡麒于《存素堂文集序》亦云：

> 余何足以知时帆？然观其言简而明，信而通，有类乎庐陵之为之者。因移向之读庐陵之文者以读之，读之久而始知其肖之。且不惟肖其貌，而且肖其神，且肖其为人。周益公曰："欧阳文忠好贤乐善，盖其天性。得交友间寸稿尺书，必轴而藏之。"
>
> 今时帆奖借士类，乐与有成，一时贤士大夫履满户外，四方宾客奉尺牍问讯者日数十至。其好贤乐善，吾不知视庐陵何如？即其有来必答，一札所及，款款然如出肺腑示之，且令人皆什袭以为至宝，其感人为何如，则其好贤乐善又何如耶！昔人评摩诘诗，谓为诗中有画，若庐陵《丰乐》《醉翁》二记，又文中之画也。时帆辟诗龛，供摩诘、庐陵诸贤像以示瓣香所在。①

吴锡麒多方面探讨了法式善对欧阳修的学习与仰慕：古文创作上，学而肖之，且能遗貌取神；奖掖后学上，又颇有欧阳氏之遗风，宾客四方，履满于室，殷勤款答、好贤乐善当与其相媲美。

法式善古文创作学欧阳修的具体表现为：

一方面，学其文章写作善于剪裁。欧阳修强调写文章要"常事不书"，即在阐述具体的问题时，要善于剪裁，善于选择最具代表性的问题、精心节取最典型的事件加以分析，才能捕捉到人物的精神特色和动人形象。如在《尹师鲁墓志铭》一文中，欧阳修对时人熟知的有关尹洙在文学、学问方面的才能一笔带过，而着重选取尹洙上书论范公而自请同贬以及临死语不及私两件事，尽管文字也不甚

---

① （清）法式善：《存素堂文集》卷首，附吴锡麒序，扬州绩溪程邦瑞刻，1807。

多，但尹洙无私刚正、以天下为己任的形象则清晰地呈现在读者面前。所以欧阳修在《论尹师鲁墓志铭》中说："尹洙可记之事很多，不可遍举，故举其要者一两事以取信。"其他如《梅圣俞诗集序》《黄梦升墓志铭》等，均用此类笔法。如此剪裁方法反映在法式善的古文创作上，也有相似之作。如《洪稚存先生行状》，写法上自然很多，或泛泛而论，或大小事件一起罗列，但如此写来，收到的阅读效果也是缺失亮点，没有重点也就很难留下印记。因此，法式善主要突出了好友洪亮吉生平遭际中的诗才、至孝、好友、上书被贬四件事，可谓精当地抓住了洪亮吉的平生遭际与个性特点。又如《本生府君逸事状》等文，撰写上绝不平分笔墨，而是精心选取最能代表生父性格特点的几件小事来展示，颇具感染力。

另一方面，学其为文言简而意深。欧阳修强调写文章要语言精练，切忌烦冗拖沓，同时又要蕴含深邃，即指出："妙语精言不以多为贵，而人非聪明不能达其意。"欧阳修《醉翁亭记》开头的"环滁皆山也"，仅仅五字，就将滁州四面环山的地形特征揭示无遗。据《朱子语类》卷一百三十九载："顷有人买得他《醉翁亭记》稿，初说滁州四面有山，凡数十字。末后改定，只曰'环滁皆山也'五字而已。"可见欧阳修锤炼字句的功夫。又如其肯定尹洙为文谨严，不事繁缛，赞其为"简而有法"（《尹师鲁墓志铭》），等等。不过，欧阳修也不是片面地崇尚简约，其《与渑池徐宰》就言："然著撰苟多，他日更自精择，少去其繁，则峻洁矣。然不必勉强，勉强简节之，则不流畅，须待自然之至。"因此，欧阳修的态度即为文简约精练，自然流畅，又蕴含丰富。对此，法式善也努力追求。

检视法式善的全部古文，这种观念影响的表现之一就是法式善的古文篇幅都不以长篇大论胜，而代之以短小精悍著称。如其《且园记》仅184字，却将园之山、石、楼台一览无余，且于文末抒怀"余之性情，不且于斯园为宜也夫"，又生发开来。王芑孙称其"雅洁有致，真碎金也"，又洪亮吉称"淡宕蕴藉"，同时好友赵怀玉亦谓其古文"读之则气疏以达，言醇而肆""学士诗近王、韦，文则为欧、曾之亚"。①

　　需要指出的是，姚鼐等桐城派文人对欧阳修也推崇备至。仅就桐城派编选文集所收录八大家的文章数量而言，方苞的《古文约选》收录欧阳修文 59 篇，仅次于韩愈的 71 篇；姚鼐的《古文辞类纂》收录欧阳修文 65 篇，排名第二；又桐城三祖每每借韩愈、欧阳修传达自己的古文创作诉求，如方苞曾标榜自己"学行继程、朱之后，文章介韩、欧之间"（王兆符《望溪文集序》引）；刘大櫆《论文偶记》云："意尽而言止者，天下之至言也，然言止而意不尽者尤佳。意到处言不到，言尽处意不尽，自太史公后，惟韩、欧得其一二"；姚鼐《复鲁絜非书》云："宋朝欧阳、曾公之文，其才皆偏于柔之美者也。欧公能取异己者之长而时济之，曾公能避所短而不犯"；等等。可见，桐城三祖对欧阳修的古文是持肯定态度并予以接受的。若从对欧阳修文法之接受的角度来看，法式善对姚鼐为核心的桐城派还是认同的。

　　因此，法式善在古文创作上的师法欧阳修、推崇姚鼐可见一斑。然其具体是如何实践的，下面将深入探寻。

二　散文创作概观

　　法式善的文集今存《存素堂文集》四卷共收文一百五十六篇，《续集》三卷录文六十六篇。经爬梳相关文献，另辑得《文集》《续集》未收录者共十篇；即法式善《李文正公年谱》卷五收录《明大学士李文正公畏吾村墓记》②一篇，姚鼐《惜抱轩手札》第四册辑得法式善《惕甫未定稿跋》③一篇，舒位《瓶水斋诗集》辑得《瓶水斋诗集序》④序文一篇，王昶《春融堂集》卷首收录法式善《春

---

① （清）赵怀玉：《存素堂文初钞序》，《亦有生斋集》文卷三，嘉庆二十一年（1816）刻本。
② （清）法式善：《明李文正公年谱》卷五，嘉庆九年（1804）刻本。
③ （清）姚鼐：《惜抱轩手札》第 4 册，民国刊本。此文转录自睢骏《王芑孙年谱》，华东师范大学出版社 2010 年版，第 452 页。
④ （清）舒位：《瓶水斋诗集》附录三，上海古籍出版社 2009 年版，第 810—811 页。

融堂集序》① 序文一则，朱士俊、沈锦垣《小仓山往还书札全集》辑得《答简斋先生书》② 三则，据中国第一历史档案馆藏朱批奏折辑的法式善奏议文一则③，据端静闲人《带绿草堂遗诗》辑的《带绿草堂遗诗序》④《带绿草堂遗诗跋》⑤ 各一则。以此法式善古文共计二百三十二篇。在体裁上涵盖了论、考、辨、序、跋、书、书后、例言、传、行状、墓表、碑文、墓志、记、铭、奏议共十六种之多。具体分布情况如表6-1所示。

表6-1　　　　　　　　　法式善散文创作情况列表

文体 \ 文集	文集卷一	文集卷二	文集卷三	文集卷四	续集卷一	续集卷二	续集卷四	辑佚文献：《春融堂集》《瓶水斋诗集》《明李文正公年谱》《惜抱轩书札》《小仓山房往还书札全集》《带绿草堂遗诗》以及中国第一历史档案馆藏朱批奏折	合计
论	8								8
考	1								1
辨	1								1
序	19	33	15		6	12	12	2	99
跋			29		3	1	4	3	40
书			4			5	1	3	13
书后			7	1					8
例言			2	1					3
传			6	1		1			8
状			2	1					3
墓表			1	1	3	1			6
墓志			1		1	1			3

---

① （清）王昶：《春融堂集》卷首，《清代诗文集汇编》，上海古籍出版社2010年版。
② （清）朱士俊、沈锦垣：《小仓山房往还书札全集》卷二，国家图书馆藏光绪石印本。
③ 法式善奏议文一则，上书言"六事"，今见于中国第一历史档案馆朱批奏折。
④ （清）端静闲人：《带绿草堂遗诗》，嘉庆二年（1797）刻本。
⑤ （清）端静闲人：《带绿草堂遗诗》，嘉庆二年（1797）刻本。

续表

文体＼文集	文集卷一	文集卷二	文集卷三	文集卷四	续集卷一	续集卷二	续集卷四	辑佚文献：《春融堂集》《瓶水斋诗集》《明李文正公年谱》《惜抱轩书札》《小仓山房往还书札全集》《带绿草堂遗诗》以及中国第一历史档案馆藏朱批奏折	合计
碑文				4					4
记				15	1	5	4	1	26
铭				8					8
奏议								1	1

另据文献载，法式善还有部分序文，只见存目，未见原文。如《（同治）苏州府志》卷一百三十六载法式善曾为韩是升诗集《听钟楼诗》十卷作序，又黄其人《香草集》和《同文集》有法式善序文，限于笔者孤陋，尚未得见。

通过统计，可以对法式善散文的创作大体得出这样一些认识。

其一，在法式善目今所见的全部二百三十二篇文中，序文的数量最多，达九十九篇，几占法式善散文总量的二分之一，其次为跋文，计四十篇。考察诸文体可见，这些序、跋文章多系应邀之作，寿序亦为交际应酬之作。这既反映了法式善与乾嘉文人的交往频繁，也折射出其在当时文人群体中的名望，这其实是对法式善在乾嘉文坛地位的一种注解。

其二，从总体上看，法式善为文虽不能说各体皆工，但还是能看出其文备众体的特点。法式善对多种文体均做了创作尝试，其中既有记、传、论等文学性较强的文体，亦有序、跋等应酬文体。这些都呈现出其散文创作的不同面貌。

其三，法式善的散文创作与其曾经的史官身份及史官意识有着密切关系。其在诸文体创作中坚持知人论世、考本溯源、秉持实录的精神，如《王子文秀才诗序》《西涯考》《两宋名贤小集跋》等文，均有此风，这在其诸多文体中均有不同程度的反映。

第二节 "知人论世"的序文

法式善所作序文计九十九篇，在其今存散文中所占比重最大。其中或为自序文，如《存素堂诗集序》《重修族谱序》《诗龛声闻集序》《清秘述闻序》《槐厅载笔序》等二十八篇，更多的则是为他人诗文集所作的序文和应酬类的寿序文，用力最勤。本节所探讨的也是法式善为他人所写的序文六十二篇，寿序九篇。事实上，由于序文文体的社会化特征而导致其中难免多有溢美之词，然法式善的序文撰写则自有原则，且于序文写作中常将自己的思想见解寓于文中，并非完全出于应酬而为的虚伪之词。

一 序文的撰写原则

法式善自进入仕途，通过自身的不懈努力，声名鹊起，逐步成为乾嘉文坛颇具影响力的诗人，遂有"四方之士论诗于京师者，莫不以诗龛为会归"[1]，"故问字求诗者，往往满堂满屋"[2]。尽管法式善曾自谦"余学识简劣，误为海内才彦见推"，然四方士人"不远数千里，殷勤通问，其或至京，旅舍未定，先来谒余者，比比也"[3]，故求序索题之人络绎不绝。法式善并未因此而漫然为之，而自有一定之规，也成为其撰写序文的原则。

其一，知人论世。做到知其人而论其文，这是其撰写此类文章的关键所在。"知人论世"之说始自孟子，《孟子·万章下》云："颂其诗，读其书，不知其人，可乎？是以论其世也，是尚友也。"尽管对于孟子的这一主张历来持论不一[4]，然"知人论世"作为评

---

[1] （清）刘锡五：《存素堂诗二集序》，湖北德安王埠刻，1812。
[2] （清）王昶：《蒲褐山房诗话新编》，齐鲁书社1988年版，第139页。
[3] （清）法式善：《清籁阁诗集序》，《存素堂文集》卷二，扬州绩溪程邦瑞刻，1807。
[4] 关于孟子此段言论，朱自清曾于《诗言志辨》中指出："并不是说诗的方法，而是修身的方法；'颂诗'、'读书'与'知人论世'原来三件事平列都是成人的道理，也就是'尚友的道理'"——赵则成等：《中国古代文学理论辞典》，吉林文史出版社1985年版，第377页。

论文学作品的重要方法，并逐渐成为我国古代文学批评的一个传统，为历代文学评论家自觉和不自觉地所遵循。事实上，作家作品和作者本人的生活思想及其生活的时代是有密切关系的。所以要真正解读作品，客观为人撰写诗序，有必要"知其人""论其世"，既要了解作者的身世、经历、思想及为人，也要洞悉其所处的时代环境。法式善于《王子文秀才诗序》云：

> 余生平不多为人作诗序，不悉其人之性情、心术而漫然为之序者，非标榜则贡谀。夫标榜、贡谀无益于友谊，而皆有害于儒术，又何足以为轻重乎？余既守此诫而又好读诗，无论汉、魏、六朝、唐、宋、元、明，惟取其是者是之，其非者辄置之。……越日，子文告归，且乞一言为序。余以未见全诗辞，子文曰："公以吾之性情未洽而心术不知也，是则然矣，公不深嗜先文简之诗乎？夫嗜之深者，性情、心术往往默契于千载。公盍以论文简诗者书之，以为吾勖？吾将奉之以勉其所未至焉。"余无以难之，遂叙其颠末且以赠别。①

这里，他明确指出：为人作诗序必先知其人之"性情、心术"，而后为之，绝不草率为之。若非如此，即是害人害己，有百害而无一益。而文中索序之王子文，"子文秀才，名祖昌，先生之从曾孙也。介其宗人直庵主事访余诗龛，出所为《秋水集》二卷见示"②，与法式善初次谋面，即乞序文。无奈之下，法式善只好"以论文简（王士禛）诗者书之"为之序，以资勉励。所以序文末尾法式善仍惴惴焉，"余终当究观其全集，于其性情、心术有得也，而后为之序云"③。

此后，王子文每临京师，必造访诗龛，与法式善切磋诗艺，遂

---

① （清）法式善：《存素堂文集》卷一，扬州绩溪程邦瑞刻，1807。
② （清）法式善：《王子文秀才诗序》，《存素堂文集》卷一，扬州绩溪程邦瑞刻，1807。
③ （清）法式善：《王子文秀才诗序》，《存素堂文集》卷一，扬州绩溪程邦瑞刻，1807。

对王子文了解日多。于是当王子文再请法式善为其诗集题序之际，法式善则欣然命笔，遂有《王子文秀才诗续集序》。这也是法式善生平仅有的为一人作两次诗序。序云：

> 二十年前，子文访余于净业湖上，以诗为贽，乞余序。余以其人未习，而性情、心术不相知也，未能著笔。敦索至再，因取文简公论诗大旨勖勉而著于篇。二十年来，子文数抵京师，至则辄诣余所，握手不叙寒温，即朗诵别后得意诗，高下长短，与湖上水声、林间黄叶声相间。余倾耳听，童子则掩口笑，子文不问也。夫子文以刘寄庵刺史为师，以王熙甫侍御为友，则其生平不诬，可以自信于心者有由来矣。闻山川佳胜，虽道里遥远，不谋裹粮辄独往，往必有合，旷达磊落若此者，凡几人乎？余虽不能与子文晨夕过从，此唱彼和，知其下笔无尘俗气，能决之于素昔者。今不远千里，冒雪至京师，求余序其诗。余年衰多病，子文固老健胜前，而已六十外矣。白发相对，岁月如流，旧约恐渝，泚笔序之。①

两篇序文对读，前者，因不知子文"性情、心术"，故不能著笔，虽恳请再三，不过是顾左右而言他，无关诗作本身而勉强为之；后者，与子文相交20余年后，至于性情怀抱、师承渊源尽皆知晓，故以垂老之年再序子文诗集，"知其下笔无尘俗气，能决之于素昔者"，当是确论。

事实上，检阅法式善为人所作序文，无不以"先知其人、后论其文"为序文之首。如序何道生诗集云："余读何兰士侍御诗最早。方侍御官工部时，即以文字相商榷。"（《方雪斋诗集序》）吴锡麒诗序云："三十年为一世，余交穀人先生一世矣。性情、心术，靡不浃洽。"②

---

① （清）法式善：《存素堂文续集》卷二，国家图书馆藏稿本。
② （清）法式善：《重刻有正味斋全集序》，《存素堂文集》卷二，扬州绩溪程邦瑞刻，1807。

《钱南园诗集序》云："余以庚子年识南园前辈于同年徐镜秋斋中。镜秋方与余肄习翰林文字，初颐园亦读书城北，常就余与镜秋会课。南园为镜秋受业师，又以余与颐园为同馆后进，每得一题，辄为疏解义理，指画隐奥，兴会所至，伸纸呃毫，往往先就。"[1] 吴嵩梁诗序云："余以诗交兰雪二十年，屡欲序其诗矣，而下笔迟迟，盖有故焉。"[2]

因此，法式善在诗文集序中尽可能地做到知其人而论其诗，体察其"为人性情、心术"，然后为之序。对此，章学诚《文史通义·文德》曾有一段精彩的阐述："不知古人之世，不可妄论古人之文辞也。知其世矣，不知古人之身处，亦不可以遽论其文也。"鲁迅先生亦有过更为深刻全面的解读："世间有所谓'就事论事'的办法，现在就诗论诗，或者也可以说是无碍的罢。不过我总以为倘要论文，最好是顾及全篇，并且顾及作者的全人，以及他所处的社会状态，这才较为确凿。要不然，是很容易近乎说梦的。"（《且介亭杂文二集·"题未定"草》）总之，法式善"知人论世"的序文原则，虽渊源自有，然其能奉而行之，可知法式善为人作序绝不空谈，抑或痴人说梦，遂论其人其诗亦较为中肯，不乏精辟之论。

其二，撰写序文当秉持实录，不可浮夸。这既是对"知人论世"主张的延续，又对写作者提出了较高的要求。为人祝寿，参与者多奉承扬善、颂德美誉。为人寿序，或为后辈子孙求人所为，一以荣其亲，二以矜己孝；或是在下者为尊者寿，时人也乐此不疲地一味喝彩之声。于是，寿序很容易流于浮夸其实，虚假其事，往往遮蔽了后人的眼睛，终非正途。客观而言，为人作寿序，如同史家之为人作史，"奸慝惩戒，实良史之直笔"（《文心雕龙·史传》），均需秉承《史记》之"实录"精神，秉笔直书，切勿趋炎附势，使所记

---

[1] （清）法式善：《钱南园诗集序》，《存素堂文集》卷一，扬州绩溪程邦瑞刻，1807。
[2] （清）法式善：《吴兰雪香苏山馆诗集序》，《存素堂文集》卷二，扬州绩溪程邦瑞刻，1807。

失实无信。如法式善《范太翁寿序》：

> 今世海宇辑安，黎民和乐，休养生息，人多耆寿。子孙于其祖父生辰，设几筵，纳宾客，奉酒醴，称觞献寿，比比然也。顾或文词失实，识者哂之。然则欲以荣其亲，而期为有道君子之所重者，可不以其实之为贵乎？①

民安和乐，年高寿永，贤孝子孙，称觞献寿，本是好事。却于载记此事之际虚与委蛇，文辞失实，实为寿序之弊，为人耻笑，就适得其反了。所以，法式善强调人所重者"其实之为贵"，且不可轻易为人寿序，要知人而后序，如其《吴草亭六十寿序》云：

> 昔归太仆为人作寿序，不轻率下笔，或三五日始脱稿。又必其人有所表见，可以风世敦俗，然后乐为之词，故其文与人皆能传于后。余硁硁守此义，盖有年矣。②

法式善明确表示，自己与人寿序的原则即是秉持"实录"，绝不轻率而为，务以切实为本。因此，法式善曾为老师陆镇堂先生七十岁作寿序《陆先生七十寿序》：

> 又二年，先大父以法式善入家塾，复延先生督课诵，叔祖及诸叔父仍从学，而先生尤厚视余。及先大父捐馆舍，法式善随母读书外家，先生亦屡踬春官，游学四方。然余每有所作，必邮致先生请正，先生诱掖之不遗余力。迄今余之稍有所得者，皆先生教也。
>
> 庚子会试，先生成进士，法式善得附名榜末，一时传为美谈。

---

① （清）法式善：《存素堂文集》卷三，扬州绩溪程邦瑞刻，1807。
② （清）法式善：《存素堂文集》卷三，扬州绩溪程邦瑞刻，1807。

越十年，先生选知山西绛县。又十年，告归，年六十有九矣。先生待人无疾言遽色而人畏之，无厚貌深情而人爱之。初，辛卯科应礼部试时，馆谢蕴山前辈家。度谢当入帘，先数日避去，及报罢后相见，始知试卷适在谢所而实未荐，谢引以为歉，而先生略不介意。后官山西，谢又为方伯，非公事未尝往谒，人益重其品。其成进士也，出内阁学士瑞保门。瑞公与余同司翰林院事，一日直文渊阁，翁覃溪先生谓瑞公曰："吾有畏友陆君，出子门下，子知陆君之文，亦知陆君之人乎？其才赅于大而不遗于小，其学协于古而不悖于今，今之通儒也。"其推重如此。时皆谓瑞公能得士，翁公能知人云。

绛俗故健讼，庠序之士尤甚。先生曰："本立，而后末可图也。"遇诸具牒者，武则先验其弓马，文则先试其词艺，然后理焉。由是讼风少息。及先生乞休，合邑挽留之，至有匍伏流涕弗起者。①

细读此寿序，法式善主要择取了陆镇堂平生的三件事：一是"吾家一门三世从游之雅"的师生之谊，尤其师生同科登第，成一时佳话；一是借他人之口言说陆镇堂的心怀气度、平生学问，为时贤所称赏；一是为任一方，因事制宜，尽得民心。法式善对所选事件"黜华崇实"，客观描述，"绝无寿眉保艾之词"，而情伪毕现，是非善恶亦一目了然。最终法式善以清淡之笔墨，严谨之章法，文情并茂地演绎了一篇精彩的寿序，甚至被王芑孙评价为"集中第一等文字"②，似不足为过。

二 序文的思想内涵

序文之作，受制于文体自身的社会功能，往往出于应酬所需，

---

① （清）法式善：《存素堂文集》卷三，扬州绩溪程邦瑞刻，1807。
② （清）王芑孙：《陆先生七十寿序》评语，（清）法式善：《存素堂文集》卷三，扬州绩溪程邦瑞刻，1807。

写作上会流于形式，缺乏思想性。而法式善的序文之作，却以其"知人论世""秉持直录"的创作原则，少了几分阿谀虚美之词，却更多地融入了作者个人的思想见解与文学观念，将序文作为其诗学思想的载体，有其特定的文学价值。

其一，于序文中阐发自己的诗学观。法式善自幼嗜好诗歌，"余十二岁时即喜为诗"[①]，毕其一生执着于诗歌的品评与创作，除却自身数量可观的诗歌创作外，亦有诗歌品评之作《八旗诗话》《梧门诗话》相继问世。同时，亦因其好诗，时人亦尝乞其为自己的诗集为序。于是，法式善便将自己的诗学理念，如散金碎玉一般，点缀在序文中，成为其序文的一道风景。具体表现为：

或是传达诗贵性情之论。性情真，则诗真，感人也深；性情不真，则虽文采美饰于外，然终缺乏真情实感，不足动人。如《兰雪堂诗集序》：

> 余维诗以道性情，哀乐寄焉，诚伪殊焉。性情真，则语虽质而味有余；性情不真，则言虽文而理不足。先生之诗，不名一体，要皆有真意、真气盘旋于中，而后触于境而发抒之，感于事而敷陈之。方其舟车南北，俯仰山河也，则有雄杰之篇；悯农、劝稼、感旧、怀人也，则有恺恻之篇；及解组归田，一琴一鹤、某水某邱，寓诸吟咏，则又有萧疏澹远之篇。时不同，境不同，诗不同，而情性无不同。吾故曰："先生之诗，真诗也。"[②]

文中，法式善强调唯有"真气盘旋于中"，才会触景生情，情才足以感人，"触于境而发抒之，感于事而敷陈之"。尽管诗作的时间不同，处境不同，诗歌的内容不同，但因其均出自作者的真情实感，"为情而造文"，所以又无所谓不同。

或是揭示作诗要学古而求变。既要学习借鉴古人，又要"不背

---

① （清）法式善：《存素堂诗集序》，《存素堂文集》卷一，扬州绩溪程邦瑞刻，1807。
② （清）法式善：《存素堂文集》卷二，扬州绩溪程邦瑞刻，1807。

古人规矩，亦不蹈袭古人形迹"①，自成一体，崇尚独创的诗学精神。如法式善评价门生鲍文达的诗：

> 所为诗乃有独造之诣焉。或谓鲍子诗与余诗境界略同，故嗜之尔。余曰："不然，一人有一人之诗，一时有一时之诗，彼与此不相蒙也，前与后不相混也，安得执一以例百哉？昔东坡学靖节，而其诗不似靖节；山谷学少陵，而其诗不似少陵。惟其不似也，而东坡、山谷之真始出。非余有私于鲍子也。"②

从中可见，法式善重视诗歌创作要向古人学习，然更强调学古而求变："为文章欲企及于古人，而不为古人所囿"③，方为当途。因此，法式善在序李凫塘诗集时进一步指出"世称其（李凫塘）诗旷逸似太白，沉雄似少陵，固矣。然吾所以爱之者，非以似太白、少陵也，知凫塘不求似于太白、少陵，而凫塘之真出矣"。④可知，法式善在诗作学古的态度上，是反对一味地泥古不变，而寻求突破，即"为诗乃有独造之诣"。

或是对时人创作中"试体诗"与"各体诗"的关系提出独到见解。如《曹定轩紫云山房试帖诗序》：

> 翁覃溪学士谓："工试体诗者，不必工各体诗。"王惕甫典簿谓："必工各体诗，而后工试体诗。"其说之不同如此。吾谓学士勉人以专功，而典簿勉人以深造也，其立意无乎不同。
>
> 曹定轩给谏自其为庶常时，即工试体诗。后督学滇中，山川雄奇之气郁勃于胸膈间，无所发泄，辄寄之于歌啸，遂工各体诗。给谏好朋友，喜游佳山水，遇名园古刹，每流连忘返。同人拈毫分韵，给谏诗先成，一时争传诵。退直，洒扫一室，

---

① （清）法式善：《海门诗钞序》，《存素堂文集》卷一，扬州绩溪程邦瑞刻，1807。
② （清）法式善：《鲍鸿起野云集序》，《存素堂文集》卷二，扬州绩溪程邦瑞刻，1807。
③ （清）法式善：《李凫塘中允诗集序》，《存素堂文集》卷一，扬州绩溪程邦瑞刻，1807。
④ （清）法式善：《李凫塘中允诗集序》，《存素堂文集》卷一，扬州绩溪程邦瑞刻，1807。

往往剪烛至夜分，为子弟辈点勘试体诗，兴至，便自涉笔一挥，举示体式。无事苦吟，其佳妙不减官庶常时所为。给谏于此，其专功矣乎？其深造矣乎？

余十五年前曾读给谏入滇各体诗，未及为叙。兹承委勘其试体诗，因遂书之其帙。①

针对时人有关"各体诗"与"试体诗"创作的关系命题，各持己见，法式善见解独到地指出：二者无非"专攻"与"深造"的关系，究其实际，初衷均是如何将诗作好，即创作出好的诗歌。在这个层面上讲，只不过是翁方纲"勉人以专功"，而王芑孙则"勉人以深造"，推究其本"立意无乎不同"。进而，法式善又以曹定轩诗作的创作实践，再度证实自己的诗学理念是正确的。

此外，法式善还于诗序中阐发有关"学人之诗"与"才人之诗"的关系问题。如《容雅堂诗集序》《谷西阿诗集序》有关诗之"工"与"拙"的关系阐述，以及"诗者何，性情而已矣，欲知人之性情，必先观其诗"的"性情"观理念，等等。②

其二，有关时人制艺文的创作问题，法式善在序文中指出制艺文创作的弊端，并认为制艺文的创作亦应"文由心生"，发乎自然，不可急功近利。

一方面，指出时人创作制艺文的弊病。如《吴蕉衫制艺序》：

今操觚之士，莫不为时文。然于四子六籍不必穷其奥，于百家九流不必涉其藩，于古今盛衰升降之原不必旁通而博览。取一二科场之作，剽其字句，谐其声音，欣欣然以为得其道，无惑乎时文之日敝也！余学为时文三十年，官太学前后七八载，与生徒相砥砺，久而益觉其难。何则？代圣贤立言，必敛抑其意气，和平其心思，及夫体验微至，发抒自然，使人读之如接古人于千载

---

① （清）法式善：《存素堂文集》卷二，扬州绩溪程邦瑞刻，1807。
② （清）法式善：《蔚岷山房诗集序》，《存素堂文集》卷一，扬州绩溪程邦瑞刻，1807。

之上。斯乃足以刊浮华，阐道术，而餍饫乎人心也。……秀才孝友朴质，读书明大义，其文真实淳懿，不屑屑剽字句、谐声音，骤读之，若无异于人，反复寻绎，乃觉其有以异于人之为之也。①

法式善明确指出时人制艺文创作中存在的问题，形式上一味地摘章剽句，谐其声音；内容上不深究义理，缺乏学识根基，所以不能真正实现"代圣贤立言"的制艺文之要旨。他认为创作好制艺文，需要以平心淡泊之心境，细心体物，心有所感，然后自然发为心声，这才是制艺文创作的关键所在。在法式善看来，制艺文的创作也要有真情实感作为创作的动力，"为情造文"而非"为文而造情"。

同时，法式善指出制艺文古亦有之，且不乏大家。如《曹景堂制艺序》：

夫应科目之文，唐之韩子曰："俗下。"宋之欧阳子曰："顺时。"于是好学能文之士，类以试作为无一可存者。然苏氏兄弟少年诸文，固多试作也。文苟工矣，虽应试，曷足病乎？曹子之作，理法清老，辞藻又极绚烂，宜胜于人而取于人矣。②

他借韩愈、欧阳修、苏轼、苏辙等人制艺文的流传与否，表明好的制艺文没有不流传下来的道理。推究其实，人们对待制艺文的态度与制艺文创作的优劣似不无关系，韩愈在《与冯宿论文书》（《昌黎先生文集》卷第十七）中称"时时应事作俗下文字，下笔令人惭"，视制艺文乃"俗下"所为；欧阳修在《与荆南乐秀才书》（《欧阳文忠公集·居士集》卷四十七）中称自己"随世俗作所谓时文"，"徒足以顺时取誉而已"，只是应一时之需而应景之作，"顺时"而为；苏轼兄弟所作制艺文虽多，然失于工力。因此，法式善

---

① （清）法式善：《存素堂文集》卷三，扬州绩溪程邦瑞刻，1807。
② （清）法式善：《存素堂文集》卷三，扬州绩溪程邦瑞刻，1807。

指出曹景堂的制艺文能博采众家而后"青出于蓝",文辞绚烂,理法精深,实为制艺文之上乘之作。

更为难能可贵之处在于,法式善还于序文中揭示了制艺文写作的原则。《吴凤白必悔斋制艺序》:

> 山林之士,不工为时文;科名之士,不工为古文。是说也,吾闻之。然而不工古文者,必不能工时文。昌黎曾悔其应试之作,东坡亦诫其子弟曰:"绚烂之极,归于平淡。"由是言之,少年之作皆得谓之时文,老年之作皆得谓之古文乎?是又不然,盖文生于心,心之所之,向背殊焉。道义之士,其文和平;势利之士,其文诡随。和平则雅,诡随则俗。雅与俗不可不知也。①

以上,法式善先指出关于"时文"的两种观点:一种是认为无心仕途的人,不善于时文,而执意科场的人,古文则非其所长;另一种是据作者创作的时间而言,早岁所作为"时文",老年所作为"古文"。法式善对这两种观念都有不同的看法,针对前一种,法式善认为古文是时文创作的基础,古文的好恶关乎时文的水平;至于后一种理解,法式善也持否定态度,"是又不然"。在否定以上种种的基础上,法式善道出了时文创作的关键所在,即"文生于心"。一切创作皆源于内心的真情实感,时文创作亦不例外。心性淡泊之人,其文亦和平自然,淡雅可爱;反之,急功近利之人,其文亦因特意为之而显得造作怪异,尘俗俱下,于是优劣自分,雅俗自现。

检阅法式善的文集,关于制艺文的序文仅以上三篇,却篇篇言之有物,持论明白。然将三篇序文连缀一起,一气读之,则其关于时文创作的文艺思想呼之欲出,跃然纸上。法式善序文绝非泛泛而论,亦是明证。虽然,时人对于制艺文有着种种看法、观点,毕竟入仕之人均需以此为进身之阶,法式善身体力行,尽其职而能有所得,也是法式善对这一文体的一种贡献。

---

① (清)法式善:《存素堂文集》卷三,扬州绩溪程邦瑞刻,1807。

综上所述，法式善借序文为载体，寄托了自己的人生感悟与文学思想，以自己的创作实践成就了其笔下序文的特色。尽管法式善的序文不能称为一流的创作，但他是在以自己的真性情进行创作，故而使其笔下的序文成为解读法式善人生态度及其艺术思想不可或缺的组成部分，值得我们去深入探讨。

第三节　"不剿说、不雷同"的论体文

检视法式善全部散文作品，其论文仅有八篇，分别为《唐论》《宋论》《魏孝庄帝论》《狄仁杰论》《姚崇论》《宋庠、包拯、欧阳修论》《李东阳论》《郑鄤论》，其中主要是人物论，且聚焦在对古代人物、事件的重新考察之上。检视这些论体文之写作，凸显出法式善立论务求独创，注重具体写作技巧的创作态度。

一　立言崇尚独创

法式善强调论文务求综合各家之说，"不剿说，不雷同"，反对人云亦云，即如刘勰所谓"论也者，弥纶群言，而精研一理者也"（《文心雕龙·论说》），这也是法式善此类文体创作的一贯追求。法式善曾在《与徐尚之论文书》中阐明了关于作文的观点：

> 虽然，吾两人不见以迹，而如见者以心。心者何？文章而已矣。余独怪今之为文，致饰于外，如优俳登场，衣冠笑貌，进退俯仰，一一曲肖。旁观者未尝不感愤激昂，欲歌欲泣。迨夫境过情迁，渺不知其为何事。犹自矜绝技，以为不如是不足以取名誉、炫流俗也。呜呼，伪亦甚矣！古之为文则不然，不剿说，不雷同，宁为一时訾议，必使后世可传，理得而心安，如是而已。①

---

① （清）法式善：《与徐尚之论文书》，《存素堂文集》卷三，扬州绩溪程邦瑞刻，1807。

法式善明确指出作文的宗旨在于"不剿说,不雷同,宁为一时訾议必使后世可传",不能为一时取悦于人而假饰于外。这也是其论体文中贯穿始终的思想。

首先,以《李东阳论》为例,关于明代李东阳的是非功过,正史、野史均有记载,然观点不一,或褒或贬,后人亦难辨是非。法式善所作《李东阳论》,以自己独特的见解为李东阳辩诬,可谓李东阳百年后的异代知音。其文为:

> 嗟乎,生乎古人之后而论古人,弗要其所历之终始,而权其轻重缓急,以究夫用心之所在,则以是为非、以白为黑,适以重古人之不幸者,岂少哉?

> 故明大学士李东阳与刘健、谢迁,皆孝宗顾命臣。武宗既立,宦者刘瑾居中用事,势甚张。为大臣者,度其能除则除之。不能,则当不顾毁誉,不计万全,而惟以保护社稷为事。乃健、迁以谏去,东阳独留。夫去而有益于国,则去之,诚是也。当武宗不听健、迁之谏,东阳岂不能出一语力争之?争之不得亦去,岂不计之熟哉?乃委曲隐默,卒谋诛瑾。是健、迁任其易,东阳任其难;健、迁所见者小,东阳所见者大;健、迁所处者安,东阳所处者危。

> 若东阳者,诚大臣之用心也。使东阳与健、迁同日去,则杨一清必诛,一清诛则瑾必更猖獗难制,瑾猖獗难制则武宗必危,社稷且不可知。然则延明祚百有余年,谓非东阳一人力不可也。

> 当时,有投诗嘲其不归长沙者,不知东阳自其曾祖以来,居京师四世矣,老而无嗣,其称茶陵者,特不忘所自耳。东阳去京师,将安所归?或又讥其玄真观碑颂瑾功德,夫危行言逊者,居乱邦之苦心;内刚外柔者,制小人之要术。使东阳贪慕爵禄,何以当柄政时不能复西涯旧业,及致仕以后,并不能具鱼飧款客耶?大抵身不履其境,则责人无难。而矜气类,而立门户者,有明士大夫之习尚,彼于东阳攻之不遗余力者,皆未

权其轻重缓急,而究夫用心之所在者也。虽然,非处东阳之时与东阳之位,则如健、迁者,又可少乎哉?①

通篇而读,法式善围绕人们对李东阳生前身后抵牾的四件事进行探讨,并一一为之辩解:一是当刘瑾得势,"健、迁以谏去,东阳独留"。这是本部分重点集中讨论的问题,也是人们对李东阳持非议态度的关键所在。对此,法式善为之辩曰:"使东阳与健、迁同日去,则杨一清必诛;一清诛,则瑾必更猖獗难制;瑾猖獗难制,则武宗必危,社稷且不可知。"基于此,东阳才"委曲隐默",忍辱负重,"惟以保护社稷为事",以图有朝一日"卒谋诛瑾",东阳用心之良苦,却招致世人误解与非难,实属冤哉。二是时人"有投诗嘲其不归长沙者"。法式善辩之曰:"东阳自其曾祖以来,居京师四世矣,老而无嗣",若其"去京师,将安所归"。三是又有"讥其玄真观碑颂瑾功德"的。法式善反驳道:"夫危行言逊者,居乱邦之苦心;内刚外柔者,制小人之要术。"即当时时艰事危,非常时期的非常之举,实为权此以谋远虑之所为。四是亦有讥"东阳贪慕爵禄"者。法式善亦反诘道:"何以当柄政时不能复西涯旧业,及致仕以后,并不能具鱼飱款客耶?"以李东阳掌权之时未能恢复西涯之业,告仕后,家境清贫,无以款客的事实,有力地回击了非议者的口实。

诚如《李东阳论》文中所言,对李东阳的态度,历来是非并举,毁誉参半,且均集中在当刘瑾作乱之际,刘健、谢迁因力谏而去职,而东阳却独留,此举招人非议,也是批评者常常引以为据之处。尽管关于李东阳的行止,《明史·李东阳传》中曾称其"以依违蒙诟,然善类赖以扶持,所全不少。大臣同国休戚,非可以决去为高,远蹈为洁,顾其志何如耳",但仍无法消解世人对他的误解。于是,法式善以此文为李东阳翻案,认为世人之所以非议误解李东阳不能与刘健、谢迁一同以"谏去",在于为当时处境之艰危所限,若要除去刘瑾等人,保存善类,为社稷长远计,唯有暂且委曲求全,以图远

---

① (清)法式善:《存素堂文集》卷一,扬州绩溪程邦瑞刻,1807。

谋。是所谓"彼于东阳攻之不遗余力者，皆未权其轻重缓急而究夫用心之所在者也"。

该文一经问世，得到时人不同视角的反馈。翁方纲云："《传赞》云'东阳以依违蒙垢，然善类赖以扶持，所全不少，大臣同国休戚，非可以决去，为高远蹈，为洁顾其志，何如耳'。此论发挥更为深切，茶陵身后将及三百年，得此阐微之笔，后有重刊《怀麓堂集》者，录此于卷末，诚艺林不可少之文字也。"肯定了法式善此文对李东阳一生功过是非评定的重要性；洪亮吉亦评为"议论识力皆透过前人数层，极奇创，极平允，末段亦断不可少。大抵西涯之才识，优于刘、谢，又适际其时，是以能制瑾之死命，与徐华亭之于分宜大略相似矣"，肯定了法式善此文论析透辟，论证无懈可击；孙渊如则称："论古深透骨里，足以折三百年来轻薄诋諆之口矣。先生文多纡余散朗近庐陵，此则驰骤于眉山父子，论体固当如是。"高度评价了此文写作特点之同时，且认同法式善文中所持之观点。时人积极的反馈言论，不单是对法式善在李东阳评价问题态度上的肯定，也可见出时人对这一问题的关注。

客观考察《李东阳论》的成功，法式善在文外所做之功课不容忽视。缘于对李东阳的景仰，法式善四方奔走，竭尽其所能地为李东阳正名。除却前文提到的访得李东阳曾居住的旧址，自此每年六月九日于"西涯"为李东阳祝寿，并创作有关李东阳的诗作外，法式善还进行了一系列有关李东阳的纪念活动。

一是法式善多方考察，编撰《李文正公年谱》七卷，序文云：

> 辨证旧传诸说，未可尽凭，其言亦自有所据也。余迩来修书殿阁，逸文、秘本往往而在，因备采涯翁事实，厘为七卷，重锓板于京师。或且以征引繁富为嫌，然使识涯翁、议涯翁者皆有所折衷焉。[①]

[①] （清）法式善：《存素堂文集》卷二，扬州绩溪程邦瑞刻，1807。

二是寻得李东阳墓地，为作碑文《明大学士李文正公畏吾村墓碑文》：

> 公五世之墓聚于一域，身没而子孙不振，至于屑穹碑为灰尘，夷马鬣为陇亩，不亦深可喟耶！然以文正之勋德，虽无子孙能使后之人不忘其窀藏之地，而咨于野人老衲，卒得其实，不至终沦于蓬藋，非文正之灵而能若是乎？①

三是为赎得墓田作记，作《赎李文正公墓田记》：

> 胡君（逊）既赎墓田，且谋建祠宇，树碑石，以示久远。乃知贤者身没，虽子孙久已废绝，而卒不至于废绝者，固其人之足重于后世。然苟不遇胡君，其人虽迟之数百年，而亦靡所借以为表章之力。萧昆田芝、谢芗泉振定两侍御既为募修墓祠，引以倡其始。而余于其田之赎归也，为之记如此，俾知胡君之为吏超越流俗万万也。②

四是重修墓祠，作《修李文正公墓祠记》：

> 墓已鞠为茂草，不可辨识矣。余亲至其处访得之，商于宛平知县胡君逊，胡君捐八十五金赎归，并于县中税契存案。一时闻风慕义者咸捐资佽助，营葺墓道，就墓前建祠三楹，小屋二间，缭以垣墉，规模粗具。岁时苹荐以妥厥灵。是役也，胡君董其事，而庀材鸠工以底厥成，则谢御史振定之力也。③

法式善倾其全力奔走于斯，足以显见其对李东阳的敬仰之情。

---

① （清）法式善：《存素堂文集》卷四，扬州绩溪程邦瑞刻，1807。
② （清）法式善：《存素堂文集》卷四，扬州绩溪程邦瑞刻，1807。
③ （清）法式善：《存素堂文集》卷四，扬州绩溪程邦瑞刻，1807。

他曾有诗称颂李东阳："旋转乾坤一手难，调停补救国终安。保全善类功谁及，疏证经文语不刊。麟凤书成天有意，鹧鸪诗作客无端。笑他《苑洛集》征引，错解风人坎坎檀。"（《咏明李文正公始末用曹定轩给谏韵》）可谓是对李东阳一生所为的充分肯定。

以上是法式善对李东阳的评析与称赞。事实上，关于李东阳的是非功过，颂扬之声与讥毁之音一直并存：颂之者，谓其委曲周旋，以保全善类；谤之者，谓其阿谀奉承，而贪恋爵禄。对此，史学家孟森《明史讲义》中有过一段评价：

> 刘、李、谢三相同心辅政，皆为贤相，刘、谢去位，李稍依违，遂为同时所诟病。阉党以尽逐阁员为有所却顾，乐得一不甚激烈者姑留之。其后李遂久为首相，誉之者谓其留以保全善类，善类之赖保全者诚有之，要其不与刘、谢同退之初，未必遂为将来之善类计也，故嘲之者曰"伴食"，曰"恋栈"，未尝无理。特李卒以廉谨和厚自处，又文学为明一代冠冕，其所著《怀麓堂集》，所居之西涯，皆足动后人景仰矣。①

孟森以其辩证的史学观点观照李东阳的平生功过是非，认为两者的可能性均有，且进一步指出："东阳之保全禄位，至不惜求解于焦芳以自容于刘瑾，其气骨之不如刘、谢可见，但终非为恶者耳……"（《明史讲义》）与法式善对李东阳的一味敬仰而评价上略失于客观相比，孟森的看法当更为严谨、公允，然而法式善为李东阳所做的一切亦当给予肯定。

但是客观探讨这篇《李东阳论》，法式善能在世人对李东阳评价的众说纷纭中，坚持以"权其轻重缓急，而究夫用心之所在"的观点考察李东阳的生平所为，进而得出东阳当时的处境"所处者危"，而其用心之所在"惟以保护社稷为事"而据此力争，认为世人"不履其境，则责人无难"，自身没有"感同身受"，亲历其境，便责怪

---

① 孟森：《明史讲义》，中华书局2009年版，第163页。

他人之所为，绝非后世评价者该有的批评态度。

其次，法式善于其他论体文中也一以贯之其立论宏通、透辟入理的论说特点。如其《唐论》："唐之得天下也以争夺；而其失天下也亦以争夺。其兵之兴也以宫妾，而兵之废也以宦官。观于此，天人感召之机盖不爽矣。"① 陈用光评价此文云："于天人感召之机，见之极其精透，故立论亦极有精彩。"其论宋朝之亡国，亦立论深刻，《宋论》云："宋之亡也，不由于小人，而由于君子。不由于君子之不能容小人，而由于君子之不能去小人。其不能去小人，非有私也。大抵诸君子意在惜才，而不知才有可惜，有不可惜；在用人，而不知人有可用，有不可用。呜乎！是所谓忠厚之过也。"② 陈用光赞之曰："立论极其透辟。"凡此，法式善于论体文中力求不蹈袭他人，崇尚奇创的特色，略窥一斑。

二　善剪裁、重修辞

评论人与事，关键的问题是如何能在有限的篇幅中既突出人物或事件的核心特质，又避免枯燥的说教，这就要求作者有很强的选材、剪裁能力，并灵活运用多种修辞手法以达成其主旨思想的集中表达。这些写作技巧，法式善在其论体文中均有很好的运用。

一是论述章法上重视剪裁，详略得当。如《李东阳论》，文中共围绕世人对李东阳诟病中的四件事进行了逐一辩解，却并非平分笔墨，而是该详则详，需简则简，主要集中论述人们对李东阳讥谤中的核心事件："宦者刘瑾居中用事……健、迁以谏去，东阳独留"，进而从不同方面分析李东阳此举的危险性与重要性。先是以比较论述的视角分析刘健、谢迁、李东阳三人的处境、见识，认为东阳之任者"难"、之见者"大"、所处者"危"；后又着重分析若东阳独留，则会发生一系列的连锁反应，几至于"武宗必危，社稷且不可知"，直接威胁到社稷安危；而于其他有关李东阳不归于长沙、贪慕

---

① （清）法式善：《存素堂文集》卷一，扬州绩溪程邦瑞刻，1807。
② （清）法式善：《存素堂文集》卷一，扬州绩溪程邦瑞刻，1807。

富贵、颂刘瑾功德三个次要事件的阐述,则一笔带过,不作缀语;同时对于李东阳的身世经历、文学成就等无关乎本文论述的观点内容则只字未提。所以,通篇读来,剪裁得法,重点突出,足见作者章法安排上的匠心独运。另如《姚崇论》中,为了立论"姚崇盖才有余而德不足者也"的观点,集中概述了姚崇六种"德不足"的行迹,重点突出,避免了枝叶横生,便于读者清晰、深刻地领悟文章观点。

二是运用多种修辞手法,使得论文既说理透彻,一气呵成,又饶有文学性。或是运用对比手法。如《李东阳论》中,法式善在行文中出于论述刘健、谢迁之与李东阳所行所为的需要,便采取对比的方法:"是健、迁任其易,东阳任其难;健、迁所见者小,东阳所见者大;健、迁所处者安,东阳所处者危。"通过对比,李东阳与刘、谢二人孰是孰非,是非曲直便一目了然。又《魏孝庄帝论》中有"汉高之于信有不得不诛之势,魏庄之于荣有必欲诛之之心";《唐论》中有"其兵之兴也以宫妾,而兵之废也以宦官";《宋庠包拯欧阳修论》中有"且国家之弊,生于疏略者易知,生于周密者难觉,周密又出于君子则尤难觉",[①] 先是以对比手法突出积弊生于周密者难于察觉,进而又递进一层表达出如果"周密又出于君子,则尤难觉",因此通过对比,观点表达得更加鲜明突出。

或是运用排比的修辞手法。如《狄仁杰论》中描述狄仁杰的一段文字:"其智实足以卫身,其术实足以济变,其心实不足以对高祖、太宗",认为狄仁杰的所为实际是"忠于武后也,而非忠于唐";又《姚崇论》中为了说明姚崇"才有余而德不足"的特点,连续用了一系列的排比句,如"崇先设事以坚帝意,因以十事上,其迹近于要;帝兴寺宇,建言佛不在外而在心,其迹近于谲;以馆局华谢不敢居,其迹近于矫;避开元号改名,其迹近于谄;赵诲受赇,署奏营减,其迹近于私;请车驾幸东都,其迹近于逢迎;二子在洛无状,帝召问揣帝意以对,其迹近于欺;至于帝不主其语则惧,高力士为

[①] (清)法式善:《存素堂文集》卷一,扬州绩溪程邦瑞刻,1807。

解之乃安，其迹近于患得患失"，因此，通过排比，既可以增强论述者的语势，也利于作者更透彻、严密地阐述观点，使感情抒发更加淋漓尽致。

或是运用顶真①手法。如《李东阳论》中，作者为表明李东阳之所以能委曲求全，苟活于乱世的真实动机，是出于为朝廷社稷长远考虑这一观点时，法式善则运用顶真的修辞手法："使东阳与健、迁同日去，则杨一清必诛；一清诛，则瑾必更猖獗难制；瑾猖獗难制，则武宗必危，社稷且不可知。"利用这种前顶后接，首尾蝉联的语句结构形式，将其所要表达的思想层层推进，既做到了论证上的说理准确，严谨周密，也使得文章如行云流水，气势贯通。所谓"其文情之往复也，令人意移而神远"②（杨芳灿《存素堂文集序》）。这种修辞手法，在《唐论》中亦有，如："人皆谓唐之乱亡由于方镇之跋扈，方镇之跋扈由于宫掖之不肃清，宫掖之不肃清其端皆起于太宗。"③《宋论》中则云："其于小人也，知之而不能除，除之而不能尽。"④ 这使得法式善的观点句句顶接，顺势而下，既环环相扣，又明快流畅，一气呵成，别具艺术韵味。

第四节　各具特色的其他杂体文

在法式善的全部杂体文中，除却前面的序文、论文体外，其他如行状、记、传、碑传文、墓表等，亦自有特色，下面试简要分析。

一　以真情动人的行状

法式善今存行状文三篇，分别是记其母亲韩太淑人的《先妣韩

---

① 按黄伯荣、廖序东《现代汉语》所谓"顶真"，即"用上一句结尾的词语做下一句的起头，使前后的句子头尾蝉联，上递下接，这种辞格叫顶真，也叫联珠"，高等教育出版社2002年版，第270页。
② （清）杨芳灿：《存素堂文集序》，（清）法式善：《存素堂文集》，扬州绩溪程邦瑞刻，1807。此文未见录于杨芳灿的《芙蓉山馆全集》，当视为杨芳灿的佚文。
③ （清）法式善：《唐论》，《存素堂文集》卷一，扬州绩溪程邦瑞刻，1807。
④ （清）法式善：《宋论》，《存素堂文集》卷一，扬州绩溪程邦瑞刻，1807。

第六章　法式善散文创作述论

太淑人行状》、叙写其生父广顺的《本生府君逸事状》，以及撰写好友洪亮吉的《洪稚存先生行状》。此三篇散文，最具特色的当数《先妣韩太淑人行状》：

> 太淑人氏韩，父讳锦，字静存，号野云。其先沈阳人。四世祖某在国初以武功著，隶内府正黄旗汉军。静存公究心闽洛之学，少为东轩高文定公所赏，妻以女。太淑人，高出也，生有凤慧，五岁喜读宋五子书，十三通经史，喜览古今忠臣烈女事。年十九，归先大夫，事舅姑备得欢心。又能练习家政。时方萃族居，太夫人经理半年，内外秩然。乾隆十八年，法式善生，承先大父命为府君后。弥月，就抚于太淑人。时年二十余，其后无所出。
>
> 法式善妊七月而生，禀质尪羸，三月不能啼，四岁仅扶床立。一粥也，太淑人尝而哺焉；一药也，太淑人审而啜焉。昼依左右，时时摩拊，察寒暖。夜漏下，犹倚枕听鼻间呼吸声，灯荧荧然，手一编未辍也，率以为常。法式善五岁痘疹剧，太淑人百法调护，废浆米者三日，不寝者二十余日，不释衣襦者且七阅月，如是而仅得生也。六岁，行不离腹背，语尚不辨声音，偃息而已，犹未能读书识字。九岁，先府君捐馆，太淑人年三十六，号泣欲殉。以法式善在，决意抚孤。而先大父以乾隆十九年罢官，家业中落，移居西直门外之海淀。无力延师，太淑人以教读自任。七岁后，太淑人教识字，诵陶诗。其后稍长，始知自勉。
>
> 然太淑人条诫甚密，一篇不熟，则不命食；一艺不成，则不命寝，太淑人亦未尝食、未尝寝也。间谓法式善曰："我虽女流，侧闻大义。宁人谓我严，不博宽厚名，误儿业也。"迨法式善入庠食饩，应试诗文，太淑人必手为评骘。辛卯京兆试报罢，太淑人颇劝慰之，而谆诲不减曩时。中年喜静坐，焚香沦茗，终日垂帘，颜其楣曰"端静室"，自号"端静闲人"。乾隆三十九年春，患肺疾，以积劳不起。临逝犹执不孝手，曰："汝能登

第，当以名宦自勖，否则，亦当做一正人。"呜呼！言犹在耳，何日忘之。

　　法式善德业不进，深以负太淑人教为惧。顾每一循省，太淑人以母而兼父师，即史策所载，罕有伦匹。太淑人之殁而葬也，法式善孤贱，饰终礼阙如，迄今二十二年矣。幸以朝恩，叨从大夫后，敢忘所自耶？太淑人喜为诗，不自收拾，稿已无存，所记诵者，《雁字》七律三十首，《咏盆松》七言绝句一首耳。谨撮生平崖略，濡泪以书，敬俟当代硕儒锡以传记，感且不朽。①

　　据《八旗诗话》载："端静贤人氏韩，汉军人。库掌和顺室。赠淑人。有《带绿草堂诗集》。先淑人通经史，工韵语。"② 端静贤人，即为法式善的养母韩氏。按阮元《梧门先生年谱》载："（法式善）生一月，即奉祖命嗣伯父后。"法式善出生仅月余，便过继给伯父和顺了，所以法式善一直是在伯母韩氏的精心呵护下长大的。然当法式善22岁时，这位含辛茹苦的母亲以肺疾过早地离开人世，未曾见到法式善日后的进士登第，荣耀门楣，留给法式善子欲养而亲不在的深切痛楚。

　　仔细咀嚼此文，感人至深处便是那浓郁的母子情深，尤其是母亲对自己倾注的全部的爱，足令读者为之动容。法式善于行文中，着重演绎了母亲养育自己的艰辛过程：三月不能啼哭，四岁仅扶床而立，五岁又闹水痘，六岁语尚不辨声音，七岁亲教识字，九岁丧父，母亲以母而兼父师，课读自任……因为法式善自身的原因，母亲在他身上付出了较寻常母亲更多的心血。而这些，也成为萦绕在法式善心头一生的痛。

　　同时，法式善在追述母亲的行迹时，善于择取生活中的细节进

---

① （清）法式善：《存素堂文集》卷四，扬州绩溪程邦瑞刻，1807。
② （清）法式善：《八旗诗话》，载张寅彭、强迪艺《梧门诗话合校》，凤凰出版社2005年版，第529页。

行描写，突出了慈母形象。如法式善写到自己年幼之时，体弱多病，母亲每每"昼依左右，时时摩拊，察寒暖；夜漏下，犹倚枕听鼻间呼吸声"，白天不离左右，夜晚时时挂心，衣食冷暖，母亲心之所系。尤其关于自己出水痘时的一段记述，足令闻者动容：

> 法式善五岁痘疹剧，太淑人百法调护，废浆米者三日，不寝者二十余日，不释衣襦者且七阅月，如是而仅得生也。

因照料法式善，母亲费尽心思，想尽各种办法，细心调养，二十余日不曾睡过安稳觉，日夜陪护在法式善身边；因担心法式善幼小的身体难以抵挡病痛的折磨，母亲伤心至极，竟连三日水米不进，无心茶饭。仅此数语，慈母的形象已跃然纸上，令观者为之变色。

法式善这篇追忆母亲平生事迹的行状，得到其好友王芑孙的高度评价："家门文字如此作之最得，皆至性至情所结撰成之也。"[1] 其肯定了法式善此文以情感人的特色所在。时人赵怀玉亦曾称赞此文："贤母德范，孝子慕思。三复此篇可以想见。文之神理，亦纯从六一公得来。"[2] 肯定了文中母贤子孝的思想主题。曾和法式善有着同样命运遭际的洪亮吉见到此文，欣然命笔，慨然赋之云："悱恻真挚，泪痕满纸，至文也。"[3] 吴蔚则将法式善此文置于时人同类文中评价道："当吾世述其亲者，不可无一、不能有二之文。"[4] 等等，法式善此文之所以得到时人高度的肯定，归根结底，在于文中所传

---

[1] （清）王芑孙：《先妣韩太淑人行状》评语，法式善《存素堂文集》卷四，扬州绩溪程邦瑞刻，1807。

[2] （清）赵怀玉：《先妣韩太淑人行状》评语，法式善《存素堂文集》卷四，扬州绩溪程邦瑞刻，1807。

[3] （清）洪亮吉：《先妣韩太淑人行状》评语，法式善《存素堂文集》卷四，扬州绩溪程邦瑞刻，1807。

[4] （清）吴蔚：《先妣韩太淑人行状》评语，法式善《存素堂文集》卷四，扬州绩溪程邦瑞刻，1807。

达出的那份回环往复的真情。

二 小中见大的记文

法式善还有一些记事小品文,写作手法亦别具特色,往往小中见大,别有寄托,饶有趣味。这些小品文或为田园风景游记,如《且园记》《具园记》《会陶然亭记》等;或为事件的纪实,如《诚求堂记》《诗龛图记》《思过斋记》《校永乐大典记》《重装钱南园御史画马记》等。其中,如描述杨月峰在京师住所开辟的半亩之园,法式善名之曰"具园"的《具园记》。开篇作者并未开门见山地直接描述"具园"的形貌,而是先宕开一笔,以一段议论开篇:

> 辨有无者,君子之心也,公也;较多寡者,小人之心也,私也。君子所见者大,小人所见者小也。吾尝举此以衡古今盛衰之故,莫不有合。以验夫人之性情,则其人之真莫不出焉。①

法式善先将自己的一种感悟思想置于篇首,所谓君子在意有无,小人用心于多寡,所别者,一"公"一"私"也。然后才带读者走进其所谓的"具园":

> 灵石杨君月峰,官京师,治宅一区,于其旁隙地辟为园,宽仅半亩,而堂、台、榭、轩、阁、楼、亭、廊,莫不毕备,交错盘互,咸尽其宜。其上则为峰、为嶂,缭然、窈然,阴晴向背,倏忽万状。折而下则为井,有池沼、有桥、有筏,卉木杂莳,鱼鸟各得入其中。有不知为半亩之宫者。吾名之曰:具园。②

可以想见,法式善所谓之"具园",在于其虽"半亩之宫",却

---

① (清)法式善:《具园记》,《存素堂文集》卷四,扬州绩溪程邦瑞刻,1807。
② (清)法式善:《具园记》,《存素堂文集》卷四,扬州绩溪程邦瑞刻,1807。

亭台楼阁毕备，烟柳画桥无缺，卉木鱼鸟云集。是凡园林中所有之景观，于此便是"具体而微"，样样俱全，故名之"具园"也。

有此园林景物的一番描述后，作者又回到篇首引发的思考，进而以庭院建构之格局推论主人之用心："所谓公而非私也，见其大而忘其小也，辨有无而非较多寡也。杨君于是乎有合于君子之用心矣。"整篇散文作者借园林之记而传达自己的人生感悟与思想，叙事与议论相结合，相辅相成，景物描写因作者精当之议论而具有了神韵。而议论又是因景物而生发开来，所以区区三百余字的一篇小文，却以其"见识远，序次整，结构紧"[①] 为人称颂，时人何道生更颂其为"小中见大，极缭曲往复之致"[②]，实为确论。

又如《诚求堂记》，章法安排上亦有异曲同工之妙，其开篇也以议论切入："夫人必有所欲得也，则求之，有所欲得而惟恐其不得也，则诚求之；诚求之术不一，而诚求之理无二。居则以求乎圣贤之道，而出则以求乎经济之宜，其功非朝夕所可竟，而其事则随在皆可用力也"[③]，然后再转而记叙周子霁做县令深得民心的嘉言善行；《道镜堂记》亦如此，篇首先言："读书所以明道，道明则内有以自镜，外有以镜人。镜乎，已公私辨矣；镜乎，人是非晰矣。安其境而无所累于心，此道之所以为镜也"[④]，进而叙述高安常子珍元志道士读书悟道之事；外如《诗龛图记》《且园记》等篇亦如此。可见，法式善此类文中，多从议论入，紧扣题旨加以发挥，然后引入叙述内容，最后再回应篇首之议论，使得行文叙议结合，又以小见大，别有寄托，言尽而旨远。

三　旁征博引的考辨文

法式善入仕以来，久居翰林，一直从事文学侍从之职，以其

[①] （清）王苏：《具园记》评语，法式善《存素堂文集》卷四，扬州绩溪程邦瑞刻，1807。
[②] （清）何道生：《具园记》评语，法式善《存素堂文集》卷四，扬州绩溪程邦瑞刻，1807。
[③] （清）法式善：《存素堂文集》卷四，扬州绩溪程邦瑞刻，1807。
[④] （清）法式善：《存素堂文集》卷四，扬州绩溪程邦瑞刻，1807。

"博稽掌故"① 称名于世；又尝作《科名》《故实》二书，称赏于世："法梧门司成，优学而守官，其为学士也，则著《清秘述闻》十六卷；其官祭酒也，则著《槐厅载笔》二十卷，实事求是，文献足征，详矣！确矣！"② 遂当其以此用心创作考、辨之文时，则别具特色，以考证翔实著称。如其《〈苑洛集〉〈双溪杂记〉辨》一文：

> 明韩邦奇《苑洛集》引王琼《双溪杂记》云："正德初，韩忠定率九卿伏阙，请以刘瑾等八人下狱。内则太监王岳，外则大学士刘健合谋，已得旨，欲于翌日宣之。瑾等不知也。大学士李东阳泄其谋于瑾，瑾等始大惊。时上御豹房，环泣叩头于上侧，且云：'待明日，臣等不得见爷爷矣。'是夜，以瑾为司礼监，传旨云已发落矣。遂成正德中之祸。"王琼非君子，其言不足信。韩公贤士，而顾引其说，余惜其未之深考也。
>
> 按，《武宗实录》载："刘健、李东阳、谢迁连章请诛内侍刘瑾，以户部尚书韩文素刚正，令倡九卿伏阙固诤。吏部尚书焦芳泄其谋于八人。明早，健及文等率九卿科道方伏阙，俄有旨宥瑾等，遂皆罢散。"是泄其谋于瑾者焦芳，《实录》已著之矣。《刘健列传》称："健等谋八党，帝召诸大臣于左顺门面议，不得已许之。会暮，期明日逮捕，顷之事变。"《谢迁列传》称："迁与刘健、李东阳等同心辅政，及请诛刘瑾不克，遂与健同致仕归。焦芳既附瑾，亦憾迁尝举王鏊自代，搆迁为内阁时举怀才报德士周礼等，遂下礼等诏狱，属主者词连健、迁。瑾持自阁，欲逮二人，籍其家。赖东阳力解，瑾意少释。芳从旁厉声曰：'从轻贷，亦当除名。'既而旨下，果如芳言。"盖帝虽许之，实出于不得已也。而焦芳之朋比为奸，益无疑矣。
>
> 《苑洛集》载《崆峒记》云："忠定韩公具疏，率六卿请下八人狱，伏阙不肯起。太监李荣谕意而忠定出。明日，召六卿

---

① （清）翁方纲：《陶庐杂录序》，《复初斋文集》卷三，清李彦章校刻本。
② （清）朱珪：《〈科名〉〈故实〉二书序》，《知足斋集》文集卷一，续修四库全书本。

入，众惧叵测。襄毅许公进，同行至掖门，谓忠定曰：'不知汝疏中如何说？'忠定不答，故拽履而后。"盖武宗不允忠定疏奏，不待瑾乞怜始决。忠定已于李荣谕意时知之矣，六卿已于召入时知之矣。九卿伏阙，朝市喧阗，以瑾之势，安得不知？豹房之泣，谁实闻见。《杂记》所云，盖未可据也。

　　《四库全书存目》于《双溪杂记提要》中论琼之险忮甚明。《明史》本传载琼厚事钱宁、江彬，结交张璁、桂萼，而仇杨廷和、彭泽，斯其人可知矣。

　　夫立言必观其人，观人必于其素。琼之素行如此，则其点污善类，变乱黑白，固无足怪。惟是邦奇贤而嗜学，乃信用其说，以议文正。后之人不信琼，而或不能不信邦奇也。余不可以不辨云。①

　　此文写作，关乎一件历史事件：明朝正德年间，刘健、谢迁、李东阳为顾命大臣，然宦官刘瑾等八人得势，以礼部尚书韩文素为首率朝臣请诛杀刘瑾等八人，然因有人泄密于瑾等人，东窗事发，诸多善类为此蒙难。关乎此，明朝韩邦奇《苑洛集》中则引用了时人王琼《双溪杂记》的有关记载，认为当时谋诛刘瑾等八人事，实有人告发，即"韩忠定等人谋诛刘瑾，大学士李东阳泄其谋于瑾"，所以，后人一直沿用此说，成为李东阳生平无法抹去的污点，招致世人的非难。而法式善则认为："王琼非君子，其言不足信；韩公贤士，而顾引其说，余惜其未之深考也。"

　　为此，法式善博引旁征，详考力辩，力求还原历史本真，还李东阳以清白。他先是征引《武宗实录》所记："泄其谋于瑾者焦芳，《实录》已著之矣"；又据《刘健列传》《谢迁列传》所载与《实录》同，均系焦芳泄露此事给刘瑾等人，非是《双溪杂记》所谓李东阳所为。最后，法式善又引用《四库全书提要》及《明史》中关于《双溪杂记》作者王琼的评价：其人"险忮甚明"，所交皆非善

---

① （清）法式善：《存素堂文集》卷一，扬州绩溪程邦瑞刻，1807。

类，所以从"立言必观其人，观人必于其素"的"知人论世"之史官意识出发，王琼其人若此，其所云便不足为信。相较于王琼的为人，韩邦奇确是"贤而嗜学"，所以，"后之人不信琼而或不能不信邦奇也"，以致影响深远，荼毒不浅。《〈苑洛集〉〈双溪杂记〉辨》之作，一方面，如王芑孙评价为"如此，则议论平允，即以为西涯雪诬，西涯亦居之而安矣"①，为李东阳翻案之续作；另一方面，该文之作不单是为李东阳辩诬之力作，且有关考证之方法，辨识众多杂家之言的视角，也有裨益于今人的考证研究。诚如汪瑟庵所言："具此识力，始许读杂家言。"②虽言有过实，然亦道出考证之文不单要博采史料且应独具慧眼，辨识资料，方为考证之关键。

四 有补国史的论史文

法式善曾有多次参与修补史书的经历。据阮元《梧门先生年谱》载，法式善于乾隆四十六年（1781），"二十九岁，散馆，授职检讨，旋派帮办翰林院清秘堂事，充四库提调。同事则王公仲愚，德公昌，百公龄，瑞公保，五公泰，汪公如藻，许公兆棠，陆公伯焜"，嘉庆八年（1803）"以纂修《宫史》察封西苑、瀛台、三海、景山、阐佛寺、大西天、悦心殿、承光殿、紫光阁等处。御制匾额、对联、敬谨载入"，"院掌朱公珪、英公和奏请重纂《皇朝词林典故》，推先生为总纂"。多次参与纂修史书的经历，使得法式善对史事有了自己的看法，而这种思想反映在他与邵晋涵的书信往来中。如《与邵二云前辈③论史事书》：

> 尊斋饫领教言，积疑顿释。比在馆中勘校诸《功臣传》稿，

---

① （清）王芑孙：《〈苑洛集〉〈双溪杂记〉辨》评语，（清）法式善：《存素堂文集》卷四，扬州绩溪程邦瑞刻，1807。

② （清）汪瑟庵：《〈苑洛集〉〈双溪杂记〉辨》，（清）法式善：《存素堂文集》卷四，扬州绩溪程邦瑞刻，1807。

③ 邵晋涵（1743—1796），字与桐，又字二云，号南江，浙江余姚人。乾隆三十六年（1771）进士。曾主持《四库全书》史部的选录与评论。撰有《尔雅正义》《旧五代史考异》《南江诗文钞》等多部著作。

并付到诸册籍。其中舛讹遗阙,尚复不少。良由外省之咨报非一时,中秘之前后纂修,其人非一手。加以岁月之久,疑误相仍,莫能指正。

伏惟阁下以网罗一代之才,识卓而文茂,职掌所存,自宜及时厘定,以为惇史。谨就管窥所及,条列其事,愿先生亮察而审正之:

《传》中有从逆之臣误行载入者,如贵州巡抚曹申吉叛,降吴三桂,详见《实录》及《平定三藩方略》。今《功臣传》有《曹申吉传》,言其殉难,而《甘文焜传》仍言申吉从逆,则两传自相抵牾矣。

有殉难大员未经载入者,如辰常道刘升祚、辰州知府王任杞、左江道周永绪、平乐知府尹明廷,殉难年月及赠官祭葬,俱详载《实录》红本及《一统志》,而《传》则未载。其余殉难之文武员弁,见《实录》红本而不立《传》者甚多。

有殉节于前明而误入国朝忠臣者,如云南殉难之杨宪、张景仲等,俱死于土司沙定洲之难。其时明唐王、桂王相继称号,云南未入版图。杨宪等为明殉节,而《传》中误以为顺治二年、三年事,应一体归入《胜朝殉节诸臣录》。

有年、月舛误者,如广西巡按御史王荃可,殉节在顺治九年,详载《实录》及《一统志》,而《传》中误作康熙年间殉难。

有姓名舛误者,如江南抚标游击成国梴,详见《实录》红本,而《传》中误作廷梃。其余官爵、赠荫舛误遗漏者,不可胜指。

若此者,或删、或增、或改正,俱宜归于画一。兹第就所已考得者言之,俟更有所得,即录呈采择。余不宣。①

据邵晋涵生于乾隆八年(1743),卒于嘉庆元年(1796)的生卒年考订,法式善此信当写于嘉庆元年(1796)以前;又法式善当时正"在馆中勘校诸功臣传稿",即供职四库馆之际,所以可进一步

---

① (清)法式善:《存素堂文集》卷三,扬州绩溪程邦瑞刻,1807。

推得法式善此书信当作于乾隆四十六年（1781）以后，二人共同参与《四库全书》事宜之时。

咀嚼此文，法式善于校勘之际，详审史料，考得七种舛讹遗阙之情况，一一列举，即"《传》中有从逆之臣误行载入者"、"有殉难大员未经载入者"、"其余殉难之文武员弁，见《实录》'红本'而不立《传》者甚多"、"有殉节于前明而误入国朝忠臣者"、"有年、月舛误者"的殉节者、"殉难有姓名舛误者"、"其余官爵、赠荫舛误遗漏者"。以上诸般情况，法式善逐一予以考订、核实，明晰"清者所以清，浊者所以浊"，不因历史沉积而忠奸混淆，贻害后世，还历史以真实。

法式善借与邵晋涵的书信，阐明了自己考订史书的思想。时人赵怀玉评价此文"有功国史不少"①。洪亮吉亦推扬道："纂修官书，抵牾讹谬从古而然，安得尽条摘而改正之，读此为之三叹。"② 可见时人对法式善纂修校勘之责的肯定，也足见法式善于此之用心。

以上本章集中探讨了法式善的散文创作。相较同时文人而言，其散文作品数量不大，但体裁丰富，且自具特色。为了更好地阐释其散文的特色，本部分着重分析了其序文、论说文的特点，基本反映出法式善散文创作务为言之有物、篇幅短小精悍、语言平易晓畅等特点。而这些特点与其对欧阳修散文"简而明，信而通"的接受，以及受桐城派"以考据助文之境"文学观念的影响不无关系。尽管其散文在文学史上名不见经传，但时人对其评价甚高，这在桐城派影响遍及文坛的形势下是极难能可贵的。其中，数量最多的序文更是随着这些诗文集流布天下，有力地扩大了法式善在当时文坛的影响。序文以及其他各具特色的散文，与诗歌等文学作品一道，丰富了法式善的文学创作，为其成为一代文坛盟主奠定了坚实的文学实践基础。

---

① （清）赵怀玉：《与邵二云前辈论史事书》评语，（清）法式善：《存素堂文集》卷四，扬州绩溪程邦瑞刻，1807。

② （清）洪亮吉：《与邵二云前辈论史事书》评语，（清）法式善：《存素堂文集》卷四，扬州绩溪程邦瑞刻，1807。

结　语

葛兆光先生在其《道教与中国文化》一书的序言中有过这样一段精彩的论述：

> 古代文化的研究者们常常犯两类毛病，要么就是忘记了老黑格尔关于存在合理性的箴言，总是用现代人的眼光去挑剔古代人，用今天的水准去批评古代的水准，把古代文化现象（尤其是不为今人喜欢的文化现象）说得不值一文大钱；要么就是忘记了古代文化也像现代文化一样不仅有过活生生的时代而且还有过丰富的内容，于是总想把古代文化现象挤榨成几条标准的公式，使古人成为这几条公式上刻板运算的符号。这就像异想天开要做一个硕大无朋的三棱镜，把阳光、火光、灯光乃至大自然丰富色彩统统还原为三原色一样，把古代战役当成了今天的象棋，满以为"当头炮，把马跳，象飞田，马行日"就是当年厮杀的方式。……于是五彩缤纷的文化现象被抽象为若干个命题，活人当成了木乃伊，而木乃伊却被当成了活人，正如黑格尔所讽刺的"从葡萄树对于人们熟知的用处的观点来研究葡萄树"一样，先验的尺寸与抽象的式样伴着剪刀虎视眈眈地站在文化这块"布"的面前。①

这里，作者主要借此强调指出："宗教"绝不是少数宗教理论家

---

① 葛兆光：《道教与中国文化》序，上海人民出版社1987年版，第1—2页。

的思想、哲学,还应该包括特定时期各种鲜活的仪式、方法、神谱中透露出的宗教观念。换言之,任何一种文化现象的形成,都不是少数精英的活动与思想所能完全代表且能完全诠释的。而这种现象也同样渗透在古代文学、文化研究等多个领域。

以古代文学研究为例,文学史一直是大家与文学经典的文苑天地,文学研究也一边倒地成为少数文学经典的竞技场。反观清代文学研究也不例外,在传统的诗学思维、审美观念下的乾嘉诗坛,就是袁枚、赵翼、翁方纲、黄仲则等被固化了的有限的一流大家的竞技场,而"以量言则如螳肚"的庞大的非一流创作风貌就一直被封印在传统诗学观念的桎梏下难以得到应有的学术关注。诚如张剑先生所言:"传统的经验和现有的文学史观念,都是经典诗学(主要指重视审美和艺术经验的诗学)的路数,遮蔽了大量的非经典文献,而非经典文献恰恰占集部文献的绝大多数。"[①]

换言之,点亮灿若星河的古代文学史的,除却那些璀璨耀眼的一流大家外,还有无数"并不出色"的文人群体及创作犹如不闪烁的行星也横亘银河客观存在着。而事实上,这些被研究视野边缘化的弱势群体,一方面,是历史长河中鲜活的大多数,成就着文学史的立体与生动,丰富与厚重;另一方面,研究大家的同时,如果不走进那些非一流群体,没有比较与参照,大家又何以为"大家",何以凸显出其非"泯然众人"的艺术张力?无数看来"并不出色"的文人群体,应该得到客观的、应有的学术关怀,而不应被边缘化之,诚如郭英德先生提出的"悬置名著"。所以,当我们暂避高耸的树木,走进浩瀚的森林之际,丰富多彩的乾嘉诗坛创作众生风貌才会清晰而巨像,真实而灵动。

乾嘉时期,民族文化融合深入,少数民族诗人日益成长为诗坛创作力量构成的重要一翼。其中,八旗诗人法式善,当为这一时期文化气候下成就最突出的蒙古族诗人。法式善一生,仕途上身历乾、嘉两朝,始终以文学侍从身份奔走于翰院,是乾嘉时期大批清要闲

---

① 张剑:《日常生活史与中国古典文学研究》,《苏州大学学报》2018年第1期。

人中的一员；创作上，法式善今存的全部著作都是其 28 岁进士及第之后所作，直至其 61 岁辞世，用 30 年时间创作了诗歌 3000 多首，古文 230 多篇，《诗话》十七卷，编订了两部年谱，又主编了《陶庐杂录》《槐厅载笔》《清秘述闻》《同馆诗律汇钞》，参与纂辑《熙朝雅颂集》《全唐文》等，著作丰厚。这样一位民族文化深入融合时期最具代表性的诗人，法式善的诗歌创作题材趣尚、诗学活动主体形式选择以及诗学观念的审美诉求等在乾嘉诗坛自有其不可替代的特殊意义。

首先，法式善的人生是单调的，而又是丰富多彩的。说其单调，是诗人毕其一生的行迹未曾离开京师，"我生不辨江南天，梦里相思四十年"。一生的创作都是在京师与朋旧的诗文唱和、游山泛水中度过的，相与交游的翁方纲、洪亮吉、吴锡麒、王芑孙、杨芳灿、罗聘、铁保、吴嵩梁等，都是法式善平素因交游而诗文互动、切磋诗艺的友人。说其丰富，是因为在单调的生活轨迹中，法式善能自得其乐，因广泛交游，珍视友情，成就了其令雄冠当时的怀人组诗；因爱才如命，京师地缘优势下他广交诗书画艺之人，成就了其丰富多彩的题画诗；因仰慕先贤，对李峤的咏物诗痴爱而拟作，成就了其令时人瞩目的 241 篇咏物组诗。因此，一生都在感慨于友人聚散离合的心路历程，凝聚成了法式善特定的诗作创作情感取向。

其次，法式善的经历是寂寞的，但他又不甘寂寞。说寂寞，是指其一直从事文学侍从的闲职，宦途不甚遂意，但也没有朝游云霄，暮宿江湖的大起大落，尤其是嘉庆亲政后，法式善的宦途主要在编纂文史典籍中度过，波澜不惊，于寂寞平淡的编撰中点染人生；然而，法式善又不甘寂寞，一是以"诗龛""西涯"张目身体力行的组织文人雅集，征绘画图、征索和诗并题咏，使其组织的雅集活动风生水起，影响力直欲与江宁袁枚的"随园"、京师翁方纲的"苏斋"、扬州曾燠的"邗上题襟馆"等相媲美，声名远播，成为当时文学沙龙的东道巨擘之一；二是在校阅之暇，法式善每每又心有所得，将自我的人生感喟寄托于诗文之中，直接促成了其有关八旗诗人组诗 50 首、唐人诗集品评 64 首等大型组诗的创作；同时，法式善大量的考辨之文也因其爬梳文献而屡有创获。

最后，法式善的性格是平易的，然而诗格又是"不平易"的。说其平易，是指其待人温和，遂能足不出帝京而得以结交天下士子，誉满海内，天下闻名；说其"不平易"，主要是指其创作思想而言，法式善在乾嘉诗坛唐宋之争的背景下，面对袁枚的"性灵说"、翁方纲的"肌理说"两位文坛巨子的诗学观点，能摆脱因循，不盲目崇拜，最终在乾嘉诗学思想交汇论争中保持了客观冷静的诗学理念，借《梧门诗话》以及诸多序文表达了自我的诗学主张。

同时需要指出的是，法式善的文学创作尽管有其独特的个性特征，也一定程度上代表着乾嘉盛世背景下一大批清要闲人的创作面貌，但是这把双刃剑也揭示出了法式善文学创作的不足，题材狭窄、诗歌语言过于平淡、散文创作个性不鲜明的弱点。想来钱钟书先生评价唐、宋诗的一段话可以为之解释："瞧不起宋诗的明人说它学唐诗而不像唐诗，这句话并不错，只是他们不懂得这一点不像之处恰恰就是宋诗的创造性和价值所在。"[①]

有鉴于此，法式善是为乾嘉之际民族文化深入融合话语下成就突出的少数民族诗人代表，其创作题材选择是为盛世背景下一大批清要闲人诗酒唱酬生活的微观缩影，其所组织的一系列文学活动，是为乾嘉文坛多元文学生态的重要构成之一，其能融通唐宋、不囿于任何一家之说的诗学态度，是对乾嘉诗坛诗学观念融通选择的重要诠释，是可以和袁枚、翁方纲同列的乾嘉时期重要的少数民族诗人代表。

[①] 钱钟书：《宋诗选注》序言，生活·读书·新知三联书店2002年版，第11页。

附录一　法式善诗文辑佚*

一　文十则

《答简斋先生书》三则①

善自束发受书，诵先生制艺，欣欣然如有所遇。及于诸选集中，得盥读巨制，时想一见颜色。盖此心倾慕者三十年矣。去岁寄程明府诗札，不揣固陋，聊志向往之情，非于前辈敢妄自揣度也。不意前辈惠然以手书见示，毋乃所以宠锡善者过甚，而嘉许善者溢分欤？

寡学不足与言诗。窃谓缘情之作，虽《三百篇》皆是也。前辈在词馆，则有欧阳公、苏学士之名；宰百里，则有刘质夫、叶康直之绩；退林下，则有郑康成、邵尧夫之宽然自乐。宜乎发为诗文，言乎情而不撄于欲也。每读醉吟先生集，谓其淡然寡欲，老而多情。今于前辈所示书遇之矣。前辈不求问世，而名满天下。吉光片羽，皆足珍贵。善不足以赞扬前辈之绪论，而不能不感激于垂念后学之

---

* 此法式善诗文辑佚，系爬梳文献，搜罗法式善今存诗文集各种版本均未收录的诗文作品四十四篇，其中文十则，诗歌三十四首。即目下辑录诗文，不见录于（清）法式善《存素堂诗初集录存》二十四卷，王埔嘉庆十二年（1807）刻本；法式善《存素堂诗二集》八卷，王埔嘉庆十七年（1812）刻本；法式善《存素堂诗续集》一卷，王埔嘉庆十八年（1813）刻本；法式善《存素堂诗续集录存》九卷，阮元嘉庆二十一年（1816）刻本；法式善《存素堂诗稿》二卷，王埔嘉庆十二年（1807）至十八年（1813）刻本；法式善《存素堂文集》四卷，《存素堂文续集》第一、二卷，程邦瑞嘉庆十二年（1807）刻本；《存素堂文续集》第四卷，国家图书馆藏稿本。且此处辑佚之诗文，亦不见录于刘青山点校《法式善集》，人民文学出版社2015年版。

① （清）法式善：《答简斋先生书》三则书札，见录于（清）朱士俊《小仓山房往还书札全集》卷二，国家图书馆藏光绪石印本。该本系残本，仅存1—9卷。

深情。前辈以为可教而教之，幸甚！

《又》

陶生到京，接读手谕。蒙惠赐《诗话》《续同人集》二部，披览一过，如入五都之市，奇珍异宝，使人心目眙骇，真大观矣。京中随园著作，家弦户诵。有志观摩者，无不奉为圭臬。凡一传记成，一诗成，其佳者，辄谓"此随园法也"，"此随园格也"。南来人士，相晤于文酒宴会间，必曰"吾随园受业弟子"，"吾随园私淑弟子"。缙绅先生遂为之刮目。

善今岁仍改官翰林，私心窃计，或可得一试差，取道白门，拜先生于随园座下，亦生平一大慰藉事。而缘悭福薄，行与愿违。渺渺云山，何时握手？立秋日，约陶生及识先生者数人，在城北积水潭看荷花雅集，效"随园体"赋诗，以志景慕。复详询先生近年起居服食、言笑风采，传为佳话。并倩罗两峰绘图，拟同人诗成后，写为卷轴，贡先生一粲。或邀先生数言弁首，则形骸虽隔，风雅想通，谁得限以南北乎？铁冶亭侍郎为善石交，学问人品，世尽知之，不待善言。而钦慕先生之诚，与善无异。今因主试之便，竟得与先生衔杯酒、论风骚，善能无羡且妒耶？善得陶生及王莳亭、洪稚存诸君，而先生之生平，如遇诸眉睫。先生得冶亭侍郎①，善之生平，不可献诸左右乎？侍郎回都后，善又得备闻先生言论风旨，则又幸中之幸矣。

《又》

铁冶亭回都，赍先生手书，握之彭彭然。及批读，细字八幅，一为八月书，一为九月书。盖长言之不足，而重言之者也。札中有"钦钦在抱，不觉首之至地"等语，先生爱善何其深，而视善何其重乎？盥诵之余，神怆泪陨，感激不知何从。

---

① 铁保（1752—1824），字冶亭，一字梅庵，满洲正黄旗人。乾隆三十七年（1772）进士。主编了《白山诗介》和《熙朝雅颂集》，著有《惟清斋全集》。

伏念先生，与当世文人墨士交际，于今六十余年矣。其中奇才异能，物色亦不少矣。经一言之褒，世称佳士；偏长薄技，亦必表章，不没其善。夫望道而未及于道者，引而近之；违道而不衷于道者，化而裁之。心极苦，而情弥深矣。善赋性拙劣，读书裁十余年，辄掇科第。服官后，缘家贫，以教授生徒为业。虽翱翔词馆，实未能肆力于文章。且足迹未出乡里，间事吟咏，不过如空谷幽兰，自开自谢而已。古今大疑大难之事，未尝熟于胸中，则典实不充；天下可喜可愕之境，未尝熟于目中，则境界不广。区区应酬朋侪，吟弄风月，何敢称诗于先生之门哉？虽然，先生忠厚为怀，循循善诱，虫鸣蚓唱，咸欲献诸左右。况善受先生知，为真且笃者乎？谨呈旧稿二帙，觇兹梗概，可括绪余。倘蒙先生不废土壤细流，书数言或数十言，弁诸简端，感且不朽。然善实不敢必也，而先生亦不可强也。他日或能仿冶亭、镜秋诸君子例，获拜先生于随园山水间，善更出数册，先生挥毫呡墨，去取而甲乙之，则此二册者，固嚆矢耳。

都中奉随园瓣香者，指不胜屈。刘舍人锡五[①]、何工部道生[②]为最。王孝廉芑孙[③]得随园之雄骏，张庶常问陶[④]得随园之清迈，又皆其各至者也，为先生备陈之。

《明大学士李文正公畏吾村墓记》[⑤]

余近居明李文正公旧宅遗址，所谓西涯者也。尝考公佚事，裒集为记。复欲寻公墓所，属同年宛平令章君访于畏吾村，不可得。又属后任武进胡君及大兴令郏县郭君访之。一日，二君过余言：适

---

① 刘锡五（1758—1816），字受兹，号澄斋，山西介休人。乾隆四十六年（1781）进士。著有《随侯书屋诗集》《和简斋先生〈自挽〉诗》《和简斋先生〈除夕告存〉诗》。

② 何道生（1766—1806），字立之，号兰士，山西灵石人。著有《双藤书屋诗集》。有《和简斋先生〈除夕告存〉诗》。

③ 王芑孙（1755—1817），字念丰（丰一作沣），一字沤波，号惕甫，一号铁夫、云房，又号楞伽山人，长洲（今江苏苏州）人。乾隆五十三年（1788）召试举人，候补国子监博士，官华亭教谕。著有《渊雅堂全集》五十六卷等。

④ 张问陶（1764—1814），字仲冶，号"船山"。祖籍四川遂宁。乾隆五十五年（1790）进士。著有《船山诗草》20卷等。有《寄祝随园先生八十寿》诗。

⑤ （清）法式善：《明李文正公年谱》卷五，乾嘉九年刻本。

因事过畏吾村，问公墓于土人，皆不知。有大慧寺老僧云："识一古墓，相传前明显宦，今其子孙已绝。"往视之良然，然不敢遽定为文正墓也。

翌日，余亲访焉。老僧佗出。徘徊久之，遇石翁者，年八十六，居畏吾村且六世。叩以文正墓，亦弗能知因举□①。胡君曰："善。"属余记之，余以为贤者身殁，虽子孙久以废绝而卒不至于废绝者，其人足重于后世使然。然苟不遇胡君及两侍御，虽迟之数百年而亦靡所籍以为表章之力。故叙其始末，揭之祠壁。翰林院侍读柏山法式善撰。翰林院编修武进张惠言书。

《带绿草堂遗诗跋》②

端静闲人者，先太夫人晚年自署也。太夫人通经史，工韵语，顾有所作，秘不示人，投稿古罌中，值朔望辄引火焚化，且曰："水流花放，迹象奚存？月白风清，光景斯在。"闻之者以为见道语。迨太夫人逝，竟弗获留只字。兹仅就善夙所诵习者，镂版以存，俾我世世子孙焚香盥读，知文章衍泽，珍白传家，固有所自云。

《带绿草堂遗诗序》③

先太夫人心性和平，出语清婉。近体五言如"家贫秋觉早，树缺月宜多""焚香忘拜佛，看画胜游山""读书合深夜，吃药及中年""灯昏书味永，雪冷粥香迟""病树无蝉响，空塘有鹭飞""雪紧鸦栖树，风高犬吠门""枣红高树日，竹绿破篱霜""芰荷香抱屋，杨柳绿随溪""池风吹草湿，春月入帘虚""桃花红抱郭，松叶绿围山""秋在蒹葭外，诗成风雨时"；七言如"酒店春风牛背稳，板桥新雨马蹄香""习字最宜新雨后，看花多及晚风前""马齿菜香秋雨地，鸡冠花艳晚霞天""庭草绿残闻蟋蟀，水花红胜见蜻蜓"

---

① 此处原文脱落。
② （清）端静闲人：《带绿草堂遗诗》，嘉庆二年（1797）刻本。
③ （清）端静闲人：《带绿草堂遗诗》，嘉庆二年（1797）刻本。

"荳馆雨晴蝴蝶闹，藕塘风过鹭鸶闲""睡早不知花放晚，心闲但觉蝶飞忙""渐少吟诗思作佛，不多栽树为看山"。皆可传，惜全篇不记忆矣。

《春融堂集序》①

有盈不能无虚者，天也；有丰不能无啬者，地也；有盛不能无衰者，人也。而维持于古今绝续之交，绵绵延延，虚而盈，啬而丰，衰而盛者，文章而已。文章之途不一家，弋功猎名者无论已，即一二好奇嗜博之士，浏览诸家，弗求归宿，出其性情以成其术业，有失之隘者焉，有失之偏者焉。夫日罗载籍，低首下心，一名一物，辨析于几微难似之间，穷其理而致其曲，仅自怡悦而已。纲常名教，何裨益乎！甚或胶持己见，入主出奴，是菇味枣之甘遽诋姜桂之辛烈也，可乎哉！

述庵先生见解超迈，根柢深厚。方其少年，结客名场，东南耆旧，俱及熏炙之，耳濡目染，酝酿已深。其后，橐笔承明之庐，得尽悉国家掌故，因革损益，大经大法及编撰典籍，发凡起例，半出先生手定。先生之遭遇可谓厚矣。乃造物又恐其奇险之不备涉也，万状之不尽窥也。驱诸荒徼，淬厉其精神，振荡其胸臆，山川岩谷之阻，鸟兽草木之奇，妖星之灼人，鬼雄之吐气，时时在心目间。当夫饿马悲鸣，穷蛮夜哭，先生恻然；上帐请缨，入关奏凯，先生凛然；句宣万里，司寇五年，先生秩然。呜呼，何其志之大也，何其文之伟也。盖尝即其阅历，征诸篇章，所著《春融堂文集》，又能贯串群经，陶镕诸子，考据之文，期于综古今也；辨论之文，期于穷识见也；阐幽抉奥之文，期于教忠孝而动鬼神也。一代之典常，四方之风土，胥于是乎在，徒惊其藻采高翔，犹浅之乎。视斯集矣，近日制古文家，推袁简斋、朱梅崖，然简斋失之偏，梅崖失之隘。

先生文不名一家，又无一家不受其笼罩，较二公固已胜之。由

---

① 本序文亦见录于（清）王昶《春融堂集》卷首，《清代诗文集汇编》第358册，上海古籍出版社2010年版。

是溯接钝翁、西河、竹垞而上,班马韩欧之遗绪,将赖先生以维持,于绝续之交而不坠焉。区区之心,固不仅为先生一时私幸也夫。长白法式善序。

《瓶水斋诗集序》①

揽所投示诗卷,不及二百首,而众体咸备,纵横莫当,为击节者累日。诸体之中,七古尤胜。若《张公石》《断墙老树图》《破被篇》等作,前无古人,后无来者,非浸淫于三李、二杜者不能。又如《团扇夫人曲》等篇,不啻郑公妩媚、广平铁石矣。窥豹一斑,得麟独角,欣赏当何如也。梧门法式善读并敬题。

《惕甫未定稿跋》②

才士难得,才士而负至性者尤难得。惕甫一代才,性复倔强傲岸,不与俗谐。所作诗文,力厚思深,善用狮子搏兔法。世乃以过火讥之。吾既重其才,又恐为嫉者所诟厉,云山千重,时时作书规之,未免词涉激昂。惕甫虽未心是其言,而情殊感切。观其附识语恳恳欵欵,亦可以知见有趣矣。吾故曰:"惕甫至性人也。"两年来未读其诗文,卷中诸作,精深古淡,愈臻老境,足与惜抱翁匹敌。而余年逾六十,衰病日增,犹征逐石士太史于诗社文坛,岂不有愧也哉。壬申九月,法式善跋于踵息斋之南窗。

《奏议》一则③

本月初五日,钦奉纶音,许九卿科道条陈得失,直言无隐……奴才窃惟皇上亲政维新之日,正天下翘观至治之时。数日间叠奉谕旨,举直错枉,饬纪整纲……谨竭刍尧之见,有合舆情,切乎时务

---

① (清)舒位:《瓶水斋诗集》附录三,曹光甫点校,上海古籍出版社2009年版,第810—811页。
② (清)姚鼐:《惜抱轩手札》第4册,民国刊本。此文转录自眭骏《王芑孙年谱》,华东师范大学出版社2010年版,第452页。
③ 见于中国第一历史档案馆藏朱批奏折,题目是笔者加的。

者六事：

一，诏旨宜恪遵也。国家设官分职，各有专司，既奉圣谕，即当敬谨遵办。近来竟有阳奉阴违，延宕至二三年者。如嘉庆元年恩诏内，荫生、孝廉、方正诸条，迄今并未筹及。请皇上申明定限，一切诏旨，务使切实举行，以昭慎重。

一，军务宜有专摄也。川楚教匪，皆属内地，非边患可比。不仅以擒捕一、二人蒇事也。乃年来动支帑藏至数千万两，迄未有成。大率领兵诸臣擒一贼党，则以为渠魁；破一贼党，则以为大捷。所云指日荡平，实皆虚词掩饰，居奇邀赏。玩寇老师，莫此为甚。……应请敕遣亲王、重臣威望素著者一员，钦授为大将军，驰驻楚、蜀适中要害地方，畀以符信，节制诸军……督抚办理军务不善者，亦即纠察治罪。如此，大小文武、大小员弁，咸知警奋，必能战守皆宜，剿抚并用，自无以蔓延矣。

一，督抚处分宜严也。督抚有表率通省之责，一有过失，小则降革，大则治罪，庶群僚咸知畏惮。若止罚养廉，逐获幸，邀宽免，在朝廷实开以自新之路，而贪墨者愈肆其诛求，即廉洁者，亦不免于挪贷州县，逢迎上司，藉词征取，势不能不累及闾阎。请皇上赦其小过，其有不称督抚之任者，或降调、或予罢斥，罚交养廉之例，可以永行停止。

一，旗人无业者，宜量加调剂也。我国家承平日久，生齿日繁。即如八旗人数，已十倍于从前。旗人又不能如外省贫民可以离乡谋食。国家亿万万年，人数益众，而钱粮经费自有定额，岂能递增？即可议增，亦非政体。伏思口外西北一带，地广田肥，八旗闲散户丁，实无养赡，情愿耕种者，许报官自往耕种；不愿者，听其便。

一，忠谠宜简拔也。旧日言事之臣，如原任内阁学士尹壮图、原任御史郑徵等，居心忠亮，誉论称之。请皇上加恩召赴阙廷，许其直摅所见。奖一、二人，而天下知劝，恢张治体，激发士心，不无裨益。

一，博学鸿词科宜举行也。查康熙己未、乾隆丙辰曾设博学鸿词科，以翰林官补用。其中人材最盛，文章之外，以政事品节著者不少。请敕下部臣，查照旧例，令内外臣工各举所知，以二年为限，务须学纯品正者，始准征赴阙廷考试。即拔十得五，亦可励经世之学而收用人之效也。①

二　诗三十四则

《读随园先生〈全集〉赋呈》②

古人所有公尽有，三唐两宋皆前型。神州一点物惧化，皮肉脱落存精灵。转华不为法华转，开遮涌现谁能扃？庖丁解牛以千数，其刃犹若新发硎。外间不识谓游戏，何啻嘲龙有蝘蜓。造物生机常不死，春春花叶传芳馨。我愿世间才子弃固技，更授要道如梦醒；实此一编诵万遍，肾肠心腑皆珑玲。遣言用意自绝俗，何用琐屑摹拟衣冠优孟已君形！

《寄怀简斋先生》二首③

未接先生面，倾心三十年。空山晞白发，秋雨响朱弦。臭味随人领，文章已世传。方知蓬海外，别自有神仙。

知我亦诗客，殷勤酬尺书。幽香千字永，明月一庭虚。入夜野花秀，怀人旅雁疏。神交隔千里，怅望复何如？

《和简斋先生〈自挽〉诗》④

绯衣人报玉楼成，可有丹虬白鹿迎？正恐奇才招鬼妒，修女不肯要先生。色界固宜风烛喻，禅心原不絮泥沾。公年尚比如来小，坐破蒲团花再拈。

---

① 见于中国第一历史档案馆藏朱批奏折。
② 录自王英志点校《袁枚全集》第 6 册《续同人集》投赠类，江苏古籍出版社 1993 年版，第 59 页。
③ 录自王英志点校《袁枚全集》第 6 册《续同人集》寄怀类，江苏古籍出版社 1993 年版，第 112 页。
④ 录自王英志点校《袁枚全集》第 6 册《续同人集》生挽类，江苏古籍出版社 1993 年版，第 160 页。

《寄祝简斋姻伯八十寿》二首[①]有序

简斋前辈以乾隆乙卯（1795）三月二日八十寿，征海内能者以诗文献。善鄙陋既甚，复以寿诗为难，寿先生为尤难，屡起草辄止。先生逦次致书敦迫，且寄言王莳亭（王友亮）太常，谓必得余诗始甘心焉。善何人斯，乃承雅好如是之笃挚也！爰述拙迟之由，并抒愿见先生诚悃及私心期冀者，聊以塞命。颂祷浮词摒弃弗用，不知与先生有合否？

我本不工诗，寿诗尤不习。人事偶酬应，要未成篇什。我公今诗老，昨年寿八十。一生心事超，载在《仓山集》。微公孰能言，即言亦孰及？我欲强附和，非泛必蹈袭。况当钟镛设，瓦缶何必执？侧耳鸾凤声，固且寒虫蛰。乃公有独嗜，荺菲采孔急。岂其梅花林，必待明月人！

去日亦已往，来日期方长。花开卜明岁，帆挂春风航。太行瞻峨峨，漳沱涉汤汤。重睹卢沟月，再挹西山凉。感恩拜金关，揩眼认玉堂。跨驴入槐市，吟诗璧水旁。题名六十年，碑字蚀青苔。石经俨层扆，石鼓增辉煌。倘携雏凤来，定携公翱翔。簪郎状元花，酌公流霞觞。（新进士释褐后，祭酒亲为状元簪花进酒，余以次及，旧制也。）

《蓬生麻中》[②]

直本麻之性，蓬生得所凭。异根偏作侣，同气俨为朋。接叶烟痕淡，交柯土脉蒸。转秋期尚远，艺亩事堪征。麓簌青泥拥，惺忪翠斡凝。不虞群有损，惟见类从生。兰艾殊难并，松萝讵足称。艺林乖圣教，小草湛恩永。

---

① 录自王英志点校《袁枚全集》第 6 册《随园八十寿言》卷三，江苏古籍出版社 1993 年版，第 63 页。

② 法式善试律诗二十首，辑自法式善辑《同馆试律汇钞》二十四卷，乾隆五十二年（1787）刻本。

《鱼忘江湖》

在水能忘水，江湖任所之。乐哉应若此，逝者即如斯。波定云开后，天空月朗时。流行真自在，去住总相宜。游泳曾何与，浮沉本不知。风前忻鼓鬣，泽畔看扬□。蒲叶吹香远，桃花送浪迟。曾须雷电合，烧尾跃龙池。

《跬步千里》

千里途诚远，端从跬步求。谁言贤圣域，不假智能谋。章亥宁须羡，夷庚莫稍留。冈陵需覆篑，河海藉涓流。蚁垤微寻级，蚕从速置邮。得门原可入，有径竟何由。建极远归极，操修乃践修。空山贞素履，循序入溟周。

《文以载道》

至道千秋朗，鸿文六宇新。直同承槛槛，岂但耀彬彬。推挽开仁路，驰驱导智津。那容纷轨辙，讵复饰辕轮。画卦传义马，编书纪鲁麟。立诚堪重远，振响拟殷辚。不败山中积，凭虚陋外陈。欣逢三阁敞，玉辂举时巡。

《柳汁染衣》

宫柳油油润，宫衣楚楚新。枣糕馨待荐，蓉镜兆同真。一桁烟拖袖，千条碧挽人。绚来添弱线，泼处净纤尘。杏雨霏俱湿，桃华□比匀。非关丝结绶，恰视草成茵。只道文为富，谁知木有神。龙池千万树，沾溉及微尘。

《春泥秧稻暖》

短短平田稻，溶溶绣陇泥。水车排远岸，秧马隔斜溪。绿剡和云畫，香映日□低。乌犍乘渭汦，白鹭点蓁迷。松异萍粘块，柔同柳拙荑。顿烘青耙秠，斜庵碧玻璃。微雨时掀笠，斜阳且踏犁。普天歌厌杰，帝泽遍芳畦。

《不窥园》

哲士方谋道，名园漫系怀。纵然花满园，宁复眼频揩。理讵壅于管，情同返自崖。种看滋意府，草已辟心斋。光试偷从壁，功非踏破鞋。每思成械朴，何事辨桑柴。叶扫风生肘，帷空月满阶。待传繁露学，艺圃植根荄。

《炙輠》

滚滚词源富，油油意府虚。本来膏不竭，谁虑炙无余。畅毂原资用，椎轮久并储。转旋宜棘轴，进止利檀车。鲍系宁相比，卮言或弗如。解纷难罄矣，应变岂胶诸。辐脱嗤才拙，薪劳笑术疏。滑稽传稷下，竟载史公书。

《秋燕辞巢》

社燕惊秋去，萧然远逝时。窥窗如惜别，恋主忍轻辞。故垒空梁剩，浮踪落叶知。前尘紫翠模，后会记红丝。塞月寒催影，湘云远触思。于飞犹婉转，不惯是栖迟。鸠拙居难借，鸿宾迹亦离。蓬山痕未埽，仍占最高枝。

《因方为珪》

至宝何人制，灵珪雪后殊。无方谁作范，有象便成模。郢亩辉千叠，平塘彻西隅。工非桐叶剪，幻石柳花铺。岂谓磨无玷，居然矩不逾。折来难比磬，棱处偶同觚。秋月曾涵影，微风漫掩瑜。更吟园璧句，秀陛景堪模。

《磨疾蚁迟》

日月双丸掷，乾坤一气连。蚁从东界去，磨向左边旋。迅比连环运，迂同九曲穿。轮翻真似水，驹小缓随鞭。转也非关石，驱之俨慕羴。需能贞二曜，健以握中权。推测原殊轨，遵循自应躔。圣人方建极，至德协玑璇。

《析糠为舆》

糠也胡能析，微言试喻诸。聚精曾托米，悬象合名舆。一粟分来渺，双轮逐去除。载驰空地轴，乃积本天储。八目形真幻，呈材饰戒虚。白驹看婉转，野马任吹嘘。簸处纤无内，驱之绰有余。圣功兼小大，总以德为车。

《松风石》

一丈夫余石，玲珑入座凉。风原生四面，松宛在中央。烟篆交加映，清飙远近扬。日斜朱瑟冷，花漾碧钗长。积藓看层叠，虚涛听渺茫。庭空秋欲到，人健忧俱忘。润比云涵水，温如玉蕴光。徒知丹陛上，特达有珪璋。

《谤木》

有木森廷陛，愚忠感至诚。惟诚能受谤，曰圣讵忧馋。松庸方悬法，蓂阶宛立监。词原摅款款，象特示岩岩。向日侔葵藿，凌霜比桧杉。十年依凤阙，百尺映龙髯。根本期无坏，枝柯戒莫芟。纳言征至德，菲议任投函。

《廉泉》

山下流泉涌，堂前吏守岩。试观秋水净，得比小臣廉。淰淰如云活，涓涓讵雨添。却因成性冷，不为沁心甜。洁或教牛饮，清应任蚓潜。鉴心符习坎，用涉协扐谦。悬处珠何有，喷时玉尚嫌。一条冰夙凛，刘井寸衷占。

《六事廉为本》

弊吏周官典，真材贵密觇。万几知有本，六事总期廉。卓尔宁藏垢，泠然合引恬。辨非徒井井，敬岂仅谦谦。立法归清白，程能要谨严。玉应将洁比，泉不以贪嫌。鉴水心如洗，焚香意自砭。圣朝澄叙切，夙夜戒无厌。

《樱笋厨》

朱樱才出笼,碧笋恰扶栏。备物符佳节,充厨享大官。剚香分玉版,绚彩混金丸。乖忆当风折,园宜带露餐。红翻桃粥瑃,绿糁柳羹盘。颗颗莹合重,枝枝凤尾攒。那嫌蔬气澹,合配蔗浆寒。葐莆荛廷瑞,醲恩溢食单。

《卖剑买牛》

入市牛堪策,横腰剑弗庸。防身休作佩,努力可相从。不籍酬心用,还宜扣角逢。夕阳看下影,秋水失前踪。鞭缓云乖陇,函空雪敛锋。一犁分桄穇,三尺隐芙蓉。携去和烟暝,牵来趁草茸。未须夸渤海,圣主正敦农。

《鼠须笔》

有客笼鹅去,何人执笔遗。鼠同霜颖获,须带露华垂。不道张如戟,由来利似椎。意真双管下,首讵两端持。纸上看萦蚓,书成岂吓鹓。持将夸一叶,濡合遍千枝。直使心随手,非徒相有皮。鹿毛兼虎仆,未许更矜奇。

《三叶白》

春衍三阳数,农功四月调。白方滋小草,绿已验嘉苗。偏仄尘难着,轻匀粉细描。又疑珠橱映,澹忆雪花飘。茅春看同峙,芝英望共标。一奇还一耦,如练更如绡。影带云华素,痕留玉采昭。尧阶生瑞荚,莫漫献刍荛。

《恭和御制启跸幸天津用壬子幸五台诗韵元韵》[①]

仙馆华旌度,春瀛玉辂临。省耕三月典,就日万民心。风软波

[①] 董诰:《皇清文颖续编》卷八十二,载《续修四库全书》第166册,上海古籍出版社1995年版,第144页。

揩镜，云低麦护针。圣颜瞻切近，揽辔柳塘阴。

《恭和御制题敞晴斋元韵》①

排空玉筍翠微间，风片云根互往还。荷渚香疏红错落，柏林花郁碧孱颜。壶中日月纡徐度，天上林峦次第攀。九月雨旸占顺序，圣心犹自恤民艰。

《恭和御制文园狮子林元韵》②

蓬莱蹊径仿迂倪，画卷因缘试与稽。雨润书堂征肃若，风清琴殿奏熏兮。禽鱼已久承天眷，草木应多入御题。非是摛华恰景物，乾乾圣敬日同跻。

《恭和御制登四面云山亭子元韵》③

云山题额忆躬亲，登眺频年感凤因，水墨一帘皴似画，芙蓉万朵立如人。日暄花气秋林静，风扫烟痕石壁新。弥望都关宵旰计，八纮同闶圣心寅。

《恭和御制含青斋得句元韵》④

雨后看山青似沐，壶中染翰日如年。塞垣草亦承恩久，每到迎銮倍蔚然。

题《董文恪仿古山水册》第一帧"水墨"⑤

瞥观似无着，深思殊有迹。涧谷云茫茫，春潮一夜白。吹来落

---

① 董诰：《皇清文颖续编》卷八十九，《续修四库全书》第166册，上海古籍出版社1995年版，第414页。
② 董诰：《皇清文颖续编》卷八十九，《续修四库全书》第166册，上海古籍出版社1995年版，第415页。
③ 董诰：《皇清文颖续编》卷八十九，《续修四库全书》第166册，上海古籍出版社1995年版，第415页。
④ 董诰：《皇清文颖续编》卷一百八，《续修四库全书》第166册，上海古籍出版社1995年版，第723页。
⑤ （清）庞元济：《虚斋名画录》卷十五，清宣统乌程庞氏上海刻本。

花风，蔽此松间石。草木各得气，不为笔砚役。时手惯点苔，往往损标格。兹但出空际，分层且别脉。大水发纸生，清泉恍不隔。如读庄列文，奥衍见幽僻。迷蒙成一片，天外许腾掷。高树蝉曳声，泠泠吟两腋。位置古琴侧，摩挲山月夕。

柏山法式善敬题

题《董文恪仿古山水册》第七帧"设色"①

自从移家石桥住，城外青山溪外树。年年六月积水潭，红者荷花白者鹭。独有江村未获游，萧萧风雨五更头。石门写出亦未见，摩挲故纸生新愁。东山尚书画中圣，笔有余妍法无定。洒墨向空讵留迹，龙虎气力鸢鱼性。咫尺万里云霞蒸，扣之若涉千崚嶒。雾笼短竹绿岩口，炎□歇绝清如冰。生平愧未到湖海，樵笠渔篷前梦在。有钱容买芦荻舟，明月洞箫夫何悔。此册暂许留诗龛，孤烟落日吾何堪。隔巷招呼画禅子，瓦灯匀黛摹江南。

嘉庆壬申清明前二日柏山法式善敬题

题《董文恪仿古山水册》第十二帧"设色"②

蒙密万古阴，磊砢千尺石。一天寒雪酿，漠漠长空积。孤村看落日，马上问行客。想公操何技，落墨此荒僻。不闻鸟鸣声，久断鹤来迹。倪迂写冬心，数笔道大适。尚书偶为之，观者征福泽。晚节尝自励，后人知护惜。

嘉庆壬申春仲柏山法式善敬题

---

① （清）庞元济：《虚斋名画录》卷十五，清宣统乌程庞氏上海刻本。
② （清）庞元济：《虚斋名画录》卷十五，清宣统乌程庞氏上海刻本。

附录二　传记像赞（附家人资料）

《清史稿·列传》卷四百八十五：

　　法式善，字开文，蒙古乌尔济氏，隶内务府正黄旗。乾隆四十五年进士，授检讨，迁司业。五十年，高宗临雍，率诸生七十余人听讲，礼成，赏赉有差。本命运昌，命改今名，国语言"竭力有为"也。由庶子迁侍读学士，大考降员外郎，阿桂荐补左庶子。性好文，以宏奖风流为己任。顾数奇，官至四品即左迁。其后两为侍讲学士，一以大考改赞善，一坐修书不谨贬庶子，遂乞病归。

　　所居后载门北，明李东阳西涯旧址也。构"诗龛"及"梧门书屋"，法书名画盈栋几，得海内名流咏赠，即投诗龛中。主盟坛坫三十年，论者谓接迹西涯无愧色。著《清秘述闻》《槐厅载笔》《存素堂诗集》。平生于诗所激赏者，舒位、王昙、孙源湘，作《三君咏》以张之。

（赵尔巽：《清史稿》卷四百八十五）

《清史列传·文苑传三》卷七十二：

　　法式善，字开文，蒙古乌尔济氏，隶内务府正黄旗。乾隆四十五年进士，改翰林院庶吉士，散馆授检讨，擢司业。五十年，高宗纯皇帝临雍礼成，赏赉有差，移左庶子。本名运昌，命改今名，国语言"竭力有为"也。五十一年，迁侍读学士。五十六年，大考不合格，左迁工部员外郎。次年，大学士阿桂荐补左庶子。五十八年，升祭酒。以读书立品，勖诸肄业知名之士。一时甄擢，称为极盛。嘉庆四年，坐言事不当，免官。俄起编修，迁侍讲，寻转侍读。七年，迁侍讲学士，会大考，复降赞善，俄迁洗马。十年，升侍讲学士。坐修书不谨，贬秩为庶子。在馆纂《皇朝文颖》，复纂《全唐文》。旋乞病，家居养疴。法式善官至四品即左迁。名盛数奇，似有成格，顾泊如也。

所居在地安门北，明西涯李东阳旧址也。背城面市，一亩之宫，有"诗龛"及"梧门书屋"。室中收藏万卷，间以法书名画，外则莳竹数百竿，寒声疏影，倏然如在岩谷间。时海内称诗者，多追逐于沈德潜、袁枚两家，法式善独无所倚毗，用王士禛"三昧"之说，主王、孟、韦、柳，性极平易，而所为诗则清峭刻削，幽微宕往，无一语旁沿前人。居翰林时，凡官撰之书，无不遍校，因是所见益博。所撰《清秘述闻》《槐厅载笔》，详悉本朝故事，该博审谛。尤喜奖藉后进，得一士之名，闻一言之善，未尝不拳拳也。海内名流投赠诸作，辄投诗龛中，作《诗话》，复取诸师友诗，略以年代编次，为《湖海诗》六十余卷。又著有《存素堂诗集》三十八卷。十八年，卒，年六十二。

（王钟翰：《清史列传》卷七十二）

黄安涛《时帆先生小传》：

先生原名运昌，字开文，一字时帆，又号梧门。蒙古乌尔吉氏。乾隆五十年迁庶子时，命"改名法式善"。"法式善"者，国语"奋勉上进"也。始祖讳福乐，以军功从入关，隶内务府正黄旗。父讳广顺，举人。先生嗣其伯父圆明园银库库掌讳和顺后。禀资聪颖，七岁时，塾师以"马齿菜"命属对，以"鸡冠花"应。师异之。八岁能辨四声，十岁库掌公卒。家贫，不能延师，嗣母韩亲自督课，熟《离骚》、陶诗，即喜吟咏。十六岁入咸安宫肄业，补博士弟子员，食廪。举乾隆己亥乡试，连捷庚子进士，改庶吉士，散馆授检讨，充四库馆提调官，又充日讲起居注官，迁国子监司业。未几，擢左庶子。明年，除侍讲学士，充文渊阁校理官，旋转侍读学士。乾隆某年御试翰詹，列三等，改官工部员外郎，擢左庶子，充功臣馆提调官。次年，迁国子监祭酒。嘉庆四年，仁宗亲政，求直言。

先生上"六事",又陈"国子监十二事"。命军机大臣询问,议革职。荷宽旨,赏给编修,在实录馆效力行走。其年迁侍讲学士。八年御试翰詹,列三等,降赞善,旋擢洗马,迁侍讲学士。十二年,以纂修《宫史》篇页讹舛,镌级降授庶子。嗣因病,假官,卒年六十二。

先生由词翰起家,服官三十余年,同学及后进率皆跻显要,而先生顾屡起屡蹶,虽扬历清华,而秩不逾三品,文誉翔踊于海内者甚久,操觚之士争欲出门下以为荣,而先生顾未尝与直省学政及乡会典试分校之役,两试翰詹,并以下考左迁。先生固泊如也。盖先生虽雄于文,而楷法殊不逮,故每试多以此见绌,性爱闲素,于世俗之以便捷驰惊见长者屏迹弗染,虽挂朝籍而苦志力学,口吟手抄靡停晷,四方知名士来辇下者,悉造其门,以诗文为羔雁,文酒之谦,殆无虚月。而先生之貌呴呴然,言谆谆然,虚怀款接若弗及,嘘枯吹生,尤好奖进,一时坛坫之盛,几与仓山南北相望云。官祭酒时,甄拔多奇隽,所录制举文为士林法则,揣摩者效其程度,辄得科第,咸以为百年来所罕观。居翰林时,凡官撰之书,无不遍校,钜公多倚以成,因是所见益博。

当文颖馆奉旨编《全唐文》,先生方从告,犹力疾阅《永乐大典》六千余卷,复于完善殿、大高殿等处阅释道藏尽二千八百余种,斯为勤矣。所著有《存素堂诗文集》。乾隆间,海内称诗者,先生先则步趋归愚,后则波荡随园先生,忾然无所倚毗。一以古澹为宗,其品暨可见矣。他如《清秘述闻》《槐厅载笔》,《同馆诗赋钞》各若干卷,俱已刊布。又采交游之诗千百家为《及见录》,未卒业,而先生逝矣。惜哉!安涛于嘉庆戊辰始识先生,过承奖许。逾年入翰林,则先生为前辈。文酒招邀,相得益欢。后令子桂馨成进士,授内阁中书,为先生称六十寿,同人以先生手草孙学斋自序,属予为祝延之文。越两年,而先生归道山。又二年,舍人复以残屡疾卒。方舍人之得科第也,咸谓诗人有后矣。迨舍人卒,而先生之后遂衰,为可惋叹。近检敝簏,得前所存自序一通,凡先生之历官编校著述各大端,以及自幼至老,璀细之迹,稍为诠次,俾后之征文献者,有所取资，其他藏之秘院，不及详云。

（《真有益斋文编》卷八）

李元度《法时帆先生事略》：

先生名法式善，字开文，号时帆。原名运昌，奉旨改今名。蒙古正黄旗人。乾隆四十五年进士，官侍读。自登仕版，即以研求文献，宏奖风流为己任。在词馆，著《清秘述闻》《槐厅笔记》。在成均，著《备遗录》。其未刻者尚多，皆有资于掌故。所居在厚载门北，明西涯李文正公畏吾村旧址也。背城面市，一亩之宫，有诗龛及梧门书屋，藏书数万卷，间以法书名画。莳竹数百本，寒声疏影，翛然如在岩壑间。

生平以诗文为性命，士有一艺之长，莫不被其容接。主坛坫几三十年，人以为西涯后身不愧也。其为诗，质而不癯，清而能绮。论诗用渔洋"三昧"之说，主王、孟、韦、柳，尤工五言。与王铁夫交最善。尝自刻咏物诗一种，铁夫偶弗之善，遂止不行，其莫逆如此。所著曰《存素堂稿》。

（李元度：《国朝先正事略·文苑传》卷四十三）

叶衍兰、叶恭绰《法式善象传》：

法式善姓孟氏，字开文，一字梧门，号时帆，蒙古正黄旗人。原名运昌，以与关圣字音相近，诏改今名。乾隆四十五年进士。选庶吉士，散馆授检讨。四十八年，晋国子监司业，旋升侍讲学士。缘事左迁工部郎中。五十九年，转洗马，叠擢正祭酒。后因案革职，特旨赏给编修。越二年，复官祭酒。先生幼颖异，嗜学，工诗文。性好宾客，一时名士皆从之游。

自登仕版，即以研求文献、宏奖风流为己任。在词馆，著《清秘述闻》《槐厅笔记》。在成均，著《备遗录》《陶庐杂录》等书。其他著作未刻者甚多，皆有资于典故。

所居在厚载门北，明西涯李文正公畏吾村旧址也。背城面市，一亩之宫，有"诗龛"及"梧门书屋"，扫叶亭诸胜。藏书数万卷，间以法帖名画。莳竹数百竿，寒声疏影，翛然如在岩壑间。觞咏流连，无间寒暑。

生平以诗文为性命，士有一艺之长，无不被其容接。主坛坫几三十年，人以为西涯后身不愧也。每名流胜会，辄写一图纪之。才士争为题咏，衮成牛腰巨卷三十余轴。

其为诗，质而不癯，清而能绮。论诗用渔洋"三昧"之说，主王、孟、韦、柳，尤工五言。稚存先生评其诗如巧匠琢玉，瑜能掩瑕。与王惕甫交最善。尝自刻《咏物诗》一种，惕甫偶不之善，即止不行。其虚怀受善如此。

嘉庆十八年卒，年六十有一。所著有《存素堂诗文集》若干卷。

（叶衍兰、叶恭绰：《清代学者象传合集》第一集）

钱林《文献征存录》之《法式善》：

法式善，字开文，又字梧门，号时帆，为蒙古乌尔济氏。隶内务府正黄旗。少为官学生，补诸生，食廪饩。乾隆四十四年中式举人，次年成进士，廷试三甲，改庶吉士，散馆授检讨，充四库馆提调官。十月，迁司业。五十年，高宗临雍，率诸生七千余人听讲，礼成，赏赉有差，迁詹事府左庶子。本命运昌，命改今名，国语言"竭力有为"也。五十一年，迁侍讲学士，转侍读学士。五十六年，大考不合格，左迁工部员外郎。次年，大学士阿桂荐补左庶子，时有言昭忠祠庭宇湫隘，请五品以上同立主法亟言其不可。请仍就惟兵丁用细字合书于主，阿文成公甚然之。五十八年，升祭酒，以读书立品，勖诸肄业知名之士，一时甄擢，称为极盛。嘉庆四年，坐言事不当，免。俄起编修，迁侍讲，寻转侍读。七年，迁侍讲学士。慕明李东阳之为人，修其祠墓，为作年谱。所居积水潭，即李文正故居也。会大考，复落学士为赞善，俄迁洗马。十年，升侍讲学士，坐修书不谨，贬秩为庶子。在馆纂《文颖》，复纂《全唐文》。旋乞病家居养疴。以宗尚前贤，诱掖后学为己任。岁癸巳，读书僧舍，即署名曰"诗龛"。好为诗，诗宗韦、柳。题云"情有不容已，语有不自知。天籁与人籁，感召而成诗"。又云"见佛佛在心，说诗诗在口。何如两相忘，不置可与否"。又七言摘句云："野烟村店谁沽酒，疏雨小楼人卖花。"海内名流投赠诸作辄投奁中，作《诗话》，复取诸师友诗，略以年代编次为《湖海诗》六十余卷。所著有《存素堂诗初集》二十四卷，《二集》六卷，《存素堂古文》六卷，《续集》二卷，《清秘述闻》十六卷，《槐厅载笔》二十卷，又有《同馆赋钞》三十二卷，《同馆诗钞》二十四卷，《续钞》《补钞》十四卷。十八年卒，卒年六十一。

（钱林：《文献征存录》卷五）

翁方纲《挽孟时帆》：

镇堂诗弟子，海淀读书斋。两世论文契，谁同感旧怀。龛留褚中令，屋即李西涯。忍忆题名石，吟声在古槐（君前后官国学最久）。

（翁方纲：《复初斋诗集》卷六十五）

赵怀玉《挽同年伍尧庶子法式善》：

凉飙一夕振庭柯，恶耗初闻尚讶讹。科近卅年同榜少，官经三黜积薪多。名山曾许连床宿（共游西山），积水常劳载酒过（君尝表李西涯墓，西涯生日，必邀同人至积水潭畅饮而散）。从此更谁甘说士，孤寒那不泪滂沱。

食报争看桂一枝，寄书犹自问豚儿（儿子熙，小字震，与令子桂馨先后生，桂馨已成进士，官中书。君有书来，颇惓惓于震也）。谟猷入告惟殚职，著录能传不藉诗。生面重开陶靖节（君尝画渊明像，即为己写真）。苦心谁辨李宾之（君有《西涯论》）。年来屡为人琴恸，后死空惭老病支。

（赵怀玉：《亦有生斋集·诗》卷二十九）

陈用光《哭法梧门侍讲前辈四首》：

御风何处去，噩耗听来惊。不信题襟约，翻为絮酒行（先生约于初十日集诗龛，而初八日已撤瑟矣）。香龛花雨寂，诗梦夜台成。

昨过亭边路，愁闻扫叶声。

平生重缟纻，诗画等身藏。自有停云句，人归选佛场。壮怀切经济，报国借文章。腹痛乔公语，天涯几断肠。

学士归春梦，郎君得凤池。蓬山有弓冶，云路转阶资。笔许槐厅续，心怜鹤驾知。故人揩老眼，他日此为期。

昨者携新作，商量意尚勤。公谦逾敬礼，仆陋愧休文。刹海春波咽，虞歌繐帐闻。十年千载事，五日死生分。

（陈用光：《太乙舟诗集》卷七）

伊秉绶《叹逝四首》其三《法时帆祭酒》：

祭酒蒙古贤，生怜死相捐。翻因官不达，校尽华林编。诗龛积水潭，陈迹难具论。传闻绛灌逝，颇用贾生言。

（伊秉绶：《留春草堂诗钞》卷六）

吴嵩梁《哭法时帆学士》：

仙骖汗漫卷鲸波，彩笔千霄气未磨。七子盛名推北海，一场春梦了东坡。及身遭遇衡文少，同馆公卿执贽多。只有诗龛能不废，午塘坛坫并嵯峨（谓梦文子先生）。

折节论交二十年，俊游从此隔人天。闲吟每爱邀张籍，永诀先愁别郑虔。白发更酬知己泪，青箱难换买山钱。荷花今日开无主，万古凄凉一酒船。

（吴嵩梁：《香苏山馆诗集》卷八）

盛大士《予自戊辰岁以诗质法时帆祭酒式善距今五载，重游都下，而先生已归道山，偶偕友人重过诗龛，怆然赋此》：

灵光鲁殿没青芜，怆断人琴泪眼枯。闻道怜才从古少，如公爱客近今无。十年朋旧埋衰草，一代诗名滞宦途。师友寝门齐恸哭，不知大雅更谁扶。

（盛大士：《蕴愫阁诗集》卷六）

邹炳泰《寄题法时帆学士小影》：

五字高如入定禅，新篇赠我已争传。蒲团送老诗人事，且迟君身四十年。

（邹炳泰：《午风堂集》卷三）

黄钺《题法时帆前辈筜石小像》：

湖嵌声玲珑，下漱清瑶流。潇碧足烟雨，中隐茅堂幽。高人悦青山，抽簪未白头。懿兹猗猗姿，俪彼落落俦。理或郁纡绕，节自摅森修。三分水周屋，万卷书满楼。鹓雏可乐饥，楝实行自求。况闻经济道，颇切苍生谋。赋诗特余事，抗论惊浮游。泉石寓意耳，襟抱知公不。

（黄钺：《壹斋集》卷二十四）

翁方纲《题梧门所作〈西涯图〉三首》：

查唐酬唱又钱王，未及西涯考据详。多少大篇拈不出，待君五字写柴桑。（查初白、唐东江唱和于此，钱箨石、王惺斋又唱和于此，而不知其即西厓旧址也。梧门专工五言，故云尔）。

梧门龛写王韦柳，未碍茶陵觅竹栽。倩补苏斋苍翠入，刘攽时约李常来（坡诗"李文正种竹"语，是李公择也）。

庐陵诗愧述庵偕，艳说梅花拜素斋。六月莲池风万柄，诗龛大好寿西涯。（去年无锡贾素斋说每岁作荷花生日，因忆予在江西与王述庵约作欧阳公生日而未果，今约梧门六月九日于西涯旧址作李文正生日也）。

（翁方纲：《复初斋外集·诗》卷二十三）

刘嗣绾《题法时帆先生〈诗龛图〉》：

先生嗜佛兼嗜诗，以诗奉佛佛不知。先生奉诗如奉佛，成诗一龛佛一国。龛中见诗不见龛，为龛作图诗亦甘。先生日日下诗拜，诗人到此皆和南。杨枝洒出诗五色，色色都归龛月白。须知诗好贵无诗，强向诗中图主客。以图索诗诗入图，人说我诗图所无。我诗恰合诗龛旨，诗龛主人佛弟子。

（刘嗣绾：《尚絅堂集·诗集》卷二十三）

秦瀛《为法时帆学士题〈诗龛雅集图〉》：

家住禁城西，萧然净尘滓。西山逗簾角，门映沧涟水。一龛耽苦吟，吟声出屋里。君诗宗淡泊，太羹有至味。已参上乘禅，早契无言旨。闾巷集车辙，莓苔印屐齿。春风时款门，吹送佳客至。

（秦瀛：《小岘山人集·诗》卷八）

钱大昕《题法时帆大司成〈诗龛图〉》：

丈室萧然绝点尘，浑疑金粟即前身。春风桃李新栽遍，谁是传衣得髓人。

白傅匡庐曾入藏，褚公弥勒亦同龛。先生勘破诗三昧，挂角羚羊妙独参。

（钱大昕：《潜研堂集·诗续集》卷八）

百龄《题法时帆学士溪桥诗思图》：

金谷不作狂夫狂，灞桥不似腐儒腐。神仙窟宅犨诗人，展卷幽情赴阿堵。先生卓然鸾鹤姿，抟风有力凌天序。东观埋头穷秘书，下笔惊人猛若虎。奏赋曾分枚马笔，和声倏振桥门鼓。即今地望崇八砖，文采风流冠侪侣。那知爱闲不爱官，嗜痂有癖吟思苦。年华方盛诗已老，骎骎不懈及于古。况复门前溪径幽，依稀城市得村坞。水色溶溶绕石栏，花枝灼灼绚堂庑。退直咿唔手一编，东风瞥眼春如许。此间佳趣成天然，一邱一壑何足数。几辈披图题句过，珠光璀璨接元圃。笑我微吟秋蟀声，穿缟未敢竟强弩。

（百龄：《守意龛诗集》卷七）

石韫玉《〈梧门图〉为时帆祭酒作》：

旧日扬云宅，秋梧百尺阴。大材宜广厦，雅抱尚乔林。图画风烟古，诗书岁月深。春晖有余慕，不废蓼莪吟。

（石韫玉：《独学庐稿·二稿》诗卷一）

石韫玉《题法时帆先生〈玉延秋馆图〉》：

我闻古仙人，呼龙种瑶草。炼气服玉英，颜色常美好。又闻青城山，蹲鸱世所宝。山人饵为粮，终岁坐安饱。诗龛有诗人，嗜好酸醎表。食古味道腴，清气满怀抱。新起玉延馆，云山四围绕。分畦别纵横，埋根任颠倒。修蔓绿云纤，繁花白雪皓。种方邵侯瓜，获等郮人稻。坚白截肪同，方正割肉巧。烝云灶守秘，和羹鼎取部。甘需蔗霜调，辛谢韲臼捣。入药延颓龄，题糕补韵藻。释名神农阙，择术齐民讨。匏庵吾乡贤，与公有同好。筑亭绘作图，好事石田老。佳话在艺林，长老尚能道。孔食思匏瓜，曾嗜传羊枣。哲人适其性，不学凡俗矫。芋分瓒师香，饭笑刘公龢。饮啄应随缘，岂容世情扰。万羊官厨多，半菽园叟少。丰俭各有时，达人任所造。写生索迂倪，吟诗逼瘦岛。试补食品书，揽者备稽考。

（石韫玉：《独学庐稿·三稿》诗卷一）

吴锡麒《题时帆祭酒法式善〈雪窗课读图〉》：

堂外雪深知几许，堂里微闻有人语。课书昔苦历冰霜，读画今愁迷处所。茫茫白云一气包，中间惨淡三间茅。竹声折处书声应，灯影寒边雪影交。北风忽吹雪花入，母衣湿又儿书湿。苦语哀吟不可闻，夜阑并作啼乌泣。儿今官贵母已徂，梦中似母声声呼。新篇才得陶诗熟（时帆四五岁时太夫人即教以识字读陶诗），老屋谁知孟竹枯。嗟君欲养亲难待，感我天涯二亲在。红粟徒求薄禄供，白头只易衰颜改。题君图当别君诗，曰归曰归吾有期。遥思春酒高堂上，定及梅花深雪时。

（吴锡麒：《有正味斋诗集》卷十一）

附：法式善家族人物志传行状等

赵怀玉《御园织染局司库伍尧君家传》：

君姓伍尧氏，讳广顺，字熙若，号秀峰，蒙古正黄旗人。世居察哈尔。文皇帝时，有代通者从入关，隶内务府。曾祖梦成，官内管领。祖六格，官郎中。考平安，官员外郎。君为从祖父监生长安后，长安父，监生，乌达器管领之子也。幼岐嶷，七岁始肉食，九岁即能诗。及长，风气日上，年十七为生员，中乾隆二十五年举人。初，充内务府笔帖式，久之，借补御园织染局司库。

生平泊于荣利，方举人，需次，可得部寺司务及笔帖式，资深亦可洊擢膴仕，皆以贫告。豫工例开，戚友饶于财者，许为入赀作县令。君以富贵有命，且民社至重，不宜轻试，坚谢之。庚子以后，遂罢礼部试。

织染局近玉泉山，水木明瑟，可以游憩，暇辄放舟湖滨，或泊舟选幽处坐卧，与村氓言耕牧事，日夕忘倦，披襟戴笠，人亦忘其为居官也。不佞佛，而深于禅。尝游万寿山，寺有五百应真像，徘徊移时，若有所悟。夜半，忽起，索笔疾书，得偈五百首，语多出于思议。好读《资治通鉴》，尤邃于《易》，占人吉凶，或数年，或数十年，皆奇验。天性不饮，无声色狗马之好。虽疾病，不求医药。自奉约简，子既贵，每进一衣，具一膳，必瞿然以为过当。晚犹习劳，琐屑之事，未尝假手童奴。曰："天下事，有日游其中而叩之茫然者，不躬亲则精神弗属耳。"乐道人善，亦往往面折人非，施德于人，过乃不复省记。故知与不知咸愿与之游，以为泯绝畦畛，翛然尘外，如君者，非特仕宦中难其人也。以乾隆五十九年八月卒，春秋六十有一。配赵氏，封安人。先君卒。子四人，长法式善，初名运昌，乾隆四十五年进士，今官国子祭酒，为世父和顺后。次会昌、恩昌，皆早卒。寿昌今官笔帖式。君没逾年，祭酒手事状，乞为别传。以祭酒名位，盛交游，欲思文字荣其亲，岂无高爵有重望者，顾所取在此而不在彼，其濡染于门法者，深哉！谨次其事，俾附家乘，庶伍尧氏后人知所则焉。

论曰：饮食男女，人之大欲存焉。闻君既鳏，有二婢侍起居，垂十年，及遣嫁，皆处子。是岂以世之耆欲动其中乎。或者以君未竟其用为可惜。夫人亦第患其无传，而贤子孙之能永其传为不可必耳。通塞之暂，乌能重轻君哉。

（赵怀玉：《亦有生斋文集》卷十三）

王芑孙《内务府司库广公墓志铭》：

公讳广顺，字熙若，号秀峰，蒙古正黄旗人。其氏曰"伍尧"，其先有代通者，以文皇帝时自察哈尔来归，后从入关，隶内务府，官参领。三传而至梦成，官内管领。梦成四子，长郎中六格，次某，次监生乌达器，次某。六格有子五人，长员外郎平安，乌达器有子一人，监生长安。长安无子，而员外有五子，长曰和顺，次即公。公平安之子，而出后长安者也。公生四子，长法式善，乾隆四十五年进士，选庶吉士，今官国子监祭酒。次会昌，次恩昌，皆先卒。次寿昌，今官笔帖式。以和顺无子，法式善复还为和顺后，以续员外之祀。故寿昌独承公丧。公生有异禀，七岁始茹荤，九岁咏《鸡冠花》，惊其长老。十七岁补博士弟子员，举乾隆二十五年顺天乡试，需次当得小京官。以贫，自告为内务府都虞司笔帖式，岁久当迁，复以贫告，借补御园织染局司库。卒于乾隆五十九年八月二十三日，享年六十一。配赵氏，封安人。先公十年卒，年五十三。

公性伉直，闻人一善，津津然喜见于色；其有不善，面数之以是见过于人，亦以是称长者。人有急，急之如己事，迨事已，其人来谢，忽又忘之。生平不饮酒，善唊，好独游，游常之佛寺，然不拜佛，不与佛之徒交一言。自奉甚觳，仆媪必六十以上人。

晚司织染局，其地在玉泉山，有烟霞、泉石、竹树之观，昼则散步陂陀，夜则篝灯诵《易》，声琅琅然，自谓于《易》有得。虽厨俾走卒，必告以阴阳消息，人事因应之理，其人或漫不省，或仓卒不知所谓，退而相诮笑。他日公遇之复然，其为人垣中无机如此。

芑孙辱与祭酒相游好，当公之生，未尝得拜公，及公殁，祭酒以公事行求为志墓之文，惟公之在内府也，官不高，无所著见，而祭酒文章行义焯然于世，其居家孝友以类，自非君子之子而能然乎。祭酒自堕地，出嗣育于其世母，然事公谨，生有致其养，殁有称其哀。今又礼葬，不以公卿铭公之墓，而属于芑孙，是有取于古之不诬其亲者，乃敢不辞而为之铭。其葬以乾隆六十年八月十六日，墓在顺义县水泉乡西。原铭曰：

维公家世，载绝载绍；奚生不蕃，有潜弗耀；夸夫斗强，恩怨豪芒；公常浑然，与人为忘；贪夫好积，自投于剧；公则恬然，与我为适；如公斯厚，克茂尔后；卜宅孔安，宜富且寿。

（王芑孙：《渊雅堂全集·惕甫未定稿》卷十二）

翁方纲《带绿草堂遗诗序》：

时帆祭酒手状其母韩太淑人节行，复就所记忆太淑人遗诗三十余章，锓诸木曰《带绿草堂遗诗》。带绿草堂者，太淑人教子处。时帆所绘《雪窗课读图》卷，即其地也。时帆由庶常跻学士，掌成均，自中秘之书、馆垣之课、艺林之训，故罔该记而所最口熟不忘者，尤在此三十余章，是则雨声灯影所不能传，而教孝作忠之职志也。吾尝谓周成均法以乐语教国子兴、道、讽、诵、言、语，必有真切。情文入深处，非仅陈事喻物而已。而内则记鸡鸣盥漱及学乐诵诗之节，必本于降德众兆之教。则今日时帆为诸生研经讲艺，可谓知所本矣。诵斯集者，幸勿以寻常闺阁文藻例之乎。

（翁方纲：《复出斋外集》文卷一）

王昶《带绿草堂遗诗序》：

刘子政撰《列女传》，"母仪"而下分为六类，以"辩通"终之。盖"辩通者"，以文辞言也。阃德不同，兼美者鲜，子政是以分录焉。今观韩太夫人则异是，太夫人少聪颖，能通经史；长而孝于舅姑，和于宗族，又教时帆祭酒读书、取科第，以成大名，今官国子祭酒，为学士大人所宗，是于"母仪""贤明""仁智""贞顺"

"节义"五者备矣；加之以文辞，于子政所称，洵乎兼美也。太夫人退然、谦然，辄毁其稿，雅不欲以诗自见。祭酒仅录其所记忆，而诗句之工，有名家所不能逮者，由其剩句思其全什，因其全什思其生平所作，当与礼宗女士并著于艺林。且祭酒方掌成均，成均天下学校之首，国学之士传之，则天下之士从而传之，太夫人之闺德愈远愈彰，他时有刘子政，取而首冠于《列女》也，必矣。

嘉庆戊午重阳日王昶书时年七十有五。

（《诗龛声闻集》卷五）

吴鼒《祭法梧门祭酒妻某恭人文》：

呜呼恭人，闺中祭酒。及笄而嫁，为祭酒妇。祭酒食贫，弦歌瓮牖。恭人同心，味甘齑臼。祭酒少孤，又为病侵。东厢提携，母氏独任。母又能诗，湘瑟洛琴。曹鲍钟郝，难乎嗣音。恭人温温，能守家法。捧姑吟囊，宝姑针箧。健不如姑，亦能处乏。书声机声，和而不狎。祭酒家贫，今代顾厨。万间庇寒，童饭马刍。升堂论文，忍寒自娱。恭人佐之，躬□酒垆。祭酒早达，屡起屡踬。不叹积薪，诗学益萃。恭人素心，不慕荣位。唱予和女，霞表高寄。一病十年，神清骨癯。宾至强起，手洁盘瓠。有子桂馨，抚育心劬。敏喜其学，弱忧其躯。桂馨能文，非恭人出。生而怜之，笑啼在膝。昨岁十五，扃试九日。恭人废餐，夜惊若失。弥留呼之，方望含饴。今不可见，俾汝婚迟。俾汝秋赋，又淹三期。桂馨失声，君子曰慈。勤相其夫，慈育其子。不天所寿，而病不起。祭酒论文，严以示靡。彤管征信，请视其诔。

（吴鼒：《吴学士诗文集》卷四）

王芑孙《桂馨名说》：

时帆先生年四十矣，一旦举子，喜甚。先是梦若有人授以桂树之华者，因遂命其子曰"桂馨"。自科举兴，世常以"桂"为富贵福祥之应，而予独推先生所以命子之意，有不止乎是者。盖桂，贞木也。见于《尔雅》《离骚》，不一族，而其本皆寿。其性也辛，有似乎君子之介然者；其香也远，有似乎君子之永誉然者。其于天也，不辞冬；其于地也，不辞炎，有似乎君子秉阳刚之德，而不干时然者。夫木之能贯四时，惟松柏与桂为然。然而举后凋者，言松柏不言桂。桂其有松柏之心，而不名其功者乎。乃其小用之则以为酒浆、膏烛、药物之属，无弗宜；大用之则为舟楫焉，以浮于江湖，为梁栋焉，以构乎明堂清庙，无弗任。然则，不名其功能有其功者也，岂所谓国桢者耶？以先生之为人，不宜得凡子。使夫桂馨者长而服念先生之教，由是国人称愿曰："幸哉！"君子之子，其于富贵福祥，也孰御焉？于是为之说，书以遗之。

（王芑孙：《惕甫未定稿》卷十八）

吴骞《法式善像赞》：

其道足以霖雨发生，而不为人爵所缚。其学足以衣被士林，而不以时名自牿。伟哉造物乎！工于位置，斯人老其身于文学之官，俾得昌其文于著述。有吴生者，识公最早，知公最熟，公亦许其知言，而以画像赞属。嘉庆癸亥日次，折木寒雪初霁，几案如沐，吴生涤砚吮毫，墨其右曰：松石意远，诗画气华。名山任重，不谋其家。为宋东坡，为明西涯。公论颔之，谓我非悖。

（法式善：《存素堂诗初集录存》）

吴嵩梁《法式善像赞》：

其心皎然，如月于秋。其气盎然，如云于春。不荣不悴，中有真我者。存文章山水，亦假寄焉。况世缘之扰扰，又何足少累其萧散之神耶？

（法式善：《存素堂诗初集录存》）

附录三 评论辑要*

袁枚《随园诗话》卷十：

满洲诗人法时帆学士与书云："自惠《小仓山房集》，一时都中同人借阅无虚日；现在已钞副本。洛阳纸贵，索诗稿者坌集，几不可当。可否再惠一部。何如？"外题拙集后云："万事看如水，一情生作春。公卿多后辈，湖海有幽人。笔阵驱裙屐，词锋怖鬼神。莫警才力猛，今世有谁伦？"此二人者，素不识面，皆因诗句流传，牵连而至；岂非文字之缘，比骨肉妻孥，尤为真切耶？

袁枚《随园诗话补遗》卷六：

法时帆学士造诗龛，题云："情有不容已，语有不自知。天籁与人籁，感召而成诗。"又曰："见佛佛在心，说诗诗在口。何如两相忘，不置可与否？"余读之，以为深得诗家上乘之旨。旋读其《净业湖待月》云："缓步出柴门，天光隔桥瀚。溪云没酒楼，林露滴茶笼。秋水忽无烟，红蓼一枝动。"又："抠衣踏藓花，满头压星斗。溪行忽有阻，偃蹇来醉叟。攘臂欲扶持，枕湖一僵柳。"此真天籁也。又，《读稚存诗奉柬》云："盗贼掠人财，尚且有刑辟。何况为通儒，腼颜攘载籍。两大景常新，四时境屡易。胶柱与刻舟，一生勤无益。"此笑人知人籁而不知天籁者。先生于诗教，功真大矣。《咏荷》云："出水香自存，临风影弗乱。"可以想其身份。又曰："野云荒店谁沽酒，疏雨小楼人卖花。"可以想其胸襟。

---

* 以下选录相关评点顺序，系以作者的生年先后为序。

王昶《蒲褐山房诗话》：

时帆自登仕版，即以研求文献，宏奖风流为事，故在词垣著《清秘述闻》《槐厅载笔》，在成均著《备遗录》，其余有资典故，著而未刻者甚多。所居在厚载门北，背城面市，一亩之宫，有诗龛及梧门书屋，室中收藏万卷，间以法书名画，外则移竹数百本，寒声疏影，翛然如在岩谷间。经师文士，一艺攸长，莫不被其容接。为诗质而不癯，清而能绮，故问字求诗者，往往满堂满屋。

洪亮吉《北江诗话》卷一：

法祭酒式善诗，如巧匠琢玉，瑜能掩瑕。

王芑孙《存素堂试帖序》：

时帆用渔洋"三昧"之说言诗，主王、孟、韦、柳。又工为五字，一篇之中，必有胜句，一句之胜，敌价万言。其所学与予异，而过辱好予，有作必就予审定。尝刻行其《咏物诗》一种，首以示予，予偶弗之善，遂止不行。后五六年，钦州冯鱼山敏昌见而大称之，问何以不行，时帆以予言告。予始获闻之，而悔前言之过。世亦有冲然耆学如是者乎！

吴嵩梁《石溪舫诗话》卷一：

时帆先生三入翰林，一擢祭酒，再陟宫坊，皆官至四品即左迁，名盛数奇，似有成格，先生顾泊如也。与予折节订交二十年，每见益亲，诗亦屡变。初为五言近体最工，佳句亦多可采，篇幅未免稍隘。既与覃溪师往复切磋，于古大家、名家无所不肖，各体无所不工，五古尤兼众善。短什妙于澄炼，如与仙人谈洞天密旨，参其精微而表里皆彻。如与高士作山水俊游，领其佳要而登临不烦。长篇善于发挥，如与耆宿述累朝掌故，举其纲目而文献无遗；如与朋旧叙历世交情，极其缠绵而往还不厌。集中论画诸篇，一字一句，俱有名理，怀人诸什，一时一事，各有襟期。予为删去咏物及应酬之什二千余首，所存尚七八百首，可谓富矣。

郭麐《灵芬馆诗话》续卷五：
梧门先生法式善风流宏奖，一时有龙门之目。己卯岁，余应京兆试，先生为大司成，未试前，余避嫌未及晋谒，先生已知其姓名。监中试毕，呼驺访余于金司寇邸第，所以勖励期待之者甚厚。下第出都，犹拳拳执手，望其再踏省门。书联见送云："一辈登科惭李郃，半年太学去何审。"然卒之皓首无成，以不舞之鹤为羊公累，吁，足悲矣！先生尝有诗见赠，近料理故箧，重一翻阅，不禁涕之沾膺。录此以志感愧："君从山中来，踏此槐花影。扫榻城西偏，萧然尘世屏。思君不得见，使我心耿耿。青山逐时髦，漂泊剧浮梗。两战皆拔帜，骥足始小骋。知人古所难，致此吾其幸。愿君长闭关，无事广造请。眠早餐宜加，读书随意领。清斋坐月明，北地防秋冷。"先生诗集闻已付梓，穷居辽隔，亦未得见。有《诗话》十余册，交屠太史琴隝为之校刊，亦未果。终当与琴隝共成此事，庶报知己于万一耳。

昭梿《啸亭续录》卷四：
王芑孙尝谓法时帆云："君有诗识无诗才，汪端光有诗笔无诗胆，其兼之者故有人在。"

陆以湉《冷庐杂识》卷六：
《乌尔吉祭酒》：蒙古乌尔吉氏时帆祭酒，文誉卓著，尤好奖掖后进，坛坫之盛，几与袁随园埒，而品望则过之。幼聪颖，七岁时，塾师以"马齿菜"命属对，以"鸡冠花"应。乾隆己亥、庚子，乡、会试连捷成进士，改庶吉士，散馆，授检讨，官终庶子。扬历清华阁二十余年，未尝与直省学政及乡、会典试分校之役。两试翰詹，并以三等左迁。盖祭酒雄于文而楷法不逮，故每试皆以此见绌。初名运昌，乾隆五十年迁庶子时命改名法式善。"法式善"者，国语"奋勉上进"也。

陈康祺《郎潜纪闻初笔》卷七：

时帆祭酒初名运昌，乾隆五十年升庶子时，命改法式善。法式善者，国语奋勉上进也。祭酒熊文邃学，清班二十载，未尝一与文衡。两应大考，俱左迁。相传书法甚古拙，知乾隆朝已重字不重文矣。

陈康祺《郎潜纪闻初笔》卷十一：

乾、嘉承平之际，风雅鼎盛，士大夫文酒之暇，多娴习画理。法时帆祭酒式善，尝作十六画人歌：曰朱鹤年野云，曰汤贻汾雨生，曰朱文新涤斋，曰杨湛思琴山，曰吴大冀云海，曰屠倬琴坞，曰马履泰秋药，曰顾莼南雅，曰盛惇大甫山，曰孟觐乙丽堂，曰姚元之伯昂，曰李秉铨芗甫、秉绶芸甫兄弟，曰陈镛绿晴，曰张问陶船山，曰陈均受笙。录之以见一时艺苑之盛。

陈康祺《郎潜纪闻二笔》卷七：

乾、嘉间，诸满臣笃嗜风雅，爱友若渴者，莫如法时帆祭酒。尝集海内名流投赠诸作，储诸一室，号曰"诗龛"。又以所居积水潭为明年李东阳故宅，因修其祠墓，为作年谱，其襟抱可想已。

陈康祺《郎潜纪闻三笔》卷一：

时帆祭酒法式善，性嗜风雅，四方名彦至京师者，无不叩诗龛之门，以诗文相倡答。祭酒著述甚饶，其藏书亦最富。祭酒没，公子中书桂馨贤而早世。中书夫人，煦斋相国女也，守诗龛中遗书，扃鐍牢固。相国归自卜魁，欲观祭酒所辑朋旧及见录，约以毋借它人，并先定还期，然后出，其慎如此。以一妇人搘柱清门，宝守先集，至断断于父女之间。

朱庭珍《筱园诗话》卷二：

本朝满洲诗人，如梦文子麟、法梧门式善，皆清矫不凡。

金武祥《粟香随笔》卷四：

时帆学士法式善，本名运昌，后奉旨改名。蒙古人。《湖海诗传》称其所居在厚载门北，背城面市，一亩之宫，有诗龛及梧门书屋。室中收藏万卷，间以法书名画，外则移竹数百本，寒声疏影，翛然如在岩谷间。有《存素堂稿》。其诗云："但有梅花看，何妨长闭门。地偏车马少，春近雪霜温。老剩书藏簏，贫余酒在樽。说诗三两客，往往坐灯昏。"其他佳句如"淡花开不浓"，又云"黄叶打门响，青山生暮寒"。萧廖澄澹，如不食人间烟火。所传试帖诗，又其余事也。

徐世昌《晚晴簃诗汇》卷一〇二：

时帆论诗主渔洋"三昧"之说，出入王、孟、韦、柳，工为五字。所居净业湖，侧为李东阳旧宅，因修其祠墓，为作年谱。尝有句云："前身我是李宾之。"又云："我于李宾之，旷代默相契。"其慨慕风流，不啻东坡之于香山焉。

杨钟羲《雪桥诗话》卷七：

法时帆自幼嗣其伯父圆明园库掌和顺。嗣母韩太淑人，静存先生锦之女，高文定公之自出。十三通经史，喜读宋五子书。时帆七岁，教识字，诵陶诗。祖平安，官员外郎。以乾隆十九年罢官，家业中落，移居海淀。梧门九岁，库掌捐馆，无力延师，韩太淑人以教读自任。稍长，条诫甚密，应试诗文必手为评骘。

钱泳《履园丛话》卷八：

蒙古法时帆先生，工诗，尤长五律，为世传诵。

赵翼《瓯北集》卷三十三：

闻名犹未面，神赏荷孙阳。世有此知己，吾难作报章。何当携手共，岂敢赌身强。五字长城在，精研逼盛唐。（《法时帆学士素未

识面远惠佳章推许过甚愧不敢当敬酬雅意》）

翁树培《题法时帆〈诗龛向往图〉》：

异代诗人萃一堂，风流千载说柴桑。打钟扫地三生梦，可少同龛爇瓣香。

三昧何能掩韦柳，五言选却右丞删。欲将画里徘徊意，叩取渔洋甲乙间。（陶樑：《国朝畿辅诗传》卷五十）

赵怀玉《亦有生斋集·诗》卷十二：

长安号人海，富贵各有嗜。庶子与俗殊，独以诗为事。是室即是龛，聊供咏哦地。上薄风骚初，下逮元明季。春华与秋实，收拾归一致。境因闲易得，律以老逾细。烛从深夜刻，脯向除夕祭。当其出意匠，冥若参义谛。万缘不能移，十笏安所寄。有时来良朋，庶几结遘契。广厦虽未营，寒士已蒙庇。岂无闳闳高，亦有房栊邃。徒嫌酒肉臭，但觉笙歌沸。或为钻核劳，甘作牧猪戏。坐令岁月消，俱昧身名计。嗟余近多病，索索少生气。薇省十旬假，蓬门经日闭。居合弥勒分，疾其维摩示。宁唯谢尘鞅，兼欲断文字。多君风雅宗，拈笔破陈例。（《诗龛诗为伍尧庶子法式善赋》）

洪亮吉《卷施阁诗》卷十五：

翰林诗格冠词场，屡改头衔作漫郎。左手书应成绝技，苦心诗已入中唐。两番胄监迁官速，百本名经选佛忙（君时选同馆课艺），我愧枚公赋情拙，莫将疏陋玷班扬。（《续怀人诗·法祭酒式善》）

陈文述《颐道堂集·文钞》卷一：

余曩在京师，屡过法梧门祭酒诗龛，观壁间画王、孟、韦、柳像，读所搜海内近人诗集七百余种，并为校勘。所辑《梧门诗话》，尝叹其搜才路广、揖客途宽。以刘勰之《文心》兼钟嵘之《诗品》，洵词章、宗匠人材渊薮矣。（《汪月樵〈小诗龛〉续刻同人诗叙》）

陈文述《颐道堂集·诗选》卷三十：

祭酒当年有盛名，一编诗话集群英。尽多湖海流传句，兼有承平雅颂声（《熙朝雅颂》祭酒所辑，《诗话》中所采为多）。讲舍花开春昼永，禁城钟定月华清。西涯烟水人何处，惆怅骚坛旧主盟。（《以法祭酒式善〈梧门诗话〉稿本寄星斋绂庭兄弟京师》其一）

附录四 文集评点汇编

法式善《存素堂文集》四卷①，《存素堂文续集》三卷②，共收文222篇，且文末大都附有时人的点评，共有31位乾嘉文人参与评论，分别是陈用光、石韫玉、孙星衍、王芑孙、翁方纲、洪亮吉、赵怀玉、秦瀛、吴鼒、汪廷珍、谢振定、阮元、杨芳灿、初彭龄、吴锡麒、何道生、张问陶、周厚辕、李保泰、鲍桂星、王苏、何元烺、陈鹤、吴嵩梁、马履泰、陈希曾、言朝标、叶绍楏、朱文翰、王泽、蔡之定，共计评语334则。今汇录于此，以其助益同道学人查阅。编辑体例上，一是选录顺序，不限于文集与续文集，亦不限于文体，依照评者出现先后为顺序；二是先列评语，后列篇名；三是于评论者后以"（）"附其名字。具体条目如下：

陈硕士（用光）曰："于天人感召之机，见之极其精透，故立论亦极有精采。"（《唐论》）

陈硕士（用光）曰："立论极其透辟。"（《宋论》）

陈硕士（用光）曰："与前论皆极正当，而此论尤极平允，言者心声，故读先生文者，不问而知为端人正士也。"（《姚崇论》）

陈硕士（用光）曰："明确。"（《李东阳论》）

陈硕士（用光）曰："体勘深微，议论稳惬。"（《郑鄤论》）

陈硕士（用光）曰："详核。"（《西涯考》）

---

① （清）法式善：《存素堂文集》四卷，程邦瑞嘉庆丁卯（1807）刻本。
② （清）法式善：《存素堂文续集》三卷。其中一、二卷据程邦瑞嘉庆丁卯（1807）刻本；第四卷，据国家图书馆藏稿本。

陈硕士（用光）曰："详直中自饶逸气。"（《成均同学齿录序》）

陈硕士（用光）曰："文格在韩、欧之间。"（《金青侪环中庐诗序》）

陈硕士（用光）曰："满纸呜咽之音。读先生文，使人益增厚于朋友之情矣。至其文笔之曲折幽邃，得力于半山，而行气之纡徐冲淡，则仍自六一居士来也。"（《李凫塘中允诗集序》）

陈硕士（用光）曰："体直而气壮，此文境又似韩公。知先生于此事三折肱矣。至所论'诗以外无闻'之说，尤足为才人下一箴砭。先舅氏山木先生尝持此论，今复于先生见之。如先生者，信不可以文字目之也。"（《蔚嶒山房诗钞序》）

陈硕士（用光）曰："读中一段文，乃知先生爱惜人才而欲有以成就之意，真无愧于名臣风度矣。"（《诗龛声闻集序》）

陈硕士（用光）曰："简而足，其风神淡远，体格雅健，真欧、曾嫡派。"（《槐厅载笔序》）

陈硕士（用光）曰："淡远。此文亦简而足。固知所谓足者，不在于贪发议论也。"（《存素堂印簿序》）

陈硕士（用光）曰："昔我有先正，其言明且清。"斯文之谓矣。（《重修族谱序》）

陈硕士（用光）曰："盛气挥斥，动中矩度。"（《吴蕉衫制艺序》）

陈硕士（用光）曰："得震川安雅处。"（《范太翁寿序》）

陈硕士（用光）曰："笔意萧疏自喜。"（《江湖后集跋》）

陈硕士（用光）曰："雅健。"（《存素堂书目跋》）

陈硕士（用光）曰："简直古雅，允推杰作。"（《国子监司成题名碑录跋》）

陈硕士（用光）曰："笔力清劲而宕往。"（《德定圃师遗稿跋》）

陈硕士（用光）曰："雅洁。"（《翁覃溪先生临文待诏书跋》）

陈硕士（用光）曰："洁。"（《韩所瞻藏祝枝山诗文手草册跋》）

陈硕士（用光）曰："雅。"（《蒋湘帆临西涯诗帖跋》）

陈硕士（用光）曰："风韵倏然，读之使人增重朋友之谊。"（《汪云壑江秋史程兰翘遗墨合册跋》）

陈硕士（用光）曰："清雅可诵。"（《西涯图跋》）

陈硕士（用光）曰："雅。"（《移居图跋》）

陈硕士（用光）曰："洁。"（《潘梧庄临郑千里气概图跋》）

陈硕士（用光）曰："详确。"（《与邵二云前辈论史事书》）

陈硕士（用光）曰："尺幅中藏无数转折，其简峭矫变，逼真介甫之文。"（《与徐尚之论文书》）

陈硕士（用光）曰："简而足，是真能简矣。"（《复贾素斋论交书》）

陈硕士（用光）曰："每题必有窈然之思，渊然之色，此是半山胜处。"（《复王谷塍进士论仕书》）

陈硕士（用光）曰："一唱三叹，绝世风神。"（《元史类编书后》）

陈硕士（用光）曰："笔意近北宋人。"（《张逸庵传》）

陈硕士（用光）曰："传金石文字，韩、欧、王三家体各不同，然欧、王固皆从韩出者也。韩多一直叙去，不立间架。王则于其人之有特行者，或特提一节叙之于前，而后详志其生平。传之体，虽不同于碑志，然其法未尝不可通用。虚谷生平大节，在杖军役一事。兹文用王法叙之，最合体制。要之，王虽从韩出，固仍从太史公列传中来也。至其写生处，皆法韩公，则又为介甫所未有。"（《武虚谷传》）

陈硕士（用光）曰："文品峻洁，而优游平中之气，令人百读不厌，是合六一、半山为一手者。"（《周赞平传》）

陈硕士（用光）曰："至性之文，不为文而文极工。"（《先妣韩太淑人行状》）

陈硕士（用光）曰："文亦古雅。"（《本生府君逸事状》）

陈硕士（用光）曰："平叙中自有风神。"（《南阳清军同知林君墓志铭》）

陈硕士（用光）曰："此文是欧阳，非曾、王也。"（《明大学士李文正公畏吾村墓碑文》）

陈硕士（用光）曰："零星叙事，亦是记之一体。不着议论，尤征老到。"（《南熏殿古像记》）

陈硕士（用光）曰："于设色处淡以出之，便是柳州文字，非

杂家文字矣。"(《道镜堂记》)

陈硕士（用光）曰："振笔直书，而其中藏无数层折，此文之似韩者。"(《诚求堂记》)

陈硕士（用光）曰："奇而宕。"(《且园记》)

陈硕士（用光）曰："和平淡雅之音。"(《会陶然亭记》)

陈硕士（用光）曰："似介甫。"(《赎李文正公墓田记》)

陈硕士（用光）曰："文情斐亹。"(《重装钱南园副使画马记》)

陈硕士（用光）曰："叙法洁，议论亦洁。"(《重装慈寿寺明孝定李太后像记》)

陈硕士（用光）曰："妙远在笔墨之外。"(《校全唐文记》)

陈硕士（用光）曰："论述得体，征引甚合。"(《清娱阁诗集序》)

石琢堂（韫玉）曰："立论闳通。"(《唐论》)

石琢堂（韫玉）曰："痛快，似东莱博议。"(《李东阳论》)

石琢堂（韫玉）曰："简炼有法。"(《金青侪环中庐诗序》)

石琢堂（韫玉）曰："先生之诗，天地英华所在，此时虽亡失，将来终有收藏而表章之者。"(《存素堂诗集序》)

石琢堂（韫玉）曰："大气盘旋，说理精粹。"(《重刻己亥同年齿录序》)

石琢堂（韫玉）曰："参之太史，以著其洁。"(《王晋亭诗文集序》)

石琢堂（韫玉）曰："立论纯正，笔意又简峭。"(《任畏斋二我草堂诗稿序》)

石琢堂（韫玉）曰："一往无尽，如入武夷九曲。"(《伯玉亭诗集序》)

石琢堂（韫玉）曰："引而愈伸，仍丝丝入扣，斯古文之胜境。"(《重修尚氏家庙碑文》)

石琢堂（韫玉）曰："极精粹之文。"(《诚求堂记》)

石琢堂（韫玉）曰："是年余方于役湘南，未与斯会，读之怅然。"(《会陶然亭记》)

孙渊如（星衍）曰："笔力轩朗。"（《魏孝庄帝论》）

孙渊如（星衍）曰："持论极正，虽狄公才力甚大，不必以此说绳之，然足以警夫无狄公之才，而托于权变之术以自全者。"（《狄仁杰论》）

孙渊如（星衍）曰："结处每能放宽一步，得妙远不测之神，而无节外生枝之累，此是得古人三昧处。"（《宋庠包拯欧阳修论》）

孙渊如（星衍）曰："论古深透骨里，足以折三百年来轻薄诋议之口矣。先生文多纡余散朗近庐陵，此则驰骤于眉山父子，论体固当如是。"（《李东阳论》）

孙渊如（星衍）曰："矜惜笔墨，乃得古人立言之旨。"（《王子文秀才诗序》）

孙渊如（星衍）曰："质朴中自饶风神。"（《存素堂诗集序》）

孙渊如（星衍）曰："卓然不朽之言，又得情文相生之妙。"（《重刻己亥同年齿录序》）

孙渊如（星衍）曰："后半乃似荆公。"（《曹景堂制艺序》）

孙渊如（星衍）曰："意绪自老苏《上欧阳书》及大苏《范文正公集序》来，而风神绵邈，则于欧为尤近。"（《朱石君先生七十有二寿序》）

孙渊如（星衍）曰："读此可以见古人所谓文字因缘，类非偶然，笔意亦极清老。"（《蒋湘帆临西涯诗帖跋》）

孙渊如（星衍）曰："此有关掌故之文，笔力明画入古。"（《纪晓岚尚书藏顺治十八年缙绅跋》）

孙渊如（星衍）曰："风神溢出。"（《新城陈孝廉遣墨跋》）

孙渊如（星衍）曰："皆似苏、黄小品。"（《英文肃西郭草堂杂咏诗跋》）

孙渊如（星衍）曰："读此足以发思古之幽情。"（《明大学士李文正畏吾村碑文》）

孙渊如（星衍）曰："体遒而笔纵。"（《具园记》）

孙渊如（星衍）曰："详明雅饬。"（《修李文正公墓祠记》）

孙渊如（星衍）曰："文质莹净，而味醇厚，唐宋人得意可传

之作。"(《诗龛图记》)

王惕甫（芑孙）曰："独出正论，推勘尽致，却得其平，不同苟断。"(《狄仁杰论》)

王惕甫（芑孙）曰："操正论者，常苦近迂。此则确识时务，其言曲而中，有论世知人之美。"(《姚崇论》)

王惕甫（芑孙）曰："体会情事，曲得窾要，笔亦清辣。"(《郑鄩论》)

王惕甫（芑孙）曰："考证精详，辨析谨审，而文气亦舒卷自然，是集中最高文字。"(《西涯考》)

王惕甫（芑孙）曰："如此则议论平允，即以为西涯雪诬，西涯亦居之而安矣。"(《〈苑洛集〉〈双溪杂记〉辨》)

王惕甫（芑孙）曰："简洁得好。"(《洞麓堂集序》)

王惕甫（芑孙）曰："整赡得体。"(《成均同学齿录序》)

王惕甫（芑孙）曰："刻露清秀。"(《借观录序》)

王惕甫（芑孙）曰："清老之气，溢出行墨。"(《诗龛声闻集序》)

王惕甫（芑孙）曰："用墨不丰，而意义有余，短制所贵也。"(《槐厅载笔序》)

王惕甫（芑孙）曰："简质有体。"(《清秘述闻序》)

王惕甫（芑孙）曰："吾乡顾侠君《元诗选》初集、二集、三集皆已刊行于世。晚岁，续纂四集，百有余家，亦已写成洁本，尚有一二爵里阙考，未及刊行而遽捐馆舍。今其本流落人间，经三四转折乃归于我。此吴下先贤未竟之业，应归吴下后生料理究竟其事。仆既年衰家贫，无力刊布，眼中少俊，亦无好事者可语。仆藏其本，徒增忉怛耳。"(《宋元人集钞存序》)

王惕甫（芑孙）曰："语有赅孕，极似《道园学古录》中文字。"(《汪氏鉴古斋墨薮序》)

王惕甫（芑孙）曰："吐纳之间，见作者气清色夷风度。"(《北海郑君年谱序》)

王惕甫（芑孙）曰："笔外别有香洁之致。"(《香墅漫钞序》)

王惕甫（芑孙）曰："意度安雅，笔亦谨细。"(《金石文钞序》)

王惕甫（芑孙）曰："无意为文，却自雅洁，集中此一种文字最好。"（《备遗杂录序》）

王惕甫（芑孙）曰："无剩义，亦无支辞，严重得体。"（《重修族谱序》）

王惕甫（芑孙）曰："雅称。"（《伊墨卿诗集序》）

王惕甫（芑孙）曰："意尽而止，文境绝佳，不烦多许。"（《曹定轩紫云山房试帖诗序》）

王惕甫（芑孙）曰："醇然有味，得之意言之外。余序慕堂诗在后，未能如是也。"（《慕堂文钞序》）

王惕甫（芑孙）曰："时文序入集，诚自可厌。近流中颇有言时文序不必作、不必存者。其陈义虽高，然此一物者，亦已萃四五百年人精神、材力于其中。且有甘心不第以名其业，而槁项以死者，岂能无作，又乌得无存乎？但语有可存则存之矣。"（《曹景堂制艺序》）

王惕甫（芑孙）曰："论文精语。"（《吴凤白必悔斋制艺序》）

王惕甫（芑孙）曰："了然于心，而沛然于手，便是文章家至境。"（《赠曹复堂序》）

王惕甫（芑孙）曰："严谨如右军书，用笔内撅，集中第一等文字。"（《陆先生七十寿序》）

王惕甫（芑孙）曰："质雅之至，气味清冽，如咽三危之露也。"（《朱石君先生七十有二寿序》）

王惕甫（芑孙）曰："朴雅可存。"（《陈约堂太守七十寿序》）

王惕甫（芑孙）曰："此宋一代名贤精神所在，其书自不可没于天下。文简核可喜。"（《两宋名贤小集跋》）

王惕甫（芑孙）曰："此数篇真得古人著录文字体格，可追南丰。"（《江湖后集跋》）

王惕甫（芑孙）曰："简核，正以无断制为佳。"（《国子监司成题名碑录跋》）

王惕甫（芑孙）曰："碎金屑玉，无不可观。"（《德定圃师遗稿跋》）

王惕甫（芑孙）曰："其言质而信。"（《翁覃溪先生临文待诏书跋》）

王惕甫（芑孙）曰："仆久客邗江，屡见秋史旧藏，其所著《古泉录》为一士所持。《古泉》已卖去大半，犹索价四百金，仆不能买，但劝其人刻行《泉录》，未知成不成也。"（《汪云壑江秋史程兰翘遗墨合册跋》）

王惕甫（芑孙）曰："达人旷度，俱见于此。"（《移居图跋》）

王惕甫（芑孙）曰："近事却成异闻，此自古所以贵掌故之士也。"（《纪晓岚尚书藏顺治十八年缙绅跋》）

王惕甫（芑孙）曰："德人之言也。"（《德文庄公墨迹跋》）

王惕甫（芑孙）曰："恢然有识之言，沛然莫御之文。"（《复王谷塍进士论仕书》）

王惕甫（芑孙）曰："述庵侍郎之殁，仆往吊其家，门墙萧飒，有诗纪事。今其遗宅入官，藏帙恐不免散亡。唯《王芥子文集》，仆尝钞取其副，其余秘笈，殆难考索。即已刊之版本，恐亦未能保守，奈何！奈何！其乡人无好事者，而仆又无力，浩叹而已。"（《南宋书书后》）

王惕甫（芑孙）曰："此题已无可着笔，海内前后数十年操觚者无所不在，唯仆未及耳。"（《双节堂赠言集书后》）

王惕甫（芑孙）曰："虚谷平生之言，尝属我为文。然其身后久断消息，又不得其行状，故逡巡未作。久之，始获其子行述，极可观。今则石君先生，以及孙渊如（星衍）、洪稚存（亮吉）、赵渭川及时帆各有论著，于虚谷吏治、文学搜具无遗，详略可以互见，而余亦竟自辍笔矣。"（《武虚谷传》）

王惕甫（芑孙）曰："此必当为传之人，文亦精谨有义法。"（《侍卫恒公家传》）

王惕甫（芑孙）曰："家门文字，如此作之最得，皆至性至情所结撰成之也。（《先妣韩太淑人行状》）

王惕甫（芑孙）曰："铭辞佳甚。"（《南阳清军同知林君墓志铭》）

王惕甫（芑孙）曰："此篇有欧阳《内制集序》意致。"（《南熏殿古像记》）

王惕甫（芑孙）曰："胜情古趣，流露行墨。"（《历代帝王名臣

遗像记》）

　　王惕甫（芑孙）曰："雅洁有致，真碎金也。"（《且园记》）

　　王惕甫（芑孙）曰："无愿外之思，有由房之乐，信乎君子之德音也。"（《诗龛图记》）

　　王惕甫（芑孙）曰："清夷之气与渺致傲色，皆出笔端。"（《重装钱南园副使画马记》）

　　王惕甫（芑孙）曰："简核，不枝蔓。"（《重装慈寿寺明孝定李太后像记》）

　　王惕甫（芑孙）曰："二语切中侍郎之病，可谓忠告，而文亦惬当之至。"（《思过斋记》）

　　翁覃溪（方纲）曰："《传》赞云：东阳以依违蒙垢，然善类赖以扶持，所全不少。大臣同国休戚，非可以决去为高、远蹈为洁，顾其志何如耳。此论发挥更为深切，茶陵身后将及三百年，得此阐微之笔，后有重刊《怀麓堂集》者，录此于卷末，诚艺林不可少之文字也。"（《李东阳论》）

　　洪稚存（亮吉）曰："议论识力皆透过前人数层，极奇创，极平允，末段亦断不可少。大抵西涯之才识，优于刘、谢，又适际其时，是以能制瑾之死命。与徐华亭之于分宜，大略相似矣。"（《李东阳论》）

　　洪稚存（亮吉）曰："中多名言，一结更有余味。"（《方雪斋诗集序》）

　　洪稚存（亮吉）曰："必传之书，文亦井井有条。"（《槐厅载笔序》）

　　洪稚存（亮吉）曰："有后段文字，乃非泛作，古人为文之旨如是。"（《赠曹复堂序》）

　　洪稚存（亮吉）曰："用笔总从古人来，故能超出尘埃之表。"（《何双溪先生六十寿序》）

　　洪稚存（亮吉）曰："余与三先生皆极契，读此增人琴之感矣。"（《汪云壑江秋史程兰翘遗墨合册跋》）

洪稚存（亮吉）曰："纂修官书，抵牾讹谬从古而然。安得尽条摘而改正之，读此为之三叹。"（《与邵二云前辈论史事书》）

洪稚存（亮吉）曰："似南宋人文字。"（《西魏书书后》）

洪稚存（亮吉）曰："简而明，风格极古。"（《南宋书书后》）

洪稚存（亮吉）曰："震川于张贞女事，传之，记之，又于友人书中娓娓及之，不一而足。盖君子之用心，惟恐不及如是，先生亦然。"（《西涯墓记书后》）

洪稚存（亮吉）曰："翻空立论，是文家自占身分法，亦是熟题避熟就生法。其文境则在六一、半山之间。"（《双节堂赠言集书后》）

洪稚存（亮吉）曰："闲淡、整洁，兼有远神，的真震川摹六一文字。"（《张逸庵传》）

洪稚存（亮吉）曰："悱恻真挚，泪痕满纸，至文也。"（《先妣韩太淑人行状》）

洪稚存（亮吉）曰："笔力简峭，似合南丰、半山为一手，不特表章先贤一节足传也。"（《明大学士李文正公畏吾村墓碑文》）

洪稚存（亮吉）曰："县官当各书一通于座右。"（《诚求堂记》）

洪稚存（亮吉）曰："淡宕蕴藉。"（《且园记》）

洪稚存（亮吉）曰："幅短而神味特长，酷似半山。"（《具园记》）

洪稚存（亮吉）曰："中多见道语，不徒有观濠、因树面目。"（《诗龛图记》）

洪稚存（亮吉）曰："古艳。"（《红泥磬砚铭》）

赵味辛（怀玉）曰："持论之平，无隙可乘，存心恕而用笔周也。"（《李东阳论》）

赵味辛（怀玉）曰："援引渊博，结有空外之音，是真不负居近西涯者。"（《西涯考》）

赵味辛（怀玉）曰："笔意劲达，兜裹亦密，少陵所谓毫发无遗憾者，斯文有焉。"（《吴云樵编修诗序》）

赵味辛（怀玉）曰："《述闻》《载笔》二书，皆不朽之业。古

人'职思其居'，如是，如是。"（《槐厅载笔序》）

赵味辛（怀玉）曰："同年齿录不少，而合天下同举于乡者以为齿录焉，则甚少也，于此见作者交谊之笃。举朱、文相例，尤得立言之体，青云忝附，敢不勉诸。"（《重刻己亥同年齿录序》）

赵味辛（怀玉）曰："读此知成均取士之善，贤于乡、会两试。"（《成均课士录序》）

赵味辛（怀玉）曰："议论和平，文亦遒洁可诵。"（《成均课士续录序》）

赵味辛（怀玉）曰："此篇有功国史不少。"（《与邵二云前辈论史事书》）

赵味辛（怀玉）曰："贤母德范，孝子慕思。三复此篇，可以想见。文之神理，亦纯从六一公得来。"（《先妣韩太淑人行状》）

赵味辛（怀玉）曰："是宋人得意文字，想见作者襟抱。"（《诗龛图记》）

赵味辛（怀玉）曰："修洁劲炼，深得龙门三昧。"（《许愚溪传》）

秦小岘（瀛）曰："其声清越以长，考证详确，末语尤有味。"（《西涯考》）

秦小岘（瀛）曰："清重，有体裁。"（《洞麓堂集序》）

秦小岘（瀛）曰："缭而曲，如往而复，此乃真有得清微澹远之境者也。"（《吴云樵编修诗序》）

秦小岘（瀛）曰："谨严有法。"（《王子文秀才诗序》）

秦小岘（瀛）曰："简质详尽。"（《钱南园诗集序》）

秦小岘（瀛）曰："严重有体。"（《槐厅载笔序》）

秦小岘（瀛）曰："简重。"（《清秘述闻序》）

秦小岘（瀛）曰："清正，不枝蔓。"（《宋元人集钞存序》）

秦小岘（瀛）曰："遒峭，有介甫遗风。"（《成均课士续录序》）

秦小岘（瀛）曰："清老，简重。"（《成均学选录序》）

秦小岘（瀛）曰："碎小文字，须从简短中出韵趣，此故得之。"

(《备遗杂录序》)

　　秦小岘（瀛）曰："明辨晰也。"(《两宋名贤小集跋》)

　　秦小岘（瀛）曰："极似竹垞文字。"(《江湖小集跋》)

　　秦小岘（瀛）曰："老笔。"(《存素堂书目跋》)

　　秦小岘（瀛）曰："此虽小文，具见精洁。"(《德定圃师遗稿跋》)

　　秦小岘（瀛）曰："修洁。"《萧玉亭师馆课诗遗墨跋》)

　　秦小岘（瀛）曰："简瘦。"(《罗两峰画瀛洲亭图跋》)

　　秦小岘（瀛）曰："详慎，有体裁。"(《梧门诗话例言》)

　　秦小岘（瀛）曰："谨严有法，详略得当。"(《张新塘传》)

　　秦小岘（瀛）曰："简质，有古人之风。"(《先妣韩太淑人行状》)

　　秦小岘（瀛）曰："极似《唐文粹》中杂家文字。"(《道镜堂记》)

　　秦小岘（瀛）曰："简古峭劲，荆公法也。"(《耿处士墓表》)

　　秦小岘（瀛）曰："论一人之诗，而及众人；纪一时之事，而及他事。是谓笔外有笔。"(《王簣山吾斋诗钞序》)

　　秦小岘（瀛）曰："淡远，不着议论，愈觉言之有文，渲染水墨画技俩。"(《竹屋诗钞序》)

　　秦小岘（瀛）曰："宽一步，正是紧一步。乃知工于为文者，全在体外运掉，题上盘旋，乃能监题之脑。"(《胡君巢云馆诗稿序》)

　　秦小岘（瀛）曰："识小本领，吾辈所当共勖勉者。从容叙述，老重不佻，无意为文而文自至。"(《鹤征录序》)

　　秦小岘（瀛）曰："长言永叹，以萧疏之笔写悲壮之音。白云行空，春风煦物，有此夷犹澹宕。"(《张鹤侪布衣诗序》)

　　秦小岘（瀛）曰："夭矫盘旋，纯学庄、列。"(《杨琴山为吴子野画昌溪村景诗序》)

　　秦小岘（瀛）曰："前路逸宕似永叔，入后排奡又似退之，正不能以唐、宋人论其造诣。"(《是程堂诗集序》)

　　秦小岘（瀛）曰："意在沛公，却全从张生着笔，又全不从张生设色，工于取势，斯不为题所缚束。"(《胡上舍七十寿序》)

　　秦小岘（瀛）曰："二君交情道谊，具见于尺幅。《毗陵集》中上乘文字。"(《诰授朝议大夫礼部员外郎前翰林院编修江南道监察

御史谢君墓表》）

秦小岘（瀛）曰："简古、矜重，枝辞蔓语，芟刈殆尽。铭幽之文，固宜如是。"（《诰封中宪大夫浙江分巡温处兵备道例晋通议大夫云南提刑按察司按察使李公墓志铭》）

秦小岘（瀛）曰："淡处着墨，远处传神。"（《陈硕士编修收藏尺牍卷记》）

秦小岘（瀛）曰："尊简斋，抑简斋，皆不失分寸，和平正当之言。"（《自怡轩诗集序》）

秦小岘（瀛）曰："看似零星琐屑，实系一线穿成，结处尤有远致。"（《朱闲泉诗集序》）

秦小岘（瀛）曰："平易之言，自尔正大。"（《清秘续文序》）

秦小岘（瀛）曰："要言不烦，弗事华藻。"（《槐厅续笔序》）

秦小岘（瀛）曰："小中见大，须此郑重之笔。"（《桂花图跋》）

秦小岘（瀛）曰："简净，惜余无缘窥其藏也。"（《孙学斋书库记》）

秦小岘（瀛）曰："于无可发挥中写出如许关系来，仁人之言蔼如。"（《周贡生诗记》）

吴山尊（鼒）曰："昔人评渔洋山人诗云：'笔墨之外，自具性情。登览之余，别深寄托。'文境近之，缛而不碎。"（《西涯考》）

吴山尊（鼒）曰："有道之言，其体庄；有节之文，其词让；有学之词，其趣远。三者兼之。"（《重刻已亥同年齿录序》）

吴山尊（鼒）曰："直敌永叔《集古录叙》。"（《存素堂印簿序》）

吴山尊（鼒）曰："韩之幻笔，柳之隽思，合为一手。侯朝宗寠曰文字耳，王于一之丰更何足论。"（《汪氏鉴古斋墨薮序》）

吴山尊（鼒）曰："断制中有含蓄，似晁无咎高作。"（《香墅漫钞序》）

吴山尊（鼒）曰："似韩公干时之文，而矫健足以自树。"（《成均课士录序》）

吴山尊（鼒）曰："前半曼衍，后半奇崛，是老泉晚年文字。"

（《曹景堂制艺序》）

吴山尊（鼒）曰："清字，是先生自道文则。三百字中层折甚多，而气体自清。"（《涵碧山房诗集序》）

吴山尊（鼒）曰："似陈无己。"（《寄闲堂诗集序》）

吴山尊（鼒）曰："波澜老成，先生文率如此，且臻此境五年矣。其中自有不忘者在，一语当令陶渊明、司空表圣闻之一哭。"（《平麓诗存序》）

吴山尊（鼒）曰："此集中近时之作，然亦似震川用意之文。"（《何双溪先生六十寿序》）

吴山尊（鼒）曰："不谀不赘，寿文中可以继震川诸作。"（《初太翁八十寿序》）

吴山尊（鼒）曰："文正哀辞，最是晚年杰作。公此文亦婉挚如永叔。臧生得此二文不死矣。"（《臧和贵行状书后即孝节录》）

吴山尊（鼒）曰："一则世外之文，磊落可喜。"（《成雪田尺牍书后》）

吴山尊（鼒）曰："毛发生动，无剩字，可以传奇士。"（《苏竹屿传》）

吴山尊（鼒）曰："当吾世述其亲者，不可无一，不能有二之文。"（《先妣韩太淑人行状》）

吴山尊（鼒）曰："似与魏晋人语，却字字有实际。"（《本生府君逸事状》）

吴山尊（鼒）曰："有法度。"（《南阳清军同知林君墓志铭》）

吴山尊（鼒）曰："有关世道之言，又能峭洁，不可废矣。"（《重装钱南园副使画马记》）

吴山尊（鼒）曰："议论光卓。"（《潘氏义庄记》）

汪瑟庵（廷珍）曰："具此识力，始许读杂家言。"（《〈苑洛集〉〈双溪杂记〉辨》）

汪瑟庵（廷珍）曰："立言有体。"（《兰雪堂诗集序》）

汪瑟庵（廷珍）曰："委婉曲折，入情入理之言。"（《清籁阁诗

集序》)

汪瑟庵（廷珍）曰："如此立言，可谓得体。"(《洪文襄公年谱序》)

汪瑟庵（廷珍）曰："有关考证之文，愈琐细愈佳。"(《孙文简古像赞跋》)

汪瑟庵（廷珍）曰："由中之言，亲切有味。"(《曹文恪公诗草跋》)

汪瑟庵（廷珍）曰："意议彰明，深情逸笔，得记叙体。(《海城重修平南敬亲王庙碑文》)"

谢芗泉（振定）曰："有关世道人心，文之不可少者。"(《〈苑洛集〉〈双溪杂记〉辨》)

谢芗泉（振定）曰："往复申明，有一往无尽之意。"(《明李文正公年谱序》)

谢芗泉（振定）曰："得淡远之趣。"(《王延之遗诗序》)

谢芗泉（振定）曰："缠绵周至，情余于言。"(《王葑亭双佩斋诗集序》)

谢芗泉（振定）曰："交深之言，通达之论，叙次尤历落入古。"(《梅庵诗钞序》)

谢芗泉（振定）曰："卓迈之行，得此谨严之笔，其人益传。"(《侍卫恒公家传》)

谢芗泉（振定）曰："闲中着笔，叙事得虚实相生之妙。"(《例授奉直大夫礼部主事吴君墓表》)

谢芗泉（振定）曰："持正之论。"(《思过斋记》)

阮芸台（元）曰："简质中风神溢出。"(《洞麓堂集序》)

阮芸台（元）曰："笔力圆折处是古人。"(《吴云樵编修诗序》)

阮芸台（元）曰："此文用笔，全似介甫。"(《借观录序》)

阮芸台（元）曰："是虞文靖、杨文贞一派文字。"(《同馆试律汇钞序》)

阮芸台（元）曰："渊雅，是东汉人手笔。"(《同馆试律续钞序》)

阮芸台（元）曰："此文安章宅句，无一不合古人。其疏畅渊

雅，真北宋人文字也。"(《重刻已亥同年齿录序》)

阮芸台（元）曰："于书中提出二事见文识之高，于前半烘托处见文情之妙，古人之能事备矣。"(《北海郑君年谱序》)

阮芸台（元）曰："欧、曾遗格。"(《王晋亭诗文集序》)

阮芸台（元）曰："翛然绝俗。"(《吴草亭六十寿序》)

阮芸台（元）曰："得大解脱，得大自在，坡翁海外文字，有此奇特。"(《诗龛图记》)

阮芸台（元）曰："气味渊雅。"(《戒台图裕轩曹慕堂两先生祠记》)

阮芸台（元）曰："诗中境地，言之凿凿，而于天人难易之间，未尝不三致意焉。真知灼见，非比泛常应酬。"(《容雅堂诗集序》)

阮芸台（元）曰："以拙胜，以味胜，得诗中三昧，恐入渔洋口中，不能如此了了。"(《谷西阿诗集序》)

阮芸台（元）曰："写其诗之分量，与其人之性情，不差铢黍。笔重心长，一气潇洒，神来之作。"(《王子文秀才诗续集序》)

阮芸台（元）曰："不朽之人得不朽之文以传之，愈朴质愈精采也。"(《洪稚存先生行状》)

阮芸台（元）曰："语简而意长，渊然之光，苍然之色，不可迫视。"(《赠武功将军云南通判岸亭陈公墓表》)

阮芸台（元）曰："详备可当一代艺文志，《千顷堂书目》不能如是简核。辨晰文献兴替，此殊有证据。"(《校永乐大典记》)

阮芸台（元）曰："闲旷之笔，沉挚之思。"(《完颜太叔人七十寿序》)

阮芸台（元）曰："足资掌故。"(《诸臣恭和试卷跋》)

阮芸台（元）曰："学昌黎'马少监'、庐陵'张子野'两墓志，而得其髓。"(《诰授奉政大夫工部屯田司员外郎杨君墓表》)

阮芸台（元）曰："廉访一生清德，借此缜密之笔，足以传矣，不必恢张蹈厉为也。"(《江安粮道前江苏按察使司按察使于公墓志铭》)

阮芸台（元）曰："《帝京景物略》《日下旧闻》皆不能叙述明切，此文可作志乘读。"(《万柳堂记》)

杨蓉裳（芳灿）曰："典重肃穆，似李文饶、权载之一辈人手笔。"（《成均同学齿录序》）

杨蓉裳（芳灿）曰："缠绵往复，具征好士盛心。"（《金青侪环中庐诗序》）

杨蓉裳（芳灿）曰："春容大雅，仍有事外远致，非如范蔚宗所谓公家言也。"（《同馆试律汇钞序》）

杨蓉裳（芳灿）曰："古艳。"（《存素堂印簿序》）

杨蓉裳（芳灿）曰："以尚书语及家书为前后波澜，而以三世交情为主，篇法绝佳。立言更亲切有味，扫尽祝嘏浮词，行墨间自有太和之气，是谓大方之家。"（《陈约堂太守七十寿序》）

杨蓉裳（芳灿）曰："俊逸似唐人小品。"（《潘梧庄临郑千里气概图跋》）

杨蓉裳（芳灿）曰："原本班书叙述之例，而变其韵语，尤觉简茂朴重。"（《槐厅载笔例言》）

杨蓉裳（芳灿）曰："至性至文，一字一泪，直匹《泷冈表》墓文，柳州似不及也。"（《先妣韩太淑人行状》）

杨蓉裳（芳灿）曰："澹逸中有深隽之致。"（《会陶然亭记》）

杨蓉裳（芳灿）曰："尺幅中俯仰今昔，一往情深，感不绝于余心，溯流风而独写。"（《重装钱南园副使画马记》）

初颐园（彭龄）曰："情以义宣，节奏既入古，而用笔弥深至矣。"（《方雪斋诗集序》）

初颐园（彭龄）曰："文亦飘飘，有御风而行之妙。"（《海门诗钞序》）

初颐园（彭龄）曰："用笔处纯是北宋大家文字。"（《成均课士录序》）

初颐园（彭龄）曰："立论既正，而一唱三叹处，风神溢出。"（《成均课士续录序》）

初颐园（彭龄）曰："议论极有精彩。"（《鲍鸿起野云集序》）

初颐园（彭龄）曰："规格极正。"（《任畏斋二我草堂诗稿序》）

初颐园（彭龄）曰："文具宽博有余之气。"（《陆先生七十寿序》）

初颐园（彭龄）曰："笔情酣放。"（《吴草亭六十寿序》）

初颐园（彭龄）曰："极似虞文靖公文字。"（《重修尚氏家庙碑文》）

初颐园（彭龄）曰："典雅，妙不岑寂。"（《观生阁花鸟跋》）

初颐园（彭龄）曰："琐事幽怀，闲情远致，写得萧悄抑郁。"（《复赵味辛书》）

吴榖人（锡麒）曰："纡徐曲尽，足传其人。"（《钱南园诗集序》）

吴榖人（锡麒）曰："博稽掌故，不仅以扬诩见长。"（《使琉球日记序》）

吴榖人（锡麒）曰："其文传，其事亦传，故文不可以苟作也。"（《成均学选录序》）

吴榖人（锡麒）曰："关系之言，即小见大。"（《重锓稼轩词序》）

吴榖人（锡麒）曰："磊落有致。"（《姜桐轩诗钞序》）

吴榖人（锡麒）曰："若远若近，一往而深。无意于为文，而文斯至矣。"（《香雪山庄诗集序》）

吴榖人（锡麒）曰："许之深，而勖之至矣。文有余于言者，此种殆是。"（《吴兰雪香苏山馆诗集序》）

吴榖人（锡麒）曰："明于掌故，言之乃凿凿也。小中见大，煞有关系。"（《康熙己未词科掌录序》）

吴榖人（锡麒）曰："无关系处说得煞有关系，立言之体也。"（《祭酒司业题名碑文》）

吴榖人（锡麒）曰："波澜层折，亦是庐陵家法。"（《陈芝房进士诗集序》）

吴榖人（锡麒）曰："余与梅农交三十年矣。当戊戌、己亥间，余寓米市街，梅农馆韦约轩前辈听雨楼，所居既迩，倡和极乐。而其为人也醇雅敦挚，故交久益亲。后梅农以佐郡赴楚去，但闻其赞军事甚勤，其叙劳又甚渥。度必至京师，可以一见。曾不意其遽至于死，死且无后，即遗稿亦不知其流失何处矣。每思之，辄惘惘终日。今读此文，始知其集固尚在人间，既幸诗人之得传，而并快斯

文之先有以传梅农也。"(《退滋斋诗集序》)

何兰士（道生）曰："淬水湛卢，其锋甚锐，此种文字直从《国策》得来。"(《成均课士续录序》)

何兰士（道生）曰："小中见大，极缭曲往复之致。"(《具园记》)

张船山（问陶）曰："真切语即是至文。"(《王荇亭双佩斋诗集序》)

张船山（问陶）曰："洁净。"(《桐华书屋诗草序》)

周驾堂（厚辕）曰："极疏密浅深之致。"(《点苍山人诗集序》)

李啬生（保泰）曰："花放水流，夷犹自在。"(《重刻有正味斋全集序》)

李啬生（保泰）曰："立言最得大体，昌黎之以颂以规也。"(《恩福堂诗集序》)

李啬生（保泰）曰："足补《明史·艺文志》，表扬之功大矣。"(《石仓十二代诗选跋》)

李啬生（保泰）曰："盎然吐握之诚。"(《朋旧及见录例言》)

鲍觉生（桂星）曰："证佐既确，断制斯合，可以传此书矣。"(《志异新编序》)

王偕峤（苏）曰："见识远，序次整，结构紧。"(《具园记》)

何砚农（元烺）曰："中有所得，言皆实谛，非严沧浪以禅喻诗比也。读之不禁作天际真人想矣。若曰作非非想，正恐无有是处。"(《诗龛图记》)

陈稽亭（鹤）曰："俯仰今昔，憾慨殆有余味。仆尝为同年三进士传，载芝房崖略，而不能详。得此文，足以传芝房矣。"（《陈芝房进士诗集序》）

陈稽亭（鹤）曰："每论定一集，必详加品藻。其人在焉，呼之欲出。念旧之谊，重可感夫。"（《退滋斋诗集序》）

陈稽亭（鹤）曰："余乡试实出冶亭尚书门，顾性懒惰，在京师未数数晋谒。至阆峰侍郎，则生平未尝一见。陈员外启文为言，侍郎高峻绝尘，清操自励。陈君质直，当不我欺。得此序言，足以传侍郎矣。"（《萝月轩诗集序》）

陈稽亭（鹤）曰："少时览陈伯玑《诗慰》，每集有序，或用他人之作，或自为论譔，皆古雅可爱。读兹文，庶几遇之。"（《试墨斋诗集序》）

陈稽亭（鹤）曰："深情远致，俯仰低徊，欧阳公集中有数文字。"（《尚䌹堂诗集序》）

陈稽亭（鹤）曰："全于顿挫处出精神，照应处见义例，的是作家。"（《恩福堂诗集序》）

陈稽亭（鹤）曰："修洁简峭，似柳子厚。"（《重修李文正公墓祠记》）

陈稽亭（鹤）曰："周道登曾为相，而相业无足观，世人几不知其名氏，读此曷胜慨然。"（《明万历二十五年顺天乡试录残本跋》）

陈稽亭（鹤）曰："繁衍处颇有关系，存此以待考核。"（《石仓十二代诗选跋》）

陈稽亭（鹤）曰："义例谨严，神情旷逸。"（《朋旧及见录例言》）

吴兰雪（嵩梁）曰："芙初以诗文受知于先生者最早，故论称皆确当有据。至于用笔之缠绵悱恻，则感人心深矣。"（《尚䌹堂诗集序》）

吴兰雪（嵩梁）曰："余尝幞被恩福堂之西轩者三阅月，宫保全集粗校一过，未及跋识，此乃先获余心。"（《恩福堂诗集序》）

吴兰雪（嵩梁）曰："末数语最澹宕。"（《明万历二十五年顺天乡试录残本跋》）

吴兰雪（嵩梁）曰："尺幅间波起云兴，层折无数，尝于隋唐人画境中遇之，何复得诸此文？"（《惟清斋石墨跋》）

吴兰雪（嵩梁）曰："补阙备遗，足资闻见，入后议论，正大有道之言。"（《明状元图考附三及第会元诗书后》）

吴兰雪（嵩梁）曰："父亦具孤洁、廉悍之致。"（《诰封中宪大夫浙江分巡温处兵备道例晋通议大夫云南提刑按察司按察使李公墓志铭》）

马秋药（履泰）曰："简朴，不枝蔓。"（《香沚诗钞序》）

马秋药（履泰）曰："妙论至文，入情入理。"（《复汪均之书》）

马秋药（履泰）曰："叙述明细，可备掌故。"（《与王柳村书》）

马秋药（履泰）曰："言必由中，义各有当。无理取闹，壮夫不为。"（《复黄心盦书》）

马秋药（履泰）曰："幽怀逸趣，古义今情，无关系处说出有关系来，文之制胜以此。"（《借绿山房画集记》）

马秋药（履泰）曰："浅深层折，愈转愈灵，晋唐画师擅此渲染法。"（《白桃花试册跋》）

陈钟溪（希曾）曰："篇中以不忘其先人为主，立言有体，感旧怀人，低徊欲绝。"（《阅微草堂收藏诸老尺牍卷跋》）

陈钟溪（希曾）曰："确解高识，运笔正如屈铁镂永。"（《复顾剑峰书》）

陈钟溪（希曾）曰："爱才好古，一往情深，诩之即以勉之，身分自见。"（《答汪均之书》）

陈钟溪（希曾）曰："考亭为屏山表墓，如此明细悱恻。"（《朝议大夫宁夏府知府何君墓表》）

陈钟溪（希曾）曰："节促，韵长，似训诂，又似铭赞。半山之峭劲，子固之质直，殆兼之矣。"（《又新堂记》）

言皋云（朝标）曰："真实朴至，不稍逾其分量，文章恰到好处。"（《武虚谷同年诗集序》）

言皋云（朝标）曰："秋山澹远，白云掩映，文家烘托之法如是。"（《澹春堂诗集序》）

言皋云（朝标）曰："不多费笔墨，立言居要，柳州之抑奥扬明，夫何让焉。"（《乔君家传》）

叶琴柯（绍楏）曰："简劲，亦复峭厉。"（《白鹤山房诗集序》）

朱沧湄（文翰）曰："拙而茂，简而文。"（《翠微山房文集序》）

朱沧湄（文翰）曰："其骨格得之庐陵、震川，而时有南丰、谢山风味。岂近日校甬东诸文集，遂有雾露之润耶。"（《完颜太叔人七十寿序》）

王子卿（泽）曰："言及琐碎，提挈书之，井井不紊，非老笔不克举。"（《杭郡选举录序》）

王子卿（泽）曰："浙东耆旧，首推太冲。提黄氏遗诗作纲，审题得势。"（《国朝寓贤录序》）

蔡生甫（之定）曰："煦斋喜藏松雪翁书，临摹时时乱真，读此文，后学乃知所考据。"（《煦斋侍郎摹兰亭独孤本记》）

附录五　法式善著作各本序跋题识[*]

袁枚《存素堂诗初集录存序》：

凡人工一技，虽承蜩画荚，必有独至之思、专精之诣，然后可以永其名于天地间。诗之为道，殆有甚焉。陈后山每登吟榻，婴儿鸡犬皆寄外家，孟浩然落尽眉毫，王维走入醋瓮，其溺苦若是，何哉？盖不能吐弃一切，惟诗之自归，则亦不能缒险凿幽而探取其微旨。然而犹有人之天存焉。其人之天有诗，自能妙万物而为言；其人之天无诗，虽勤之而无益，调之而无味。削桐可以成琴瑟，磨瓴其能成剑也哉！唐人诗曰："吟诗好似成仙骨，骨里无诗勿浪吟。"

时帆先生，天先与之诗骨而后生者也。故其耽诗若性命然，有诗龛焉与之坐卧，有诗友焉与之唱酬，有诗话焉抒其见闻识解。其笃嗜也，不以三公易一句；其深造也，能以万象入端倪。荀子曰："不独则不诚，不诚则不形。"先生之于诗如此，其独且诚也。宜其形诸笔端，自成馨逸，仍然渊其志，和其情，缤乎其犹模绣也。

蒙以诗二册寄余校勘作序。枚老矣，其能以将尽之年序先生未尽之诗乎？然读先生此日之诗，可以知先生他年之诗，兼可以知先生之为人于诗之外，何也？言为心声，诗又言之至精者也。试观汉、魏、三唐，以迄两宋、元、明，凡以诗鸣者，大率君子多，金人少。方知圣人立教，以诗为先，其效可睹矣。且心善则虚，虚则受。昔薛道衡有所缀文，必使颜籀捃摭疵病，古传人大抵如斯。枚敢不抑

---

[*] 说明：本附录中所收录的序、跋题识，均录自法式善相应的著作。具体汇录的顺序为先诗、次文、再次其他著作；诗的汇录顺序为初集、二集、续集以及咏物诗集。

心,所谓危亦以告耶。其应去应存,都已加墨,而即书此一意以弁诸卷首。

乾隆癸丑四月既望钱塘袁枚拜撰,时年七十有六。

吴锡麒《存素堂诗初集录存序》:
夫羚羊挂角,沧浪托之微言;明月前身,表圣标其隽旨。探诗人之奥,窥作者之藩,莫不冥契圆灵,旁通定慧。是以兜率天上神游白公,圣寿寺中梦迎坡老;夙根不昧,妙悟自生;逸兴遄飞,清词奂发,飘飘乎蝉蜕五浊,鹤鸣九皋矣。

吾尝于今之称诗者,得二人焉:一为遂宁张检讨船山,其一则时帆祭酒也。船山华实布濩,风云并驱,浊酒助其新澜,奇书屑其古涕。奏扶娄之技,变化若神;载姑蔑之旗,文采必霸。运智慧刃,树精庭幢,所谓师子吼也。时帆吐纳因心,温柔在诵,戢耆英灵之集,掞张主客之图。凉月来寻,资青乎竹柏;鲜云往被,辅润乎苔岑。传无尽灯,宣广长舌,所谓天乐声也。二君者,所诣各殊,所禀则一。又幸同官禁近,遭遇昌期,读未见之书,进太平之颂。每当香烟袖出,莲炬笼归;时玩晚花,或摘新叶。梅炎藻夏,宜歌乎南风;玉壶买春,适来乎旧雨。锵天得句,掷地成声。余亦未尝不涖二国之载书,通两家之骑驿焉。

顾时帆与余交最久,而为诗又甚勤。隐侯制赋,恒以相要;陈思受言,因而立改。盖以风雅为性命,视箴规为药石,故其篇什尤富,淬历益精。尝出其《存素堂诗集》,属余序之。观其酝酿群籍,黼黻性灵,清而能腴,刻而不露。咀英陶谢之圃,蹑履王孟之堂。落木无阴,归羽明其片雪;空山毕静,响泉戛其一琴。能使躁气悉平,凡心尽涤。非夫餐沆瀣之味,抱云霞之姿者,乌足语夫斯乎。惜余偃蹇风尘,萧条楮墨,感素心之与共,愧弱腕之不灵。譬之望姑射之居,企化人之宇;仅能仿佛,有间神明。愿质之船山,庶乎龙象蹴踏之场,华严香火之会。前因可证,慧业同参。解脱黏徽,透发微妙。铜钹一响,天花四飞,回首灵山,翕然相视而笑也。

嘉庆五年秋八月中浣同馆弟吴锡麒拜撰。

洪亮吉《存素堂诗初集录存序》：

一代之兴，必有硕德伟望起于辇毂之下。官侍从，历陟通显，周知国家掌故，诗文外复能著书满家，以润饰鸿业，歌咏太平，如唐杜岐公佑、明李少师东阳者，庶几其人焉。少师虽家茶陵，然其先世即以戍籍居京师，与生辇毂下无异也。若予所见，则今之国子祭酒法时帆先生殆其人也矣。

先生二十外即通籍，官翰林，回翔禁近者及三十年。作为诗文，三馆士皆竞录之，以为楷式。先生又爱才如命，见善若不及。所居净业湖侧，距黄瓦墙仅数武，宾客过从外，即键户著书。所撰《清祕述闻》《槐厅载笔》数十卷，详悉本朝故事，该博审谛。人有疑，辄咨先生，先生必条分缕析答之，不以贵贱殊，不以识不识异也。先生性极平易，而所为诗，则清峭刻削，幽微宕往，无一语旁沿前人及描摩名家大家诸气习。校《怀麓堂集》，似又可别立一帜，不多让也。

予为词馆后进，承先生不弃，前后倡酬者五年。今予以弟丧乞假归，先生曰："君知我最深，序非君不可。"余因曰：先生之所居，李西厓之旧宅也。先生采择之博，论断之精，杜君卿之能事也。然则他日撰述益多，位望益通显，本学识以见诸施行者，视二公又岂多让，诗文特其余事耳。余行急，请即录是言以为序。

嘉庆三年春二月同馆后学洪亮吉谨序。

杨芳灿《存素堂诗初集录存序》：

盖闻悬黎结绿，非山林之珍；逸鹄潜虬，岂池御之玩。是以通方之才罕观，异量之美难兼。自古文贞丈人、儒林学士，诗吟仙露，辞揽丛云，执制诰之杓魁，标著作之准的。非不周张黼绣，调鬯茎英。然而极涌胸中之思，终鲜事外之致。艺苑所传，类皆然矣。

梧门先生六籍埏熔，万流渊镜；早预承明之选，得读中秘之书。博闻不矜，探夫物始；聪听无阂，识厥音初。杨云灵节之铭，终军奇木之对；贾达神雀之颂，班固宝鼎之歌，俱足以润色皇猷，轩簸帝载。遂乃职司太学，秩峻清卿。龙勺牺尊，习环林之礼；虫书虬篆，摹猎碣之文。鸠采典坟，古训胥经写定；麇兴孝秀，士类借其奖成。宜乎发挥霄翰，吐纳琼音，使邢魏推工，常杨让美也。而先生则表夷旷之雅度，抱清迥之明心，忘情于荣辱之罗，证悟于损益之卦。司州逸兴，时好林泽之游；幼舆高风，别具丘壑之性。信并介于往籍，均贵贱于条风。积水一潭，狎波间之鸥鹭；清琴三叠，招海上之蜻蜓。虽纡青绂，不异荷衣；纵在朱门，如游蓬户。其职业也如彼，其怀抱也又如此。信可宏长风流，增益标胜者欤。故其为诗也，幽惬山志，淡契仙心，濯魄冰壶，浣肠珠泽。美理之辉自照，静云之荫不移。振瑶韵于寥天，接琚谈于旷代。岩松林菊，彭泽之憺词也；海月石华，康乐之逸调也。香茅文杏，摩诘之雅制也；疏雨微云，襄阳之俊语也。至若春潮带雨，秋浦生风，则又兼左司之恬适，榴州之疏峭焉。桃花流水，灵源自通；桂树小山，清梦长往。夫乃叹采真建德之国，以心构难以迹求也。姑射化人之姿，在神合不在貌似也。

芳灿与先生，测交既证前因，嗜古亦同素尚。一编著录，曾邀月旦之评；千里贻书，夙有风期之迟。兹来京国，遂托心知，猥以诗篇，嘱为论次。欲破拘方之见，敢陈连犿之词。俾知谢公寝处，自有山泽间仪；逸少襟情，时作濠梁上想。又何待云装解绂，烟驾辞金，始咏《招隐》之诗，著《遗荣》之赋也哉。

嘉庆八年六月既望金匮杨芳灿序。

王塽《存素堂诗初集录存题记》：

存素堂诗七千余首，兹录存者，吴兰雪、查梅史选本也，彭石夫寄自京师，受业弟子王塽校刊于湖北德安官署，时嘉庆丁卯孟夏。

彭寿山《存素堂诗初集录存跋》：

此吾师自乾隆庚子春迄嘉庆丙寅冬录存诗也。诗得二千余首。综阅者金匮杨员外芳灿、昭文孙庶常源湘，录存者东乡吴学博嵩梁、海宁查孝廉揆，校字者寿山，厘订而刊者春堂王屯牧塽也。

吾师出入翰林三十年，性情冲淡，行端质厚。为诗高洁简质，不矜锤炼而有非锤炼所能到者。或累月不握笔，兴之所至，日或数作，或十数作。诗之富，人共知之；而诗之精深奥窔，或未尽知也。山自癸亥夏侍几席，诗成，辄命录稿。论者谓长篇浩瀚，短章矜贵；咏古之作宏议独抒，怀人之作深情并揭，登临纪事之作天心月胁。笔之超旷，皆足以达之。盖能合陶、韦、杜、苏而一之者也。

先是泾上吴孝廉文炳敦请全集付梓，师却之。厥后阮中丞元刻于广州，吴庶子焘、陶明府章沩刻于京师，黄布衣承增刻于淮阳，皆非全本。师盖不知也。去年夏，春堂自楚北书来，娓娓千言，请任剞劂之役，师答书不许。程素斋邦瑞自扬州来，乞刻全集，赋诗辞之。

一日，春堂自数千里外专健足来都门，秘致山书，索《存素堂诗》，其意诚且坚。山慨然曰："春堂其古豪侠，食德而弗忘报者耶。"其忠笃出于天性，慕道向义，以圣贤为指归者耶。爰取向所钞吴学博、查孝廉选定诗两大册与之，曰："录存者，非全集也。"与之而不敢禀命于师者，知师不欲以诗显也。昔李文饶《一品集》刊之暮年，说者多有散佚之憾，盖孜孜于熏业故耳。

师今年五十有五，思日赞襄惟恐不逮，犹暇诗乎哉？朱石君相国尝戏谓师为李西涯后身，而西涯建树多在馆阁，师真无愧于西涯者，则以兹编为《一品集》之嚆矢可也。

嘉庆十二年岁次丁卯上元日受业彭寿山谨识。

王墉《存素堂诗初集录存跋》：

墉，武人也。不善读父书，效力枢曹。受业于陈梅坨师，师入值日多提命。少暇，出颜、柳、山谷墨刻，谓："字临此，诗则师时帆先生，渠不仅为诗仙也，经师人师，而速北面。"退请蒋君最峰先道意，旋执贽，幸侍诗龛。日见冲淡恬退之性，忠孝节义之章，皆本诸温柔敦厚，以身教不徒以言教也。殆承乏安州，兢兢奉持，历十载，略自谨而渐谙父书，皆诗龛诲授之力也。

夫吾师求己之心有深焉者，报国之志有大焉者，心与志形诸诗，而不肯以诗隘,故名公巨卿亟请梓行,未允。墉奔走数千里外,不获朝夕辟呞,欲梓以便诵,而师坚不许。爰托同门彭石夫潜寄其录存者,恭校再三,乃登梨枣。谢上蔡惧乌头,力去;墉岂惟惧之,且感颂乌头不忍一日忘云。

江西受业王墉恭跋。

刘锡五《存素堂诗二集序》:

安州屯牧王君春堂,刻其师法梧门先生《存素堂诗二集》成,鲍觉生宫尹既为之序矣,复征言于余,且曰:"吾师意也。"予以辛丑入词馆,后先生一科,中间结为"城南诗社",好事者图绘之。予曾题句云:"诗龛祭酒第一流,论诗道广陈太邱。声名官职俱优游,风度得似张公不。"诗龛者,先生所居,聚古今人诗集毋虑数千家实其中,起居饮食,无适而非诗者。先生既以诗提唱后进,又好贤乐善,一艺之长,津津然不啻若自其口出。以故四方之士论诗于京师者,莫不以诗龛为会归,盖岿然一代文献之宗矣。

顾屡起屡踬,官不越四品,近又以病谢。而予沦落一官,偃蹇无似,敬爱如先生,恒终岁不通音问,而先生顾惓惓无已。因追忆城南之游,二十年来半为古人,其存者亦皆散处四方,求如曩者连茵接轸、酬唱赓和之乐,渺不可得,人生离合聚散之故甚可感也。而王君笃于师友,于先生诗一刻再刻不已,风义尤为近古。至先生之诗,冲古淡泊,出入于陶、谢、王、孟、韦、榴之间。虽所遇不一,而优柔平中,绝无几微激宕之音侵其毫端。此更足以觇先生所养,而亦天下读先生诗者所共见之,初无俟予言也。蒲酒在觞,柳花如火,展卷披寻,如从先生于诗龛时也。和墨伸纸,不觉黯然。

嘉庆岁在昭阳作噩历皋之月,馆后学河汾刘锡五谨序于武昌之九桂轩。

李世治《存素堂诗二集序》:

庚子秋试京兆,幸隽。访知骚坛树帜有法梧门先生,是年春捷南宫,旋由内翰跻大司成,造就海内人才盛矣。家君宦蜀晋时,余侍左右，到处遇景仰诗龛者，心怦怦，以未读其稿为恨。越庚午，来守安州，诗龛弟子王春堂适牧屯斯土，曾刻《存素初集》，读之击节曰："曩慕陶韦，未见存素；今读存素，如见陶韦。"四载中，亲阅春堂治己治人，渊源诚有自也。兹又续刻工竣，问序于余。余在夔门巴西有感偶成，录存六章，春堂欣亦付剞劂。噫！存素诗益富，续刻敬益隆。熏陶之力，悦服之诚，两征之。余益获分推爱。春堂之敦厚，实诗龛之育才也。昔者安定公弟子散在四方，不问可知为胡公弟子；学者相与称先生，不问可知为胡公。余于诗龛亦云。后学尧农李世治拜序。

王墉《存素堂诗二集序》：

岁丁卯，恭梓《存素堂初集》成，家君览之，欣然曰："余喜有三，汉魏照云：'经师易得，人师难求。'今尔遇人师，一也；人师工著作，二也；尔尚知瓣香敬事，三也。"越庚午冬，汪公子均之过楚，柬述吾师近况，谓诗龛又可镌续集矣。辛未，詹止园明府奉差入都，托请文与诗并刻，先生未允。止园再申意，仅付诗六卷缄滕至。家君年八十有三，犹嗜书，见续稿喜滋甚。曰："余敬时帆先生为人，乐观其诗，并乐观其老境。盍速续梓，俾余置笟坐诵，如见诗龛拈花笑乎！"墉不敢缓，督梓蒇事，并纪家君所欣慕焉。

嘉庆壬申江右萍乡受业王墉识于执雌守下之轩。

鲍桂星《存素堂诗二集序》：

时帆先生总持风雅，娴习掌故，交游满天下。天下无不知有诗龛者，盖蔚然一代词宗矣。其诗最工五字，出入陶、韦，于渔洋所为三昧者，殆深造而自得之。此外诸体亦各擅胜场，不落窠臼。惟其好之笃，是以诣之至此，亦天下之公言也。

王君春堂，以江右才士起家，戎韬儒将之名流播三楚，尤敦践履之学，所作《见云诗草》，于君父师友间三致意焉。岂唯武人所难，抑贤士大夫有未能逮者。尝受业先生之门，笃信其师说，先生《存素堂诗》乃其所刊布。兹又梓成《二集》，督序于余。

余于先生为后进，铿佩簪笔，步趋十余年。既心折先生之诗，又钦春堂之行谊。安州校士毕，疲腕欲脱，骊驹在门，挑灯书数语，用塞春堂之意。后之读先生诗者，知春堂益以知先生矣。

嘉庆十七年壬申八月中浣歙鲍桂星。

汪正均《存素堂诗二集序》：

诗以言性情而已，不知诗之本而强为诗，则其为诗也，适以掩其性情。善为诗者，但言其心所欲言而止，使读之者悠然而意会，求其所以抒性情者，足以自养其性情焉。

梧门先生，今之真能为诗者也。王屯牧埔为刻《存素堂诗初集》行于世，余读之，以为妙述己意，质而弥永，存素之目，真乃不虚。先生闻之，以余为真能知己者。今者屯牧又请刻近诗为《二集》，先生以稿寄余，命为之叙。余适以试京兆北行，车中手而读之，终而复始者数过。时方盛夏，溽暑蒸空；风驱积埃，薄暮淬肌；车疲马汗，仆夫喘呀。顾思平昔坐广厦、休郁阴，浮瓜高谈，挥扇雅咏，其佚悴何如？乃萧然心清，若忘其苦。呜呼！为诗而能养人之性情若是。是其性情之高旷，及其才学之足以毕抒其性情者，可知矣。余思所以叙先生诗者，久而未得，遂书此应命焉。盖亦未尝强饰求工，而惟言其心所欲言而止耳。其果足以叙先生之诗乎哉？然又岂别有以叙先生之诗乎哉？

此叙去秋作于道中，到京后，倥偬试事，欲稍加修整，而卒无暇。报罢出都，遂以稿呈先生，当时因先生促之数，率以塞责，心实虑屯牧之速付梓也。秋凉无事，始得删改录寄，或胜初本些些耳。

辛未七月廿三日汪正均书。

阮元《存素堂诗续集序》：

时帆先生诗《前集》，元为之刊于杭州，收入灵隐书藏矣。《续集》未校刻而先生卒。先生子中书桂公馨，以稿寄江西属订，而桂公又卒。回忆二十余年交谊，伤悼不已。念先生具良史才，主持诗派，衷于雅正，足为后学之式。平生学问交游敦笃靡已。元虽劳于积牍，感先生之谊，亟为校阅付刻。其《年谱》一卷，乃先生子录寄杂稿叙成者，亦加删定，附于《续集》之首。

嘉庆二十一年馆后辈阮元序。

吴省钦《咏物诗跋》：

咏物之篇，于六艺为赋。有赋而无比兴，此诗教所以不克振也。昔之咏物，羌无故实；后之咏物，数典而求。幅广较于易工，章短苦于难措。作者取精弃粗，举一该十，每从神解超旷中包括众有，能使读者掩题而诀为是题，荃草金身为之拜倒。

学弟吴省钦拜首，时己酉四月十二日。

施朝幹《续咏物诗跋》：

取材之博，修辞之雅，固不待言。其中如"春风绿一江""梅花雪一桥"等句，风神澹荡，右丞、襄阳之遗韵也；"风劲击中原""拳老雪天骄"等句，气骨苍浑，供奉、拾遗之宏轨也。由前之说，是为高士；由后之说，是为英雄。咏物至此，李巨山辈何从问津耶！培叔弟施朝幹谨跋。

吴锡麒《存素堂文集序》：

文之有庐陵，犹诗之有摩诘也。摩诘之诗，有朴至语，有沉雄语，而及其离去尘俗，餐饮沉瀣，则若飞仙化人，不可企而及也。庐陵文亦然，史称其天才自然，丰约中度。苏老泉谓其纡徐委备、往复曲折，而条达流畅、无所间断。大抵摩诘之诗以神胜，庐陵之文以识胜。而总而论之，要皆同出于靖节，惟待读者寻绎于语言之外。

今之能逮于古者罕矣。好古而能信，信古而能专者，其惟时帆先生乎。论时帆之诗，而以为摩诘；论时帆之文，而以为庐陵。其诗之见于世者，人得而信之；其文之未见于世者，人且闻而疑之。而时帆乃独出，而取质于余。余何足以知时帆？然观其言简而明，信而通，有类乎庐陵之为之者。因移向之读庐陵之文者以读之，读之久而始知其肖之。且不惟肖其貌，而且肖其神，且肖其为人。周益公曰："欧阳文忠好贤乐善，盖其天性。得交友间寸稿尺书，必轴而藏之。"

今时帆奖借士类，乐与有成，一时贤士大夫屦满户外，四方宾客奉尺牍问讯者日数十至。其好贤乐善，吾不知视庐陵何如？即其有来必答，一札所及，款款然如出肺腑示之，且令人皆什袭以为至宝，其感人为何如，则其好贤乐善又何如耶！昔人评摩诘诗，谓为诗中有画，若庐陵《丰乐》《醉翁》二记，又文中之画也。时帆辟诗龛，供摩诘、庐陵诸贤像以示瓣香所在。夫思其人不得而即于画中求之，时帆其神遇矣哉！

嘉庆六年岁次辛酉秋七月上浣同馆愚弟吴锡麒拜撰。

（吴锡麒《有正味斋全集》，嘉庆十三年刻增修本未收录此文，当为吴锡麒的佚文。）

赵怀玉《存素堂文集序》：

文章之道，各听其人自诣，而非有限之者也。然处崇高缓厚之地，欲与老师宿儒、白首咕毕者争其长于一日，则势有所甚难。何则？穷而下者，枕葄经史，舍是无他嗜好，故得为颛门名家；达则官守劳其心，纷华蛊其志，纵汲汲于古，而夺之者众，其难一也。穷而下者，自治其业而已；达则操陶冶之柄，当以众人之文为文，而未可私为一己之事。古公卿说士之甘，不啻口出，而天下奉为宗匠。苟闻见有未周，精神或稍怠，则觖望多而令名遂损，其难二也。穷而下者，同类切劘，人乐攻其短；达则分位既尊，贡谀日至，虽其侪列，亦不敢遽肆讥弹，故有失而终身或不能自觉，其难三也。凡此者，势为之，而实已为之也。

若同年时帆学士则不然。学士少通籍，入翰林，陟历清要，手未尝一日去书，于当世贤才若饥渴之于饮食，又抑然自下。虽以余之简陋寡识，每有所作，辄殷殷相质，必求其是而后已。盖人所谓难者，学士皆视之易。易所以昌，厥文者至矣。顷以所著《存素堂文初钞》见示，读之则气疏以达，言醇而肆，意则主于表章前哲、奖成后进居多。学士诗近王、韦，文则为欧、曾之亚。"初"之云者不自满之辞，其即日进不已之几欤？匪特此也，学问之益，固由业之勤、取之博、受之虚，而胸次不超，戚戚者适足为文病。学士则一官学士，再官祭酒，升沉得失，泊然不以介于中，是又泯穷达而一致者矣，于文乎何有？诗云："靡不有初，鲜克有终。"吾愿学士之勉其所终，而毋忽其所难而已。

嘉庆五年冬十月武进赵怀玉撰。

杨芳灿《存素堂文集序》：

昔昌黎子之论文曰：文无难易，惟其是而。蒙窃谓文之至者出于易，其次始出于难。六经之至者无论已，如诸子中之《道德》易矣，而庄则难；史中之左、马易矣，而班则难。即以昌黎一人而论，如《原道》诸篇至矣。易乎，不易乎？其斗奇角险，洞心骇目，柳子所谓"捕龙蛇、搏虎豹"，极天下之难，要非其至者也。

时帆先生以《存素堂文稿》示余，阅月始卒业焉。其文情之往复也，令人意移而神远；其文气之和缓也，令人躁释而矜平。采章皆正色而无驳杂，韵调皆正声而无奇衺。殆造乎易之境而泯乎难之迹者矣。文其至矣乎！先生好古嗜学，寝食未尝去书；奖励后进，汲汲常若不及。与人交，悃款淳笃，久而弥挚，盖其和平乐易，天性然也。

方今圣化翔洽，六合之内，含甘吮滋，条风瑞露，发为文章。先生居侍从之列，将出其所业，为世之司南。俾和声顺气，发于廊庙，而畅浃于荒遐，岂不伟哉！

先生深于文，犹深于诗。自风骚而下，如苏李赠答、《古诗十九首》，无一僻字奇句，而其味深长。后人竭力追摹，莫能仿佛其万一。惟渊明神志澄淡能与之合。有唐一代，王、韦诸公外，寥寥绝响。先生学陶而得其神髓，此中甘苦知之熟矣。然则至易之境，乃诣之极难至者也。世能读先生之诗者，自能读先生之文，当不以余言为阿好也夫。

嘉庆六年八月上浣梁溪杨芳灿拜序。

陈用光《存素堂文集序》：

自叔孙穆子有"三不朽"之言，而后世文士遂锐志于"立言"之业。然吾谓言之立也，别是非，辨贤否，陈天德，明王道。苟其言之当，虽无文字之传，要足以信今而示后。周任、史佚之所述，藏文仲之既没而言立，后有贤者皆能识之，初何尝有文章之名哉。西汉人莫不能文，及魏晋南北朝而其体始乱，韩昌黎起八代之衰，欧、曾、王、苏递尊之而肆力于文章之事，于是始有古文之名。顾求其本必由于躬行仁义，而成业必由于调剂心气。苟其人之不贤，与虽贤而不尽力于文章之事者，皆不足以与乎此。而及其业之既成，则遂杰然足以当不朽之目。然则以文为立言之道，其源虽异于古之所云，而其实足以相配。此文章之密，因世递增，而亦人心感于天地自然之文，有所不能已于此也。

余曩时闻梧门先生居成均时，博学能文，而爱士汲汲如恐不及，心向往之。及居京师，过从至密。先生每作文，必以示用光，商推至再三，必从之而后已。其心之虚而公也如此，此古大臣之用心，所谓"躬行仁义之本"，虽不以文字见，世之士犹当奉以矜式，况其文之既工且富焉矣。先生之文，冲淡夷犹，俯仰揖让，有欧阳氏之遗风。读其文者，如见先生乐易可亲之象焉。辱先生以序文见属，乃为之说如此。世之人苟能以先生之文，而得先生之用心，则于立言之道，赅本末而一之者，夫固有以得之矣。是为序。

嘉庆八年四月同馆后学新城陈用光撰。

程邦瑞《存素堂文集跋》：

瑞愚且鲁，年二十而学无成。及随侍先君子宦游浙闽间，荏苒十余年，学益荒落。顾性无他嗜，惟喜涉猎书籍，于古今诗文有心好而未梓者，尤喜校刊，以广其传。

时帆先生为艺林宗哲，名满天下。尝请刻其诗，未获也。近见所作古文四卷，读而好焉。先生雅不欲示人。窃谓斯文公器，海内闻风企慕者，必以不得早睹为憾，因亟录付剞劂。若其文之气遒识卓，有当代通人学士论定，瑞何敢妄赞一辞也。

嘉庆十二年岁次丁卯冬十二月壬午绩溪程邦瑞谨识。

翁方纲《陶庐杂录序》：

《陶庐杂录》六卷，法式善梧门撰。梧门姓孟氏，内府包衣，蒙古世家。原名运昌，以与关帝号音相近，诏改法式善。法者，国语奋勉也。其承恩期许如此。

自其幼时，颖异嗜学。尊人秀峰孝廉受业于予，故梧门得称门人。刻意为诗，又博稽掌故。其于诗也，多蓄古今人集，阅览强记，而专为陶、韦体。故以"诗龛"题其书室，又以"陶庐"自号。其于典义卷轴，每有所见，必著于录。手不工书，而记录之富十倍于人。即此卷，可见其大凡矣。

与予论诗年最久，英特之思，超悟之味，有过于谢蕴山、冯鱼山，而功力之深造，尚在谢、冯二子下。故数年间，阮芸台在浙，以其《存素斋诗集》送付灵隐书藏，而予未敢置一语。今笠帆中丞以所梓是编属为一言，则其中有系乎考证、有资于典故者，视其诗，更为足传也。

梧门子桂馨亦能文。早成进士，官中书舍人，深望其以学世其家，而今又已逝去。抚卷怀人，耿耿奚释，况吾文之谫陋，又安足以序之。

嘉庆丁丑冬十二月廿有二日，北平八十五叟翁方纲并书。

陈预《陶庐杂录序》：

岁壬申，予屏藩南楚。万载辛君启泰手一编而来，曰："此梧门先生所寄也。"余受而读之，题曰"陶庐杂录"。上自内府图册，下至草茅编辑，罔不详其卷帙，考厥由来。其中如历代户口之盛衰，赋税之多寡，职官之沿袭，兵制之废兴，一切水利农桑，盐茶钞币，治河开垦，弭盗救荒，与夫谠论名言，零缣佚事，参稽胪列，语焉能详。就所见闻，足资掌故，爰藏箧笥，时用览观。

未逾年，梧门先生讣音至，嗣子桂馨邮书来索是编。余诺之未返之也，今桂君又下世矣。尝念梧门先生于余为馆阁前辈，相从辇下，知交最深。后即中外分官，亦时通书疏，此编之见遗也，无一言。辛君古处是敦，惠然不远千里，能无负诺责，余尝心志之不能忘。因思所以报梧门先生父子而并可以质诸辛君者，计惟寿诸梨枣，以永其传。爰芟其繁复，厘为六卷，与丁丑岁二月付之剞劂氏。阅六月工竣，为志其缘起。

嘉庆丁丑冬十一月北平陈预书于济南官廨。

翁方纲《梧门记〈科目〉〈故实〉二书序》：

梧门司成，博学多闻，勤于著述。自其为讲官学士时，辑录制科、贡举、官职、姓氏之类，无不备具。洎先后任司成，课业之暇，捃摭诸家集部、说部凡有关于科目者，皆分条掌记焉。

国家重熙累洽，百五十年以来，魁儒硕学际会中天之运，砥廉隅矢文章以报称者，指不胜偻。乾隆辛丑春，方纲忝二司成，而是科会试、殿试皆吴人钱启第一，即前秋己亥，方刚典江南省试取录第一人也。故事，一甲三人，谒圣庙后，拜司成于彝伦堂，三人簪花讫，所设备用金花一枝，以归总理大学士携归，岁以为常。时大学士漳浦蔡公谓方刚曰："此三元君所得士，今又亲与此礼，此花以归君。"于是，方刚作《三元谶诗》《三元花歌》，又撰《唐宋以来三元考》，一时和诗者甚众，吴人为锓版者是也。夫人知科目之为重，则益知君恩之不易报，益知荣名之不易副，而敦节行、勤职业，官箴士习，皆系于此。

若夫题目之式，品藻之规，语资之记，或足以正文体、裨经传，或足以程得失、备劝惩，又非光化进士百有三门所能该悉者矣。昔汪学使薇题福建使院句云："尔无文字休言命，我有儿孙要读书。"窃尝深佩此言。凡有司横之责者，皆当书于厅事，以示多士。故因梧门此书而记于卷端，愿吾学侣皆敬听焉。

嘉庆三年冬十二月朔内阁侍读学士大兴翁方纲。

朱珪《〈科名〉〈故实〉二书序》：

翰林，史官也。自古历三代越唐、宋、元、明暨国朝，代以为荣，然非独摛文藻，夸宠遇以蓬山为捷径也。必将敦品茂学，处则传名山，出则作霖雨，入则为羹梅，所谓宰相须用读书人。盖古今名贤大半出此而负此官者，亦不少矣。

法梧门司成，优学而守官。其为学士也，则著《清秘述闻》十六卷；其官祭酒也，则著《槐厅载笔》二十卷。实事求是，文献足征，详矣！确矣！

珪无状，自年十八选馆，出入中外，三入翰林，今且岿然忝二十四科之首，称先进焉。服官五十二年，每以人才为断断，而尤惓惓于翰林诸君子，相期近文章，砥砺廉隅，以副圣主求贤若渴之意。读梧门此编，不觉反复而三叹也。

嘉庆己未八月初八日，经筵讲官、太子少保南书房行走、实录馆正总裁、国史馆副总裁、教习己未科庶吉士、吏部尚书兼管户部三库事务大兴朱珪序。

王芑孙《诗龛会饮记》：

国家于京朝官，简其任而多其员，士大夫画诺而已，宜得以其余读书取友，如古所谓仕优而学者而。予来京师，所见士大夫咸卒卒无燕闲之顷。请问所业，辄以无暇为辞。乌乎，富贵利达之私攻其中，而宫室、车马、衣服、妻妾之虑迫之于其后，是虽使去其官而之乎山林、川薮、无何有之乡，亦宁有暇日哉！无暇云者，无暇于其心也。荀卿曰："其为人而多暇日，其出人不远。"凡今之所谓无暇日，乃正荀子之所谓多暇日者也。

古之君子，常从容而有余，无玩时而愒日。《羔羊》之三章，言乎其暇于心者如是也；《伐木》之三章，曰迨我暇，言乎其有暇日也；《蟋蟀》之三章，言乎暇于心者，又不暇于其力如是也。言乎良士之休休，自其蹶蹶、瞿瞿来也。夫有《唐风》，人之瞿瞿、蹶蹶，而后有《召南》，大夫之委蛇。委蛇、休休士之容也，委蛇、委蛇大夫之容也。士以饬己，大夫以报国，观其容可以识忧虞悔吝之萌渐，风泽芳臭之区殊，又岂徒如荀子所云乎！

吾友时帆学士，自名其居曰诗龛，为诗甚富，以诗求友甚勤。比由翰林改官入工部为郎，萧然自得，冲然有容，怡然无所不顺，庶几能暇于心者。于是以岁晚务闲之时，饮其常所往来者。酒不必多，饮可以醉；膳不必珍，食可以饱。其来会于斯者，有法书名画之娱，无博弈管弦之扰。退而形诸言咏，其能画者为之图。学士诗人也，会而饮者又诗人也。予故举《诗》义为之记。学士名法式善，蒙古正黄旗人，会者某某，期而不至者某某。

是岁乾隆五十六年，其日冬至前五日也。

洪亮吉《〈寒林雅集图〉序》：

自寓斋清化寺街至正阳门三里，正阳门至厚载门十里，厚载门至诗龛又三里。每诗龛主人之见招也，必戴启明而兴，聆鸡声而驾，饭仆于路，饮马于途，而后至焉。

至则一巷数曲，已远市声；双桥半倾，仅入车辙。五陵之山，云霾而亦见；千顷之泽，冰凌而可行。明湖瞰其前，杰阁峙其后。寒林之雅，多于遵渚之雁；中廐之马，高于应门之童。泉明北窗，残月甫堕；儒仲南牖，朝曦已升。相与脱略仪节，商榷古今。酪浆既行，围坐未毕，而诸君者亦已接轸而来，排闼以入。辍霜简之威，乘粉署之暇。丰貂午集，则寒鸟依楹；高论甫申，则渚云落槛。子公之染指，移而作图；（张运判道渥能以指作画。）庄辛之握手，因而出句。而且欲读之书，凿楹而已贮；久别之友，面墙而可亲。（壁中黏友朋酬赠作至数百首。）竹径乍东，舫斋又启，非安石之别墅，乃昭明之选楼，缥缃塞窗，篇什盈栋。此则当阳万户，难忘身后之名；鲁国四筵，无乏樽中之酒，凡兹二者，兼自一人，以视昔贤，尤为盛事。于是忻彼雅游，幸兹暇日，遂各授简为记，挥毫作图，或驰骋乎百言，或该综乎数韵。至如仆者，官既最闲，性尤嗜友。茂宏竟席，不逃金谷之觞；刘芳半生，虚有石经之号。又允宜陪尊俎之高会，追谈谑之余欢者也。

坐中作图者三人：长洲曹指挥锐、浮山张运判道渥、甘泉罗山人聘，为记者一人：长洲王孝廉芑孙，为诗者九人：蒙古法学士式善、上元王给谏友亮、汾阳曹侍御锡龄、介休刘舍人锡五、静乐李比部銮宣、汀州伊比部秉绶、灵石何水部道生、汉军玉大令栋、泰安吴明经方南，而阳湖洪亮吉序之云尔。

秦瀛《诗龛及见录序》：
大司成法君时帆工于诗，而尤喜他人诗，尝裒其平日所见之作录为若干卷，曰《诗龛及见录》。先是余官京师时，君出以示余，属为序，会余外擢监司，与君别未有以应，忽忽四五年所。复入都，君亟责诺于，余乃为之序。曰：凡人之见闻，有所及，即有所不及。其所不及者，既常多于所及之数；而其所及者，又往往当前遇之而顷刻失之，譬如烟云之奇诡，风霆之震荡，名山大川之怪异杰特。方其入吾目、涉吾耳，非不可喜可愕，及其既往则迅无留影，固有邈不可追者矣。

余自弱冠称诗，嗜诗之癖略如君，数十年以来得交海内名公卿以及布衣纫屦之士，所见朋旧诗不少，顾懒于抄录，久而散佚。今老矣，凤昔交游殆亡者过半，即存者亦多离索之感，其诗都不复记忆，每欲重为搜罗，求其片楮只字而不可得。则君之是录，其用心何可及哉。君尝言："是录非选诗也，以诗存人也。其人之诗多而所见者少，则少者录焉；其人之诗佳而所见者未佳，则未佳者录焉；且所录之诗，不必定识其人，苟有所见辄录之。"盖君之语余者如此。

夫世不乏诗人，而录之者少，则其诗往往无传于后，近代如叶讱庵有《独赏集》、施愚山有《吾炙集》、王渔洋有《感旧集》，皆就其一时所见之诗抄录成帙，而诗中之人赖以传。今得法君亦即今之讱庵诸公也。夫"诗龛"者，君所居之斋，君既好为诗，其朋友投赠之作斋壁恒满，故名"诗龛"云。

王苏《清秘述闻序》：

槐花时节，星衢捧出使之符；桂蕊因缘，月地讽登科之记。班连诸省，挹文露以分光；恩许三年，怀清冰而小住。撒幕之香易歇，煎茶之响难留，倘爵里之未题，将见闻之互异。昔年辛苦，掩书或致遗忘；大块文章，指树无从问答。棘生试院，莫访前踪；珠列台垣，难寻司命。错年龄于梁灏，误家世于颜标。门不识龙，塔将坠雁。是以《摭言》讨论，《金载》搜罗；议著《云溪》，录传《嘉话》，卢家《杂说》，颇备体裁，史氏缺文，端资补缀。容斋《续笔》，储故实于巍科；伯厚《纪闻》，胪词章于名辈。然而事非一例，类或分门，空排《贡举》之条，难续《文昌》之录。畴作成书之勒，堪为掌故之咨欤。时帆前辈，班冠西清，言包《北梦》，入园则杏花俯首，锁院而铃索牵心。杨盈川率意为文，簿非《点鬼》；管夷吾自成一子，术在树人。有好古之怀，无薄今之想；有爱博之癖，无凿空之思。作《翰苑新书》，括《云仙杂志》；溯源流于科第，示准格于镕衡。

欲使竹种玉堂，叶分个个；鹤飞阆苑，翎刷双双。远详驻节之区，近访分帘之客。题删杂体，名列三头；乡里则籍有可稽，姓氏则书无未见。上下乎百五十载，综览者三十余家。于戏！可谓备矣。

夫三年比校，载在《周官》；每岁计偕，书诸汉诏。考杜家之典，大业开宗；订《渑水》之谈，祥福纪瑞。燕依绣垒，纪时则科接丙丁；鹄立银袍，赐第或榜分春夏。元和拔萃，丙申诗纪，干支淳化，持衡向窓。感深堂陛，年号因斯而作记，典礼于是乎观通。我国家特重贤书，频胪庆节，钩珊瑚于碧澥，增杞梓于彤闱。仿举逸之制科，殊引年至老榜。虽蓬池著录，未广流传；即槐市刊碑，尚艰模榻。兹乃镌诸梨枣，装以缥缃，人识集仙，家知选佛。则篆周后甲，纪元绘云见之光；卦演先庚，介嘏写嵩呼之韵。前此慈宁，种寿叠传；任如徽音，今兹毓庆。传心真协，耆妪伟烈；铺张英茂，罗列简编，懿铄哉，可以观美矣。且法传三互，贵不还乡；荣绾半通，官应书字。举孝廉而入贡，郡国必详；列纪传以成文，名称有副。未许家移关内，寓亦为公；或缘族冠寰中，号因著望。岂赵郡能赅李姓，宁务观可叶平声。诸王则地判西东，子夏则冠分大小。兹乃志详地里，谱熟仓曹，乡必敬于梓桑，墩何争于王谢。过颍川而先思陈寔，呼玄龄则可识房乔。清河不混于博陵，气分沆瀣；彦博本称为大雅，代别温文。彼涑水、宛陵，真成地产，即鸳鸯、蝴蝶，亦附字行。加之街署冰条，事徵璧合；节区龙虎，行辨鹓鸾，此又详之详者也。

况乎试有三场，题非一纸。若投行卷，畴刻程文，粘蚁线以抽丝，度鸳针而翻样。高公主举，一曲《霓裳》；钱起通灵，二妃《琼瑟》。日皆五色，踏砖影之花；月有重轮，掇蟾庭之桂。祖生意尽，残雪在山；白傅才奇，斩蛇失剑。窃封缄而幸获，耻学章持；想刑赏之当然，妄嗤苏轼。常衮偏工杂作，自有兼长；晏殊请试他题，应推独秀。越宋代，权舆夫经义；迄明兴，享用乎时文。立言上溯圣贤，辨体力持风会，独超元箸，共仰慧灯。聘巨手以悬衡，妙精心而握镜。我朝使由内出，经以目分，垂橐而承德增员，置驿而安西应举。五言诗古，协律以被声歌；三月春多，改期而就桃李。自天洒翰，群儒捧凤尾之文；乘传搜才，百尔荷龙光之赉。彼王昶之书，礼部淡墨犹传；若元长之策，秀才庸文尚选。矧兹巨丽，敢昧本原，书有专条，画无复瓣。何至读浩虚舟之赋，颇畏后生；祷李固言之神，徒资先兆乎？

抑之闻之，鲁公传钵，屈置十三，拱寿借衣，高登第一。鲤趋张氏，瑞后土之仪；鸽颂孙家，光尧阶之试。给驺天上，积木梦中，固当自励不欺，宁可但思渴睡。或者中眉志目，获榜眼之称；得路寻春，充探花之使。同占久虚之等，亦登最上之乘。至于容台特冠，省解首行，胆欲破夫侍郎，澜且惊夫瀚海。望蓬山而踊跃，入鳌禁以雍容。概用书名，更无留牍。

若使金泥固惜，不填碧落之碑；将毋柳汁先干，莫忆红绫之馂。今则行行吐耀，字字生香，搜片玉于山巅，扶寒松于涧底。春卿首荐，献策拟于仲舒；秋试先登，唱名侪于同甫。讵有欧阳廷对，反逊一筹；颇闻沂国扬言，竟邀三捷。然则依斗杓而问姓，语岂误夫弹筝；傍龙尾以订交，谶早符于跨骆。何以克副乎忠孝，何以不愧乎科名，必有识之者矣。

至若握尺量才，分疆敷教，作文坛之将帅，焰闪旌旗；第诗品之高卑，声喧鼓吹。始犹衔齐诸道，继乃选慎列卿。御史冰霜，假豸冠于柏署；翰林风月，笼雕锦于莲灯。膺提举之名，卑督邮之号。劝学勤乎《荀子》，立政勖乎《周书》，综教授以植规，约孝秀使就范。来经千日，槎贯月以频迥；化若三春，幡护花而亦到。灵钟群玉，中割提封，价乏兼金，跨连都会。比主司之校阅，久暂功分；为造世之宗师，从容善入。颇多沿革，悉与标题，不惟除授之荣，兼有贪廉之别。椀真涤雪，将一芹一藻皆香；车果载珠，即半粟半丝亦利。语未申夫褒贬，等已判厥贤愚，可不惧哉！

至如卷有朔南，房分十八，谁为具眼，各抱初心。嗟雾列之省垣，用烟驰之县令。或残牙已缺，久忘登第之年；或新绶方来，日虑当官之事。或栽花万种，只识买春；或入院连年，惯工温券。纵有铮铮之铁，难披跃跃之金。琴韵虽清，笔尖已退。惟有秋开京兆，春集垓埏，特妙选于千官，用旁求于群彦。抽毫上殿，试问薰风；秉烛登堂，朗如圆月。名鲜御墨，来司荐士之权；身到仙壶，分掌铸人之柄。列应真于鹫顶，火欲传薪；班学士于瀛洲，雨将霏玉。固宜大书特书，不一书者也。

惟是先生，具包刘越瀛之才，擅月纬年经之体；怀抽沦掇沉之志，乏拔十得五之权。王禹偁三入承明，不曾知举；卢中书数世台辅，未与作人。岂香火之少缘，将鲲鹏之暂息也？况乎丝纶在手，著作等身，直将与古为徒，宁惜送人作郡？官衔带酒，他时定作醉翁；书稿涂黄，此卷何如选格。若苏者十年不调，再试难酬。接前辈之清尘，识考官之陈迹。未忘结习，便当顶若名经；倘与校雠，必且瞭同《人表》。仿佛读《因话》之录，宁敢发不平之鸣乎！

时嘉庆己未季夏中浣馆后学江阴王苏序。

附录六　阮元《梧门先生年谱》

《梧门先生年谱》

先生蒙乌吉氏，蒙古正黄旗人。始祖讳福乐者，以军功从龙入关，隶内府正黄旗。六传而至先生。先生始名运昌，字开文，号时帆。乾隆五十年以升庶子，具谢折，高宗纯皇帝特改名法式善。法式善者，满洲语奋勉上进也。又自号梧门，以幼时韩太淑人课读之所，每日散学，视梧荫逾门限耳。曾祖讳六格，官内管领，诰授中宪大夫；曾祖母赵氏，诰封恭人。祖讳平安，贡生，内务府员外郎，诰授中宪大夫；祖母张氏，诰封恭人。父讳和顺，圆明园银库库掌，母韩氏。本生父讳广顺，乾隆庚辰科顺天乡试中式，本生母赵氏。三代皆以先生诰赠通议大夫、翰林院侍读学士、国子监祭酒、加五级。妣皆赠淑人。

乾隆十八年（1753）癸酉

是年正月十七日寅时，先生生于西安门养蜂坊。兄弟四人，皆赵太淑人出。先生居长，生一月，即奉祖命嗣伯父后。次弟会昌，十七岁殁。三弟恩昌，二十七岁殁。今惟四弟寿昌官内管领。

乾隆十九年（1754）甲戌

二岁。

乾隆二十年（1755）乙亥

三岁。

乾隆二十一年（1756）丙子

四岁。

乾隆二十二年（1757）丁丑

五岁。移居海淀之冰窖北上坡。

乾隆二十三年（1758）戊寅

六岁。患耳疮七阅月，复患口疮三阅月，韩太淑人每守视之。太淑人娴吟咏，日赋《雁》字诗排闷。先生所刻《带绿草堂遗诗》是也。

乾隆二十四年（1759）乙卯

七岁。从文安邢公如澍读书。

乾隆二十五年（1760）庚辰

八岁。

乾隆二十六年（1761）辛巳

九岁。从大兴陆公廷枢读书。

乾隆二十七年（1762）壬午

十岁。闰五月十四日，先生丁父忧。其后乾隆五十九年同官祭酒山阳汪公廷珍为补作墓表。先生家贫，不能延师。韩太淑人亲课授《离骚》、陶诗，口为讲解，以慈母兼严师云。

乾隆二十八年（1763）癸未

十一岁。随韩太淑人寓外家。外家家日替，而转食于外家之戚。至是一二月辄易一师，太淑人每日灯下必严核读书，未尝或弛也。

乾隆二十九年（1764）甲申

十二岁。先生之祖卒。

乾隆三十年（1765）乙酉

十三岁。

乾隆三十一年（1766）丙戌

十四岁。游万寿山，至湖上有《纪游》五古诗，为韩太淑人所称赏。

乾隆三十二年（1767）丁亥

十五岁。太淑人典衣买善本《十三经》及字典诸书，有志藏书自是年始。

乾隆三十三年（1768）戊子

十六岁。选入咸安宫肄业。教习为钱塘卢公凤起，己卯举人；总理为总宪满洲观公保；总裁为余姚卢公文弨，通州王公大鹤，皆一时闻人。

乾隆三十四年（1769）己丑

十七岁。

乾隆三十五年（1770）庚寅

十八岁。

乾隆三十六年（1771）辛卯

十九岁。是年雨大，路绝行人者数日，居僧寺中读书，往往绝粮。院试取入学第二。

乾隆三十七年（1772）壬辰
二十岁。读书西华门外南池子僧寺中。

乾隆三十八年（1773）癸巳
二十一岁。仍寓寺中读书，两饭俱在官学中，夜则栖息禅榻。太淑人为定姻傅察氏。是年以"诗龛"署于僧斋。

乾隆三十九年（1774）甲午
二十二岁。韩太淑人病肺，晨夕不离，时时执先生手泣涕，三月初七日卒。先生痛不欲生，不亲文字，苫次山中。其后乾隆五十九年，同官祭酒山阳汪公廷珍为补作合葬墓表。

乾隆四十年（1775）乙未
二十三岁。依其三叔父讳信顺，居丰盛胡同。仍读书西华门僧寺中。

乾隆四十一年（1776）丙申
二十四岁。补廪膳生。

乾隆四十二年（1777）丁酉
二十五岁。傅察氏来归。

乾隆四十三年（1778）戊戌
二十六岁。读书德仁圃宅。

乾隆四十四年（1779）己亥
二十七岁。在已亭英贵家共读书，朝出安定门骑射。八月十九日，长女生。乡试中式九十五名，考官大学士漳浦蔡公新、礼部侍郎后官尚书满洲达公椿，房考官编修后官吏部侍郎歙县曹公城。

乾隆四十五年（1780）庚子

二十八岁。与甲午举人、后官知府德英读书智化寺。会试中式九十五名，考官礼部尚书满洲德公保、礼部尚书新建曹公秀先、工部尚书涪州周公煌、工部侍郎后官工部尚书仁和胡公高望；房考官编修后官给事中合肥萧公际韶。

殿试三甲引见，奉旨改庶吉士。大教习大学士阿公桂、大学士无锡嵇公璜署、大学士英公廉；分教编修后官运使季公学锦，旋派武英殿分校。

乾隆四十六年（1781）辛丑

二十九岁。散馆，授职检讨，旋派帮办翰林院清秘堂事，充四库提调。同事则王公仲愚、德公昌、百公龄、瑞公保、五公泰、汪公如藻、许公兆棠、陆公伯焜。

乾隆四十七年（1782）壬寅

年三十岁。官检讨。二月，《四库全书》第四分告成，议叙赐宴于文渊阁，有御制联句诗墨刻、笔砚、纸墨、文绮、如意之赏。七月，陪瑞公保引见，赴滦阳。

乾隆四十八年（1783）癸卯

年三十一岁。二月，扈跸西陵，坠马伤臂，先生手颤之疾自是年始。五月，上特试，赋得《五月鸣蜩》五言八韵诗一首。越二日，有日讲起居注官之命。十月，官国子监司业，恭赋《大成殿钦颁周范铜十彝器歌》，并属工重摹其象于册。其戟门两旁石鼓以朱阑护之，至今不废。

乾隆四十九年（1784）甲辰

三十二岁。官司业。是年特建辟雍，前后堂廉鼎新，官僚胥移南学视事。同事总理大学士漳浦蔡公新，先生座主也。

乾隆五十年（1785）乙巳

年三十三岁。官司业。正月，恩诏加一级。二月，临雍礼成，先生恭贺御制诗被赏。纳妾李氏。九月，官左庶子，具折谢恩，有改名法式善之命。

乾隆五十一年（1786）丙午

年三十四岁。二月，官翰林院侍讲学士。《永乐大典》告竣，加一级。四月，丁本生母赵太淑人忧。授徒于忠勇公第中，纂《同馆试律汇钞》《补钞》成，刊行之。

乾隆五十二年（1787）丁未

年三十五岁。官翰林院侍讲学士。五月，奉命充文渊阁详校官，于阁之后廊，每日校书。

乾隆五十三年（1788）戊申

年三十六岁。转侍读学士。奉旨充日讲官、起居注官。

乾隆五十四年（1789）己酉

年三十七岁。官翰林院侍读学士。

乾隆五十五年（1790）庚戌

年三十八岁。官翰林院侍读学士。五月，以讲官扈跸避暑山庄。恭贺御制诗三十首，召对良久，时逾四刻，上谕以作古文法，亹亹千余言。

乾隆五十六年（1791）辛亥

年三十九岁。二月，御试翰詹，考列三等，奉旨以部属用，掣兵部员外郎上行走。五月十一日，次女生，妾李氏出。十一月，补工部员外郎。

乾隆五十七年（1792）壬子

年四十岁。正月，以阿文成公荐补左庶子。

九月，奉派办翰林院事，充功臣馆提调。旧例：阵亡之将帅、官员、兵丁，皆由翰林院立传，工部制木主，书籍里、名姓，送昭忠祠奉祀。有言于文成公者，谓昭忠祠庭宇湫隘，木主充斥。请改例：官逾五品者，始许立主；兵丁以下，不必设牌。先生言不可。文成公意未决，即委先生履勘商定。先生以每牌纵三尺、横八九寸，细字可书千人，大字亦可书数十百人，大帅仍其旧。将弁兵丁合而书之，等威既辨，繁简适均，毅魄英灵胥得栖托。文成公称善，从之。文成公又以《四库全书》告竣，各省所进遗书，有应销毁本，有应发还本，重复错乱，堆积如山，清理殊难，委先生治之。先生立道、德、仁、艺四号，缮写书名，分册掌之。是年，有《清秘述闻》之编。

乾隆五十八年（1793）癸丑

四十一岁。官庶子。纂刻《同馆赋钞》，自乾隆乙丑科起，续钟公衡所选本也。二月，纳妾刘氏。八月初十日，子桂馨生，妾李氏出，先生字之曰"一山"。王惕甫芑孙作《桂馨名说》，罗两峰聘、张船山问陶皆有《桂林图》。翁覃溪先生及诸名士贺以诗者百余人。

乾隆五十九年（1794）甲寅

四十二岁。二月，扈跸天津。恭和御制诗二十首，有缎纱之赏。

五月，升国子监祭酒。上任日遇雨，罗两峰山人、瑛梦禅居士为画《槐雨图》纪事，题者甚众。

八月，先生丁本生父忧。王惕甫芑孙为作志铭，赵味辛怀玉为作家传。

乾隆六十年（1795）乙卯

四十三岁。官国子监祭酒。时开则例馆，先生照六部现行事例，又有欲照旧例用肄业生为誊录者，同官不和，物议乃起。

嘉庆元年（1796）丙辰

四十四岁。官国子监祭酒。先生长女适大学士三公宝谥文敬子、官侍卫兼佐领世泰。先生子桂馨，以恩荫得补监生。

嘉庆二年（1797）丁巳

四十五岁。官祭酒。续编《成均课士录》，复有《槐厅载笔》，《九家诗》之刻。十二月二十七日，三女生，妾李氏出。

嘉庆三年（1798）戊午

四十六岁。官祭酒。二月，皇上临雍，充进讲官，赏赍有差。是年，录科前列者多中式。时前后两次《成均课士录》风行海内，几至家有其书。十余年来，习其诗文者，无不掇科第而去。至是《同馆诗赋》，学侣亦皆奉为圭臬云。

嘉庆四年（1799）己未

四十七岁。官祭酒。正月初三日，高宗纯皇帝龙驭上宾，皇上亲政，求直言。先生上《六事》，又陈《国子监十二事》。

十二月，以大臣密保，奉旨宣问军机大臣，议革职。奉旨：法式善所论八旗在外屯田一节，是其大咎；陈请亲王领兵，不过揣摩风气起见；至国子监事，已隔多年，不必深究。若照议革职，转恐阻言路，殊有关系，着加恩赏给编修，在实录馆效力行走。

嘉庆五年（1800）庚申

四十八岁。官编修。五月，升侍讲，奉旨派充《宫史》纂修官。

嘉庆六年（1801）辛酉

四十九岁。官侍讲。二月，扈跸裕陵，皇上行释服礼。四月，巡抚铁公保奏交选八旗人诗。其原奏云："兹因汪廷珍现放安徽学政,与臣札商,将此项诗集交翰林院侍讲法式善专司校阅;翰林院侍读学士汪滋畹缮写装潢。伏查法式善等诗学素优,在馆行走多年,办理书籍实为熟手。兹得其接手经理,必能妥善。"奉朱批:"览,钦此。"

五月,奉旨充殿试收卷官。

嘉庆七年（1802）壬戌

五十岁。官侍读。五月,升侍讲学士,奉校《南薰殿列代帝后像》《茶叶库诸名臣像》,考订舆图房《萝图荟萃》各籍,编入《宫史》。《萝图荟萃》者,为南书房翰林前后两次编集,守土大臣所进山川疆野各图,及异方殊域献纳各图帖说,装为卷册,不下万余种,实宇内之大观,而人间所未见者也。

九月,迎驾,纤道游盘山。是年,修李文正公墓祠成,先生为公补作《年谱》。临川李府丞宗瀚视学湖南,刻于《怀麓堂集》。大兴朱文正公遂戏指先生为"西涯后身"云。

嘉庆八年（1803）癸亥

五十一岁。官侍讲学士,实录馆议叙加二级。三月,大考三等,降赞善,旋升洗马。

四月,以纂修《宫史》,察对西苑、瀛台、三海、景山、阐佛寺、大西天、悦心殿、承光殿、紫光阁等处御制匾额、对联,敬谨载入。十二月,奉旨充文渊阁校理。

嘉庆九年（1804）甲子

五十二岁。官洗马。二月,皇上幸翰林院,恩赏如乾隆九年例,赐宴赓诗,赏赉甚厚。院掌朱公珪、英公和奏请重纂《皇朝词林典故》,推先生为总纂。

五月十九日,纂八旗人诗一百三十四卷成,作凡例二十则,进呈。蒙赐御制序,赐名《熙朝雅颂集》。

嘉庆十年（1805）乙丑

五十三岁。官洗马。十月，官侍讲学士。十一月，奉旨议叙加一级。游天平、翠微诸胜，有《西山唱和诗》。

嘉庆十一年（1806）丙寅

五十四岁。官侍讲学士。游黑龙潭、大觉寺诸胜。

嘉庆十二年（1807）丁卯

五十五岁。官侍讲学士。十月，以纂修《宫史》篇页讹脱，蒙皇上指出，严议，实降一级，特授庶子，奏纂修《文颖》。十月，先生为子桂馨聘亲章佳氏，阿文勤公玄孙女，阿文成公曾孙女，那绎堂尚书长女。

嘉庆十三年（1808）戊辰

五十六岁。官庶子。二月，充日讲起居注官。

三月初一日，傅察淑人以疾卒。奏总纂《全唐文》。程君邦瑞为先生刻《存素堂文集》于扬州，校勘甚精。

嘉庆十四年（1809）己巳

五十七岁。官庶子。二月侍班，黑夜颠踬伤足，告假四阅月，病中检阅十七省志书。病愈，赴馆阅《永乐大典》六千余卷。

七月，赴万善殿阅《释藏》一千五百余种，八千二百余卷。

十一月，赴大高殿阅《道藏》一千三百余种，四千六百余卷，皆以补唐文所未采也。

十二月初三日，以疾具呈吏部，在家调理。二十日，先生次女适四川都统宗室东公林次子云奎。

嘉庆十五年（1810）庚午

五十八岁。以庶子家居养疴，半载未痊，吏部照例奏请开缺，奉旨允行。先生以病得暇，亲课子。

七月，葬傅察淑人于顺义县三家店之高家洼。

八月乡试，先生子桂馨中式二十八名举人，房考官编修仁和胡公敬，考官大学士长沙刘公权之、户部侍郎陈公希曾、刑部侍郎今官巡抚泾县朱公理。公子原聘章佳氏，骤以疾亡，议续亲者甚众，公子矢志会试后始议。

嘉庆十六年（1811）辛未

五十九岁。家居养疴，课子。三月会试，公子中式一百九十九名进士，房官闽县杨公名惠元，考官大学士富阳董公诰、户部尚书掌翰林院歙县曹公振镛、兵部侍郎通州胡公长龄、内阁学士前吏部步军统领满洲文公宁。殿试第三甲第二十名，钦点内阁中书。

四月二十四日，先生为子桂馨续亲德文庄公长孙女、煦斋侍郎长女索绰络氏。方公维甸以书来议亲，秋成礼。公子向有肝郁之症，至是大发，至九、十月甚剧，先生病复重。

嘉庆十七年（1812）壬申

六十岁。家居养疴。公子肝郁渐平，肺喘尚未能已，携往西山大觉寺养疾，作诗甚多。四月初一日，瞻礼丫髻山碧霞元君祠。初二日，公子为先生补作生日。初八日，检庚午顺天乡试、辛未会试十八房同门朱卷。府尹所刻进呈乡试录及同榜所刻齿录，礼部所刻进呈会试录、殿试录及同榜所刻齿录，荟萃无一缺者。各题一诗，俾公子藏之。

六月廿四日，先生痢疾大作，甚危，辗转于床笫者廿余日。先生为幼女择婿啟元，内务府主事、现任六库郎中福宁长子也，十二月二十一日嫁。

嘉庆十八年（1813）癸酉

六十一岁。先生正月间尚出城数次，预约诸诗友寺中看花，步履颇健。

二月初五日，晨起开诗龛与友人弈，谈笑如平时。俄痰上，扶卧寝室，遂逝。次年，六月廿五日，葬于顺天府义县三家店之高家洼新阡原。

参考文献

（一）古籍及整理本

（清）法式善：《存素堂诗初集录存》，湖北德安王墉刻，1807。
（清）法式善：《存素堂诗二集》，湖北德安王墉刻，1812。
（清）法式善：《存素堂诗续集》，湖北德安王墉刻，1812。
（清）法式善：《存素堂诗稿》，湖北德安王墉刻，1812。
（清）法式善：《存素堂诗续集录存》，杭州阮元刻，1816。
（清）法式善：《存素堂文集》，扬州绩溪程邦瑞刻，1807。
（清）法式善：《存素堂文集续集》，扬州绩溪程邦瑞刻，1807。
（清）法式善：《存素堂文集续集》，国家图书馆馆藏稿本。
（清）法式善：《朋旧及见录》，清末抄本。
（清）法式善：《诗龛声闻集》，清抄本。
（清）法式善：《备忘录》，清抄本。
（清）法式善：《诗龛诗稿》，清抄本。
（清）法式善：《书画录》，清抄本。
（清）法式善：《诗龛咏物诗》，清抄本。
（清）法式善：《槐厅载笔》，清嘉庆刻本。
（清）赵怀玉：《亦有生斋集》，嘉庆二十一年（1816）刻本。
（清）翁方纲：《复初斋诗集》，清刻木。
（清）翁方纲：《复初斋文集》，清李彦章校刻本。
（清）伊秉绶：《留春草堂集》，嘉庆十九年（1814）刻本。
（清）王芑孙：《渊雅堂全集》，清嘉庆刻本。
（清）吴锡麒：《有正味斋集》，清嘉庆十三年（1808）刻本。

（清）吴嵩梁：《香苏山馆诗集》，清木樨轩刻本。

（清）石韫玉：《独学庐稿》，清稿本。

（清）杨芳灿：《芙蓉山馆全集》，清光绪活字印本。

（清）百龄：《守意龛诗集》，清道光读书乐室刻本。

（清）陈文述：《颐道堂集》，清嘉庆刻道光增修本。

（清）陈用光：《太乙舟诗集》，清咸丰刻本。

（清）陈用光：《太乙舟文集》，清道光刻本。

（清）邓显鹤：《沅湘耆旧集》，清道光刻本。

（清）王昙：《烟霞万古楼诗选》，清咸丰元年（1851）刻本。

（清）孙源湘：《天真阁集》，清嘉庆刻本。

（清）顾宗泰：《月满楼诗文集》，清嘉庆八年（1803）刻本。

（清）丁丙：《善本书室藏书志》，清嘉庆刻本。

（清）张维屏：《国朝诗人征略》，清道光刻本。

（清）叶绍本：《白鹤山房诗抄》，清道光刻本。

（清）潘衍桐：《两浙輶轩续录》，清光绪刻本。

（清）秦瀛：《小岘山人集》，清嘉庆刻本。

（清）王昶：《湖海诗传》，清嘉庆刻本。

（清）徐世昌：《晚晴簃诗汇》，民国退耕堂刻本。

（清）钱林：《文献征存录》，清咸丰八年（1858）刻本。

（清）法式善编：《法诗龛罗两峰续西涯诗画册》，中华书局影印本1929年版。

（清）李元度：《国朝先正事略》，岳麓书社1991年版。

（清）舒位：《瓶水斋诗集》，上海古籍出版社1991年版。

（清）铁保：《熙朝雅颂集》，辽宁大学出版社1992年版。

（清）法式善：《清秘述闻三种》，中华书局1997年版。

（清）法式善：《陶庐杂录》，中华书局1997年版。

（清）洪亮吉：《洪亮吉集》，中华书局2001年版。

（清）震钧：《天咫偶闻》卷十，北京古籍出版社1982年版。

（清）王昶：《蒲褐山房诗话新编》，齐鲁书社1988年版。

（清）袁枚：《随园诗话》，凤凰出版社2009年版。

（清）冯敏昌：《冯敏昌集》，广西民族出版社 2010 年版。
杨忠羲：《雪桥诗话》，民国丛书本。
李浚之：《清画家诗史》，明文书局印行。
张问陶：《船山诗草》，中华书局 1986 年版。
黄景仁：《两当轩集》，上海古籍出版社 1989 年版。
张寅彭、强迪艺：《梧门诗话合校》，凤凰出版社 2005 年版。

（二）今人研究论著（以时间先后为序）

王英志：《清人诗论研究》，江苏古籍出版社 1986 年版。
云峰：《蒙汉文化交流侧面观》，天津古籍出版社 1992 年版。
霍有明：《清代诗歌发展史》，陕西人民出版社 1993 年版。
王镇远：《清诗选》，上海书店出版社 1994 年版。
朱则杰：《清诗代表作家研究》，齐鲁书社 1995 年版。
陈金陵：《洪亮吉评传》，中国人民大学出版社 1995 年版。
王运熙、顾易生：《中国文学批评通史——清代卷》，上海古籍出版社 1996 年版。
刘建平：《中国美术全集（清代绘画）》，天津人民美术出版社 1997 年版。
云峰：《蒙汉文学关系史》，新疆人民出版社 1997 年版。
福建师范大学中文系古典文学教研室：《清诗选》，人民文学出版社 1997 年版。
何满子、曹明纲：《清诗精华二百首》，陕西人民出版社 1998 年版。
陈居渊：《清代朴学与中国文学》，百花洲文艺出版社 2000 年版。
朱则杰：《清诗史》，江苏古籍出版社 2000 年版。
荣苏赫、赵永铣：《蒙古族文学史》，内蒙古人民出版社 2000 年版。
魏中林：《清代诗学与中国文化》，巴蜀书社 2000 年版。
严迪昌：《清词史》，江苏古籍出版社 2001 年版。
张燕瑾、吕薇芬：《20 世纪中国文学研究·清代文学研究》，北京出版社 2001 年版。
王运熙、顾易生：《中国文学批评史新编》，复旦大学出版社 2001

年版。

韩进廉：《无奈的追寻：清代文人心理透视》，河北大学出版社 2001 年版。

胡晓明：《中国诗学之精神》，江西人民出版社 2001 年版。

蒋寅：《王渔洋与康熙诗坛》，中国社会科学出版社 2001 年版。

王英志：《袁枚评传》，南京大学出版社 2002 年版。

白·特木尔巴根：《古代蒙古作家汉文创作考》，内蒙古教育出版社 2002 年版。

马积高：《清代学术思想的变迁与文学》，湖南人民出版社 2002 年版。

陈祖武：《清人学术拾零》，湖南人民出版社 2002 年版。

严迪昌：《清诗史》，浙江古籍出版社 2002 年版。

李福顺：《中国美术史》，高等教育出版社 2003 年版。

刘世南：《清诗流派史》，人民文学出版社 2004 年版。

梁启超：《中国近三百年学术史》，天津古籍出版社 2004 年版。

朱则杰：《清诗选评》，三秦出版社 2004 年版。

彭书麟、于乃昌：《中国少数民族文艺理论集成》，北京大学出版社 2005 年版。

葛兆光：《中国思想史》，复旦大学出版社 2005 年版。

胡传淮：《张问陶年谱》，四川出版集团巴蜀书社 2005 年版。

李世愉：《清代科举制度考辨》，沈阳出版社 2005 年版。

梁启超：《清代学术概论》，中国书籍出版社 2006 年版。

宏伟：《梧门诗话研究》，辽宁民族出版社 2006 年版。

陈文新：《中国文学编年史·清前中期卷》，湖南人民出版社 2006 年版。

黄霖：《20 世纪中国古代文学研究史》，东方出版中心 2006 年版。

章培恒、骆玉明：《中国文学史新著》，复旦大学出版社 2007 年版。

汪学群、武才娃：《清代思想史论》，中国社会科学出版社 2007 年版。

朱丽霞：《明清之交文人游幕与文学生态》，上海古籍出版社 2008 年版。

蒋寅：《清代文学论稿》，凤凰出版社 2009 年版。

陈宝千：《清代思想史》，华东师范大学出版社 2009 年版。

米彦青：《清中期蒙古族诗人汉文创作唐诗接受史》，内蒙古教育出版社 2009 年版。

江庆柏：《孙星衍评传》，江苏人民出版社 2010 年版。

眭骏：《王芑孙年谱》，华东师范大学出版社 2010 年版。

刘继才：《中国古代题画诗发展史》，辽宁人民出版社 2010 年版。

（三）研究工具书类

策·达木丁苏隆：《蒙古秘史》，中华书局 1957 年版。

王夫之：《清诗话》，上海古籍出版社 1978 年版。

王德昭：《清代科举制度研究》，中华书局 1984 年版。

王钟翰：《清史列传》，中华书局 1987 年版。

钱仲联、钱学增：《清诗精华录》，齐鲁书社 1987 年版。

钱仲联：《清诗纪事》，江苏古籍出版社 1989 年版。

袁行云：《清人诗集叙录》，文化艺术出版社 1994 年版。

袁行霈：《中国诗歌艺术研究》，北京大学出版社 1996 年版。

朱保炯、谢沛霖：《明清进士题名碑录索引（增补本）》，上海古籍出版社 1998 年版。

郭卿友：《中国历代少数民族英才传》，甘肃人民出版社 2000 年版。

冯尔康：《清代人物传记史料研究》，商务印书馆 2000 年版。

李灵年、杨忠、陆林：《清人别集总目》，安徽教育出版社 2000 年版。

柯愈春：《清人诗文集总目提要》，北京古籍出版社 2001 年版。

《续修四库全书本总目录·索引》，上海古籍出版社 2003 年版。

陈乃乾：《清代碑传文通检》，北京图书馆出版社 2003 年影印本。

张寅彭：《新订清人诗学书录》，上海古籍出版社 2004 年版。

尚小明：《清代士人游幕表》，中华书局 2005 年版。

江庆柏：《清代人物生卒年表》，人民文学出版社 2005 年版。

江庆柏：《清朝进士题名录》，中华书局 2007 年版。

张慧剑：《明清江苏文人年表》，上海古籍出版社 2008 年版。

江桥：《清代满蒙汉文词语音义对照手册》，中华书局 2009 年版。

（四）相关硕博学位论文（以时间为序）

赵杏根：《乾嘉代表诗人研究》，博士学位论文，苏州大学，1999 年。

许隽超：《黄仲则研究》，博士学位论文，南京师范大学，2004 年。

强迪艺：《法式善〈梧门诗话〉研究》，硕士学位论文，上海大学，2004 年。

程美华：《孙源湘诗歌研究》，博士学位论文，华东师范大学，2006 年。

宏伟：《〈梧门诗话〉标点与释评》，博士学位论文，内蒙古大学，2006 年。

徐坤：《尤侗研究》，博士学位论文，华东师范大学，2006 年。

纪玲妹：《清代毗陵诗派研究》，博士学位论文，南京师范大学，2007 年。

李前进：《论〈梧门诗话〉的美学观》，硕士学位论文，中央民族大学，2007 年。

张丽华：《清代乾嘉时期唐宋诗之争流变研究》，博士学位论文，苏州大学，2008 年。

周燕玲：《查慎行研究》，博士学位论文，哈尔滨师范大学，2010 年。

马丽敏：《俞樾文学创作研究》，博士学位论文，黑龙江大学，2011 年。

刘青山：《法式善研究》，博士学位论文，上海大学，2011 年。

（五）相关论文（以时间为序）

朱永邦：《元明清以来蒙古族汉文著作家简介（连载）》，《内蒙古社会科学》1980 年第 2 期。

格日勒图：《蒙古族文学理论遗产述略》，《内蒙古大学学报》（哲学社会科学版）1981 年第 3 期。

陈金陵：《发出维新呼声的法式善》，《内蒙古社会科学》（汉文版）1984 年第 6 期。

孙玉溱、陈胜利、高毅江：《清代蒙古族作家汉文著作目录》，《内蒙古大学学报》（哲学社会科学版）1985 年第 1 期。

云峰：《法式善及其诗歌述评》，《内蒙古社会科学》（汉文版）1985 年第 6 期。

马清福：《蒙古族文艺理论家法式善》，《民族文学研究》1986年第2期。

辛更儒：《法式善知稼翁集·稼轩集抄存》，《人文杂志》1986年第4期。

云峰：《法式善诗歌美学观简论》，《中央民族大学学报》（哲学社会科学版）1988年第3期。

魏中林：《法式善诗学观刍议》，《内蒙古社会科学》（汉文版）1992年第3期。

魏中林：《法式善与乾嘉诗坛》，《民族文学研究》1992年第3期。

魏中林：《法式善的诗学思想及其在乾嘉诗坛上的地位》，《民族文学研究》1993年第3期。

席永杰：《法式善和他的〈陶庐杂录〉》，《内蒙古民族师院学报》（汉文版·哲学社会科学版）1995年第4期。

白·特木尔巴根：《论古代蒙古作家汉文创作的文献特点和庋藏形式》，《内蒙古大学学报》（人文社会科学版）1999年第3期。

陈少松：《评法式善〈梧门诗话〉》，《南京师大学报》（社会科学版）1999年第5期。

刘靖渊：《谈乾嘉之际诗歌的发展——兼述〈梧门诗话〉》，《内蒙古师大学报》（哲学社会科学版）1999年第6期。

张杰：《清代八旗满蒙科举世家述论》，《满族研究》2002年第1期。

刘靖渊：《论乾嘉之际诗人的诗心与诗歌》，《西北大学学报》2002年第2期。

潘务正：《法式善〈同馆赋钞〉与清代翰林院律赋考试》，《南京大学学报》（哲学·人文科学·社会科学版）2006年第4期。

张力均：《清代八旗蒙古汉化初探》，《内蒙古大学学报》（人文社会科学版）2006年第5期。

张力均：《清代八旗蒙古汉文著作家吏治思想初探》，《内蒙古社会科学》（汉文版）2007年第1期。

王人恩：《法式善的题〈懋斋诗钞〉、〈四松堂诗集〉诗及其他》，《明清小说研究》2008年第1期。

李前进：《试论法式善〈梧门诗话〉美学追求》，《内蒙古民族大学学报》（社会科学版）2008年第3期。

米彦青：《论唐代"王孟"诗风对法式善诗歌创作的影响》，《南京师大学报》（社会科学版）2010年第1期。

米彦青：《从〈梧门诗话〉看法式善的唐诗观》，《内蒙古大学学报》（哲学社会科学版）2010年第2期。

刘金德、王苗苗：《三十年来大陆学者对八旗蒙古研究综述》，《赤峰学院学报》（汉文·哲学社会·科学版）2010年第2期。

刘青山：《罗聘〈小西崖诗意图〉考论——兼论罗聘与法式善之交谊》，《艺术探索》2010年第6期。

刘青山：《名士法式善与"诗龛"》，《民族文学研究》2011年第1期。

后　　记

　　该书稿是在我博士论文基础上修改而成的。就在书稿修订即将收笔的一刹那，万千思绪，感慨良多，"看似容易却艰辛"。是的，书稿虽署名于我，然于"小我"实不足说。"但是'不说'在封存了'小我'的同时，往往会遮蔽'大我'的魅力，而'大我'是需要言说的。"这个"大我"，就是在我一度放弃，几番挣扎，于挫败中得以借来勇气前行，一直勉我进步的恩师，助我成长的益友，予我动力的良朋。有诸位的"大我"方有现在的"小我"。

　　特别感谢我的博士生导师杜桂萍先生。十年前，蒙恩师不弃鄙陋，得以拜投门下，得到了恩师多方面的照顾。学业上，我本愚钝，学不敏，智不慧，所以自入师门，恩师颇费心力。论文一次次地修改打磨，无不凝聚着恩师的心血，使我受益良多；生活上，恩师也尽可能地给予关照，我可能不能准确地说出恩师平素的爱好，可恩师却知道我的喜好，故每次拜访恩师，都能享受到属于我的美食。读博期间，我所收获的远远不止于学业，恩师治学上的严谨睿智、为人的宽和豁达、对学生的倾心呵护，都足以滋养并塑造着我的人生。我博士毕业后，恩师的工作变得越来越繁忙，常常奔波于京城与冰城之间，航空管家应该是恩师最亲密的战友，记录下了恩师这些年辗转奔波、航班时有延误的艰辛，所有这些恩师却从未和学生言及，好像这一切都没有发生过一般。然而不变的是恩师对我的不离不弃，仍时刻关心我的学业成长，不厌其烦地指导我的研究方向，尽可能地拓展我的研究视野、助力我的学业进步。恩师之于我，不只是引领我走入了清代文学研究的学术之门，更是开启了我未来的学术之路，这份沉甸甸的师恩，将是我一生学术营养的源泉与动力。

感谢我的硕士生导师郭明志先生，先生严谨的治学态度一直影响着我，让我受益良多；感谢博士论文开题报告会上，詹福瑞先生、张国星先生、文日焕先生的不吝赐教，对我论文写作提出了宝贵的建议；感谢刘跃进先生亲临我的博士论文预答辩现场，先生儒雅的学术品格自带磁场，对我论文的点评鞭辟入里；感谢左东岭先生、张国星先生参加我的博士论文答辩会，他们各具魅力的人格风范让我领略了富有学术个性和内涵的当代学者风采；感谢黑龙江大学的刘敬圻先生、张安祖先生、薛瑞兆先生、胡元翎先生、陈才训先生、许隽超先生，他们渊博的学识修养、醇厚的儒者风范、其言蔼如的师者情怀将成为我终生的财富。感谢黑龙江大学古代文学学科负责人李亦辉老师的关照与支持，给了我继续前行的勇气与机会。

论文修改过程是辛苦的。幸运的是，我的身后有杜门"知非论坛"给予我的能量与动力，"奇文共欣赏，疑义相与析"。"知非论坛"之于我，不仅仅是论文修改中每每"山穷水尽"后能"柳暗花明"重获新生的学术武库，更是求学路上每每望而却步后能重整旗鼓的力量源泉。这里有温暖前行、砥砺相伴的同门：师兄安洪涛不厌其烦地倾听我的困惑，师姐马丽敏随时随地助我答疑解惑，师妹马铭明、刘建欣、于金苗始终执着向学的精神感染着我，师弟杜广学、魏洪洲、任刚笃志乐学的品格一直激励着我，在此一并感谢。

感谢拙著的责任编辑中国社会科学出版社的张潜女士对本书的打磨审阅，其严谨扎实的专业素养令我由衷感动！拙著的大部分章节经修改后发表在《民族文学研究》《社会科学辑刊》《求是学刊》等刊物上，对以上杂志和编辑致以最诚挚的谢意！

另需要说明的是，书稿中论及的法式善诗文并未采用2015年人民文学出版社的点校本《法式善诗文集》，一是因为我的博士论文答辩时该整理本尚未出版，二是因为该整理本的有些点校有待商榷。

"日月忽其不淹兮，春与秋其代序"。寒署易节，岁月流转，这本小书的出版，算是我近几年来的学术思考与小结，虽学识未与年岁递增，心得与困惑并存。而这得失之间，将是我今后学习的新起点，是鞭策我前行的力量。限于本人学识、资质、视野，尚有许多不足之处，敬请师友批评指正！

李淑岩

2020 年 12 月 25 日

附　法式善画像、书法及诗龛图

法式善像

（一）《存素堂诗初集录存》卷首

(二) 法式善像（镇江博物馆藏）

(三)《清代学者像传合集》

附 法式善画像、书法及诗龛图　443

法式善书法一则：

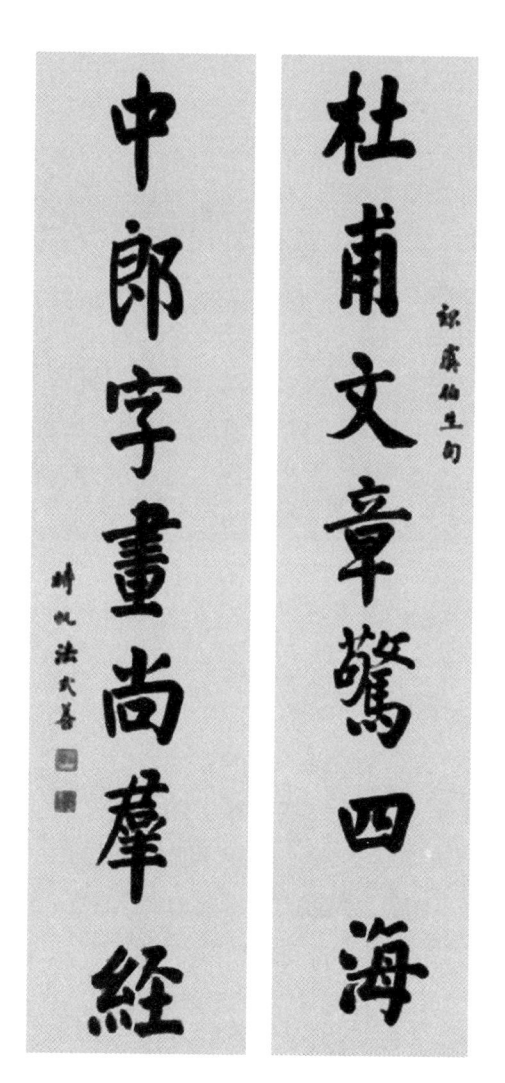

杜甫文章惊四海
中郎字画尚摩经

录虞仙生句
时帆 法式善

中国嘉德国际拍卖有限公司（2003年，成交价22000元）

镇江博物馆馆藏《诗龛图》二幅:

(一)

(二)

法式善手稿二则：

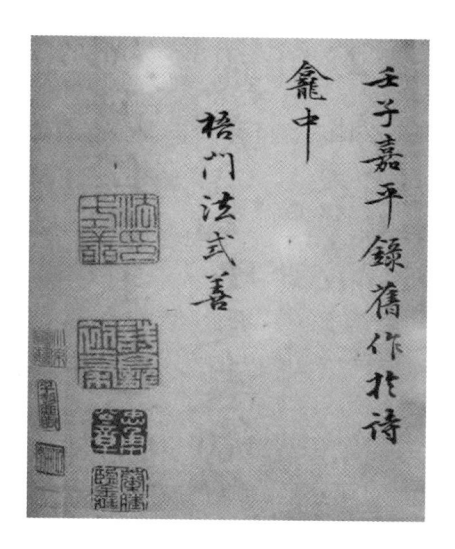

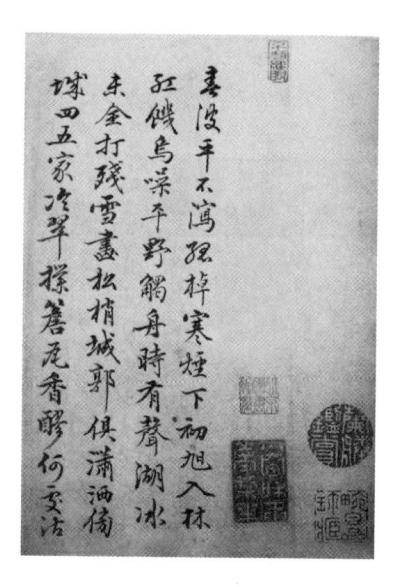

（一）

（二）

友人为法式善题诗二首：

王友亮题写《诗龛图》：

谁云诗境阔，君以一龛收。弥勒应同住，维摩好伴游。宾心超万伪，弹指得千秋。识取勔缺意，非关跡象求。

诗龛图题应

梧门先生命正录

海正

王友亮呈草